Harrison   Licht über dem Land

*Aus dem Amerikanischen von
Edda Petri, Michael Kubiak, Helmut W. Pesch,
Stefan Bauer und Karin Schmidt*

Jim Harrison

Licht über dem Land

Roman

editionLübbe

Copyright © 1998 by Jim Harrison
Originalverlag: Atlantic Monthly Press, New York
Titel der Originalausgabe: THE ROAD HOME

Copyright © 1999 für die deutsche Ausgabe:
editionLübbe in der Gustav Lübbe Verlag GmbH,
Bergisch Gladbach
Aus dem Amerikanischen von Edda Petri, Michael Kubiak,
Helmut W. Pesch, Stefan Bauer und Karin Schmidt

Schutzumschlag- und Einbandgestaltung:
Klaus Detjen, Holm bei Wedel
Umschlagbild: Russell Chatham,
Summer Fields near the Yellowstone River (1977)
Satz: Kremerdruck GmbH, Lindlar
Gesetzt aus der DTL Documenta
Druck und Einband: Friedrich Pustet, Regensburg

Sie finden die Verlagsgruppe Lübbe
im Internet unter: http://www.luebbe.de

3   2   1

Für Peter und Molly Phinny

Inhalt

John Wesley Northridge II

1

21. Oktober 1952

Man vergißt allzu leicht, daß wir in der Regel nur siebenmal langsamer sterben als unsere Hunde. Die Einfachheit dieser Relation wurde mir bereits früh im Leben klar, da ich so abgeschieden aufwuchs, daß in der Kindheit Hunde meine engsten Freunde waren. Aus diesem Grund habe ich immer langsam gesprochen. Wären meine Stimmbänder anders gebaut, hätte ich sicher gut geschnurrt oder gebellt oder geheult, beim Wittern unsichtbarer Gefahren, die jenseits des Lichts lauern, von dem wir uns umgeben glauben, das uns jedoch meist in Dunkelheit hüllt. Meine Mutter war eine Oglala-Sioux (Lakota nennen sie sich selbst) und mein Vater ein Waisenkind aus dem Osten, weißgrau wie Märzschnee, unter dem man noch nicht mit dem Frühling rechnet, und zeitweilig verrückt aufgrund eines Lebens, in dem er sich abgemüht hatte, den Ureinwohnern zu helfen, sich mit den Eroberern zu arrangieren. Nach seiner Entlassung aus dem Bürgerkrieg (sic!) bis zum Dezember 1890 verzehrte er sich bei diesen Bemühungen, wobei er seine Anstrengungen auf Botanik als Werkzeug der Befreiung richtete, und das in einem Landstrich der Great Plains, der für den Anbau von Obstbäumen oder Beerenbüschen, wie sie im Osten wachsen, wenig geeignet war. Die Tatsache, daß er mit seiner Lebensmission komplett gescheitert war, verstärkte meine Verehrung für ihn. Allerdings lebte es sich viel leichter mit dem Toten als dem Lebenden, da während der letzten zwanzig Jahre seines Lebens die Abschnitte geistiger Verwirrung von Mal zu Mal stärker geworden waren.

Ich habe immer sonntags meine Gedanken gesammelt, eine Gewohnheit, die mir in der Kindheit aufgezwungen worden war, als mein Vater die Kirche aufgab und sich mit derartiger Energie auf meine Erziehung verlegte, daß man das nur unangenehm nennen kann. Im Laufe der Zeit war er zu der religiösen Auffassung der Indianer gelangt, wonach jeder Tag ein Sonntag sein sollte, was Frömmigkeit betraf. Aufgrund des Mangels an geeigneten Zielpersonen für seine religiösen Vorstellungen wurde ich natürlich das Opfer. Welcher Junge ist erpicht darauf, daß man ihm an langen Winterabenden vor dem Kamin oder im Sommer, wenn es spät dunkel wird und man immer noch in den Bergen auf der anderen Seite des Niobrara River mit Hunden nach Pfeilspitzen suchen könnte, Ralph Waldo Emerson vorliest? Eine Airedale-Hündin, die wir hatten, Kate mit Namen, war ganz verrückt auf diese Dinger und fand sie angeblich von sich aus. Wenn sie nicht gerade nach etwas Freßbarem suchte, das sie verbeißen konnte, bellte sie anhaltend bei jedem seltsam geformten Stein mit scharfen Kanten. Und jeden Sonntag mußte ich mich an den Küchentisch setzen und über die vergangene Woche Rechenschaft ablegen. Auf dem ersten schieferblauen Heft stand in krakeliger Kinderschrift: »Ich wil hir wech.«

Als ich gestern hiermit begann, war ich aus dem Schlaf hochgeschreckt, weil ich glaubte, den Wagen meines Sohns, John Wesley, auf der Zufahrt zum Haus zu hören. Aber er ist seit zwei Jahren tot. Es war nur der Milchlaster, der auf der Landstraße eine Meile weiter östlich dahinratterte. Trotzdem hatte ich mich aus dem Bett gerollt. Mein Herz hatte hoffnungsvoll schneller geklopft, bis sein Foto auf der Kommode lauter sprach, als er es je im Leben getan hatte. *Pa-un-Ma-un-Jom.* Aber seine Tochter, meine Enkelin, hatte mich am Vortag gefragt, warum meine Eltern da-

mals im Februar 1910 beide innerhalb von drei Tagen gestorben seien. Dalva ist noch nicht ganz elf Jahre alt und war
neugierig, wie ich annehme, weil ein Oktobersturm die
Blätter der Fliederbüsche auf unserem Familienfriedhof
abgerissen hatte. Sie erinnerte sich an die Menschen, die
dort bestattet waren, darunter auch ihr Vater, obgleich es
keine Leiche gab. Seine sterblichen Überreste ruhen auf
einem verschneiten Hang in Südkorea. Wie auch immer.
Ich war so schnell aufgestanden, daß mein Herz buchstäblich in seinem Beutel zitterte. So nahe habe ich mich dem
Tod noch nie gefühlt, abgesehen von Begegnungen mit
körperlicher Gewalt in meiner Jugend in Arizona, Mexiko,
Frankreich, ganz zu schweigen von den beiden betrunkenen Angebern, die ich nach einer üblen Schlägerei 1913 in
New York in den East River geworfen habe. An Feind-
berührungen mit dem Tod erinnert man sich so genau, daß
man noch Jahrzehnte später die Poren im Gesicht des Fein-
des vor sich sieht.

Da niemand ernsthaftere Fragen stellen kann als ein elf-
jähriges Kind, verdient es eine freundliche Antwort, da es
quälend aufmerksam ist und auf die Antwort wartet, statt
im Kopf bereits die nächste Frage zusammenzubrauen. Für
gewöhnlich stellt Dalva mir solche Fragen über die früheren Pferde. Sie mag die alten Geschichten: Wie ich 1934 mit
Lundquist einen belgischen Hengst fütterte, bis dieser
fünfundzwanzig Zentner wog. Angeblich war er damals
der schwerste im County, wenn nicht in der gesamten
Welt. Aber warum meine Eltern beide innerhalb von drei
Tagen starben, konnte ich nicht einfach damit beantworten, »weil sie krank waren und das Alter und die Krankheit
ihnen das Herz gebrochen hatten«.

Dieses Ereignis mußte ich in eine Geschichte einkleiden,
und zwar in eine nicht gerade einfache. Mit elf Jahren liest
Dalva schon Dickens und die Brontë-Schwestern. Da würde

eine Realität, mit lässigen Pastellfarben gemalt, nicht ausreichen.

Vorige Woche hatte sich noch etwas Seltsames ereignet
und mich schwer aus dem Gleichgewicht gebracht. Lundquist und ich waren mit dem Wagen drei Stunden nach
Nordwesten gefahren, um mit meinem letzten englischen
Setter, der Hündin Tess, auf die Jagd zu gehen. Wahrscheinlich war es für uns beide das letzte Mal, daß wir auf
die Vogeljagd gingen, da sie zwölf Jahre alt war und ich seit
einem Jahr wußte, daß es nach Tess' Tod dieses Vergnügen
in diesem Leben nicht mehr geben würde. Wir waren vor
Tagesanbruch losgefahren und hatten unseren ersten Platz
in der Nähe von Parmelee, jenseits der Grenze in South
Dakota, erreicht. Von dort aus wollten wir weiter nach
Gordon fahren, um einige Anstände zu besuchen, wo die
Hündin vor vielen Jahren ihre größten Erfolge verbucht
hatte. Hühnerhunde besuchen Orte, wo sie glücklich waren, ebensogern wie wir. Wie erwartet, maulte Lundquist
wegen der Gegend bei Parmelee; drei Mitglieder seiner
Familie, so behauptet er jedenfalls, hätten vor beinahe hundert Jahren in dem New-Ulm-Massaker in Minnesota das
Leben verloren, und deshalb fürchtete er sich vor den Lakota. Tess zeigte ein Scharfschwänziges Moorhuhn an, das
ich aufgescheucht hatte. Ich schoß, verwundete es aber nur,
und dann suchten wir eine halbe Stunde lang im Riedgras
und den Binsen. Dabei verfluchte ich Lundquist, der vormittags abgehauen war, als würde er einem fernen Stern
folgen. Tess spürte den verwundeten Vogel auf, wollte ihn
jedoch nicht töten; sie war so zartbesaitet. Ich packte das
Moorhuhn am Hals und brach ihm das Genick. Ich spürte,
wie die zarten Knochen unter meinem Daumen brachen.
Aus keinem besonderen Grund küßte ich den Vogel, dann
wurde mir schwindlig, und ich hockte mich hin, bis die
Hündin besorgt wurde. Ein alter Mann, der im Sumpf

hockt, und nach einem halben Jahrhundert der Jagd Lebewohl sagt, ist in der Tat ein trauriges Bild. Es war ein sentimentaler Impuls, den Vogel wiederbeleben zu wollen, aber nicht weniger absurd, weil er von Herzen kam. In dieser grimmigen Welt existiert mehr Sentimentalität über Mord als über Mutterschaft.

Als ich aufstand und zum Auto zurückging, war der Tag, der für Mitte Oktober sonnig und ziemlich warm begonnen hatte, inzwischen grau und kalt geworden. Aus Nordwest kam ein kalter Wind. Mein Herz, das sich so auf die letzte Jagd gefreut hatte, machte mir jetzt auf dem Rückweg zum Auto ziemliche Schwierigkeiten. Das Auto schien immer weiter weg zu sein. Früher hatten mich meine Beine an einem einzigen Tag bis zu dreißig Meilen getragen, jetzt schlurfte ich durch das kurze Grammagras und stolperte über welke Blumen. Ich rief mir in die Erinnerung zurück, daß ich erst vor einer Woche mit besonderer Energie mit einer Frau geschlafen hatte, aber das half mir jetzt auch nicht, zum Auto zu kommen, das ein glänzender Punkt auf einem fernen Hügel geworden war. In diesem Meer aus Gras parkt man immer gut sichtbar auf einer Anhöhe, falls man sich in dieser trockenen hügeligen Gegend verirrt. Maler pflegen die Farbe dieses Landes »gebrannte Siena« zu nennen.

Sehr zu Lundquists Mißfallen nahm ich zwei ordentliche Schluck aus der Whiskeyflasche. Er hatte den Campingofen angemacht und aß ein Sandwich mit Erdnußbutter, Zwiebeln und Senf. Ich wage zu behaupten, daß nur er diese Leckerei schätzt. Seit 1919 arbeitete er für mich, und sein Leben war in eigenartigen Riten organisiert. Immer trank er Wasser vor dem Whiskey. Wir gerieten nie in Streit, machten aber, wie es unter alten Freunden üblich ist, über die Ansichten und Angewohnheiten des anderen mehr oder weniger boshafte Bemerkungen. »Trinkst du erst den Whiskey?« Es spielte keine Rolle, daß ich das in seiner Gesellschaft hundertmal gemacht hatte.

Ich döste ein, während Lundquist uns nach Hause fuhr. Wir hatten den Plan aufgegeben, einen ganzen Tag lang zu jagen. Als der Wagen hielt und Lundquist ausstieg, wachte ich auf. Ich spürte, daß wir noch nicht weit gefahren waren. Der Motor lief noch, die Scheibenwischer bewegten sich, und die Heizung war für meine Schienbeine viel zu warm. Lundquist wühlte im Kofferraum. Dann sah ich mit großen Augen, wie er mit einem Jutesack ungefähr vierzig Meter zu etwa einem Dutzend Männern, Frauen und Kindern marschierte, die trotz des leichten Graupelschauers Kartoffeln ernteten. Die meisten waren Lakota, sowohl reinrassige als auch Mischlinge. Drei kleine Jungen lieferten sich eine großartige Kartoffelschlacht, ohne sich um das Wetter zu kümmern. In meiner Jugend hatte ich viele Kartoffeln in ausgesprochenem Sauwetter ausgemacht, deshalb hielt sich jetzt mein Mitleid in Grenzen. Es war eine Arbeit; und in diesem Fall eine, die getan werden mußte, um zu überleben. Neihardt, der Gelehrte und Poet, hatte mir erzählt, daß sogar der legendäre Medizinmann der Lakota, Black Elk, im Herbst Kartoffeln gelesen hatte, allerdings mit sehr viel mehr Humor als alle, abgesehen von den Kindern.

Dann erweckte ein alter Mann in besonders zerlumpter Kleidung meine Aufmerksamkeit. Sein linker Arm war steif, wodurch er langsamer als die anderen war. Selbst aus der Ferne fiel mir der herausragende Buckel an der Nasenwurzel auf und die Mulde am Jochbein. Beides rührte von dem Tritt einer Kuh her, als wir knapp zehn Jahre alt waren. Es bestand kein Zweifel, daß es Smith war. Den Namen hatte er aus Spaß angenommen, weil so viele Weiße Smith hießen und der Name daher die bestmögliche unauffällige Tarnung war. Er stammte aus der Familie von Samuel Ame-

rican Horse, und obgleich ich seinen richtigen Namen
kannte, brachte ich es nicht fertig, sein Geheimnis fünfzig
Jahre später preiszugeben. Ich hatte ihm 1906 Lebewohl
gesagt, als wir ungefähr achtzehn waren und er als Kunst-
reiter mit einer der letzten Wildwest-Shows mit Cowboys
und Indianern auf dem Weg zu einer Europa-Tournee war.
Ich schoß förmlich aus dem Wagen und stolperte in einen
Graben, aber meine Beine kamen wieder zu Kräften,
während ich zu ihm marschierte. Auf halbem Weg, ungefähr fünfundzwanzig Meter entfernt, drehte er sich um
und erkannte mich. Doch dann schaute er gleichgültig
weg, was mich beunruhigte; dennoch ging ich weiter und
rief seinen Namen und in meinem begrenzten Lakota: »Ich
freue mich, dich zu sehen.« Insgeheim verfluchte ich meinen Vater, weil er mich soweit wie möglich von dieser Sprache ferngehalten hatte. Smith' Stimme war leise und fest
wie immer, ohne das leichte Beben, das ich in meiner entdeckt hatte. Ich wollte ihn umarmen, aber seine Worte waren ein Schlag ins Gesicht: Er freute sich zu sehen, daß ich
noch lebte, und er dankte mir für die Freundlichkeit, die
meine Familie ihm damals erwiesen hatte, eine Freundlichkeit, die ihn auf das brutale Leben, das ihm bevorstand,
wenig vorbereitet hatte. Er war jetzt ein *wicasan wanka*, ein
Medizinmann, und er sprach nicht mehr mit Weißen. Und
obgleich ich ein halber Lakota war, lebte ich wie ein Weißer, und das war entscheidend. Jetzt wollte er, daß ich fortging, versprach mir aber, mich im letzten Jahr meines Lebens zu besuchen, wenn er über alle Unterschiede hinweg
sein würde, die sein Leben verursacht hatte. Er verneigte
sich leicht und machte sich wieder daran, Kartoffeln auszugraben. Ich spürte den kindischen, vielleicht natürlichen
Drang, ihn zu fragen, wann genau das letzte Jahr meines
Lebens sein würde, aber ich wußte, daß es falsch gewesen
wäre. Deshalb ging ich zurück. Meine Beine waren wieder

schwer bei dem Gedanken, daß das der Mann war, den ich für den besten Freund in meinem Leben gehalten hatte.

Als ich heute morgen bei Tagesanbruch aufwachte, war es noch dämmrig. Ich sah, daß meine Welt dick mit Rauhreif bedeckt war. Ich hatte unruhig geschlafen und mich mit Dalvas Frage über den Tod meiner Eltern fast verrückt gemacht. Mein Wunsch nach einer klugen Antwort löste sich mit den Erinnerungen in der Dunkelheit auf, so daß ich immer wieder Licht machte, um mich zu dem zurückzubringen, was wir als die reale Welt bezeichnen, eine angenehme Wunschvorstellung. Ich zog meinen wollenen Schlafrock an, vergaß aber die Pantoffel. So ging ich durchs Arbeitszimmer, wo die Airedales auf einem Bisonfell lagen. Nur die kleine Hündin Sonia stand auf und begrüßte mich. Die anderen begnügten sich mit einem leisen Knurren über die Störung des Tagesablaufs, da sie keine Gefahr witterten. Ich stieß mir den Zeh an und mußte mich am Türstock festhalten. Dabei hatte ich Angst, das Bild Maynard Dixons herunterzureißen. Es stammte aus seinen letzten Jahren, und ich mochte es sehr.

Sonia blieb auf den Verandastufen, als ich auf das helle bereifte Gras hinauswanderte. Die Kälte drang schnell in meine Füße ein, und ich hüpfte etwas, aber nicht sehr hoch. Ich ging nahe genug an die Fliederbüsche, um die Grabsteine zu sehen. Dann drehte ich um und sah mit Vergnügen, daß meine Füße den Reif teilweise geschmolzen hatten. Ich betrachtete die Choreographie meiner Hopser und erinnerte mich, wie wir Himmel-und-Hölle gespielt hatten, ehe ich endgültig von der Schule genommen wurde. Es war mühselig, meinen Schritten genau zu folgen, aber ich tat es dennoch und hüpfte mit den tauben Füßen nach rechts und links, bis ich über meine Tolpatschigkeit, meinen wackligen Frosttanz, lachen mußte.

Dann steckte ich die Beine in eine große Schüssel mit heißem Wasser, trank Kaffee und sah zu, wie der Reif in der nicht allzu warmen Oktobersonne verschwand. Paul, der ältere meiner beiden Söhne, war mehrere Winter nach Südamerika gereist. Er hatte Geologie studiert. Allerdings vermutete ich, daß sein Hauptinteresse den längeren Tagen galt. Als Junge hatte er mir erzählt, ihm wäre es am liebsten, wenn jeden Tag Mittsommer wäre, falls man das arrangieren könnte. Im Winter fuhr er mit seiner Mutter nach Arizona, während John Wesley bei mir auf der Farm blieb. Eigentlich ist es eher eine Ranch als eine Farm, aber ich mag letztere Bezeichnung lieber, weil bei den Leuten »Rancher« mit tiefen Vorurteilen besetzt ist. Einer selten dummen Frau in Kentucky habe ich mal erklärt, ich würde eine Klinik leiten, wo Kühe an Gewicht zunähmen. Das war beim Derby 1947, als ich bei fanatischen Pferdefreunden wohnte und spürte, daß es dieser Frau lieber wäre, wenn ich ein Industriekapitän wäre statt ein gescheiterter Maler mit etwas Interesse für Grund und Boden. Habgier war für mich immer das Laster, das man mit am leichtesten erkennen konnte, und ich war zu lang Opfer dieses Lasters gewesen. Mein Vater, für den Gott realer war als die Milchkuh im Stall, war in dieser Hinsicht auch schuldig. Allerdings konnte man es ihm eher durchgehen lassen, weil er gesehen hatte, wie grauenvoll die Lakota gelitten hatten, weil sie kein gutes Land besaßen. Selbst der Erzfeind der Indianer, General Philip Sheridan, hatte zugegeben: »Eine Reservation ist ein wertloses Stück Land, das von Schurken umgeben ist.« Sehr spät im Leben hatte mein Vater sich über Henry Adams' radikal schlechte Meinung über die »Bewegung nach Westen« gefreut. Ich fand in dem Buch *The Education of Henry Adams* die ironischen Ausführungen zu langatmig und die über die Hauptfarben, die das Leben denen zu bieten hat, die voll Energie und wißbegierig sind, zu kurz. Ich nehme an, der arme Adams ist nie über den Selbstmord seiner Frau hinweggekommen, obgleich man darüber streiten kann, ob man überhaupt je über etwas ganz hinwegkommt. Ich zucke immer noch zusammen, wenn jemand mit einem alten Gewehr schießt, und bei der gelegentlichen Erinnerung an Adelle, jetzt einundvierzig Jahre tot, verkrampft sich mein Körper immer noch vor Qual. Aber bei anderen Gelegenheiten, meist wenn ich spazieren gehe, ertönt ihre Stimme so melodisch wie die der Maigrasmücke in den Büschen entlang des Niobrara. Die Toten bieten sich nicht als Trost an, wenn wir sie so sehr geliebt haben.

Naomi hat von der Landschule angerufen, wo sie unterrichtet, um zu fragen, ob Dalva zum Abendessen kommen kann. Naomi muß Ruth zur Klavierstunde fahren. Dalva haßt diese, weil sie immer wieder dasselbe Stück spielen. Dieses Kind hat für Wiederholungen nichts übrig wie ich auch nicht, aber es gibt Strafen für diese Ruhelosigkeit. Ich werde selbst kochen, da meine Haushälterin, Lundquists Frau, zu einem Kirchentag der Lutheraner in die Bezirkshauptstadt Lincoln gefahren ist. Diese Frau befindet sich ständig in einem spirituellen Höhenrausch. Die Liste der Dinge, die sie nicht mag, ist so lang wie das Telefonbuch von Omaha. Sie heißt Frieda und hat ihrer Tochter den gleichen Namen gegeben. Lundquist hat mir anvertraut, daß er aus persönlichen Gründen lieber einen anderen gehabt hätte, zum Beispiel Victoria. Frieda hat den Körperbau einer Hampshire-Sau und redet mit einer irritierend weinerlichen Stimme. Trotz alledem ist sie manchmal ein Schatz, vor allem, da sie eine meisterhafte Gärtnerin ist und ich Blumen liebe.
Ich schätze, es ist genügend Zeit, das einzige Moorhuhn aus der vorigen Woche aufzutauen. Dalva mag »indiani-

sches Essen«, wie sie es nennt. Zu Hause bekommt sie es nicht. Da Naomi sich mit Haut und Haaren der Umweltbewegung verschrieben hat, will sie nichts »Wildes« in ihrer Küche. Um sie zu necken, habe ich sie mal gefragt, ob ihr Gott Rehe mehr liebt als Kühe. Aber sie hat ein so gutes Herz, daß ich das Thema lieber meide. Früher einmal habe ich das beste Vieh im ganzen Staat gezüchtet und wollte das auch nicht aufgeben. Vor einigen Jahren kam Dalva von Lundquists Pick-up mit Herz und Leber eines Rehs in einer kleinen blutigen Papiertüte ins Haus gelaufen. »Das sieht genau wie unseres aus. Und jetzt können wir es zu Mittag essen«, hatte sie begeistert erklärt. Lundquist nahm sie am Wochenende auf dem Weg zur Arbeit mit, und wenigstens ein- oder zweimal im Jahr entdeckte er im Straßengraben angefahrenes Wild, das Opfer eines Betrunkenen, der nachts auf der Landstraße gerast und dem ein Reh vor die Scheinwerfer gelaufen war.

Nicht weit im Hinterkopf wälze ich jetzt die Frage des Tages, die nach dem Lebensende meiner Eltern. Dalva kennt das Ende der Geschichte ihres Vaters und möchte jetzt das Ende von meinen hören. Das ist zwar kein sehr angenehmer Gesprächsstoff beim Abendessen, aber Kinder interessieren diese Unterschiede nicht.
Jetzt ist es Mittagszeit. Als ich zuschaute, wie der Reif taute, habe ich das Frühstück ausgelassen. Ich trage immer noch meinen alten wollenen marineblauen Hausmantel, dessen Saum ausgefranst ist, wo Sonia als Welpe immer gezerrt hat. Manchmal hat sie sich drangehängt und vom Schlafzimmer in die Küche für den Morgenkaffee schleifen lassen. Diese Angewohnheit hat Frieda jedesmal dem Wahnsinn nahe gebracht. Ich kann wirklich nicht hier sitzen und zuschauen, wie ein Moorhuhn auftaut, obwohl es so verführerisch ist, als wäre es ein alter chinesischer Ja-

deberg. Erst in letzter Zeit habe ich das Vergnügen entdeckt, still dazusitzen und an wenig oder nichts zu denken. Im Arbeitszimmer hole ich aus dem Tresor – mit der schwierigen Kombination 1-2-3 – das Heft mit den betreffenden Aufzeichnungen. Auf dem Weg hinaus bleibe ich vor einem Burchfield und einem Charley Russell stehen. Beide Bilder hatte ich spottbillig gekauft, als meine Welt und ihre jung war. Mit zunehmendem Alter fälle ich über ihre unterschiedlichen Vorzüge kein Urteil mehr, da ich das Interesse verloren habe, recht zu haben. Der eine ist so, der andere anders. Mit dem Alter verliert man jegliches Gefühl für die angebliche Unausweichlichkeit von Kunst und Leben. Intensive Momente werden nicht länger durch ein imaginäres Schicksal aufgereiht. Das Gefühl für das rechte Maß in guten und schlechten Situationen verliert seinen Reiz. Schlecht ist schlecht, damit läßt man es bewenden. Gutes genießt man, wenn es vorbeisaust. Geistige Kämpfe werden durch bestimmte visuelle Bilder, die sie begleiten, klar oder undeutlich, irgendwie irrational oder jenseits aller Logik. Geld schrumpft zu Geld. Angst kann man immer erkennen, nicht nur in Gemeinplätzen ausdrücken. Sie ist scharf und trifft eigentlich immer ihr Ziel. Wenn es überhaupt Weisheit gibt, wird sie von Müdigkeit unterdrückt. Wenn ich, wie jetzt, ein altes Notizheft heraushole – was selten vorkommt –, steigt Schweiß in meinen Haarwurzeln auf, und ich frage mich: Was tut der Schwachkopf als nächstes? In meinen Aufzeichnungen ist eine doppelte Melancholie bis zu dem Zeitpunkt, als ich im relativ fortgeschrittenen Alter von einunddreißig in den Ersten Weltkrieg eintrat. Bis dahin enthalten die Tagebücher hauptsächlich Skizzen; fast auf jeder Seite ist eine Zeichnung. Mehr Zeichnungen als Text. Die Welt mehr, wie man sie sieht, nicht wie man darüber denkt. Beinahe gefällt mir der Gedanke, daß der Krieg mich dazu brachte, meine Berufung zum Künstler aufzugeben, aber in Wahrheit war mein Talent nie groß genug, um zu jener Besessenheit zu führen, die alle Enttäuschungen überwindet. Lange Zeit war meine Seele erfroren, und als sie schließlich wieder auftaute, war ich mit anderen Dingen beschäftigt.

7. Februar 1910 – Komme gerade von der Quelle südlich von Magdalena in Sonora und will nach Nogales. Gegen Abend wurde es so verflucht kalt, daß ich mir eine Matratze aus Gras machte und mir die Pferdedecke über die Bettrolle legte. Bei der Straße gab es kaum Feuerholz. Deshalb bin ich einen Canyon hinaufgegangen. Vor Sonnenuntergang gelangen mir noch drei Skizzen. Es tut mir furchtbar leid, dieses Pferd zurückzulassen. Von allen Pferden, die ich im Leben besessen habe, ist es das intelligenteste. Ein Rotschimmel, ein Wallach. Er schaut mir beim Zeichnen über die Schulter und kaut Gras. Ich glaube, man könnte ihm beibringen, Feuerholz zu sammeln, aber ich halte es für sicherer, wenn seine Vorderbeine zusammengebunden sind. Er scheute nicht vor dem Rudel Kleiner Nasenbären (hier unten *chulos* genannt), die in einen Seitencanyon flitzten, als wir näher kamen. Das sind seltsame Geschöpfe, wie eine Mischung aus Otter und Waschbär. Gegen Mittag hielt ich bei einer Hacienda, um meinen Wasservorrat aufzufüllen. Dort traf ich einen interessanten mexikanischen Rancher, ungefähr in meinem Alter. Er hatte zwei Jahre an der University of Kansas studiert. Er meinte, jetzt sei es an der Zeit, Mexiko zu verlassen, da es wegen Diaz' Weigerung, sein Amt niederzulegen, Ärger geben werde, vielleicht sogar eine Revolution. Er hat mein Pferd bewundert, war sehr verblüfft, als ich ihm sagte, daß ich auf dem Rotschimmel seit September die gesamte Strecke von Mazatlan bis

hierher geritten war. Meine einzige Erklärung war,
daß ich umherziehe und Skizzen anfertige, wenn es
kühl ist, und in den heißen Sommermonaten male
und mit Pferden handle. In seinen Augen las ich genügend Sehnsucht, um zu wissen, daß auch er gern über
die Grenzen seiner großen Hacienda hinaus bis hinter
den Horizont reiten würde. Seine Eltern und seine
Frau wohnten in Hermosillo, da ihnen das gesellschaftliche Leben mehr bedeutete als die Ranch. Er
winkte einer Dienerin, mir etwas zu essen zu bringen.
Danach gestand er mir verlegen ein, daß er als Junge
gern ein Dichter geworden wäre. Die Dienerin hatte ihr
Baby auf ein Kissen in den Schatten gelegt. Die Tage
waren so warm, wie die Nächte kalt waren. Ich blickte
hinüber und hätte die Szene liebend gern gezeichnet.
Das Baby fing an zu schreien. Ich stand auf, um nach
ihm zu schauen, doch der Rancher hielt mich am Arm
zurück. Er sagte, das Baby sei mißgebildet, und die
Mutter glaubte, das wäre so, weil das Kind unehelich
geboren wurde. Die Mexikanerin kam zurück. Sie war
unglaublich hübsch. Sie brachte mir Limonade und
eine Schüssel Eintopf. Dann ging sie zum Baby. Bei
einem flüchtigen Blick sah ich, daß das Gesicht des
Babys verschoben war. Der Mann spürte, daß ich sein
Geheimnis kannte, und blickte beiseite. Die junge
Mexikanerin musterte mich freimütig. Ich streckte die
Arme aus. Sie brachte das Baby her und legte es mir in
die Arme. Ich preßte es an die Brust. Dann schwiegen
wir alle, bis sie ihn auf spanisch etwas fragte. Er erklärte mir, sie würde sich freuen, wenn ich ein Glücks-
lied sänge. Mir fiel nichts Passendes ein. Doch dann
erinnerte ich mich an das Gedicht Stevensons, das mir
meine Lakota-Mutter immer vorlas. Es war ihr Lieb-
lingsgedicht:

Wenn Mond und Sterne erloschen sind,
Wenn draußen der Sturm erwacht,
Reitet vorbei bei Regen und Wind
Ein Reiter in finsterer Nacht.

Ich legte das Heft weg und zog mich zur Abwechslung an. 1921 war ich wieder in der Gegend. Ich fand die Hacienda, aber sie war eine Ruine, die Stuckwände von Einschüssen übersät. Ich schlenderte ein bißchen durch Hermosillo, weil ich hoffte, ihnen zufällig zu begegnen, aber es sollte nicht sein. Da ich keine Namen kannte, konnte ich auch nicht fragen. Ich hätte damals an jenem Nachmittag, als sie mich baten, bei ihnen zu übernachten, dort bleiben sollen. Wir denken uns das Leben als etwas Beständiges und sind völlig entgeistert, wenn die Zeit uns lehrt, daß es etwas Fließendes ist. Der alte Heraklit hätte nicht ein einziges Mal in denselben Fluß steigen können, von zweimal ganz zu schweigen.

10. Februar 1910 – Ich bin im Moctezuma-Hotel in Nogales, Arizona, wo ich vor fünf Monaten in diese fremde Welt eingetreten war. Von zu Hause sind mehrere traurige Briefe angekommen, auch wegen zuviel Geld. Außerdem ein Telegramm von Walgren, unserem Nachbarn, einem der echten schwedischen Zimmerleute, die unser Haus gebaut haben. Später wurde er Rechtsanwalt einer großen Einwanderergemeinde in der Gegend. Er war ein mürrischer, ernster alter Zausel, der nie die Gelegenheit für eine Predigt auslassen konnte. Meine Eltern sind sehr krank. Ich sehe, daß das Telegramm über einen Monat alt ist und kurz nach Neujahr losgeschickt wurde. Ich gehe die paar Schritte zum Bahnhof und kaufe mir eine Fahrkarte. Mit Bedauern blicke ich zurück über die Grenze zu der Farm in

den Bergen, wo ich mein Pferd zurückgelassen habe. Ich habe für ein Jahr Futtergeld bezahlt und gesagt, sie sollte es ab und zu bewegen. Der etwa zehnjährige Junge war begeistert und machte sich sogleich ans Striegeln. Was wird aus meinem Pferd, wenn es eine Revolution gibt? Weder Walgren noch meine Eltern haben Telefon. In unserer Gegend gibt es noch nicht viele Apparate. Ich schicke Walgren und dem Sheriff des County, der mich nicht ausstehen kann, ein Telegramm, worin ich mitteile, daß ich auf dem Heimweg bin.

Wieder im Hotel, ordne ich meine Skizzen und packe sie ein, dann nehme ich das erste heiße Bad seit einem Monat. In meinem Hals ist ein Kloß wegen meiner Eltern. Gleichzeitig quält mich das Bild einer jungen Frau, die ich heute morgen gesehen habe, als sie sich mit einem Satz, wie ein Apache, auf den Rücken eines Pferdes schwang. Sie lächelte mir zu, galoppierte dann so schnell fort, daß ihr Haar im Wind flog. Sie ritt auf einen Hügel, drehte sich aber nicht wieder um, um mich eines weiteren Blickes zu würdigen. Einer war genug. Sterbende Eltern und das Gespenst des Sexus. Mein Vater hatte sich gegen meine Kunstbegeisterung gesträubt, vor allem am Anfang. Über mein offensichtliches Talent mit Pferden und beim Handel mit Grund und Boden war er glücklich gewesen. Damit hatte ich, seit ich vierzehn war, meinen Lebensunterhalt verdient. In seinem Kopf paßten die beiden Dinge, Kunst und Geld, nicht zusammen. Als Junge habe ich mal in seinen weggeschlossenen Papieren über sein Geschäft mit den Baumschulen geschnüffelt, als er nicht zu Hause war. Damit hatte er nach dem Bürgerkrieg begonnen. Der Schlüssel lag unter dem Teppich unter seinem Stuhl. Er hat immer schrecklich geheimnisvoll getan, weil er der Meinung war, Geschäfte wären seinem Seelenheil abträglich. Da ich schon früh meinen Ehrgeiz darauf verwendete, ein Künstler zu werden, betrachtete er es als seine Mission, als Außenstehender Bemerkungen über »Götzenbilder« zu machen: Edisons mögliche Gotteslästerung durch die Wiedergabe der menschlichen Stimme; die Irreführung der Fotokunst; der Fehler des Versuchs, »bewegliche« Bilder zu machen; und die profunden Gefahren des Automobils, welches das Zeitgefühl so radikal veränderte, das zuvor so von der Entfernung abhängig gewesen war. Jedenfalls war das seine Meinung ...

Ich würfele eine Zwiebel und gebe sie in eine Pfanne mit Butter. Dann pflücke ich von Friedas Kräutertöpfen im Fenster ein paar Blätter frischen Salbei. Sie buttert auch selbst. Die Butter schmeckt so gut, wie man sie weder in Chicago noch in New York bekommt. Da muß man schon bis in die Normandie fahren. Ich schneide den Hühnermagen klein und mische die Stücke in der Pfanne mit den Zwiebeln und gebe Brotwürfel dazu. Dalva mag die Füllung angebraten, nicht »klebrig« aus dem Vogel. Sie ißt gelbe Kohlrüben auch nur, wenn sie mit Kartoffeln zerquetscht sind, und Rosenkohl kommt nicht in Frage, wenn er nicht halb durchgeschnitten und in Butter gedünstet ist, gekocht nie. Es gibt in ihrem Leben wenig, dem sie nicht ihre gesamte Aufmerksamkeit widmet. Bei ihr schwimmt Sonia im Niobrara, während ich sie nur mit Mühe dazu bringen kann, durch einen Bach zu laufen. Lundquist hat Sonia zuviel umhergetragen, als sie noch klein war, um sie vor den Gänsen im Hof zu schützen. Als die Hündin älter wurde, hat sie aus Rache eine Gans umgebracht.
Meine Gedanken wandern zu meinem Freund Davis. Er war ein hervorragender Lagerkoch, starb aber 1909 auf mei-

ner ersten Mexiko-Reise. Er stammte aus Omaha und war ein viel größeres Zeichentalent als ich, aber ein totaler Schwachkopf und Pedant. Wir waren in der Nähe von El Salto westlich von Durango und kampierten in einem Canyon mit gefährlich steilen Wänden. Wir waren zwei Flachlandbewohner. Ich war jedoch äußerst vorsichtig, er nicht. Es war Spätfrühling, und es gab zu viele Klapperschlangen, um, abgesehen von den frühen Morgenstunden, gemütlich umherzuwandern. In der Mittagswärme zeichnete ich, und Davis trank Tequila gegen Zahnschmerzen. Dann sagte er, er wolle auf einen Berg steigen, um eine kühle Brise zu erwischen. Ich hielt das für keine gute Idee und sagte:»Geh schon, du Idiot. Du wirst dir das Genick brechen.« Genau das hat er getan und noch mehr. Er rief mich von einer Klippe ungefähr eine halbe Meile über mir, jedenfalls nahm ich das an. Ich blickte hinauf und sah ihn nach rechts und links schwanken, dann nach vorn. Und dann stürzte er den Steilhang hinab. Seltsamerweise war eine große Schlange bei seinem Körper, die in Fetzen seiner blutgetränkten Kleidung gewickelt war. Er sprach keine letzten Worte. Sein Gesicht war zerschmettert, nur die Augen bewegten sich noch einen oder zwei Momente, nachdem ich bei ihm angekommen war.

25. Februar 1910 – Eine Woche wieder zu Hause. Die letzten siebzehn Meilen auf geliehenem Pferd durch einen widerlichen Blizzard. Doch am Spätnachmittag, als ich die Bäume sehen konnte, die wir in drei Meilen Entfernung gepflanzt hatten, drehte der Wind plötzlich nach Süden, als wollte er mich fragen, warum ich mir solche Sorgen machte. Die Temperatur stieg von minus vier auf plus fünf Grad.
Jetzt sind beide tot, und ich habe sie eigenhändig begraben. Von der Erschöpfung und dem gräßlichen

Bemühen, sie am Leben zu erhalten, obwohl sie das nicht wollten, wurde ich krank. Es war offensichtlich, daß sie nur bis zu meiner Ankunft durchgehalten hatten. Ich schämte mich und bat um Verzeihung, aber mein Vater winkte ab und machte einen biblischen Scherz: »Laß die Toten die Toten begraben, aber du mußt es machen.« Ich fand es seltsam, daß beide mehrere Tage lang nichts gegessen hatten, obwohl die Vorratskammer voll war. Sie tranken Mengen von Lakota-Tee, der sie etwas verträumt machte, nicht aber die Schmerzen meines Vaters linderte. Ich mußte meine Mutter immer Margaret nennen, obwohl er ihren Lakota-Namen benützte: »Small Bird«. Ich hatte ein komisches Gefühl. Obwohl sie fünfundzwanzig Jahre jünger als ihr fünfundsiebzigjähriger Mann war, wollte sie nicht länger bei uns bleiben, nachdem er gegangen war. Deshalb gelobte ich mir, sie nicht aus den Augen zu lassen. Anders als Walgren, Vaters einziger Freund in der Gegend, war der junge Doktor ein Amateur auf dem Gebiet der Indianerfragen. Er hatte Medikamente zurückgelassen, die mein Vater aber verweigerte, weil er »bei vollem Bewußtsein« sein wollte, wenn er »ins Königreich« einging. Ich weiß nicht, ob das albern oder mutig war. Es paßte aber zu den Extravaganzen, die sich der Mann im Leben geleistet hatte. Ich brachte ihn dazu, ein Glas Whiskey zu trinken. Das half ihm, machte ihn aber auch noch kränker. Vor meinen Augen wurde er an jenem Abend zu einem Geist. Er sagte, obwohl ich, wie er wisse, mich selbst gut versorgen könne, sei ich gut versorgt und daß die Sünde seines Lebens die Habgier gewesen sei. Ich versicherte ihm, daß das bestimmt niemand bemerkt hätte, weil wir immer einfach gelebt hätten, obwohl Haus und Land schuldenfrei seien. Davon wollte er nichts hören und weinte. Wir beteten vor dem Kamin, mit Margaret zwischen uns. Es war offensichtlich, daß keine Zeit mehr blieb, seine alten Freunde aus der Reservation zu holen, diese Dutzende, die im Laufe der Jahre bei ihren geheimen Wanderungen bei uns hereingeschaut hatten. Während des Betens schlief er ein. Ich erwischte ihn gerade noch, ehe er ins Feuer fiel, und trug ihn ins Bett. Hinterher gab Margaret mir einen Stein in einem kleinen Lederbeutel. Wir saßen noch lange auf, damit ich ihr von Mexiko erzählen und ihr mein Skizzenbuch zeigen konnte. Alles war sehr friedlich, bis sie gegen Tagesanbruch aufschrie und mich schüttelte und durchs Fenster zeigte. Mein Vater tanzte in langer Unterwäsche auf dem Hof herum. Ich rannte hinaus, ebenfalls nur in Unterwäsche. Er heulte, blutete und konnte das Wasser nicht halten. So tanzte er einen Kreis im Schnee. Ich vermochte ihn nicht zu beruhigen. Aufgrund der Gesten und dann der Schreie durch den blutigen Bart gab er mir zu verstehen, daß er wollte, daß auch ich im Kreis tanzen sollte. Eine Runde tat ich ihm den Gefallen, dann schleppte ich ihn hinein. Ich war verblüfft, wie leicht und wie unglaublich stark er war. Ich flößte ihm mit Gewalt etwas Medizin ein, indem ich ihm die Nase zuhielt, damit er gezwungenermaßen schlucken mußte. Ich war erst wenige Meilen zu Walgren geritten, als dieser mir mit dem Arzt schon entgegen kam. Als wir zu unserem Haus kamen, lag er draußen im Schnee, tot, den Kopf in Small Birds Schoß. Der Arzt konnte die Neugier nicht bezwingen und fragte mich, was sie singe. Ich antwortete, ich wisse es nicht. Ich war ein Weißer, was immer das auch sein mag.

Ich lege mein Tagebuch beiseite. Unterdrückte Tränen sind eine schlechte Einstimmung auf ein Abendessen. Das Bild meines Vaters war so eigenartig geworden. Immer wenn ich an ihn dachte, sah ich vor meinem geistigen Auge eine Bergziege auf einem Felsband in den Pinacates. Sein Blut war kalt, Davis' warm, und es wurde in der Hitze des Nachmittags noch wärmer, als ich ihn zum Pferd trug und dann nach El Salto brachte.

Ich gieße mir meinen täglichen Canadian Whiskey ein, starre ihn lange und eingehend an und schütte ihn dann in den Ausguß. Statt dessen öffne ich eine Flasche guten Rotwein. Ducru-Beaucaillou, in Chicago gekauft, weil ich den Klang des Namens schön fand. Er ist aber mehr als trinkbar. Mein Vater stellte einen grauenvollen Rhabarberwein her, der mir jahrelang den Genuß dieses Getränks vergällte.

Walgren hatte versucht, mir zu helfen, das Grab auszuheben, aber er hatte Arthritis, und die Temperatur war weit unter den Gefrierpunkt gesunken. Die Erde war schon gefroren, ehe der Schnee fiel. Ich mußte eine Spitzhacke für den ersten halben Meter benützen. Walgren bewunderte dabei mit klappernden Zähnen die gute Bodenqualität, bis ich ihn ins Haus schickte. Der Arzt kam zur Beerdigung. Wir vier standen in Dämmerung und Wind da. Sie blickten mich an, damit ich etwas sagte, aber ich konnte nicht. Deshalb verbeugten wir uns nur. Walgren ging ins Haus. Margaret blieb stehen und sang in ihrer Muttersprache, während der Arzt und ich das Grab zuschütteten.

Zwei Nächte später schlüpfte sie aus dem Haus, nachdem sie mich wie ein Kind zugedeckt hatte und ich eingeschlafen war. Bei Tagesanbruch folgte ich ihrer Spur drei Meilen lang bis zu einer Quelle an einem Bach, der in den Niobrara mündet. Aufrecht saß sie in einem Gebüsch an einem Baum, nur dünn bekleidet und tot. Sie hatte damit einen gewissen Humor bewiesen, denn ich hatte ihr als Junge ständig in den Ohren gelegen, mit mir hierher zu gehen. Es war unser Lieblingsplatz zum Kampieren gewesen. Und jetzt hatte sie mich an die Stelle geführt, zu der ich immer hingehen wollte. Bis ich achtzehn war, hatten wir dort ein Tipi stehen. Dann entweihten es irgendwelche Jäger, die unbefugt eingedrungen waren. Mein Vater verzieh allen schnell, nur der US-Regierung nicht. Ich aber suchte nach ihnen und fand sie in einer Kneipe. Sie haben für ihr Verbrechen teuer bezahlt.

Ich schiebe das Moorhuhn in die Röhre und warte ungeduldig auf die Ankunft meiner Enkelin. Ich schaue durchs Küchenfenster hinaus. Einen Moment lang habe ich das Gefühl, ich könnte sehen, wie sich die Zeit im kühlen Herbstwind zwischen mir und unserer Begräbnisstätte in der Luft bewegt. Ich weiß, daß es albern ist, aber ich finde es doch merkwürdig, daß die Zeit nie rückwärts läuft, es sei denn in der zerbrechlichen Struktur unseres Gedächtnisses. Alle wollen »weiterkommen«, was immer das bedeuten mag, abgesehen von einem Widerwillen gegen das, was sie bis jetzt getan haben. Zu der »Zeit«, als ich meine Eltern begrub, hätte ich alles gegeben – eine bedeutungslose Geste, da wir nichts besitzen, um diese Götter günstig zu stimmen –, ein Maler zu sein oder auch Schriftsteller, aber ich sollte weder das eine noch das andere werden, sondern blieb in der Zwischenwelt zwischen beiden gefangen, einem leeren Raum, der einen hoffnungslos ruhelosen Geist hervorbringt. Eine kurze Zeit lang gab ich die Schuld dafür den vermischten Genen von Weißen und Indianern, aber diese Vermischung bedeutet im eigentlichen Leben nichts, höchstens, daß man durch dünnes Eis bricht und in ein Bad aus Selbstmitleid fällt, mit Sicherheit eines der destruktivsten menschlichen Gefühle.

Der Arzt half mit, das Grab für meine Mutter auszuheben. Aber er war nicht gewohnt zu schaufeln und stellte dauernd Fragen, die ganz und gar nicht zu unserer Tätigkeit paßten. Ob er die Tagebücher lesen dürfe, die mein Vater erwähnt hatte? Ob man die Sammlung der Artefakte nicht einem Museum schenken sollte? Solche Sachen. Ich bin immer wieder verblüfft, welchen Blödsinn Menschen bei den heiligsten Anlässen reden. Verärgert schickte ich ihn heim. Ehe ich die letzte Schaufel Erde herausgeholt hatte, kam Walgren vorbei, um zu fragen, wann wir über das Testament meines Vaters sprechen könnten. Ich schickte ihn auch weg. So kam es, daß ich meine Mutter ganz allein beerdigte, weit weg von ihrem eigenen Volk, aber mit der Gewißheit, daß ihre Seele nach ihm suchen würde, falls sie es nicht bereits getan hatte.

Ehe es ganz dunkel wurde, kniete ich mich noch auf die Erde. Aber wieder brachte ich kein Wort heraus. Kaum war ich zurück im Haus, schlug die Krankheit zu. Wie sich später herausstellte, war es eine Art Malaria, die ich mir unten in Mexiko geholt hatte. Mehrere Tage war ich halb im Delirium, und mein Verstand und meine Träume gingen so verschlungene Wege, daß ich zweimal versuchte, die Visionen zu skizzieren.

Smith' jüngere Schwester, die ich sehr geliebt hatte, als wir beide vierzehn waren, besuchte mich immer wieder. Sie hieß Willow, und ihre Eltern waren ultrakonservativ. Unsere Väter waren seit vielen Jahren eng befreundet. Sie entdeckten unsere Zuneigung und schickten Willow nach Manderson, zweihundert Meilen weit weg, damit sie dort bei ihrer Tante wohnen sollte – sagten sie jedenfalls. Als ich sie suchte, fand ich keine Spur von ihr. Das war im Spätfrühling 1900. Bis zum Winter habe ich mit meinen Eltern nicht mehr gesprochen. Ich habe mir meine eigene Unterkunft neben der Scheune gebaut und begonnen, ernsthaft meinen Lebensunterhalt mit Pferdehandel zu bestreiten. Es war der erste Tiefschlag in meinem Leben. Ihre Eltern wollten mich nicht in ihrer Nähe haben, weil ich halb weiß war. Später hat ein anderes Elternpaar, das ebenso verbohrt war, mich hinausgeworfen, weil ich ein halber »Wilder« war. Sie sprachen dieses Wort mit wohligem Entsetzen aus.

27. Februar 1910 – Seltsame Bilder, angsteinflößend, als ob ich – oder sonst jemand – je die Landschaft dieses Fiebers hätte malen können. In der Dreschmaschine. Erst fand in der Reservation Tauziehen mit Kuhdärmen statt, als ich drei war und sie ihre Zuteilung geschlachtet hatten. Männer aßen Scheiben des rohen Herzens. Die Frauen nahmen uns die Därme weg, nachdem die Hunde sich darin verbissen und uns über die Erde gezerrt hatten. Ich wache auf, trinke Wasser, das mir heiß vorkommt, obwohl es kalt ist, weil es im Haus ohne Feuer eiskalt ist. Mir ist zu heiß, um Feuer zu machen, und ich zerschlage das Eis im Eimer. Nun bin ich den Harney Peak halb hinaufgestiegen. Da war ich zehn, und mein Vater wollte mir gern einen Bären zeigen. Doch sahen wir ihn nur durch das Fernglas weit hinten am Waldrand auf einer Wiese. Willow weckt mich an der Quelle. Wir sind nackt und sind geschwommen. Um die Mittagszeit ist der Sand heiß. Zehn Millionen Zikaden zirpen laut. Sie sagt, sie hätte gehört, wie man davon geredet hätte, sie nach Manderson zu schicken. Ich falle die Treppe hinab, um sie aufzuhalten – und wache auf. Unter mir ist es naß, und endlich ist mir kalt …

Dalva reitet auf ihrem dunkelbraunen Wallach auf den Hof und wird von den Hunden mit Riesengebell begrüßt. Ich hatte am Fuß meiner uralten Treppe gedöst und einen Moment lang geglaubt, es könnte Willow sein – auf demselben Hof vor fünfzig Jahren. Dalva hatte darauf bestanden, daß

Lundquist eine Stange vor der Veranda anbrachte, wo man die Pferde anbinden kann. Sie stürzt herein, und wir umarmen uns. Dann erkundige ich mich, was mit dem Schulbus sei. Sie antwortet nicht, erklärt nur, sie würde über Nacht bleiben. Alles wird in ihrer Vorstellung so, wie sie es gern hätte, auch wenn das manchmal etwas geflunkert ist. Als sie hört, daß ich keine Lust habe, im kalten Oktoberwind auszureiten, läuft sie hinaus, um ihr Pferd wegzubringen und die Schulmappe zu holen.

Gestern abend erhielt ich die wohlverdiente Strafe, als wir halb mit dem Abendessen fertig waren. Dalva aß viel mehr als ich. Sie fragte: »Warum erzählst du mir in den Geschichten aus deinem Leben immer alles so, als wärst du so ein netter Mensch gewesen? Naomi sagt, das warst du gar nicht. Alle in der Stadt sagen, im ganzen County hätte man sich vor keinem mehr gefürchtet als vor dir. Alte Leute in der Kirche sagen, du wärst noch schlimmer gewesen als dein Vater. Sie behaupten, du wärst nicht einmal ein Christ. Deshalb wäre es mir wirklich lieber, du würdest mir nicht nur deine guten Seiten schildern. Ich bin kein kleines Kind mehr. Ich bin elf.«
Ich fand das Ganze eher interessant als ärgerlich. Habe ich je einen Mann getroffen, der nicht wünschte, seine Tochter oder Enkelin möge nicht verdorben werden von Typen wie uns und einer im Prinzip bösen Welt? Aber was steckt hinter diesem Wunsch, abgesehen von der Hoffnung, daß ein menschliches Wesen ein Porzellanpüppchen in unserem Kopf bleibt, obwohl es damit keinerlei Ähnlichkeit aufweist außer in unserem Kopf und der allgemeinen Verlogenheit der Gesellschaft? Ich habe noch keine Frau kennengelernt, die wirklich dem Wunschbild ähnelt, das die Gesellschaft von ihr hat. Frauen sind nicht so gebaut, ebensowenig wie wir.

34

Statt Dalva vom Tod meiner Eltern zu erzählen, worauf ihre ursprüngliche Frage hinauslief, schilderte ich ihr in den herrlichsten Farben, wie es weiterging, nachdem man mir Willow weggenommen hatte. Ich erschoß den besten Stier meines Vaters, als er im Niobrara trank. Das Tier vertraute mir und ließ mich in seine Nähe. Ich legte meinen Iver-Johnson-Revolver an sein Ohr und schoß dreimal. Der Stier sank im Wasser auf die Knie. Brüllend quälte er sich ein Stück weiter. Blut strömte aus seinem Maul, ehe er sich auf die Seite legte und starb.

Ich plante, Willows Vater und meinen zu töten, aber dann hielt mich der vernünftige Gedanke davon ab, daß ich das Mädchen nie finden würde, wenn ich im Gefängnis saß. Ich brauchte nur fünf Tage für den Ritt nach Manderson. Als ihre Verwandten mir nichts sagen wollten, zog ich wieder meinen Revolver. Aber ein alter Mann und mehrere uralte Lakota-Krieger überwältigten mich und banden mir Hände und Beine. Dann brachten sie mich nach Hause. Bei ihnen war auch He Dog, ein Freund meines Vaters und auch von Crazy Horse. Diese Männer waren keine zahmen Seelen, sondern hatten die Schlachten vom Little Bighorn bis Twin Buttes mitgemacht. Zu behaupten, daß sie mir Angst einjagten, wäre die Untertreibung des Jahres. Einer von ihnen, Willows Onkel, erklärte, daß er meine Eier den Krähen vorwerfen würde, falls er mich noch mal in Manderson sähe. Dabei schwenkte er ein Messer, mit dem er laut Aussagen der anderen hundert Skalps von Kavalleristen genommen hatte. Er wurde von seinen Drohungen so übermannt, daß er vom Pferd sprang und wie ein Irrer um mein Pferd tanzte. Dabei schrie und heulte er so, daß ich mir beinahe in die Hosen gemacht hätte. Dabei war der Mann bestimmt siebzig. Ja, das waren keine christlichen Indianer, sondern Krieger mit Ahnen, die dem weißen Mann nichts schuldeten. Wir leben nicht auf derselben Erde wie sie, und wir machen uns etwas vor, wenn wir denken, wir würden sie verstehen. Diese Männer zu bemitleiden hieße, die Götter zu bemitleiden.

Die alten Krieger, wenn ich mich recht erinnere, waren es fünf, blieben drei Tage lang. Wie andere vor ihnen gaben sie meinem Vater Pakete zur Aufbewahrung, die in Rehleder gewickelt waren. Sie kampierten draußen bei der Scheune. Zweifellos erteilten sie meinem Vater gute Ratschläge bezüglich meines Benehmens. Aber sie sprachen auch über die alten Zeiten nach Wounded Knee, als mein Vater einen Nervenzusammenbruch gehabt und mit diesen Freunden oben in den Badlands gelebt hatte. Später bereute ich, daß ich mich fern gehalten und bei der Quelle geschmollt hatte. Nur zum Abendessen war ich erschienen, weil ich Angst hatte, sie würden mich aufspüren. Sicher hatten sie auch diese Absicht gehabt. Weiterhin tat mir leid, daß mein Vater an jenem Tag ausgeritten war. Er hatte die Schüsse gehört, den Stier im Fluß treiben sehen und ihn mit unserem belgischen Zugpferd Tom herausgeholt. Er zeigte nie mit dem Finger auf mich, aber als wir abends das Fleisch aßen, dankte mir Willows Onkel, weil ich ein so guter Schütze sei. Dann lachte er schallend über seine Bemerkung.

Nachdem sie weg waren, ging ich daran, meine Behausung zu bauen. Ein Teil davon ist jetzt ein Ende der Arbeiterbaracke. Smith versuchte mir zu helfen, aber er war ein noch weniger talentierter Zimmermann als ich. Er schlug vor, das Tipi meiner Eltern von der Quelle herzubringen, was keine schlechte Idee war, aber ich wollte nichts, was ihnen gehörte. Ich würde ein paar Kartoffeln vom letzten Jahr und Kohl und gelbe Rüben aus dem Keller klauen müssen, aber ansonsten gedachte ich von dem Wild zu leben, das ich erlegte. Smith brachte die Frage der Heizung auf, aber da wir schon Frühlingsende hatten, meinte ich, darüber würde ich mir den Kopf zerbrechen, wenn die ersten Schneeflocken fielen. Eine Woche lang regnete es stark, und wir schufteten im Schlamm. Die Baupläne entnahmen wir einer Broschüre über den Bau von Schuppen, die ich beim *Nebraska Farmer* bestellt hatte, einer Zeitschrift, die einen abenteuerlustigen Burschen tödlich langweilte. Mir fehlten die Kuchen schrecklich, die meine Mutter aus Dörrobst machte. Wenn der Wind direkt aus Osten wehte, stieg mir ihr Duft vom Farmhaus auf fast hundert Meter in die Nase. Auch Smith vermißte die Kuchen. Mit der Weisheit eines Indianers meinte er, meine Mutter hätte wahrscheinlich nichts mit der Entscheidung über Willow zu tun, und als Zeichen meiner Vergebung sollte ich sie um einen Kuchen bitten. Schon bald gab Smith unser gemeinsames Tipi zugunsten der Hütte seiner Eltern auf, die in einer Ecke unseres Landes am Ufer des Niobrara stand. Ein gutes Essen jeden Abend war nicht zu verachten. Allerdings erschien er weiterhin pünktlich jeden Morgen mit einem Kanten Maisbrot für mich.

Eines Morgens im Juni, als meine armselige Behausung fast fertig war, kam Smith mit einem seiner Meinung nach sicheren Hinweis auf Willows Aufenthaltsort. Er war schon bei Tagesanbruch von zu Hause aufgebrochen und hatte mein Maisbrot vergessen. Deshalb war er noch mal zurückgegangen und hatte gehört, wie seine Eltern sich über einen Vetter unterhielten, ein Halbblut, der weit im Osten in einer Eisenmine arbeitete, in Ishpeming, Michigan. Dort war Chippewa-Land (selbst nannten sie sich *anishinabe*), deshalb konnte der Vetter nicht zugeben, daß er zum Teil ein Lakota war, da die Stämme seit Urzeiten Feinde waren. Smith meinte, der Vetter sei ein toller Bursche, der ihnen bei einem Besuch mal eine Milchkuh gekauft hatte. Außerdem habe er eine Weiße aus Finnland geheiratet.

Ich ritt sofort in die Stadt, um Teerpappe für mein Dach zu besorgen, aber vornehmlich, um herauszufinden, wo Ishpeming lag. Es war eindeutig zu weit, um hinzureiten. Außerdem konnte meine längere Abwesenheit Smith' und meine Eltern auf den Verdacht bringen, daß ich wieder Willows Spur folgte. Ich muß schnell zuschlagen, dachte ich, während ich den Atlas und das Kursbuch in der Bezirksbibliothek studierte. Meiner Schätzung nach mußte ich drei der elf Pferde verkaufen, die ich besaß, um die Reise zu bezahlen. Ein lächerlicher Preis für einen jungen Romeo, der unter allen Umständen seine verlorene Geliebte wiederhaben wollte.

An dieser Stelle brach ich meine traurige Geschichte ab, denn es war Schlafenszeit für Dalva. Sie war in Tränen aufgelöst und trocknete sich die Augen mit dem Taschentuch, das ich ihr gab. Ihre erste Bemerkung lautete: »Wenn man das hört, möchte man am liebsten ein Hund sein.« Sie kniete sich auf den Teppich und gab den Airedales Gutenachtküsse. Dann kam ihr ein überraschender Gedanke. »Wenn du Willow geheiratet hättest, als du vierzehn warst, würde ich nicht existieren«, sagte sie. Mir war schon öfter aufgefallen, daß junge Menschen über die Zerbrechlichkeit ihrer Existenz plötzlich sehr betroffen sein konnten, aber das kam mir für ein kleines Mädchen doch frühreif vor. »Es ist immer gut, wenn man weiß, wie die Geschichte ausgeht«, neckte ich sie. Aber sie beschäftigte sich bereits mit einem anderen Thema. »Warum hat dein Vater dich kein Indianermädchen lieben lassen? Er hat doch selbst eine Indianerin geheiratet.« Ich erwiderte, daß ich darüber nachdenken würde. Dabei hatte sich das Nachdenken über dieses Thema für mich lange erschöpft. Ich schickte sie nach oben ins Schlafzimmer ihrer Großmutter, das sie bewunderte, weil es einer Puppenstube glich, ganz im Gegensatz zum Rest des Hauses. Meine schon vor langer Zeit verstorbene Frau hatte dort die letzten zehn Jahre ihres Lebens nicht mehr geschlafen, da sie mich 1930 verlassen hatte und nach Omaha und Chicago gegangen war. »Du wirst ohne mich viel glücklicher sein«, hatte sie erklärt. »Seit deiner Kindheit warst du immer ein Junggeselle.«

Ich leistete mir einen Hine-Cognac und hörte mir die verkratzte Aufnahme des traurigen Songs »You Can't Be True, Dear« (»There's nothing more to say«) durch die Decke des Arbeitszimmers an. Ab und zu verstand ich eine Zeile, die ich kannte. Dalva spielte den Song immer vor dem Schlafengehen auf einem alten handbetriebenen Victrola-Grammophon, weil er »romantisch« war, ganz anders als Brahms und Dvořák, die ihre Mutter ständig spielte, seit sie ihren Mann, meinen geliebten Sohn John Wesley, verloren hatte. Wie irreparabel sich die Welt doch verändert, wenn die Menschen, die man im Leben geliebt hat, tot sind. Es ist immer der letzte Tag des Altweibersommers. Wir stehen draußen in der Kälte, und es gibt keine Tür, durch die wir wieder hineingehen könnten.

Ich schimpfte mit mir wegen dieser Sentimentalität und erinnerte mich an die Riesenportionen Dickens, die mein Vater mir vorsetzte, um dafür zu sorgen, daß ich das passende Mitgefühl entwickelte. Mein kritisches Patentrezept für Copperfield und Cratchit war, daß sie ihre Peiniger erschießen oder zu Boden schlagen sollten. Diese Idee brachte mir bei meinem Vater keine Pluspunkte ein. Nach dem letzten Tropfen Cognac mußte ich husten. Ich überlegte, ob ich mich auf etwas so Abenteuerliches wie einen Besuch beim Arzt einlassen sollte. Ich spürte, wie mein Herz unregelmäßig schlug, aber dann erinnerte ich mich an Maynard Dixon und sein mutiges Keuchen. Mir war bei anderen auch aufgefallen, daß das Leben weitgehend an ihnen vorbeilief, während sie immer noch große Pläne schmiedeten. Ich hatte gewiß nie die Sünde des Verpassens begangen, aber das war weniger Tugend, sondern Besessenheit. Ich konnte nicht anders. Meine Mutter liebte es, die Landkarte zu studieren, während ich die Orte beschrieb, die ich auf meinen frühen Skizzenreisen besucht hatte. Danach wartete ich auf ihre leisen Fragen. Was haben die Leute dort gegessen? Was für Pferde haben sie geritten? Gab es dort Indianer, und hat man sie gut behandelt? Beim letzten Punkt war ich nicht gern ehrlich, war es aber aus Verpflichtung gegenüber ihrem klaren, wenn auch begrenzten Sinn für die Geschichte anderer Völker: Seri, Tarahumara und Yaqui wurden von ihrer Heimat im südlichen Sonora hinunter nach Yucatán als Sklaven verkauft, wo sie wegen des Klimas starben. Der Großteil der Seri – mehrere tausend – wurde von Vaqueros und der mexikanischen Armee wegen eines Viehdiebstahls abgeschlachtet. Die Tarahumara schienen in ihrem Zufluchtsort in den Bergen sicher zu sein, aber es war zweifelhaft, ob das ein Dauerzustand bleiben würde. Ich erinnere mich, wie wir drei mit dem Atlas auf dem Tisch in der Küche saßen und meine Mutter sich wunderte, warum die Eindringlinge in unserem Land sich die Mühe gemacht hatten, einen gefährlichen Ozean zu überqueren, wenn es doch möglich gewesen wäre, nach Osten, in die riesigen leeren Gebiete, zu ziehen. Sie zeigte mit dem braunen Finger auf das russische Sibirien. Damals war ich vielleicht zehn. Mein Vater blickte mich hilfesuchend an, eine bei ihm einmalige Geste. Ich meinte altklug, daß Menschen gern mit Schiffen übers Meer fahren, aber sie widersprach. 1897 hatten wir, die ganze Familie, die großartige Trans-Mississippi-Ausstellung in Omaha besucht. Auf der Fahrt auf einem Missouri-Dampfboot hatte sie sich äußerst unwohl gefühlt, und als wir über die Brücke nach Iowa fuhren, um mir kleinem Jungen eine Freude zu machen, war das für sie wie ein Alptraum gewesen. Niemals stieg sie in das kleine Boot, das wir benützten, um auf dem Niobrara herumzufahren oder überzusetzen. Aber sie schwamm im Spätsommer sehr gern hinüber. Wie ein Kind rief sie vom gegenüberliegenden Ufer: »Ich bin auf der anderen Seite.«

Für sie war der Höhepunkt der großartigen Ausstellung das Essen in einem chinesischen Restaurant gewesen, wo sie die Speisen nicht anrührte, aber fand, die Chinesen würden den Cheyenne ähneln. Mein Vater hielt sie von den Schaukämpfen verschiedener Stämme fern, weil er Angst hatte, diese würden ihre angeborene Melancholie verstärken. Sie hatten die Fahrt um meinetwillen gemacht, damit ich sehen könnte, wie die moderne Welt sich entwickeln würde, und mich auf die Veränderung einstellte. Aber mich Knirps hatte nicht die wahnsinnige Absurdität der filigranen Architektur am meisten beeindruckt, sondern in der französischen Abteilung der Anblick einer wunderschönen Französin, die französisch sprach. Sie sah genauso aus wie die Frau auf der Reproduktion eines Bildes von Courbet, das sich etwa zehn Meter neben der Stelle befand, wo sie sprach. Ich schob mich so nahe an die Plattform, daß ich ihren Fliederduft riechen und ihre Haut und schlanke Figur bewundern konnte. So etwas fiel sogar einem Zehnjährigen auf. Weniger als eine Sekunde blickte sie zu mir herab und lächelte. Und mit diesem Zufall begann meine Kunstbesessenheit.

Ich wurde früh durch die Geräusche geweckt, die Dalva in der Küche machte. Wieder war ich dankbar, daß Frieda immer noch bei ihrer religiösen Orgie in Lincoln war. Dalva hatte nur ein einziges Frühstücksrezept. Sie schnitt in eine Toastscheibe ein rundes Loch. Dann röstete sie das Brot in Butter und schlug ein Ei in das Loch. Sie bereitete das gern für mich vor unseren sonntäglichen Ausritten zu. Allerdings aß sie selbst nichts davon, sondern zog Müsli vor. Vor Morgengrauen hatte ich den Pick-up von Lundquist gehört, der zur Arbeit gekommen war. Wie gewohnt schaltete ich das Radio ein, um den Schlachtvieh-Report zu hören. Vor den politischen Albernheiten schaltete ich schnell ab. Ich war dankbar, daß vor dem Fenster noch die Luft da war und es Sonne gab. Ein alter Reiter ist auf einem scheuenden Pferd weit weniger elastisch, und ein starker Wind macht alle Geschöpfe nervös. Dieser Gedanke brachte mich wieder zurück zu Willow, die auf dem Pferd besser saß als alle, die ich kannte, Jockeys eingeschlossen. Es war eine Mischung aus Temperament und Kraft; die Distanz zwischen ihr und dem Tier war aufgehoben. Beim Zureiten junger Pferde ließ sie Smith und mich weit hinter sich. Viel später kam mir die Erkenntnis, daß dies so war, weil sie keinen »Willen zur Macht« hatte, sondern es eine Vermählung zwischen ihren Absichten und denen des Pferdes war. Ihre Stimme bei einem Tier war nie lauter als ein lebhaftes Flüstern. Auch die Hunde folgten ihr schnell. Wenn Smith und ich männlich brüllten, hielten sie das zweifellos für das wütende Gebell ihrer Artgenossen.

Willows Mutter muß ihr irgendeinen Kräutertrank gegen Schwangerschaft gegeben haben, weil wir uns liebten, wann immer uns der Trieb übermannte, was oft war. Angefangen mit der Nachfeier beim 4. Juli, dann den gesamten Rest des Sommers hindurch, immer wenn es möglich war, und den Winter bis zum Frühling, als man uns zwangsweise trennte. Am 4. Juli waren wir am Abend unter einem großen Mond zur Stadt geritten. Wir hielten am Stadtrand in der Nähe des Parks an. Smith und Willow war von den Eltern verboten worden, in die Stadt zu gehen. Deshalb setzten wir uns auf eine dunkle Wiese und lauschten der Orchestermusik in der Ferne und schauten das Feuerwerk an. Die Musik wurde von den Explosionen unterbrochen.

Willow schmiegte sich eng an mich, weil sie sich mehr vor der Musik als vor den Explosionen fürchtete. Smith war an jenem Abend furchtbar gereizt und schlich mit seinem federgeschmückten Coup-Stock davon, um zum Schein ein paar *wasichu* am Rand der Menge zu vernichten. Nachdem ihr Bruder gegangen war, küßte Willow mich endlos lang, bis ich feststellte, daß der Mond fast einen halben Meter am Himmel weitergewandert war, während wir uns geliebt hatten. Wir mußten Streichhölzer anzünden, um unsere Sachen zu finden. Etwas Besseres war uns nicht eingefallen, weil es nichts Besseres gab. Und als man es gewaltsam beschnitt, richteten sich meine jugendlichen Gefühle darauf, zu leiden.

Als wir zum Stall kamen, hatte Lundquist die Pferde bereits gesattelt. Eine Wohltat, da ich mich immer noch etwas wacklig fühlte. Ich rief »Danke!« zum Heuboden hinauf, aber er war drüben in der Werkstatt am anderen Ende des Stalls, hinter den Milchkühen. Ich hatte mich geärgert, daß ich keinen guten Cheddar bekam, wie er in England hergestellt wurde. Deshalb hatten wir mit unserem Käseprojekt begonnen, das allerdings viel zu arbeitsintensiv wurde. Lundquists winzige Mischlingshündin Shirley bellte von der Werkbank herab die Airedales an, offenbar hielt sie sich in dieser Höhe für gleich groß. Lundquist bearbeitete mit Sattelseife Geschirre, die wir seit der Zeit vor dem Zweiten Weltkrieg nicht benützt hatten. Er machte sich Sorgen darüber, daß Frieda im sündigen Lincoln war. Ich versicherte ihm erneut, daß es höchst unwahrscheinlich war, daß man sie belästigte.

Wir machten unseren üblichen Zweistundenritt, erst flußaufwärts auf einem Hügelkamm entlang des Niobrara, dann tief ins Land und nach drei Meilen an der Grenze des Besitzes nach links zu unserer Lieblings-Windschutzhecke mit Quelle und Bach, wo vor so vielen Jahren das Tipi gestanden hatte. Als meine Söhne, Paul und John Wesley, noch sehr jung waren, hatten sie hier angefangen, einen Hügel aufzugraben, möglicherweise eine Grabstätte der Pawnee oder Ponca. Allerdings hatten sie aufgehört, nachdem ich ihnen erklärt hatte, daß sie damit bestimmt einige Geister freisetzen würden. Ich habe das Ausbuddeln von Gräbern anderer Menschen, zum Spaß oder aus wissenschaftlichen Gründen, immer für scheußlich gehalten und für eine andere, noch seltsamere Form der Habgier.

Hier rasteten wir, und Dalva holte zwei Blaubeermuffins und Limonade heraus, während wir zuschauten, wie die Airedales in einem runden Teich paddelten, um Mitglieder der Moschusrattenfamilie zu fangen, die hier lebten. Weit entfernt von ihrem gewohnten Element, schwammen die Hunde, bis sie völlig erschöpft waren. Dann legten sie sich in unserer Nähe ans Ufer und schliefen. Nur Anführerin Sonia nicht, die wachsam am Wasserrand saß. Selbst als sie das halbe Blaubeermuffin fraß, das Dalva ihr gegeben hatte, erlahmte ihre Wachsamkeit nicht.

Im Sommer nahmen wir den Pferden die Sättel ab und ließen sie auch schwimmen, aber jetzt war es zu herbstlich. Sie schoben die gelben Blätter der Pappeln auf dem Teich beiseite, um zu trinken. Ich musterte meine Enkelin und fragte mich zum tausendstenmal, ob ich nicht ein armseliger Ersatzvater war. Naomi widersprach und behauptete, ich wäre bei Dalva zweifellos besser als bei meinen eigenen Söhnen. Zuweilen hatte sie eine scharfe Zunge und spendete wenig Trost, wenn Ehrlichkeit auf dem Spiel stand. Sie war eine gutaussehende Frau, und ich konnte mir gut vorstellen, daß sich im Laufe der Jahre Hunderte von Farmerjungen, die sie unterrichtet hatte, unsterblich in sie verliebt haben mußten.

In gewissen Momenten beißt das Leben unvermittelt ein

Stück aus dem Herzen. Als Dalva jetzt in der klaren Oktobersonne auf der Sandbank saß, ähnelte ihr Gesichtsaus-
druck dem Willows, wenn diese angestrengt nachdachte.
Sie versuchte nicht, das Leben zu bezwingen, nur damit zurechtzukommen, sich in den Prozeß einzugliedern, den sie
wohl kaum verstand in einer Welt, die ihr den Boden unter
den Füßen weggerissen hatte. Nach abgrundtiefer und all-
gemeiner Gewalt gehen wir wieder zum Alltag über. Willow ohne Heimat und Dalva ohne Vater.
Dann fragte Dalva mich, wann ich Willow denn wiederge-
funden hätte, und meinte, es wäre doch eine Schande, daß
man sie nach Michigan geschickt hätte, so weit weg von zu
Hause. Na ja, dorthin wurde sie gar nicht geschickt, sagte
ich. Das hatte Smith nur gedacht. Und mir gesagt, weil er
mir helfen wollte. Nur ein vierzehnjähriger Junge würde
sich mit so wenig Beweisen auf die Reise machen. Ich
schlich mich ins Haus und hinterließ meiner Mutter eine
Nachricht. Ich fand, Smith hatte recht gehabt, als er meinte,
sie hätte bei der Entscheidung nicht mitgewirkt. Mein Vater schlief fest und tief, aber ich war sicher, daß meine Mutter hörte, wie ich saubere Kleidung, ein Jagdmesser und
den Revolver in meinen Ranzen packte. Ich legte den Zettel
unter das Kuchenblech, nachdem ich mir ein großes Stück
Blaubeerkuchen fürs Frühstück abgeschnitten hatte.
Die Zugfahrt bis Minneapolis war nicht sehr ereignisreich.
Ich sah zu viele Maisfelder und hatte Angst, einer der Mit-
reisenden mit diesen hinterlistigen Augen könnte meinen
Ranzen stehlen wollen. Das Geld hatte ich in den Taschen
und im linken Stiefel versteckt. Mit letzterem hinkte ich,
damit ich das Geld nicht beschädigte. Als mir eine schicke
junge verheiratete Frau mit einem Kleinkind im Schlepptau ins Auge stach, schämte ich mich irgendwie ein bißchen. Da hatte ich mich nun aufgemacht, um Willow zu
finden, und hatte unheilige Gedanken über eine verheira-

tete Frau, die mir den Nacken massierte, als ihr Kind schlief. Weiter ging es nicht. Allerdings gab sie mir ein Küßchen auf die Wange, nachdem ich ihr mit dem Koffer in Minneapolis geholfen hatte. Ich nahm den falschen Zug aus Minneapolis, absichtlich – der über den Norden Wisconsins fuhr die kürzere Strecke –, weil ich auf der Karte in der Bibliothek gesehen hatte, daß Duluth am Lake Superior lag, und ich noch nie eine große Wasserfläche gesehen hatte. Von Anfang an fuhr der Zug durch so dichte Wälder, daß ein paar Quadratmeilen davon sämtliche Bäume im westlichen Nebraska hätten ersetzen können. Für mich war der Anblick wunderbar, selbst in den großen Gebieten, wo die Bäume abgeholzt waren, was der Landschaft Luft zum Atmen verschaffte. Ich fragte meinen Nachbarn, einen etwas pingeligen Mann in mittleren Jahren, der sich zuvor, als ob das allein eine besondere Auszeichnung wäre, als »Geschäftsmann« vorgestellt hatte, wie man lernen könne, sich in einem solchen Wald zurechtzufinden. Er meinte, ohne Kompaß wäre man dem Tod geweiht, es sei denn, man wäre eine »Rothaut«. Ich bezweifelte, daß mich mein gemischtes Blut davor bewahren würde, in so einem Wald verlorenzugehen. Aber es war leicht zu verstehen, daß die Eingeborenen den bitterkalten Winter mit diesem grenzenlosen Vorrat an Feuerholz überleben konnten.

Mich zog mein ungestalter und rebellischer Charakter zu diesen Bäumen, weil sie so ungeplant, rein zufällig und völlig wild wuchsen, ganz anders als die sorgfältig gepflanzten Baumreihen meines Vaters, die soviel Zeit und Mühe in Anspruch genommen hatten, eigentlich seit ich mich zurückerinnern konnte, seit wir die Reservation verlassen hatten. Ich hatte mit meiner Kinderschaufel geholfen, doch nachdem ich die Dorfschule, die jetzt Naomi gehörte, mit neun Jahren verließ, hatte ich wie ein Erwachsener gearbeitet. Der große Plan meines Vaters für diese

Baumreihen als Windbrecher auf ungefähr fünfzehnhundert Hektar war, daß sie die eingeschlossenen Weiden und Felder vor den Unbilden des Wetters der Great Plains schützen sollten. Sie sollten die Feuchtigkeit speichern und später den Mangel an Bau- und Feuerholz der Gegend beheben. Neben unserer Viehzucht und meiner eigenen ständig größer werdenden Herde von Pferden und den Äckern mit Mais, Weizen und Hafer verbrachten wir knapp zehn Jahre damit, versetzte und gemischte Reihen mit Bull-Fichten, Ponderosa-Kiefern, Erbsensträucher, Zürgelbäume, russische Oliven, Wildkirschen, Junibeeren, wilde Pflaumen, Stechapfel und Weiden zu pflanzen, und weiter drinnen Reihen der größeren grünen Esche, weißen Ulme, Silberahorn, schwarzen Walnuß, europäischer Lärche und wilder Schwarzkirsche. Ich stellte nie Fragen, wenn wir an der Bahnstation die großen Bündel mit Schößlingen abholten, die mit diskreten Namensschildern der Northridge-Baumschulen aus verschiedenen Orten in Illinois, Iowa und New York State versehen waren. Mein Vater sagte, sie kämen von unserem Vetter. Erst Jahre später erschien mir dieser Vetter fraglich, als mein Vater darauf bestand, er sei ganz allein auf der Welt. Er schämte sich wegen seiner Geschäftstüchtigkeit, weil er sein Leben für ein Butterbrot riskiert hatte, als er gegen Bezahlung den Platz eines anderen im Bürgerkrieg eingenommen hatte. Jeder außer einem Schwachsinnigen weiß, daß fast alle Menschen eine Hypothek auf ihr Leben aufnehmen, sei es, um zu überleben oder aus Gewinnsucht. Aber mein Vater glaubte so fest an das, was er für die Wahrheit der Bibel hielt, daß er hinsichtlich seiner eigenen Taten ein schrecklich schlechtes Gewissen hatte. Seine Jugend, die er im Prinzip als Waise verbracht hatte, und seine späteren Kontakte mit den Lakota, die kein Land und auch kein Geld besaßen, waren gewiß hinreichende Beweggründe dafür.

All das ging mir in einem Augenblick durch den Kopf, als ich Dalva von meinem ersten wilden Wald erzählte, einem Wald, der wohl von einem Gott entworfen worden war, der über ein Genie verfügte, das wir nicht begreifen können, und der sich nicht die Mühe machen muß, ordentliche Reihen zu entwerfen oder hunderttausend Löcher in die Erde zu graben oder hydraulische Rammen zu bauen, um alles zu bewässern. Aber wir lieben das Sumpfland, die Quelle und den Bach, weil alles so ursprünglich wild und ganz ohne unser Zutun schön ist. Jetzt, fünfzig Jahre später, wenn diese Baumreihen sich Fremden als schöne Wälder darbieten, muß ich, wenn auch ungern, zugeben, daß sie in der Tat wunderschön sind. Trotzdem gehörte ein Teil meines Herzens den großen Wäldern im nördlichen Minnesota, Wisconsin und Michigan. Wäre ich nicht so ein verträumter und mürrischer Junge gewesen, hätte ich bemerken müssen, daß diese Wälder dem Untergang geweiht waren, da riesige Felder und Hügel mit Baumstümpfen bedeckt waren. Doch damals schienen mir die Reste des jungfräulichen Waldes grenzenlos zu sein.

In Duluth machte ich mehrmals und auf nicht sehr originelle Art einen Narren aus mir. Der Hafen und der Lake Superior, die Stadt auf den Hügeln, alles kam mir einfach großartig vor. Aber warum verlor ich die Hälfte meines Geldes beim Kartenspiel in einem Saloon? In einem Restaurant bei den Docks servierte man mir ein Stück Rindfleisch, das in Nebraska keiner essen würde. Ich zahlte für die nicht gegessene Mahlzeit und schlenderte die Straße hinab. Da sah ich einen Saloon, der anpries, man könne soviel Forelle aus dem Lake Superior und Flußbarsche umsonst essen, wie man nur wollte, solange man für die Getränke bezahlte. Abgesehen von dem selbstgemachten Wein meines Vaters, dessen Geschmack zum Maßhalten ermutigte, hatte ich keine Erfahrung mit Alkohol. Trotzdem war ich so kühn, ein Bier und einen Schnaps zu bestellen. Dazu stellte man mir ein Körbchen mit gebratenem Fisch hin. Mit vierzehn war ich durch die körperliche Arbeit voll ausgewachsen und kräftig, aber mein Fassungsvermögen war weitaus größer als meine Toleranz für Alkohol. Nach kurzer Zeit war ich stinkbesoffen, mit Fisch bis obenhin vollgestopft und verlor beim Poker, bis ein norwegischer Holzfäller mich in mein billiges Hotel zurückschleppte. Auf der Straße wollte mich eine sehr dicke Dame dem Norweger entreißen, aber dieser brachte mich sicher in mein Zimmer. Mitten in der Nacht kotzte ich mich voll. Diese Erfahrung hielt mich ziemlich lang von Alkohol und Fisch fern. Gegen Morgen wurde ich von dem Gebrüll und den Flüchen der Holzfäller geweckt, die sich auf der Straße prügelten. Offenbar waren die Burschen überhaupt nicht ins Bett gegangen. Plötzlich hatte ich furchtbare Sehnsucht nach meinen Pferden und meiner Mutter, verkniff mir aber jeden freundlichen Gedanken an meinen Vater. Ich trank einen Krug Wasser und mußte mich wieder übergeben. Ich verließ das Hotel, weil ich frische Luft brauchte, da mir immer noch schlecht war.

Dieser Morgen stand nicht unter einem günstigen Stern. Ich gestaltete ihn noch elender, indem ich mich für das Dampfboot von Duluth nach Marquette bei Ishpeming entschied, statt den Zug zu nehmen. Es war nicht mehr so schwül wie am Morgen. Es wehte eine frische kühle Brise aus Nordwest, was in Nebraska im Sommer selten, in Duluth dagegen nicht ungewöhnlich war, so erzählte man mir jedenfalls. Aber man hatte mir nicht erzählt, welche Wirkung dieser frische Wind auf dem Lake Superior hatte. Kaum hatten wir den Hafen von Duluth verlassen, schlugen Wellen gegen unser Schiff, was ich sehr ungemütlich fand. Niemand sonst schien diesen Wellen Bedeutung beizumessen. Sie blieben den ganzen Tag und den Abend. Als wir an den Apostle Islands vorbeifuhren und uns die volle Wucht des offenes Sees traf, wurden sie noch fürchterlicher. Mein Elend hielt die gesamte Nacht an, bis das Dampfschiff um die Keweenaw-Halbinsel fuhr und wir in den Windschatten gerieten. Die Fahrt ging weiter nach Süden. Nach einem kurzen Halt in Houghton hatten wir noch gut hundert Meilen bis Marquette vor uns. Ich liebte Willow wirklich sehr, aber diese Fahrt bedauerte ich zutiefst. Ein mitfühlender Matrose hatte mir Salzcracker gegeben. Die halfen etwas. Er sagte, gegen Abend würden wir in Marquette sein. Ich verließ aber das Schiff in Houghton. Wenn nötig, wäre ich nach Ishpeming gekrochen, alles, um vom Wasser wegzukommen.

Sobald die Welt nicht mehr schaukelte, taumelte ich in die Stadt und versuchte ein billiges Pferd zu kaufen. Aber ich fand keines, das ich mir hätte leisten können, nur Arbeitsgäule, die wegen zuviel Arbeit in schlechtem Gesundheitszustand waren. Auf den Rat eines betrunkenen Flegels hin sprang ich auf einen Zug mit Holzstämmen und teilte einen Plattformwaggon mit Männern, die in viel schlechterem Zustand waren als ich, da es Sonntagabend war und sie einen ganzen Tag frei gehabt und sich die Nacht um die Ohren geschlagen hatten. Ehe es hell wurde, raste der Zug durch Ishpeming. Ich stieg am frühen Morgen in Marquette aus und ging die gut zwölf Meilen nach Ishpeming zu Fuß. Es war nicht schwierig, Smith' »Vetter« zu finden. Ich hatte einen Polizisten gefragt, der mir gleich mitteilte, daß in der Mine noch Leute eingestellt würden. Das war keine Versuchung für mich, da ich mein Leben ebensowenig unter Tage verbringen wollte wie auf See.

Ich kaufte zwei Hühner und eine Flasche Whiskey, da ich nicht mit leeren Händen kommen wollte. Smith' Vetter nannte sich Jake und war ein Hüne. Er hatte gemischtes Blut, darunter mit Sicherheit das eines schwarzen Büffelsoldaten. Er hatte eine Hand verbunden, weil er sich zwei Finger gequetscht hatte, aber er hoffte, in ein paar Tagen wieder arbeiten zu können. Sofort machte er den Whiskey auf. Tapfer lehnte ich einen Schluck ab. Seine Frau war eine sehr große Finnin, die sich sogleich daranmachte, die Hühner zu braten und mir ein Bad einzulassen. Selbstverständlich hatten sie nichts von Willow gehört, aber nach etlichen Gläsern äußerte Jake die Vermutung, sie müsse beim Standing-Rock-Stamm oben bei Mobridge, South Dakota, sein. Ihre Mutter habe dort irgendwo eine Schwester, meinte er. Dann fügte er noch hinzu, ich sollte meine Suche aufgeben, ehe man »mich kräftig in den Arsch trat«. Nach dem Essen gingen wir zur Müllhalde der Stadt und schauten den Bären zu, die im Müll wühlten. Wirklich ein trauriger Anblick.

Mein Heimweg verlief ohne Zwischenfälle. Dann redete ich endlich mit meiner Mutter, die über meine neuen Pläne in Tränen ausbrach. Ich verkaufte noch ein Pferd für Ausrüstung und Verpflegung, sattelte es, nahm noch zwei mit und ritt nach Watauga, westlich von Mobridge. Meinen geladenen Iver Johnson hatte ich im Gürtel stecken, das Gewehr in der Hülle. Es war ein Ritt von fünf Tagen, den ganzen Tag und die halbe Nacht gerechnet. Ich sah Willow nur ganz kurz an der Tür einer Hütte. Dann forderten mich Männer auf zu gehen. Als ich absolut nicht wollte, verprügelten sie mich so, daß ich mich heute noch deutlich daran erinnere. Obendrein behielten sie eins meiner Pferde. Ich ritt zurück nach Süden, verlor aber wegen der Schmerzen außerhalb von Pierre das Bewußtsein. Dort bandagierte mir ein Arzt die gebrochenen Rippen und zog zwei kaputte Zähne. Ich brauchte volle zehn Tage für den Heimweg, da die Bandage um die Brust die Schmerzen in den Rippen nicht sehr verminderte, wodurch Reiten schwierig war. Trotz alledem genoß ich die Landschaft ebenso wie auf der

Reise nach Ishpeming. Junge Menschen sind anpassungs-
fähig, und ich hatte alles, was ich konnte, getan, um meine
verlorene Liebe wiederzubekommen. Als ich nach Hause
kam, ging ich zur Vordertür. Meine Eltern umarmten mich.
Dann legte ich mich vierundzwanzig Stunden ins Bett und
aß nach dem Aufstehen einen halben Aprikosenkuchen.

Dalva war über meine Geschichte untröstlich, da sie, unter
Vernachlässigung der Hausaufgaben, *Wuthering Heights*
mehrmals gelesen hatte. Naomi hatte das Abendessen
herübergebracht, zeigte aber weit weniger Mitleid, daß
man mich verprügelt hatte, als sie den Schluß meiner Geschichte hörte. Daraufhin gab ich zu, den Angriff provoziert zu haben, da ich das Gefühl hatte, es ging »um alles
oder nichts«. Diese Einstellung hatte ich aus Groschen-
heften gewonnen, nicht aus den vielen Bänden klassischer
Literatur, die mein Vater für mich erworben hatte. Dalva
freute sich zu hören, daß ich die Prügelei angefangen hatte.
»Das habe ich damit gemeint, als ich gesagt habe, du tust
immer so, als wärst du immer nett gewesen«, sagte sie. »Am
meisten regt sich unser Pfarrer über dich auf.« Sie meinte
damit den methodistischen Geistlichen, der ein Stück weiter die Straße hoch wohnte. Er war schon ein paar Jahre da,
aber erst vor kurzem kam ans Licht, daß er regelmäßig Frau
und Kinder verprügelte. Ich war darüber weit weniger erstaunt als seine Schäflein, da ich kein Kirchgänger bin. Als
aufrechter Lutheraner war Lundquist überzeugt, der Pfarrer müßte nur Swedenborg lesen, dann würde er sich benehmen. Frieda dagegen hätte ihn am liebsten aufgehängt.
Naomi seufzte und stand auf, um die Karten für unser Gin-
Rommé-Spiel zu holen, in dem Dalva immer gewann, weil
sie besser aufpaßte. Sie verabscheute den Pfarrer und
neckte ihre Mutter, indem sie deren wunden Punkt ansprach. Naomi wollte nicht, daß man den Pfarrer aus der

Gegend fortjagte, weil dann die Frau und die Kinder nur tiefer ins Elend geraten würden. Sie hatte sogar gemeint, daß ich als vollkommen Außenstehender vielleicht mit dem Pfarrer reden könnte, obwohl ich ihn nur ein paarmal im Vorbeigehen getroffen hatte. Ich hielt den Mann für ein bösartiges Geschwür und hatte zu Naomi gesagt, daß sie, da sie soviel Geld hätte, das sie nie im Leben ausgeben konnte, sich selbst einmischen sollte. Sie könnte der Frau und den beiden Kindern den Anfang für ein neues Leben verschaffen, weit weg von diesem frömmelnden Angeber. Zur Zeit sammelte Naomi Mut, um das zu tun.

Der lange Ritt hatte mich schläfrig gemacht, deshalb spielte ich schlecht. Während wir uns beim Spiel aufzogen, gab Dalva zu, keinen Moment mit ihren Hausaufgaben verbracht zu haben. Sofort wurde sie nach oben geschickt, um ihren Koffer zu packen. Sie durfte nicht noch eine Nacht bleiben. Trotz meiner Schläfrigkeit verfolgte ich neugierig, wie Frauen sich streiten, ganz anders als die Streitigkeiten zwischen Vater und Sohn. Nachdem Dalva außer Hörweite war, bat Naomi mich, ihr in den nächsten Jahren noch nicht die Geschichte von Adelle zu erzählen. Ich nickte. Aber ich war verblüfft, weil ich sie nie diesen Namen hatte aussprechen hören. Aber dann sagte ich mir, daß John Wesley ihr vermutlich die Geschichte erzählt hatte. Wenn wir sterben, sind wir nur Geschichten in den Köpfen anderer, dachte ich. Dann ließ ich den Gedanken fahren, als Dalva mir einen Gutenachtkuß gab und »Ich liebe dich« sagte. Diese immer herrlichen Worte.

Auf ihrem Gesicht war der Hoffnungsschimmer, ich möge mich dem Plan widersetzen, daß sie nach Hause müsse, um Hausaufgaben zu machen. Aber das fiel mir nicht im Traum ein. Es faszinierte sie, daß ich mit neun Jahren die Schule verlassen hatte, obwohl sie wußte, daß mein Vater den Lernstoff verdreifacht hatte. Ältere Jungs hatten mich dazu angestiftet, wenngleich ich nicht viel Ermutigung gebraucht hatte, in der Pause den Abort der Schule anzuzünden. Als das Ungeheuerliche meiner Tat allen klargeworden war, hatte ich mich aufs Pferd geschwungen und war nach Hause geflohen, wo ich mich auf dem Heuboden versteckte. Der Lehrer hatte mich verfolgt, aber auf einem langsameren Pferd. Durch die Spalten der Bretter hatte ich gesehen, wie er an unsere Hintertür gehämmert und gebrüllt hatte. Den Rohrstock hatte er auch noch bei sich. Als meine Mutter dem Lehrer den Übeltäter nicht ausliefern konnte, nannte dieser, ein angeberischer junger Mann aus Hastings, sie eine »verdammte Squaw«. Das hörte mein Vater im Arbeitszimmer. Er stürmte heraus und schleuderte den Lehrer von der Veranda in eine eiskalte Pfütze. Wir hatten März. »Verdammte Squaw« war keine gute Wortwahl innerhalb der Hörweite eines Mannes, der fünfundzwanzig Jahre mit den Lakota verbracht und so viele liebe Freunde beim Massaker von Wounded Knee verloren hatte.

Ich brachte Naomi und Dalva zur Tür und blieb dann im Mondlicht stehen und schaute hinterher, wie ihre Rücklichter auf der langen holprigen Zufahrt und auf der Kiesstraße tanzten. Die Steinchen klapperten unter den Kotflügeln. Dann schauderte mich in der Kälte. Der Mond auf den Bäumen weckte schmerzliche Erinnerungen. Meine Mutter war mit White Tree verheiratet gewesen. Er hieß so, weil er von Birken träumte, obgleich er nie eine gesehen hatte. Er war ein Adoptivbruder meines Vaters. Als White Tree um 1885 starb, fühlte mein Vater sich verpflichtet, seinen Platz einzunehmen. Sie war eine sehr stille Frau, hatte aber einen feinen Sinn für Vergnügen und einen unbeugsamen Willen. Mein Vater hatte die Welt nicht für wert gehalten, Kinder darauf zu erziehen. Ich war die Idee meiner Mutter. Solange ich gehorchte, war sie grenzenlos zärtlich. Bei ihr fiel mir das nicht schwer, da sie nie unvernünftig war. Vor meiner letzten Mexiko-Reise, vor dem Tod der Eltern, hatten mein Vater und ich William James' *Principles of Psychology* gelesen. Dadurch waren mir einige subtile Verhaltensweisen bei ihr verständlicher geworden. So konnten wir zum Beispiel an einem Sommermorgen stundenlang am Ufer des Niobrara sitzen und die Natur betrachten und ihr lauschen oder wie man all das nennen will, das ohne direkte menschliche Einmischung geschieht. Dabei sprachen wir kein Wort. Trotzdem hatte ich hinterher das Gefühl, daß wir uns vollkommen verstanden hatten. Ich habe gelesen, daß das auf Menschen zutrifft, die lange verheiratet gewesen sind und sich immer noch lieben. Ich finde das keineswegs rätselhaft. Vielmehr glaube ich, daß die Menschen nie gelehrt wurden, wirklich aufmerksam zu sein, es sei denn bei Banalitäten. Als ich noch ein Kind war, hatte Mutter uns gesagt, daß ihr Bruder zu Besuch komme, und das oft Tage, bevor er auftauchte. Trotz der tiefen Religiosität meines Vaters entsprachen derartige Erfahrungen nicht seiner Lehre und verwirrten ihn so, daß er ärgerlich wurde. Für die Weißen, zu denen ich mich leider zählen muß, ist das Leben eine sehr lange und hohe Treppe, aber für meine Mutter war das Leben ein Fluß, ein langsamer und stetiger Wind am Himmel und ein endloses Meer aus Gras.

Als ich mich nach den beiden zum Scheitern verurteilten Versuchen, Willow zu finden, beruhigt hatte, mußte ich mich hinsetzen und meiner Mutter Punkt für Punkt wie der Maler Seurat die Leinwand meiner Reisen füllen. Ich durfte nichts auslassen. Sie vertiefte sich in die Schilderung über die Bären auf der Müllhalde in Ishpeming und die vielen weißen Birken, die ich vom Plattformwaggon aus im Mondlicht hatte schimmern sehen. Natürlich lag das daran, daß White Tree ihr erster Mann gewesen war. Und wäre er nicht so früh gestorben, wäre er mit Sicherheit in diese Gegend gefahren. Für sie war das Traurigste bei der Enteignung der Indianer, daß die Menschen nicht mehr die Hinweise ihrer Träume ausleben konnten. Sie erzählte mir, wie sie als Kind bei einer kleinen Gruppe Lakota gelebt hatte, die nach Südosten gereist waren, um Büffelfleisch und gegerbte Häute bei den Pawnee gegen Mais einzutauschen. Angeblich hatten die Pawnee vierzehn Sorten Mais gezüchtet. Meine Mutter erinnerte sich an die Riesenfreude ihrer Mutter auf dieser Reise, weil sie geträumt hatte, die Pawnee kennenzulernen, und sie dies jetzt tun konnte.

Noch lange nach ihrem Tod hatte meine Mutter einen Fuß von mir in ihrer Welt behalten, trotz des heftigen Protests meines Vaters, daß die Zukunft der Welt leider weiß sein würde. Obwohl meine Mutter vierzig Jahre tot war, war sie für mich so total normal, so real wie der Mond, als ich alter Narr jetzt zitternd an einem kalten Oktoberabend dastand. Immer noch höre ich ihre glockenhelle Stimme, als sie mir die Vogelnamen auf Lakota nannte. An die Namen erinnere ich mich nicht mehr, aber ihre Stimme ist klarer als meine eigene oder Sonias Bellen in der Nähe unseres Friedhofs. Sonia duldet keinen anderen Hund vor sich, wenn ich sie alle vor dem Schlafengehen noch mal hinauslasse, damit sie ihr Geschäft erledigen. Allerdings tun die beiden Rüden so, als würden sie Sonia als Nachhut schützen. Ihre Tochter läuft dicht neben ihrer Flanke. Plötzlich erinnerte ich mich, daß meine Mutter mit den Hunden Lakota gesprochen hatte, und anscheinend hatten sie sie genau verstanden. Mit Smith auch. Als er mit achtzehn weggegangen war, hatte sie sehr getrauert, da sie geträumt hatte, er werde ein schwieriges Leben haben. Als ich die Hunde zurück ins Haus rief, dachte ich, vielleicht sei sie doch nicht wirklich tot. Bei diesem Gedanken überlief mich erneut ein Schauder, den auch das Glas Brandy, mein üblicher Schlaftrunk, nicht vertrieb.

Im Arbeitszimmer rang mir ein stechender Schmerz hinter der linken Kniescheibe ein gequältes Lächeln ab. Nach meiner Torheit, der ausgedehnten Suche nach Willow, wandte sich mein Geist der Melancholie zu. Smith gab sich Mühe, mich aufzuheitern, ebenso mein Vater, der allerdings kläglich scheiterte, weil er mir dazu erzählte, wie seine erste Frau Aase kurz nach der Heirat an Tuberkulose gestorben war. Das verstärkte meine Verzweiflung, statt sie zu heilen, da mir bis dahin nie der Gedanke gekommen war, daß jemand, den ich liebte, sterben könnte.

Smith hatte einen verwegenen Plan ausgeheckt, um an Geld zu kommen. Wir sollten einen wilden Longhorn-Stier, ohne Brandzeichen fangen, den sein Vater in einem Dickicht ungefähr zwanzig Meilen flußaufwärts von uns gesehen hatte. Der Stier war von der Herde übriggeblieben, die Texaner zu den guten Weiden der Sandhills nach Norden getrieben hatten. In der Gegend wohnte ein norwegischer Farmer, der Smith' Vater zehn Dollar für den Tod dieses Biests geboten hatte, weil es ständig seine Zäune zerstörte und unter den zivilisierteren Kühen eine Terrorherrschaft ausübte. Die Cowboys der Gegend hatten ihre Versuche aufgegeben, das Tier zu fangen oder zu töten. Das hätte uns den Hinweis geben müssen, daß das Projekt über unsere Kräfte ging. Aber wenn wir den Stier irgendwie zur Viehauktion nach Bassett schaffen konnten, würde uns das hundert Dollar einbringen, damals ein Vermögen. Außerdem spornte mich die Tatsache an, daß die jungen Männer in den Groschenromanen, an denen ich langsam das Interesse verlor, oft nach einer Niederlage in der Liebe Cowboys oder Desperados wurden. Ich hatte es schwarz auf weiß gelesen, daß Billy the Kid vielleicht seine mörderische Laufbahn nicht begonnen hätte, wenn ihm ein bißchen weibliche Zärtlichkeit zuteil geworden wäre, oder daß er sie zumindest aufgegeben hätte. Ein blödes Vieh war doch kein Gegner für zwei gescheite junge Männer, selbst wenn es eine Tonne wog. Smith war sogar entfernt mit Crazy Horse verwandt; allerdings hätte uns der Gedanke kommen müssen, daß dem Stier diese Tatsache unbekannt war. Unser beinahe tödlicher Irrtum war, daß wir Longhorns mit anderen Rinderrassen verwechselten, die alle tatsächlich im Vergleich mit diesem legendären texanischen Tier blöd sind. Dem Longhorn hatte man weder den schwierigen Charakter noch die Intelligenz herauszüchten können. Wir nahmen ein Packpferd mit, beladen mit Hämmern, Sägen, Draht, einer Axt und Proviant für mehrere Tage. Mein Vater war ganz krank vor Sorge wegen dieses Projekts und hatte uns seinen besten Hütehund geliehen, einen halbwilden Mischling, der Buck hieß und den ich mal beim Versuch erwischte, sich mit einem Kalb zu paaren. Smith ritt auf einem Indianerpony, das, wie er behauptete, aus einer Linie stammte, die Bisons gejagt hätte, und daher bestimmt jedem Stier eines Weißen überlegen war. Ich ritt mein bestes Kuhpferd, einen schwarzbraunen Wallach, der nicht zu wissen schien, daß er kastriert war. Für uns gab es nur eine Behandlung für eine ungehorsame Kuh: Bestrafung! Wir hatten vor, am Ende eines kleinen Canyons, der zum Fluß führte, eine Falle zu bauen, den Stier hineinzutreiben, ihn aus Sicherheitsgründen zu enthornen und seine Hoden an ein Hinterbein zu binden, um ihn am Weglaufen zu hindern. Diesen mexikanischen Trick hatte ich in einem Leserbrief aus El Paso in einem Viehzuchtmagazin gelesen. Dann würden wir das vom Kampf erschöpfte Tier nach Bassett überführen und unser Geld kassieren und bei der Gelegenheit auch noch berühmt werden. Ich nehme an, wir dachten hauptsächlich an den Ruhm, da Geld in jenen Tagen noch nicht das Hauptmotiv für sämtliche Handlungen geworden war. Das Land war selbst noch ein bißchen wie ein Halbwüchsiger. Smith konnte kaum lesen, und mein Vater erlaubte in unserem Heim keine Zeitung. Trotzdem hatten wir genug gesehen und gehört, um zu glauben, daß unsere außergewöhnliche Heldentat das öffentliche Interesse wecken würde. Zwei Jahre zuvor, als wir zwölf waren, hatte es uns bitterlich geschmerzt, daß der spanisch-amerikanische Krieg ohne uns stattgefunden hatte. Jetzt war eindeutig der richtige Moment für eine waghalsige Tat, der allgemeine Bewunderung folgen würde.

Wir waren erst ein paar Meilen flußaufwärts geritten, als ich feststellte, daß ich meine Reservemunition zu Hause vergessen hatte. Im Gewehr steckten nur zwei Patronen, im Iver Johnson drei. Smith machte einen lahmen Scherz über meine bisherige Erfahrung im Töten von Stieren. Ich antwortete gar nichts, weil ich spürte, wie ich am ganzen Körper vor Scham errötete. Irgendwann wollte ich unseren teuren Stier ersetzen, aber die Mittel waren für mich unerreichbar. Er hatte hauptsächlich Blut der englischen Herefords und daher unglaublich dicke Hinterbeine und sollte in unserer mageren Herde für etwas mehr Fleisch sorgen.

Nach einem langen harten Ritt schlugen wir in der Nähe des Stiers unser Lager auf. Um Munition zu sparen, verzichteten wir darauf, ein Reh zu schießen, außerdem wollten wir den Stier nicht durch einen Gewehrschuß warnen. Meine Mutter hatte mir für die Siegesfeier einen Kuchen mitgegeben. Der war in den Packtaschen ein bißchen zermatscht worden, deshalb schaufelten wir ihn mit den Fingern auf. Der Laib Brot war nicht sehr verlockend ohne gebratenes Wild, dessen Herz wir roh zu essen gedachten, um Stärke und Tapferkeit zu erlangen. Smith behauptete, seine Leute würden das immer machen.

Kaum war es dunkel, kamen die Moskitos. Wir dachten kurz daran, das Lager von der Flußniederung auf einen fernen Hügel zu verlegen, waren aber zu faul. Wir legten grüne Grasbüschel aufs Feuer, um Qualm zu erzeugen, aber das half nur gegen die Insekten, wenn wir direkt neben dem Feuer lagen. Unglücklicherweise war es eine ungewöhnlich warme Nacht, und wir hatten nur die Wahl zwischen den Qualen des rauchenden Feuers oder der Moskitos. Smith hatte eine Flasche vom Pflaumenwein seines Vaters geklaut. Anfangs lehnte ich ab, weil ich mich schmerzlich an meine Sauftour in Duluth erinnerte, aber schließlich nahm ich doch mehrere Schlucke, um zu schlafen. Ein paar Minuten redeten wir über das blonde norwegische Einwanderermädchen, das mit seiner Familie auf eine verlassene kleine Farm ein halbes Dutzend Meilen von uns an derselben Straße gezogen war. Dort war alles von Brennesseln überwuchert. Zweifellos hatte ihr Vater den wertlosen Besitz per Post gekauft. Es würde einen Monat dauern, die Brennesseln zu roden. Wir beschlossen, wenn sie fast fertig wären, unsere Hilfe anzubieten, um das Mädchen näher in Augenschein zu nehmen. Das Gespräch über das norwegische Mädchen hatte uns nicht gerade schläfrig gemacht. Smith fragte, wo zum Teufel Norwegen wäre und ob sie dort etwas gegen Indianer hätten. Ich antwortete ihm, daß ich es nicht wüßte, aber ich würde wetten, daß das Mädchen kein Pferd reiten könnte. Das könnten wir beide ihr doch beibringen. Dann gingen mir die Geschichten durch den Kopf, die mein Vater mir über Longhorns erzählt hatte, um uns von unserer Mission abzubringen. So hatte es irgendwann einen berühmten Angriff einer Longhorn-Herde auf eine Kavallerieabteilung gegeben. Das heiterte Smith auf. Ein andermal hatte ein Longhorn-Stier, ein Einzelgänger, zwei Maultiere und einen Mann aufgespießt und einen beladenen Proviantwagen umgestoßen, ehe man ihn getötet hatte. Wir nahmen noch ein paar Schlucke Pflaumenwein und dachten darüber nach; dann schliefen wir schließlich beim Prasseln des Feuers und dem Summen der Moskitos ein.

Eine Stunde vor Tagesanbruch brach ein furchtbares Gewitter los mit Donnerschlägen und einem Wolkenbruch. Wir hatten keine Schutzplane, weil das Wetter gut ausgesehen hatte. Buck, der scharfe Hütehund, heulte und kroch zu mir unter die tropfnasse Decke. Schließlich sprang ich auf und holte meine Pferdedecke als zusätzlichen Schutz. Der getrocknete Pferdeschweiß auf der Decke war eine Art Imprägnierung gegen das Wasser. Während eines Blitzes glaubte ich dicht beim Lager ein Tier zu sehen, das größer als Gott war. Ich nahm das Gewehr in beide Hände. Ich konnte es nicht fassen, daß Smith das gesamte Gewitter verschlief, wenngleich er den Löwenanteil vom Pflaumenwein getrunken hatte.

Bei Morgengrauen fand ich Smith am Rand der kleinen Lichtung, wo er den Boden untersuchte. Er kam zurück, drehte einen großen feuchten Ast auf dem Feuer um und stocherte in der Glut, um sie anzufachen. Dann verkündete er, daß das Biest uns in der Nacht einen Besuch abgestattet hätte und daß wir Glück hätten, noch zu leben. Ich schaute nach den Pferden, da sie sehr unruhig waren. Alle starrten auf das ungefähr zwanzig Hektar große Dickicht, wo das Buschwerk am dichtesten war. Der Niobrara machte dort eine Hufeisenbiegung. Den Spuren nach war unser nächtlicher Besucher dort herausgekommen und wieder hineingelaufen.

Während wir Kaffee tranken, fraß Buck einen unserer Brotlaibe auf und steckte die Schnauze tief ins Marmeladenglas. Ein schlechter Camper, dieser Buck. Doch dann blickte er plötzlich auf, starrte zum Dickicht hinüber und knurrte verängstigt. Ich gab Smith den Revolver, damit wir beide bewaffnet waren. Wir schwangen uns in den Sattel, nahmen das Werkzeug mit, ließen aber das Packpferd mit gefesselten Vorderbeinen zurück.

Am oberen Ende der Hufeisenbiegung war eine Wasserrinne, wie wir gehofft hatten. Mit den Pappelschößlingen, die hier reichlich wuchsen, bauten wir unsere Falle und einen provisorischen Pferch. Es war ziemlich windig. Einmal glaubten wir, schrecklichen Lärm von unserem Lager zu hören, beendeten aber noch schnell unsere Arbeiten, ehe wir nachsahen. Unser Plan sah vor, daß wir den Spuren des Stiers ins Dickicht folgen, ihn aufspüren und dann vor uns herjagen wollten, bis er in die Rinne und unsere Falle beim Fluß gelaufen war.

Wir ritten zum Lagerplatz zurück. Unser Packpferd lag grauenvoll aufgeschlitzt auf dem Boden. Eingeweide zogen sich wie eine Schleppe hinter ihm her. Das Gebüsch war stellenweise niedergetrampelt, doch war der Kampf offenbar einseitig gewesen. Während Buck sich über die blutigen Fleischfetzen hermachte, vergingen uns Mut und jeglicher Sinn für Humor. Aus Sicherheitsgründen blieben wir im Sattel. Ich feuerte mit dem Gewehr in die Luft, um unsere ernsten Absichten zu signalisieren. Smith meinte, er hätte gehört, ein Longhorn könne schneller rennen als ein Büffel. Das verstärkte nicht gerade unser Gefühl der Sicherheit. Wir wünschten uns beide verzweifelt, irgendwo anders zu sein, und ich machte den halbherzigen Scherz, daß es vielleicht schwierig würde, dem Stier einen Lederriemen durch die Eier zu ziehen, und daß Smith diese Aufgabe erledigen könne, während ich als fröhlicher Friseur dem Biest die Hörner absägte. Smith lachte und stieß einen Kriegsschrei aus, bei dem einem das Blut gerann, und galoppierte auf das Gehölz zu. Ich stieß ebenfalls ein wildes Geheul aus. Dann verfolgten wir die Spuren des Stiers im Dickicht. Wir hielten auch nicht an, als wir das Tier ziemlich weit vor uns durch das Unterholz brechen hörten.

Das Glück war uns hold, das Dickicht wurde lichter. Wir sahen das riesige Hinterteil des Stiers in der Rinne verschwinden. Er lief direkt in unsere Falle. Wir schrien noch lauter und trieben die Pferde an. Als wir den Rand der Rinne erreichten, sahen wir den Stier durch unseren Zaun brechen, als wäre er aus dünnen Zweigen gebaut. Wir waren noch zwölf Meter höher als der Stier, aber selbst wenn ich so hoch auf einem Baum gesessen hätte, hätte ich mich vor diesem Biest nicht sicher gefühlt. Jetzt sahen wir das schwarzgefleckte Untier deutlich im Wasser stehen; die weit auseinanderstehenden Hörner waren noch rot vom Blut des Packpferds. Der Stier drehte sich zu uns um und brüllte. Der Hall seines Gebrülls lief den Fluß hinauf und hinab. Dann, in der vollen Arroganz seiner überlegenen Stellung, senkte er den Kopf und trank. Wir konnten es nicht fassen! Dann flüsterte Smith mir zu: »Erschieß das verfluchte Biest, ehe es uns umbringt.« Ich hob das Gewehr, aber der Stier sprang blitzschnell aus dem Fluß und rannte das Ufer zu uns herauf. Mein Pferd scheute und raste davon, ohne daß ich es dazu auffordern mußte. Ich preschte in eine Richtung, Smith in die andere. Erst nach mehreren Stunden trafen wir uns auf dem gegenüberliegenden Flußufer. Ich nahm an, der Stier hatte Smith verfolgt, da ich ihn drei Meilen lang an dem Ufer und beim Durchqueren des Flusses nicht gesehen hatte. Smith sagte, er hätte die Kontrolle über sein Pferd verloren. Es wäre nach knapp hundert Metern durch den Fluß geflohen. Er blickte zurück. Der Stier stand am Ufer an der Stelle, wo ich mein Gewehr angelegt hatte. Er fraß seelenruhig Gras. Da saßen wir nun auf unseren Pferden und dachten über alles nach. Plötzlich tauchte Buck auf, mit roter Schnauze und einem Stück Pferdefleisch zwischen den Zähnen. Um ganz sicher zu sein, ritten wir noch ein Stück in Richtung unserer Farm. Dann hielten wir an, schwammen und schliefen. Am Ende der langen sommerlichen Abenddämmerung trafen wir wieder auf der Farm ein.

Ehrlicherweise und aus Gründen der Fairneß muß ich gestehen, daß das Longhorn-Abenteuer mir das Cowboyleben auf längere Zeit verleidet hatte. Meine Trauer um Willow nahm eine neue Wendung. Mein Vater hatte gedroht, mich in die Indianerschule nach Genoa, Nebraska zu schicken, wenn ich mich nicht auf den Hintern setzen und lernen würde. Dort waren die jungen Menschen buchstäblich Gefangene. Ich erklärte, ich würde mir den Weg freischießen. Diese dämliche Bemerkung führte zu einem Vortrag und einem Handel. Mein Vater wußte, daß mein Interesse für Kunst kaum durch unser einziges Buch mit Reproduktionen Gustave Dorés und die Artikel in unserer *Britannica* von 1895 gestillt werden konnte. Immer wieder mußte ich an die Französin auf der Ausstellung in Omaha denken. Ich habe danach eingehend die Karte Frankreichs studiert und überlegt, wo sie jetzt wohl lebte.
Als Bestechung wollte mein Vater für mich eine Unmenge Kunstbücher bestellen und ein Abonnement für das *Scribner's*-Magazin, wenn ich mein Pensum in Mathematik, Naturgeschichte und Literatur lernte. *Scribner's* war ein großes Zugeständnis an die moderne Zeit, da mein Vater mich nicht nur vor seiner eigenen Besessenheit mit den Lakota zu schützen versuchte, sondern vor der Welt überhaupt. In jenem Sommer muß er langsam gespürt haben, daß das hoffnungslos war. Selbstverständlich war *Scribner's* lächerlich zahm, aber ich hatte es in der Stadtbibliothek gesehen und eine quälende Neugier für die Welt da draußen entwickelt. Ich war ein spätes Kind, so daß mein Vater damals schon Mitte Fünfzig war. Meine aberwitzigen Unternehmungen müssen ihn so fertiggemacht haben, daß er erkannte, daß er mich nicht beschützen konnte. Damals war unsere einzige Zeitschrift der *Philosophical Speculator*, in dem (für meinen Vater) alarmierende Abhandlungen von William James über die Natur der Philosophie standen. Ich

fand sie faszinierend, aber als wilder junger Mann von vierzehn hatte ich weder kulturelles noch religiöses Territorium zu verteidigen. Das einzige Thema, bei dem ich wirklich Bescheid wußte, waren Pferde, und man munkelte bereits, daß mit dem Aufkommen des Automobils Pferde aus unserem Leben verschwinden würden.

Der Großteil meines Lernstoffs war mühselig und im allgemeinen viel zu gehoben für jemanden wie mich. Mathematik war relativ leicht, Biologie grauenvoll schwierig, da unser uraltes Mikroskop mir nichts zeigte, was mich interessierte. Anthropologie stand als neue Wissenschaft hoch im Kurs und faszinierte mich, angefangen mit dem Drama der Ägyptologen bis zu den Obsessionen von Boas. Keats mochte ich recht gern, auch wenn ich Willows Namen zwischen vielen Zeilen las, Pope und Wordsworth fand ich langweilig. Shelley war in der Tat oberflächlich, wenn man ihn mit Lord Byron verglich, den ich sehr bewunderte und beneidete, nicht zuletzt wegen seiner Bemühungen, mit seinem Hund zusammen begraben zu werden. Tennyson hielt ich für einen hoffnungslosen Langweiler, und für Dickens konnte ich mich nie begeistern. Shakespeare war viel zu hoch für mich, obgleich ich die Sprachmelodie mochte. Mein Vater hatte mir erklärt, ich müsse ihn laut lesen. Lukrez war einschläfernd, Vergils *Georgica* hochinteressant, da ich sein Anliegen in dem Land um mich herum nachfühlen konnte. Emerson wurde mir eingepaukt, und bei Hawthorne tat ich nur so, als würde ich ihn lesen. Nach den vielen Jahren, die mein Vater bei den Lakota verbracht hatte, waren meine Eltern weder puritanisch noch viktorianisch. Daher konnte ich Menschen unter derartigem gesellschaftlichem Druck nicht verstehen oder Mitleid mit ihnen haben. Für meinen Vater waren Walt Whitman und Melville »Kuriositäten«. Ich hingegen fühlte mich sehr zu beiden hingezogen. Melville stand zu der Zeit literarisch nicht mehr hoch im Ansehen, aber mir fiel auf, daß die Ausgabe von *Moby Dick* viele Eselsohren und Unterstreichungen hatte. Die Indianer waren der weiße Wal meines Vaters, und er konnte über ihr Schicksal jederzeit von morgens bis abends exzentrische Vorträge halten.

Inmitten dieses Wirbels geistiger Aktivitäten, die in der Hitze des Tages und am späten Abend stattfanden, war ich kühn und dumm genug, an Willow Gedichte zu schreiben, die hauptsächlich dazu dienten, meine Hochachtung vor Keats zu vergrößern. Wichtiger war, daß ich in meinen Notizheften Bilder von ihr zeichnete. Ich bedauerte tief, daß es nie eine Fotografie von ihr gegeben hatte. Sie duftete nach warmem Sand und Pflaumen, ihre Stimme war sanft, außer wenn sie lachte, ihr Körper beige und geschmeidig und verblüffend kräftig. Sie konnte schneller als Smith und ich auf einen Baum klettern, obwohl wir viel mehr Muskeln hatten. Wie war es möglich, daß es kein einziges Foto von dieser schlanken Schönheit gab? Heutzutage ist es undenkbar, daß jemand nie fotografiert wurde. Ob das gut oder schlecht ist, vermag ich nicht zu entscheiden, aber für mich ist es ein Kampf, ihr Bild heraufzubeschwören, es sei denn im Traum oder im Halbschlaf, wenn der wahrere Gehalt unseres Lebens zu zerrinnen beginnt. Wie auch immer, meine ersten unbeholfenen Zeichnungen konnten sie nicht einfangen; bei einer war vielleicht ein Auge richtig getroffen, bei einer anderen die Lippen oder eine Halspartie oder der Arm auf dem Zaunpfosten.

Mit der Nebraska State Fair im Spätsommer 1900 sollte sich mein Leben abrupt ändern. Damals war es fast ausschließlich eine Landwirtschaftsschau mit zahllosen Ausstellungen von Produkten und Vieh und ein ausgedehntes Treffen von Ranchern und Farmern und deren Familien als eine herrliche Erholung von der alljährlichen Arbeit.

Meine Mutter hatte Smith gedrängt mitzukommen, weil er in einer selten schlechten Laune war, nachdem man ihn mit vorgehaltenem Gewehr vom Anwesen der Norweger gejagt hatte. Dabei wollte er nur helfen, die Brennesseln zu roden. Er hatte zu dem blonden Mädchen »hallo« gesagt, das gerade Wasser pumpte. Es hatte angefangen zu schreien, worauf ihr Vater mit der Schrotflinte aus dem Haus gelaufen kam. Kein vielversprechender Anfang für eine Werbung. Ich litt an jenem Tag gerade unter dem Keats-Fieber und war deshalb nicht mitgegangen. Gott sei Dank. Allerdings fand ich Smith' Gedanken, ihnen das Haus niederzubrennen und alle zu skalpieren, verständlich. Smith hatte sich dann damit begnügt, an ihrem Haus vorbeizureiten, wobei er auf dem Pferd stand und ihnen den nackten Hintern zeigte, während sie in ihrem armseligen Garten saßen. Selbst mein Vater schmunzelte über diese Geschichte, obgleich er sich wegen der Familie Sorgen gemacht hatte, weil sie zu spät gekommen war, um etwas anzupflanzen. Und was würden sie im Winter essen?

Auf der Ausstellung waren wir entzückt, Peerless Big-Boned Bob zu sehen, einen Eber mit mehr als zwei Zentnern, angeblich das größte Schwein der Schöpfung. Bob gab keinerlei Lebenszeichen von sich, bis wir ihm ein Stück Wurst zuwarfen, das er gern fraß, womit er sich zu Smith' Freude selbst als Kannibale entlarvte. Bobs Aufpasser forderte uns auf weiterzugehen, doch wir ignorierten ihn, was zu einer Prügelei mit einigen Burschen aus Lincoln führte, Schlägertypen aus der Stadt, gegen die wir uns jedoch recht gut hielten. Ich warf einen über den Zaun, und er landete in Bobs Nähe, was den Eber sehr verstimmte. Als sich eine Menschenmenge ansammelte, liefen wir weg. Vor einem Ausstellungszelt, das »Die einzige in den Vereinigten Staaten lebende Eskimofamilie« anpries, blieben wir stehen, um Luft zu holen. Umgeben von Eisblöcken saßen in einem heißen Zelt auf Fellen ein Mann, eine Frau und ein Kind. Sie schwitzten furchtbar. Der Anblick war wirklich trostlos. Smith und ich überlegten, ob wir sie befreien sollten, aber wir waren nicht sicher, ob sie gefangen waren oder freiwillig dort saßen, weit entfernt von ihrer arktischen Heimat. Ein Fell war ein Eisbärfell; es war so unvorstellbar groß, daß wir überzeugt waren, es handle sich um eine Imitation. Im Zelt drängten sich die Menschen, um diese armen schwitzenden Geschöpfe aus dem Norden zu begaffen. Schließlich konnte Smith sich nicht länger bezähmen und brüllte: »Was für eine gottverdammte Schande!« Sofort schob sich eine Gruppe schwergewichtiger Farmer auf uns zu. »Haut ab, ihr Scheiß-Rothäute!« Das taten wir.

Smith machte sich auf einen meilenlangen Fußmarsch ins Zentrum von Lincoln, weil er die Hauptstadt des Staates kennenlernen wollte, während ich mich mit nachlassender Begeisterung durch die Menge schob. Ich überlegte, mir die Ställe mit Stieren und Kühen anzuschauen, um die Besten des Jahres zu sehen, doch wieder hielt mich Keats davon ab. Ich würde dort ja doch nur die üblichen Bemerkungen hören: »Schön, viel Fleisch an Nacken und Kamm, volle Rippe, gut gebaut.« Ich hatte die Nase voll von Kühen; sogar die Pferdevorführung, die am Spätnachmittag stattfinden sollte, interessierte mich nicht. Ich stand im Staub in der Menge und murmelte vor mich hin: »Ah, was befiel dich, Ritters Knab', bleich und allein, daß du streichst herum? Die Rohre sind dürr all um den See und die Vögel stumm ...« Wenn ich mich daran erinnere, werde ich heute noch rot vor Scham. Doch dann erspähte ich rein zufällig auf einer Seite das Zelt für Kunst und Handwerk. Mein Pech zog mich hinein. Aus dem gleißenden Sonnenschein trat ich in das dämmrige Zelt, wo überall bemaltes Porzellan, kunstvolle Topflappen, eine Kuh aus zusammengeklebten Maiskolben, mit schwarzen Flußkieseln als Augen, und dergleichen stand, nichts, das auch nur annähernd meiner hochgestochenen Kunstauffassung entsprach. Damals bedeutete für mich das Wort »Kunst« das gleiche, wie »Jesus« für eine Nonne im Kloster; der Gegenstand der Anbetung war in beiden Fällen gleich weit entfernt.

Ganz am Ende des Zelts, am schlechtesten Platz, saßen Sonntagsmaler und zeigten ihre Sonnenuntergänge, Blumenstraußvasen, Bergpanoramen und diverse Pferde, Kinder und Haustiere mit falschen Proportionen. Noch weiter seitlich stand ein junger Mann im Malerkittel und blauer Baskenmütze, umgeben von einem halben Dutzend junger Damen, die er für einen Vierteldollar das Stück mit schnellen Strichen auf einen großen Block skizzierte. Ich hielt mich im Hintergrund und schob mich nur allmählich näher, bis ich seine Verkaufsgespräche mithören konnte. Natürlich beneidete ich ihn wegen seines Könnens, denn damit hätte ich Willow erinnerungswürdig zeichnen können. Sobald er eine Zeichnung beendet hatte, rief er: »Voilà!« Da er eine Baskenmütze trug, war ich sicher, daß das ein französisches Wort war. Ein Mädchen mit üppiger Oberweite wollte in voller Länge gezeichnet werden. Zur Freude der Umstehenden betonte er die Größe ihres Busens. Das erschien mir so ungemein verwegen, daß ich bei der Gruppe blieb. Der Maler forderte die Kleine mit dem üppigen Busen auf, noch dazubleiben, dann würde er ihr eine Limonade kaufen. Sie errötete vor Stolz und Freude. Er bemerkte mich und fragte, ob er mich als »Sohn der Scholle« zeichnen solle. Ich sagte aber: »Nein, danke.« Dann fügte ich hinzu, daß ich sein künstlerisches Können sehr bewundere; das war ihm ein bißchen peinlich. Dann wollte er mich zur Zielscheibe seines Spotts machen und forderte mich auf, meine Lieblingskünstler zu benennen, außer Rembrandt und Michelangelo; wahrscheinlich hoffte er, mich bloßzustellen. Ich nannte den englischen

Landschaftsmaler, über den ich in der *Britannica* gelesen hatte: Joseph Mallord William Turner, den vollständigen Namen. Er hob eine Braue und fragte: »Wen noch?« Ich kämpfte, dann brachte ich Courbet, den ich »Korbett« aussprach. Sofort witterte er seine Chance und erklärte lautstark: »›Kurbee‹, du Bauerntrampel. Man spricht es ›Kurbee‹ aus.« Ich wurde tiefrot, hielt aber sofort dagegen: »Ein Klugscheißer wie du könnte leicht aus dem Zelt fliegen.« Er und die kichernden Mädchen verstummten. Ich war tief beschämt, weil ich den ersten echten Künstler, den ich kennenlernte, bedroht hatte. Doch dann fragte er mich ganz ernst: »Zeichnest du?« Ich antwortete: »Nicht besonders gut.«

Er legte eine Pause ein, und wir gingen mit dem Mädchen, das stolz die kitschige Zeichnung hochhielt, Limonade holen. Das Mädchen meinte, es sei sehr stolz, zwei echte Künstler getroffen zu haben. Ich fühlte mich schrecklich fehl am Platz. Der Maler schickte die Gans weg, meinte aber, sie solle vor dem Abendessen zurückkommen, damit sie sich im Heu amüsieren könnten. Sie nickte und ging. Ich war über seine Frechheit verblüfft, nahm aber an, daß echte Künstler so daherredeten.

Er hieß Theodore Davis und kam aus Omaha, wo sein Vater eine leitende Stellung bei der Eisenbahn bekleidete. Davis nannte ihn einen »verblödeten Kapitalisten«. Davis konnte keinen Satz ohne blumige Übertreibung von sich geben. Ich hatte ihn für älter gehalten, aber er war erst achtzehn und wollte in einigen Wochen nach Chicago auf die Kunstakademie gehen. Die Baskenmütze war eigentlich ein Schwindel, um seinem Vater zu beweisen, daß ein Künstler Geld verdienen konnte. Er war mit sich äußerst zufrieden und klimperte mit den Vierteldollarmünzen in der Tasche. »Die Früchte meiner Arbeit« nannte er sie. Ehe wir uns trennten, schenkte er mir einen großen Zeichenblock und mehrere Bleistifte und versprach, in Verbindung zu bleiben. Ich hatte ihn angeschwindelt und behauptet, ich wäre sechzehn. Da schlug er mir vor, die High School zu verlassen und mit ihm auf die Akademie zu gehen, falls ich könnte. Da gestand ich, daß ich die Schule bereits mit neun Jahren verlassen hatte, und erzählte ihm kurz die Geschichte. Er fand sie »absurd großartig«. Als ich fortging, tobte in meinem Kopf ein Sturm von Möglichkeiten. Ich hatte keine Ahnung, daß ich damit den ersten Schritt in eine Umwälzung tat, die mich den Rest meines Lebens nicht mehr loslassen würde. Entgegen einem weitverbreiteten Mißverständnis sind die ersten Ausflüge eines jungen Mannes oder einer jungen Frau in die Welt der Kunst und Literatur und ihrer Herstellung meist sehr lustig und voller Mißgeschicke und keineswegs so hart und melancholisch, wie man öffentlich verkündet.

Ich hatte immer noch das Gefühl, eine Taufe empfangen zu haben, als ich zu unserem Lagerplatz am Rand des Ausstellungsgeländes zurückkehrte, auch wenn ich kurz den Wunsch verspürt hatte, Smith ins Stadtzentrum von Lincoln nachzufolgen. Ich hatte gehört, wie sich ein paar Bauernburschen über einen Saloon am anderen Ende der Stadt unterhielten, wo Mädchen ohne Kleider tanzten. Eine faszinierende Vorstellung, aber wohl nicht ernsthaft genug für einen, dem soeben seine heilige Berufung bestätigt worden war. Wenn doch nur diese Französin da wäre und mich beraten könnte, dachte ich.

Ich war noch nicht lange im Lager, als meine Eltern auftauchten. Sie teilten meine Stimmung der ätherischen Geringschätzung für die Menschen in den anderen Zeltreihen nicht, die offenbar keine Ahnung hatten, daß eine Art höheres Wesen in ihrer Mitte war. Mein Vater war so glücklich, wie ich ihn noch nie gesehen hatte. Die Hereford-Stiere, die wir an andere Farmer und Rancher vermietet hatten, waren ganz groß herausgekommen. Ihre Nachkommen hatten viele Preise bei der Zuchtschau gewonnen. Er tanzte um das kleine Feuer, auf dem meine Mutter Kaffee kochte. Ich hatte nicht das Herz, ihnen mein gerade neugefundenes künstlerisches Sendungsgefühl zu vermitteln, da ich ihn noch nie so glücklich gesehen hatte. Außerdem kam mir der Gedanke, daß der Stier, den ich im Frühjahr erschossen hatte, vielleicht noch wertvoller gewesen sein könnte als angenommen, da er aus derselben Zucht wie die anderen stammte. Mein Vater tat einen kleinen Schuß Whiskey in den Kaffee, mein erster Whiskey, den ich von ihm bekam. Dann sah meine Mutter den großen Zeichenblock, den ich nachlässigerweise nicht versteckt hatte. In einem Schwall erzählte ich ihnen von meinen ehrgeizigen Plänen, auch von Chicago. Sie wurden ganz still und nachdenklich. Meine Mutter blickte nach Westen, als würde sie dort einen neuen Sinn entdecken.

Es dauerte eine Zeitlang, ja, bis nach dem Abendessen, ehe wir ein Abkommen schlossen. In anderthalb Jahren, wenn ich sechzehn würde, dürfte ich auf die Kunstakademie gehen, wenn ich versprach, es im folgenden Jahr auf dem Cornell College, der Alma mater meines Vaters, zu versuchen. Um die Zulassungsprüfung zu bestehen, müßte ich furchtbar schuften und meine wilden und impulsiven Gewohnheiten ändern. Nach dem einfachen Abendessen hatte meine Mutter jedes leere Blatt des Zeichenblocks betrachtet, als sähe sie bereits, was dort hingehörte. Sie sagte: »*Get kahnah*«, was Vögel auf Lakota heißt. Ich mußte ihr aus der Erinnerung einen Wiesenstärling zeichnen. Dazu imitierte sie sein Lied, daß die Leute im Nachbarzelt verblüfft aufhorchten. In der Ferne, in der sommerlichen Abenddämmerung, hörten wir eine Dampfpfeifenorgel spielen. Damals klang diese Musik für mich so schön wie Mozarts *Jupiter-Sinfonie* heutzutage.

Ich glaube, das war der beste gemeinsame Abend unseres Lebens. Es war ein ganz besonderer Moment der Muße und Erleichterung, für meine Eltern von der fortschreitenden Lakota-»Götterdämmerung« und für mich von der Anspannung, ihnen mitzuteilen, daß ich Künstler werden wollte, gewiß ein ungewöhnlicher Ehrgeiz für jemand mit meinem Hintergrund. Es gab jedoch nichts von jener engstirnigen Reaktion gegen den Sohn mit den ausgefallenen und hochfahrenden Ideen, von der man so oft liest; trotz der Sünde der Habgier, die mein Vater eingestand, und der aufs Hauswesen konzentrierten Mutter waren meine Eltern keineswegs bürgerlich. Sie hatten ihre eigene, ganz besondere Klasse.

Später am Abend gesellten wir uns zu einer Gruppe Schweden und einer ständig wachsenden Menge, die am Ende der Zeltreihen tanzte. Fiedeln und Konzertinas erklangen, und einige junge Männer hatten mit geklauten Eisenbahnschwellen ein großes Lagerfeuer gemacht. Es gab alle möglichen Einwanderergruppen bei den Farmern – Böhmen, Deutsche, viele verschiedene Skandinavier – und einfache weiße, sture Nebraska-Bauern und -Rancher, allerdings nicht die wohlhabenden, denn diese stiegen während der Ausstellung in den Hotels in der Stadt ab. Meinen Vater hatte man immer mit gewissem Mißtrauen behandelt, weil er in der »Indianerfrage« auf der falschen Seite stand, wenngleich man ihm den üblichen Respekt vor den Wohlhabenden entgegenbrachte, und er mischte sich auch nur sehr selten unters gewöhnliche Volk wie an jenem Abend. Alle tranken Bier vom Faß und tanzten Polka, bis sie verschwitzt und erschöpft bis zum Umfallen waren. Ich hörte in unserem Zelt die letzte Musik noch bei Tagesanbruch. Ich konnte nicht tanzen, hatte es aber mit allen probiert, angefangen bei den Alten und Fetten bis zu den Jungen und Hübschen. Die Stimmung bei diesem Treffen war so grundverschieden von heute, wenn Rancher und Farmer eine Parodie aus ihren alten Sitten machen, um der Öffentlichkeit zu gefallen. Damals herrschte noch eine einfache, überschäumende Lebensfreude an einem Ort, der erst seit dreiunddreißig Jahren ein Staat war.

Lundquists Klopfen riß mich aus meinen ziellosen Gedankengängen. Er hatte sich vergewissert, daß die Wasserleitungen im Stall und der Scheune gut eingewickelt waren, da man eine Kältewelle für Oktober vorhergesagt hatte. Er brachte einen Henkelmann mit »Eintopf« vom Pick-up, der aus einer Mischung von gesalzenem Dörrfisch, Kartoffeln und Zwiebeln bestand. Leider mußte ich ihm mitteilen, daß Frieda angerufen hatte, um zu sagen, daß sie noch einen ganzen Tag unten in Lincoln bleiben würde, da der Heilige Geist persönlich die Kirchenversammlung besucht hatte und diese das Ereignis einen weiteren Tag diskutieren mußte.

»Das mit der Religion geht bei Frieda ein bißchen zu weit«, sagte er und ließ sich auf meine Bitte hin auf einem Stuhl nieder. Obwohl er seit 1918, kurz nach dem Waffenstillstand, für mich arbeitete und wir Freunde geworden waren, würde er sich ohne Aufforderung niemals im Haus hinsetzen. Ich goß ihm einen steifen Whiskey ein. Er ging in die Küche, um sich das obligatorische Wasser zu holen, um seine »Magensäfte« nicht zu beleidigen, wie er immer sagte. Ich rief ihm zu, er solle Shirley, seine kleine Hündin, aus der Kälte hereinholen, was er gern tat. Shirley verstand sich gut mit den Airedales. Diese rollten sie mit den Schnauzen herum, eins dieser eigenartigen Spiele, die Hunde sich ganz allein ausdenken.

Während Lundquist sich wusch, wärmte ich den Eintopf auf und fügte noch etwas Knoblauch und scharfen Paprika hinzu. Er wußte, daß ich das tat, ignorierte es jedoch, wenngleich er jedesmal unweigerlich erklärte, daß das Rezept seiner »Momma« bei mir immer besser schmecke. Er nahm auch nie ein Glas Rotwein an ohne die Bemerkung, daß dieses Getränk »papistisch« sei. Danach schimpfte er meist darüber, daß die Atombombe das Wetter verschlechtert hätte und daß alle Politiker das Zeichen des Bösen trügen; letzterem beizupflichten fiel nicht schwer. In allen landwirtschaftlichen Dingen war er absolut Spitze und auf dem laufenden. Wie er erklärte, sei es die größte Enttäuschung seines Lebens, daß ich daran rundweg das Interesse verloren hätte; nach dem Tod John Wesleys hätte ich alles mehr oder weniger ruhen lassen.

Es ist für uns in der Tat schwierig, andere und uns auf der Ebene unserer Absichten zu akzeptieren, ohne die Diskrepanz zwischen ihnen und der Art, wie wir tatsächlich leben, zu bemerken. Lundquist war anscheinend eine Ausnahme; seine innersten und äußersten Gedanken waren dieselben, voll von einer lebhaften Originalität der Wahrnehmung. Manchmal fing er einen Satz mit einer Schimpfkanonade gegen die Kriegsgewinnler an und hörte mit der Aufzählung eines halben Dutzends verschiedener Vogelnester auf, die er für Naomi gefunden hatte. Obwohl seine formelle Schulbildung ebenso kurz gewesen war wie meine, freute es ihn ganz besonders, daß Linné Schwede war. Ich hatte mir einmal den etwas gemeinen Trick geleistet, ihm Strindbergs Memoiren zu borgen. Diese bereiteten ihm Kopfschmerzen. »Dieser Bursche hat sich mit Gott verwechselt«, hatte er gemeint, kein ganz falsches Urteil über den gequälten Strindberg. Seine einzige irgendwie angeberische Geste lag in seiner Fähigkeit, an dem Seil, das vom Heuboden herabhing, außen die Scheune hinaufzuklettern, für einen Mann über fünfzig kaum vorstellbar, und er tat es auch nur, wenn Dalva und Ruth ihn mit Necken dazu brachten. Schon früh verblüffte er mich, als er über meine beiden Bilder von Marsden Hartley und Stuart Davis sagte: »Das hat er genau richtig gemacht«, wogegen er an Thomas Hart Benton oder Charley Russell nichts Interessantes fand. Über Benton stritten wir uns, und es stellte sich heraus, daß Lundquist das Gefühl hatte, mit einem Großteil von Bentons Material vertraut zu sein. Er zog Gemälde vor, die »seinen Kürbis zum Rasseln« brachten. Trotz seines christlichen Glaubens sah er Nackte als »Herrlichkeit Gottes« an. In diesen Punkt stimmte Frieda nicht mit ihm überein.

Was ich sagen will, ist, daß Lundquist immer das war, was er sein wollte, aber anders als viele bodenständige Leute hatte er größtes Mitgefühl für diejenigen, die sich über alles Gedanken machten. Durch ein Verandafenster hatte ich mitgehört, wie er Dalva die Frage beantwortete, ob Tiere in den Himmel kamen. Dieses Problem hatte sie sehr bedrückt. Er erzählte ihr einfach, daß er im Traum gesehen hätte, wie Kühe, Pferde, Schlangen, Hühner, Kojoten, Löwen und Tiger im Himmel frische Milch aus derselben goldenen Schüssel getrunken hätten. Das sei für ihn Beweis genug, und er hoffe, für sie auch.

Beim Essen schaute ich ihn über den Tisch an. Er schaukelte seine Mischlingshündin Shirley und murmelte Koseworte. Wieder ärgerte ich mich über die Ungerechtigkeit des Erbfolgesystems, wonach in alter Zeit die Farm und das Land immer dem ältesten Sohn übergeben wurden, um die Ergebnisse harter Arbeit zu erhalten. Den anderen Söhnen blieb nichts anderes übrig, als ihr Leben als Knechte oder Ladenverkäufer zu verbringen. Das war teilweise die Quelle für die Unruhe der Populisten, diese Riesenmenge Unzufriedener. Lundquist war, obwohl ein brillanter Farmer, nie dazu bestimmt, eine Farm sein eigen zu nennen, ebenso wie die fähigsten »Großknechte«, Cowboys und Verwalter nie selbst eine Ranch besitzen werden. Die abwegige

Vorsorge meines Vaters entpuppte sich für mich als Segen, wie religiöse Menschen es nennen, da ich selbst in den schlimmsten Tagen der Weltwirtschaftskrise jederzeit Land kaufen oder zum Kentucky Derby oder zur Dublin-Pferdeschau fahren oder mir den besten Bordeaux einlagern konnte. Mein älterer Sohn Paul, der mir etwas entfremdet ist, nahm das Geld seiner Mutter an, das sich als beträchtlich erwies, und John Wesley sollte diese Farm und meinen sonstigen Besitz erhalten. Als John Wesley im Zweiten Weltkrieg Soldat wurde, schränkte ich meine Ausgaben sehr ein. Ich hielt die Farm während des ganzen Krieges in Gang, wobei dies eigentlich mehr Lundquists Verdienst war, aber ich war nicht mit dem Herzen dabei, so groß war meine Angst um ihn, der meinen Namen trug. Doch dann starb er in Korea. Tausendmal habe ich den Tag verflucht, an dem ich ihn Ende der zwanziger Jahre zu einem Ritt in einer »fliegenden Kiste« mitgenommen hatte. Ich habe meinen geliebten Sohn an Maschinen verloren; wobei es ein gewaltiger Irrtum ist, wenn wir glauben, unsere Kinder gehörten uns tatsächlich. Wir haben vielleicht Probleme, anderen oder uns zu vergeben, weil das Leben niemandem auch nur eine einzige Minute vergeben hat. Ich denke dabei an meinen Blutsbruder – ja, wir haben diese kindische Zeremonie durchgeführt –, wie er auf dem kalten Kartoffelacker steht.

Ernüchtert muß ich feststellen, daß meine Ausflüge in die Weisheit weniger interessant sind als Lundquists neuer Schub selbstgeräucherten Specks. Heute morgen kam er vorbei und brachte mir eine Seite. Er war beunruhigt, als er mich in der Unterkunft ohne Feuer am Schreibtisch sitzend fand, wo ich über mein erstes Atelier und das armselige Schild nachdachte, das einst über der Tür gehangen hatte. KÜNSTLERATELIER KEIN ZUTRITT.

Wir probierten den Speck mit ebenso kritischem Gaumen wie Kenner bei einer Weinprobe. Lundquist hatte auch ein Glas mit frisch geriebenem Meerrettich mitgebracht, den er mit etwas Essig und dicker Jersey-Sahne vermischt hatte. Außerdem hatten wir auch Eier. Lundquists Augen waren gerötet von den Tränen beim Reiben des Meerrettichs. Wir fanden, ein Bier wäre dazu genau das richtige, obwohl es erst Vormittag war. Lundquist freute sich, als ich erklärte, der Speck sei einer der besten, die er je geräuchert hätte. Er hatte noch Apfelbaumscheite zu dem Hickory-Holz hinzugefügt, um einen fruchtigen Geschmack zu erzielen, ganz anders als der Speck, den man im Laden kaufen konnte.

Dieses Frühstück war für einen aktiven Farmer, deshalb sattelten wir zwei friedliche Stuten für einen Ritt in der Kälte, um nicht im Sessel einzuschlafen. Wir ritten über unsere südwestliche Weide, Smith' Weide genannt, weil dieser sich da bei einem rauhen Spiel, das wir als Kinder liebten, die Nase gebrochen hatte. Man mußte zu einer Färse laufen, den Schwanz packen und mit einem Ruck ziehen. Dann mußte man sehen, wie lange man sich festhalten konnte, wenn man im Galopp herumgeschleift wurde. Eine kluge Kuh weigerte sich loszurennen, schlug nach hinten aus und zerschmetterte Smith' Nase, daß sie aussah wie die des Indianers auf einem Fünfcentstück. Mein Vater richtete den Knochen gerade. Vorher gab er Smith etwas Opium, was ihm sehr schmeckte.

Die herbstlichen Felder erinnerten mich an Millet, einen banalen Maler, aber genauso sahen sie nun mal aus. Wir zuckelten fast im Halbschlaf dahin. Lundquist hatte Shirley hinter dem Sattelknauf verstaut, wo sie gern mitritt. Gelegentlich bellte sie die Airedales an, die vor uns herumsausten. Seit Jahren verfolgten sie ein und dieselbe Kojotin. Ich hatte gedacht, sie wollten sie töten, aber dann hatte ich eines Tages im September durchs Küchenfenster gesehen, wie Sonia mit diesem Kojotenweibchen in den frisch gemähten Luzernen Mäuse jagte.

Ich dachte darüber nach, daß früher bei unseren Ausritten vom selben Sattel ein weicher, mit Erlenhölzern gespannter Lederbeutel gehangen hatte, in dem mein erstes Skizzenbuch steckte. Mein Vater gab ihn mir für diesen Zweck, nachdem wir von der Landwirtschaftsausstellung zurückgekommen waren. Er hatte mir erklärt, der Beutel sei aus dem Fell eines Wapitihirsches gemacht, das eine Lakota-Frau bei einem Cheyenne während eines dieser friedlichen Zeitabschnitte eingetauscht habe, als diese beiden Stämme nach Little Bighorn gemeinsam auf die Crows und die Blackfoot zornig gewesen waren. Mein Vater hatte botanische Probestücke im Beutel aufbewahrt. Ich war verblüfft, als er mir sein Notizheft mit den Pflanzenzeichnungen zeigte, samt Wurzeln so fein wie Spinnweben. Ich fragte ihn, ob er je einen Menschen gezeichnet habe. Er verneinte, aber er sagte, er wünschte, er hätte seine erste Frau Aase gezeichnet, mit der er nur kurz verheiratet gewesen war, ehe sie an Tuberkulose starb. Dann könnte er zuweilen ihr Gesicht anschauen. Ich sagte nichts von meinen ähnlichen Wünschen Willow betreffend, aber ich erinnerte mich, daß er mir damals weniger als der überragende und distanzierte Erwachsene erschien, sondern eher als Mitmensch. Wir denken nur selten, daß unsere Väter ebenso liebten wie wir.

Wenn Willow mir doch nur einen Brief schicken würde, hatte ich damals gedacht. Aber ich hatte sie nie lesen oder schreiben sehen und bezweifelte, daß sie fähig war, einen Brief zu verfassen. Selbstverständlich hatte ich geschworen, niemals wieder jemanden zu lieben, wenn das der Grund für soviel Leid war. Damals hatte ich nicht geahnt, daß kaum zehn Jahre später eine Liebe kommen würde, mit der verglichen mein Kummer über Willow idyllisch war.

An einem kalten Frühlingstag sehnt man sich nach dem Sommer, und an einem heißen Sommernachmittag nach dem ersten kalten Herbsttag. Ich glaubte, dieses Leid wäre meinem Charakter und meinem Alter gemäß. Ich hoffte, es würde meiner Kunst zugute kommen, hatte jedoch keine Ahnung, wie man dieses Gefühl in einer Zeichnung oder einem Gemälde zum Ausdruck brachte, da dies damals jenseits meiner künstlerischen Möglichkeiten lag.

Erst allmählich wurde mir bewußt, daß Lundquist mit mir redete und mein Pferd aus der Quelle trank. Ich sagte, die Brunnenkresse sei für dieses Jahr abgestorben, in der Hoffnung, das wäre eine passende Bemerkung, da Lundquist es sehr übel nahm, wenn man ihm nicht richtig zuhörte.

»Beeile dich nicht so, in den Wolken zu verschwinden. Du kommst noch früh genug dorthin.« Diese witzige Bemerkung gefiel ihm auf Anhieb, deshalb wiederholte er sie. Bei meinem Herzbeben in letzter Zeit fand ich sie weniger lustig. Er gab mir eine Zusammenfassung dessen, was er mir bis jetzt erzählt hatte. Es war ein Artikel, in dem ein Tiermediziner aufgrund seiner Forschungen zu der Schlußfolgerung gelangte, wenn man alle Hunde auf der Welt völlig frei leben ließe, würden die Hunde bald alle mittelgroß und braun sein.

Ich blickte auf Shirley und die Airedales und stimmte Lundquist für seinen Geschmack etwas zu schnell zu. Aber ich sah, daß diese Behauptung uns in ein Gespräch führen würde, das mich langweilte. Jeder Vieh- oder Pferdezüchter hat extensive Vorstellungen über Zuchtprogramme, die jeden Laien zum Sterben langweilen. Ich hatte zu viele schnelle und schöne Pferde gezüchtet, die sich aus einem Anhänger mit Tritten befreien und Scheunenkatzen beißen konnten und bei Vollmond durchdrehten und wegen des Schattens eines Vogels himmelhoch sprangen. Zuchtprogramme erfordern guten Verstand, keine romantischen Triebe. Mit einer Auf-Teufel-komm-raus-Zucht erhält man zwar tausend Füllen, aber keines davon so wie der Deckhengst und alle relativ wertlos.

Am Bachufer fiel mir eine Feuerstelle aus jüngster Zeit ins Auge. Lundquist war meinem Blick gefolgt und erklärte, es handele sich nicht um irgendwelche Leute, die sich unbefugt herumgetrieben hätten, sondern daß Dalva eine seltene Eins für eine Schulaufgabe bekommen hätte und Naomi ihn gebeten hatte, ihr eine Stelle zu zeigen, wo sie Würstchen über einem Feuer grillen könnte; das hatte sich Dalva als Belohnung gewünscht. Lundquist fügte noch hinzu, daß ihm Dalvas Benehmen angst mache und daß er bete, sie würde mehr wie die anderen Mädchen werden. Ich sah direkt, wie er im Kopf ihre etwas schwierige Genealogie aufsagte, darunter ich, mein Vater und ihr Vater, der ganz wild auf die ganzen Maschinerien des Krieges gewesen war.

Damals rackerte ich mich den gesamten Winter hindurch gnadenlos ab. Die kalten Vormittage widmete ich den Büchern und meinen täglichen Arbeiten. Nachmittags zeichnete ich vom Sattel aus, und abends lernte ich wieder. Oft las ich statt der Pflichtlektüre in meinem *Scribner's* oder den kleinen Kunstbändchen über Rodin, William Morris oder Millet, die mein Vater per Post bestellt hatte. Fast alles war für mich enttäuschend und unverständlich, besonders John Ruskin und Henry James. Bei meinem mageren Hintergrund bedeuteten all die gedämpften Gefühle bei Henry James für mich nicht mehr als der Teich hinten auf unserem Land, den Smith und ich für bodenlos tief hielten. Ich hatte starke Zweifel, ob ich dem allen gewachsen war, und suchte Trost bei seinem Verwandten William James, besonders einem Stück, das er geschrieben hatte, mit dem Titel *The Consciousness of Self*, das Bewußtsein des Ichs. Am besten gefiel mir der Teil über das »empirische

Ich« und wie das Ich seine Integrität bewahren konnte. Das kam mir einigermaßen bekannt vor, deshalb verstand ich es. Jeder werdende Künstler muß sein Ego aufblasen, damit er auf einem Gebiet etwas leisten kann, auf dem man sich erst in späteren Jahren wohl fühlt. Du hast dich ausgewählt, etwas Außergewöhnliches zu werden und mußt genügend geistiges Brennmaterial hervorbringen, um dich weiterzubringen. Und das war für jemanden, der so jung und so ungebildet und unerfahren war wie ich, eine äußerst schwierige Aufgabe. Ein Artikel über Kunst in der *Britannica* von 1895, mit vielen lateinischen Zitaten, vergrößerte meine Verwirrung, ebenso ein Verweis auf einen Ausspruch Shakespeares, wonach »Kunst auch Natur« sei. Wie zum Teufel sollte ich Natur machen, etwas, das ich in all seinen großartigen Verwandlungsformen kannte, die mich mein Vater bei allen Unkräutern, Grasarten, jedem Baum und Busch sowie an sämtlichen Verhaltensweisen der Lebewesen in unserer Gegend gelehrt hatte?

Ich hatte damals einfach nicht die Gabe, abstrakt zu denken, und was mich rettete, waren allein die zahllosen Nachmittage, die ich mit Zeichnen verbrachte, da das eine Handlung aus dem Bauch heraus war, ebenso wie das Pferd durch eine Schneewehe oder tiefe Pfützen zu führen oder einen sonnigen Canyon zu finden, wo man vor dem kalten Wind geschützt sitzen und das Aussehen der Dinge studieren konnte.

Von Davis hatte ich einen kurzen, aber euphorischen Brief über die Herrlichkeiten und Versuchungen an der Kunstakadamie in Chicago bekommen, der mit »Wo bleiben die Skizzen?« endete und sich auf mein Versprechen bezog, ihm meine Arbeit zur Beurteilung zu schicken. Seltsamerweise war dies das erste persönliche Poststück, das ich bisher bekommen hatte. Ängstlich schickte ich ihm einen Stapel und fügte prahlerisch – obwohl ich mich gar nicht so fühlte – hinzu, ich wäre sicher, bald mit Ölmalerei anzufangen. Es dauerte drei Wochen, bis ich eine Antwort erhielt. Während dieser Zeit war ich ein schmollender Kotzbrocken. Davis erklärte meine Zeichnungen für »meist durchschnittlich« und nur einige für »vielversprechend«. Dann fügte er noch hinzu: »Du mußt jahrelang zeichnen, ehe du in Öl malen kannst. Auge und Verstand kennen das Aussehen der Dinge, die Hand aber nicht. Die Hand muß trainiert werden, den phantastischsten Vorstellungen der gesamten Vielfalt dessen zu folgen, das wir in der Welt sehen.« Ferner teilte er mir mit, daß er mit einer schönen fünfundzwanzigjährigen Frau zusammenlebe. Das bedeutete, daß ich den Brief nicht meinen Eltern zeigen konnte. Aber selbstverständlich las ich ihnen den Teil vor, wo er mich als »vielversprechend« bezeichnete.

Nachdem ich noch etliche Zeichnungen geschickt und die Antwort erhalten hatte, daß meine Bemühungen »zu krampfhaft« seien, war ich niedergeschlagen. Mich rettete nur eine Erfahrung, die manche für transzendental halten würden. Ich war lange auf einem Pferd geritten, das noch nicht ganz zugeritten und so temperamentvoll war, daß ich meinen Zeichenblock nicht mitnahm. In der Nacht davor hatte es einen Eissturm gegeben, der den Schnee, der stellenweise ziemlich hoch lag, mit Harsch bedeckte. Das Pferd haßte die tiefen Schneewehen, weil es nach dem Einbrechen durch die Eiskruste keinen sicheren Halt fand. Die Sonne war herausgekommen, und wir hatten über null Grad. Daher hoffte ich, die Eisschicht würde schmelzen, was das Pferd ruhiger machen würde, da es normalerweise mit einfachem Schnee keine Probleme hatte.

Zwei Stunden lang kämpfte ich mit dem Pferd, mit festem Zügel und oftmals unter Einsatz der Peitsche, bevor ich endlich mein Ziel erreichte, einen kleinen Canyon mit einer Quelle und einem Bach, der in den Niobrara mündete. Ich hatte geplant zuzuschauen, wie die Eisschollen auf dem Fluß schwammen, bis mein Verstand soweit abgekühlt wäre, daß ich wieder als »Künstler« denken konnte. Im strahlenden Sonnenschein ritt ich den eisigen Canyon hinauf, da brach das Pferd mit einem Vorderhuf durch die Eisdecke und geriet in weichen Schlamm. Sofort bäumte es sich auf, und nach mehreren gewagten Sprüngen und Drehungen warf es mich ab. Ich landete mit dem Kopf an einem Felsbrocken und verdrehte mir den linken Arm. Als ich das Bewußtsein verlor, war mein letzter Gedanke, an den ich mich noch erinnere, der, daß es wenigstens nicht mein Zeichenarm war.

Bis ich auf den verdrehten Arm rollte und die Schmerzen mich zu mir brachten, muß ich mindestens eine Stunde lang bewußtlos gewesen sein, dem Stand der Sonne nach zu urteilen, den ich ziemlich gut einschätzen konnte. Langsam setzte ich mich auf und sah, daß etliche Kühe mich vom Rand des Canyons aus betrachteten. Ich muhte sie an, und sie muhten zurück, was meine Stimmung hob. Das Pferd war längst nach Hause gelaufen, ich hatte gut fünf Meilen Fußmarsch vor mir. Ich betastete meinen Arm. Er schien mir nur verrenkt, nicht gebrochen zu sein. Dann aß ich mein Sandwich mit Wild, Senf und besonders scharfen Zwiebeln. Wenn ich nicht kaute, pfiff ich, weil ich froh war, noch am Leben zu sein. Die Mündung des Canyons schränkte den Blick ein. Eine große Eisscholle trieb vorbei; eine Krähe stand darauf. Einen Moment lang wechselten wir Blicke, dann wünschte ich, ich hätte meinen Zeichenblock mitgebracht. Als Davis erklärt hatte, meine Zeichnungen seien zu verkrampft, hatte er hinzugefügt, ich müsse »alles auf einmal« zu Papier bringen, nicht in der linken unteren Ecke anfangen und mich bemühen, alles perfekt zu zeichnen.

Ich saß so lange dort, bis mir der Hintern fast am Boden

festfror. Ich bemerkte, daß meine rechte Hand im Schatten der Canyonwand kalt war, aber direkt über dem Handgelenk schien die Sonne warm auf meinen Arm. Ich schaute zu, wie die Schatten den Arm hinaufwanderten, während die Sonne sank. Es war, als würde ich die Zeit selbst sehen. Ich rührte mich nicht, nur meine Augen richteten sich nach oben und fanden die Welt auf eine gespenstische Weise unwirklich, innerhalb und außerhalb meines Gehirns. Alles schien durch höchst zerbrechliche Verbindungen zusammengehalten zu werden: Felsen, Bäume, Vögel, Rehe, Pferde und vor allem Menschen. Blauer Himmel. Braune Mutter. Schwarze Krähe. Weißer Vater. Und die Sprache, in der mein Gehirn unablässig zu sich selbst redete, war angeblich der Leim, der all das zusammenhielt. Nur war dem nicht so, zumindest in jener Stunde, und ich stand fassungslos vor der unveränderlichen Gegenwart des Namenlosen.

Ich war noch nicht lange gegangen, als mein Vater mit meinem Lieblingspferd, einem Braunen, auftauchte. Er hatte natürlich geahnt, was passiert war, als das andere Pferd mit Schaum bedeckt und immer noch völlig durchgedreht auf den Hof galoppiert kam. Im Frühjahr verkaufte ich das Pferd einem frommen und vertrauensseligen Farmer, der beim ersten Schneefall und dem ersten Eissturm sein blaues Wunder erleben würde.

Durch einen dummen Zufall rutschte ich auf der Kellertreppe aus, als ich Wein holen wollte. Ich hatte nicht aufgepaßt, sondern an die Schätze, die indianischen Artefakte, gedacht, die mein Vater versteckt hatte. Viele Jahre hatte ich sie nicht mehr betrachtet, weil in einem Winkel des geheimen Raums ein paar eklige Skelette standen, die noch vollständig bekleidet waren. Ein bekleidetes Skelett ist ein schmerzliches Mahnmal der Sterblichkeit, und davon hatte ich genügend in meinem lebendigen Körper. Der Sturz war ziemlich übel, aber es folgte keine göttliche Erleuchtung, zumindest strahlte nichts wie damals beim Sturz im Canyon. Ich hatte mich mit meiner ganz persönlichen Geisterwelt so geeinigt, daß ich gern so lange leben wollte, bis meine Enkelinnen Dalva und Ruth die High School abgeschlossen hätten, und mein Sturz erschien mir wie der Auftakt des Scheiterns.

Ich lehnte mich an die letzte Stufe. Mir tat alles weh. Dann erinnerte ich mich an eine Mutmaßung, die ich im *Scientific American* gelesen hatte. Demnach stürzten Säugetiere mit Ausnahme des Menschen nur selten, abgesehen von Mißgeschicken in frühester Jugend. Dieser Theorie zufolge waren andere Säugetiere weniger doppelgleisig im Denken und vielleicht nicht imstande, einen Gegenstand geistig zu erfassen, während sie etwas anderes taten. Mein Nacken tat so weh, weil ich damit gegen die Stufenkanten geschlagen war, daß ich mir plötzlich nicht mehr sicher war, ob ich diesen Artikel tatsächlich gelesen oder ob ich mir das nur eingebildet und ihn unter die Titelgeschichte über eine vor kurzem am Rand unseres Kosmos entdeckte Galaxie eingereiht hatte. Ich hatte nie durch ein starkes Fernrohr geschaut, und mich beunruhigte die Vorstellung, daß es noch Sterne jenseits derer gab, die wir in einer kalten klaren Winternacht in einem dichten Gespinst funkeln sehen.

Der pochende Schmerz im linken Ellbogen holte mich schnell aus der Welt der Gestirne zurück auf den kalten Kellerboden. Das war der Körper, der einst mit einem Pferd zehn Meter tief in eine tiefe Stelle des Niobrara gesprungen war, weil er mit Smith um fünfzig Cent gewettet hatte. Wir mußten es in gestrecktem Galopp tun, und hinterher vertraute das Pferd mir nie wieder. Ich wollte aufstehen, aber mein Hintern war taub nach dem Sturz über die letzten Stufen. Ich hörte, wie Frieda oben in den Zimmern staubsaugte, in denen seit zehn Jahren niemand mehr geschlafen hatte, abgesehen von Dalva im Zimmer meiner Frau. Frieda war als triumphierende Amazone aus Lincoln zurückgekehrt, umgeben, wie sie glaubte, von einer Aura des Heiligen Geistes, doch waren ihre Augen ein seichter Pfuhl der Unempfänglichkeit für alles, das sie nicht unmittelbar betraf. Kurzum, ich wollte sie nicht um Hilfe bitten; außerdem bezweifelte ich, daß meine Stimme den Staubsauger übertönen konnte, selbst wenn ich aus vollem Hals brüllte. Aus unerfindlichen Gründen dachte ich über die Frauen in meinem Leben nach und über die Frauen in ihrem eigenen Leben, wenn ich nicht da war. Verglichen mit Lotharios' Trefferliste war die Zahl derer, die ich gekannt hatte, nicht sehr groß, allein aufgrund der einfachen Tatsache, daß es mir schwerfiel, Menschen zu mögen, ganz gleich, wie attraktiv sie waren. Eine Mexikanerin mit zwei Kindern in der Nähe von Los Mochis kam mir in den Sinn. Drei Tage lang hatte ich sie gezeichnet, was Smith unbegreiflich blieb, der die Zeit mit einer hübschen *conchita* in einem Hotel in der Stadt verbrachte. Meine Mexikanerin war eher unscheinbar und »Indio«, aber bei ihr stand auf dem Holztisch in dem kleinen Adobehaus mit Lehmboden eine Schale mit Feldblumen. Ihr Sohn, ungefähr fünf, schleppte eine alte gescheckte Katze herum, der eine Pfote fehlte. Ich kaufte ihr vom Nachbarn ein Dutzend Legehennen und eine gute Milchziege. Mit der siebenjährigen Tochter ritt ich aus und hätte ihr ein Pony gekauft, aber die Mutter meinte, es wäre schwierig, das Futter beizuschaffen. Damals war ich Anfang Zwanzig und immer noch grün hinter den Ohren. Ich fragte sie, wovon sie lebte, obwohl ich nicht hätte nachbohren dürfen. Ihr Mann saß im Gefängnis, aus Gründen, die sie mir nicht nennen wollte, und ein Ladenbesitzer gab ihr etwas Geld als Entschädigung für ihre Aufmerksamkeiten. Freundlicherweise war er beiseite getreten, als ich ein Auge auf sie geworfen hatte, vielleicht wollte er aber nur seine Pesos sparen. Darüber war ich entsetzt und schämte mich, weil ich ziemlich dumm war, und so drehte ich mich um und ging. Beim Abschied warf ich ihr Geld zu, das sie mir vor die Füße schleuderte. Nachdem ich mein Pferd gesattelt hatte, steckte ich das Geld dem kleinen Jungen in die Tasche, wobei seine Katze mir einen häßlichen Kratzer verpaßte, der sich später entzündete. Als ich zur Tür winkte, steckte mir ein Kloß im Hals, aber sie war nicht mehr dort.

Ein spanischer Dichter, an dessen Namen ich mich nicht mehr erinnere, schrieb, daß wir kleine Stücke unseres Herzens hier und dort zurücklassen, bis nicht mehr genug übrig ist, um etwas zu verschenken und zu überleben. Jetzt saß ich unten an der Treppe, mit dem Gefühl, man hätte mir einen Nagel in den Ellbogen geschlagen, und bezweifelte die Richtigkeit dieser Ansicht. Jede neue Liebe füllte mein Herz wieder auf, und wenn ich sie hinter mir hatte, war wieder mehr zum Verschenken da als vorher. Wenn nur unsere Energien ausreichen, ist die Liebe unerschöpflich. Hier saß ich alter Zausel nun mit Erinnerungen im Kopf und einer Erektion in der Hose. Wenn die Frau in Los Mochis sich im Kerzenschein mit einem Schwamm den kräftigen braunen Körper abwusch, hatte ich das Gefühl, mir würden die Ohren wegfliegen.

Ich drehte mich um und zog mich auf die Knie hoch; dabei verfluchte ich meine Unaufmerksamkeit, die diesen dummen Unfall verursacht hatte. Auf den Knien war ich so groß wie ein Kind, und als ich die Treppe hinaufschaute, war ich wieder ein Kind und roch den Duft der frisch gesägten Kiefernbretter. Es war eine Gebetshaltung vor dem Unfaßbaren: dem Abgrund zwischen der Frau aus Los Mochis und der Gegenwart, den die Zeit darstellt; dem Gesicht meines ersten Pferdes, das ich mit sieben Jahren bekam und besaß, bis ich mit einunddreißig in den Ersten Weltkrieg zog;

Willow, nackt am Bach, wie sie das Lied singt, das sie gehört hatte, als sie sich in den Fliederbüschen vor der Methodistenkirche versteckte, ein Lied über Jerusalem. Wie weit ist es vom Standing Rock nach Jerusalem? Drei Wolken, die ich bei den Pinacates gezeichnet hatte, kamen mir in den Sinn, und ich hörte die irre, weinerliche Stimme des norwegischen Mädchens, das sich während der Vollmondphase in ihrem Zimmer versteckte und auch, wenn ein entfernter Sandsturm die auf- oder untergehende Sonne blutrot färbte. Jetzt tauchte Sonia in dem hellen Quadrat oben an der Treppe auf. Sie witterte Unheil, jaulte und bellte, worauf Frieda kam und mich befreite.

Lundquist fuhr mich zum Arzt. Er stellte einen einfachen Bruch der Speiche meines linken Arms fest und eine Menge eindeutig nicht lebensbedrohlicher blauer Flecke auf Rücken und Hintern. Man konnte den Arm nicht eingipsen, da er sonst die Beweglichkeit verloren hätte. Der Arzt legte mir nur einen schlichten Verband am Ellbogen an und gab mir den Rat, den Arm mehrere Monate zu schonen. Dann befragte er mich noch und untersuchte ausgedehnt und mit falscher Besorgnis mein Herz. Der Arzt war beinahe so alt wie ich und war sich sicher, daß ich mit seiner Frau in einer Sommernacht vor dreißig Jahren geschlafen hätte. Wir hatten es beide nicht für nötig gehalten, ihm diese Verdächtigungen auszureden, die nicht stimmten. Außerdem hielt er mich für einen gottverdammten Demokraten, weil ich in manchen Dingen anders dachte als er. Höflich war er nur, weil ich der Stadt das Krankenhaus, das eigentlich nur eine Krankenstation mit zwölf Betten war, geschenkt hatte, nachdem John Wesley heil und gesund aus dem Zweiten Weltkrieg zurückgekommen war. Der Arzt erklärte, ich leide unter »Tachykardie«, was nicht unbedingt zum Tode führe. Dann kassierte er für ein

Fläschchen Tabletten, da die nächste Apotheke siebzig Meilen weit entfernt war, und wir nickten uns Lebewohl zu. Seine Frau hatte ihn vor mehreren Jahren wegen eines Professors in Lincoln verlassen. Er war mir einsam vorgekommen, mit dem großen Eisenhower-Porträt im Untersuchungszimmer.

Wir hielten beim Metzger an, um für Shirley einen Knochen zu holen, die auf den Landstraßen zwischen uns saß und dabei die Vorderbeine aufs Armaturenbrett stemmte, um uns vor dem Gegenverkehr zu schützen. Am anderen Ende der Stadt aßen wir in einer ländlichen Taverne zu Mittag und kippten ein paar Whiskeys, eine fragwürdige Belohnung für einen Knochenbruch und eine Fahrt zum Doktor.

Ins Café wollten wir nicht gehen, weil das meiner Freundin gehörte, einer Frau Mitte Dreißig, die mit Mann und Tochter nach dem Zweiten Weltkrieg aus Chicago geflohen war und das Café von einem Vetter gekauft hatte; doch bald hatte es ihren Mann, einem ziemlichen Rüpel, nicht mehr gehalten, und er war wieder zurück nach Chicago gegangen. Unsere Beziehung lief mehrere Jahre ziemlich ruhig, wir trafen uns zweimal im Monat. Lundquist war es furchtbar peinlich gewesen, als er mir eines Morgens auf dem Hof fremde Reifenspuren gezeigt hatte und ich ihm gestand, eine Freundin zu haben. Wir hätten schon ins Café gehen können, aber dort gab es keinen Whiskey, der Rotary Club hatte seinen wöchentlichen Lunch. Ich hatte mich von den führenden Geschäftsleuten des Bezirks immer etwas fern gehalten, um es milde auszudrücken.

Der Besitzer der Taverne, Byrnes, hatte eine sehr schöne Rinderhälfte geliefert bekommen, die wir in der Küche inspizierten. Früher waren wir oft gemeinsam auf die Jagd gegangen, aber dann hatte er wegen seines Diabetes ein Bein verloren und hatte seine Jagdhunde einem Schwiegersohn geschenkt, der sie schlecht behandelte, etwas, das ihm großen Kummer machte. Wir tranken etliche Whiskeys und aßen ein T-bone-Steak, das Lundquist für mich wegen des Arms kleinschneiden mußte, was mir sehr peinlich war.

Als wir nach Hause kamen, stellte Frieda mir eine Schüssel mit Eis und Wasser hin, um den Ellbogen zu kühlen. Sehr schnell wurde sie wütend, weil wir einen in der Krone hatten, äußerte das aber außerhalb meiner Hörweite, oder so dachte sie jedenfalls, als sie Lundquist auf dem Hof zusammenstauchte. Ich schaute aus dem Küchenfenster, wie sie sich bemühte, daß Lundquist mir ihr betete. Shirley bellte dazu. Das tat sie immer, wenn Menschen stritten. Das weckte die Airedales, die ich daraufhin rausließ, damit sie am Spaß teilhaben konnten. Frieda fuhr weinend und schimpfend weg, und Lundquist floh in seine Werkstatt in der Scheune, um die Fiedel zu spielen, seine Lieblingsbeschäftigung, wenn Frieda ihm zusetzte. Er spielte schlecht, aber »gut genug für mich«, wie er zu sagen pflegte.

Es gab ein Lied, das er besonders gern spielte, eine schwedische Bauernpolka, die mich an die Musik der *norteño*-Musikanten in Sonora erinnerte. Davis tanzte zu dieser Musik wie ein Verrückter, seine lockere Art machte uns bei den Mexikanern gleich beliebt. Da ich nicht genug Seil hatte, mußte ich seinen zerschmetterten Körper mit Stacheldraht über dem Sattel festbinden. Als ich das Pferd nach El Salto hineinführte, dachten die Einheimischen anfangs, ich brächte einen Verbrecher, den ich erschossen hätte. Ich schickte seinen Eltern ein Telegramm nach Omaha und erhielt die Antwort seines Vaters, »ihn hier zu begraben«, ein schwieriges Unterfangen, das mir nur durch Bestechung eines deutschen protestantischen Missionars gelang. Später suchte ich seine Eltern auf, um seine persönlichen Dinge abzuliefern. Die Mutter war vor Kummer fast hysterisch, aber der Vater und die mürrischen Brüder, die zu Wohlstand gekommen waren, erklärten, sie hätten gewußt, daß es mit Davis »ein schlimmes Ende« nehmen würde. Als ich mich erkundigte, was aus seinen Arbeiten geworden sei, erklärte man mir, daß mich das gar nichts anginge. Seine Mutter brachte mich an die Tür, küßte meine Hand und meinte, sie würde beten, damit ich meine künstlerische Laufbahn fortsetzte. Dann blickte sie verstohlen über die Schulter zu den kleinbürgerlichen Scheusalen im Haus. Soweit ich weiß, hängen die einzigen drei existierenden Davis-Bilder in meinem Schlafzimmer. Ich bezweifle, daß er je etwas verkauft hat, abgesehen von den Vierteldollarskizzen der Mädchen auf der Landwirtschaftsausstellung. Er hatte gerade erst richtig angefangen, als er mit Zahnschmerzen und einer Flasche Tequila in der Gesäßtasche über die Felsenklippen stürzte. Die Bilder sind nicht berauschend, aber weit besser als meine eigenen Versuche. Er starb in dem Jahr, ehe ich meine Eltern verlor, und danach war ich in mein beinahe tödliches Mißgeschick mit der größten Liebe meines Lebens verstrickt.

Beim Aufwachen stürmten alle möglichen Gefühle auf mich ein, da ich ziemlich betrunken ins Bett gegangen war und das Fenster sperrangelweit aufgelassen hatte, durch das der kalte Wind hereinwehte. Ich muß nachts seltsame Laute von mir gegeben haben, wenn ich auf meinem gebrochenen Arm lag, denn beide Setter, Tess und Sonia, saßen bei Tagesanbruch auf meinem Bett, und normalerweise gingen sich die beiden aus dem Weg. In meinen Schläfen pochte es ebenso stark wie im Arm, und ich sagte mir, daß ich für dieses Leben genug Whiskey getrunken hatte. Vor etwa einer Stunde hatte ich gehört, wie Lundquist sich von der Couch im Arbeitszimmer erhoben hatte, wo er nach unserem endlosen Gespräch über Rinder,

Pferde und sehr, sehr spät und ziemlich betrunken über das Leben an sich eingenickt war. Ich fragte mich, ob ich nicht glücklich sein sollte, weil Dalva übers Wochenende kam, aber heute war Donnerstag, und sie kam erst morgen. Wenn man zuviel trinkt, verblödet man. Erst jetzt fiel mir auf, daß der Wind, der durchs offene Fenster hereinkam, sich aufwärmte und daß wir vielleicht noch ein paar Tage Altweibersommer haben würden. Ich schaltete das Radio für den Börsenbericht ein, nicht die Wertpapier-, sondern die Zuchtviehbörse, und erwischte den Schluß des Wetterberichts, der mindestens drei schöne Tage zum Oktoberende versprach.

Schnell stand ich auf, weil ich Kaffee trinken und etwas essen wollte, ehe Frieda kommen und den Tag verdüstern würde. Ich zuckte zusammen, als ich zwei leere Weinflaschen, eine fast leere Whiskeyflasche und einen halbvollen Cognac neben der Kaffeekanne sah. Ich wärmte den Kaffee auf und wickelte eine Scheibe Brot um ein Stück Wildbraten, der auf der Platte klebte. Den Rest schnitt ich klein und warf ihn den aufgeregten Hunden vor.

Ich war mit dem Rucksack schon auf halbem Weg zum Stall, als Frieda vor mir mit von Tränen geröteten Augen und zitterndem Kinn anhielt. »Ich bete für Sie«, sagte sie. Worauf ich antwortete: »Wenn Sie das tun, behalten Sie es aber in Zukunft für sich.« Das war etwas gemein, aber ich mußte sie bremsen. Als ich nach dem Sattel griff, wurde mir leider klar, daß für mich mit dem gebrochenen Arm weder Satteln noch das Zügeln eines Pferdes in Frage kam. Also machte ich mich, ohne lange zu fackeln, zu Fuß nach Norden auf, zum Fluß, und atmete tief die frühlingshafte Luft ein, die mit dem herben Duft der eigentlichen Jahreszeit vermischt war: dem Herbst. Die Hunde waren verwirrt, weil ich nicht auf einem Pferd saß, und verlangsamten ihr übliches Tempo.

Ich gebe zu, daß ich mich nach nicht einmal einer halben der zwei Meilen bis zum Fluß verfluchte, weil ich meine Feldflasche mit Wasser nicht mitgenommen hatte. Ich wollte nichts riskieren, deshalb ging ich ein wenig weiter flußaufwärts in Richtung des kleinen Canyons mit der Quelle. Der Stein, auf den ich gefallen war, war nicht mehr an Ort und Stelle, weil mein älterer Sohn Paul als Junge einen Monat lang mühsam gegraben hatte, um die Quelle und den Bach zu vergrößern, nachdem ich ihn und John Wesley auf die Pawnee-Gräber bei der anderen Quelle hingewiesen hatte. Typisch für Paul, fand er diese Quelle später in der ursprünglichen Gestalt schöner und füllte den Aushub wieder auf, doch der Stein, an dem ich mir den Kopf verletzt hatte, liegt nun unsichtbar in der Tiefe vergraben.

Ich kniete nieder und trank in tiefen Zügen vom dem eiskalten Wasser, was zum nächsten Anfall dieser »Tachykardie« führte, wie der Arzt es genannt hatte, wirklich ein hübsches Wort. Ich lag im dichten Gras und schaute den Hunden zu, wie sie herumtollten und sich im Schlamm unterhalb der Quelle wälzten, wo mein Pferd durch die Eisdecke gebrochen war. Der beengte Ausblick auf den Fluß über die Hunde hinweg war ähnlich, aber ich sehnte mich nicht nach meinem Zeichenblock. Während mein Herz dahinstotterte, dachte ich darüber nach, daß der Wahnsinn, den mir meine Kunst beschert hatte, zweifellos von der Tatsache herrührte, daß mein Ehrgeiz mein begrenztes Talent weit überstieg. Vielleicht wußte ich das bereits sehr früh tief im Inneren und konnte es nicht ertragen, weil in meiner Phantasie alle wirklich Begabten ihre Kunstwerke so anmutig und leicht schufen, wie man ein Nachmittagsschläfchen hielt. Damit meine ich nicht die unbestrittenen Götter wie Caravaggio, Turner oder Gauguin, sondern die auf unterer Ebene immer noch weit über jenen Millionen standen, die spürten, was es war, und es doch nie erreichen konnten: Selbst so unbeachtete Amerikaner wie Glackens, Piazzoni, Bellows, Dixon und Sloan standen in der zeitlosen Ruhmeshalle, in die der Rest von uns nur durch die Fenster lugen konnte.

Vor dem Hintergrund des Flusses sah ich ihre Bilder wie Diapositive. Doch dann ließ ich sie verblassen. Ich spürte einen Hauch des Kribbelns, das mich 1913 auf meiner Reise nach New York City in die Museen beflügelt hatte, doch das verflog ebenfalls, und ich hatte vertrocknete weiße Lichtnelken, Hafergras, ein bißchen wilden Roggen, verwelkte Blutwurz und mehrere Sträucher Büffelbeeren vor Augen. In diesem Teil des Westens mußte man auch unsichtbare Geister malen, um die Leinwand zu bevölkern, die Textur dessen, was man sehen konnte, zu verdichten. Ich zwang mich zu lächeln, als ich mich an Smith' Behauptung erinnerte, daß für ihn Kühe nur ein armseliger Ersatz für Büffel wären. Das war, nachdem mein Vater uns die Geschichte erzählt hatte, wie er von einer Büffelherde auf einen Baum gejagt wurde, die so riesig war, daß er sie anfangs für den Schatten eines Sturms gehalten hatte, in dem der Donner aus der Erde auftauchte.

Unwillkürlich dachte ich wieder, daß jene zählbaren Jahre der Kunstbesessenheit, siebzehn insgesamt, die störrischste Vorbereitung auf ein Leben gewesen waren, das schließlich doch ein ganz anderes werden sollte. Mein älterer Sohn Paul kam von einer längeren Brasilien-Reise in dem Jahr zurück, ehe John Wesley in den Zweiten Weltkrieg zog. Er hatte eine Schallplatte, die wir auf unserem alten Victrola spielten. Die Musik drang leise durchs Fenster und besuchte uns auf der vorderen Veranda, vor der ein Dickicht von blühendem Flieder wucherte. Nach einem der Lieder, »Estrela d'alva«, wurde meine spätere Enkelin genannt. Naomi und Wesley hatten abends auf der Veranda getanzt, als würde der Rest von uns, ja, die gesamte Welt, nicht existieren. Wir tranken Wein, und Paul erzählte mir, im Portugiesischen gäbe es das Wort *saudade*, das unsere Farm und unser Leben auszudrücken schien, eine Art Heimweh oder Sehnsucht nach etwas Lebenswichtigem, das für immer verloren war und nur im Traum wiedererlangt werden konnte, so als hätte man eine kurze Zeit mit jeder Faser von Leib und Seele eine Frau geliebt, die dann, ganz plötzlich, gestorben sei. Dann verstummte er betroffen. »O mein Gott, Vater, es tut mir leid«, sagte er und stürmte davon. Ich blieb bis lange nach Mitternacht sitzen und sah zu, wie der gelbe Mond erbleichte, als er über den Flieder und die Pappeln emporstieg.

Paul war einer jener seltenen jungen Männer, deren tiefverwurzelte Melancholie seinen großen Energien gleichkam. Abgesehen von der körperlichen Ähnlichkeit hätte ein Außenstehender ihn und John Wesley nie für Brüder gehalten. Er war kaum sechzehn, sein Verstand so alt wie die Berge, als er mich mit der Frage konfrontierte, warum ich, nachdem ich ein Künstler war, als seine Mutter und ihre Schwester mich kennengelernt hatten, einen so edlen Beruf aufgeben konnte, um ein Ungeheuer zu werden. Das war draußen beim Pumpenhaus nahe der Hintertür, und ich habe ihn niedergeschlagen. John Wesley sah es, rannte aus der Scheune herbei und sagte: »Gottverdammich, Dad, sei doch nicht so ein brutaler Kerl.« Ohne auch nur einen Koffer zu packen, fuhr ich fort und ließ mich einen ganzen Monat nicht blicken, doch erst zwei Jahre später auf einem Jagdausflug fand ich den Mut, mich zu entschuldigen. Es war eine unverzeihliche Tat für jemanden, der die totale unauslöschliche Primitivität der Menschen in Dingen wie Krieg und Habgier, Rasse und Religion zu verachten vorgab. Die passende Reaktion wäre, die Hand abzuschlagen, die ihn geschlagen hatte.

Ich hob die Hand hoch und betrachtete sie vor dem Hinter-

grund einer einzigen eindrucksvollen Wolke, die ein steifer Wind dahintrieb, welcher am Boden nicht zu spüren
war. Diese Hand war zweifellos mehr dazu geeignet, Pferde
zu zügeln, Kühen das Brandzeichen aufzudrücken und Kartoffeln auszubuddeln, als nach Höherem zu streben. Ich
lächelte, als Sonia mich plötzlich mit der schlammigen
Schnauze anstieß. Sie freute sich über ihren dicken Mantel
aus frischem Schlamm und schien um meine Zustimmung
zu heischen. In Umkehrung der üblichen Rangordnung bei
Hunden hatte sie als Jüngste das Kommando über das Rudel übernommen, und die anderen warteten geduldig, bis
sie an der Reihe waren, gestreichelt zu werden.

Mein Atem und Herzschlag waren inzwischen wieder normal, deshalb marschierte ich zum Fluß hinunter und warf
Stöckchen ins Wasser, damit die Hunde sie holen und sich
dabei den Schlamm abspülen konnten. Sonia war störrisch,
daher benützte ich den ironiefreien Tonfall, mit dem Dalva
bei den Hunden soviel Erfolg hatte. Sofort sprang Sonia
in den Fluß und gleich wieder heraus, wobei noch viel
Schlamm an ihr hing. Zu Hause würde ich sie bürsten müssen, was sie haßte. Dann funkelten ihre dunklen Augen vor
Wut. Jeder mit komischen Vorstellungen über die Schwach-
heit des Weiblichen sollte den Unterschied zwischen
Weibchen und Männchen bei Hunden studieren, dann
würden sie ihm vergehen.

Zu Anfang jenes Jahres, als meine Kunstbesessenheit begann, gab sich Smith große Mühe, mich auf andere Gedanken zu bringen, und wir unternahmen kurze Ausflüge in
die Welt des Heroischen, indem wir uns mit jungen Männern in der Stadt schlugen. Smith hatte sich mit seinen
Eltern überworfen und ihr Haus verlassen, deshalb hatte
mein Vater ihn als Hilfskraft eingestellt, da mich die Kunst
weitgehend nutzlos gemacht hatte. Wir hatten jede Menge
Zimmer, aber Smith weigerte sich, im Haus zu wohnen,

obwohl meine Mutter das wollte. Ich war entsetzt, als er sich in meinem Atelier einrichtete. Aber dann ließ mein Vater die Räumlichkeiten von unserem entfernten Nachbarn, dem Norweger, ausbauen. Der Norweger war scheu und verschlossen, aber ein phantastischer Zimmermann. Ihm half sein zehnjähriger Sohn, der ebenso verschlossen war. Smith tat der Junge leid, und er brachte ihm mühsam bei, auf unserem schlechtesten Pferd zu reiten, einem alten Ackergaul, den wir aus Mitleid behielten. Den gesamten Winter hindurch hatte mein Vater der Familie etwas zu essen gebracht, da er bei den Lakota genug Hunger gesehen hatte. Der Mann hatte Smith um Verzeihung gebeten, weil er damals die Schrotflinte auf ihn gerichtet hatte, aber er hatte geglaubt, ein wilder Indianer würde seine Tochter angreifen. Smith nahm es fröhlich auf und sagte ihm, daß er »genau ins Schwarze getroffen« hätte, was der Norweger aber nicht verstand.

Im Hochsommer ließen wir uns in eine beschämende Geschichte verwickeln, deren Tragweite uns gar nicht bewußt wurde. Während Smith die Zäune an der Grenze abritt, um nach Lücken zu suchen, hatte er einen Blick auf das norwegische Mädchen erhascht, als es in einem Teich weit hinter ihrem Haus badete. Er rechnete damit, daß die Schöne das jeden warmen Morgen täte und überredete mich, mit auf die Pirsch zu kommen. Zwei Tage zogen wir Nieten, aber dann wurden wir mit einem unvergleichlichen Anblick weiblicher Formen belohnt. Besonders komisch war es, weil ich wieder William James gelesen hatte, um zu verhindern, daß mir der Kopf davonflog, und jetzt erinnerte mich das nackte Mädchen an James' Kapitel über die Stärke und Schwäche der Wahrnehmungen. Bei diesem Anblick war »Lust« ein Euphemismus. Der Atem stockte, das Blut pochte.

Das ging mehrere Morgen so weiter. Ich begann meine ersten Akte aus dem Gedächtnis zu zeichnen, da wir flach im

Gras liegen mußten und ich deshalb nicht direkt nach dem Leben skizzieren konnte – und genau das bot sich unseren Augen. An einem Morgen störte uns eine Milchschlange, an einem anderen eine Klapperschlange. Jede für sich hätte uns normalerweise Angst eingejagt. Nach einer Woche verriet ich uns, weil ich laut niesen mußte. Die Wirkung war völlig anders, als wir erwartet hatten. Obwohl wir das Mädchen nur gut genug kannten, um Hallo zu nicken, winkte sie uns und lud uns ein, mit ihr zu schwimmen. An jenem Morgen und an den folgenden, einen ganzen Monat lang, schlief sie mit jedem von uns beiden. Dann entdeckte ihr kleiner Bruder uns, und wir flohen.

Das Wort »feige« trifft auf unsere Handlungen zu, denn was mir anfangs als mysteriös und liebreizend an ihrem Verhalten auffiel, war lediglich ein Ausdruck von Einfalt. Das stellte ich bald fest. Wir nutzten schlichtweg ein geistig behindertes Mädchen aus. Das jagte Smith und mir Angst ein, aber wir machten weiter, bis man uns entdeckte. Eltern besuchten Eltern, und meine Mutter braute einen Lakota-Kräutertrank, um sicherzugehen, daß das Mädchen im Fall einer Schwangerschaft eine Fehlgeburt erlitt. Selbstverständlich erfuhr ich das erst viel später. Meine Mutter machte mir mit ihrer sachlichen Art keine Vorhaltungen, aber mein Vater hielt mir eine Standpauke und erklärte, daß geistig Behinderte Kinder seien. Ich erklärte, daß ich es anfangs nicht gewußt hätte. Aber du hast weitergemacht, nachdem du es wußtest, hielt er mir vor. Er bestand darauf, daß ich meine fünf besten Pferde für zwei belgische Stuten eintauschte, weil der Norweger dringend Arbeitspferde für die Farm brauchte. Ich brachte die Stuten samt gutem Geschirr hinüber, übergab sie und verneigte mich. Dann marschierte ich mit hochrotem Kopf nach Hause, weil das Mädchen hinter der Fliegengittertür so gelacht hatte.

Dalva rief am Freitag vor der Schule an, um sich nach meinem Arm zu erkundigen und für abends ausländisches Essen zu bestellen, damit meinte sie Steak und Spaghetti, letztere mit Olivenöl, Petersilie und Knoblauch. Wie immer würde ich das Essen mit meinen Geschichten über die Reise nach Frankreich und Italien würzen, die ich im Jahr nach dem Tod meiner Eltern gemacht hatte. Langsam hatten wir uns zu diesem Punkt in meinem Leben vorgearbeitet, und ich vermied es sorgfältig, die junge Frau, die ich damals so geliebt hatte, auch nur flüchtig zu erwähnen. Naomi hätte mich davor nicht zu warnen brauchen, aber ich hatte ihre Besorgnis verstehen können, so ungeheuer waren die gräßlichen Konsequenzen dieser Lebensperiode.

Als Vorbereitung las ich meine Tagebücher dieser Europareise und war verblüfft über ihre Banalität; es war, als hätte ein des Lesens und Schreibens fähiger Schimpanse seine erste Reise in den Zoo gemacht. Keine der damaligen Empfindungen, Gefühle oder Stimmungen besagten irgend etwas, aber die Beschreibungen der Bauten, Menschenmengen, Mahlzeiten und Gemälde hatten immer noch einen Hauch von Faszination. Letztere behandelten konkrete Dinge, während erstere romantische Gespinste waren, denen nur ein Tu Fu oder James Joyce Substanz hätte geben können. Ein junger Mann, 1911 auf Wanderschaft durch Europa, der sich seinen Stimmungen voll hingibt, war einfach nur peinlich, als ob es einzigartig anzuschauen wäre, wie ein Leben von einer Besessenheit aufgefressen wird. Einmal traf ich Edward Curtis drunten in Arizona und dann noch mal in Mexiko, und die Litanei seiner Klagen, hauptsächlich über Ehe und Geld, war im Licht seines großartigen Werks wirklich läppisch. Was mich betrifft, so war ich ähnlicher Gedanken schuldig, aber leider nicht der erstklassigen Arbeit. Ich hätte den Kropf einer Schleiertaube besser gemalt als den Pont Neuf oder einen abgelegenen

Winkel im Garten der Medici. Meinem Herzen entsprachen mehr die abgelegenen Winkel Mexikos, und Europa war eine Verpflichtung, die ich damals nicht einmal im Ansatz begreifen konnte, sondern erst in fortgeschrittenem Alter, als ich, angewidert von dem ewigen Gerede, daß wir hier drüben alles viel besser machten, die Herrlichkeiten von Paris aufs neue sah. Unvermittelt überfiel mich die quälende Erinnerung, wie Davis mich am Lagerfeuer, auf dem wir den winzigen *cabrito* grillten, aufgezogen hatte, weil ich mich mit James Joyce abmühte, während er mit Knoblauch und scharfen Chilischoten zugange war. Ich gestand ein, daß ich mich damals bereits seit Tagen mit derselben Seite herumquälte.

Komischerweise war Dalva beim Abendessen am Kommunismus interessiert und nicht an meinen Europa-Reisen. Sie aß das Florentiner Steak und die Spaghetti mit großem Appetit, aber ich spürte, daß etwas nicht stimmte, und sie sagte, sie hätte mit den Spaghetti und Fleischklößchen gerechnet, die ich für sie am Labor-Day-Wochenende gemacht hatte. Ich gab meiner fortschreitenden Vergreisung die Schuld und versprach ihr, sie dürfe mir morgen bei der Zubereitung dieses Gerichts helfen. Die Angst vor dem Kommunismus hatte an diesem Morgen neue Nahrung erhalten, als der Schulinspektor die Kinder vor dieser Weltbedrohung gewarnt hatte. Dalva konnte sich nicht an ein Wort mit »B« erinnern, und ich schlug »Bastion« vor, worauf sie strahlend nickte. Diesem Schwachkopf zufolge war Nebraska eine der letzten Bastionen gegen den gottlosen Kommunismus. Nachdem der Mann gegangen war, waren die Kinder total verängstigt gewesen, und Naomi hatte geraume Zeit gebraucht, um sie wieder zu beruhigen. Ein Mädchen hatte geweint, weil die Russen auf ihre Lieblingskuh eine Atombombe werfen würden.

Es war schwierig, diese Angst auf einfache Art zu beschwichtigen, vor allem, da ich mit dem gebrochenen Arm ihren Urheber nicht erwürgen konnte. Die Prärie und die Great Plains brachten zuweilen eine Art bäurischer Idiotie hervor, die anderenorts schnell unter dem prüfenden Blick der Intelligenz gestorben wäre; Ausnahme war vielleicht der tiefe Süden, wo die Streiche von Männern wie Huey Long immer für die Gebildeten Schock und Belustigung zugleich waren. Diesen Mann hatte man eingestellt, weil er sich selbst als »gottesfürchtig« angepriesen hatte und den Doktortitel eines Bibelcolleges besaß, was ich für totalen Schwindel hielt. Das alles war absolut zum Verzweifeln, vor allem wenn ich daran dachte, daß meine beiden Söhne ihre wahre Bildung aus der Bibliothek meines Arbeitszimmers erworben hatten.

Nachdem ich Dalva versichert hatte, daß ein Angriff der Russen zur Zeit höchst unwahrscheinlich sei, betrachteten wir die Skizzenbücher mit Zeichnungen von Pferden und Kühen aus den zwanziger und dreißiger Jahren. Dann half ich ihr bei ihren Hausaufgaben in Geschichte, damit Naomi sie nicht wieder nach dem Abendessen am Samstag nach Hause schleppte. Dalva hatte immer gern die Fotos der Polospiele oben in Fort Robinson vor dem Ersten Weltkrieg betrachtet, als das Fort eine Remontestation für die US-Kavallerie war, eine Streitmacht, die zu einer netten Illusion wurde, nachdem sie das Grauen moderner Waffen in Frankreich kennengelernt hatte. Dalvas Geschichtsaufgabe schien recht kompliziert zu sein, aber schließlich war Naomi ihre Lehrerin. Wen hättest du gewählt, Theodore Roosevelt oder William Jennings Bryan? Ich konnte der jungen Dame schlecht die Antwort »keinen von beiden« anbieten. Ich bemühte mich sehr, ihr ein Gefühl für Geschichte zu vermitteln, das über das Auswendiglernen einiger Einzelheiten aus dem Buch hinausging. Sie liebte unseren Canyon, deshalb erinnerte ich sie daran, daß man oben bei der Quelle durch die Felswände einen begrenzten engen Ausblick auf den Fluß hatte. Dennoch blieb seine Bewegung die gleiche. Ob es nun Bryan oder Roosevelt waren oder Heathcliff und Catherine aus ihrem Lieblingsroman, so konnte man sich diese Personen in einem Abschnitt der Zeit vorstellen, der mit der Strömung des Flusses dann weitertrieb. Es spielt keine Rolle, daß die historischen Phänomene verschwinden, sie sind und bleiben Teil des Flusses und beeinflussen weiterhin, was wir sind. Roosevelt und Bryan hatten vielleicht jetzt mit ihrem Leben viel weniger zu tun als die Leidenschaften Emily Brontës, aber auch sie waren ein wichtiger Teil dessen, was die Geschichte unseres Landes ausmachte, und da das Land ihre Heimat war, mußte sie auch darüber Bescheid wissen.

Dalva machte bei meinen ermüdenden Bemühungen, ihr Geschichte zu erklären, gern mit, aber ich sah, daß ihre Gedanken abgeschweift waren. Tränen traten in ihre Augen, wie immer, wenn sie an ihren Vater John Wesley dachte. Sie riß sich zusammen, lächelte mich an und verbannte die Frage, wo John Wesley in meine abgedroschene Metapher paßte.

»Du klingst wie Professor Rosenthal«, sagte sie, und ich stimmte ihr zu. Wir hatten Rosenthal im Frühjahr vor zwei Jahren kennengelernt, kurz nach der Meldung über John Wesley. Wir waren bis zum Ende der Landstraße zum Niobrara geritten, als wir einen alten Mann in Anzug und Krawatte unter einer Pappel sitzen sahen, mit einem Picknickkorb und einer offenen Flasche Wein neben ihm. Er las ein Buch. Es war Samstagnachmittag, und das Radio in seinem geparkten Auto spielte eine Oper. Normalerweise behandle ich die wenigen Menschen, meist Jäger, die unbefugt mein Land betreten, ziemlich harsch. Aber dieser Mann bot einen einzigartigen und außergewöhnlichen Anblick. Sein Anzug ähnelte jenen, die Männer in London in den

dreißiger Jahren trugen. Er stand auf und wünschte uns einen guten Tag. Dann zeigte er auf seine Frau unten am Flußufer und erklärte, sie wäre Lepidopteristin. Als er unsere verdutzten Gesichter sah, erklärte er, daß sie sich mit dem Studium der Schmetterlinge befasse. Er fügte hinzu, die Oper aus dem Radio sei Mozarts *Così fan tutte*, und das war alles, was er über seine unmittelbare Umgebung wußte. Er war ein emigrierter Gelehrter an unserer Staatsuniversität in Lincoln, der über Deutschland, Cambridge und das Warburg Institute in London hergekommen war. Ich bemerkte, daß ich keine Spur von einem deutschen Akzent in seiner Sprache hörte, worauf er erklärte, daß er hart daran gearbeitet hätte, ihn loszuwerden, aus begreiflichen Gründen. Dann fragte er, ob er unsere Pferde streicheln dürfe, da er noch nie ein Pferd berührt hätte. Darüber waren Dalva und ich sehr verblüfft. Sie reagierte zuerst, schwang sich aus dem Sattel und führte ihre Stute unter den Baum. Dalva sagte »ganz ruhig«, weil die Stute nervös war. Rosenthal strich mit der Hand behutsam über ihre Flanke, dann lachte er und meinte: »Erstaunlich.«
Seine Frau kam mit schlammbedeckten Schuhen und den Utensilien ihrer Studien herauf. Sie war eine fröhliche Frau und nannte Dalva wegen ihrer langen Haare »Rapunzel«. Dalva war so begeistert, daß sie mich bat, die beiden zum Tee einzuladen. Ich willigte sofort ein, obwohl ich schlimmer als ein Franzose bin, wenn es darum geht, einen Fremden in mein Haus zu lassen. Dalva versicherte der Frau, Sarah, daß Lundquist jeden Schmetterling im Buch kenne, worauf Sarah meinte, sie würde dieses Geschöpf gern kennenlernen. Dalva war damals erst acht und runzelte die Stirn bei dem Wort »Geschöpf«. Dann erklärte sie, Lundquist sei eigentlich Schwede.
Für mich war es ein Glück, den Nachmittag mit diesem Mann zu verbringen, während Dalva und Sarah unter Lund-

quists Führung weitere Schmetterlinge suchten. In der Scheune hatte Lundquist Sarah erklärt, Schmetterlinge wären direkte Vettern der Vögel. Rosenthal war neugierig wegen der Bilder und Bücher in meinem Arbeitszimmer, aber wir berührten unsere unterschiedlichen Lebensläufe nur flüchtig. Er bezeichnete sein spezielles Interessengebiet als »Ideengeschichte«, die bisweilen ebenso schwierig zu verfolgen sei wie die Geschichte des Regens. Er war allzeit bereit, auch die tiefsinnigsten Dinge einer passenden witzigen Bemerkung zu opfern, und ich war begeistert ob der Leichtigkeit seines Geistes und der Art, wie er sein stupendes Wissen vortrug, als kommentiere er eine faszinierende Speisekarte. Ich hatte noch nie jemanden wie ihn kennengelernt und erinnerte mich, daß selbst die klügsten Männer, die ich früher in der Welt der Kunst getroffen hatte, im Grunde im geistigen Sumpf des Hier und Jetzt feststeckten, während dieser Mann durch die Geschichte der Weltkulturen umherflitzte und sich herauspickte, was er brauchte, um einen Standpunkt zu untermauern oder dem Gespräch Nahrung zu geben.

Er wollte mehr über die Indianer wissen, die in dieser Gegend gelebt hatten, über die Pawnee und die Lakota am westlichen Rand. Allerdings hatte ich das Gefühl, daß er die Antworten auf die meisten Fragen kannte, ehe er sie stellte. Wir feuerten uns gegenseitig mit Fragen an, und ich hörte wißbegierig wie ein Student zu, als er über die »Idee« des Landes zu sprechen begann. Juden, Schwarze und Indianer hatten eine weit mehr stammesgebundene Auffassung von Land als die dominierenden angelsächsischen oder nordeuropäischen Kulturen. Juden, Schwarze und Indianer wurden teilweise wegen des Landbesitzes verdrängt oder unterjocht. Wenn man den Reichtum eines anderen besitzen will oder das Gebiet, auf dem er lebt, oder ihn selbst, wie im Fall der Schwarzen, sind die Motive hauptsächlich wirtschaftlicher Natur, aber man greift ihn aus religiösen Gründen an, stellt ihn als gottlosen Wilden dar, als Antichrist oder, schlimmer noch, als jemanden, der keinerlei erkennbare Religion hat, weil er diese allmählich verloren hat, nachdem man ihn aus seinem Heimatland entwurzelte. Und nach dem totalen Sieg über den Feind will man nichts mehr von ihm, da er nichts mehr zu geben hat. Allerdings müssen sich die Überlebenden gut benehmen. Reparationen oder wirtschaftlicher Wiederaufbau werden nur Gesinnungsgenossen gewährt, wie im Fall Deutschland und Japan.

Hier ließ ich die kurze Bemerkung fallen, daß ich halb Lakota sei, obwohl man es mir kaum ansehe, und daß ich erst später verstanden hätte, daß mein Vater sich bemüht habe, aus mir einen Gentleman zu machen, damit ich von den Schmerzen verschont bliebe, die er bei den Landlosen hatte sehen müssen, die man zwangsweise in Reservationen getrieben hatte, die sogar Sheridan als »wertlose Stücke Land, umgeben von Schurken« bezeichnet hatte. Ferner gestand ich ihm, daß ich während der Krise in der Landwirtschaft Mitte der zwanziger Jahre im westlichen Nebraska viel Land gekauft hatte und später, während der großen Wirtschaftskrise der dreißiger Jahre, noch sehr viel mehr im gesamten Westen. Doch hatte ich fast alles verkauft, nachdem mein Sohn in Korea gestorben war.

Es war mir etwas peinlich, als ich so losredete. Aber er beruhigte mich, nachdem ich geendet hatte, und sagte, daß in diesem Land jegliche Vorstellung von Realität wirtschaftspolitisch geprägt sei. Künstler und Dichter würden dem entrinnen, nicht aber Sammler, scherzte er. Ich grenzte mich gegen letztere ab, indem ich auf seine Frage erklärte, daß ich nie ein Bild meiner Sammlung verkauft hätte, auch keine Vorstellung ihres Wertes hätte und auch nicht neugierig wäre. Es folgte ein etwas peinlicher Moment, als er mich fragte, wie lange ich selbst gemalt hätte, aber da unterbrachen uns die Schmetterlingssammler.

Die Rosenthals besuchten uns noch einmal im August. Diesmal blieben sie über Nacht. Wir unterhielten uns großartig und machten sogar ein Picknick an der Quelle. Der Professor ritt zum erstenmal auf einem Pferd, und es gab Schmetterlinge in Hülle und Fülle. Ich hatte vor, im Herbst mit Dalva nach Lincoln zu fahren und sie zu besuchen, aber Ende Mai erhielten wir einen Brief mit der alarmierenden Nachricht, daß sie sich ganz plötzlich entschieden hätten, nach Cambridge, England, zu übersiedeln. In einer Nebenbemerkung meinten sie, daß Intellektuelle, die im Ausland geboren waren, während der jetzigen »roten Panik« besonders angreifbar seien.

Sofort rief ich unseren Gouverneur an, kein übler Bursche und ein langjähriger Bekannter. Er ging der Sache nach. Ergebnis war, daß Rosenthal zwar unter Verdacht stand, aber seine Stellung hätte behalten können, wenn er sich nicht »aus dem Staub gemacht« hätte. Ich war tief betroffen und traurig. In der Folge schrieben wir uns mehrmals im Jahr; ihm ging es in England sehr gut, aber Sarah vermißte furchtbar unsere Schmetterlinge.

Nachdem Naomi und Ruth Dalva am Sonntagmorgen zur Kirche abgeholt hatten, war ich eigenartig beunruhigt. Am Vorabend waren beide zum Abendessen mit Spaghetti und Fleischklößchen herübergekommen. Die Fleischklößchen hatten sich irgendwie in der Soße aufgelöst. Naomi meinte, der Grund wäre, daß wir vergessen hätten, die Masse mit Ei zu binden. Dalva erklärte, wir hätten mit Absicht keine Eier genommen, weil sie Eier nicht mochte, da diese aus dem Hintern der Hühner kämen; ein guter Grund für ihre Abneigung. Zweimal gingen wir während des Abendessens hinaus, um in der Abenddämmerung einen großen Schwarm

Wildgänse nach Süden fliegen zu sehen. Eine eisige Kaltfront bewegte sich langsam aus Kanada und North Dakota
auf uns zu, aber es würde noch einen ganzen Tag dauern,
bis sie uns erreichte.

Beim Essen wünschte ich mir wieder mal, daß meiner Frau
und mir wenigstens eine Tochter geschenkt worden wäre.
Töchter hätten mich menschlicher gemacht, die Söhne dagegen hatten mich durch den täglichen Willenskampf fast
in Stücke gerissen. Ich nehme an, daß ich alles ein bißchen
romantisch verklärte, denn die beiden willensstarken Mädchen waren für Naomi eine Riesenaufgabe, da sie bei jedem
Anlaß in genau entgegengesetzte Richtungen gingen. Naomi hatte den Tag draußen verbracht, und ihre Haut war
leicht gerötet. Einen Moment lang beneidete ich die Frau
meines toten Sohnes, die alles so anmutig akzeptierte, verglichen mit meiner verstorbenen Frau, die zu Lebzeiten jeden Morgen nach dem Aufwachen ihre Existenz auf Erden
in Frage stellte.

Mitten in einer ruhelosen Nacht, in welcher der immer
noch warme Wind die Gardinen blähte, wachte ich auf,
weil ich glaubte, gehört zu haben, wie die Haustür aufging.
Aber dabei hätten die Hunde mit Sicherheit einen Heiden-
lärm gemacht. Ich stand auf, um der Sache nachzugehen.
Dalva saß mit den Hunden auf der Verandatreppe, und das
um drei Uhr morgens. Statt mit ihr zu schimpfen, setzte
ich mich neben sie, und wir blickten stumm zum gelben
Herbstmond empor. Auf dem Hof raschelten die letzten
Ahornblätter im Wind. Es flogen noch mehr Gänse als
während des Abendessens über uns vorbei. Wir hatten das
Glück, einen Schwarm den Mond passieren zu sehen. Da
ergriff Dalva meine Hand und drückte sie fest. Dann gingen
wir hinein.

Ich hatte keine Ahnung, warum ich am nächsten Morgen so
durcheinander war; ich verstand es auf jeden Fall zunächst

nicht, während ich in der Frühe mit einem Knoten im Magen auf dem Hof stand, als sie zur Kirche fuhren. Selbst die Hunde lagen deprimiert in einem Knäuel in der Nähe der kahlen Fliederbüsche, aber sie waren immer traurig, wenn Dalva nach Hause fuhr. Es war ein selbstsüchtiger Gedanke, aber mir wurde bewußt, daß die beiden Töchter und ihre Mutter im Auto meine einzigen Anker auf Erden waren, und so schleppte ich mich mit mulmigem Gefühl und zitternd über den Hof und wandte die Augen von den Gräbern beim Flieder ab, wo ich eines Tages Seite an Seite mit meinen Eltern, meiner Frau und meinem Sohn liegen würde. Ich hoffte inbrünstig, vor dem Rest der Familie dort zu landen, auch vor meinem anderen Sohn Paul, den ich seit John Wesleys Beerdigung im Frühjahr vor drei Jahren nicht mehr gesehen hatte. Plötzlich störte mich das Wort »mein«, als hätte ich diese geliebten Menschen besessen, wo doch jeder, verknüpft durch zerbrechliche Bande der Nähe, in seinem eigenen Universum gelebt hatte, ohne die anderen zu besitzen – und schon gar nicht das eigene Schicksal.

In solch seltenen und irgendwie unangenehmen Zeiten besuchen wir den Teil unseres Ichs, der unbegreiflich ist. Mein Unbegreifen spürte ich sozusagen fühlbar auf der Haut. Ich blickte auf die Windschutzhecken, die mich umgaben, vielleicht weiter, als ich sie in meinem Alter erwandern konnte, und plötzlich stieg Wut in mir auf, weil ich an diesem Ort so festgewachsen war, gebunden und gefesselt durch nicht völlig durchschaubare Teile der Seele und des Verstandes. Meine Gedanken waren geradezu unschicklich vernünftig angesichts der Woge der Freude und des Schreckens, die ich in diesem Moment für diesen Ort empfand. Es war ein Kampf mit Geistern, mit Geistern anderer und den Geistern meines früheren Ichs, die diesen Ort, abgesehen vom Ersten Weltkrieg, nie länger als ein paar Monate hatten verlassen können, diese Falle für Körper und

Geist, die mein Vater gebaut hatte und die ich weitergebaut hatte. Ich versuchte tief durchzuatmen und konnte es nicht. Ich blickte auf meine Hände und erkannte sie nicht mehr.

Ich wandte mich zum Haus, da mir jetzt bewußt wurde, daß mich eine Art Anfall überkommen hatte. Ich ging von Zimmer zu Zimmer, wobei ich die Spiegel mied. Ich zog mir die Stiefel an und füllte eine Flasche kanadischen Whiskey in meine Feldflasche. Für die Hunde schnitt ich ein großes Steak in Stücke und trank fast einen Liter kaltes Wasser. Meine Schläfen pochten, ich hatte immer noch Atemprobleme. Ich spürte die Kälte des Wassers und schauderte, dann schlenderte ich ins Arbeitszimmer, schob einige Bücher weg und öffnete den Tresor. Ich schlug die Mappe auf, die das einzige Foto von ihr enthielt sowie einen Stapel Skizzen, die ich von ihr beim Reiten gemacht hatte und wie sie auf der Ledercouch saß, vor der ich kniete, um die Zeichnungen auszubreiten. Auf einer war sie, abgesehen von dem Handtuch um die Taille, nackt; auf einer anderen trug sie nur ein Tuch um den Hals; auf einer weiteren saß sie bis zum Nabel in der Quelle; auf einer vierten lehnte sie an einem Baum. Nichts ist so nackt wie eine junge Frau, die im Obstgarten einen Apfel ißt. Ich raffte die Skizzen zusammen, weil ich nicht mehr deutlich sehen konnte, und stolperte gegen den Schreibtisch, als ich sie wegräumte. Immer noch schämte ich mich irgendwie, daß ich ihren Vater nicht umgebracht hatte. Ich ging an der Treppe vorbei, die ich hinabgestürzt war, als ich in meinem Delirium nach dem Tod meiner Eltern von Willow geträumt hatte. Wie seltsam es mir nun vorkam, damals nicht gewußt zu haben, daß es eine andere Willow geben würde, die noch unendlich mehr Schaden anrichten sollte, so daß ich hinterher mit einem unsichtbaren Grabstein auf der Schulter durchs Leben gehen würde, der verschwand, um mit bleierner Schwere wiederzukommen, und der sich selbst in den Zeiten der Auflösung in den klaren und melancholischen Bildern wiederfinden würde, welche die Erinnerung aus der Liebe malt.

Ich ging hinaus und dachte, daß ich diesen Weg seit John Wesleys Tod nicht mehr gegangen war. Doch diesmal wandte ich mich nach Norden, um den Weg entgegen dem Uhrzeigersinn zurückzulegen. Während mich auf dem Hof die begeisterten Hunde umsprangen, bezweifelte ich zwar, daß ich die gesamte Strecke schaffen würde, aber das kümmerte mich nicht. Wenn ich nicht mehr konnte, würde ich taumeln, kriechen oder schlafen wie die müden Hütehunde nach einem Viehtrieb, wenn sie mit blutigen und schmerzenden Pfoten zurückkrochen. Sollte die gefürchtete Kaltfront aus dem Norden kommen, konnte ich in einem Dickicht glücklich erfrieren, wie meine Mutter.

Nachdem ich mich 1910 von meiner Krankheit einigermaßen erholt hatte, war ich an einem Aprilmorgen früh ausgeritten, vorbei an den frischen Gräbern meiner Eltern. Ich hatte bei Walgrens Zufahrt weiter unten an der Straße angehalten. Er begleitete mich auf seinem fetten Fuchs. In drei Stunden hatten wir die Stadt erreicht, ließen die Pferde und Regenumhänge im Mietstall und stiegen in den Zug nach Osten, nach Omaha. Dort trafen wir am frühen Abend ein und stiegen gemäß den Instruktionen, die Walgren so hoch schätzte, im Paxton-Hotel ab. Der Luxus dort schüchterte uns ein, aber eine Rechtsanwaltskanzlei in Omaha hatte alle Arrangements für uns getroffen. Sie waren Partner der Kanzlei in Chicago, welche die Angelegenheiten meines Vaters erledigte, abgesehen von den örtlichen Dingen, um die Walgren sich kümmerte. Elegant gekleidete Damen und Herren schlenderten durch die Hotelhalle, und ich riskierte einen Blick in den Speisesaal. Seine Pracht bereitete mir Magenschmerzen, und ich sagte mir, daß wir trotz unseres Hungers irgendwo weiter unten an der Straße etwas zu essen suchen müßten. Man führte uns in zwei Schlafzimmer, die durch ein kleines Wohnzimmer verbunden waren, wo Vasen mit frischen Blumen standen und es eine kleine Bar mit Wein und Whiskey gab. Ein Assistent der Geschäftsleitung und ein Page standen da und schauten uns an. Dann reichte ersterer uns eine Speisekarte, falls wir das Abendessen auf dem Zimmer einnehmen wollten. Walgren maulte wegen der Preise. Der Mann erklärte aber, die Kanzlei würde die Rechnung für unseren Aufenthalt begleichen. Als das Essen kam, kratzte Walgren die komische Soße vom Fleisch und beschwerte sich, daß es keine Möglichkeit gäbe, das übriggebliebene Essen aufzubewaren. Dann nannte er die Dollarsumme, die nötig wäre, um ihn zu bestechen, den Teller Austern zu essen, den man mir vorgesetzt hatte.

Nach einer unruhigen Nacht führte uns ein dienstfertiger junger Mann zur Kanzlei, nur wenige Häuserblocks entfernt. Die ganze Zeit über beschwerte er sich, daß der Gehsteig nicht wegen der dünnen Eisschicht gestreut war. Ich war entzückt, als er hinfiel, und verblüfft, als er so tat, als wäre nichts geschehen. Ich hatte genügend Zeit an der Kunstakademie in Chicago verbracht, um einen Stutzer zu erkennen, wenn ich einen sah, auch in Mexiko, wo sich etliche junge Cowboys geckenhaft benommen hatten. Außerdem war ich Künstler, auch ein bißchen Bohemien, und ich hatte nicht die Absicht, mich von einem Rudel spießbürgerlicher Rechtsverdreher aufs Kreuz legen zu lassen. Ich wollte die Angelegenheit so schnell wie möglich hinter mich bringen und nach Duluth, Minnesota, fahren, um das Aufbrechen des Eises auf dem Lake Superior mit einem Freund zu malen, einem Maler aus Schweden, der dort lebte, weil die Gegend ihn an seine Heimat erinnerte.

Man führte uns in ein Büro, das dem Arbeitszimmer eines

reichen Mannes ähnelte. Der Senior begrüßte uns, ein finsterer und kantiger Mann, aber mit einem besonderen Glanz in den Augen. Er verlas das Testament. Mein Vater hatte mir das meiste im vergangenen Sommer erklärt, dennoch war ich verblüfft über die Summen aus dem Verkauf eines halben Dutzends Baumschulen im nördlichen Mittelwesten. Ein ziemlich großes Grundstück nördlich von Chicago sollte ich behalten, weil es dem »Fortschritt« im Weg stand, ein Wort, das ich schon mit vierundzwanzig gehaßt hatte. Ich sollte für weitere elf Jahre nicht voll über meinen Besitz verfügen dürfen, bis ich fünfunddreißig war, aber ich konnte jährlich eine Summe einstreichen, die zehnmal so hoch war, wie ich sie bis jetzt bei meiner künstlerischen Arbeit auszugeben pflegte. Walgren sollte sich vorerst um die Farm kümmern, dazu zählte auch, daß er seinen Vetter als Verwalter einstellte, da ich häufig weg oder anderweitig beschäftigt war. Für Willow und Smith waren jeweils mehrere tausend Dollar verfügt, und Walgren war verpflichtet, sie aufzuspüren. Alles sollte von der Anwaltskanzlei zusammen mit einer Bank in Chicago verwaltet werden.

In dem Raum war es so heiß, daß meine Augen tränten und ich gähnen mußte. Hinter Morgan hing ein erstklassiges Porträt zweier junger Damen. Ich wollte mir das Bild genauer anschauen. Er entließ Walgren. Ich stand ebenfalls auf, aber ich mußte noch den Rest des Tages bleiben, um die Investitionen zu besprechen. Ich fühlte mich wie in einem Treibhaus gefangen. Als er Walgren zur Tür brachte, studierte ich das Gemälde aus der Nähe. Er hatte den Inhalt eines dicken Aktenordners auf dem Schreibtisch ausgebreitet, als ich mich umdrehte. »Meine Töchter«, erklärte er. »Wir essen heute mit ihnen zusammen zu Abend.« Dann meinte er, ich hätte ungeheures Glück, einen so grandiosen Start im Leben zu haben. Mir fiel keine passende Antwort ein; ich schlug nur vor, daß wir die finanziellen Dinge auf einem Spaziergang diskutieren sollten, weil ich es zu heiß fand, um richtig denken zu können. Er machte die Fenster des Büros weit auf, zog seinen Mantel an und setzte sich hinter den Schreibtisch. Mit diesem Mann war alles ein Willenskampf. Er hielt sich für einen gütigen Autokraten, konnte sich jedoch keine Realität richtig vorstellen außer seiner eigenen.

Später beim Abendessen in seinem Haus, das für mich eine viktorianische Monstrosität war, beobachtete ich die Ehrerbietung, die ihm seine Frau und die beiden Töchter entgegenbrachten und die er nur allzu gern als aufrichtige Achtung mißverstand.

Aber jetzt will ich aufhören und diesem Unsinn ein Ende bereiten, diesem Gartenfrosch, der in kurzen Sprüngen umherhopst und nie aus dem Brunnen kommt, in den er kraft seines Willens gefallen ist und den er für sein Universum hält. Ich marschiere am Niobrara entlang nach Westen und erinnere mich gleichzeitig an das Abendessen in Begriffen einer Realität, an die ich nicht mehr glaube. Es war eine Reihe von Zuckungen, die durch den Wein nur leicht gedämpft waren. Ich war nicht so sehr verwirrt, sondern hatte vielmehr mein Ich verloren, gleich nachdem ich mich gesetzt hatte. Frederick Morgans Frau hieß Martha und stammte aus Rhode Island. Sie war gescheiter und liebenswürdiger als irgendeine Frau, die ich je getroffen hatte. Als erste von den Töchtern trat Neena ein, recht nett und ernst, aber man wußte nie, was sie dachte, bis zum Tag, an dem sie starb. Sie war die jüngere der beiden, sechzehn, mit innerer Schönheit wie ihre Mutter, nicht hübsch. Man spürte das Eisen im Rückgrat dieses Mädchens. Dann kam Adelle. Mein Magen verkrampfte sich. Sie war schön und hübsch, ein Jahr älter als Neena, aber listig. Sie hatte sich verspätet. Ein gespielter Knicks und ein Küßchen auf Vaters Wange, aber auch ein leichtes Zwicken ins Ohr, worauf er leicht errötete. Sie war die Tänzerin, die Musikliebhaberin, während Neena viel las, und in Umkehrung der normalen Ordnung war Adelle, die ältere, im Verhalten die jüngere. Sie musterte mich so ausgiebig, daß ich mich unwohl fühlte, als wäre ich ein absolut neues Geschöpf, das man auf den Markt gebracht hatte. Ihre Mutter war vorgewarnt und fragte mich, ob meine Kunst gedeihe. Ich antwortete »ja« und daß ich morgen nach Duluth fahren wolle und nach meiner Rückkehr nach Hause, eine Woche später, eine Reihe von Bildern beginnen würde, die auf meiner letzten Mexiko-Reise vor dem Tod meiner Eltern basierten.

Scheinbar mochten wir uns alle, zumindest im Moment. Die Familie hatte drei Sommerreisen nach Europa gemacht, und alle waren verblüfft, daß ich noch nicht dort gewesen war. Wie konnte ein aufstrebender Künstler nicht nach Europa fahren, dem lebendigen Ursprung der Kunst? Ich hatte das abwegige Verlangen, ihnen zu sagen, wie Davis es getan hätte, daß in ihnen mehr Scheiße stecke als in Weihnachtsgänsen, aber ich hielt den Mund. Adelle hatte neckend gefragt, wieso ich wüßte, daß ich gut sei, was wiederum ihren Vater ob dieser unverschämten Frage verärgerte. Ich antwortete, daß ich es zu diesem Zeitpunkt selbstverständlich nicht wisse und zitierte aus der Bibel: »Viele sind berufen, wenige aber auserwählt.« Ich meinte, es würde wohl nicht viel daraus werden, aber daß es meine Berufung sei und ich mein Leben innerhalb dieser Beschränkungen leben müsse. »Und das wären?« fragte sie. »Harte Arbeit und absolute Freiheit.« Dann unterbrach ihr Vater uns mit der zu erwartenden Platitüde, daß Reichtum an sich eine große Verantwortung bedeute, da er verlange, vervielfacht zu werden. Mir wurde es plötzlich heiß unterm Kragen bei dieser Vorstellung, die von der populären Presse so unterstützt wird, daß nämlich die Heilsgewißheit sich bei jedem einzelnen Menschen im materiellen Erfolg auf Erden zeigen müsse.

Die ernste Neena rettete uns, wenngleich nur kurz, als sie fragte, warum ich Mexiko mochte. Sie hatte nämlich gerade gelesen, daß mexikanische Wilde angeblich amerikanische Reisende getötet hätten. Ich antwortete ihr, daß die Wildnis des Landes viel gefährlicher sei als die Menschen. Dann berichtete ich vom tödlichen Sturz meines Freundes Davis über die Klippen. Wir waren gerade beim Nachtisch, und die Geschichte drückte die Stimmung. Dann meinte Morgan mit nervöser Schwülstigkeit: »Aber, junger Mann, Sie müssen doch zugeben, daß diese braunhäutigen Menschen sehr viel weniger zivilisiert sind als wir und daß sie für Unvorsichtige eine große Gefahr darstellen. Vielleicht kochen diese Wilden einen nicht im Topf wie die in Afrika, aber ich habe gelesen, daß sie einem das Herz herausschneiden und essen, wie ihre Nachbarn, die Apachen, es zu tun pflegten.«

In diesem Moment tobte totale Verwirrung in mir. Unter meinem Brustbein bebte etwas, als ich einen unendlich langen Blick mit Adelle wechselte. Neena beobachtete es amüsiert, und ihre Mutter tat so, als würde sie nichts sehen. Ich antwortete Morgan in einem Ton, der schon am Rande der Unhöflichkeit war: »Ich bin von meiner Herkunft auch ein halber Wilder; vielleicht spürte ich, daß ich von meinen Brüdern nichts zu befürchten hatte. Meine Mutter war eine Oglala-Sioux; selbst nennen sie sich Lakota.«

Morgan hätte nicht verblüffter sein können, hätte ich mit einem Revolver in die Decke geschossen. Die Tischrunde war entgeistert. Ich verfluchte mich, weil ich das zugegeben hatte, was ich normalerweise für mich behielt, um Aufmerksamkeit zu vermeiden und nicht so viele dämliche Fragen beantworten zu müssen. Auf der Kunstakademie stellte Davis mich gern als »John der Indianer« vor, wo-

durch ich merkwürdigerweise bei den etwas Abenteuerlu-
stigeren einen Fuß in die Tür bekam.

»Wie wundervoll«, brach Adelle das bleierne Schweigen.
Neena klatschte in die Hände, und ihre Mutter lächelte, als
hätte man sich mit ihrem Mann einen Scherz erlaubt. Morgan tat so, als fände er seine Taktlosigkeit komisch, aber ich
sah, daß er mich ab sofort nicht mehr für einen passenden
Heiratskandidaten, sondern nur noch für einen Exzentri-
ker hielt, allerdings für einen reichen nach seinen Begriff-
fen. Dann stellte mir Neena eine Frage, die ich in Chicago
öfter von Kommilitonen gehört hatte. Sie wollte wissen,
warum meine Sprache sich irgendwie »antiquiert« anhöre.
Ich erklärte, daß ich ziemlich abgeschieden aufgewachsen
wäre, nach der dritten Klasse die Schule verlassen und nur
einen Monat Cornell besucht hätte. Zudem redete mein
Vater immer so, als wäre er gerade aus dem Bürgerkrieg
zurückgekehrt, da er die folgenden Jahre hauptsächlich mit
Indianern verbracht hätte. Adelle warf ein: »Sie sind so ab-
sonderlich.« Worauf ich antwortete: »Ja, ich glaube, das bin
ich.« Danach wünschte ich ihnen gute Nacht. An der Tür
flüsterte Adelle mir zu. »Ich besuche Sie morgen früh.«
Den Weg zurück zum Hotel legte ich zitternd zurück.

Langsam wanderte ich dem hintersten Ende meines Landes zu, doch dann machte ich einen Abstecher zur Quelle,
da ich bezweifelte, daß ich den gesamten Rundweg um
den Besitz schaffen würde, und wandte mich so aus der
lebendigen Vergangenheit wieder der gewöhnlichen Gegenwart zu.

Gegen Mittag war die Sonne noch warm, aber hinten im
Nordwesten sah es etwas bedrohlich aus, wo über dem
Horizont die geballte Kraft einer grauen Kaltfront schim-
merte. Meine Beine zitterten, und meine Kleidung war
feucht vor Schweiß, als ich auf dem sandigen Bachufer lag

und einen zu tiefen Schluck Whiskey aus der Feldflasche kippte. Nachdem ich Adelle wieder so deutlich vor meinem geistigen Auge gesehen hatte, wollte ich mich betrinken und sterben, das entsprach genau dem Verhaltensmuster nach unserem Kennenlernen.

Adelle zog den Mond der Sonne vor, und während der kurzen Zeit, die wir zusammen waren – an Tagen gerechnet nicht mehr als einen Monat –, schien sie erst am Spätnachmittag richtig zum Leben zu erwachen. Das Zwielicht und die Nacht waren ihre Zeiten, aus denen sie eine seltsame manische Kraft zog. Als sie nach Tagesanbruch in meinen Hotelräumen erschien, war sie melancholisch und ohne Energie, verglichen mit dem strahlenden Wesen des Vorabends. Damals hielt man so einen Besuch einer jungen Dame im Hotel für gewagt und ungehörig. Sie hatte aber eine Tasche mit Büchern dabei und hatte bei der Rezeption erklärt, ich sei ihr Vetter und Tutor. Ich trank gerade Kaffee und plante immer noch, den Zug nach Duluth zu nehmen. Ich hatte nie gedacht, daß sie tatsächlich kommen würde, wie sie mir zugeflüstert hatte. Sie ließ sich in einen Sessel sinken und sagte nichts. Ich stand im Bademantel da und schaute aus dem Fenster, ohne etwas zu sehen. Schließlich setzte ich mich in einen Sessel ihr gegenüber, immer noch außerstande, einen einzigen Gedanken zu artikulieren. Abrupt stand sie auf und trank einen Schluck aus der Whiskeyflasche auf der Kommode, hustete dann heftig und erklärte mit gebrochener Stimme, sie wolle eine »emanzipierte Frau« werden. Jetzt erhob auch ich mich und nahm einen großen Schluck. Dann schaffte ich es, sie anzuschauen, und in diesem Moment war mir, als ob jetzt alles in meinem Leben auf dem Spiel stünde. Es war immer noch reichlich Zeit, den Zug zu erwischen. Diese Idee erschien mir so idiotisch, daß ich lächelte. Warum lächelst du, fragte sie. Einen Moment lang dachte ich daran, loszustürzen und den Zug zu nehmen, antwortete ich. Sie ließ die Arme sinken und machte einige Schritte auf mich zu wie eine Schlafwandlerin, doch in ihren Augen leuchtete das Leben des vorigen Abends.

Sie ging erst, als Neena am späten Nachmittag einen Pagen heraufschickte, um sie zu holen. Ich ging mit Adelle in die Hotelhalle. Da stand Neena mit Adelles Schulbüchern. Sie hoffte, daß niemand etwas erfahren würde, wenn Adelle mit den Büchern heimkäme. Neena hatte sie in der Schule entschuldigt und hielt die ganze Angelegenheit für »wahnsinnig aufregend«. Sie schaute mich mit der Ehrfurcht an, die nur Könige verdienen. Dann verabschiedeten sich die beiden Schwestern höflich und verschwanden.

Ich nahm den Abendzug nach Minneapolis, da ich Duluth erst am nächsten Morgen erreichen konnte. Der Tag hatte mich erschöpft und verwirrt. Außerdem war es mir mehr als peinlich, daß meine Lippen und mein Hals von Liebesbissen geschwollen waren. Adelle war fürs Bett geboren. Mit meiner jungen, aber doch nicht unbeträchtlichen Erfahrung hatte ich nie jemanden wie sie getroffen, nicht mal annähernd. Vielleicht lag es an ihrer Energie und der Anmut ihres Tänzerinnenkörpers, bestimmt aber an ihrem bizarren Gehirn, ganz zu schweigen von dem, was sie als Vorbereitung auf diesen Tag gelesen hatte. Als ich im Zug döste, dachte ich, wenn ich nie wieder mit einer Frau schlafen würde, hätte ich nun den Gipfel erreicht. Im Speisewagen aß ich zwei große Steaks, um wieder zu Kräften zu kommen. Dann traf mich wie ein Blitz der Gedanke: »Was nun?« Denn sie fehlte mir bereits jetzt. Die Antwort erhielt ich nach dem ersten Tag in Duluth, den ich mit meinem Freund von der Kunstakademie verbracht hatte, dem schwedischen Maler. Es war Samstag morgen. Wir packten gerade für einen Ausflug nach Grand Marais, um die Eisdrift zu malen, als Adelle mit einem Koffer in der Tür stand. Mein Malerfreund

war sehr bekannt, deshalb hatte sie das Haus ohne Schwierigkeiten gefunden. Ihren Eltern hatte sie erzählt, sie würde
eine Freundin außerhalb Omahas besuchen. Sie konnte aber
nur bis Sonntag nachmittag bei mir bleiben, vorausgesetzt
ich würde sie nicht gleich wieder wegschicken. Dieser Gedanke wäre mir nicht im Traum gekommen.

Wir gingen in mein Schlafzimmer und liebten uns eine
Zeitlang, dann zogen wir zu dritt los, um am Hafen von
Duluth ein Picknick zu veranstalten und zu malen. Ich erzählte den beiden von meinem kurzen Aufenthalt hier, vor
zehn Jahren auf der Suche nach Willow. Adelle weinte über
die traurige Geschichte, doch als wir abends in derselben
Taverne einkehrten, um Fisch zu essen und etwas zu trinken, wurde sie fast zu lebendig und wollte tanzen. Der
Schwede lud uns zu einer Polkaparty in einer skandinavi-
schen Tanzhalle ein. Wir amüsierten uns herrlich. Adelle
stahl allen die Show. Ich war kein besonders guter Tänzer,
aber nur wenige der vielen und meist betrunkenen Menschen dort konnten mehr, als zur Musik herumzuhüpfen.

Sonntag vormittag lagen wir noch im Bett, als Frederick
Morgan mit zwei kräftigen Privatdetektiven von Pinkerton
und einem Polizisten aus Duluth in der Tür erschien. »Sie
sind ein Schweinehund, Northridge«, erklärte er schlichtweg. Adelle hatte sich schnell angezogen und ging zu ihm.
»Ich bin freiwillig hergekommen, Vater. Er hat mich nicht
gebeten«, sagte sie. Die Pinkerton-Männer und der Polizist
schienen mir enttäuscht zu sein, weil alles so zivilisiert
vonstatten ging. In ihrer Morgenstimmung ging Adelle wi-
derspruchslos Arm in Arm mit ihrem Vater die Treppe
hinab, ohne ein einziges Mal zurückzublicken. Dann erschien hinter mir der schwer verkaterte Schwede und
meinte, ich müsse aufpassen, sonst würde sie mich auf die
eine oder andere Weise umbringen. Ich erklärte ihm, das
wäre Unsinn, war aber keineswegs überzeugt.

Wie ich nun ausgestreckt am Bach dalag und mich von dem Whiskey aus der Feldflasche fernhielt, um nicht allzu betrunken zu werden, starrte ich auf das Laub, das sich in der Quelle gesammelt hatte. Einige Blätter trieben auf der Oberfläche, andere im klaren Wasser. Auf dem Grund der Quelle bildeten gelbe und dunkelrote Blätter mit anderen eine Schicht. Ich hatte einmal versucht, dieses Phänomen zu malen, aber nach Meinung anderer ohne Erfolg, weil es nicht etwas ist, was man deutlich sehen kann. Plötzlich kam mir der seltsame Gedanke, den ich jahrelang nicht mehr gehabt hatte, daß heutzutage fast niemand mehr weiß, wie man sieht, weil sich alle zu der Einfachheit der Fotografien hingezogen fühlen. Doch niemand sieht so. Wir sehen nicht alles auf einmal, es sei denn, wir arbeiten hart daran. Als ich zum erstenmal Cézannes Bilder sah, erschlug mich sein Verständnis für wahres Sehen. Ich erinnerte mich, wie Adelle ein Auge für die Kuriositäten, die Eigentümlichkeiten in der Natur hatte. Im Obstgarten sind die ersten Äpfel, die nach der Sommermitte reif werden, durchsichtig gelb. Adelle betrachtete sie eingehend und stellte entzückt fest, daß keiner vollkommen war und daß auch wir Unvollkommenheiten mit den Hunden gemein hatten, die uns folgten und diskret Abstand hielten, wenn wir uns liebten.

Trotz meiner Bedenken nahm ich noch einen Schluck aus der Feldflasche. Durch die Eschen sah ich, daß das schlechte Wetter näher gekommen war. Ich fühlte mich von der schieren Dichte der Wirklichkeit um mich herum überwältigt: das Wasser; die Hunde; der drohende Sturm; der immer noch warme Wind, der die auf der Quelle schwimmenden Blätter umhertrieb; das Dickicht, ungefähr fünfundvierzig Meter entfernt, wo ich meine Mutter gefunden hatte; und schließlich diese Sandbank, wo Adelle wie ein kleines Tier herumgetollt war. Wir hatten hier in

einer warmen Vollmondnacht im August übernachtet. Ihre
übersprudelnde Ausgelassenheit wurde fast zur Hysterie,
und obgleich ich jung und selbst halb verrückt war, fürchtete ich um ihren Verstand.

All unsere müßigen, selbst die fesselndsten Gedanken über
Sexualität sind nur ein matter Abglanz des langen Akts von
der allerersten Begegnung bis zu einem wie auch immer
gearteten Ende. Unsere Gedanken und unsere Kunst sind
nur klägliche Instrumente, das Wesen unserer Leidenschaft zu ertasten. Jetzt rieche ich ihren Nacken und ihre
Kniekehlen, wo Sand auf ihrer feuchten Haut klebt; Sand
rieselt in ihre Fußabdrücke; ihr Kopf taucht aus dem Wasser auf; das Rinnsal zwischen ihren Brüsten; ihr Atem, der
Geruch der grünen Birnen, die wir gegessen hatten; wie sie
wollte, daß wir uns wie Hunde lieben, ihr Rücken vorn-
übergebeugt; wie sie das Gesicht im feuchten Sand vergräbt
und ihr nasses langes Haar von einer Seite auf die andere
schleudert. Ich sah ihre Zähne im Mondlicht, als sie sagte,
daß ich sie Newa nennen solle, so wie der Fluß in Rußland,
aus Gründen, die selbst Gott nur erahnen mochte. In der
Unterwäsche kletterte sie auf Bäume und sang dazu. Sie ritt
ziemlich gut in englischer Manier, stellt sich aber sofort auf
meine Pferde ein. Sie behauptete, im vorigen Sommer bei
einem Schulausflug nachts im Missouri geschwommen zu
sein. Ich fragte nicht, wie sie zurückgekommen war. Solche
Fragen stellte man ihr nicht.

Als ich nach dem Zwischenfall mit den Pinkerton-Leuten
aus Duluth nach Hause zurückkam, lag dort ein Dutzend
Briefe, welche Adelle in den zehn Tagen geschrieben hatte,
die ich fort war. Ihre Eltern hatten sie für das Pembroke
College im Herbst bestimmt, das zur Alma mater ihres Vaters gehörte, Brown in Providence, Rhode Island. Statt dessen wollte sie aber mich heiraten und mit mir in Mexiko

oder Paris oder an beiden Orten leben. Sie wußte, daß ich »reich« genug war, um das zu tun, denn sonst hätte ihr Vater mich nie in ihr Haus zum Abendessen eingeladen. Ich war entsetzt, daß sie mich für reich hielt. Vielleicht war ich nach Einschätzung der damaligen Gesellschaft durch die Erbschaft wohlhabend geworden, aber meine beinahe religiösen Vorstellungen über mein Leben als Künstler erforderten ein einfaches Leben. Für meine Freunde auf der Kunstakademie war ich entweder »John der Indianer« oder der »Farmer«, wegen meiner landwirtschaftlichen Herkunft und meiner wenig eleganten Kleidung. Die Beispiele der von mir verehrten französischen und amerikanischen Künstler ließen keinen Raum für die Oberflächlichkeiten des gesellschaftlichen Lebens. Adelles Hauptproblem, das sie lösen mußte, waren natürlich ihre Eltern. Sie war sicher, sie könnte die Meinung ihrer Mutter ändern, aber ihr Vater war in Hinblick auf mein gemischtes Blut unnachgiebig. In sämtlichen Briefen erwähnte sie den Vater so oft, daß ich ihre Beziehung für »ungesund« hielt, wie man das damals euphemistisch nannte.

Sie verlangte, daß ich sie holen komme sollte, da sie durchgebrannt, erwischt worden und in eine private Anstalt für unglückliche und hysterische junge Damen gebracht worden sei. Auf ihr Versprechen hin, nicht wegzulaufen, habe man sie herausgelassen, und wenn sie irgendwelchen Widerspruch äußere, würde man sie mit Medikamenten ruhigstellen. Jetzt begleitete sie zur Schule und den Tanzstunden ein widerlicher Pinkerton-Mann, der sie auch abholte.

Es lag auch ein Brief ihres Vaters da, der mich bat, »wie ein Gentleman zu handeln«, da seine Tochter nicht bei klarem Verstand wäre und ich diesen Zustand verschlimmere. Er sei zuversichtlich, daß es ihr gutginge, wenn ich mich nur fern hielte. Dann erinnerte er mich noch daran, daß mein finanzielles »Wohl« in seinen Händen läge, was mir als ein verzweifelter Versuch von seiner Seite erschien. Als ich den Brief Walgren zeigte, wurde dieser furchtbar wütend und schickte sofort Telegramme an die Bank und Morgans Vorgesetzte in Chicago. Ein bißchen tat er mir leid, da ihm dies ziemlichen Ärger einbrachte und einer seiner Kollegen mir als Treuhänder zugeteilt wurde. Vor allem aber tat mir das Ganze leid, weil ich durch meine Strategie Morgan darin bestärkt hatte, mir jeglichen Kontakt mit seiner Tochter zu untersagen.

Ich hatte fürs erste keine Ahnung, was ich wegen Adelle tun sollte. Ich spannte zwei Belgier vor einen Tankwagen und bewässerte eine Woche lang die Bäume, da der Mai außergewöhnlich trocken war. Die täglichen Briefe belasteten mich so, daß ich weder zeichnen noch malen oder lesen konnte. Sie füllten jeden Moment meines Denkens, und meine Unentschlossenheit machte mich schlaflos. Nur im vollen Tageslicht des Mittags fand ich ein wenig Ruhe. Immer wieder erinnerte ich mich an die Vorhaltungen meines Vaters, als ich das offensichtlich geistig behinderte norwegische Mädchen ausgenützt hatte, aber dann schienen mir die beiden Fälle nicht miteinander vergleichbar zu sein.

Dann beging ich eine Riesendummheit. Ich schrieb Adelle, ich würde kommen und sie holen. Ich war so durcheinander, daß ich gar nicht daran dachte, daß ihre Post bestimmt abgefangen wurde. Aber meine Entscheidung war durch einen Brief ihrer Schwester Neena beflügelt worden, die mir schrieb, sie glaube nicht, daß Adelle die »Brutalität« des Vaters überleben könne. Inzwischen war ich durch Liebe und Schlaflosigkeit so überdreht, daß ich eine ganze Nacht brauchte, um zu entscheiden, ob ich meinen Revolver mitnehmen sollte oder nicht. Ich ließ ihn zurück, was sich später als Glücksfall erwies.

Ich traf an einem Spätnachmittag im Mai in Omaha ein und ging vom Bahnhof geradewegs zu Morgans Haus. Zwei Pinkerton-Männer tauchten aus den Büschen auf, ehe ich bei der Tür war. Ich schlug mich ganz ordentlich, ehe mich ein Schlag gegen die Stirn traf und ich das Bewußtsein verlor. Nachts wachte ich im Krankenhaus auf. Neben der Tür döste ein Polizist auf einem Stuhl. Vor einem längeren Gefängnisaufenthalt wegen »krimineller Körperverletzung« beim Angriff auf die Pinkerton-Männer bewahrte mich, daß ein Polizist, der mich festnahm, aus meiner Heimat stammte und Walgren benachrichtigte. Dieser kam am nächsten Nachmittag in Begleitung eines jungen Reporters einer sozialistischen Arbeiterzeitung. Morgan erfuhr sofort davon und bemühte sich, die Situation zu entschärfen, um gesellschaftlichen Schaden zu vermeiden. Innerhalb einer halben Stunde war er bei mir im Zimmer und hielt eine vorher überlegte Rede, wie sehr er seine Tochter liebe. Ich brachte ihn schnell zum Schweigen, als ich erklärte, er habe Glück, daß ich meinen Revolver nicht mitgebracht hätte, sonst würde ich ihm ein Loch in seinen elenden Schädel schießen. Und wenn er nicht sofort Adelle zu mir brächte, würde er sie nie wiedersehen. Er stürzte hinaus. Bald danach kamen Adelle und ihre Mutter. Aber man mußte mich trepanieren, weil die Schwellung hinter der Stirn so groß geworden war. Die Platzwunde verlief quer über die gesamte Stirn. Ich war eine volle Woche in dem verdammten Krankenhaus, ehe ich es auf eigene Verantwortung verließ. Adelle leistete mir Tag und Nacht Gesellschaft. Ihre Mutter arbeitete einen nicht alle Seiten zufriedenstellenden Kompromiß aus. Sie würde Adelle im Juli für zwei Wochen zu meiner Farm bringen, danach mußte Adelle aber im August den Lernstoff nacharbeiten, den sie wegen dieser »Geschichte« verpaßt hatte. Anschließend sollte sie zum College nach Rhode Island gehen. Ich dürfte sie aber Weihnachten und wieder in den Ferien im März sehen. Wenn wir im Juni immer noch heiraten wollten, könnten wir das mit ihrem Segen tun. Adelle war untröstlich, als ich zustimmte, aber das Gespräch fand zu der Tageszeit statt, in der in ihrem eigenartigen Lebensrhythmus Ebbe herrschte. Mit der Platzwunde auf der Stirn und einem kleinen Loch von der Trepanation am Haaransatz fuhr ich zurück nach Hause. In Lincoln machte ich halt und bestellte etliche neue Möbel, Gardinen und Porzellan. Ich wollte ihrer Mutter das lebende Bild eines zivilisierten Wilden vorführen. Ich holte aus der Stadt zwei Maler, um das Haus innen und außen streichen zu lassen. Dann stellte ich noch eine ziemlich häßliche Haushälterin ein, um jede Versuchung fernzuhalten. Ich fing wieder an zu zeichnen und zu malen. Die Briefe Adelles waren etwas beruhigender, mit spärlichen Erwähnungen des Vaters, der an dem Tag, als ich abfuhr, geistig völlig gebrochen zu sein schien.

Die beiden Wochen ihres Besuchs waren vielleicht die einzige Zeit in meinem Leben, die ich liebend gern nochmals erleben würde, allenfalls noch Bruchstücke einzelner anderer Tage. Einziger Nachteil war die Hitzewelle, weil Adelles Mutter darunter litt, da sie Asthmatikerin war. Abgesehen von einem kurzen Spaziergang am frühen Morgen und Abend hielt sie sich meistens im Arbeitszimmer, in der Küche oder im Wohnzimmer auf. Mit ihr lernte ich die erste von diesem seltsamen Stamm echter Yankees kennen, für die Boston die Hauptstadt und Providence eine intellektuelle Vorstadt waren. Während der schlimmsten Hitze sprach sie liebevoll von den Sommern, die sie an einem Ort namens Wickfort verbracht hatten, wo sie im warmen Wetter auf der Narragansett-Bucht segelten. Sie versicherte mir, daß es ein prima Platz für mich wäre, um zu malen, falls alles gutginge. Allmählich wurde mir klar, daß sie in der Familie das Sagen hatte, nicht Morgan. Sie war der Ursprung der Stabilität und des Geldes. Selbstredend hätte Morgan lieber gesehen, wenn seine Tochter einen feinen Pinkel aus dem Osten oder wenigstens einen Kaufmann aus dem Mittelwesten heiraten würde, bestimmt keinen Maler, der zudem ein halber Lakota war. Ich fand es merkwürdig, daß Adelles Mutter von der Sammlung indianischer Artefakte meines Vaters so fasziniert war, die damals noch nicht im Keller eingelagert waren, doch ich sagte mir dann, daß es daher kam, daß die Menschen an der Ostküste sich so für Ahnenforschung interessierten. Als sie mich fragte, erzählte ich ihr alles, was ich wußte; das war allerdings nicht viel. Sie fand es traurig, daß ich mein halbes »Geburtsrecht« verloren hatte, weil mein Vater sich bemüht hatte, mich vollständig in die moderne Welt einzugliedern. Erst viele Jahre später verstand ich das, und dann nur in den privatesten Ritualen, wo Zeremonien des Blutes zum Vorschein kommen.

Das kurze Leben mit Adelle damals spielte sich draußen ab, mit stillschweigender Billigung unserer Anstandsdame. Wir erlebten unseren Sommernachtstraum auf den Wiesen, in der Scheune, im Atelier, an der Quelle und an den Ufern des Niobrara. Dort brachte ich ihr an einem heißen Nachmittag beim Schwimmen bei, wie man Wasservögel belauschte, indem man bis auf die Augen untertauchte, und dann konnte man sich erstaunlich nahe heranpirschen. Sie zähmte ein Hereford-Kalb so, daß es ihr überallhin folgte, und spielte das Cowgirl, indem sie mir und Fred, Walgrens Vetter, der bei mir Verwalter war, dabei half, das Vieh durch die Gatter auf die grüneren Weiden zu treiben. Fred hatte immer ein rotes Gesicht, wenn Adelle in der Nähe war, gleichermaßen wegen ihrer Schönheit als auch aufgrund ihrer sehr direkten Sprache, die sie bei einer emanzipierten Frau für angemessen hielt. Ständig drängte sie darauf, daß ich ihr von den jungen Frauen an der Kunstakademie erzählte, wie »locker« sie sich in männlicher Gesellschaft gaben. Es war nicht zu übersehen, wie sehr sie ihre Mutter liebte, wogegen sie über ihren Vater nur mit harten Worten sprach, wenngleich nie in Gegenwart ihrer Mutter.

Adelle hatte für jemanden, der so jung war, eine selten eigenartige Einstellung zur Sterblichkeit. Auf unserem letzten gemeinsamen Mondscheinspaziergang erzählte sie von einer Schulfreundin, die ein Jahr zuvor an Krebs gestorben war. Irgendwie schien es überhaupt nicht zu jemandem mit soviel Leben zu passen, den Tod so leichtfertig abzutun. Aber mit Ausnahme von mir war es ihr egal, ob sie lebte oder starb oder ob sie sich durch ihre Lebensweise Schaden zufügte. Sie hatte mit Neena über Selbstmord gesprochen; diese war aus dem einfachen Grund dagegen, weil sie sich dann ums Lesen bringen würde. Adelle, die von Minute zu Minute lebte, konnte von keinem einzigen Gefühl Abstand nehmen, ganz gleich, wie flüchtig es war. Oft habe ich gedacht, daß wir vom Schicksal nicht dafür geschaffen sind, so lebendig zu sein. Ich kann nicht behaupten, daß es eine Vorahnung war, aber als sie am Morgen fortfuhr, konnte ich mir keine Zukunft vorstellen, weder für Adelle noch für mich. Durchs Fenster des Zuges reichte sie mir eine Haarlocke. Und das war alles: ein halbes Lächeln und eine Locke.

Ich kann das Tosen des Windes im Norden hören. Urplötzlich habe ich Angst, daß er mich hier draußen erwischt, in der Mitte unserer größten Weide auf der Südseite des Besitzes. Kein Vieh hat hier geweidet, deshalb reicht mir das Grammagras über die Knöchel. In der Ferne sehe ich Naomis Haus, sehr viel näher als meins, aber ich will dort nicht vor dem Sturm Zuflucht suchen, weil ich ein bißchen betrunken bin und sie sich deshalb Sorgen machen könnte.

Endlich erreiche ich die andere Seite der endlosen Grasfläche und den Waldrand. Da bricht der Sturm los und trifft mich seitlich mit heftigen Böen. Die Temperatur ist jäh gefallen.

Seit Jahren war ich nicht mehr hier gewesen, aber ich erinnerte mich an einen Haufen Rehknochen, wo eine Ricke sich beim Sprung über den Zaun den Hals gebrochen hatte. Die Knochen waren noch da, nur der Schädel war weg. Ich hob einen Wirbel auf, um ihn zu studieren, doch dann ging ich schnell weiter, weil Hagel mir ins Gesicht prasselte. In der Ecke der Weide, wo die Bäume der Windschutzhecke am dichtesten standen, hatten Smith und ich im Dickicht eine Art Unterstand gebaut. Die Reste waren noch dort und boten etwas Schutz vor dem Wetter. Ich legte die Stangen fürs Dach zusammen und kroch darunter. Dann peitschte ein Hagelschauer die Baumwipfel. Irgendwo unter mir war eine alte Blechdose vergraben. Sie enthielt das Foto einer halbnackten Tänzerin, das Smith und ich hier versteckt hatten, ein Schatz von Jungen, eine Huldigung für ein Mysterium. Mit meinem geistigen Auge sah ich die nackten Brüste; sie zeigten leicht nach oben und ähnelten etwas denen von Adelle.

Da fing mein Herz an, wild zu stottern, und mir fiel ein, daß ich meine tägliche Pille vergessen hatte. Schnell nahm ich zwei Schlucke Whiskey, aber das führte zu einem Hustenanfall. Dabei geriet etwas Whiskey in die Luftröhre. Mein Herzschlag schien noch unregelmäßiger zu werden. Ich legte mich zusammengerollt auf die Seite und sah zu, wie weiße Hagelkörner den Boden bedeckten. Dann starrte ich nach oben auf die rollenden Sturmwolken. Ich zitterte vor Kälte, nachdem der Schweiß getrocknet war, und war mir nicht sicher, was ich tun sollte. Aus irgendeinem Grund kam mir der Ort zum Sterben nicht ungeeignet vor. Meine mutmaßliche Biographie war nicht allzu ergiebig: Er kaufte und verkaufte Pferde, Vieh und Land, zeichnete und malte ein Weilchen, heiratete eine Frau namens Neena, war kein guter Ehemann, zog zwei Söhne groß und kümmert sich jetzt recht und schlecht um zwei Enkelinnen. Trotz des Herzens, das wie kalte Zähne klapperte, fand ich das beinahe lustig. Wir sind wie Steine am Strand, die wir für einzigartig halten, aber sie sehen doch alle ziemlich gleich aus. Meine Träume gehörten nur mir und früher auch meine ausgefallene Kunstauffassung – und meine Lieben. Mein Sohn Paul witzelte, daß wir alle, geologisch gesehen, die gleiche Menge Unsterblichkeit in uns tragen. Was wir, zumindest oberflächlich betrachtet, für real hielten, wurde immer weniger interessant. In der geschützten Nische, die einige Schritte entfernt von zwei Zedern gebildet wurde, konnte ich mir Adelle vorstellen, bis sie eigene Gestalt annahm, aber wieder war ihr Lächeln nur halb. Ich fing an zu weinen, nicht so hemmungslos wie nach John Wesleys Tod. Nein, ich weinte, weil Adelle zwischen den beiden Zedern war und ich sie nicht in die Arme nehmen konnte.

Was für mich wichtig wäre, werde ich nie erfahren. Wie hat sie ihre letzten Stunden verbracht? Hielt sie mich für einen Feigling, weil ich mich auf den Kompromiß ihrer Mutter eingelassen hatte? In den Briefen in den zwei Wochen, nachdem sie die Farm verlassen hatte, stand das nicht. Für Adelle war der Unterschied zwischen allem und nichts sehr gering. Aufgrund der Zeugenaussagen war nur folgendes bekannt: An einem heißen Donnerstagnachmittag hatte sie ihre Schulbücher an der Dampfer-Anlegestelle ins Wasser geworfen, und dann war es ihr gelungen, den Mann, der sie beschatten sollte, in dem Gewühl von Menschen, die von der Arbeit kamen, abzuschütteln. Am Stadtrand im Norden war sie als Anhalterin mit zwei Farmern mitgefahren. Es waren Brüder, die nach einem Tag auf dem Markt nach Norden heimfuhren. Sie sprach mit ihnen ziemlich langsam, aber freundlich. Diese Langsamkeit rührte von dem Laudanum her, das sie bei sich hatte und mit dem man sie regelmäßig sediert hatte. Die Farmer hatten erklärt, sie sei hinter Fort Calhoun kurz vor De Soto ausgestiegen und hätte in der Abenddämmerung einfach nur am Straßenrand gestanden. Offenbar war sie dann die Lehmstraße zum Missouri hinuntergegangen. Dort hatte man im Gras am Ufer ihre Kleidung gefunden. Fischer entdeckten ihre Leiche am nächsten Nachmittag ein gutes Stück flußabwärts.

Walgren brachte das Telegramm und fuhr mit mir zusammen mit dem Zug nach Omaha. Ich traf am späten Abend im Haus der Morgans ein. Ich umarmte ihre Mutter Martha und Neena, die am ganzen Leib zitterte. Sie führten mich ins Wohnzimmer, wo Morgan mit zwei Geschäftsfreunden neben dem offenen Sarg stand. Ich ging zum Sarg und küßte ihre toten Lippen. Ich wandte mich zum Gehen, und Morgan folgte mir, und ich konnte meine Wut nicht länger unterdrücken, ich mußte ihn wie eine Stoffpuppe schütteln. Martha und Neena zogen mich fort. Dann küßten sie mich zum Abschied. Ich ging nicht zur Beerdigung.

2

November 1956

Smith kam gestern morgen. Natürlich hatte ich Angst, aber nur einen Moment lang. Wieso wußte er oder gab vor zu wissen, daß dieser Besuch das letzte Jahr meines Lebens einläuten würde? Ich schwanke zwischen Gereiztheit und Ehrfurcht vor diesem Mann, meinem ältesten Freund; denn die meisten anderen Freunde, viele waren es ohnehin nicht, sind längst dahingeschieden.

Kurz nach Tagesanbruch saß ich im Arbeitszimmer und trank Kaffee. Durchs Fenster beobachtete ich einen matten Sonnenaufgang, als Lundquist hereinkam und meldete, ein »Roter« stünde am Ende unserer langen Zufahrt. Lundquist wurde selbst rot, als ihm das Wort entschlüpft war; er wußte, daß ich mich über derartige Ausdrücke ärgerte. Er fügte hinzu, der Mann hätte die Hunde »verbüffelt«, so daß sie jetzt vor ihm saßen und ihn, Lundquist, samt seiner alten Hündin Shirley überhaupt nicht beachtet hätten, als er hereingefahren war.

Ich hatte mich schon gewundert, warum die Hunde nach dem morgendlichen Pinkeln nicht zurückgekommen waren. Die vier Airedales waren mittel bis sehr alt, und nur Sonia tat so, als hätte sie noch jugendliche Kräfte. In vielfacher Hinsicht war sie eine Plage, aber das gilt auch für mich. Allerdings habe ich mich in letzter Zeit sehr zusammengerissen, wegen der enormen Probleme, die ich gleich darlegen werde.

Doch zuerst zu Smith. Er ist der Grund, weshalb ich gestern abend wieder anfing zu schreiben. Wenn man davon ausgeht, daß man innerhalb eines Jahres sterben wird, hält man einige Dinge für wichtig genug, um sie zu Papier zu bringen.

Lundquist wollte mich begleiten und schlug vor, wir sollten die Schrotflinten mitnehmen, aber ich sagte »nein«, es müsse Smith sein, und Lundquist erinnerte sich, daß Smith der Lakota war, mit dem ich vor vier Jahren, nach Tess' letztem Jagdausflug, im Regen auf dem Kartoffelacker gesprochen hatte. Lundquist entschuldigte sich, weil er »Roter« gesagt hatte. Daran ist das Fernsehen schuld, sagte er, Friedas Leidenschaft, die beinahe der Religion den Rang abgelaufen hatte. Lundquist ging lieber ins Kino in die Stadt, wo die Filme einmal pro Woche wechselten. Im Fernsehen machten sie alles kleiner als im richtigen Leben, meinte er. Ich selbst bleibe beim Radio, damit ich meine eigenen Bilder der Welt malen kann, selbstverständlich nur vor meinem geistigen Auge.

Ich fuhr mit dem Studebaker-Pick-up, Jahrgang achtundvierzig, der inzwischen ein ziemlicher Schrotthaufen war, aber mir gefiel er so, die lange Zufahrt hinab. Smith war innerhalb des Tors und belehrte die Airedales, als wäre er ein Professor. Im Gegensatz zu dem kühlen Empfang auf dem Kartoffelacker lächelte er mich an, als ich ausstieg. »Das ist ein Indianer-Auto. Versteckst du dein Geld vor der Regierung?« fragte er. »Nein, es ist mir nur scheißegal. Er funktioniert so gut wie ich.« Wir schüttelten uns die Hände, dann umarmte er mich. Ich konnte nicht anders, ich war überwältigt. Er zeigte auf einen abgestorbenen Baum. »Weißt du noch, da haben wir mit Sally einen Dollar gewonnen«, sagte er. Sally war eine große und aufsässige belgische Zuchtstute, die eineinviertel Tonnen wog. Wir hatten gewettet, daß sie den schweren Clydesdale des Nachbarn über eine Linie ziehen könne. Sally hörte nicht auf und schleifte den sich wehrenden Wallach halb über einen Graben. Der

Nachbarjunge wollte das Seil durchschneiden, um sein Pferd zu retten. Da war Smith auf Sally gesprungen und hatte ihre Ohren nach hinten gezogen. Es gelang uns, die Pferde zu trennen, doch dann wollte Sally dem Wallach noch einige Tritte versetzen. Smith packte ihr Halfter, und sie schleuderte ihn mit einem Schütteln des kraftvollen Halses im Kreis umher. Selbst als wir sie wieder unter Kontrolle hatten und wegführten, drehte sie immer wieder den Kopf und warf dem Wallach böse Blicke zu.

Es liegt etwas Schwächendes im Novemberlicht, das die Dinge an ihren äußeren Rändern verschwinden läßt. Selbst der Klang eines Schritts oder einer Stimme wird dünner. Smith wandte sich um und gab die Hunde frei, worauf diese mich stürmisch begrüßten. »Nächstes Jahr um diese Zeit sind wir wohl schon tot«, sagte er und kicherte; anders kann ich es nicht beschreiben. »Paßt mir gut. Ich bin schon lange verbraucht.« Höflicherweise konnte ich mich nicht nach seinen Absichten erkundigen, deshalb ließen wir unseren Erinnerungen freien Lauf, während wir über die Weiden blickten. »Willow läßt dich grüßen. Sie ist oben bei Lodge Pole nahe Fort Belknap. Du weißt schon, ganz oben in Montana.« Bei dieser Nachricht wurde mir eigenartig heiß unter dem alten Skalp. »Braucht sie Hilfe?« fragte ich lahm, im Gegensatz zu meiner inneren Aufregung. »Nein, nein. Sie hat da ein Stück Land und ein Dutzend Kühe. Das Land hat sie von dem Geld gekauft, das dein Vater ihr hinterlassen hat. Ich habe mein Erbe mit einer einzigen großen Party durchgebracht; sie dauerte eine ganze Woche. Noch jetzt, nach fünfzig Jahren, tut mir der Kopf davon weh.« Wieder lachte er, brach jedoch unvermittelt ab. »Ich brauche was aus alten Zeiten, das du hast.«

Dann fuhren wir zum Haus. Ich wußte, was er wollte, und hatte es einen Tag nach unserem Wiedersehen auf dem Kartoffelacker aus dem Keller geholt. Es war eine schmucklose, aber sehr große Grizzly-Klaue, die einst Kicking Bear gehört hatte, den ein Richter tatsächlich für verschiedene erfundene Verbrechen dazu verurteilt hatte, zwei Jahre lang in Buffalo Bills »Wild West Show« aufzutreten. Mein Vater hatte die Kralle Smith im Frühling des Jahres 1906 gegeben, als dieser mit einer Wildwest-Truppe nach Europa fahren wollte. Smith wollte sie aber nicht mitnehmen, weil er sie vielleicht im Suff verlieren oder verkaufen könnte. Außerdem, wie er mir insgeheim anvertraute, machte ihm das Zeug aus »alten Zeiten« angst. Die Kralle lag in einem kleinen Säckchen aus Rehleder im Tresor, neben dem Foto und meinen Zeichnungen von Adelle.

Wir setzten uns ins Arbeitszimmer und betrachteten die Kralle auf dem leeren Eichenschreibtisch. Dann steckte Smith sie zurück ins Säckchen und schüttelte den Kopf. »Im August hab' ich einen gesehen, bei einem Besuch der Leute oben am Wind River. Da habe ich mich daran erinnert, daß die hier ist. Ich habe gehört, daß es vor vielen Jahren auch hier draußen welche gab.« Ich erklärte ihm, daß früher die spanischen *vaqueros* in Kalifornien Kämpfe zwischen Grizzlys und Longhorns veranstaltet hätten. Aber das war, ehe wir dorthin kamen, als der Staat noch zu Mexiko gehörte. Die unausgesprochene Frage war, wer damals gewonnen hatte, und die ebenfalls stumme Antwort lautete: Keiner. Bei einer der frühen Regierungsexpeditionen in die Black Hills hatte mein Vater Custer und Ludlow getroffen. Ludlow hatte mit einem Teil seiner Männer, darunter One Stab, einem Cheyenne-Führer, einen Grizzly zehn Meilen lang verfolgt und mit dem Lasso eingefangen. Aber sie hatten ihn freigelassen, nachdem der Wissenschaftler George Bird Grinnell, der sie begleitete, das Tier untersucht hatte. Das waren damals nicht die Cowboys von heute, die alle Abende in der Stadt verbringen.

Smith ging zum Fenster. »Ich habe damals im großen Krieg

zu viele Menschen getötet. Sie haben uns die Pferde weggenommen, weil sie gegen die Deutschen nichts ausrichteten. Ich war ein Metzger, ja, das war ich. Wirklich gefallen hat mir die polnische Kavallerie, aber die wurde fast bis auf den letzten Mann ausgelöscht. Ich wollte beim Zweiten Weltkrieg auch gern mitmachen, aber sie haben mich nicht gelassen. In den dreißiger Jahren habe ich oben in Fort Robinson Pferde abgerichtet.« Er schwieg. Wir hörten die letzten Blätter im Hof rascheln. »Dir ist es auch nicht übel ergangen, wenn man bedenkt, wie wir angefangen haben. Wie ich so gehört habe, kannst du von Glück reden, daß dich keiner abgeknallt hat.«

Ich hatte mehrere ziemlich schlimme Jahre durchgemacht, sechs oder sieben, zwischen Adelles Tod und dem Tag, an dem ich mich mit dem Bauch voll Whiskey für den Ersten Weltkrieg verpflichtete. Um abzulenken, erzählte ich ihm, wie ich ungefähr einen Monat, nachdem wir uns auf dem Kartoffelacker gesehen hatten, durch unser altes Schutzdach und die Hunde gerettet worden war. Ich gab ihm die Kurzfassung des langen Marsches, der geendet hatte, als ich mit Herzrasen zusammengekrümmt dalag, die vier Hunde dicht bei mir, um mich zu wärmen, und mit meiner Vision von Adelle. Aus einem ganz eigenen Grund war er als *wicasan wanka*, als Medizinmann, von der Geschichte sehr angetan und sagte: »Es gibt Schlimmeres, als sich von einem Geist umbringen zu lassen.« Dann meinte er noch, daß die Hunde mit Sicherheit gespürt hätten, was los war, und deshalb bei mir geblieben wären. Ich war von den beiden verschiedenen Versionen dieses Erlebnisses, meiner und Smith', sehr betroffen, und die Wahrheit, wie nutzlos sie auch sein mochte, lag vielleicht in der Mitte. Wenn ich Smith' Fassung zustimmte, war ich vielleicht verrückt, aber das war jetzt für mich auch kein dringliches Problem mehr. Schließlich bestand er darauf, daß wir uns anzogen und die

Meile zum Schutzdach hinausgingen. Auf halbem Weg blieben wir auf unserer größten Weide stehen, und Smith blickte prüfend zum Himmel empor. Er war stumpf grau, aber einige Schattierungen heller als Schiefer. Smith fragte mich, ob mir aufgefallen sei, daß der Himmel eine riesige »Lichtweide« wäre. Ich verneinte, meinte aber, daß das auf alle Fälle eine faszinierende Auffassung sei. »Ja, ja, so ist es«, sagte er.

Beim Schutzdach deutete er auf Sonia und meinte, wahrscheinlich hätte die Hündin mir am meisten geholfen, und damit hatte er recht. Ich hatte meinen Mantel halb um sie gelegt. Sie hatte sich dicht an meine Brust geschmiegt. Dann stach Smith mit einem langen Schnappmesser, das die Franzosen *mouche* nennen, weil es am Heft eine Silberfliege hat, im Boden herum. Gedankenverloren legte er eine Pause ein, dann kroch er wieder in die Ecke und stieß die Klinge so weit wie möglich in den Boden. Als er auf Metall traf, lächelte er. Er stocherte in der Erde, bis sie weich war. Dann holte er eine kleine Blechdose heraus und machte sie auf. Drinnen war das Foto der Tänzerin mit den nackten Brüsten. Ich wollte einen Scherz machen, aber er winkte mir, zu schweigen. Er behandelte das Foto wie einen heiligen Gegenstand, als er es mir reichte. Es besaß irgendwie noch immer die starke, aber fast ein wenig klägliche erotische Anziehungskraft, die es auf mich als Knaben gehabt hatte. Das ist ein Gebiet, sagte ich zu Smith, bei dem ich aufgegeben habe, es zu verstehen, und er nickte zustimmend. Dann legte er das Foto zurück in die Blechdose und vergrub sie wieder. Anschließend verteilte er Zweige und Laub darüber. Ich war verblüfft, wie heiter Smith war, ohne sich über irgend etwas zu erheitern oder jene verhüllten Urteile über die Dinge von sich zu geben, wie es unsere Gewohnheit ist.

Auf dem Rückweg zum Haus blieb Smith am selben Fleck

wie zuvor stehen, um zum Himmel zu blicken, und meinte, daß er diesen Fleck immer gemocht habe. Ich dachte darüber nach, wie schwierig es war, genau diese Stelle zu finden, da sie nicht im Zentrum der Weide lag und sich in nichts von der Umgebung unterschied. Unvermittelt sprach Smith beinahe liebevoll über das Christentum meines Vaters, das weder die Welt der Lakota noch irgendeines anderen Stammes ausschloß. Smith sah einen Beweis für seinen Standpunkt darin, daß mein Vater auf der Erde einen wunderschönen Platz geschaffen hatte, indem er natürliche Zutaten verwendete. Smith meinte, meine frühen Ambitionen, Künstler zu werden, wären nichts anderes. Freundlicherweise fragte er mich nicht, warum ich nach dem Krieg aufgehört hatte zu malen, aber ich erklärte, daß mich der Krieg offenbar zu tief auf die Erde zurückgeholt hätte. Die Trauer und der Schrecken des Krieges machen uns hart und gemein. Ungefähr zu der Zeit, als ich ihn auf dem Kartoffelfeld wiedergesehen hatte, hatte ich begonnen, wieder Verständnis für das Leben zu finden, ohne wenigstens einmal am Tag in Wut zu geraten. In der Ferne sah ich zwischen den Bäumen einen Mann, der am Ende unserer Zufahrt an einem alten Auto lehnte. »Das ist mein Enkel«, erklärte Smith. »Der zornigste junge Mann auf Gottes Erdboden.« Dabei mußte ich sofort an Duane denken, der vor zwei Monaten verschwunden war. Smith machte eine Bemerkung über die Zeit, als wir ungefähr zehn waren und es eines Tages satt gehabt hatten, Cowboy zu spielen, und Indianer werden wollten. Mein Vater half uns, indem er uns aus dem damals verschlossenen Arbeitszimmer einige indianische Kleidungsstücke holte. Dann machte er im Hof ein Feuer und kleidete uns wie Krieger ein. Meine Mutter bemalte unsere Gesichter, und abends tanzten wir um das Feuer, bis wir völlig erschöpft waren. Meine Eltern hatten uns die Schritte gezeigt. Plötzlich brach meine Mutter in Tränen aus und rannte ins Haus, und damit war dieses Spiel für immer beendet.

Wir waren fast bei Smith' Auto, als Dalva auf ihrem Wallach die Straße heraufgaloppiert kam. Sonia lief ihr sofort entgegen, um sie zu begrüßen. Dalva war schwanger und sollte auf keinen Fall reiten, aber derartige Kapriolen waren etwas, worum ihre Mutter sich zu kümmern hatte, nicht ich. Keine Predigten mehr halten zu müssen, nicht einmal sich selbst, war tatsächlich eine Erleichterung. Dalva stieg vom Pferd, um Smith zu begrüßen.»Ich habe viel über dich gehört«, sagte sie lächelnd. Dann entdeckte sie den jungen Mann neben dem Auto ein Stück die Straße hinunter und schreckte auf, weil sie im ersten Moment dachte, es könnte Duane sein. Dann stieg sie wieder aufs Pferd, weil sie nicht sprechen konnte, winkte und lächelte uns zu und ritt davon.

»Die junge Dame hat es nicht leicht«, sagte Smith. Ein Schatten lag auf seinem Gesicht. Er sah mich fragend an. Ich gab ihm eine kurzgefaßte und ziemlich lahme Schilderung von einem jungen Mann, der im September die Stadt verlassen habe. Er gab mir zu verstehen, daß er den jungen Mann aus Parmelee kenne, auch seine Mutter Rachel. Er hatte gehört, der Vater sei einer der drei Jäger, die Rachel drüben am Buffalo Gap kurz vor dem Krieg getroffen habe. Er blickte mir ins Gesicht und lachte über meine verblüffte Miene, dann meinte er, wir seien einfach nur wunderbare Tiere, wie die anderen. Menschen, die Erde mit ihren Bergen, Flüsse, Prärien, auch Tiere seien nicht für unsere Zwecke ins Leben gerufen worden, sondern für ihre eigenen. Ich nickte zustimmend. Plötzlich wünschte ich mir zum erstenmal seit langem, daß ich meine Kunst nicht aufgegeben hätte. Es war etwas, das ich mit den Händen und dem Herzen tat. Nichts mehr. Warum hatte ich die ganze herzzerreißende Angelegenheit so verwirrend gemacht, wenn alles andere in der Welt sich ohnehin meiner Kontrolle entzog?

Als ich langsam aus meinen Gedanken wieder auftauchte, sah Smith mich immer noch an. Dann gingen wir zum Auto. Smith' Enkel hatte Muskeln aus Stein im Gesicht, war aber höflich. In der dünnen Köperjacke zitterte er vor Kälte. Ich zog meinen dicken Schaffellmantel aus und sagte: »Laß uns tauschen.« Fragend schaute er seinen Großvater an. Dieser nickte, worauf wir tauschten. Dann holten wir noch den jeweiligen Tascheninhalt hervor. Er gab mir mein rotes Taschentuch und einen angestoßenen McIntosh-Apfel. Ich reichte ihm eine Dollarnote, die so zerknittert war, daß sie ganz weich war, ein Klappmesser und eine beliebte Kondommarke. »Die brauche ich nicht«, witzelte ich. »Doch. Ich habe Ihre Freundin am Kragen gerochen«, widersprach der junge Mann. Smith schnupperte und nickte. Lenas Fliederparfüm war zu riechen. »Vielleicht sehe ich dich auf der anderen Seite«, sagte Smith. Dann fuhren sie los. Die Köperjacke roch leicht nach Kerosin, und ich mußte jeden Hund einmal schnuppern lassen.

Wider alle Erwartung hatte der Gedanke, daß ich nur noch ein Jahr zu leben hatte, etwas Befreiendes für mich. Als erstes zeichnete ich einen Spatz in dem Holzapfelbaum vor dem Fenster, und dann feierte ich den unbeholfenen Versuch, indem ich mir einen Toast mit dem hervorragenden Holzapfelgelee leistete, das Frieda jeden August machte. Ich zeichnete noch elf weitere Versionen des Spatzes. Die beste war die mit einem Geleefleck neben dem Ast. Ich fühlte mich weniger allein als seit Jahren. Probeweise verzieh ich mir, den Großteil meines Lebens so ein zorniger und verrückter Mistkerl gewesen zu sein, teilweise aus dem Grund, daß Verzeihung keine Alternativen mehr offenläßt. Als ich die Zeichnungen weglegte, fühlte ich mich immer noch zufrieden, und mir war es egal, ob dieses Gefühl nur vorübergehend war oder nicht. Der Spatz flog am Fenster vorbei, und die Länge dieses Flugs schien die Länge meines Lebens zu repräsentieren, zusätzlich zu der Tatsache, daß einfach ein Spatz an meinem Fenster vorbeigeflogen war. Ich nahm Adelles Foto aus dem Tresor und betrachtete es am Schreibtisch. Ich drehte es in mehrere Richtungen. Dann schlief ich mit der Wange, oder sollte ich Schwabbel-backe sagen, auf dem Bild ein.

Ich war mitten in einem Traum von einem verlorenen Hund, als Dalva eine Tasse Tee auf den Schreibtisch stellte. Dieser Hütehund mit dem ausgefallenen Namen Ed (Lund-quists Idee), hatte fast eine Woche lang im Brunnenschacht einer verlassenen Farm hinter unserem Land festgesteckt, ehe wir ihn fanden. Bei seinem geschwächten Zustand war er froh, daß ich ihn auf dem Heimweg hinter meinen Sat-telknopf legte.

Dalva stupste mich an der Schulter, um mich zu wecken, aber ich wollte den Kopf nicht heben, weil sie sonst Adelles Foto gesehen hätte. Deshalb bat ich sie, mir ein Glas Wasser zu holen. Sie hatte Naomi gesagt, sie wolle sich vielleicht umbringen, und da brauchte sie nun wirklich nicht die Er-mutigung von Adelles Beispiel. Ich steckte das Foto in die Schublade. Sie kam mit dem Wasser wieder und erinnerte mich daran, daß Naomi mit Ruth und deren Schulfreundin Carol Johnson käme. Naomi wollte, daß Carol sich meine Bilder anschaute. Sie hatte mir Zeichnungen der jungen Dame gezeigt, die keineswegs bemerkenswert waren, aber ein kleiner Aufsatz war ihnen beigefügt. »Warum ich Künstlerin sein möchte.« Für einen so jungen Menschen war der Aufsatz wirklich außergewöhnlich und erinnerte mich im Niveau des Könnens an Willa Cathers Abschieds-rede auf der High School, die mir ein Freund von der Uni-versity of Nebraska gezeigt hatte.

Die Frauen kamen kurz danach, und ich erkannte das Mädchen mit dem schmalen Gesicht als die Kleine, die in Lenas Café, wo ihre Mutter arbeitete, das Geschirr abwusch. Ich nahm an, daß sie sich wegen Ruths Faszination für das Klavierspiel zueinander hingezogen fühlten. Während ich dem Mädchen die Bilder zeigte, unterhielt sich Naomi mit Frieda in der Küche. Dalva war oben und spielte Bob Wills Musik auf dem Victrola, worüber Ruth peinlich berührt die Augen verdrehte. Mich lenkte die Musik aus anderen Gründen ab, da sie die Gefühle ebenso ansprach wie die Musik, die Davis und ich auf unseren Mexiko-Reisen so geliebt hatten. Carol stand schüchtern neben mir, ähnlich wie ich vor der Französin gestanden hatte, die über Courbet gesprochen hatte. Dieses Gefühl dauerte nur Sekunden an, aber die Kontinuität ging mir nicht aus dem Kopf. Carol hielt lange vor einem weniger guten Gemälde Stuart Davis' inne und nochmals vor einem Burchfield, den ich für dreihundert Dollar gekauft hatte, was sie aus gutem Grund beängstigend fand. Bei einer Zeichnung Modiglianis wurde sie rot. Dann faßte sie sich wieder vor einem Gottardo Piazzoni und einem Dixon. Die Tatsache, daß ich die beiden letzteren gekannt hatte, wenn auch nur flüchtig, verblüffte sie. Damals brauchte man in San Francisco nur in der Runde zu stehen, zu trinken, gemeinsame Feinde zu schmähen und über Techniken zu streiten, um einen anderen Künstler kennenzulernen. Ruhm für alle, was er auch wert sein mochte, blieb in ferner Zukunft und wurde von anderen organisiert, hauptsächlich von Kunsthändlern.

Wir hatten uns gerade zum Abendessen hingesetzt, als Carol mich fast flüsternd fragte, ob ich Picasso möge. Ich erklärte, es gäbe sieben Picassos, und mir gefielen mindestens fünf davon. Naomi hatte das Gefühl, das übersetzen zu müssen, und ich beobachtete das Mädchen, wie es im Essen herumstocherte. Ihre Finger waren vom Abspülen

gerötet. Sie hoffte nach dem Abschluß der High School auf
die Kunstakademie in Chicago gehen zu können. Sie wollte
wissen, wie es mir dort gefallen hatte. Ich erklärte, es sei
zweifellos gut dort, aber mir habe es während der gesamten
Zeit dort nicht besonders gefallen. Nach dem Essen erteilte
ich ihr im Arbeitszimmer an meinem Schreibtisch eine
Zeichenstunde, während Ruth Klavier spielte. Ich zeigte
ihr meine elf Spatzen vom Nachmittag und was an jedem
falsch war. Ich war so vertieft, daß ich nicht merkte, daß
Naomi und Dalva dicht hinter Carol standen und aufmerksam zuschauten. Ich hatte vor ihnen nie zuvor den Künstler
herausgekehrt. Ich beschloß, darüber hinwegzugehen, als
hätten sie mich nur bei etwas so Unbedeutendem erwischt
wie einen Whiskey einschenken.

Danach bedankten sie sich bei mir und fuhren in der Dunkelheit davon. Ich erinnerte mich noch deutlich an das
jugendliche Gefühl in meiner Magengrube und die hohle
Angst während der ersten Tage auf der Kunstakademie. Davis war für das Herbstsemester noch nicht eingetroffen,
und ich fand mich in dem großen Chicago überhaupt nicht
zurecht. Ein Rechtsanwalt dort, der meinen Vater im Baumschulgeschäft vertrat, hatte mir Zimmer besorgt, die etwas
schöner waren, als ich mit meinen romantischen Vorstellungen des Künstlerlebens, das sich vor mir entfalten
würde, vereinbaren konnte. Ich glaube, es war 1903, und der
Lärm Chicagos konnte jemanden wahnsinnig machen, der
an die Stille der Prärie gewöhnt war, wo man das Herz des
Pferdes lauter als sein Atmen hörte oder in der Ferne einen
Wiesenstärling oder eine Kuh, die in einem Bachbett eine
Meile weiter muhte, ja sogar die leichte Brise, die sich über
das Meer aus Gras näherte. Ich verbrachte die ersten Tage
in der Stille des Museums, das mich nur noch mehr ein-
schüchterte über die Angst des Versagens hinaus. An einem
windigen Abend spazierte ich nach Norden zum Seeufer,

und die Wellen des Lake Michigan wuschen alle anderen Laute aus der Luft. Einige schöne Minuten unterhielt ich mich mit einer Verkäuferin aus Kansas, die ebenfalls dort spazierenging. Ein Stück weiter am Ufer verfluchte ich mich, weil ich sie nicht nach ihrem Namen gefragt hatte oder wo sie wohnte, aber die Riesengröße der Stadt hatte mich so scheu gemacht, daß ich gerade noch mit krächzender Stimme eine Mahlzeit bestellen konnte. Am vierten Tag in der Stadt gab es einen Empfang für neue Studenten, wobei alle aus den Staaten des Mittelwestens und von noch weiter weg steif in neuen Kleidern herumstanden. Einer, ein schlaffer Typ, der Simmons hieß und aus der Stadt stammte, nahm mich mit in ein italienisches Restaurant, wo man sehr billig einen Riesenteller köstliche Spaghetti und ein großes Glas schlechten Rotwein bekam. Es war ein ausländischer Ort, und das italienische Geplapper der Angestellten gab uns das Gefühl, richtige Künstler zu sein.

Während ich dort stand und Naomis Auto hinterherblickte, kam mir der Gedanke, daß Carol Johnson Chicago wohl nicht weniger fremd empfinden würde als ich, vorausgesetzt, sie schaffte es, in einigen Jahren dorthin zu fahren. Ich ging hinein. Einen Moment lang tat mir das arme Mädchen leid, nicht weil sie arm war, sondern wegen ihrer Träume, die mich so aufgewühlt hatten.

Mein Blick fiel auf meine nicht sonderlich talentierten Spatzen auf dem Schreibtisch, und ich mußte über meine fast großmütterliche Gefühlsduselei lachen. Selbstverständlich mußte das Mädchen träumen. Nur unsere Träume geben dem Leben Zusammenhalt. Das allgemeine gesellschaftliche Ideal war das von Amerika als einem sicheren Ort für eine stabile Wirtschaft. Für ein junges Mädchen, das in einem Café die Auflaufform eines Hackbratens schrubbte, war das allerdings zu wenig. Als ich damals schon früh Vieh Brandzeichen aufgedrückt, Pferde zugeritten, Bewässerungsgräben ausgehoben oder einfach den Garten meiner Mutter umgegraben hatte, hatte ich mich in der Rolle eines der Bauern Millets sehen können oder noch lieber als Turner, der zuschaut, wie sich der Nebel über den Schiffen auf der Themse hebt.

Oft machte ich mir Vorwürfe, daß ich nach dem Tod Adelles meine Träume durch Alkohol hatte zerstören wollen. Es war, als ob die Träume in dieser Atmosphäre turbulenter Dunkelheit ruhiggestellt werden müßten, doch dann hatte Alkohol in so großen Mengen ihre Klarheit derart beeinträchtigt, daß ich zu der Zeit, als ich mich in den Ersten Weltkrieg meldete, wie ein Roboter war, der dem Muster einer Hoffnung folgte, aber selbst keine Hoffnung verspüren konnte. Gewiß war ich nicht bei genügend klarem Verstand, um zu begreifen, daß ich sterben wollte. Hätte ich wohl die Hoffnung gehabt, Adelle in einem Leben nach dem Tod wiederzusehen, hätte ich mir schon vorher eine Kugel in den Kopf gejagt.

Anfangs gab mir der Alkohol die Illusion der Ordnung, da er alles, die Trauer eingeschlossen, an seinem bestimmten Platz hielt, wo man gnadenlos und völlig wirkungslos darüber grübeln konnte. In solchen Zeiten trinken wir, um nicht wahnsinnig zu werden, aber geraten so nur in eine andere Art Wahnsinn hinein. Ich fragte mich, ob meine Lakota-Hälfte mich für diesen fatalen und erschreckenden Durst prädestiniert hatte; dann war er unentrinnbar schicksalhaft. Selbstverständlich ist es vermessen, sich mit einer anderen Kultur zu identifizieren, wenn es undenkbar für einen ist, deren Leben zu teilen, aber Davis hatte mir ein paar Abende vor seinem tödlichen Sturz am Lagerfeuer vorgeworfen, ich »malte wie ein Indianer«. Damit meinte er, daß ich die natürliche Welt, modern ausgedrückt, nahezu abstrakt wiedergab, ohne den Strich des Illustrators. In meinen Prärien und Himmeln gab es keine beruhigenden

Formen. Sie erinnerten etwas an die zeitgenössischen Werke Ad Reinhardts und Robert Motherwells, die ich in neueren Kunstzeitschriften gesehen habe. Ich habe Natur nie als Predigt gesehen, unsere müden Ärsche zum Himmel zu bewegen; oder als Erlösung von der Mühe, uns gegenseitig die Flöhe von der Haut knacken zu müssen; auch nicht als Trost für ein Leben, das nach dem Prinzip »billig kaufen und teuer verkaufen« geführt wird. Die Bibel meines Vaters irrte gewaltig. Die Erde war nicht zu unserem Trost geschaffen worden, sondern um ihrer eigenen sich entfaltenden Herrlichkeit willen, von der wir nur ein winziger Teil sind. Ich schwatze wie Naomi, die sich oft laut darüber wundert, warum im Westen jeder Morgen Land auf Kosten sämtlicher anderer Geschöpfe für Kühe angenehm gemacht werden muß. Der Stamm meiner Mutter wurde *in toto* für Kühe geopfert, obgleich sie und die Tiere glücklich miteinander hätten leben können, wenn man das Land geteilt, nicht den Menschen weggenommen hätte.

Neulich war ich ziemlich hilflos, als Dalva bei mir übernachtete und mich fragte, warum »nichts zusammenpasse«. Sie hatte die Fähigkeit verloren, einem Moment Sinn abzugewinnen, ganz zu schweigen einer Stunde oder einem Tag. Ich hielt das nicht für einen natürlichen Tiefpunkt aufgrund der Schwangerschaft, denn ich erinnerte mich, wie meine Frau Neena in diesem Zustand aufgeblüht war, weil er ihr die Freiheit verschaffte, den ganzen Tag, nicht nur den halben, zu lesen. Damals konnten wir keine Haushaltshilfe finden, die sie länger als ein paar Tage ertrug, deshalb ließ ich ein Dutzend Kochbücher kommen und lernte, uns in der Küche zu versorgen. Als ich das Dalva erzählte, fand sie es lustig, doch ehrlich, wie ich war, sprach ich danach auch über meine Zweifel. Deine Worte ergeben keinen Sinn, sagte ich, weil es diesen jetzt nicht gibt. Man hat uns aus verschiedenen Gründen, aus religiösen, gesellschaftlichen oder wirtschaftlichen, beigebracht, unser Bewußtsein auf einer Schiene laufen zu lassen, so ähnlich wie einen Zug. Das war kein besonders gutes Bild, aber ich wollte es ihr klarmachen. Für uns ist es bequem, auf dieser Schiene zu bleiben, aber dann läuft dein Geliebter weg, und du bist fünfzehn und schwanger. Und dann fällt deine gesamte Welt in Stücke, in erster Linie, weil sie von Anfang an nicht real war, sondern nur die bequemste Art, das Leben zu betrachten. »Und auf was kann ich mich dann noch verlassen?« fragte sie, und ich wünschte, Smith wäre damals da gewesen, nicht erst einige Tage später. Auf deinen »Geist«, sagte ich, eher als auf »nichts«. Das war immer noch eine lahme Erklärung, deshalb nahm ich als Beispiel das Gefühl, wenn wir aufwachen und die Reste guter Träume noch in uns haben, und wie schön die Welt dann ist, ehe unser Verstand ihre Ziellosigkeit falsch deutet. An diesem Punkt spürte ich Adelle in meiner Magengrube und wie sie langsam in meinen Kopf stieg. Ich wandte mich überwältigt ab. Wir waren in der Küche, und ich öffnete einen Schrank und sah ein Glas mit Popcorn, das Naomi selbst gemacht hatte. Dalva las meine Verzweiflung durch meinen Hinterkopf. »Ich werde mich nicht umbringen, weil ich damit alle enttäuschen würde.« Im ganzen Leben habe ich keinen Satz gehört, bei dem es mich so schauderte.

Zwangsläufig waren wir an Thanksgiving bei Naomi sehr bedrückt. Der gebratene Truthahn sah ziemlich verloren aus, da wir ihn kaum angerührt hatten. Wir kamen nicht über unsere gemeinsame Not hinweg, wir alle wußten, daß Naomi mit Dalva am nächsten Morgen die lange Fahrt nach Marquette, Michigan, machen würde, wo Naomis Vetter, ein Wildbiologe, und seine Frau sich um Dalva kümmern sollten, bis gegen Ende April das Kind zur Welt kam. Der Abend war fast unerträglich. Keiner konnte normal sprechen, und Ruth war so fertig, daß sie ins Wohnzimmer ging und unter dem Porträt ihres Vaters Beethovens Mondscheinsonate übte, allerdings mit mäßigem Erfolg. Schließlich gaben wir auf und umarmten uns. Dann fuhr ich nach Hause. Zweifellos wäre es viel besser gewesen, hätten wir laute Klagelieder ausgestoßen, wie eine Lakota-Familie es getan hätte.

Dieser Gedanke ging mir nicht aus dem Kopf. Zu Hause schaute ich in ein Tagebuch, um meine Erinnerung an etwas aufzufrischen, was Rosenthal damals bei unserem Picknick gesagt hatte. Auslöser war eine Geschichte gewesen, die ich ihm erzählt hatte. Ich war sieben gewesen, tatsächlich war es der Tag vor meinem Geburtstag. Meine Mutter hatte erfahren, daß ihr ältester Bruder oben bei Buffalo Gap gestorben war. Sie hatte im Hof ein kleines Feuer entzündet, sich davorgesetzt und sich mit grauer Asche bedeckt, dann hatte sie die ganze Nacht lang gesungen und laut geklagt. Ich stand am Schlafzimmerfenster und schaute zu. Ich hatte schreckliche Angst. Meine Welt löste sich bei ihrer Trauer und ihren unheimlichen Gesängen schichtweise auf. Mein Vater ging hinaus und wollte ihr ein Tuch umlegen, doch sie schüttelte es ab. Bei Tagesanbruch holte mein Vater mich, und ich saß im Schlafanzug neben ihr, bis die Sonne über den Bäumen aufging. Da brach sie abrupt ab. Sie ging zu dem Wassertrog für die Pferde, wusch sich und kam lächelnd zu uns zurück und meinte, es sei Zeit fürs Frühstück. Ich war überglücklich, da ich Angst gehabt hatte, man würde meinen Geburtstag vergessen.

Rosenthal war bei dieser Geschichte aus meinem Leben anfangs sehr nachdenklich. Dann aber hielt er eine längere Rede. Mein Tagebuch kann seine Redegewandtheit nicht wiedergeben, doch er sagte, daß ich Glück gehabt hätte, etwas gesehen zu haben, das mit der modernen Zeit weitgehend verschwunden sei. Heute halte man so ein Verhalten für archaisch, da wir uns fast alle von sämtlichen hochentwickelten Ritualen und Erfahrungen, die mit Geburt, Tod, Sexualität, Tieren, aktiver Religion, Natur, sogar Kunst und Wahnsinn zu tun haben, entfernt und abgesondert hätten. Ich glaubte zu verstehen, was er meinte, zumindest zum größten Teil, und daß er damit recht hatte, abgesehen vom Bereich der Kunst. Doch er führte aus, daß in primitiven Kulturen jeder ein Künstler und Geschichtenerzähler sei, nur seien einige viel besser als andere, was allen ganz klar sei. Ich sah die helle Mondsichel durchs Fenster und schaltete das Licht im Arbeitszimmer aus, um seine besondere Wärme zu spüren. Dabei erinnerte ich mich amüsiert an die verstörte Reaktion auf der Kunstakademie, wenn ich von meinen Mondscheinspaziergängen erzählte. Davis und ich hatten Ende Mai mit seiner wildäugigen Freundin einen Ausflug zur Upper Peninsula gemacht, um zu zeichnen. Das war viel weiter östlich als Ishpeming. Wir übernachteten am See in Grand Marais, einer Stadt, die von der Holzindustrie lebte und nichts mit Grand Marais in Minnesota zu tun hat. Dort machte ich einen Mondscheinspaziergang, der viel beängstigender war als jeder auf der Farm.

Damals hatte ich auf der Schule große Schwierigkeiten im Pflichtzeichenkurs, wo wir einen Wintertag nach dem nächsten damit verbrachten, Marmorbüsten griechischer und römischer Helden zu skizzieren. Es war ein progressiver Kurs, das heißt, man durfte nicht zur nächsten Büste übergehen, ehe man die vorige korrekt gezeichnet hatte. Ich klebte an Tacitus, bis meine Seele schrie, während andere schon über Plinius und Vergil hinaus waren. Der Lehrer war ein Engländer und von Natur aus Militarist, der mich besonders hart rannahm, nachdem ich laut gefragt hatte, wieso wir nach Kunstwerken und nicht nach dem Leben zeichnen mußten. Wegen dieser Unverschämtheit mußte ich eine volle Woche einen Marmorfuß zeichnen.

Schließlich ging ich und ließ den Kurs sausen. Deshalb rief mich der Direktor, William M.R. French, zu sich, der so nett war und mich trotz meines fehlenden Scheins und meiner Unfähigkeit in die dritte Klasse, die oberste, aufsteigen ließ. Aber ich war ein Student, der für alles bezahlte. Außerdem hatte ich mich nützlich gemacht, weil ich die Begleittexte für die Kataloge der Studentenausstellungen schrieb. Dieses Talent war nicht allgemein geachtet, aber jemand mußte es machen, und wenige waren dazu imstande. In der Meisterklasse war ich endlich von den antiken Büsten, Skulpturfragmenten und Ornamenten der Architektur befreit und konnte das zeichnen und malen, was man dort »Leben« nannte.

Aber es war Frühling, und obwohl ich endlich die Freiheit hatte zu tun, was ich wollte, verweigerte meine Hand mir die Zusammenarbeit. Ich hatte die kürzeste Liebesbeziehung meines Lebens mit einem Mädchen, das man, abgesehen von Davis, für das vielversprechendste Talent unter allen fünfhundert Studenten hielt. Leider mußte ich mir eingestehen, daß mein Neid auf ihre Fähigkeiten zu unserer Trennung führte. Hätte sich nicht mein Freund Davis, exzentrisch wie er war, um mich gekümmert, hätte ich den ganzen Kram hingeschmissen, den Schwanz eingezogen und wäre für immer nach Hause gefahren.

Als ich vorschlug, eine Woche nach Norden zu fahren, war Davis hoch begeistert, aber leider völlig pleite, seine Freundin ebenfalls. Das war kein Problem, da mein Vater mir mehr als großzügige Wechsel schickte. Später begriff ich, daß er das getan hatte, weil er wenig Gelegenheit hatte, das Geld, das er durch sein Baumschulgeschäft verdiente, auszugeben, und er damit auch seine Schuldgefühle wegen des Geldes minderte. Ich tat bei meinen Söhnen das gleiche.

Als wir drei endlich an jenem Mainachmittag in den Zug stiegen, war ich in der Menschenmenge kurz vor dem Ersticken und zitterte vor akutem Heimweh von jener Art, die Neunzehnjährige am besten kennen. Wenn ich schon die großartige Leere der Prärie nicht haben konnte, würde ich zumindest eine Woche lang die dichten Wälder des Nordens genießen. Ich habe den Verdacht, die Wildnis ruft am lautesten, wenn sie aus unserem Leben weitestgehend verschwunden ist, und damals sehnte ich mich inbrünstig nach einer menschenleeren Landschaft. Ich schlug die Augen nieder und nippte an einer Flasche Wein, als der Zug an der feuerspuckenden Hölle und dem Rauch der Stahlwalzwerke von Gary, Indiana, vorbei nach Norden fuhr. Davis' Freundin Sarah versuchte mich zu necken, indem sie ihren Rock ein bißchen hochzog, aber ich war innerlich zu zerrissen, um zu reagieren. Ich starrte nur auf meine Hand, die den Hals der Weinflasche umfaßte, und fragte mich, warum sie nicht die genialen Werke ausführen konnte, die ich mit meinem geistigen Auge erblickte. Zweifellos gehorchten Gauguins und Cézannes Hände den Befehlen des Kopfes und waren wahrscheinlich mit einer Art höherer Wahrnehmung gekoppelt, die der Verstand gar nicht bewußt erkennt. Ich war immer noch der kleine Junge, der einen Ball in die Luft wirft und ihn nicht mal jedes zweite Mal auffängt. Um mich zu trösten, hatte ich Sinfonie- und Kammermusikkonzerte besucht und hatte überlegt, daß wohl nur sehr wenige Menschen imstande gewesen waren, die Melodien aufzuschreiben, die der Geist eigenwillig zusammenbraute. William James hatte in beiden Bänden nichts geschrieben, was dieses Phänomen erklärte. Ich dachte daran, einen Pseudo-Emerson-Essay zu verfassen, mit dem Titel: »Über den Ungehorsam der Hand.« Ich ging so weit, daß ich mir einredete, meine Hände hätten zu viele Pferde gebändigt, zuviel Heu aufgeladen, zu viele Bewässerungsgräben ausgehoben und ähnliche Arbeiten verrichtet, und diese Tätigkeiten hätten sie für eine höhere Berufung verdorben. Auch die Faustkämpfe, in die ich gelegentlich verwickelt war, waren bestimmt nicht hilfreich gewesen. Vor einem Monat hatte ein hünenhafter Metzger in einem Saloon in der Nähe der Schule Davis ungerechtfertigt beiseite geschubst. Ich hatte ihn mit etwas Mühe k.o. geschlagen, hatte aber mit der geschwollenen Faust eine Woche lang nicht zeichnen können.

Wir trafen am Spätnachmittag des nächsten Tages in Grand Marais ein. Unterwegs hatte ich im Zug wegen des Weins viel geschlafen, nur nicht auf der stürmischen Fahrt auf der Eisenbahnfähre über die Straits of Mackinac. Man riet uns, nach oben zu gehen, um die Schleusen im St. Marys River in Sault Ste. Marie anzuschauen, doch ich war ungeduldig auf die Wildnis. Mit Verstörung sah ich, daß zwischen der Enge und den hundertzwanzig Meilen bis Grand Marais die meisten der großen Weißkiefern abgeholzt waren. Nur ab und zu gab es noch Flecken, die an die einstige Herrlichkeit erinnerten.

Wir fanden im Dorf ein einfaches Hotel und aßen abends köstliche Forellen aus dem See. Davis und Sarah gingen auf ihr Zimmer, um sich der Liebe zu widmen. Ich ging zu Fuß nach Osten. Eine steife Brise vom Lake Superior hielt die Moskitoschwärme in Schach. Mehrere Meilen hinter dem Dorf blieb ich stehen. Es wurde schon dunkel, und ich überlegte, ob ich zurückgehen sollte, aber dann machte mich ein großes Licht im Wald neugierig. Wie sich herausstellte, war es der aufsteigende Vollmond. Ein Waldbrand weiter östlich, von dem man uns im Zug erzählt hatte, verlieh ihm einen rötlichgelben Schein. Ich marschierte direkt auf diesen spektakulären Mond zu und stieß auf die Überreste eines Holzfällerlagers, das jetzt von zwei alten Chippewa-Männern bewohnt wurde. Sie waren freundlich und gaben mir einen Becher ihres grauenvollen selbstgemachten Weins. Im Hof stand ein altersschwaches Kaltblut zum Ziehen der Stämme, ein braune Stute, und ich bot ihnen großzügig fünf Dollar, wenn ich auf dem Pferd reiten dürfte. Sie fanden das sehr komisch, aber der ältere Mann erkannte irgendwie meine Abstammung und meinte, »Rothäute« mögen große Monde. Ihren Anweisungen folgend, ritt ich über eine Holzbrücke, dann, mit dem Mond zur Linken, einen Ziehweg nach Süden, entlang der Steilküste des Sucker River. Das Pferd lief schnell genug, daß die Moskitoschwärme zurückblieben. Die Stute war so breit, daß man auch ohne Sattel einigermaßen bequem saß, allerdings war sie nicht mehr imstande zu galoppieren.

Ich bin nicht sicher, wie ich den Zustand beschreiben soll, in den ich eintrat, aber eigentlich ist es nicht wichtig. Der Mondschein, der Wald, die riesigen Baumstümpfe, die Geister der Bäume versetzten mich in Verzückung. Die Nacht und der Mond nahmen alle Sorgen von mir. Ich fühlte tief im Innern, daß ich als Künstler weitermachen mußte, auch wenn ich zum Scheitern verurteilt wäre, doch auch dieser bedrückende Nachgedanke fiel auf diesem herrlichen Nachtritt von mir ab. Jeder Windhauch brachte einen starken Duft. Ich kam auf eine große Lichtung von über tausend Morgen, voll mit blühenden Büschen. Später erfuhr ich, daß es hauptsächlich Würgkirschen, Hartriegel und Felsenbirnen waren. Ihre Blüten waren so weiß wie der Mond, der sie beschien, und der Anblick lähmte mich, als wäre es Opium. Ich ritt eine halbe Stunde auf einem schmalen Pfad durch diese duftenden Büsche, bis ich zu einem Bach kam. Dort stieg ich ab und ließ die Stute trinken. Ich atmete tief den Duft der zerdrückten Blüten ein, die ich von einem Busch gepflückt hatte. Lieber Gott, dachte ich laut, wo bin ich! Aber was kümmert mich das? Im Moment bin ich einfach an diesem Bach. Ich kniete nieder, trank und wusch mein Gesicht im Mondlicht. Meine Sinne waren so lebendig wie die eines Tiers aus grauer Vorzeit.

Dann mußte ich unvermittelt schallend lachen, weil das Pferd sich nach Norden auf den langen Heimweg gemacht hatte, nachdem es sich satt getrunken hatte. Ich wollte pfeifen, als ich die Stute in den weiß blühenden Büschen verschwinden sah, konnte aber nicht, weil ich so furchtbar lachen mußte. Ich zündete ein Streichholz an, um auf meine Taschenuhr zu sehen. Es war zwei Uhr morgens. Als Vorbereitung auf den langen Marsch trank ich noch mal aus dem Bach. Meiner Schätzung nach lagen zwölf Meilen vor mir. Ich setzte mich in einen Zuckeltrab, um den Moskito-wolken zu entgehen. Ich war froh, daß ich meine Beine und meine Kondition in Chicago durch tägliche Spaziergänge in Übung gehalten hatte, hauptsächlich als Mittel, meine Neugier zu stillen, aber auch, um mein verworrenes Gehirn zu klären, das zu dem Schluß gekommen war, daß ich zwar zum Künstler berufen war, aber nicht unbedingt zu einem sehr guten.

Mit schnellen Schritten marschierte ich weiter, bis es kurz vor fünf hell wurde und der frische kühle Morgenwind vom Lake Superior die Moskitos wegfegte. Dann sah ich, wie sich knapp hundert Meter vor mir auf dem Ziehweg etwas Dunkles bewegte, und blieb stehen. Mein Herz machte einen Satz, als ich eine sehr große Bärin wie einen riesigen schwarzen Buddha auf dem Weg sitzen sah. Der Wind stand günstig für mich, deshalb hatte sie mich noch nicht gewittert. Langsam ging ich auf die Seite und setzte mich auf einen Baumstumpf, um zu warten, bis sie verschwun-den war. Ein Junges tollte um sie herum. Ich wußte, daß es, milde ausgedrückt, unklug war weiterzugehen. Das Junge fing an zu saugen, und die Mutter ließ sich auf den Rücken fallen und streckte die Beine spielerisch in die Luft. Meh-rere Blauhäher flogen herbei, dann auch ein Rabe. Der Rabe sah mich und kreiste wild flatternd über meinem Baum-stumpf. Dabei krächzte er, vielleicht wollte er die Bärin vor mir warnen. Meine Augen wanderten vom Raben zurück zur Bärin. Jetzt stand sie aufrecht da und witterte. Gleich darauf brummte sie kurz und lief mit dem Jungen im Schlepptau ins Gebüsch. Sicherheitshalber wartete ich noch fünfzehn Minuten, ehe ich weiterging. Plötzlich waren meine Beine vor Erschöpfung wie tot und mein Mund ausgetrocknet. Außerdem hatte ich pochende Kopfschmerzen. Wichtig war jedoch, daß mein Geist zur Ruhe gekommen war und ich eine tröstliche, wenn auch vollkommen unpersönliche Schönheit geschaut hatte. Endlich hatte ich eine Idee begriffen, an die ich immer noch glaube: daß Kunst dem Kern unseres innersten Wesens nahe und ebenso ein Teil der Natur der Dinge ist wie ein Baum, ein See oder eine Wolke. Wenn wir sie ignorieren, selbst als Zuschauer, töten wir uns in diesem kurzen Moment ab. Die Hand, die an meiner Seite schwang und zuvor Blüten gepflückt und das Pferd gezügelt hatte, würde ihr Bestes geben, ehe sie still und steif wurde, wie im Tod alle Hände. Es war meine Natur.

Als ich das verlassene Holzfällerlager erreichte, schliefen die Chippewa im Hof. Wahrscheinlich hatten sie sich für meine fünf Dollar noch etwas zu trinken geholt. Die Stute blickte aus dem Schatten unter den Bäumen hervor. Als ich ihr zuwinkte, wich sie weiter zurück in den Schatten. Auf der kleinen Veranda vor einer Hütte stand eine halbe Flasche Whiskey. Ich nahm einen ordentlichen Schluck, dann marschierte ich zurück ins Dorf.

Als ich dies alles später Davis und Sarah und danach Bekannten auf der Kunstakademie in Chicago erzählte, waren alle über meinen Mangel an gesundem Menschenverstand entsetzt. Aber ich glaube, es lag hauptsächlich an meiner Herkunft und Veranlagung. Prärie und Wald in einer Vollmondnacht sind für mich nicht so bedrohlich wie Chicago oder New York oder, in etwas geringerem Maße, Paris.

Selbst in höflicher Gesellschaft zieht sich in diesen Städten mein Schädel zusammen, und ich schwitze vor Nervosität, weil man so ungemein aufpassen muß, um sich gegen tausend verschiedene Dinge zu schützen. Oft hatte mein Vater auf den »gesunden Menschenverstand« geschimpft, der für ihn in vielen Fällen eine üble Mischung aus Habgier und Selbstsucht war und den Wahnsinn jener Einstellung verkörperte, die nach dem Motto »Vorwärts, christliche Soldaten« Millionen Schwachköpfe nach Westen getrieben und damit einen Großteil der Erde und aller eingeborenen Kulturen zerstört hatte. Selbstverständlich hatte auch er an diesem Wahnsinn Anteil, aber er hatte sowohl Ahnung davon, wie man Landwirtschaft vernünftig betrieb, als auch von christlichen Tugenden, welche die Eroberung des Westens nicht zu der anhaltenden Tragödie gemacht hätten, die daraus wurde. Auf einer viel kleineren und individuelleren Stufe ist nichts so zerstörerisch wie ein Künstler, der gesunden Menschenverstand erwirbt, ehe er die Welt seiner Wahrnehmungen total auseinandergerissen und die Gnade erworben hat, sie wieder zusammenzufügen. Ich habe in *Harper's* gelesen, daß es heutzutage modern ist, daß in Universitäten lebende Maler, Dichter und Schriftsteller die Jungen in ihrem Fach unterrichten, was sehr viel gesunden Menschenverstand erfordert, während sie dabei mit den Füßen im trügerischen Morast der Institutionen versinken. Mögen die Götter der Kunst mit ihnen Erbarmen haben. Die Kunst hätte mehr davon gehabt, wären sie Bettler oder gewöhnliche Kriminelle geworden.

Hackleford rief mich an, um mir zu sagen, daß wir die nächsten zwei Tage gutes Wetter erwarten könnten. Ich hatte schon mehrere Tage gewartet, um diese Reise nach Omaha hinter mich bringen zu können. Eigentlich wäre ich lieber die sieben Stunden mit Lundquist gefahren und

hätte dann übernachten und am nächsten Morgen zurückfahren können, aber Frieda stand in letzter Zeit so sehr im
Bann der gewalttätigen Welt des Fernsehens, daß sie zu
große Angst hatte, allein zu bleiben. Wenn ich länger als
eine Sekunde in ihrer Nähe bin, überfällt sie mich sofort
mit einem Bericht über ein Gemetzel, das sie gerade gesehen hat, ganz gleich, ob in den Nachrichten oder in einem
Film. Ihr Prediger, ein Teilzeit-Möbelverkäufer aus Tennes-
see, hat seiner Gemeinde außerdem eingetrichtert, die
Schwarzen hätten sich bis an die Zähne bewaffnet, um
einen Angriff auf ihre angeblichen Unterdrücker zu
führen. Sie war einigermaßen empört, als ich erklärte: »Das
kann man ihnen kaum übelnehmen«, aber dann richtete
ich sie wieder auf, indem ich ihr auf der alten Karte des Bezirks zeigte, daß im Umkreis von zweihundert Meilen,
wenn überhaupt, nur wenige Schwarze lebten und es viel
sinnvoller wäre, sich gegen einen Angriff der Lakota aus
Nordwest zu wappnen.
Hackleford holt mich mit seiner Stinger Voyager auf der
Kiesstraße vor der Farm ab. Das Manöver ist keineswegs
legal, was wir beide genießen. Es wäre schöner, mit seiner Doppeldecker-Stearman zu fliegen, aber wir sind über
siebzig, und im Dezember ist ein offenes Cockpit etwas
kalt. Es war Hackleford, der John Wesley auf seinen ersten
Flug mitgenommen hatte, aber ich kann dem alten Burschen wirklich nicht die Schuld für die Besessenheit meines Sohnes geben.
Wir flogen ziemlich tief, den Niobrara entlang nach Osten,
dann bogen wir nach Süden ins Inland ein, wo der Fluß in
den Missouri mündet. Einmal folgten wir dem Missouri
zufällig nach Süden bis Omaha. Im Norden der Stadt sah
ich mit Entsetzen, daß wir über der Gegend waren, wo
meine Adelle sich ertränkt hatte.
Ich vermute, daß die Ruhe des Fliegens dem Piloten ge-

fährlich werden kann. Ich habe immer gern den Fluß von der Luft aus betrachtet und gesehen, wie der Wasserlauf das Land darum geformt hat, wie der Niobrara sich im Delta teilt und sein klares Wasser sich mit dem dunkleren Missouri mischt. Einmal kampierte ich mit Neena auf einem Hügel, von dem aus man den Zusammenfluß sah. Das war einer der glücklicheren Abende unseres Lebens und einer der wenigen, an dem sie das Buch beiseite legte und die Welt um sie herum näher in Augenschein nahm. Allerdings muß ich zugeben, daß sie mir die gesamte, ziemlich düstere Geschichte dieser herrlichen Gegend erzählen konnte, die der Indianer, der Weißen und vom Rest der Nation, ja, eigentlich auch die der ganzen Welt. Sie unterrichtete die Jungs noch intensiver als mein Vater mich.

Samuels, der Seniorpartner der Kanzlei, holte mich am Flughafen in Golfkleidung ab; er hatte diesen Sport aufgenommen, nachdem sich unser beider Grundstücksgeschäfte weitgehend gelegt hatten. Jetzt kommen mir die vielen Jahre, in denen ich so aktiv war, irgendwie traurig vor, da weder Dalva noch Ruth Neigungen zum Geldausgeben zeigen. Die Regierung, die meinen Sohn an die Front geschickt hat, hat während des Zweiten Weltkriegs mein Vieh in Riesenmengen gekauft. Diese Ironie ist so scharf wie ein japanisches Schwert.

Vor uns lag das unselige Geschäft, über das Schicksal von Dalvas Kind zu entscheiden. Als Naomi zuerst mit mir darüber sprach, war ich dafür, es zu behalten. Doch sie trieb mir schnell diese Idee aus. Ich beugte mich ihrer langjährigen Erfahrung als Mutter und Lehrerin. Manche Mädchen mit fünfzehn, bald sechzehn, sind durchaus in der Lage, ein Kind großzuziehen, manche nicht. Dalva gehörte zu letzterer Kategorie, und dann war da noch die Ungewißheit meinerseits, die ich mit niemandem teilte, wer eigentlich Duanes Vater war. Unser Ziel mußte es sein, geeignete

Adoptiveltern zu finden. Samuels, mein Vertrauter in dieser Angelegenheit, hatte den Juniorpartner seiner Kanzlei vorgeschlagen. Das Paar hatte keine Kinder und würde mit uns zu Abend essen.

Ich bat Samuels, einen Umweg vorbei an Morgans Haus zu machen. Jetzt war es eine große Pension in einer heruntergekommenen Nachbarschaft. Wie irrational es auch sein mochte, aber es fiel mir schwer zu akzeptieren, daß alle nicht mehr auf Erden weilten. Die Eltern waren ziemlich nervös gewesen, als Neena und ich nach unserer spontanen Flucht im Winter 1917 zurückkehrten. Ich nehme an, daß es für sie den Verlust Adelles ein bißchen linderte, obwohl ich mich Frederick gegenüber weiterhin distanziert verhielt. Wenn wir gelegentlich zu Besuch kamen, spazierte ich auf den eleganten Straßen mit einem Paar Kojoten, die ich gezähmt hatte, seit sie Welpen waren, und die mich für ihren Vater hielten. Drei Tage nachdem ich sie oben bei Buffalo Gap an einem Aprilnachmittag verloren hatte, meldete ich mich bei der Armee, kurz bevor wir in den Krieg eintraten. Und es war Neenas Mutter, Martha, die mich in einen kleinen Skandal verwickelte, als ich einen Senator der Vereinigten Staaten verprügelte. Martha und ich unterhielten uns nach einem großen Abendessen in der Garderobe, als wir einen Schrei hörten und sahen, wie der Senator seiner Frau den Arm verdrehte und sie am Ohr zog. Sie war eine schöne und intelligente Frau, allerdings mit einem Blick für fremde Männer, und Martha sagte: »Tu doch etwas!« Und das tat ich.

Beim Abendessen bei Samuels schien das junge Paar die idealen Adoptiveltern zu sein, nachdem wir sie lang und breit ausgefragt hatten. Anfangs waren sie etwas scheu und verängstigt, was mir wieder einmal vor Augen führte, wie wir uns selbst für feine Menschen halten, aber andere uns für grobe Klötze ansehen. Die Welt ist sehr modern geworden, und die meisten Menschen sind etwas weniger klar umrissen, als sie es früher waren. Schließlich gelang es mir doch, die beiden zu beruhigen, und der Abend war früh vorüber, weil der jungen Frau nicht gut war. Der Junior-partner stammte aus Minnesota, was eindeutig für ihn sprach, und ihm fehlte die aalglatte Art, die jüngere Mit-glieder der Jurisprudenz in letzter Zeit infiziert zu haben schien. Ich war tief beeindruckt, wie sehnsüchtig sie sich ein Kind wünschten, und war sicher, daß sie eines hervor-ragend großziehen würden. Etwas quälte mich natürlich der Gedanke, daß ich John Wesleys Enkelkind wie ein Al-mosen fortgab, aber ich mußte ihn verdrängen.

Ich traf Hackleford am nächsten Morgen auf dem Flugha-fen. Ohne mir über meine Gedanken Rechenschaft abzule-gen, bat ich ihn, den Missouri hinaufzufliegen, ohne Rück-sicht auf Adelle, über De Soto, nach links über Winslow und dann den Elkhorn fast zweihundert Meilen entlang bis zu seiner Quelle südöstlich von Bassett.
Samuels war über unser erfolgreiches Abendessen erleich-tert gewesen, ich ebenfalls. Infolgedessen hatten wir zuviel Calvados getrunken, eine Leidenschaft von Samuels, der immer schon einer dieser seltsamen Frankophilen gewesen war, die man unter den Reichen der Prärie findet. Bis drei Uhr morgens schlief ich gut. Dann wachte ich auf, weil ich glaubte, Smith' Stimme zu hören, der mir sagte, man könne nichts verhindern, man könne die Wirklichkeit nicht ändern und weder Vergangenheit noch Gegenwart oder Zukunft auf die eigenen Wünsche zuschneiden. Des-halb schlug ich jegliche Vorsicht in den Wind und ließ mich von Hackleford in niedriger Höhe über die Ausbuch-tung am Missouri fliegen, wo Adelle ertrunken war. In der Stinson war es so laut, daß ich wieder im Kopf Smith' Stimme hörte; diesmal unterhielt er sich auf Lakota in der

Nähe der Pferdetränke mit meiner Mutter, am Morgen des Tages, als er uns für immer verließ. Mein Vater hatte ihm unser bestes Pferd und den Sattel und den kleinen Medizinbeutel von Smith' Großvater gegeben, den mein Vater aus den alten Zeiten hatte, nachdem der Krieger bei Twin Buttes gestorben war.

Ich blickte geradewegs hinunter auf den großen, geschwollenen braunen Strom und hörte das gedämpfte Lachen Adelles am späten Nachmittag, wenn ihre trübe Stimmung langsam wich. Sie saß auf dem Steinhaufen in der ersten großen Grasfläche hinter der Baumreihe an der Rückseite der Scheune. Es war noch warm, und sie trug nur ein weißes Höschen, das an ihrem schweißnassen Körper klebte, weil sie ihr Lieblingskalb auf der Weide herumgejagt hatte. Hinterher hatte das Kalb sie gejagt. Das Kalb ging mir auf die Nerven, wenn wir uns liebten, da es so nahe stand, daß wir den milchigen Atem im Nacken und auf den Schultern spürten. Ich versuchte Adelle auf dem Steinhaufen zu zeichnen, mit dem Kalb daneben, aber sie hielt nicht still, weil sie die schwarzen Schlangen fangen wollte, die sich immer auf den Steinen sonnten. Die größeren erwischte sie nie, weil diese zu schnell verschwanden, aber dann kniete sie sich ins Gras und fing mehrere ganz kleine. Sie hielt die sich windenden kleinen Wesen in der Hand, bis sie ganz still lagen. Sie drehte sich aus der Taille heraus zu mir mit einem etwas irren Lächeln, dann hob sie die Hände wie eine Bittstellerin und legte die kleinen Schlangen auf ihr dichtes Haar. Diese wurden unruhig und krochen über ihre Stirn, bis sie in ihren Schoß fielen. Andere schlängelten sich über ihre Schultern und den Rücken. »Ich bin Medusa.« Sie lachte. Ich konnte fast fünfzig Jahre später das Lachen und die Stimme in dem Flugzeug hören, das jetzt über dem Elkhorn war. Sie wollte wieder geliebt werden. Deshalb zog ich sie vom Steinhaufen weg, da ich ihre

Liebe zu den schwarzen Schlangen nicht teilte. Danach fing sie an zu reden, beugte sich über das Kalb, kratzte es hinter den Ohren und streichelte seine Flanken.

Am liebsten wäre ich jeden Tag abwechselnd ein Junge oder ein Mann. Wenn du zeichnest, bist du fast eine Frau. Dein Gesicht wird weicher, und du redest auch weicher, wenn du sprichst. Wenn ich etwas sage, wendest du langsam den Kopf und blickst langsam zum Himmel. Mein Vater bewegt sich immer ruckartig, und was er tut, hat scharfe Kanten. Vielleicht sollten Gemälde rund sein. Mein Vater glaubt, er sei der Ingenieur des Zuges der ganzen Welt. Nach dem Abendessen sitzt er in seinem Ohrensessel und furzt, weil er zuviel gegessen hat, und liest Finanzzeitungen, und er spricht auch mit ihnen, in der Hoffnung, er könnte ändern, was sie als nächstes sagen. Ich mag ihn nicht mehr. Er wäre glücklicher, wenn er eine Geliebte hätte, aber er hat ein biß-chen Angst vor meiner Mutter. Ich glaube nicht, daß ihr noch viel an ihm liegt. Voriges Jahr sind wir in Rhode Island gesegelt, da hat er ständig meine Cousine angeglotzt, die sehr hübsch ist, und dabei ist er rot wie ein Sonnenuntergang geworden. Er glaubt, niemand merkt so was. Mutter sagt, er hätte in seinem Herzen einen kleinen Tyrannen, der an manchen Tagen größer wird. Ich glaube, daß er einfach einer der Männer ist, die überzeugt sind, die Welt würde nur existieren, soweit es sie betrifft. Ich bin sicher, daß du ganz anders bist. Ich bin sicher, das ist einer der Gründe, warum ich dich liebe. Künstler sind anders, nicht wahr? Sie malen die Welt, um ihre Schönheit zu begreifen. Ich habe meinem Vater gesagt, John Keats sei der bedeutendste Mann in der Weltgeschichte, und er hat nur gelacht und gesagt, wie könnte ich Teddy Roosevelt übersehen, und dann hat er noch gesagt, komm in zehn Jahren wieder zu mir, dann hast du John Keats vergessen. Alle sagen, ich soll in zehn Jahren wiederkommen, um die Füße ihrer Weisheit zu küssen. Ich muß kochen ler-

nen, oder können wir es uns leisten, eine Köchin einzustel-
len? Auf dem Schiff nach Frankreich tanzen wir jeden
Abend wie damals in Duluth. Wenn wir nach Amerika
zurückkommen, kaufen wir uns einen Buick. Und ich will ein
schwarzes Pferd haben. Auf dem Schiff mußt du dauernd
denken, wie tief das Wasser unter der Reling ist. Heute mor-
gen, als wir in der Quelle geschwommen sind, wie kann man
da wissen, wie tief es ist, wo das Quellwasser so kalt um un-
sere Füße sprudelt?

Wir hatten einen frischen Seitenwind, so daß die Landung
auf dem Kiesweg schwierig war. Normalerweise flog Hackleford eine Schleife über der Ranch, damit wir sie von oben
betrachten konnten, aber es war in niedriger Höhe zu böig.
Er brachte die Stinson halb seitlich runter. Die Landung
war ziemlich holprig. Wir lachten die ganze Zeit über,
nicht weil wir erleichtert waren zu landen, sondern weil es
so gefährlich war. Lundquist hatte uns gehört und wartete
am Ende der Zufahrt mit dem Pick-up. Er schüttelte unmerklich den Kopf, als ich ihn anschaute. Es ist zehn Jahre
her, seit mir an der Post etwas lag, aber seit Duane im September verschwunden war, hatte ich auf ein Lebenszeichen
von ihm gehofft wie ein Schulmädchen auf das Kleid aus
dem Versandkatalog. Lundquist wußte das, obwohl ich nie
darüber gesprochen hatte. Ich drehte mich um und schaute
Hackleford nach, wie er abhob. Beinahe hätte ich ein Gebet
gesprochen, wenn dies nicht wider meine Natur gewesen
wäre. Lundquist berichtete mir, daß Naomi aus Duluth angerufen habe, wo sie und Dalva in einem Hotel festsäßen
und einen großen Blizzard abwarten müßten.
Meine Herz schlägt trotz der Medizin Kapriolen, und ich
nehme mir eine Schüssel Kartoffelsuppe, deren Oberfläche
ich, zu Friedas Entsetzen, mit Tabascosoße rot färbe, mit
ins Arbeitszimmer, wo ich ganz in Ruhe meinem bibbern-

den Herzen zuhören kann. Jeder, der so viele Rehherzen untersucht und gegessen hat wie ich, wird ein ebenso lebendiges Bild von diesem zähen, fleischigen Organ haben. Ich bin todmüde, aber plötzlich kommt mir der Gedanke, daß ich keineswegs ein müdes Leben geführt habe. In Wordsworths Behauptung, das Kind sei der Vater des Mannes, liegt sehr viel beunruhigende Melancholie. Smith' letzter Besuch zieht mich zurück zu den frühen, eher gewöhnlichen Ereignissen, die im weiteren Verlauf eine gewaltige Wirkung zu haben schienen. In meinem Alter kann man nicht anders, man muß staunen, wie verdreht und irrational das Leben wird, wenn man es durchlebt, und wie wunderbar seltsam das Anwachsen von Wirkungen ist, die von einem interessanten Lebensabschnitt zum nächsten führen. Etwas so Absurdes wie ein Kinderbuch fesselt momentan den Geist und läßt ihn nie wieder ganz los. Ich habe meinen Vater oft begleitet, wenn er mit dem Pferdewagen in die Stadt fuhr, um Nachschub zu holen. Während er Besorgungen machte, verbrachte ich ein oder zwei Stunden in der Bibliothek. Ich wußte, daß er es mißbilligen würde, aber ich las zu gern Buels *The Century of Progress: A Story of Heroic Achievements*. Diese Geschichte heldenhafter Leistungen war für einen naiven Jungen das perfekte Futter mit den buchstäblich Hunderten »lebensechter« Illustrationen von Dingen wie Lamas, die einen Engländer foltern; einem fliegenden afrikanischen Drachen; einem Orang-Utan, der den Rachen eines Krokodils aufreißt; Möwen, die mit einem riesigen Tintenfisch auf der Oberfläche des Ozeans kämpfen; dem Selbstmord der barbusigen Konkubine des Radschas. Letzteres war meine früheste Pornographie, und es erschien mir als eine entsetzliche Verschwendung von Schönheit. Zum erstenmal kam mir der Gedanke, daß bei den Illustrationen etwas nicht stimmte, als ich meinen Vater fragte, ob es für einen Indianer möglich wäre, auf den Rücken eines Elchs zu springen und ihn mit einem Messer zu erstechen. Er erklärte nur: »Natürlich nicht.« Aber Bilder sind nicht weniger dauerhaft, nur weil sie absurd sind.

Mir läuft es kalt über den Rücken, wenn ich daran denke, daß ich, abgesehen von meinen Erinnerungen und Träumen, eigentlich nichts besitze. Geld und Land kommen mir zu vergänglich vor, um ihnen einen höheren Wert beizumessen. Nur ein paar Jahre ehe meine Eltern starben, kampierten wir oben an einem Bach in der Nähe von Long Pine. Mein Vater erzählte mir von dem Wahnsinn und der Ruhr, vielleicht Cholera, die ihn im Jahr nach Wounded Knee dem Tod so nahe gebracht hatten, als er sich bei Lakota-Freunden und Verwandten meiner Mutter in den Badlands aufhielt. Als er sich langsam wieder erholte, wurde ihm erneut klar, daß er ein Weißer war und daß trotz aller Sympathie nicht einmal sein Gott ihn zu einem Lakota machen konnte. Wir aßen zusammen frisch gefangene Forellen, mit Ausnahme meiner Mutter, die Fisch nicht mochte. Sie beschrieb Fische als *anishinabe*, Chippewa-Essen. Mein Vater sagte, er hätte nur um meinetwillen an dem hauchdünnen Faden festgehalten, der ihn mit dem Leben verband, und wenn er damals gestorben wäre, hätten meine Mutter und ihr Volk mich zweifellos als einen Lakota großgezogen. Sie lächelte nur dazu und nickte; so nüchtern war ihre Einstellung dem Schicksal gegenüber.

Es war nie mehr als müßige Spekulation, aber es ist unmöglich, nicht ab und zu darüber nachzudenken. Mein Vater hatte nicht gesagt, daß ich ausgesprochen Glück gehabt hatte, daß er weiterlebte, nur, daß es leicht hätte anders kommen können. Damals in der Abenddämmerung wechselte er schnell das Thema und schimpfte über den Lärm eines Autos in der Ferne. Das war 1908, wie ich mich entsinne. Seitdem habe ich gelesen, daß es 1905 knapp sechshundert Autos in Nebraska gab. 1920 waren es über zweihunderttausend. Diese Tatsache finde ich immer noch erstaunlich. Mein Vater hielt das Auto für einen Fluch, einen potentiellen Antichristen und ein Werkzeug der Habgier, und warf das motorisierte Fahrzeug in einen Topf mit Edisons Victrola und dem Stummfilm, der so populär geworden war. Was Elektrizität betraf, war er sich nicht so sicher.

Als ich Rosenthal im Scherz von der Klage meines Vaters erzählt hatte: »Was wird aus all den Pferden, die nie geboren werden?«, war er weniger amüsiert als nachdenklich, was sicherlich daher rührte, daß er mit der großen Perspektive der Geschichte so vertraut war. Rosenthal war der Meinung, daß der Einfluß eines solchen Vaters, ob zum Vor- oder Nachteil, mich davor geschützt hatte, ganz ins zwanzigste Jahrhundert einzutreten. Einen Monat vor Beginn des Jahres 1958 bin ich mir in dieser Sache immer noch nicht sicher. Verschließen nicht all unsere schrecklichen und oft irrtümlichen Warnungen vor der Welt unseren Kindern die Türen? Ich glaube, das hat er gemeint. Aber Paul und John Wesley zeigten keine Anzeichen von Furchtsamkeit, also habe ich meine Zweifel, ob ich ihnen wirklich zuviel Angst eingejagt habe. Natürlich sprach Rosenthal von meinem eigenen Vater und dessen geistigen Exzessen, wobei er mir die etwas bittere Erkenntnis vermittelte, daß die Farm hier meine einzig mögliche Zuflucht ist. Mag sein, wenn ich mit meiner Kunst weitergemacht hätte, daß ich womöglich viel öfter ausgebrochen wäre, wie ich es als junger Mann getan hatte. Es kann nicht sein, daß dieses Land in meinen Genen eingeprägt ist, obwohl mir klar ist, daß es bei meiner Mutter so war. Anscheinend liegt das Problem mehr in der Natur meiner frühen Jahre, als mein Leben auf die unmittelbare Familie, Pferde, Hunde, Rinder, Smith und Willow beschränkt war. Und dann habe ich auch oft gedacht, wenn ich nicht beide, Adelle und Davis, verloren hätte, hätte ich mit meiner Malerei nach dem Ersten Weltkrieg weitergemacht. Selbstverständlich ist dieser Gedanke nicht minder absurd, weil er so naheliegend ist. Jedenfalls kann ich meinem Vater nicht die Schuld geben, den seine Selbstlosigkeit im Interesse der Lakota über die Grenzen der geistigen Stabilität, die ihm angeboren war, hinaustrieb, und das nach den Erfahrungen im Bürgerkrieg, mit denen verglichen meine Erlebnisse im Ersten Weltkrieg wirklich harmlos sind.

Es war ein grimmiger kalter Sonntagmorgen. Wirbel von Schneeflocken wehten ums Haus und über die Felder und wurden vom Wind wie zerwühlte Laken über das Land getrieben. Die Hunde waren schon früh unruhig, sogar Jake, der älteste Airedale, schnupperte an meinem Kissen, was er selten tat, und dann stöhnte Sonia im Arbeitszimmer, und ich zwang mich, das warme Bett zu verlassen und ins kalte Zimmer zu treten. Dann lief ich ins Arbeitszimmer, wo ich die alte Tess tot auf der Ledercouch fand. Unter ihrer Schnauze war ein Blutfleck. Um ehrlich zu sein, ich habe geweint wie ein verwaistes Kind, als ich die tote, geliebte Hündin auf dem Schoß hielt. Sie war bereits kalt. Die anderen Hunde stimmten, unter Sonias Führung, wie ein Chor ein trauriges, wölfisches Geheul an.
Ich zog mich an, trank eine Tasse aufgewärmten Kaffee und trug Tess zur Südseite der Scheune, wo wir bei einer anderen Gruppe von Fliederbüschen unseren Hundefriedhof haben. Ich holte eine Spitzhacke aus der Werkstatt und hob ein ziemlich tiefes Loch aus, wickelte sie dann in die gute Wolldecke, die sie so gemocht hatte, und begrub sie, abgesehen von ihrer Seele, die woandershin geflogen war. Wieder dachte ich darüber nach, wie Hundejahre uns vorauseilen, so daß wir etwas atemlos zurückbleiben und

staunen, um wieviel schneller ihre Natur sie vorantreibt. Falls sie sich darüber durch Gesten oder Blicke beschweren wollen, stoßen sie bei uns nur auf gütiges Unverständnis. Ihr Tod umarmt die Ewigkeit viel natürlicher vor und nach ihrem Leben. Sollten sie Gott sehen, wäre ihre Überraschung kurz und schmerzlos. Das muß Gott sein, würden sie sagen, und dann weitermachen wie bisher.

Als ich die kalte Erde festklopfte, zerbrach ich mir den Kopf über die Namen für Hund und Pferd auf Lakota, *shoohkah* und *shoonkawakon*. Ich erinnerte mich nur, daß es entweder kleiner Hund und großer Hund oder kleines Pferd und großes Pferd hieß, konnte mich aber nicht mehr erinnern, was stimmte. Ich sah zu der matten Sonne auf, die gerade so stark hervorlugte, um meinen Schatten auf die Scheune zu werfen, und dann begann die Sonne sich zu drehen, und ich mußte mich wegen der entsetzlichen Schmerzen in der Brust schnell hinsetzen. Ich vermochte meine Gedärme nicht mehr zu beherrschen und mußte mich übergeben. Sogleich war ich schweißüberströmt, aber seltsamerweise verlor ich nicht das Bewußtsein. Ich erinnere mich, daß ich meinen jetzt kürzeren Schatten auf der Scheune betrachtete und dachte, daß es kein schlechter Platz zum Sterben sei. Ich wagte nicht, mich zu bewegen, fühlte mich dazu auch nicht imstande. Mir kam jedoch der Gedanke, daß Lundquist mich in vierundzwanzig Stunden finden würde, mit den vollgeschissenen Hosen am Boden festgefroren. Meine Nase juckte, aber mir fehlte die Kraft, mich zu kratzen; ich vermochte nur mit der Reihe alternder Airedales Blicke zu wechseln. Ich gebe zu, daß ich eine religiöse Anwandlung bekam und betete, zum erstenmal seit meiner Jugend, daß ich diese Katastrophe überleben möge, um Dalva und Naomi aus ihren Problemen herauszuhelfen. Danach würde ich kampflos sterben.

Ich war ein wenig überrascht, daß ich nicht in Panik geriet, und fragte mich, ob nicht meine Erwartungen, die ich an diese Sache herantrug, das Ereignis selbst in ein falsches Licht gehüllt hatten. Weder zog das Leben vor meinen Augen vorbei, noch hatte ich ein Todeslied zu singen wie meine Halbbrüder, die Lakota. Statt dessen war ich ruhig, wenn auch etwas verblüfft, wie die Zeit mich vor sich hergeschoben, mich dann überrollt hatte und jetzt anscheinend zurückließ. Wieder ein scharfer Schmerz in der Brust, allerdings nicht so schlimm wie der erste. Ich stellte fest, daß meine Gliedmaßen tot waren, weil mein Herz einen Klumpen verdaute. Ich hatte von Medizin wirklich keine blasse Ahnung, aber plötzlich erinnerte ich mich, wie auf der Reservation ein Rinderherz ausgesehen hatte, als ich ein Kind war, und die Regierungszuteilung geschlachtet wurde. Ich erinnere mich, wie ich das riesige Herz berührt und mit einem kleinen Jungen, dessen Gesicht verbrannt war, mit den Gedärmen Tauziehen gespielt hatte, bis ein Hund herbeirannte und den Wettbewerb gewann.

Es fing wieder an zu schneien, aber der Wind hatte sich gelegt. Ich spürte die Flocken auf dem Gesicht. In meine Gliedmaßen kam wieder ein wenig Gefühl, und endlich konnte ich die juckende Nase kratzen. An der ganzen Affäre war tröstlich, daß sie völlig undramatisch ablief, abgesehen von dem unangenehmen Geruch. Dann kam mir der Gedanke, daß ich beinahe auf die gleiche Art gestorben wäre wie mein geliebter Hund, den ich vor ungefähr einer halben Stunde begraben hatte. Schwankend stand ich auf und schlurfte zum Haus, wobei die Hunde erleichtert an mir hochsprangen. Ich trank einen großen Whiskey und nahm ein heißes Bad, dann schlief ich zwölf Stunden bis Mitternacht. Danach stand ich auf und briet mir ein großes Steak. Nach dem Essen setzte ich mich hin und machte eine kurze Liste all der Dinge, die ich noch vor meinem Tod, der offenbar immer näher kam, zu erledigen hoffte.

Ich wachte später als üblich auf, und Frieda machte mir ein enormes Frühstück, weil sie fand, ich sei etwas blaß. Sie briet köstliche frische Schweinswürstchen, da sie am Samstag geschlachtet hatten. Ich ging sofort ins Arbeitszimmer, um dem Geschwätz über Fernsehkomiker, gottlose Russen, Lundquists Trauer wegen des Schweins, von dem er sich hatte trennen müssen, und die Feinheiten bei der Herstellung von Sauerkraut zu entgehen.

Naomi rief an, um zu sagen, daß sie Dalva in Marquette abgeliefert habe und sich nun auf den Heimweg mache. Während wir sprachen, überflog ich die angefangene Liste auf dem Schreibtisch. Dabei hatte ich stark den Eindruck, daß ich den Verstand verlor. Bis vier Uhr morgens hatte ich mich damit beschäftigt. Es war ein Gewirr aus Skizzen, Satzfetzen und Abschnitten, dazu ein großes, an den Ecken vergilbtes Blatt Zeichenpapier, das ich in der vergangenen Nacht von einem Block abgerissen hatte. Darauf zeichnete ich Reihe um Reihe winziger Bilder, nach Art der Chippewa-Hieroglyphen, die Schoolcraft bei seiner ersten Expeditionsreise zu diesem Stamm um 1800 entdeckt hatte. Niemand außer mir konnte ihren Sinn auch nur im entferntesten deuten. Aber als ich mich von Naomi verabschiedete, erinnerte ich mich, daß ich den dreibändigen Bericht über Schoolcrafts Reise immer gemocht hatte und daß ich mich gefragt hatte, ob die Seiten mit den Reproduktionen der Hieroglyphen für den gesamten Stamm Sinn ergeben hätten oder ob die Zeichen, die Ideogramme, mehr für einzelne bestimmt oder in ihrer Bedeutung örtlich begrenzt waren oder ob sie möglicherweise Reduktionen größerer Werke darstellten, was ich allerdings bezweifelte. Ich war fasziniert, als Rosenthal mir erzählte, daß das chinesische Ideogramm für »schreiben« eigentlich eine winzige Gruppe von Tierfährten war. Ich habe nie herausgefunden, wie »malen« wiedergegeben wurde, obwohl ich mir das vorgenommen hatte. Unbestimmte Vorsätze wie dieser füllten die Räume zwischen den Miniaturen, die unendliche Liste dessen, »was ich noch tun wollte«, die jetzt eher ein Rätsel als eine Klage geworden war. Ich betrachtete das große Blatt und wußte ganz genau, was als letztes kam. Dennoch studierte ich jedes einzelne Bild und bemühte mich herauszufinden, was ich mir während der Nacht in meinem Wahnwitz dabei gedacht hatte.

Oben standen von links nach rechts eine Reihe von sechs verwitterten Zaunpfählen, vielleicht eine exzentrische Idee für jemanden, der nicht auf dem Land lebt, aber Zaunpfähle wecken Erinnerungen an ihre Standorte. Als nächstes kam, ziemlich krakelig gezeichnet, der Grund der Quelle, von oben gesehen, als schwebe man darüber wie ein Eisvogel. Es folgte ein Pferdemaul, unendlich weich und nachgiebig, wenn man draufdrückte, und sehr geheimnisvoll, wenn man es aus der Nähe betrachtete und an nichts anderes dachte. Dann eine kleine Morchel, in Trenary, Michigan, gepflückt, und ein Pfifferling von weit oben aus Mill Creek in Montana, beide mit höchstem Genuß im Abstand von mehreren Jahren verzehrt. Beim nächsten Bild mußte ich kurz überlegen, doch dann nahm es die Form des McClellan-Sattels meines Vaters an, der mir bei Chadron während der Weltwirtschaftskrise aus dem Pick-up gestohlen worden war. Naomis Profil war glasklar, aber mein lang unterdrücktes Verlangen nach ihr war mir erst in der vergangenen Nacht klargeworden; ich fand es eher komisch und hatte kein schlechtes Gewissen. Da war ein winziges Grasmückennest, das von einem Hartriegel geweht war. Ich hatte es Dalva geschenkt. Und Lakota-Baby-Mokassins mit wunderschöner Perlenstickerei, von denen ich mich eigentlich nicht hatte trennen wollen, sie aber Ruth geschenkt hatte, weil sie sie so gern haben wollte. Es folgte eine Gruppe kleiner quadratischer Ausschnitte aus Bildern Gauguins und Cézannes, die ich mit zwanzig eine Woche lang bis zum totalen Wahnsinn studiert hatte, in der Hoffnung, das Geheimnis ihres Genies stückweise zu ergründen. Vielleicht begriff ich die Technik der planlos gewählten Quadrate, doch die Zufälligkeit machte meine Bemühungen zunichte, da das Herz der beiden Bilder ausgelassen worden war. Der Versuch allein war zum Teil Kunstkritik, zum Teil die Handlung eines Jungen, der einen Wecker auseinandernimmt, eines Bauernburschen, der einen ersten Blick unter die Motorhaube eines Traktors wirft. Dann kamen Rinder, aus der Luft gesehen; das erstaunlich komplizierte Geflecht des Platte River; die gräßlichen Wunden in der Brust eines alten Lakota-Kriegers, nachdem die Lederriemen beim Sonnentanz herausgerissen worden waren. Ein schlichter Fleck war das Blut meines Vaters im Schnee, und die scharf umrissene Kontur eines aufrecht sitzenden Körpers war meine Mutter im Dickicht, wo sie den Tod fand. Ich blickte auf den versteinerten Fußabdruck eines riesigen Wolfs aus Utah, den Hintern eines Mädchens aus der Nähe von Sarlat in der Dordogne, Frankreich. Es war mit Sicherheit der Hintern aller Hintern; sie hatte ihn mir auf meine Bitte hin gezeigt, als ich zu krank und zu schwach war, die Hand zu heben, um ihn zu berühren. Sie hieß Sylvie und war Hilfskrankenschwester, und da sie überzeugt war, einen Todeskandidaten vor sich zu haben, erfüllte sie diesen letzten Wunsch ohne Bedenken. Es folgten einfache Lichtstrahlen aus dem Mai 1918, als ich entlang des Chemin des Dames das Bombardement der Deutschen sah, über siebenhunderttausend Granaten, die auf die französischen und britischen Truppen herunterregneten. Wieder wurde ich daran erinnert, daß die Männer, die Kriege beginnen, sie unweigerlich überleben, um ihr Verhalten zu rechtfertigen, das Millionen verkrüppelt und tot zurückgelassen hat. Zwischenzeitlich huschten meine Augen zurück zu Sylvies Hintern, nicht als Symbol des Lebens, sondern weil es einfach ein prächtiger Hintern war. Während der Schneeschmelze führte ein reißender Fluß ein totes Reh mit, das sich in einer Astgabel verfangen hatte; seine Beine schlenkerten in der Strömung, wie die Parodie lebendiger Bewegungen. Nach Wicken, Wolfsmilch und Stockrosen folgten die Zeichnungen von Pauls Unterarm und Ellbogen, die mein Herz rührten, weil sie zeigten, wie er sich darauf stützte und zu mir aufschaute, nachdem ich ihn zu Boden geschlagen hatte. Vor meinen Augen verschwamm alles, wie in der vorigen Nacht, als ich außer den schlecht geratenen Zeichnungen von Wolfsmilch, Bartfaden und Phlox nichts mehr zu Papier hatte bringen können.

Jetzt bedrückten mich die Gedanken an Paul wieder, wie damals, als ich Smith auf dem kalten Kartoffelacker traf und sah, wie ein Lakota-Kind eine Kartoffel mit einer Kraft warf, die mich an meinen älteren Sohn erinnerte. Vielleicht schreibe ich das alles unter anderem auch, um ihm mein Verhalten zu erklären? Ich hatte ein sehr starkes Bedürfnis, mich mir selbst zu erklären, jedenfalls glaube ich das. Während meiner Teenagerjahre war ich von James' Gedanken über das Bewußtsein des Bewußtseins sehr schnell überfordert. Wenn man längere Zeit darüber nachdenkt, geht man irgendwann in den Stall und sattelt ein Pferd; jedenfalls war es bei mir so. Ohne Frage war der beschämendste Moment meines Lebens, als ich Paul zu Boden schlug.

Spontan griff ich zum Hörer und rief ihn in Arizona an. Seine mexikanische Assistentin meldete sich mit ihrer eigenartig weichen Stimme. Ich hörte die Hunde im Hintergrund bellen. Als Paul ans Telefon kam und mich wie üblich mit »Hallo, Vater« begrüßte, war ich nicht mehr sicher, was ich sagen sollte. Er schien das zu spüren und berichtete schnell, daß er mit Naomi in Marquette gesprochen habe. Ich brachte stotternd meine Entschuldigung vor. Schweigen folgte, unterbrochen vom Hundegebell. Dann fragte er mich, ob ich mich nicht erinnerte, daß ich mich bereits auf unserem Jagdausflug zum Buffalo Gap dafür entschuldigt hätte. Ich erklärte, daß ich mich sehr wohl erinnerte, aber daß wir damals ziemlich viel getrunken hätten. Er lachte. »Manchmal ist das für so was nötig.« Dann erkundigte er sich nach Rachel, Duanes Mutter, die wir so schicksalhaft auf jenem Ausflug getroffen hatten. Ich antwortete nur, daß ich nicht wüßte, wo Duane wäre. Es blieb die unausgesprochene Frage, ob er mit Rachel geschlafen hatte oder nicht. Ich vermutete, er hatte, weil mir lieber war, wenn er Duanes Vater wäre statt John Wesley, den sie am liebsten hätte. Er gab auch keine Antwort, und ich wußte, daß er es nie tun würde, da er lebenslang die Neigung hatte, die einfachste Geste nicht zu machen. Er fragte, ob ich »krank« gewesen sei. Ich meinte »etwas«, aber daß ich etwas aufgeschrieben hätte, das er nach meinem letzten Atemzug lesen könne, wenn er wolle. Ich versuchte mich nochmals zu entschuldigen, aber davon wollte er nichts hören. Statt dessen schnitt er ein Thema an, von dem ich nun wieder nichts hören wollte, so wahr es auch sein mochte, eine Idee seiner Mutter Neena, daß der Krieg einen Teil des Menschen verschließt, sowohl des Guten als auch des Schlechten, und daß dieser Teil unseres Wesens für immer von der Geschichte gestohlen ist. Ich gab höchstens zu, daß das auf mich in geringerem Maße zutraf als auf andere. Ich war nicht imstande weiterzureden. Wir verabschiedeten uns unbeholfen, aber herzlich, nachdem er erklärte, seine Hunde warteten auf ihren Morgenspaziergang.

Für einen Zeitgenossen mag es absurd klingen, daß ich in die Armee eingetreten war, um wie viele andere Künstler und Schriftsteller den Glanz Frankreichs zu erhalten. Allerdings kam der Impuls bei mir spät, angesichts der Hunderte, die als Krankenwagenfahrer dienten, ehe die Vereinigten Staaten in den Krieg eintraten. In Künstlerkreisen, nicht gerade die geschichtsbewußteste Gruppe, sprach man nur darüber, daß die Deutschen, wenn man sie nach Paris ließe, den Louvre plündern würden und dergleichen. Ein Jahr davor hatte ich Neena geheiratet und Paul gezeugt. Neena hatte sich ein Mädchen erhofft, das sie Adelle nennen wollte. Sie wich nie vor dem Grauen des Lebens zurück, schon gar nicht vor dem auf dem Papier. Ich glaube, daß das letztendlich zu ihrem Niedergang führte. Man muß ab und zu einen Schritt zurücktreten.

Bereit zum Kampf, auch wenn es nicht auf dem Pferderücken sein sollte, war ich eine knappe Woche in Frankreich, als mich ein Malaria-Anfall niederwarf. Die Ärzte stellten die richtige Diagnose, da sie im spanisch-amerikanischen Krieg Erfahrung gesammelt hatten. Aber meine Malaria stammte von einem mexikanischen Moskito, und die Medikamente wirkten nicht richtig. In einem Krankenhaus in Tours dauerte meine Genesung beträchtlich länger. Kaum entlassen, erwischte mich eine virulente Form der Ruhr, worauf ich wieder eingeliefert wurde. Im Krankenhaus holte ich mir gleich noch eine Grippe. Nachdem ich fast vier Monate krank war, beschloß man, ich sei gesund genug, um an die Front geschickt zu werden. Ich sollte Schwerverwundete aus Feldlazaretten in eine bessere Einrichtung bei Paris befördern. Man hielt mich für zu schwach, um mehr zu tun, als einen euphemistisch so genannten »Gedärmewagen« zu fahren. Trotzdem war ich froh, aus dem Krankenhaus herauszukommen, mit dem verglichen man jedes Schlachthaus in Nebraska bezaubernd nennen konnte. Die durch Kugeln oder Schrapnells Verwundeten hatten, ganz gleich wie verstümmelt, noch Glück gehabt, verglichen mit den Tausenden der Gasopfer, die fürchterlich ächzten und husteten, ohne Chancen auf Genesung. Ironischerweise hatte ich mich während meiner Rekonvaleszenz freiwillig gemeldet, Briefe nach Hause für diejenigen zu schreiben, die ihre Arme verloren hatten, genau wie es mein Vater am Ende des Bürgerkriegs auch getan hatte. Es gibt keine traurigere Aufgabe, als einem armlosen neunzehnjährigen Farmerjungen aus Missouri zu helfen, seine Gedanken zu Papier zu bringen, der nie wieder ein Pferdegespann führen kann. Seltsam war es, daß keiner vor dem Sterben Gott verfluchte. Wir sind ewige Bittsteller. Es ist ein Geschenk, die Zeit zu haben, darum zu beten, daß man nicht sterben möge.

Mitte Mai erlebte ich das gewaltige Bombardement der Deutschen, das sie allenfalls ein Dutzend Meilen näher an Paris heranbrachte. Kurz danach fuhr ich sechsunddreißig Stunden lang Verwundete, ehe ich abgelöst wurde. Danach trank ich zwei Flaschen Wein, um schlafen zu können. Keine Stunde später weckte man mich. Obwohl ich immer noch ziemlich betrunken war, mußte ich wieder fahren, und prompt fuhr ich den Krankenwagen gegen einen Baum und brachte zwei der drei schwerverletzten Gasopfer um, die im Wagen lagen. Danach stellte man mich vors Kriegsgericht, weil ich betrunken gefahren war. Mildernde Umstände waren, daß der Arzt, ein sarkastischer Princeton-Mann, der meinen Kopf nach dem Unfall zunähte, unter dem Haaransatz die Narbe von der Trepanation entdeckte. Diese, hätte ich sie angegeben, hätte mich für den Militärdienst untauglich gemacht.

Ein ziemlich arroganter West-Point-Colonel rettete mich. Er stammte aus Omaha und redete den anderen Offizieren erfolgreich ein, daß er in Nebraska von mir gehört hätte und man meine Erfahrung ausnützen sollte, indem man mich in den Süden schickte, um bei der Pflege der guten französischen, englischen und amerikanischen Pferde zu helfen, die man vom Kriegsschauplatz fortgeschafft hatte. Durch diese seltsame Wendung des Schicksals verbrachte ich die Zeit bis zum Waffenstillstand weit weg von den Schlachthäusern als Pferdeknecht in der Armee, abgesehen von einem weiteren Ruhr-Anfall, durch den mir das Vergnügen zuteil wurde, diesen wunderbaren Hintern zu sehen. Es ist schwierig, sich eine weniger glänzende Militärkarriere vorzustellen. Als Junge war John Wesley immer sehr enttäuscht von mir gewesen, wenn er von mir Geschichten über ruhmreiche Kriegstaten hören wollte und ich ihm die nicht so einfache Wahrheit erzählte. Natürlich hatte Neena mit ihrer Behauptung irgendwie recht. Das nackte Herz erholt sich nie ganz vom Geruch Tausender eiternder Toter an einem ansonsten schönen Frühlingsmorgen.

Lundquist rettet mich aus diesen trübseligen Grübeleien, indem er einen Artikel aus der Sonntagsbeilage einer Zeitung aus Minneapolis bringt und mich bittet, mit ihm den uralten Allis-Chalmers-Traktor anzusehen, der im Nachbarbezirk zum Verkauf steht. Aus offensichtlichen Gründen fühle ich mich etwas schwach, aber ich mache bei diesem Unfug trotzdem mit. Wir haben uns diesen elenden Traktor während der letzten zehn Jahre ein dutzendmal angesehen. Für gewöhnlich bedeutet die Fahrt, daß Lundquist über etwas sprechen muß. Doch zuvor muß ich den Artikel lesen, gedruckt in »Rotogravur«, wie man es früher nannte. Es ist ein ziemlich albernes Stück über die »reichsten Schweden« im oberen Mittelwesten. Tatsächlich sind dort einige auf den Gebieten der Schwerindustrie, Kaufhausketten und Agrargeschäfte zu einer Menge Geld gekommen. Während wir im kalten Wind in der Sonne dahinfahren, fragt sich Lundquist, ob seine Landsleute diesen Reichtum »auf ehrliche oder unehrliche Art« erworben hätten. Ich meine, daß die unehrliche Art immer eine

Möglichkeit sei, aber man manchmal Reichtum auch durch harte Arbeit, Intelligenz und Sparsamkeit erreichen könne. Außerdem gab es noch die Möglichkeit, wie im Fall meines Vaters und etwas auch in meinem, daß einfach das Talent zum Geldausgeben gefehlt und sich so das Geld angesammelt und von selbst vervielfacht hatte. Lundquist denkt darüber nach. Dann murmelt er, daß man »keine Schätze auf Erden anhäufen sollte, wo Rost und Motten sie fressen«. Ich stimme ihm zu, frage mich aber immer noch, was ihn quält. Um abzulenken, deutet er auf eine Kreuzung, wo ich wegen eines Pferdehandels einen üblen Boxkampf mit einem norwegischen Farmer hatte. Ich war damals Mitte Vierzig und der vermeintliche Sieger, aber als ich nach Hause kam, war Neena so entsetzt über mein zerschlagenes Äußeres, daß ich ihr tatsächlich auf Knien versprechen mußte, mich nie wieder mit jemandem zu schlagen. Als die Jungs aus der Schule heimkamen, war Paul angewidert, John Wesley hingegen wollte, daß ich alles haarklein erzählte. Lundquist erinnert mich daran, wie wir damals in Chicago von jungen Italienern angegriffen wurden, als wir unser bestes Rindfleisch dem Black Hawk, Chapin und Gore und den Corona-Restaurants verkauft hatten. Ende der zwanziger Jahre war das ein phantastisches Geschäft gewesen. Natürlich war es mit der aufkommenden Wirtschaftskrise bergab gegangen. Die jungen Italiener waren eigentlich im Recht gewesen, da Lundquist und ich mit zwei Frauen aus einer Flüsterkneipe gekommen waren, die unglücklicherweise mit zweien unserer Angreifer verheiratet waren. Die Schläger waren festgenommen worden, da die Polizei damals in Chicago angewiesen war, auch nur halbwegs unschuldige Geschäftsleute auf der Durchreise zu schützen. Ich hatte damals noch soviel Gewissen, einen Hotelpagen mit der Kaution hinzuschicken.

Wir schaffen es nie, den Allis-Chalmers anzusehen. Lundquist fährt rechts ran und erklärt mit zitternder Stimme, daß er gestern gehört hätte, wie Frieda mit ihrem Prediger über Dalvas Probleme klatschte. Sie hatte gedacht, er hielte nach dem Abendessen ein Nickerchen. Lundquist ist sich bewußt, daß dieser Vertrauensbruch schwerwiegend ist, und obgleich er in einem Treuekonflikt steckt, fühlt er sich verpflichtet, es mir zu sagen. Ich erkläre, daß er Frieda schlichtweg sagen solle, daß sie nicht länger für mich arbeite. Dann füge ich noch hinzu, er soll ihr sagen, ich hätte es in der Stadt gehört und daß es nur von ihr kommen könne. Danach muß ich ihm versichern, daß sich das in keiner Weise auf die kleine Farm auswirkt, auf der er lebt, die aber mir gehört und die ich ihm testamentarisch vermacht habe. Seit ewigen Zeiten will er die Farm mit seinen Ersparnissen kaufen. Für ihn wäre es der Triumph seines Lebens, das Erstgeburtsrecht besiegt zu haben, indem er soviel gespart hätte, um eine eigene Farm zu kaufen. Ich kann seinen Traum nachempfinden, habe aber gesagt, seine Frau und seine Tochter würden die Ersparnisse brauchen, falls er stürbe. Seine Antwort lautete, er hätte geträumt, er würde dreiundneunzig, Schluß der Debatte. Bei diesem Mann kann man nur etwas erreichen, wenn man das Thema wechselt.

Es ist irgendwann im Januar, und natürlich fehlt mir Friedas Staubsauger. Lena kommt einmal die Woche, behaftet mit dem Geruch ihres Cafés, den kein Parfüm überdeckt. Sie strickt und redet über vereiste Straßen und ihre Tochter, Dalvas Freundin Charlene, die laut Lena unausstehlich widerspenstig, in Wahrheit aber eine entzückende, etwas rebellische junge Dame ist. Die Erbkrankheit des streitbaren Puritanertums in Amerika bleibt allzeit virulent. Lundquist ist wegen seiner zu Recht verbannten Frau ungenießbar. Die Hunde sind gereizt und halbarthritisch, weil ihnen der Morgenspaziergang fehlt, den mir das schlechte Wetter verwehrt, was bis jetzt nie so richtig der Fall war. Schließlich haben wir aus diesem Grund warme Kleidung, sage ich mir immer wieder. Allerdings ist mir am Schreibtisch auch sehr kalt, wo ich in einem Dutzend Bücher gleichzeitig lese. Man braucht sehr viel Kraft, um den Januar aus der Seele zu verbannen, und dieses Jahr fehlt sie mir.

Mir liegen die Nachwehen von Weihnachten noch schwer auf dem Herzen und dem Gemüt, als wir auf ein paar Tage gutes Wetter gewartet hatten, worauf Hackleford Naomi, Ruth und mich nach Marquette flog, damit wir die Feiertage mit Dalva verbringen konnten. Doch dann wurde sie unvermittelt krank und mußte ins Krankenhaus gebracht werden. Nach langem Zögern gab ich ihr die Karte und die Kette, die Duane geschickt hatte. Die Kette bestand aus einfachen Feldsteinen an einem Lederriemen, zweifellos die einzige traditionelle »Medizin«, die er zu bieten hatte. Nachdem ich sie ihr überreicht hatte, war ich aber froh darüber, da ihre Verbindung zum Leben so ungewiß zu sein schien. Mit Naomi hatte ich, milde ausgedrückt, eine kleine Auseinandersetzung, überzeugte sie aber letztendlich, daß Dalva nach Arizona zu Paul fahren sollte, weil dort die Wahrscheinlichkeit, daß die Sonne schien, viel größer war als auf der Upper Peninsula in Michigan, wo uns gerade ein dreitägiger Blizzard zu ersticken drohte. Naomis Vetter und ich borgten uns von einem Holzfäller einen uralten Dodge-Allradwagen, mit dem wir uns durch die Schneewehen wühlten und sie nach Hause brachten. Das Wetter klarte auf, der Wind vom schrecklichen Lake Superior legte sich. Ich schaffte es, daß uns ein ziemlich pompöses Firmenflugzeug von Chicago nach Tuscon brachte. Paul war von der Aussicht, für Dalva zu sorgen, ganz gerührt. Auf dem Heimflug gab Naomi bereitwillig zu, daß sie es jetzt auch für eine gute Idee hielt. Nachdem all das erledigt war, schien ich in eine mir unbekannte Dunkelheit zu fallen. Als ich Dalva zum Abschied küßte, erinnerte sie mich in ihrer tränenreichen Verzweiflung stark an Adelle.

Lieber Himmel, aber diese Träume treiben mich noch in den Wahnsinn! Vor einigen Tagen war es Gott selbst. Seine – oder ihre – Stimme war wie eine Milliarde ohrenbetäubend lauter Singvögel. Mann, war ich schnell aus dem Bett! Um drei Uhr morgens kochte ich Kaffee und weckte eine mißmutige Sonia, um Gesellschaft zu haben. Sie hat für Stimmungen nichts übrig. Zu anderen Zeiten wäre ich vom Inhalt dieses Traums vielleicht hochbeglückt gewesen, aber jetzt wurde ich nörgelig. Warum hatte ich diesen Traum nicht früher gehabt? Warum kam er so spät im Leben? Waren noch mehr solcher Träume möglich? Erlaubte sich Smith aus der Ferne irgendeinen faulen Zauber mit mir? Natürlich war ich noch nicht ganz aus dem Traum erwacht, als ich am Küchentisch saß und darauf wartete, daß aus der sternlosen Nacht wieder das Gezwitscher einer Milliarde Vögel über mich hereinbrach.
Beim ersten Tageslicht, ehe Lundquist kam, ging ich in den Stall und setzte mich zu den Pferden, um das, was hoffentlich die Realität war, in den Griff zu bekommen. Ich striegelte alle kräftig und war glücklich, daß ich ihnen eine Freude gemacht hatte.
Schlecht für meinen Schlaf war, daß in den folgenden Nächten meine Träume massenhaft von Indianern bevölkert waren, nicht nur von Lakota, wenngleich diese in der Überzahl waren, sondern auch von Ponca vom Zusammenfluß von Niobrara und Missouri; von Omaha-Indianern, die Adelle wiederbelebten; von Hopi, die mit Schlangen in den Mündern tanzten; von Chippewa in dicken Winterpelzen; von Tarahumara in ihrer Bergfeste, die Davis wie-

der zusammenzusetzen versuchten. Ich ging dazu über, Alkohol auf leeren Magen zu trinken, doch das half nichts. Heute habe ich mich gefragt, wie der Geist sich Menschen erträumen konnte, die das Auge nie gesehen hatte. Diese Erlebnisse machten mich ungemein gereizt, wenn nicht noch mehr deprimiert. Als ich am Schreibtisch saß, war ich zumindest so weit bei Sinnen, daß ich mir selbst sagte, es habe keinen Zweck, sich deswegen unnötig den Kopf zu zerbrechen. Ich holte Lundquist aus der Scheune und bestand darauf, in die Stadt zu fahren und uns Steaks und ein paar Whiskeys zu genehmigen. Er trug seine alte Hündin Shirley zum Pick-up, weil sie nicht gern durch den Schnee lief. Im letzten Moment entschieden wir uns für das Auto und verstauten sämtliche Hunde auf dem Rücksitz. Nach dem Essen spielten wir mit anderen alten Zauseln Binokel. Danach holten wir beim Metzger Leckerbissen für die Hunde. Als ich hinterher ein Nickerchen hielt, hatte ich einen schönen Indianertraum, der auf einem Erlebnis aus dem Zweiten Weltkrieg beruhte, als einige Cousins von Willow und Smith auftauchten und sich nach dem Medizinbeutel erkundigten, den ihr Großvater meinem Vater zur Aufbewahrung gegeben hatte. Nach anfänglichen Schwierigkeiten fand ich das Säckchen im Keller. Ich setzte ihnen ein Riesenessen vor, sprach von alten Zeiten und gab ihnen drei Stiere als Geschenk mit nach Hause, da sie mir als Wink mit dem Zaunpfahl die Geschichte erzählt hatten, wie die Pine-Rigde-Lakota im Winter 1931 sämtliche zweitausend Pferde essen mußten, um nicht zu verhungern. Die Regierung war auf dem Papier den Indianern gegenüber äußerst großzügig, nicht aber bei der Ausführung, so daß im Laufe der Jahre Tausende verhungern mußten, und kein einziger Kongreßabgeordneter war darunter! Mein Herz hüpfte geradezu absurd hoch, als mir nachmittags der Landbriefträger zwei Briefe von Dalva brachte, wobei der eine das Postscriptum des anderen war. Paul hatte mit ihr und den Hunden jeden Morgen lange Spaziergänge gemacht, weil das seiner »mexikanischen« Auffassung entsprach, daß ein kräftiger Körper die Geburt erleichtere und für schnelle Genesung sorge. Sie lernte viel, um in der Schule nicht allzuviel zu versäumen. Allerdings gab sie zu, zum neuntenmal *Wuthering Heights* gelesen zu haben, nachdem sie ein Exemplar in Pauls Bibliothek gefunden hatte. Paul hatte sie auch in der Geologie und Naturgeschichte der Region unterrichtet, und würde ich Sonia eine besonders leckere Mahlzeit hinstellen und ihren beiden Pferden eine Extrahandvoll Hafer geben? Das Postscriptum war etwas steif und sollte mich daran erinnern, daß ich sie anrufen solle, falls ich etwas von Duane hörte, und falls ich mit ihm spräche, ihm sagte, wo sie wäre, falls er sie besuchen wolle. Ich hielt inne, um die Intensität einer solchen Liebe zu verfluchen, die den Rest ihres Leben so tief zu verformen schien, doch ich wußte, daß sie zwar aus meinen Knochen gewichen war, nicht aber aus meiner Erinnerung. Sie war so unerklärlich wie vieles auf der Welt. Und wir können kaum lange genug von der Erde wegtreten, um einen deutlichen Blick zu gewinnen.

Lundquist berichtet mir, daß wir Mitte Februar hätten. Ich habe mich jetzt so eingerichtet, daß ich das Jahr, das letzte meines Lebens, wie ich jetzt tatsächlich glaube, genieße. Der eine Teil meines Gehirns streitet nicht mehr mit dem anderen. Aus der Erinnerung habe ich Hunderte von Zeichnungen angefertigt. Gestern setzte Tauwetter ein, und ich machte im Freien Skizzen, als die Sonne schien und klar umrissene Schatten warf und es einigermaßen warm war. Ich holte meine alte hirschlederne Zeichentasche aus dem Schrank, zog mich warm an und ging zur Scheune, um mir ein Pferd zu satteln. Die anderen ließ ich hinaus, damit sie sich im schmelzenden Schnee wälzen und übermütig herumspringen konnten. Dalvas Stute rannte aus eigenem Antrieb in Achten. Dann versuchte sie die anderen Pferde zusammenzutreiben, als Beweis ihrer früheren Ausbildung, aber diese hatten keine Lust, sondern preschten in alle vier Ecken der Weide und waren über den Versuch, sie zur Ordnung zu rufen, äußerst empört. Ich hielt beim Satteln inne und dachte an den armen Lundquist, der an diesem Tag die lange Fahrt nach Grand Island machen mußte, um die »durchgedrehte« Frieda zu einem »Nervendoktor« zu bringen. Sie hatte ihre linkische Tochter verprügelt, worauf Lundquist gedroht hatte, mit ihr und seiner Hündin Shirley in meine Unterkunft zu ziehen.

Das Satteln klappte gut, aber als ich den linken Fuß in den Steigbügel steckte, hatte ich nicht die Kraft, mich am Sattelknauf hochzuziehen. Lieber Himmel, dachte ich, so weit ist es mit mir gekommen! Ich versuchte es noch mal, wieder nichts. Ich betastete mein Bein nach einer kranken Stelle und verfluchte mich dann, weil ich zwei Monate lang in meinem Zimmer gesessen und dadurch die Kraft in meinen Beinen verloren hatte. Das Pferd wurde bei diesem Blödsinn unruhig, daher holte ich aus der Scheune einen Melkschemel als Aufstiegshilfe. Das bedeutete, ich mußte vom Sattel aus zeichnen, da ich den Schemel schlecht mitnehmen konnte, um wieder aufzusteigen. Ich fluchte immer noch auf alles mögliche, obwohl nur ich die Schuld hatte. Mit drei Jahren hatte ich mein erstes Pony bekommen, und nach achtundsechzig Jahren im Sattel brauchte ich nun einen gottverdammten Melkschemel.

Eigentlich wollte ich zum Unterstand reiten, aber Sonia entdeckte unterwegs die Fährte eines Kojoten und sauste davon, die anderen Airedales hinterher. Das Pferd, die Stute hieß Rose, hatte Lust, bei diesem Spiel mitzumachen. Ich kämpfte kurz mit ihr, entschied dann aber, daß es eigentlich egal war, in welche Richtung ich ritt. Es wurde in der Tat ein munterer Ritt; trotz des Tauwetters brannte mein Gesicht, aber es belebte mich unglaublich. Ich blickte zurück zum Haus, das nur noch ein Punkt am Horizont war, und fragte mich, warum ich soviel Zeit drinnen verbracht hatte. Es gibt Zeiten, in denen man nicht nur andere Menschen nicht leiden kann, sondern auch sich selbst. Die Träume und Zeichnungen waren wohl ein unbewußter Tritt in den Hintern, mein Leben zu Ende zu leben.

Ich landete ein gutes Stück flußaufwärts und fertigte mehrere ziemlich ausführliche Skizzen der alten Hütte von Smith' Eltern an. Nachdem sie in den zwanziger Jahren gestorben waren, während ich in Mexiko war, war Smith zurückgekehrt, wie mir Lundquist erzählt hatte, und hatte alles niedergebrannt. Ich bin nicht sicher, was er damit bezweckte, aber es war wohl damals richtig so. Jetzt gab es da nur noch etliche verkohlte Balken, ein Fundament aus Feldsteinen, die in der Hitze des Feuers geborsten waren, vertrocknete Brennesseln, Wolfsmilch und Große Kletten, außerdem einen Rübenkeller voll Schnee. Dahinter standen die Reste des Aborts und drei Apfelbäume mit einigen erfrorenen Äpfeln in den oberen Zweigen, außerhalb der Reichweite des Rotwilds. An der Stelle bezweifelte ich, ob ein Mensch tatsächlich die Zeit eines anderen verstehen konnte, angesichts der großen Abgründe, die wir nicht überbrücken können. Smith' Vater, ein furchteinflößend großer und starker Mann, war eine wertvolle Hilfe beim Brandmarken und Zusammentreiben gewesen. Ich erinnerte mich, wie er mit roher Kraft einen ausgewachsenen Stier zu Boden drückte, nicht so einen mickrigen *corriente*, wie man sie bei Rodeos einsetzte. Ein Glackens oder Bellows hätte diesen Mann in der Blüte seiner Jahre malen sollen. Ich erinnerte mich, wie ich Glackens auf der Fourteenth Street in New York City gesehen hatte. Er ging, als würde er die Umgebung essen. Ich folgte ihm mehrere Häuserblocks weit, hielt es aber für zwecklos, ihn anzusprechen.

Wieder daheim, döste ich ein paar Minuten am Schreibtisch, doch dann überfiel mich ein quälender Gedanke. Ich blätterte in meinen Aufzeichnungen, bis ich die Passage aus Kiplings *Notizbüchern* fand, die ich damals in den zwanziger Jahren abgeschrieben hatte. »Es war schön, durchs Smithsonian Institute zu schlendern, besonders durch die ethnologische Abteilung. Jede Nation, wie auch jeder einzelne Mensch, schreitet in eitler Darstellung dahin – sonst könnte sie nicht mit sich leben –, aber ich begriff nie das Wunder eines Volks, das, nachdem es die Ureinwohner ihres Kontinents vollständiger als irgendein anderes modernes Volk ausgerottet hat, ehrlich glaubte, eine gute kleine New-England-Gemeinde zu sein, die der brutalen Menschheit als Beispiel dienen sollte. Ich versuchte dieses Wunder Theodore Roosevelt zu erklären, der so heftig widersprach, daß die Glasvitrinen mit den indianischen Relikten klirrten.«

Das Radio meldete, daß dies traurigerweise der letzte Tag des Tauwetters sein wird. Ich mache mich mit den Hunden zu einem Spaziergang auf, um den Muskelkater des vorgestrigen Ritts loszuwerden. Naomi kam auf dem Weg zu ihren Schulpflichten zu einem frühen Frühstück vorbei. Als erstes spülte sie im Handumdrehen mein Geschirr von mehreren Tagen ab, und als ich erklärte: »Ich kann mein Geschirr selbst abwaschen«, meinte sie: »Aber du tust es nicht.« Jetzt spricht sie täglich mit Dalva am Telefon, ein Entgegenkommen von Pauls Seite, da Menschen auf dem Land Ferngespräche für gewöhnlich auf drei Minuten beschränken. Dalva aber telefoniert jeden Nachmittag ausgiebig, wenn Naomi aus der Schule heimkommt.

Seit Jahren führen wir einen ständigen Disput, der ausgerechnet mit John Keats angefangen hat. Vor zwei Jahren hatte Naomi im Sommer an der Universität in Lincoln einen Literaturkurs in englischer Romantik besucht, während Ruth in einem Klavierlager und Dalva bei mir war. Naomi kam heim, überzeugt von Keats Auffassung, daß das Leben, richtig gelebt, ein »Tal des Seele-Machens« wäre. Damals meinte ich boshaft: »Neben allem anderen, und zu welchem Zweck?« Damit entlockte ich ihr kein Lächeln, und seitdem streiten wir über den Lieblingsdichter meiner Kindheit, von dem ich bis heute begeistert bin. Naomi sieht Keats mehr ätherisch, während er für mich ein Mensch wie alle anderen ist, bei dem aber das Fassungsvermögen und die Intensität der Empfindungen siebenmal stärker war als bei einem Durchschnittsmenschen, wahrscheinlich angetrieben durch den drohenden Tod. Adelle hielt Keats für zu schmerzlich, um ihn zu ertragen; dabei wäre sie für ihn die passende Braut gewesen. Ich wies Naomi darauf hin, daß sie, obwohl sie ihren Wordsworth liebte, auch Kenneth Roberts, Earle Stanley Gardner und Erskine Caldwell las. Aber ich bin nicht Keats, hatte sie sich verteidigt. Worauf ich antwortete: Er aber auch nicht, denn abgesehen von seinem Werk ist er eine Ansammlung unserer Meinungen über ihn. Allmählich werden diese Diskussionen komisch. Als sie mir voriges Jahr *By Love Possessed* zusteckte, einen Roman des von der Kritik hochgelobten zeitgenössischen amerikanischen Autors James Gould Cozzens, sagte ich, daß Cozzens mich an die furzende alte Stute erinnerte, die früher den Milchwagen durch die Stadt gezogen hatte.

Jake, der älteste Airedale, leidet unter seiner Arthritis, ist aber nicht so krank, daß er nicht knurrt, wenn ich ihm mit Gewalt ein Aspirin verabreiche. Trotz seiner sechsunddreißig Kilo halte ich ihn auf dem Schoß, bis er zu schnarchen und sabbern beginnt, während die anderen Hunde interessiert zuschauen und seine Bevorzugung bestaunen. Ein unbekanntes Auto fährt auf den Hof. Jake springt von meinem Schoß, dabei tritt er mir schmerzhaft in die Eier, die er als Startrampe benützt hat. Ich bin so zum Einsiedler geworden, daß ich nur mit Unwillen hinausschaue, aber es ist Charlene, Dalvas Freundin und Lenas Tochter. Sie bringt einen Hühnchenauflauf. Aufläufe mag ich nicht besonders, aber ihre Mutter, meine Gelegenheitsgeliebte, hat gewettet, daß ich nichts zum Abendessen hätte, womit sie recht hat, und daß ich zuviel trinke, was nicht ganz stimmt. Nachdem Charlene das gesagt hat, steht sie mit der Auflaufform auf der Schwelle. Sie trägt keinen Mantel, nur ihre adrette Kellnerinnenuniform. Trotz des kalten Luftstroms rieche ich einen Hauch des Essensgeruchs aus dem Café ihrer Mutter. Anfangs sage ich nichts, und sie schaut mich ein bißchen entnervt an, dann stellt sie das Essen auf den Tisch. Ich bewundere dieses unverfrorene Mädchen, obwohl ich es selten sehe. Sie ist forsch und intelligent. Obwohl ich auf Klatsch nichts gebe, kann ich mir gut vorstellen, daß sie für Geld mit fremden Fasanenjägern geschlafen hat. Allerdings störte mich das nicht sehr, zum Teil, weil ich selbst ein fremder Jäger mit einem scharfen Auge für Damen gewesen bin.

Ich biete ihr ein Glas Wein an, das sie anmutig annimmt. Ich mache eine Flasche guten Lynch-Bages auf, und bemerke beim Einschenken, daß meine Hand leicht zittert. Wir gehen ins Arbeitszimmer, und sie setzt sich auf die weiche Ledercouch. Es ist unvermeidlich, daß ich die Innenseiten ihrer prächtigen Schenkel sehe. Sie lächelt. Wir sprechen übers Wetter, die Schule und Dalva, und ich bin dankbar zu hören, daß auch sie Dalva für stark hält. Charlene ist ein Jahr älter und weiß zweifellos, daß ich dafür gesorgt habe, daß sie aufs College gehen kann. Zumindest nehme ich an, daß Lena es ihr gesagt hat, auch wenn Charlene nur Einsen hat und vielleicht sogar ein Stipendium bekommt. Dieses Mädchen hat etwas Sapphisches an sich, was ihrer Sexualität einen wunderbar ambivalenten Beigeschmack verleiht. Mir fällt das auf, weil ich das sehr viel bei meinen Besuchen in den Malergemeinden San Franciscos und New Yorks gesehen habe, wo Menschen, die sich etwas anders fühlen, Gleichgesinnte suchen, die Künstler, die naturgegeben Außenseiter der Gesellschaft sind. Ich gieße ihr noch ein Glas Wein ein, wir plaudern weiter, dann noch ein drittes Glas, da ist die Flasche leer. Auf ihre Fragen hin erzähle ich ausführlich von Paris, das sie als ihr »Lebensziel« betrachtet. Ihr Kleid ist noch ein Stückchen höher gerutscht. Dann fragt sie mich mit seltsamem Blick: »Versuchen Sie, mich zu verführen?« Ich bin so verblüfft, daß ich sofort energisch protestiere. »O mein Gott, nein. Ich könnte dein Vater, dein Großvater, ja, dein Urgroßvater sein.« Sie lacht und wiederholt eine populäre obszöne Redensart: »Ein steifer Schwanz hat kein Gewissen.« Dann begreift sie, was sie gesagt hat, und fängt vor Scham an zu weinen. Als Entschuldigung bringt sie vor, den ganzen Tag nicht viel gegessen zu haben, da hätte der Wein sie wie »eine Tonne Ziegelsteine« getroffen. Ich bin so verwirrt, daß ich ihr sage, ich hätte ebenfalls wenig gegessen, und sie hätte zweifellos meine armseligen Gedanken gelesen. Ich lege den Arm um sie, um sie zu trösten, und sie meint: »Sie sind nicht armselig.« Jetzt sitzen wir wie erstarrt eine volle Minute da. Dann murmele ich, daß ich sie bewundere, füge aber laut hinzu, ich hielte es für besser, wenn sie jetzt ginge. An der Tür küßt sie mich auf den Mund, dann ist sie weg. Ich setze mich an den Küchentisch und fühle mich absurd. Eine Träne, so groß wie eine Geleebohne, rollt über meine Wange. Das Erlebnis besitzt die gesamte bittersüße Melancholie des Melkschemels und des Pferds.

»Ich habe einen steifen Schwanz mit einem Gewissen«, sage ich laut zu Sonia, die das mit einem verständnislosen hündischen Schulterzucken abtut.

Heute ist der siebte April. Ich hatte diese Aufzeichnungen über einen Monat lang beiseite gelegt und statt dessen Hunderte Skizzen angefertigt, von denen ich nur ein halbes Dutzend aufgehoben habe. Den Rest habe ich gestern im kalten Nebel verbrannt. Es war ein großartiges dunkeloranges Feuer, und den Hunden schien es zu gefallen, nur Jake nicht, der sich davor fürchtete.

Meine Gedanken haben auf meinen grauen Kopf die Narrenkappe gestülpt. Da der Tod ein so offenkundiges Geheimnis ist, hatte ich gehofft, ihn bis ins kleinste Detail zu beschreiben, aber draußen bei meinem orangeroten Feuer dämmerte mir die Erkenntnis, daß ich während der letzten Stunde nicht mehr schreiben würde; zumindest wäre das höchst unwahrscheinlich. Traurig für euch, Paul und Dalva, daß ihr diesen winzigen Einblick in die Leere nicht bekommt!

Ich lachte laut. Jake kroch hinter mir aus dem Geißblattdickicht neben der Weinlaube, um zu sehen, was so lustig sei. Diese Hunde haben einen Sinn für Humor. Sonia knurrt einen Felsbrocken im Canyon an, und wenn ich nachsehen komme, jault sie vor Freude und rennt weg. Bei einem Haufen Rehlosung hat sie es nur einmal gemacht, vielleicht hatte sie begriffen, daß dieser Trick nur beim erstenmal funktionierte. Gelegentlich laufen die Hunde zu Naomi, weil sie hoffen, Dalva wäre zurückgekommen. Naomi liebt sie nicht übermäßig, belohnt aber ihre guten Absichten immer mit einem Leckerbissen. Neulich sagte ich ihr, daß ich ihr und den Mädchen eine Summe für Reisezwecke hinterlassen würde. Wenn sie diese aber nicht jedes Jahr ausgäbe, würden die aufgelaufenen Zinsen in ihrem

Namen an die Steuerbehörde überwiesen, was keineswegs ihre Lieblingsbehörde ist. Das führte zu einem: »Warum, in Gottes Namen?« Ich erklärte, es gäbe auf der Erde viele schöne Orte zum Seelen-Machen, die sie sich zumindest ansehen sollte. Sie beruhigte sich soweit, um mich zu bitten, für sie eine Liste davon zu erstellen, dann warf sie einen Blick ins Wohnzimmer, wo Ruth sich mit Chopin abmühte, und fragte, ob ich glaube, daß ich bald sterben würde. Ich meinte, nicht vor Oktober. Beide lachten wir nervös über die Wahl dieses Monats, da wir beide wußten, welche gewaltigen Illusionen der Mensch sich macht, über sein Leben und das endgültige Schicksal bestimmen zu können, wo wir doch in nacktester Realität nichts sind als Geworfene. Wenn meine Gedanken in diese Richtung gehen, denke ich immer an Smith als Junge, damals, als wir »Rothäute« spielten und mein Vater uns Reflexbogen kaufte, die für unser Alter viel zu stark waren. Wir schossen die Pfeile über die große Weide im Süden, um sie hinterher stundenlang zu suchen. Einmal fand Smith nur zwei seiner drei Pfeile und behauptete felsenfest, der dritte sei nie gelandet. Es wäre ein Zauberpfeil, der nur landete, wenn der Zeitpunkt gekommen sei.

Ich habe herausgefunden, wo Smith sich aufhält, und will im Morgengrauen nach Rosebud hinauf, um mir Rat zu holen. Das Problem ist, daß ich aus Sorge immer bedrückter werde, je näher Dalvas Entbindung rückt, so daß ich vor lauter Nervosität schon mit dem Zeichnen aufhören mußte. Vor den Geburten meiner Söhne war ich ebenfalls in diesem Zustand, und zwar so stark, daß ich ihn nur als Qual beschreiben kann. Neena war mitfühlend und versicherte mir, daß jedes Jahr zahllose Babys geboren würden. Dann widmete sie sich wieder ihrem Buch. Ich erinnere mich genau. Es war damals Stendhals *Rot und Schwarz*. Neena war sehr frankophil, und ich erinnere mich zurück,

wie sie damals, in den dreißiger Jahren, als ich vom Brandmarken zurück ins Haus kam, am Küchentisch Proust las.
Ich hatte blaue Flecken, war verdreckt und hungrig, die
Jungs ebenfalls. Sie aber schaute uns an, als kämen wir von
einem fremden Stern. Wir waren plötzlich ganz sicher, daß
sie das Essen vergessen hatte, aber sie nickte zum Eßzimmer hinüber und las weiter. Es war ein heißer Tag. Da standen ein Truthahn, den sie gebraten und kalt gestellt hatte,
Kartoffelsalat, grüner Salat, meine Flasche Whiskey, eine
Flasche Weißwein auf Eis, ein Krug mit Limonade für die
Jungs und ein Rhabarberkuchen. Aus irgendeinem Grund
habe ich Hemmungen, über meine Frau zu schreiben, über
unsere Freuden oder unsere grauenvollen Zeiten, als wäre
diese Ehe ein tiefes Sakrament, das seinen Wert verlieren
könnte, wenn man darüber schwätzt.

Lundquist kommt nach der Arbeit aus der Scheune. Er
riecht nach Sattelseife, da er die ganze Kammer voll Zaum-
zeug und Sätteln in Schuß hält. Er ist wegen der geistigen
Instabilität seiner Frau ganz aus dem Häuschen. Wir trinken Whiskey, während er mir diesbezüglich Fragen stellt.
Ich sage ihm, ich hätte gelesen, daß Menschen oft wegen
tatsächlicher oder eingebildeter, aber nicht eingestandener
Schuld geisteskrank würden. Ich hatte bereits angeboten,
daß Frieda wieder bei mir arbeiten könne, wenn sie sich für
ihre Indiskretion entschuldige, aber sie hat diese Bedingung nicht akzeptiert. Sie hat sich für eine Welt entschieden, in der sie nichts falsch gemacht hat und wo sie nur
Gott gegenüber verantwortlich ist. Diese Version Gottes in
Amerika ist nicht selten, das oft als ein gottloses Land angesehen wird, weshalb Christen glauben, das einfachste
Moralverhalten außer acht lassen zu können. Es ist eine
Version von Religion, die Senator McCarthys Version von
Amerikanismus ähnelt, wo jegliche Ehre und Höflichkeit
dem eifernden Recht geopfert werden kann.

Lundquist bohrt hartnäckig wegen »Hirndoktoren« und »Nervenmedizin« nach. Ich spüre, wie ich hoffnungslos zu dem Bild vom menschlichen Geworfensein ins Schicksal abschweife und wie schwierig es ist, diese Wurfbahn in irgendeinem positiven Sinn zu beeinflussen. Frieda ist ruhiggestellt und sitzt wie ein großer Schmalztopf vor dem Fernseher. Zweifellos fehlt ihr das Staubsaugen der unbewohnten Zimmer. Mein lieber Freund, ihr Mann, der ohne Arg ist, möchte, wie ich merke, verzweifelt, daß ich ihm sage, daß sie wieder gesund wird. Und dann höre ich mich sagen: »Im Sommer geht es ihr wieder besser. Ich schlage vor, du nimmst ein oder zwei Röhren aus dem Fernseher. Vielleicht widmet sie sich dann wieder dem Garten und der Religion.« Über diesen gutgemeinten Rat ist er froh; ich dagegen fühle mich elend, weil ich ihm so wenig helfen konnte. Ich sage ihm, daß ich im Morgengrauen nach Rosebud hinauf will. Er will mich fahren, aber ich erkläre, daß ich lieber allein fahre. Nachdem er gegangen ist, frage ich mich wieder, ob meine frühere Besessenheit von der Kunst mich als menschliches Wesen für meine Familie und meine Freunde unbrauchbar gemacht hat oder ob ohnehin jeder für den anderen völlig unbrauchbar ist.

Vor dem Schlafengehen ging ich noch in den Keller, um für Smith ein Geschenk herauszusuchen. Ich wußte, daß es *de rigueur* war, Tabak mitzubringen, aber ich hielt etwas Zusätzliches für angebracht, da es wohl unser letztes Treffen sein würde. Ich vergewisserte mich, daß in der Eisenbahnlaterne genügend Petroleum war. Als ich den unterirdischen Wurzelkeller betrat und am Weinfaß vorbeiging, erstarrten die schwarzen Schlangen im Laternenlicht. Nur eine sehr große hatte sich offensichtlich entschieden, mich herauszufordern. Ich schob sie mit einem Stock beiseite, den ich zu diesem Zweck neben der Treppe aufbewahrte. Unwillkürlich mußte ich an meine geliebte Adelle als Medusa mit feuchtem Höschen denken. Ich wühlte in dem großen Raum, ohne daß meine Seele auch nur im geringsten erbebt wäre, als der Rand des Lichtstrahls aus der Laterne auf die Skelette in Uniform fiel. Der letzte Strohhalm sozusagen war, als der Kavallerieoffizier, die Nemesis meines Vaters, meine Stoffpuppe ins Feuer geworfen hatte. Die Stoffpuppe hatte Aase gehört, seiner Frau mit der Tuberkulose, und das hatte die Wut meines Vaters so gesteigert, daß er einen Mord beging. Ich stand da und dachte lang an den Klang von Adelles Stimme und dann an die alten Lakota-Krieger, die mich nach dem fehlgeschlagenen Versuch, Willow zu befreien, heimgebracht hatten. Wie seltsam, daß solche Männer während meiner Lebzeit völlig verschwunden waren. Nun, wahrscheinlich gab es noch einige wenige, die sich vor den Augen der Öffentlichkeit verborgen hielten. In gewisser Weise gehörte Smith zu ihnen. Es war mehr eine Frage des Willens als der Abstammung. Als ich mich spontan für den Ersten Weltkrieg gemeldet hatte, hatte mich der scharfäugige alte Rekrutierungsoffizier in Lincoln gefragt, ob ich als Weißer oder als Sioux eintreten wolle. Kann jemand tatsächlich halb von etwas sein, fragte ich mich. Und welcher Teil von mir ist meine Mutter? Bei diesem Gedanken kribbelte meine Kopfhaut. Schnell griff ich einen Schmuckbogen, aus Osage-Orange gemacht, um den zwei Klapperschlangenhäute gewickelt waren, so daß die Klappern oben und unten überhingen. Beim Hinausgehen und auf der Treppe schüttelte ich den Bogen kräftig. Die Klappern scheuchten die schwarzen Schlangen in den Wurzelkeller. Sie verschwanden in einem Loch hinter einem Stapel Kartoffelkisten. Ich beschloß, nicht wieder hinunterzugehen, und außerdem, Samuels anzurufen, damit er zusätzlich in mein Testament aufnahm, daß Dalva über die Sammlung verfügen solle, wenn sie erwachsen war. Damals, Ende der dreißiger Jahre, hatte Paul einen grellbemalten Büffelschädel bekommen, der ihm gefallen hatte, doch John Wesley wollte, in einem seltenen Anfall von Aberglauben, nichts mit diesem Raum zu tun haben.

Kurz nach vier Uhr morgens brach ich auf. Bei Tagesanbruch kam ich durch Valentine und hielt an, um mit zwei sehr alten Viehzüchtern, die ich kannte, Kaffee zu trinken und ein paar Minuten zu plaudern. Beim Abschied fragte der eine, ob ich die »Leute meiner Mutter« besuchen wolle. Ich nickte und ließ es dabei bewenden.

Nordwestlich von Valentine erreichte ich das Tal des Little White River und nahm einen alten Lakota mit, der leicht betrunken auf der Straße dahinschlurfte. Kaum zu glauben, aber er meinte, er erinnere sich an mich von dem einzigen Sonnentanz her, an dem ich je teilgenommen hatte, und zwar damals, Anfang der dreißiger Jahre, als die Zeremonie illegal gewesen war, da die US-Regierung entschieden hatte, daß den Indianern, die sie verhungern ließ, nicht gestattet werden sollte, sich die Brust mit Lederriemen zu durchbohren. Damals hatte ich auf die Bitte von Willows Vetter hin einen Stier mitgebracht, allerdings auch, weil er für die Zucht zu fett geworden war. Während der Zeremonie wurde das Tier sehr bewundert, das man abseits in einem Wäldchen kräftig fütterte. Ich vermute, der Stier wog knapp unter einer Tonne. Die Menge verschlang ihn mit Begeisterung.

Mein Mitfahrer kannte Smith sehr gut. Als ich ihn vor seiner einfachen Hütte aus Teerpappe aussteigen ließ, gab er mir ganz genaue Anweisungen. Smith hatte ja seine Behausung geheimgehalten. Ich wollte ihm fünfzig Dollar geben, doch er lehnte ab, weil er nicht wieder trinken wollte, bis es im Herbst kalt wurde. Er lehnte auch meine Taschenuhr ab, weil sie zu wertvoll sei und es ihn auch nicht interessiere, wieviel Uhr es sei. Ich erklärte: »Mich auch nicht.« Dann lachten wir beide herzlich. Er meinte, wenn ich wolle, könnte ich bei Smith für ihn etwas Geld hinterlegen, um seiner Enkelin und ihren Kindern eine Milchkuh zu kaufen, da ihre von räuberischen Vettern aus Pine Ridge gestohlen und zweifellos aufgefressen worden sei.

Ich fand Smith' Hütte. Die Tür stand offen; innen war es fast leer, aber sauber. Eine spartanische Pritsche aus Armeebeständen und ein kleiner Tisch, darauf eine Wachstuchdecke mit Rosenmuster. In einer Ecke stand eine Coleman-Lampe, der Abort war draußen hinter der Hütte. Ich folgte einem Trampelpfad nach unten durch eine Wasserrinne, dann durch einen Bach, der offensichtlich in den Little White mündete, und weiter am Bach entlang zu einer Grasbank, die von einem Dickicht umgeben war. Ich blieb stehen und pfiff unser altes Erkennungssignal. Sogleich hörte ich seine Erwiderung. Vielleicht war dieses Pfeifen bei Siebzigjährigen albern, vielleicht aber auch nicht.

Ja, da saß er vor einem alten, schäbigen, aber traditionellen Tipi und lächelte übers ganze Gesicht. Er schob den Kaffeetopf auf der Glut zurecht, stand auf und verneigte sich. Ich gab ihm ein Päckchen Bugler-Tabak und den Schmuckbogen, den er eingehend betrachtete. Dann bedankte er sich. Gebückt ging er ins Tipi und kam mit einem kleinen Lederbeutel heraus, den er mir reichte. Darin war der Schädel eines Kojoten, auf den fein säuberlich mit schwarzer Tinte Smith' »Medizin« gemalt war. Jetzt war ich an der Reihe, mich zu verneigen, und dann setzten wir uns und tranken Kaffee. Smith deutete zu einem kleinen Schwitzhaus in den Büschen und fragte, ob ich schwitzen wolle. Ich erklärte ihm, daß ich eine Herzattacke hatte und bezweifelte, daß mein System das aushielt. Er ließ sich die Herzattacke genau beschreiben und lachte schallend, als ich gestand, in die Hosen geschissen zu haben. Er meinte, er hätte selbst »ein bißchen fallen lassen«, als der Longhorn-

Stier am Ufer auf uns zustürmte. Jetzt lachten wir gemeinsam, und er meinte, das letzte Geschenk an die Regierung sei, wenn ein Gehängter in die Hosen schiß. Dann fragte er, warum ich an einem so schönen Frühlingsmorgen so weit gefahren sei, um ihn zu sehen. Ich beschrieb ihm meine Qualen, weil die arme kleine Dalva bald entbinden würde. Er berichtigte mich sogleich und meinte, sie wäre weder arm noch klein, sondern ein hübsches Mädchen im gebärfähigen Alter, und da ich nicht an ihrer Stelle entbinden könne, sollte ich mich lieber beruhigen. Er warf etwas Bugler-Tabak und einige getrocknete Pflanzen ins Feuer und sagte, ich solle für Dalva beten und ihren Geist nicht mit meinen Sorgen belästigen. Damit war die Angelegenheit beendet. Ich berichtete ihm dann von den Träumen über meine Mutter und auch Rachel, Duanes Mutter, drüben in Buffalo Gap. Er antwortete, daß ich von meiner Mutter träume, weil sie mich im Spätherbst in ihrer Welt willkommen heißen würde. Sie helfe mir nur, bereit zu werden. Bei Rachel meinte er, ihr Erscheinen in mehreren Träumen bedeute, sie wünsche sich meinen Besuch und vielleicht ein bißchen Liebe. Ich widersprach, dafür sei ich zu alt. »Blödsinn«, erklärte er. Dann schilderte ich ihm einige meiner Tier- und Indianerträume, die er sehr genoß. Diese müsse man, seiner Meinung nach, der Landschaft meines Lebens zuschreiben, da Träume der Erde entstiegen. Besonders faszinierte ihn, wie ich den deutschen Truppen entkam, indem ich mich in einen großen Vogel verwandelte und einen großen Fluß hinabflog. Doch dann stellte ich fest, daß ich halb Vogel, halb Bär war. Smith hielt diesen Traum für einen ausgesprochenen Glücksfall, und ich sollte lieber hart an meinem Leben arbeiten, um sicherzugehen, daß ich einen derartigen Traum verdiente. Ich fragte, wie ich das bewerkstelligen sollte. Er antwortete, wenn ich das bis jetzt nicht wüßte, wäre ich ein Kuhfladen. »Mach deine Kunst und sei nett zu den Menschen«, fügte er noch hinzu. »So einfach ist das?« fragte ich. »Es ist verdammt schwierig, wie du wohl inzwischen weißt.« Ende der Diskussion. Er sprach auf Lakota ein Gebet für mich. Ich erkundigte mich nicht nach der genauen Bedeutung. Dann überfiel mich plötzlich die Neugier, was genau geschah, wenn wir starben. »Da hast du mich am Arsch erwischt«, meinte er und lachte, dann fügte er hinzu, daß es uns nichts nützen würde, das zu wissen, außerdem würde es die größte Überraschung des Lebens stehlen. Er brachte mich zurück zu meinem Auto und meinte, es wäre gut für mich, wenn ich Rachel besuchte. Also fuhr ich nach Westen.

Im Rückblick war es der großartigste Tag. Auf dem Heimweg hielt ich wieder in Valentine und traf mich für ein frühes Mittagessen mit Quigley, einem ordinären Anwalt, dessen Familie kurz nach 1880 aus Texas heraufgekommen war. Wir kannten uns aufgrund der Bodengeschäfte schon so lang, daß ein Schluck am Vormittag in Ordnung war. Ich war etwas müde, schaffte es aber noch bis kurz vor Gordon, ehe ich in die Zufahrt einer Ranch abbog und, an eine Pappel gelehnt, ein Schläfchen machte. Beim Einschlafen dachte ich an den alten Jules Sandoz, einen Freund meines Vaters, den ich mehrmals getroffen hatte. Jules war in vielfacher Hinsicht ein wenig gewinnender Typ, aber die beiden verstanden sich recht gut. Seine Tochter Mari wurde eine recht bekannte Schriftstellerin. Sie war die wildeste Frau, die ich je kennengelernt habe. Später wurde sie eine Freundin meiner Frau Neena in Lincoln und auch in New York City. Ich hatte Paul auch nach Neenas Tagebüchern fragen wollen, die sie gnadenlos führte. Ich nahm an, daß sie in seinem Besitz waren, aber er hatte mir nie angeboten, auch nur einen Blick hineinzuwerfen.
Als ich aus meinem Nickerchen aufwachte, war ich nach

unten gerutscht und lag auf dem Rücken. Ich blickte nach oben, direkt auf die grünen Knospen der Pappeln. Ich drehte mich auf die Seite und starrte über den üppigen grünen Graspelz, auf dem sich eine große Schar trillernder Wiesenstärlinge versammelt hatte. Jeder Ton hallte in meinem Kopf nach. Manche waren meinem liegenden Körper sehr nahe gekommen; vielleicht hielten sie mich für einen schnarchenden Baumstamm. Ich erinnerte mich, irgendwo gelesen zu haben, daß man sich im Mittelalter die Hölle als einen Ort ohne Vögel vorstellte. Bei diesem Gedanken wurde der Gesang viel lauter, als stimmten die Vögel mir zu. Mich überfiel ein Hauch von Angst, als sich ihr Gesang mit der Stimme Gottes in meinem Traum, der Milliarde Singvögel, vermischte, und so stand ich schnell auf und ging zurück zum Auto. Ich wollte zu Hause sterben.

Ich fuhr weiter nach Westen, vor Chadron bog ich nach Norden, entgegen dem dringenden Wunsch, nach Fort Robinson zu fahren, um mich dort mal umzusehen. Aber ich war sicher, das hätte die Schönheit des Tages gemindert. In den zwanziger und dreißiger Jahren bin ich mit den Jungs oft zum Polo-Wochenende hingefahren. Damals war Fort Rob, wie es genannt wurde, das Zentrum dieses Spiels und sogar mal die Heimatbasis unserer Olympiamannschaft. Als Hauptremontestation für die Armee hatte es bis zu fünftausend Pferde gleichzeitig hier gegeben. Es gab eine Zeit, als die Karriere eines Armeeoffiziers für einen jungen reichen feinen Pinkel im Osten mit Interesse für Pferde etwas Erstrebenswertes darstellte. Für die Ansässigen war der Ort mit dem Makel behaftet, daß hier auch Crazy Horse ermordet wurde, und an jenem Tag war ich nicht geneigt, vielleicht mit einem Seitenblick einen Schatten seines gewaltigen, tragischen Geistes zu erhaschen.

Der Mittagsschlaf hatte meine Benommenheit nicht ganz verscheucht, und deshalb hielt ich an einem Haushaltswarengeschäft außerhalb Chadrons an und kaufte eine Thermosflasche. In dem Fernfahrercafé nebenan ließ ich sie mit dem grauenvollen Zeug füllen, das man hier Kaffee nennt. In diesem Teil des Landes ist der nächste Ort, wo man guten Kaffee bekommt, außer zu Hause, in Mexiko. Es drängte sich mir der Gedanke auf, daß mein Herz nicht gut genug arbeitete, um mein frühes Aufstehen, die lange Fahrt, die emotional aufwühlende Sitzung mit Smith plus etliche Whiskeys und ein T-bone-Steak zu Mittag mitzumachen. Hinzu kam die Überlegung, daß mein Körper nicht unsterblich war; ein Gedanke, der allmählich zu einer fixen Idee zu werden schien.

Die eigenartig gekräuselten Lichtebenen bei zunehmender Höhe machten mir zu schaffen, nachdem ich South Dakota erreicht hatte und die Landschaft kühler, aber auch rauher und weniger freundlich wurde. Als ich jung und überheblich war, hatte ich mich furchtbar bemüht, dieses Licht zu malen, was den anderen Studenten in Chicago und später den Malerkollegen Rätsel aufgab. In Kunst und Literatur war Xenophobie schon immer weit verbreitet, und als ich in New York zugab, aus Nebraska zu stammen, hätte ich ebensogut sagen können, ich käme aus Ultima Thule. Wenn man seine Kunst anderen zeigt, ist das immer so ähnlich, als hätte man nur eine Flasche schlechten Wein, wenn man unbedingt einen Whiskey braucht. Soweit es diese Menschen betraf, hätte ich ebensogut den Mond malen können. Aber es ist schwierig, sich vom Hudson River aus eine Vorstellung von den Sandhills zu machen oder umgekehrt. Die Vereinigten Staaten waren immer mehr Regionen als Staaten oder Bezirke und die Menschen darin voll von der Intoleranz eines Stammes für jeden anderen Ort.

An einem sehr heißen Augustmorgen hatte ich drei meiner Gemälde zu Stieglitz' Photo-Secessionist Gallery in New York City gebracht. Leider war der große Mann ausgeflogen, was während der Hitzewelle sehr vernünftig war, obwohl ich nie an die Möglichkeit gedacht hatte, er könne nicht da sein. Ich wußte, daß die Galerie Marin und Hartley ausgestellt hatte, beides Künstler, die ich bewunderte. Ein höflicher Angestellter schenkte mir einen Moment seiner Zeit, um zu sagen: »Wie interessant.« Dann ging er zum Mittagessen. In der Tür fügte er noch hinzu, ich könne in einer Stunde wiederkommen. Ich kam zurück, er nicht. Ich machte es mir in der Bar auf der gegenüberliegenden Straßenseite bequem. Als er am Spätnachmittag immer noch nicht da war, verließ ich die Bar ziemlich betrunken. Nachdem ich fast die ganze Nacht schlaflos durch die Stadt gewandert war, wollte ich am nächsten Morgen Davies und Walt Kuhn aufsuchen. Sie organisierten die bevorstehende Armory Show, die im Februar stattfinden sollte. In meinen kühnsten Träumen erhoffte ich mir, erfolgreich in die Ausscheidung zu kommen, um dort ausgestellt zu werden. Wie sich herausstellte, waren die Kuhns oben in Cape Cod. Ich hatte ein Empfehlungsschreiben für George Bellows, aber auch er hatte die Stadt verlassen. Damals erkannte ich, daß die einzige Möglichkeit, tatsächlich einen Fuß in die Tür zu bekommen, darin bestand, in dieser Stadt oder in der Umgebung zu leben. Ich hatte noch ein Empfehlungsschreiben für eine Galerie in der Nähe des Washington Square, aber diese war im Monat August geschlossen. Damals war ich noch so vital, daß ich diese ganze sinnlose Lauferei komisch fand. Ich kam mir vor, als wäre ich in Polen gelandet, ohne eine Seele zu kennen oder ein Wort Polnisch zu sprechen. Es war so heiß, daß ich nicht wie sonst an Essen und Wein interessiert war, und so marschierte ich weiter durch die Gegend, bis meine Kleidung schweißdurchtränkt war. Ich gebe zu, daß ich vor der Galerie, die im August geschlossen hatte, etwas niedergeschlagen dastand. Deshalb trank ich bei McSorley's ein halbes

Dutzend große Biere. Danach ging ich in die elenden Slums der Lower East Side, wo Glackens so gern malte. Dort sah ich den Mann tatsächlich auf der Straße, wodurch ich mich gleich viel besser fühlte, obwohl das Gefühl eigentlich absurd war. Erst mehrere Stunden nachdem ich McSorley's verlassen hatte, bemerkte ich, daß ich mein Portfolio mit den drei Bildern nicht mehr bei mir hatte. Ohne eine Spur von Panik ging ich zurück in die Kneipe, doch mußte ich feststellen, daß sie dort nicht mehr waren. Auf diese Weise entkamen sie meiner großen Bilderverbrennung nach dem Ersten Weltkrieg. Ich stelle mir gern vor, daß sie in schlichten Wohnzimmern bei Menschen der Mittelklasse hängen und sich Generationen von Familien vergeblich über diese eigenartigen Landschaften wundern.

Als ich mein Blockhaus bei Buffalo Gap erreichte, war ich schlichtweg erledigt. Selbstverständlich »erwartete« Rachel mich und hatte einen Topf mit mexikanischer Kuttelsuppe, *menudo* genannt, die ich sehr gern aß, auf dem Herd stehen. Nachdem sie Duane geboren hatte, hatte sie ihn bei ihrer Mutter in Parmelee gelassen und war nach Denver gegangen, wo sie sich während der Kriegsjahre als Prostituierte durchschlug; zudem war sie damals schwere Alkoholikerin. Sie lebte im Barrio und hatte gelernt, eine Reihe mexikanischer Bauerngerichte zu kochen. Wenn sie fluchte oder zärtlich war, verwendete sie eine Mischung spanischer und Lakota-Ausdrücke. Ich hatte mich irgendwo erkältet und war durch meine Gedanken abgelenkt, die immer noch in New York City im August 1912 weilten. Ich rief Lundquist an, damit er sich wegen meines Ausbleibens keine Sorgen machte, erwischte aber Frieda, die auf meine einfache Erklärung hin antwortete mit: »O ja, Sir. Danke, daß Sie angerufen haben, Sir. Gott segne Sie, Sir.« Eindeutig eine Parodie irgendeines hochgestochenen Mists, den sie im Fernsehen gesehen hatte.

Rachel machte mir einen scharfen Kräutertee, und dann ließ ich mich aufs Sofa fallen, wo sie mich mit einem Büffelumhang meines Vaters zudeckte, den ich ihr geschenkt hatte. Ich schlief schnell ein, aber mein Unterbewußtsein ließ mich New York nicht verlassen. Im Traum tauchte das riesige sechzigstöckige Woolworth Building auf, das in jenem Sommer fertiggestellt wurde. In dem Moment, als ich es das erste Mal erblickte, hatte ich ernsthafte Zweifel, ob es für mich einen Platz in einer Stadt gab, wo man derartige Bauwerke errichten konnte; denn obwohl ich noch nicht dreißig war, kam ich eindeutig aus einem anderen Zeitalter. Es war so heiß, daß die Menschen aus ihren stickigen Behausungen kamen, um an den Ufern und Piers des Hudson und East River oder im Central Park zu schlafen. Bei meinen nächtlichen Spaziergängen hörte ich Lieder in einem Dutzend Sprachen, und nachdem ich meine Kunst weit hinter mir gelassen hatte, faszinierte mich diese unbeschreibliche Straßenmusik. Für einige Gegenden, durch die ich kam, war ich etwas zu gut gekleidet; einmal war ich deshalb gezwungen, zwei Schläger, die mich angegriffen hatten, über die Pier in den Hudson zu werfen. Ich wachte auf, als ich das verblüffte Gesicht des zweiten sah, wie er in das Wasser platschte. Ich bin damals so schnell davongelaufen, daß ich nie herausgefunden habe, ob sie ertrunken sind.

Rachel wischte mir das dampfende Gesicht mit einem Handtuch ab. Dann ließ sie mir ein Bad ein, weil ich unter dem Büffelumhang meine Kleidung durchgeschwitzt hatte, aber selbst in der Wanne konnte ich New York nicht entrinnen. In der Folge war ich noch ein dutzendmal dort gewesen und hatte Museen und die Rennbahnen besucht, doch nie konnte ich an einer Galerie vorbeigehen, ohne daß mir leicht übel wurde. Mari Sandoz erzählte mir einmal, daß selbst ein ganz kurzer Besuch in ihrem Verlag ihre

Schreibhand auf Tage hinaus erstarren ließ. Wenn wir nun einen Sprung in das Jahr 1957 machen, so scheint es dort eine große Verwirrung zwischen der Kunst und dem Kunstmarkt, der Literatur und dem Verlagswesen zu geben, so daß sich die beherrschende Ethik des Landes auf die Formel einer offenen und gemeinen Habgier bringen läßt. Wir aßen die Kuttelsuppe erst spät und machten im letzten Licht einen Spaziergang mit Rachels Hund, einem kräftigen Labrador, der von Rachel adoptiert worden war, nachdem er einem Jäger weggelaufen war. Dieser Hund mochte mich nicht besonders, aber auch sonst niemanden außer Rachel, und er behielt mich scharf im Auge, als führte ich Böses im Schilde. Wir ruhten uns in dem kleinen Schuppen aus, und Duanes Falbe kam von der Weide zu uns gerannt, worauf Hund und Pferd sich im Kreise jagten. Der Falbe war ein außergewöhnlich schönes Pferd, allerdings etwas eigensinnig, wie der Besitzer. Rachel schmiegte sich an mich, und ich nahm sie in den Arm. Es war, als würde uns Duane in Gestalt des Falben einen stummen Besuch abstatten.

In der Nacht brach das erste Gewitter des Jahres los. Der verängstigte Hund kratzte wild an der Tür. Normalerweise schlief er bei dem Falben im Schuppen. Ich stand auf und ließ ihn herein, worauf er sofort aufs Sofa sprang und zitterte. Ich legte den Büffelfellumhang über seinen klatschnassen Körper, und dann kam Rachel aus dem Schlafzimmer, und gemeinsam betrachteten wir durchs Fenster im Westen, wie die Blitze vor den Black Hills in der Ferne herabzuckten. Es war ein grandioser Sturm, der sich aus Südwesten näherte, und als wir ein Fenster öffneten, war die Luft wärmer, als sie den ganzen Tag über gewesen war. Wir gingen zurück ins Bett, gefolgt vom Hund, der sich darunter legte. Als wir uns, ohne an ihn zu denken, ein letztes Mal liebten, knurrte er laut, so daß wir uns kaum das Lachen verbeißen konnten, ehe wir zur Höhepunkt kamen. Trotz Smith' Ankündigung hätte ich nicht überraschter sein können, wenn ich bei der Olympiade den Marathon gewonnen hätte, als jetzt, daß ich noch einmal eine Frau geliebt hatte. Beim Einschlafen traf mich die Erkenntnis, daß dies wahrhaftig ein goldener Tag gewesen war, und ich sah bildlich vor mir, wie die Oberfläche meines Lebens mit dem wahren Inhalt darunter verschmolz. Ich war mir nicht sicher, was das zu bedeuten hatte, aber als ich nachts mehrfach kurz aufwachte, konnte ich sämtliche Orte daheim auf der Farm sehen, die ich noch zeichnen mußte.

Ich blieb drei Tage im Blockhaus. Am Abend des dritten Tages rief Lundquist noch spät an, um mir zu sagen, daß Naomi mit den Adoptiveltern nach Tuscon geflogen sei, weil bei Dalva die Wehen eingesetzt hätten. Sie hatte früh am Morgen entbunden. Naomi würde sie in ein paar Tagen nach Hause holen, sobald sie sich kräftig genug fühlte. Als Rachel mich fragte, ob es ein Junge oder ein Mädchen sei, mußte ich gestehen, daß ich danach nicht gefragt hatte. Sie brach in Tränen aus, so daß ich Lundquist zurückrief, aber er wußte es auch nicht. Ich sagte zu Rachel, vielleicht wäre es besser, wenn wir es nicht wüßten, da wir das Kind nach dem morgigen Tag ohnehin nie mehr sehen würden. Sie weinte bitterlich, dann geriet sie in Wut bei der Vorstellung, daß *wasichu*, Weiße, das Kind ihres Sohnes einfach weggegeben hatten, wo sie es doch selbst hätte großziehen können. Was für eine Sorte Menschen wir wären?

Ich verließ Rachel nach Tagesanbruch. Sie hatte nicht geschlafen und war immer noch wütend und lief fluchend hin und her, wobei sie allerdings einmal lachen mußte, als der Hund mich anknurrte und bellte, als hätte sich sein Verdacht voll und ganz bestätigt. Sie brachte mich zum

Auto und gab mir im fahlen Morgenlicht einen Abschiedskuß, aber ihre Augen waren zu Steinen geworden, und sie
verzog keine Miene. Ich konnte ihr nicht eingestehen, daß
mir nie der Gedanke gekommen war, sie könnte dem Kind
eine Mutter sein.

Auf der langen Heimfahrt verließ mich Rachels Trauer, und
ich fühlte mich etwas schuldbewußt, daß ich sie bereits
verdrängt hatte, als die Sonne vor Pine Ridge über dem
Horizont aufstieg. Ich gab dem Wunsch nicht nach, einen
Umweg über den Norden zu machen und einen letzten
Blick auf die Badlands zu werfen, wo mein Vater sich nach
Wounded Knee fast ein ganzes Jahr lang mit den wider-
spenstigsten Lakota verschanzt hatte und wo er beinahe an
der Cholera gestorben wäre. Da war er wieder, der dünne
Faden zwischen den Generationen, aber ich konnte mir
beim besten Willen nicht vorstellen, daß ich im Fall seines
Todes als Lakota erzogen worden wäre und ausgerechnet
im schlimmsten Abschnitt ihrer Geschichte. So führte
mich die Heimfahrt weitgehend durch buchstäblich leeres
Grasland. Wieder einmal empfand ich es als entsetzlich,
daß man diese Menschen nicht gerecht behandelt hatte.
Allein Bartletts Spade Ranch verfügte über fast eine halbe
Million Hektar bestes Land und hätte mehrere tausend Lakota vernünftig ernährt. Man muß nicht allzu tief in die
Geschichte eindringen, um zu sehen, wie vernunftwidrig
und abgrundtief schlecht wir die Ureinwohner behandelt
haben, und das alles unter dem Deckmantel des Patrio-
tismus. In knapp zwölf Jahren haben wir Deutschland
wiederaufgebaut, unsere ersten Bürger dagegen haben wir
komplett ignoriert. Und dennoch glauben wir in dieser
stumpfsinnigen Theokratie, daß der Gott von Moses und
Jesus über jeden unserer Schritte begeistert war.

Ich war noch keine zehn Minuten zu Hause, da begann ich bereits zu zeichnen. Doch zuvor hatte ich mich auf den Fußboden gelegt und mit den Hunden einen Ringkampf aufgeführt, was ich seit Jahren nicht mehr getan hatte. Danach setzte ich mich an den Schreibtisch und zeichnete Duane, auf der Zufahrt im Staub sitzend, seine Habe in einem Jutesack, so wie Dalva ihn kennengelernt hatte. Er war ein ungewöhnlich kräftiger Bursche, aber als er zu uns kam, konnte man die Rippen unter der Haut sehen, als er sich am Pferdetrog wusch. Er war nicht verbittert, nur wortkarg, und Rachel gestand mir später ein, sie hätte ihn zu mir geschickt, weil sie gehofft hatte, ich könnte seinen Hang zu Tätlichkeiten dämpfen, der ihn sonst unweigerlich ins Gefängnis bringen würde. Als ich damals von Duane hörte, daß es Rachel schlechtging, ließ ich sie ins Blockhaus in Buffalo Gap einziehen. Insgeheim hegte ich den kindischen Wunsch, Duane könnte für mich die Stelle John Wesleys einnehmen, doch er belehrte mich schnell eines Besseren. Anscheinend war er als harter Mann geboren worden, und das Leben würde ihn zweifellos noch sehr viel härter machen.

Naomi rief an, um mir zu sagen, daß sie mit Dalva in zwei Tagen heimkäme. Als sie fragte, ob ich beschäftigt sei, erklärte ich, daß ich die nächsten Monate mit Zeichnen verbringen wolle. Es folgte eine kurze Pause, ehe sie sagte: »Das ist großartig!«, und da wurde mir klar, daß wir über meine früheren Interessen als Künstler nie im Detail gesprochen hatten.

Einem Impuls folgend, ging ich in die Scheune und bat Lundquist, mir einen Tritt zu machen, damit ich leichter aufs Pferd steigen konnte. Während er einen Bauplan auf Packpapier zeichnete, sattelte ich Peach und kam ohne Schwierigkeiten in den Sattel. Offenbar machte mich mein Herz an manchen Tagen kräftiger und an anderen schwächer.

Da mir inzwischen an Stolz nichts mehr lag, ließ ich Lundquist trotzdem den Tritt bauen.

Im Haus fertigte ich mehrere Skizzen von Rachel an, dann von ihrem Hund und dann von meinen Hunden. Letztere waren besser, weil ich sie nach dem Leben zeichnen konnte. Meine Energie ließ langsam nach, und ich machte eine Flasche Wein auf, um mich zu stärken. Es war schon beinahe dunkel, als ich Hunger verspürte. Mit Freude entdeckte ich im Kühlschrank, daß Frieda einen Schmorbraten herübergeschickt hatte. Ich staubte das Victrola im Wohnzimmer ab und spielte beim Abendessen eine Schallplatte von Bob Wills. Dabei erinnerte ich mich, daß ich zur selben Musik nach einer Viehausstellung in Fort Worth getanzt hatte. Lundquist und ich hatten uns hinterher für zwei Tage aus den Augen verloren, weil jeder seinem eigenen Blödsinn nachging. Ich hatte eigentlich nach dem Essen weiterzeichnen wollen, aber ich schlief auf dem Sofa im Arbeitszimmer ein, auf dem Charlene nicht allzu sittsam gesessen hatte.

Es ist ein warmer verregneter Freitag. Gestern abend war ich zum Abendessen bei Naomi, um Dalva zu sehen. Sie waren am Nachmittag eingetroffen; Hackleford hatte sie in Denver mit seiner Beach Twin abgeholt. Dalva war höflich, freundlich, aber blaß, und ich hatte den Eindruck, daß alle den Tränen so nahe waren, daß man praktisch über nichts sprechen konnte. Ich verabschiedete mich ziemlich früh, und draußen auf Naomis Veranda versprach mir Dalva, sie würde mich am nächsten Tag besuchen.

Zu Hause angekommen, blickte ich auf meinen Zeichenblock, aber ich war durch die offensichtliche Trauer meiner Enkelin so niedergeschlagen, daß ich nicht weiterzeichnen konnte. Doch kaum war es hell geworden, saß ich schon über den Luftaufnahmen, die Hackleford von unserer Farm, den ganzen eintausendfünfhundert Morgen, gemacht hatte. Ich markierte wenigstens drei Dutzend Stellen, an denen ich zeichnen wollte, und dies alles hat dazu geführt, daß ich das Interesse an meinen Aufzeichnungen verlor. Schließlich war Schreiben nicht mein *métier,* aber mein Problem ist, daß ich eigentlich kein *métier* habe, nicht wahr? Im Geschäft mit Land und Vieh war ich außergewöhnlich gut gewesen, aber dieser »Zuschlag«, wie Auktionäre sagen, befriedigte mich nicht.

Ich wurde aus meinen trüben Gedanken gerissen, als ich hörte, wie die Haustür aufging und Dalva in ihrem gelben Regenmantel die Hunde begrüßte, die jaulend und bellend an ihr hochsprangen. Sie ließ sie ins Freie, und ich sah vom Schaukelstuhl im Wohnzimmer aus, wie sie über den Hof lief, während die Hunde durch die knospenden Fliederbüsche beim Friedhof, durch den nassen Graben und um den Baum mit der Schaukel tollten. Die Hunde waren fasziniert, als sie schaukelte; dieses Spiel verstanden sie nicht und konnten sich auch nicht daran beteiligen. Dann sah Dalva mich durchs Fenster und winkte. Gleich darauf kam sie herein, zog den Regenmantel aus und machte ein großes Getue mit den Hunden, während sie ihnen Leckerbissen aus dem Kühlschrank verabreichte. Als sie ins Wohnzimmer kam, nahm sie Neenas alte Häkeldecke von dem kleinen Sofa, kam lächelnd auf mich zu und fragte: »Darf ich?« Ich nickte. Sie setzte sich auf meinen Schoß und wickelte sich in die Decke. Dann wiegte ich sie, wie ich es tausendmal getan hatte, seit mein Sohn gestorben war.

9. Oktober 1958

Während der vergangenen fünf Monate bin ich leicht verblödet, eigentlich nicht überraschend, wenn ich zurückschaue. Jeder mit etwas Verstand spürt den Totenschädel unter der Haut. Ich bin zwar nicht in Bestform, habe aber dennoch meinen Spaß. Heute morgen fuhr Lundquist mich bis nach North Platte, um Dalvas Geburtstagsauto abzuholen, das ich telefonisch bestellt hatte. Naomi war damit einverstanden gewesen, da Dalvas Wagen, ein Plymouth aus dem Jahr 1947, sehr unzuverlässig war. Sie hatte mich wohl gebeten, ein »vernünftiges« Auto zu kaufen, was mich geärgert hatte. Als ich freilich mit Lundquist beim Ford-Händler ankam, hatte ich das eindeutige Gefühl, doch etwas zu weit gegangen zu sein. Es war ein nagelneues aquafarbenes Cabriolet mit weißem Verdeck, Speichenrädern und großem Motor mit Vierzylindervergaser. Lundquist sagte nur: »Mann-o-Mann!« Ich meinte boshaft, daß ich in Nebraska so einen Wagen noch nie gesehen hätte. Als der Händler meinte: »Genau das richtige, um die Jugend neu zu erleben«, verbesserte ich ihn nicht. Während er mit Lundquist die Betriebsanleitung durchging, erinnerte ich mich an meinen schicken Buick Racer, Baujahr 1914, den ich damals gekauft und innerhalb eines Jahres auf meinen ausgedehnten Mal- und Zeichenfahrten zu Schrott gefahren hatte. Ich war im Herbst nach San Francisco und dann weiter die Küste hinauf gefahren, um mit Piazzoni und Dixon ein Picknick zu machen. Angetrieben von sechs Flaschen Wein, hatten wir das Fahrgestell demoliert, als wir über einen Baumstumpf zurücksetzten.

Ich fuhr das Cabrio nach Hause. Zu diesem Zweck hatte ich meinen etwas zerrissenen Otterpelzmantel mitgenommen. Das Auto gab einem das Gefühl, in einem Doppeldecker zu sitzen. Kurz hinter Thedford wurde ich wegen Geschwindigkeitsüberschreitung angehalten. Ich war froh, daß der junge Polizist mich ohne Strafe weiterfahren ließ, da ich seinen Vater kannte. Aber als er mich fragte: »Mr. Northridge, wollen Sie Ihre Jugend noch mal erleben?«, antwortete ich: »Keineswegs. Es ist ein Geburtstagsgeschenk.«

Wenn ich so recht darüber nachdenke, habe ich wirklich nicht die geringste Lust, meine Jugend zu wiederholen. Einmal reicht. Neena hatte in Omaha eine Freundin, die Theosophin war, Typ Blavatsky, und ständig über Wiedergeburt faselte. Ich fragte sie einmal nach dem Abendessen: »Woher wissen Sie, ob Sie nicht als unsichtbare Mikrobe in Hundescheiße wiederkommen?« Nach dieser netten Bemerkung verabschiedete sie sich sehr schnell.

Wie auch immer, Dalva liebte den Wagen. Ich blickte ihr mit Naomi von der Veranda aus nach, als sie, Ruth und Charlene eine Probefahrt machten. Naomi meinte: »Stell dir mal vor, wie du zwei Töchter verzogen hättest.« Dann spürte sie wohl, daß sie eine wunde Stelle getroffen hatte, und entschuldigte sich sogleich, aber ich war in Gedanken bereits woanders. Ich wünschte, ich hätte ihr Porträt gemalt und daß ich immer noch mein Lieblingsauto besäße, einen Runabout, Baujahr '25, den ich betrunken während des Hochwassers im Frühling in den Niobrara gefahren hatte. In jenen Tagen war ich schon ein seltenes Früchtchen. Neena fuhr damals immer mit den beiden Jungs nach Omaha, New York oder Rhode Island, bis ich mich abgekühlt hatte.

Ich glaube, ich nähere mich dem Ende. Oft bin ich verblüfft und dankbar, wenn ich morgens aufwache. Manchmal verschwimmt mir alles vor den Augen, und mein Herz flattert wie ein verletzter Vogel. Ich habe den ganzen Sommer hindurch gezeichnet, von morgens an, aber ab Ende Juli konnte ich nicht mehr reiten, weil mir zu oft schwindlig wurde. Mein letzter langer Ritt war an dem Tag, als Naomi anrief und sagte, Dalva sei morgens zu einem Spaziergang aufgebrochen, aber den ganzen Tag nicht zurückgekommen. Sie machte sich große Sorgen, das Mädchen könnte von einer Klapperschlange gebissen worden sein oder daß ihr sonst was zugestoßen wäre. Ich sagte ihr, Dalva hätte Sonia dabei, und ich hätte noch nie eine Klapperschlange gesehen, ohne daß Sonia mir nicht zuvorgekommen wäre. Das beruhigte sie etwas. Ich versprach ihr dann, ich würde nach Dalva suchen. Was für ein Glück, daß ich meinen Stolz über Bord geworfen und mir von Lundquist den Tritt hatte bauen lassen, denn ohne diese Hilfe hätte ich meinen Fuchs nicht besteigen können. Ich nahm ein anderes Pferd mit, da Peach sich nicht gern führen ließ. Als erstes schaute ich im Dickicht und beim Teich nach, dann ritt ich nach Norden zu dem kleinen Canyon am Niobrara mit der Quelle. Dort fand ich sie. Abgesehen von einem Sonnenbrand schien sie in guter Verfassung zu sein, und sie war ungemein froh, mich zu sehen. Ich erzählte ihr, daß hier der Platz war, wo ich vom Pferd abgeworfen worden war und mir den Schädel angeschlagen hatte, als ich in ihrem Alter war.

Ende Juni hatte ich in einem New Yorker Geschäft für Künstlerbedarf Ölfarben bestellt, aber den Karton dann nie geöffnet. Selbst eine so leichte Sache wie eine Flasche Wein aus dem Keller zu holen, ging an manchen Tagen fast über meine Kräfte; an anderen fiel es mir leicht. Ende April hatte ich fast alle von mir auf den Luftaufnahmen markierten Orte abgegrast, und ab Anfang September war ich auf einen Sessel angewiesen, den Lundquist mit dem Pick-up auf die Südweide geschafft hatte. Gegen Regen war er mit einer Plane bedeckt, und ich mußte nur hinausfahren, die Plane abnehmen, mich hineinsetzen und konnte anfangen zu zeichnen. Wir hatten den Sessel ungefähr an die Stelle gebracht, die Smith zu Lundquists Verwunderung so fasziniert hatte. Eine Familie Feldmäuse nistete sich sogleich im Sessel ein, und ich mußte vorsichtig sein, wenn ich mich setzte. Da sie mit der Kraft der Menschen nicht vertraut waren, huschten sie über die Arme des Sessels und über den Zeichenblock, und eines Morgens setzte sich eine Maus sogar auf meine Schulter, während ich zeichnete. Wenn der kleinste Habicht vorbeiflog, sausten alle Mäuse schnell in Deckung. Ich fing an, immer eine Jackentasche voll Weizen mitzunehmen, um die Mäuse zu füttern, und schon bald waren sie so schlau, gleich nach der Tasche zu flitzen, statt auf ein Almosen zu warten. Meist zeichnete ich Dickichte nach der Erinnerung, aber auch Wolkenformationen, Vögel im Flug und Gräser, die um den Sessel herum wuchsen: Blaue Quecken, Fahnenhafer, Büffel-, Sumpf-, Gramma- und Sandbartgras. Diese Skizzen erinnerten mich an die botanischen Zeichnungen meines Vaters, allerdings gab ich nicht alle Einzelheiten so genau wieder, weil das nicht meinen Absichten entsprach.

Die Dickichte, die ich aus der Erinnerung zeichnete, gaben mir selbst Rätsel auf. Bis zu diesem Punkt in meinem Leben hatte ich nie gedacht, daß Dickichte von so großem Interesse wären. Ich zeichnete Dickichte an Flußläufen in der Nähe von Durango, Mexiko, wo ich mit Davis kampiert hatte, dann eines zwölf Meilen vor La Paz auf der Baja, wo die Wachteln vor den Raubvögeln Zuflucht fanden. In der Nähe von Sarlat in der Dordogne gab es ein Dickicht, wo eine Stute gefohlt hatte; es war auch nicht weit von dem Krankenhaus entfernt, wo ich den süßen Hintern gesehen hatte, der mich auf so wunderbare Weise geheilt hatte. Ferner Dutzende von Dickichten in Nebraska, besonders entlang des Loup, des Missouri und des Niobrara. Ich hatte sogar die Vorstellung, daß die Farm, von der Straße aus gesehen, wie ein riesiges Dickicht aussah, und das war der Ort, an dem ich meine Zuflucht gefunden hatte, dort hatte ich gelebt, und dort würde ich zweifellos auch sterben.

An einem kühlen regnerischen Septembertag war ich etwas verärgert, weil ich an den Schreibtisch gefesselt war. Ich holte die Skizzenbücher heraus, die ich in meiner Jugend angefertigt hatte, und verglich die Zeichnungen darin mit den jetzigen Arbeiten. Da war eine interessante frühe Skizze, auf der im Fort Niobrara außerhalb von Valentine Negerinfanteristen in Reih und Glied standen. Das war 1906 gewesen, als ich sechzehn war. Ich war eingeladen worden, mit den einfachen Soldaten zu Mittag zu essen, und stellte dabei dasselbe seltsame Phänomen fest wie damals, als Davis die Mädchen auf der Landwirtschaftsausstellung gezeichnet hatte: Alle Menschen sind von Künstlern eigenartig fasziniert, als wäre jeder Künstler eine Art Medizinmann für Arme. Viele junge Frauen der guten Gesellschaft, die ansonsten vernünftig sind, gehen eher mit einem Künstler ins Bett als mit einem Börsenmakler, vielleicht aus Neugierde. Davis meinte, daß diese Vergünstigungen ein wenig die unausweichliche Armut des Künstlerlebens linderten.

Meine jetzigen Arbeiten hielten dem Vergleich mit denen aus früheren Jahren durchaus stand, allerdings waren die Linien jetzt ein wenig verträumter, zögernder, weniger zu einem kühnen, aber mitunter unangemessenen Strich neigend. Aber viele von den Tagebucheintragungen waren fade und pedantisch. Mit fünfzehn hatte ich offenbar das Wort »Hedonist« im Lexikon oder in der *Britannica* gefunden und beschlossen, ein solcher zu werden. Das war ein Modigliani, eine hormonelle Phase, in der ein weiblicher Schoß und ein Kelch Botticellis etwa gleich viel gelten, wobei das Pendel eher zugunsten des ersteren ausschlägt. Erst neulich hatte ich daran gedacht, Charlene zu bitten, mir nackt Modell zu sitzen, um noch einmal den Anblick zu genießen, der mich so viele Nächte und Tage lang beflügelt hatte. Im Mai 1916 gab es eine nicht sehr intelligente Betrachtung, die allerdings durch Humor gemildert war. »Wenn unser wirkliches Leben nur ein Abklatsch unserer Ideale ist, dann kann es ganz schön Scheiße werden, wenn wir dann und wann einmal unsere Ideale verlieren.« Ge-

schrieben mit einem schlimmen Kater, nach einer Schlägerei mit einem ziemlich großen und unverschämten Cowboy vor der Kneipe in Bassett, wegen einer jungen Dame,
die lieber in mein Auto als in seins einsteigen wollte. Später
im selben Monat stand folgende salbungsvolle Eintragung:
»Politik kann einem die Überzeugung vermitteln, das Leben sei eine brodelnde Jauchegrube; die organisierte Religion dagegen sieht es als ein erzieherisches System, in dem
die Verwalter gut bezahlt werden müssen. Nur in Kunst
und Literatur – und Naturgeschichte – werden wir zu jenem unsichtbaren Altar geleitet, wo das Leben als das riesige Mysterium erspürt werden kann, das es ist.« Was für
ein edler Gedanke. Aber könnte man ihn essen, wäre er
nichts weiter als dünner Haferschleim. Zuweilen höre ich
die Stimme I-Ahs, des Esels in *Winnie the Pooh*, einem
Buch, das ich Dalva und Ruth so oft vorgelesen habe, als sie
klein waren, daß es zu einem Teil ihrer Wirklichkeit
wurde. Das ganze Leben hindurch hört man Schwachköpfe
ihre Version der Weisheit herausblöken. Mir gefällt Keats
Vorstellung des »negativen Vermögens« besser, wonach
man besser im Kopf Tausende widersprüchlicher Ideen
hegt und pflegt, anstatt sie auf funktionale Kernaussagen
reduzieren zu wollen. Welche Verblendung! Dann ist da
noch der deprimierende Gedanke, daß man von morgens
bis abends Poesie studieren und schreiben kann und dennoch keinen Vierzeiler zustande bringt, der sich mit dem
vergleichen ließe, was Keats in Hampstead Heath auf einen
alten Briefumschlag geschrieben und als unzureichend ver-
worfen hat. Als ich in den strömenden Regen starrte, der
die Südweide tränkte, hatte ich plötzlich den Wahnsinns-
wunsch, die Erde zu essen und zu trinken, den Himmel
samt Regen zu schlucken. Dann schlief ich ein und
träumte, Adelle, Neena, meine Mutter und Rachel würden
alle draußen auf der Weide im Regen stehen und lächelnd

zu mir herüberschauen, während ich im Arbeitszimmer am Fenster sitze. Ich winkte, aber sie winkten nicht zurück. Als ich aufwachte, suchte ich sie mit den Augen, aber draußen wurde es bereits dunkel.

Ich glaube, daß ich dem Ende ziemlich nahe bin. Deshalb habe ich Lundquist erklärt, wohin er den großen gelben Umschlag mit dieser kleinen Geschichte legen soll. Er hat vor unserem Keller Angst, vielleicht zu recht. »Ich bin nie allein dort unten gewesen«, sagte er mir. In seinen Augen sind Tränen, und ich versuche ihn mit den Worten zu bereden, daß Lutheraner vor Kobolden und ähnlichen Wesen sicher wären. Er gibt zu, daß er weint, weil er Angst hat, ich würde bald sterben. Daraufhin nicke ich. Ich habe Fieber. Ich nehme an, ich habe Bronchitis und eine beginnende Lungenentzündung, eine Krankheit, von der man sagt, sie sei des alten Mannes »Freund«. Natürlich will Lundquist den Arzt holen, doch das kommt nicht in Frage. Auf dem Schreibtisch steht eine offene Flasche Whiskey als Medizin gegen meine Hustenanfälle, doch zum erstenmal, seit ich zurückdenken kann, lehnt er einen Schluck ab. Ich bin so verblüfft, daß ich einwillige, als er mich bittet, mit ihm zu beten. Wir knien nieder, und während er betet, starre ich durch die Stäbe der Stuhllehne auf die großformatigen Kunstbände unten im Bücherschrank. Ich konzentriere mich auf Caravaggio, der angeblich ein unangenehmer Zeitgenosse war; aber was für eine Rolle spielt es letztlich, wer ein Gemälde schuf oder ein Buch schrieb, wenn das Geheimnis im kollektiven Verstehen liegt, unermeßlich und unmeßbar zugleich? Lundquist fordert mich auf, Gott um Verzeihung zu bitten. Ich murre, es wäre wohl besser, die um Verzeihung zu bitten, denen ich Unrecht getan hätte, aber die sind fast alle tot. Er bittet mich noch mal. Um ihm den Gefallen zu tun, sage ich: »Gott, verzeih mir.«

Er ist so froh, daß ich mir sicher bin, das Richtige getan zu haben. Ich packe die Schreibtischkante und ziehe mich daran hoch.

Jetzt, nachdem Lundquist seine Mission erfolgreich abgeschlossen hat, ist er für einen Whiskey aufgeschlossen. Zum letztenmal lassen wir die Erinnerung an unsere erste Begegnung in Lincoln, kurz nach dem Waffenstillstand, Revue passieren.

Neena hatte mich vom Zug abgeholt, mit dem ich über Chicago aus New York kam. Paul war damals noch ein Kleinkind, er hatte sich von der schlimmen Grippe noch nicht ganz erholt, an der in jenem Jahr in den Vereinigten Staaten Tausende gestorben waren. Neena wollte, daß ich voraus aufs Land zog, da sie wußte, daß ich ihre reichen Freunde nicht mochte, bei denen wir wohnten. Aber Paul war erst zwei Jahre alt und schien sich über meine Besuche bei ihm im Krankenhaus sehr zu freuen. Ich fuhr öfter zu den Viehhöfen und den Versteigerungshallen, weil der Anblick der Rinder mein Heimweh etwas linderte. Am ersten Tag hatte ich wohl etwas zu tief in die Whiskeyflasche geschaut und machte kritische Bemerkungen über die Art und Weise, wie ein munterer kräftiger junger Schwede die Rinder aussortierte. Der Bursche baute sich vor mir auf und bot mir an, mich in den Arsch zu treten, worauf ihn ein Vorgesetzter zurechtwies, weil ich ein Rancher in teurem Anzug war. In den folgenden Tagen fand ich heraus, daß der junge Mann Lundquist hieß und aus Minnesota stammte. Am letzten Tag in Lincoln fuhr ich hinaus und bot ihm eine Stellung mit doppeltem Lohn und das Haus an, das ich von den Norwegern gekauft hatte, die unbedingt die Gegend verlassen wollten. Lundquist und ich konnten endlos in diesen Erinnerungen schwelgen; was hat ein alter Mann auch sonst noch, fragt man sich. Da fuhr Dalva draußen mit dem Wagen vor, und als Lundquist sie sah, ging er.

Ich schaute durchs Fenster und sah Charlene im Auto; Sonnenlicht glänzte auf ihrem Haar. Natürlich hätte ich sie bitten sollen, Modell zu sitzen. Dalva kam herein und fiel mir um den Hals, dann legte sie mir die Hand auf die Stirn, um zu fühlen, ob ich Fieber hätte. Sie meinte, ich brenne, und brach in Tränen aus. Immer noch gibt sie sich die Schuld daran, daß ich krank geworden bin, obwohl ich ihr erklärt habe, daß ich die Bronchitis bereits vor ihrem kleinen Ausflug gehabt hätte. Dann schildere ich ihr noch die komische Geschichte von meiner erste Herzattacke, aber sie findet sie überhaupt nicht witzig. Wieder fängt sie an, sich zu entschuldigen, und ich unterbreche sie und bitte sie, Charlene herbeizurufen, damit wir zusammen Rommé spielen können. Ich versichere ihr, daß ich nie im Leben glücklicher war, was absolut stimmt.

Vor mehreren Tagen setzte Dalva sich ins Auto und fuhr vor Tagesanbruch los, um Duane zu suchen. Naomi kam vormittags herüber, nachdem sie gehört hatte, Dalva sei nicht in der Schule erschienen. Ich saß in meinem Sessel auf der Weide, mit einer Thermosflasche voll Kaffee mit einem Schuß Whiskey gegen den Husten, und genoß den Altweibersommer. Die Hunde schliefen im Gras, nur Sonia buddelte am Sessel, um Mäuse zu fangen. Naomi fuhr schwungvoll durchs Tor und über die holprige Weide bis zu meinem Sessel. Nachdem ich die Neuigkeiten gehört hatte, äußerte ich die Vermutung, daß Dalva wahrscheinlich nach Parmelee gefahren sei, wo sie mit Sicherheit erfahren würde, daß Duane in Chadron im Gefängnis saß. Ich wußte das, weil ich es in der vergangenen Woche vom Sheriff des Dawes County gehört hatte. Daraufhin hatte ich Quigley gebeten, von Valentine aus rüberzufahren, Duane auf Kaution rauszuholen und ihm etwas Geld zu geben. Das tat Quigley auch. Später teilte er mir telefonisch mit, Duane hätte ihm gesagt, er wolle nach Oregon fahren und

Holzfäller werden. Das klang für einen jungen Cowboy recht unwahrscheinlich, aber wer weiß? Ich sagte, ich würde beim Sheriff in Chadron anrufen, für den Fall, daß Dalva im Gefängnis auftauchte, und ebenso Rachel in Buffalo Gap Bescheid sagen, falls Duane dorthin käme, was ich aber nicht glaubte. Naomi hörte sich das alles an. Dann fuhr sie zurück in die Schule, sagte aber, daß sie nachmittags noch mal vorbeikommen würde.

Wir saßen gerade im Wohnzimmer und drehten Däumchen, als am späten Nachmittag der Sheriff anrief und uns mitteilte, daß Dalva vor wenigen Minuten im Gefängnis eingetroffen sei und er ihre Autoschlüssel in Verwahrung genommen habe. Naomi sprach mit Dalva; sie blieb bewundernswert ruhig. Ich sorgte dafür, daß Dalva bei einer Familie übernachten konnte, der ich gleich nach dem Zweiten Weltkrieg eine Ranch für einen fairen Preis verkauft hatte. Dann rief ich Hackleford an, ob er mich hinfliegen könne. Naomi war so erleichtert, daß sie sich ein Glas Wein und eine oder zwei Tränen genehmigte. »Wenn du uns im Oktober verlassen willst, hast du weniger als eine Woche«, neckte sie mich. »Ich schaffe das«, meinte ich. Darüber regte sie sich furchtbar auf. Sie bestand darauf, den Arzt kommen zu lassen, worauf ich erklärte, ich würde ihn an der Tür erschießen. »Was sollen wir nur ohne dich machen?« sagte sie. »Ihr habt doch Paul, der ist viel klüger als ich. Er wird euch alle im Auge behalten.« Dann redete sie wieder mal wirres Zeug über Geld. Wie immer erklärte ich, sie solle möglichst viel davon ausgeben und den Rest sparen.

Bei Tagesanbruch sah es aus, als würde es ein schöner Tag werden, deshalb rief ich Hackleford an und bat ihn, den alten Stearman-Doppeldecker zu nehmen, damit wir uns das Land unbehindert von oben anschauen könnten. Er meinte, es wäre vielleicht etwas kalt, aber ich bestand darauf. Diese Entscheidung hätte mich beinahe nach kurzem Flug umgebracht. Wir flogen niedrig über der Carter-Ranch, nördlich von Springview, als ich aufgrund der Kälte mehrere Minuten lang das Bewußtsein verlor, obwohl ich dick eingepackt war. Mir wurde nicht mehr richtig warm, bis wir eine halbe Stunde später in Chadron wieder festen Boden berührten. Der Sheriff holte uns am Flugzeug ab. Ich fuhr mit Dalvas Wagen zur Ranch im Norden der Stadt. Sie schien sich zu freuen, mich zu sehen. Ich hatte vor den Schwindelanfällen soviel Angst, daß ich sie bat, zu fahren. Ich dachte: Lieber Himmel, ich will nicht auf dem Heimweg sterben, und so fuhren wir die zwei Stunden zum Blockhaus nach Buffalo Gap hinauf, damit ich mich zwischendurch ausruhen konnte. Aus irgendeinem Grund hielt ich es für angebracht, daß Dalva Rachel kennenlernte, und als wir dort waren, bat ich Rachel in meinem schlechten Lakota, das Thema Duane diskret zu behandeln. Dalva machte auf Duanes Falben einen Ausritt, und ich erklärte Rachel, daß ich bald sterben würde. »Das weiß ich«, meinte sie nur. Ich schlief an die fünf Stunden auf dem Sofa, und dann machten wir uns auf den Heimweg. Ehe wir losfuhren, hörte ich, als ich aufwachte, wie Dalva mit Naomi telefonierte und ihr sagte, wir würden gegen Mitternacht zu Hause sein. Ich schickte ein Stoßgebet zu einem unbestimmten Gott, daß ich es schaffen möge. Meine Enkelin hatte genügend Probleme, auch ohne daß ich ins Gras biß. Diesen Ausdruck fand ich immer köstlich: Er biß ins Gras. Und in die Erde oder was auch immer.

Die Heimfahrt verlief gut, und obwohl Dalva dagegen protestierte, bestand ich darauf, daß sie das Verdeck schloß. Wir machten in Valentine halt und nahmen mit Quigley ein kurzes Abendessen ein. Dabei unterhielten wir uns über die Vogeljagd. Er war so höflich, seine Besorgnis nicht auszusprechen, aber mir war der bestürzte Blick nicht entgangen. Mein Flachmann war leer, deshalb kauften wir Whiskey. Das Radio war außer Reichweite eines guten Senders, und so bat ich Dalva, für mich zu singen, und dann sang ich ihr einige Lieder aus dem Ersten Weltkrieg vor, was sie lustig fand. »Das ist für den Kaiser, er pfeift auf dem letzten Loch. / Der Arsch will uns entwischen, aber wir kriegen ihn doch.«

Das Zwielicht übergoß die Landschaft mit einem leuchtendgelben Schimmer, und wir hörten Hunderte von Wiesenstärlingen ihr Gutenachtlied trillern. Ich wachte zu Hause auf. Dalva brachte mich ins Bett und gab mir noch etwas Whiskey, der, obwohl ich morgens mit einem Kater erwachen mochte, mich nun am Leben zu erhalten schien. Ehe Dalva ging, brachte sie noch Sonia ins Zimmer, damit sie mir Gesellschaft leistete. Irgendwann gegen Morgen, als die zu erwartenden Kopfschmerzen einsetzten, streckte ich die Hand aus und berührte ihren warmen Körper; im ersten Moment hielt ich sie für Neena. Aber Sonia knurrte, weil sie es haßte, im Schlaf gestört zu werden. Nicht alles spielt sich in unserem Kopf ab, aber das meiste. Mehr kann ich dazu nicht sagen.

Fünf Tage später. Ich hatte mehrere schlimme Momente bei dieser ganzen Sterbegeschichte, da ich mich, abgesehen vom letzten Jahr, nie richtig auf das Ende vorbereitet hatte. Was würde meiner Meinung nach passieren? Wie würde das Ende sein? Wohin, wenn überhaupt, würde ich danach gehen? Naomi erschien heute morgen mit dem Arzt, und Paul ist bereits unterwegs von Chiapas, ganz unten in Mexiko. Beinahe hätte ich dem Arzt gesagt, daß ich nie mit seiner Frau geschlafen hätte, aber dann erklärte er, mein Herz sei »kaputt«. Was für ein häßlicher Ausdruck. Deshalb hielt ich den Mund. Ich habe eine Lungenentzündung, und meine allgemeine Verschwommenheit könnte sich durch die Flüssigkeit in meiner Lunge erklären. Man muß Gott auch für große Gnaden dankbar sein! Nachdem der Arzt mit einem Seufzer der Erleichterung, den er vor mir verbergen wollte, gegangen ist, ziehe ich Naomi damit auf, daß ich weiß, daß sie mich zuweilen Lord Byron nennt, wenn ich außer Hörweite bin. Sie wird rot. Ich hatte das von Lundquist erfahren, weil er dies gehört hatte und wissen wollte, was »Lord Byron« bedeutete. Ich hatte ihm erklärt, das wäre ein sehr feiner Gentleman gewesen, der zusammen mit seinem Hund begraben sein wollte, was Lundquist durchaus vernünftig fand. Der Exgouverneur, der versucht hatte, den Rosenthals zu helfen, kam vorbei, und wir sagten Lebewohl. Sogar Rachel ist aus Buffalo Gap gekommen.

Rachel singt für mich in Lakota, wie meine Mutter für meinen Vater gesungen hat. Ich bin von dieser Kontinuität verzaubert, obwohl es mir schwerfällt, wach zu bleiben, und meine Träume voller Vögel sind. Ich sah mexikanische Dschungelvögel, Quetzals, an die ich seit langem nicht mehr gedacht hatte, und auch ein Scharfschwänziges Moorhuhn im Maul eines Kojoten in der Nähe von Springview.

Paul ist hier, und wir sprechen über nichts, bis es mich unvermittelt überfällt und ich ihn nochmals um Verzeihung bitte, weil ich ihn zu Boden geschlagen habe. Er küßt mich auf die Stirn. Frieda Lundquist kommt. Sie kniet vor meinem Fenster nieder und betet laut. Paul hilft mir zum Fenster, und ich winke ihr.

Ich habe noch eine Nacht geschafft. Beim Aufwachen sitzen Rachel und Paul neben meinem Bett. Ich schlafe wieder ein und höre wieder die Milliarden Vögel. O Gott, was für ein grandioser Lärm! Dalva kommt herein und küßt mich, und Ruth erklärt lakonisch: »Es tut mir leid, daß du stirbst.« Ich bitte meinen lieben Lundquist, dieses Tagebuch wegzupacken. Ich möchte auf einem Heuballen an der Scheunenwand sitzen, wie ich es so oft als junger Mann getan habe, wenn die Morgensonne die Bretter im Rücken erwärmt, während der Bauch kalt bleibt. Guten Morgen und Lebewohl!

Nelse

Daß die Mutter dich ruft, hörst du nicht
Beim Geheul des eisigen Winds.

ANNA ACHMATOWA

Ich glaube, ich hatte wirklich gespürt, wie die Erde sich unter mir bewegte. Es geschah mehrere Male innerhalb einer Stunde. Die Sterne zitterten ein wenig und verschwammen zeitweilig, wenn das Fieber meine Sicht trübte: Jungfrau mit Spica, Leo und Regulus, Bootes weniger deutlich, erkennbar nur am alles überstrahlenden Arcturus.

Vielleicht spürte ich es, vielleicht war es aber auch nur Einbildung. Worin der Unterschied liegt, weiß ich nicht, aber das ist ein Punkt, den wir Primaten uns seit Angedenken zu erklären versuchen. Es ist keine Fallstudie, und ich bin es auch nicht. Ich kontrollierte gerade einen Eisvogel-Brutplatz an den einsamen Ufern des Niobrara (es war ein jahreszeitlich bedingter Job bei der Zugvogel-Überwachung des US Fish and Wildlife Service). Zwei Tage vorher hatte ich in Lincoln haltgemacht, um meine Aufzeichnungen meinem Boß durchzugeben, der befördert worden war und jetzt nur noch Zeit hatte, Vögel in seinem eigenen Garten zu studieren. Das Absurde am Erfolg – die Beförderung verbannt einen vom Außendienst in den Innendienst. Wir unterhielten uns darüber, daß ein Farmer drüben in der Nähe von Fort Kearny beim Frühjahrsflämmen ein paar erfrorene Kanadakraniche verbrannt hatte. Ein phänologischer Irrtum, da einige Tiere viel zu früh eintrafen und von einem Schneesturm überrascht wurden. Er sagte, ich wäre ein beneidenswerter Nomade, während er drei Ibuprofen-Tabletten schluckte.

Nachdem ich das erledigt hatte, rief ich J.M. an, und wir trafen uns in einer Buchhandlung. Sie warnte mich am Telefon, daß sie sich gerade von einer Grippe erhole. Ich kaufte ihr ein Buch von Octavio Paz, da sie bei ihrem Mann genau das Geld abrechnen muß, das sie in einem freundlichen, harmlosen, klinisch sauberen Striptease-Lokal verdient. Sie möchte Englischlehrerin werden und hat im Nebenfach Tanzerziehung gemacht. Ihr Ehemann, ein aufbrausender Ochse norwegischer Abstammung aus Sioux City, arbeitet schon seit einer halben Ewigkeit an seiner Dissertation in Anthropologie. Ich lernte ihn vor acht Jahren flüchtig kennen, als ich noch ein erfolgloser Studienanfänger war. Sie erzählte mir, daß er ständig versucht, mit der Pfeife im Mund zu reden. Es gibt immer ein paar Studenten im letzten Studienjahr, die auftreten wie exzentrische Gelehrte. Sie haben eine so altväterliche Art, in sich reinzukichern, anstatt einfach zu lachen. Mache ich den Mann zum Hanswurst, weil ich mit seiner Frau schlafe? Wahrscheinlich.

Wir tranken etwas in der Zoo-Bar, und ich betrachtete sie eingehend. Sie sah nach ihrer eben überstandenen Grippe noch ein wenig abgespannt aus, aber ich fuhr bei Einbruch der Dunkelheit in die Sandhills, und wir wollten uns die Gelegenheit nicht entgehen lassen. Dies war unser drittes Rendezvous, nachdem ich sie im April in einer Striptease-Show gesehen hatte, in deren Verlauf sie in die Luft sprang und in einem Spagat landete. Ich lief auf Hochtouren wie ein Dieselmotor, steckte ihr einen Hundertdollarschein zu und ging hinaus. Dank unwahrscheinlichen Dusels und einer kurzen Suche sah ich sie am nächsten Nachmittag mit ihrer Sporttasche zur Uni gehen. Ich fuhr einen Block weit vor und ließ Ralph zum Pinkeln raus. Er gehört mittlerweile zum Rudel der Vermißten, und seinen Namen zu schreiben schnürt mir die Kehle zu. Ich vermute, daß er halb Springerspaniel und halb Labrador war, aber dafür gibt es keinen Beweis, da ich ihn als Welpen in einem Feld in der Nähe eines Campingplatzes außerhalb von Clayton, New Mexico, gefunden habe.

Sie blieb stehen, als sie mich sah, dann lächelte sie Ralph an, der näher kam und sie ausgiebig beschnüffelte. Sie betrachtete erst meinen zehn Jahre alten Pick-up mit Campingaufsatz, dann, kritisch, meine Kleidung.

»Ich sollte dir die hundert Dollar zurückgeben, aber mein Mann weiß, daß ich sie verdient habe. Du siehst nicht gerade aus wie jemand, der mit Geld nur so um sich wirft.« Sie bückte sich, um Ralph zu streicheln, und ich erhaschte einen Blick auf die Innenseite ihrer Oberschenkel, ehe sie ihren Sommerrock darüberzog. Das brachte mich aus der Fassung und amüsierte sie.

»Meine Güte, du hast mich doch schon fast nackt gesehen. Was treibst du überhaupt?«

»Ich bin ein Nomade.«

»Ich mag es nicht, wenn man mich auf den Arm nimmt. Ich hätte auf Bauarbeiter getippt. Da gibt es immer welche, die blöd genug sind, mir einen ganzen Tageslohn zu geben. Nicht oft, aber es ist schon passiert.«

»Ich wette, du kommst aus der Gegend um Neligh. Vielleicht sogar aus der Nähe von Verdigre.« Sie errötete ein wenig. Ihre Stimme klang viel zu formell, als daß sie aus einer Stadt hätte kommen können, und die Sprachmuster aus dieser Gegend hier lassen sich eindeutig identifizieren.

»Ziemlich nahe dran, Klugscheißer.« Sie hatte Schwierigkeiten mit »Klugscheißer«.

Dann standen wir für ein oder zwei Minuten schweigend da, während Ralph allmählich ungeduldig wurde. Sie erinnerte mich an ein Löwenmäulchen, eine meiner liebsten Blumen, obgleich ich nicht dicht genug an ihr dran war, um ihren Duft zu erhaschen.

»Möchtest du ein wenig spazierenfahren? Es ist Frühling.«

»Ich hab's doch schon gesagt, ich bin verheiratet. Du wolltest mir ja noch nicht mal verraten, was du treibst und wer du bist.«

Ich gab ihr eine knappe, unverfängliche Beschreibung meiner Person, während sie vorbeifahrenden Autos nachschaute. Sie zeichnete mit der Fußspitze ein unsichtbares X auf den Bürgersteig und sagte, ich sollte in zwei Stunden wieder dort sein, dann hätte sie einen Entschluß gefaßt. Als sie sich entfernte, wollte Ralph ihr nachlaufen. Sie drehte sich um und meinte, sie hätte ein Butterbrot in ihrer Sporttasche, und ich rief Ralph zurück.

Und das war es dann. Die zwei Stunden waren eine gottverdammte Ewigkeit, und als ich zurückkam, wartete sie bereits und stieg wortlos in meinen Pick-up. Ein paar Straßen weiter blätterte sie nervös in meinen Botanik- und Vogelführern herum, auch in Olaus Muries *Animal Tracks*.

»Ich gehe auf keinen Fall in ein Motel«, sagte sie.

»Ich auch nicht. Wenn du in ein Motel willst, dann mußt du schon alleine reingehen.«

Sie quittierte das mit einem kurzen Lachen, aber ihre Unterlippe zitterte. Sie schaute wieder in *Animal Tracks,* und ich fragte sie, ob ich ihre Fährte verfolgen dürfte.

»Nicht auf dem Bürgersteig. Draußen im Gelände vielleicht.« Sie drehte sich um und blickte in den Campingaufsatz zu Ralph, der sich darüber ärgerte, daß sein Sitzplatz besetzt war. Nachdem er das kundgetan hatte, legte er sich schlafen.

Ich fuhr ungefähr dreißig Meilen aus Garland raus und zu einem Waldstück, wo ich vor zwei Jahren eine Grasmücken-Zählung durchgeführt hatte. Es war ein warmer Tag Ende April, und das Zittern ihrer Unterlippe hörte auf, als wir die freie Natur erreichten. Als ich den Wagen in der vierzig Morgen großen Waldparzelle in einen Karrenweg hineinlenkte und Ralph als Belohnung für seine Geduld ein Biskuit gab, ergriff sie die Flucht. Sie rannte wie eine Hürdenläuferin, und ich war beeindruckt, während sie im jungen Grün des Frühlings verschwand. Es hatte kurz vorher geregnet, daher war es nicht schwer, ihren Fußabdrücken zu folgen. Ich kam zügig voran, hielt den Blick auf den Erdboden gerichtet und schaute nach ungefähr fünf Minuten hoch, um sie auf einem Baumstumpf sitzen zu sehen, den mit Blumen bedruckten Rock bis zur Brust hochgerafft. Die Luft war mit Moskitos erfüllt, daher bat ich sie aufzustehen, und ich kniete mich hin und verteilte Cutter's Insektenschutz auf ihren Beinen und ihrem Hintern, während ich ihr Geschlecht küßte. Sie gab wunderschöne Laute von sich, die zum Wald zu gehören schienen. Das erste Mal beugte sie sich einfach über den Baumstumpf. Als wir uns ausruhten, nannte ich ihr die Namen von Pflanzen, Bäumen und Waldblumen ringsum. Später hatten wir nur Schwierigkeiten, den Schmutz und die Grasflecken von unseren Knien abzureiben.

Unser zweites Treffen eine Woche später war problematisch. Sie sagte, sie wäre zur Vernunft gekommen, und dies wäre das letzte Mal. Es regnete in Strömen, und sie brach mit einem Fußtritt einen Radioknopf vom Armaturenbrett ab, was ihr sehr peinlich war. Sie schrie und errötete dann. Sie war so fest von dieser Mischung aus Tanzen, Laufen, Schwimmen und Arbeit auf der Farm ihres Vaters, daß ich mir in ihr vorkam wie in einem Fangeisen. Sie zog sich meine Regenbekleidung über, und wir machten trotz des Wolkenbruchs einen ausgedehnten Spaziergang. Sie hatte ihren Mann geheiratet, als sie neunzehn war; kennengelernt hatte sie ihn, als er an einer archäologischen Ausgrabung am Zusammenfluß von Niobrara und Missouri arbeitete. Verglichen mit den eingeborenen Rüpeln und den Kommilitonen, die sie in ihrem ersten College-Jahr kennengelernt hatte, erschien er klug und edel. Das war vor drei Jahren. Sie arbeitete als Stripperin, wie es auch mehrere andere Mädchen aus den Tanzkursen der Universität taten, weil man an einem einzigen Abend das Dreifache von dem verdienen konnte, was man als Serviererin in einer ganzen Woche zusammenbekam. Es erregte außerdem ihren Ehemann, eine Sache, die sie zu verwirren schien. »Ich glaube, ich bin ein richtiges Tier«, sagte sie, und ich meinte: »Natürlich«, worüber sie sich wahnsinnig aufregte. Ich brauchte eine ganze Stunde, um sie davon zu überzeugen, daß ihr Geständnis bewundernswert war. Ich ließ Ralph raus, und er tötete ein junges Waldmurmeltier, was die Dinge nicht gerade einfacher machte. Ich mußte unter den Truck kriechen, um ihm das Murmeltier wegzunehmen, und als ich mich wieder unter dem Wagen hervorrollte und halb in einer Pfütze lag, schaute ich unter meinen Regenmantel und sah ihren nackten Hintern. Es war ein geradezu elektrisierender Anblick. Ich hatte mit neunundzwanzig schon eine ganze Menge erlebt, aber es gab nichts, was sich mit ihr hätte vergleichen können. Sie schaute auf mich herab, lachte und kniete sich auf meine Nase und meinen Mund, während ich mit dem Hintern in der kalten Pfütze lag.

Das dritte Treffen fand statt, als ich vor der Fahrt nach Sandhill die Grippe bekam. Nachdem sie mich am Telefon gewarnt hatte, erwiderte ich, mir wäre alles egal, selbst wenn sie AIDS hätte. Dies galt in meiner Generation als Geste von ausgeprägter Romantik. Aber dieses Rendezvous erhielt seine besondere Note durch andere Dinge, die mich und sie in Anspruch nahmen. Ich hatte mich in Santa Monica an meine Mutter herangepirscht, herangepirscht im klassischen Sinn, und zwar an meine leibliche Mutter, nicht meine adoptierte. Der Grund dafür war sicherlich eher Neugier als eingebildete Zuneigung zu jemandem, den ich noch nie zu Gesicht bekommen hatte. Auf dem Rückweg nach Nebraska zu einem meiner Verstecke, wo ich mir immer alles durch den Kopf gehen ließ, wurde mir an einer Raststätte außerhalb von Tucson, Arizona, der Pick-up gestohlen. Der Tankwart erzählte, er hätte einen jungen Mexikaner »herumhängen« gesehen. In dem Wagen befanden sich meine gesamte Ausrüstung sowie ganze zehn Jahrgänge meiner naturgeschichtlichen Tagebücher plus eine kleine Reisebibliothek, aber das wichtigste war mein Freund Ralph. Ich telefonierte mit der Polizei, fuhr mit einem Taxi zu einem Motel und wartete dort drei Tage lang auf Neuigkeiten, die es jedoch nicht gab und mit denen ich aus irgendeinem Grund auch nicht rechnete.

J.M. war melancholisch und benützte wieder die Redensart »zur Vernunft kommen«, die in keiner Weise auch nur auf ein einziges der Probleme anzuwenden war, die wir hätten haben können. Echte sexuelle Verträglichkeit war in meinem Leben etwas höchst Seltenes gewesen, und wir beide hatten sie ganz gewiß. Sie war aufrichtig traurig, daß ich Ralph verloren hatte, löcherte mich jedoch sofort mit Fragen über meinen neuen Chevy-Truck. Ich hatte ihr bereits erzählt, daß ich von monatlichen sechshundert Dollar Taschengeld lebte, die mir mein Urgroßvater, den ich nie kennengelernt hatte und von dem ich nichts wußte, hinterlassen hatte. Damit und mit dem, was ich nebenher noch zusammenkratzen konnte, lebte ich blendend knapp unterhalb dessen, was sie die »Armutsgrenze« nannte. Da sie aus einer ziemlich armen Familie kam, konnte sie meiner Art zu leben wenig Positives abgewinnen. Ich wollte ihr außerdem nicht erläutern, wie ich an den neuen Truck gelangt war. Trotz des angenehmen, sonnigen Tages liebten wir uns in der ersten Stunde nur einmal.

»Möchtest du, daß ich mit dir durchbrenne und dir helfe, deinen Hund wiederzufinden?«

»Natürlich«, sagte ich, und sie setzte sich auf meinen Schoß, während ich auf der Erde lag.

»Ich kann nicht«, sagte sie. Meine Antwort hatte sie jedoch gefreut, weil sie merkte, daß ich es ernst meinte.

Aber ich mußte mir überlegen, was ich tun sollte, oder besser gesagt, ich hatte mir schließlich überlegt, was ich tun sollte, als sie gerade darüber nachgedacht hatte, was sie tun sollte. Wir waren gegenseitige Eindringlinge, und es war für uns beide gleichermaßen unvorstellbar zuzugeben, daß etwas, das derart zufällig begonnen hatte, von Dauer sein konnte. Wir liebten uns wieder, und sie gab mir zu verstehen, daß sie mich nicht wiedersehen würde. Nachdem ich fast ein Jahrzehnt damit verbracht hatte, auch nur die kleinste der menschlichen Fallgruben zu meiden, hätte ich eigentlich erleichtert sein müssen, aber ich war es nicht. Ich hatte meine Zukunft aus guten Gründen vernachlässigt, aber ich konnte ganz gewiß nicht die Tatsache akzeptieren, daß ich sie nicht wiedersehen würde und sie genauso endgültig aus meinem Leben verschwand wie Ralph.

Auf der Rückfahrt nach Lincoln bogen wir in eine verlassene Seitenstraße ein und liebten uns erneut, wobei uns der vorbeifahrende örtliche Briefträger ertappte und uns zuwinkte. Das war das Ende. Ich winkte zurück, aber sie kauerte sich voller Scham auf dem Wagenboden zusammen. Der Nachmittag war gänzlich verdorben, als ich sie fragte, weshalb es so schlimm für sie war, wenn ein Briefträger ihre Brüste sah, wenn sie sich doch an drei Tagen in der Woche vor Publikum ganz auszog. Sie nahm das als Kritik an ihrem Job. Es war die seltsame und irrationale Situation, wenn es den Absichten einer Frau dienlich ist, einen mißzuverstehen. Sie versucht, wütend zu werden, damit sie einen Grund hat, mich nicht wiederzusehen, dachte ich. Sie wollte nicht reden, aber als ich sie, ein paar Straßen von ihrer Wohnung entfernt, aussteigen ließ, lehnte sie sich zu mir herüber, küßte mich auf die Wange und wünschte mir mit einer Stimme, die eine Mischung aus Schluchzen und Stottern war, eine gute Nacht. Ich griff blind nach ihrem Arm und ließ ihn dann los. Sie ging um das Heck des Trucks herum, und ich beobachtete sie über das Schild mit der Aufschrift WAS SIE IM SPIEGEL SEHEN, IST NÄHER ALS SIE DENKEN hinweg.

Was hatte ich mir eigentlich vorgestellt? Von dem Augenblick an, als ich sie sah, hatte ich nicht an die Folgen gedacht. Im Pick-up auf der Straße in der Nachmittagssonne kam ich mir vor wie ein ganz beschissener Eindringling. Was wußte ich denn schon von ihr außer ein paar pikanten Einzelheiten: ihre 4-H-Club-Charolais-Färse hatte während der Antelope County Fair den dritten Platz geschafft, als sie zwölf Jahre alt war. Sie hatte von ihrer Mutter Spanisch gelernt, die den größten Teil ihrer Kindheit in Mexiko verbracht hatte, wo ihr Vater als Bergbauingenieur arbeitete. Ihre Mutter hatte ein Semester an der Universität von Nebraska studiert, ehe sie von einem Studenten mit einem Stipendium für begabte Landjugend geschwängert wurde und schließlich auf bescheidenen hundertachtzig Morgen Farmland endete, genug für eine nicht besonders vornehme Armut. Ihre Mutter sah, daß J.M. im wesentlichen in der gleichen Klemme steckte. Ihre Mutter wußte, daß sie strippte, aber ihr Vater wußte es nicht. Ein Empfang beim Dekan für Doktoranden hatte J.M. tief beeindruckt, denn im ganzen Haus lagen Teppiche. Sie liebte Gedichte in Spanisch, aber nicht in Englisch, denn das war geheimnisvoll. Sie hatte das schönste Geschlecht, das ich je gesehen hatte. Unter Berücksichtigung der heutigen Neigung zu Übertreibungen würde ich ihr Perineum mit der Sixtinischen Kapelle oder ähnlichem vergleichen. Sie sagte, daß ihre Eltern es sich nicht hätten leisten können, Klammern für ihre Zähne zu bezahlen, und war sittsam erfreut, als ich meinte, ich hätte für Titelbildzähne nicht allzu viel übrig. Das war schon so gut wie alles, außer daß sie auf der Uni nur Bestnoten erhalten hatte und daß das Lieblingsgericht ihres Mannes Eisbein mit Sauerkraut war, worum sie sich nicht gerade riß. Ich hielt sie für weitaus intelligenter als sie sich selbst. In Nebraska werden eben nur die rein funktionalen Aspekte der Intelligenz anerkannt.

Ich kam an diesem Abend nur bis Broken Bow. Ich beschäftigte mich derart intensiv mit J.M., daß ich zu essen vergaß, bis es zu spät war und ich mich in meinem Schlafsack auf einem Luzerne-Feld zusammenrollte, solange im Westen noch ein heller Schimmer am Himmel zu sehen war. Ich störte eine Feldlerche bei ihrer, wie ich annahm, zweiten Brut, aber sie beruhigte sich wieder und wagte sich aus Neugier in der zunehmenden Dunkelheit sehr nahe an meinen Kopf heran.

Bei Tagesanbruch war ich so hungrig wie noch nie und vom Tau durchnäßt und durchfroren, während meine Schutzplane noch im Truck lag. Diese Dummheit erfüllte mich mit verhaltener Wut, und ich war blind für die Schönheit des Morgens. Ich vergaß sogar, im Windbruch nach der Eule zu suchen, die ich die ganze Nacht hindurch gehört hatte, zweifellos eine Schleiereule, wie ich an ihrem heiseren Schrei erkannt hatte.

Ein auffällig großer Farmer musterte mich durch das Fenster eines Imbißrestaurants, während ich vorfuhr. Nachdem ich eingetreten war, erklärte er, ich wäre ihm als Miete für den Quadratyard seines Luzerne-Feldes, auf dem ich geschlafen hatte, eine Tasse Kaffee schuldig. Ich nickte zum Zeichen des Einverständnisses und setzte mich zum Frühstück an seinen Tisch, als er mich zu sich herüberwinkte. Ich erzählte ihm, ich wäre müde gewesen, und wenn ich mit dem Truck einen Unfall gebaut hätte und er in Brand geraten wäre, hätte ich sicher dazu beigetragen, das schädliche Unkraut, Wolfsmilch, zu verbreiten, das ich in seinem Graben gesehen hatte. Darüber mußte er lachen, danach aßen wir schweigend, während er sich den ersten Bericht von der Landwirtschaftsbörse mit der typischen Schwermut anhörte, die Farmer immer an den Tag legen, wenn sie sich die Preisentwicklung ihrer Produkte anhören.

Am späten Vormittag erreichte ich meinen Bestimmungsort, eine sehr große Ranch nördlich von Bassett. Eine Frau mittleren Alters, in der ich die Ehefrau eines Farmhelfers vermutete, führte mich in ein Arbeitszimmer. Der Eigentümer war ein alter Knabe in einem Rollstuhl, der mir sofort erklärte, ich hätte Ähnlichkeit mit einem schon vor längerer Zeit verstorbenen Freund von ihm. Das verursachte mir ein leichtes Unbehagen, da ich wußte, daß das Mädchen, das mich zur Welt gebracht hatte, im Umkreis von siebzig Meilen um diese Ranch aufgewachsen war. Ich war verblüfft, als ich hörte, daß der Eigentümer schon einundneunzig war, aber die Region der Sandhills ist bekannt für die Langlebigkeit ihrer Bewohner. Seine Stimme klang glockenklar, und er äußerte sich belustigt und neugierig über das Projekt. Er hätte etwas gegen Regierungsleute auf seinem Besitz, aber etwas so Friedliches wie das Zählen von Vögeln würde ihm gefallen. Ich überlegte kurz, ob ich ihm erklären sollte, daß ich eigentlich kein Ornithologe sei, ein Beruf, der, je nach Gebiet, so unterschiedlich sein kann wie die Arten, die jeweils untersucht werden, erkannte aber, daß ihm das höchstwahrscheinlich ziemlich gleichgültig war. Er sagte, ihm täte immer noch leid, daß er vor achtzig Jahren einen Goldadler geschossen hatte, aber daß ein Cowboy – ein Ponca-Halbblut – ihm nur zu gern den gefiederten Balg abgekauft hätte. Er fügte hinzu, daß Poncas zuverlässigere Cowboys wären als Sioux oder Pawnee, aber nicht soviel von Pferden verstünden wie die Sioux. Mir kam es so vor, als würde Geschichte die Gestalt eines alten Mannes annehmen, der ein paar Jahre nach

Wounded Knee geboren worden war und im Ersten Weltkrieg gedient hatte. Nach derzeitigen Maßstäben war er mit einer Ranch von rund hunderttausend Morgen durchaus als reich anzusehen, aber es gab außer einem teuren Himmelsteleskop auf der offenen Vorderveranda keine Anzeichen dafür. Er betrachtete gern die Sterne, die ihm in seiner Kindheit aus Gründen, die er nicht näher erklärte, immer Angst eingejagt hatten. Er bot mir leihweise ein Pferd an, als ich ihm auf einer topographischen Landkarte die Stelle zeigte, zu der ich hinwollte. Der nächste Karrenweg war ein paar Meilen entfernt, und der sandige Untergrund des Weidelands war für meinen Pick-up zu weich. Ich sagte, ich würde mich zu Fuß auf den Weg machen, denn ich hatte keine Lust, mich zusätzlich noch um ein Pferd zu kümmern. Als wir uns voneinander verabschiedeten, bat er mich um eine Liste mit den jeweiligen Zahlen der Vögel, die mich auf dem elf Meilen langen Abschnitt des Niobrara, den ich untersuchte, interessierten. Es handelte sich dabei um Eisvögel, Amerikanische Rohrdommeln und Nachtreiher.
Während ich meine Ausrüstung zusammenstellte und einpackte, näherte sich ein junger Cowboy von der Art, mit der man sich besser nicht anlegt, und versuchte mich mit den Vögeln aufzuziehen, aber ich erwiderte nur, daß Vögel ziemlich attraktiv wären, verglichen mit dem Hintern einer Kuh, den er wohl den ganzen Tag vor Augen hatte. Jeder furchtsame Rückzieher stachelt solche Leute nur zusätzlich an, daher muß man ihnen direkt die Grenzen ziehen. Anstatt verärgert zu reagieren, stimmte er mir zu und zeigte mir auf meiner Landkarte eine frische Quelle und eine Stelle, die er für den geeignetsten Lagerplatz hielt. Er beschrieb mir seinen Lieblingsvogel und flatterte mit den Armen, um mir zu zeigen, wie er immer auf einem Zaunpfahl landete. Ich tippte auf einen Amerikanischen Uferläufer, und dann fragte er, wie viele Vogelarten es auf der

Erde gäbe, und als ich ihm die Zahl nannte, sagte er nur: »Mann-o-Mann, das ist wirklich 'ne ganze Menge.«

Während des ziemlich anstrengenden Marsches war ich ein wenig wacklig auf den Beinen, ahnte aber noch nichts. Mein Wahrnehmungsvermögen schien ein wenig gestört zu sein, und als ich einen Gelbkopfstärling entdeckte, sah dieser irgendwie komisch aus, und ich machte neben einem kleinen Sumpfloch Rast, um darüber nachzudenken. Der Vogel war in Ordnung, vielleicht war mein Geist es nicht. Ein ansonsten beschränkter Zimmergenosse auf dem College faselte immer davon, daß »die Realität die größte Illusion der Menschheit« wäre, ein Ausspruch, den er einem Psychologieprofessor abgelauscht hatte, der wiederum diesen Ausspruch von Erik Erikson hatte. Dieser Vogel sah im trüben und bewölkten Nachmittagslicht aus wie frisch aus der Presse, und es kam als »Illusion« hinzu, daß ich ihn holographisch sehen konnte, also alle Seiten des Vogels gleichzeitig, eine schon früher in meinem Leben nicht seltene Erfahrung, die auf einer Wahrnehmungsstörung durch eine typische und ziemlich banale Football-Verletzung beruhte.

Ich hatte mir außerdem den ziemlich kurzen Marsch von rund fünf Meilen unnötig schwergemacht, weil ich nicht auf meine Landkarte geachtet und mich einen Steilabbruch hinaufgequält hatte, während es eine viel bequemere Umgehung gab. Im zerklüfteten Westen ist allein der Kompaß oft irreführend, und die topographische Karte zu ignorieren kann bedeuten, daß man sich Blasen an den Arsch läuft, wenn eine niedriger verlaufende Route die einfachere gewesen wäre. Zudem dachte ich so intensiv an J.M., daß ich ein wenig unaufmerksam wurde, obwohl ich im hintersten Winkel meines Hirns wußte, daß ich mich im idealen Lebensraum der Diamantklapperschlange bewegte. Sekunden später hörte ich ein kastagnettenhaftes Rasseln, das von einem Steinhaufen kam, und machte trotz meines schweren Rucksacks einen Riesensatz zur Seite. Es war ein ziemlich großes Exemplar, und ohne den Sprung hätte die Schlange sicherlich mein Bein erwischt. Ich stand da und bewunderte ihre Kampfbereitschaft – einige sind verhältnismäßig passiv – und setzte dann meinen Weg fort.

Gegen fünf Uhr schlug ich mein Lager auf und schlief sofort für mehrere Stunden ein. Da war mir schon klar, daß ich krank werden würde. Gewöhnlich mache ich eine weite Runde, um meine jeweilige Umgebung zu studieren, ihre Besonderheiten, ihre Geologie und Flora und mögliche Fauna kennenzulernen, aber diesmal streckte ich mich auf einer Terrasse am Berghang aus, blickte für ein paar Minuten auf den grünen und schäumenden Niobrara hinunter und schlief ein, wobei ich einen seltsamen Traum von einer ausgezehrten J.M. und meiner Adoptivmutter hatte, die aus einer Gallone verfärbten Wodkas Martinis mixte.

Es war fast dunkel, als ich ein Feuer anfachte und mir ein Sandwich mit gebratenen Zwiebeln und Speck zubereitete und eine Handvoll Brunnenkresse hinzufügte, die ich an der Wasserquelle des Cowboys gepflückt hatte. Ich bekam aber nur ein paar Bissen hinunter. Ich legte ein paar grüne Äste aufs Feuer, so daß sich dichter Qualm entwickelte, um die allgegenwärtigen Moskitos zu vertreiben, und verfluchte mich, daß ich nicht so schlau gewesen war, oben auf dem Berg zu kampieren. Jetzt mal ehrlich – mir ging's beschissen, und der Anblick der Gewitterwolken im Westen bedeutete, daß ich mein kleines Zelt aufschlagen mußte, wo ich doch aufgrund einer akuten Klaustrophobie viel lieber unter freiem Himmel schlief. Mehr dazu später, wenn überhaupt. Phobien sind fast bis ins letzte zu erklären, aber immer noch sehr schwer heilbar.

Im rauchtrüben Feuerschein bereute ich fast meinen spontanen Entschluß, J.M. zu treffen, teils weil mein Schwanz so wund war, daß ich nicht auf dem Bauch schlafen konnte, meine normale Schlafposition, und teils weil ich spürte, wie ich Fieber bekam und meine Haut und meine Gelenke schmerzten. Dieser Platz war genauso gut wie jeder andere, um eine Grippe zu bekommen, der übliche nebraskische Euphemismus. Das Getöse des Flusses tief unter mir lullte mich ein, und mein Geist machte aus dem Brausen des Wassers an den Stromschnellen, dem Hinabstürzen in Wirbeln, der Sammlung neuer Energie, wenn der Fluß sich verengte und eine Biegung beschrieb, ein wildes, prächtiges Farbenspiel.

Gegen Mitternacht maß ich meine Temperatur, die fast vierzig Grad betrug, und das Zelt drohte mich zu ersticken, und Schweiß brannte in meinen Augen. Ich kroch hinaus und richtete mich unter einem Viertelmond auf, während der Gesang eines Ziegenmelkers von stromabwärts heraufdrang. Nicht einmal Mozart hätte so etwas zustande gebracht, der Seetaucher auch nicht. Die letzte Gewitterwolke verschwand im Osten, und ich brannte innerlich und genoß es fast ein wenig. Genauso wie mein einziger, jugendlicher Peyote-Rausch war es nichts, wogegen man sich vergeblich zu wehren versuchte. Dann heulten zwei Kojoten, und der Ziegenmelker sang wieder. Sie sind regelrecht fasziniert voneinander und führen häufig richtige Zwiegespräche. Meine Kopfhaut schmerzte jetzt stärker als mein Schwanz, und ich meinte zu den Moskitos, die sich auf meiner Haut versammelt hatten, sie sollten es sich ruhig schmecken lassen. Nur meine Fußsohlen fühlten sich gut an im kühlen Tau des Grases.

So legte ich mich nackt ins Gras, das Gesicht gen Osten gewandt. Die kalten, feuchten Halme waren wunderbar kühl unter meinem heißen Rücken, und ich studierte den Sternenhimmel, der so weit entfernt von jeglicher Beleuchtung hell erstrahlte. Die Sterne funkelten, und die Milchstraße war ein milchiger breiter Gürtel, der sich quer über den Himmel spannte. Zum erstenmal und sicherlich aufgrund meines fiebrigen Zustands nahm ich deutlich wahr, daß ich mich bewegte und nicht die Sterne, was auch gar nicht überraschend war, weil es tatsächlich zutraf. Die Zeit machte Feierabend. Sie ging davon. Ich spürte, wie sich die Erde ganz sacht unter meiner Wirbelsäule bewegte. Ein eigentümliches Schwindelgefühl, aber ich konnte wohl kaum deswegen die Erde anhalten, oder?

Der nächste Tag blieb mir unangenehm in Erinnerung. Ich konnte Wasser nicht sehr lange bei mir behalten, Essen noch viel weniger. Der Wind drehte nach Südwesten, und es wurde sehr warm und schwül. Ich war gezwungen, in mein Zelt zu kriechen, um der Sonne zu entfliehen, ließ jedoch die Eingangsklappe weit offenstehen, um jedes Gefühl des Eingesperrtseins zu vermeiden. Zu meiner spärlichen Sammlung von Helden gehört Loren Eiseley, und er sagte mal: »Des Nachts muß man die Realität ohne fremde Hilfe ertragen.« Das könnte genausogut auch auf die Mittagszeit zutreffen, dachte ich. Ich erinnerte mich an eine leichte Lebensmittelvergiftung, die ich einmal hatte, als ich südlich von Deming, New Mexico, kampierte. Ich bin nur sehr selten krank, und Ralph hatte sich derart aufgeregt, daß er mitten in der Nacht einen Weg in meinen Schlafsack suchte, als ich vor Kälte und Wasserentzug zitterte und kurz davor war, mir meine Mutter herbeizuwünschen.
In meinem Fieberwahn bekam ich die Wochen seit Ralphs Verschwinden nicht mehr richtig zusammen. Nun vergoß ich die Tränen, und wußte, daß es eigentlich viel zu spät dafür war – wie damals vor fünf Jahren bei meinem Vater. Er starb in Omaha an seinem Schreibtisch an einem Aneurysma, und ich kam, wie es sich gehörte, für zwei Wochen vom östlichen Ende des Canyon de Chelly in Ari-

zona herauf. Danach kehrte ich wieder zu einem meiner »Verstecke« zurück, und es verstrich ein ganzer Monat, bis mir die Bedeutung seines Todes klarwurde und ich mich endlich auf den Boden werfen, mich im Dreck wälzen und weinen konnte.

Daß Ralph nicht mehr da war, überwältigte mich dort in dem heißen Zelt, teils weil ich in der Vergangenheit eben dieses Zelt so oft aufgeschlagen hatte, um ihm ein wenig Schutz vor der Sonne zu schaffen, da sein dunkles Fell die Wärme extrem absorbierte. Er war ein grandioser Feigling und rannte bei meinen Wanderungen immer bellend voraus, um bei auch nur dem geringsten Anzeichen von echter oder eingebildeter Gefahr hinter mir in Deckung zu gehen. Bei besonders langen Fußmärschen streikte er öfters und legte sich hin, so daß ich mir seine fünfzig Pfund Lebendgewicht auf die Schultern laden mußte. Ich wußte, daß alles dagegen sprach, aber falls der Autodieb ihn laufengelassen hatte und er von jemandem aufgenommen worden war, würde er recht glücklich sein, solange er immer um drei Uhr nachmittags sein Fressen bekam. Bis nach drei warten zu müssen würde er sicher nicht dulden. Die Sehnsucht nach meinem Hund stieg zusammen mit der halben Gallone Wasser, die ich gerade getrunken hatte, in meiner Kehle hoch. Tränen und Erbrochenes. Was fehlte dabei noch außer Blut? Die Erinnerung an einen verschollenen Hund war so klar und stark verglichen mit der Erinnerung an eine verschollene Mutter, die ich mir dutzende Male vorzustellen versucht hatte. Unsere Träume scheinen in der Lage zu sein, neue Menschen zu erfinden, aber es war wirklich nicht mehr als das.

Ich wanderte schwerfällig den steilen Berg zum Fluß hinunter, rutschte einmal ein paar Meter auf dem Hintern ab; das Fieber spielte meiner Koordinationsfähigkeit einen Streich. Ich ließ mich in eine kalte Strömung hineingleiten und hielt mich zur Sicherheit an einer freiliegenden Baumwurzel fest. Die Kälte ernüchterte mich immerhin so weit, daß ich einen Eisvogel bemerkte, der nicht allzu hoch über meinen Kopf hinweg flußabwärts flatterte. Er landete auf einem Ast und beschwerte sich lautstark über die Störung. Ich zog mich aus dem Fluß heraus und krabbelte und kletterte zum Zelt zurück. Ehe ich einschlief, kam es mir so vor, als stünde ich am Ende eines Weges, über dessen Bedeutung ich mir nicht ganz im klaren war.

Ich wachte kurz nach vier Uhr morgens, etwa eine Stunde vor Tagesanbruch, auf, nachdem ich fünfzehn Stunden geschlafen hatte. Ich dachte, ich hörte Ralph bellen, aber es war der Ruf eines Kojoten auf der anderen Seite des Niobrara. Mein Magen war völlig leer, aber die Übelkeit hatte sich gelegt, und ich überlegte, was ich essen könnte, das mir nicht schadete. Ein leichter Wind wehte von Westen, der aber stark genug war, um die Moskitos zu vertreiben, während ich ein Lagerfeuer anfachte. Ich schaute zum untergehenden Mond und wünschte mir, daß J.M. bei mir wäre, dann versuchte ich mich mit der Tatsache abzufinden, daß dies eine aussichtslose Wunschvorstellung war. Als sich ausreichend Glut gebildet hatte, bereitete ich Reis und Tee zu, da mein Magen meiner Meinung nach noch nicht für Kaffee bereit war, und schlief wieder ein. Mittlerweile hatten die Kojoten auf der anderen Flußseite die Jagd aufgenommen, und die einzelnen Stimmen hatten sich zu einem Chor vereinigt, ein Vorgang, den ich normalerweise in mein Tagebuch eingetragen hätte. Ich fragte mich, wann die Enttäuschung über meine abhanden gekommenen Tagebücher sich bemerkbar machen würde, bezweifelte jedoch, daß es überhaupt je geschehen würde. Ich erinnerte mich daran, daß der letzte Eintrag vom Lagerplatz Nummer 403, südlich von Ajo, Arizona, stammte, wo ich schlechten

Gewissens meine Mutter verfolgt hatte, es mir dann aber anders überlegte, als sie auf einem Karrenweg nach Westen in die Cabeza Prieta abbog. Bis zu diesem Punkt hatte ich mir eingeredet, daß ich lediglich ihre Heimfahrt von Santa Monica nach Nebraska in ihrem ziemlich ramponierten Subaru überwachte, ein ungewöhnliches Fahrzeug für jemanden, der aus reichen Verhältnissen stammte. Lange bevor ich die Verfolgung aufgab, kam mir dann der Gedanke, daß ihr alter Wagen eine sympathische persönliche Note war.

Während ich meinen Tee trank und den Reis aß, schaute ich den Berg hinunter und entdeckte an einer mit dichtem Schilf bewachsenen seichten Stelle im ersten vagen Licht des Tages einen Säbelschnäbler, um dessen spindeldürre Beine sich Nebelschwaden kräuselten.

Ich griff automatisch zu einem Tagebuch, das nicht mehr da war, und lachte zum erstenmal seit mehreren Tagen schallend. Unsere Namen sind nichts als üble Scherze! Vereinbarte Klangmuster. Das ist es. Christliche Namen, moslemische Namen, buddhistische Namen. Ich stellte mir meine Kiste Tagebücher im Graben einer Landstraße in Sonora vor, wohin sie geworfen worden waren, weil wer auch immer sie für wertlos gehalten hatte. Keinerlei Gefühl regte sich in mir. Sie repräsentierten eine irrationale menschliche Phänologie: Ankünfte, Abreisen, Breitengrade, Längengrade, Ortsnamen, Fauna, Flora, Wetter, ein endloser Strom von Gedanken über die Aufenthaltsorte von neun Jahren und Fragen über gelesene Bücher, Gedanken über Bruchstücke mitgehörter Gespräche, über Beschreibungen von Leuten, die man kennengelernt hat, über Frauen, mit denen man geschlafen hat, über Schwärmereien, vermutete Weisheiten, verworfene Ideen, Wortskizzen von Landschaften, laienhafte Geologie (für Wissenschaft hatte ich nie viel übrig), Überlegungen zu meiner persönlichen und irgendwie unverständlichen Religion.

Aber es war mein Name selbst, der das bittere Gelächter in der mentalen Klarheit des Wasserentzugs und eines zwangsweisen zweitägigen Fastens auslöste. Nachdem ich nachgeforscht und gesucht hatte, stellte ich fest, daß ich zwei Namen hatte, die so gerade noch das Papier wert sein dürften, auf dem sie stehen. Der alte Patriarch der einen Familie, der nur ein paar Monate nach meiner Geburt tatsächlich starb, besteht darauf, mir einen legalen Namen zu geben, obgleich ich als ein Tag alter Säugling einer Adoptivmutter übergeben wurde. Wie es sich gehörte, suchten meine Eltern für mich einen eigenen Namen aus, aber das tut angesichts der Absurdität von Namen allgemein nichts zur Sache.

Auf der Innenseite eines jeden Tagebuchdeckels stehen in der linken oberen Ecke mein Name und die Telefonnummer meiner Mutter in Omaha. Die Idee mit dem Tagebuch kam von meinem Vater, in einem April, als ich als Student im letzten Studienjahr endgültig die Universität verließ. Es gab einen kleinen Fall von Gewalt, wie sie es nannten. Ich kippte den Schreibtisch eines Professors um, hatte es dabei durchaus auf ihn abgesehen, doch er wich mit seinem Stuhl gerade noch rechtzeitig aus. Ein Briefbeschwerer aus farbigem Glas, der angeblich tausend Dollar wert gewesen sein soll, ging zu Bruch, und ich verbrachte die Nacht in einem Gefängnis in Lincoln, nachdem ich mich mit allem Anstand dem Polizeibeamten, der mich verhaften wollte, widersetzt hatte. Mein Vater und ein jüngerer Angehöriger der Anwaltskanzlei in Omaha, an der mein Vater als Seniorpartner beteiligt war, tauchten morgens auf. Der junge Anwalt war eine wortgewandte Kanone, während mein Vater sich nur mit Wirtschaftsrecht befaßte. Für meine Hausarbeit in Anthropologie hatte ich Geschichten über Kojoten bei den Eingeborenen von Nebraska gesammelt, vor allem bei den Ponca, den Pawnee und den Omaha. Von den letzteren kannte ich einige schon seit meinem dreizehnten Lebensjahr, als ich von den Boy Scouts ausgestoßen wurde, weil ich einen ziemlich betrunkenen Omaha zu einem Gruppentreffen mitgebracht hatte. Mein Studienberater, ein melancholischer junger wissenschaftlicher Assistent, der kurz danach in den Gebrauchtwagenhandel seines Vaters in Texas zurückkehrte, hatte mir erklärt, ich bekäme sicherlich Schwierigkeiten, weil ich etwas so Unwissenschaftliches getan hätte, wie mit echten Eingeborenen zu reden, wo doch genügend von qualifizierten Leuten geschriebenes Forschungsmaterial zur Verfügung stünde. Um das Ganze abzukürzen, bestand ein Professor darauf, daß ich meinen Text noch einmal überarbeiten sollte, sonst würde er mich durchfallen lassen. Er nannte mich tatsächlich abfällig einen »romantischen Humanisten«. Ich erwiderte lahm, daß ich ein Halbblut-Lakota wäre (eigentlich nur zu dreißig Prozent, was so gut wie nichts ist), eine Tatsache, die ich im Alter von achtzehn Jahren zum Unmut meiner Adoptiveltern in Erfahrung gebracht hatte. Der Professor war eine jener bemitleidenswerten Erscheinungen, die ihr Leben dem Bemühen geweiht haben, die Anthropologie als exakte Wissenschaft zu etablieren, vielleicht aus Neid auf die Forschungsgelder, die Archäologen oder Naturwissenschaftlern zur Verfügung gestellt werden. Er sagte, meine Gene hätten überhaupt nichts damit zu tun und auch nicht meine gefühlsmäßige Reaktion. Da ich in Anthropologie ausschließlich Bestnoten erzielt hatte und später auf eine Graduate School wollte, wäre es an der Zeit, daß ich lernte, wissenschaftliche Disziplin zu üben, die nicht von Gefühlen »verunreinigt« würde. Aus irgendeinem Grund war es dieses »verunreinigt«, das meinen Zorn entfachte, und ich kippte plötzlich seinen Schreibtisch um. Er kreischte: »Sie kleiner Idiot«, aber ich war gar nicht so klein, sonst hätte ich es gar nicht schaffen können, den wuchtigen Schreibtisch mit seinen Stapeln von Büchern, Papieren und Aktennotizen umzustoßen. Natürlich zeigte er mich an und erklärte außerdem, ich hätte ihm auch gedroht, ihn aus dem Fenster zu werfen, was ich durchaus gesagt haben konnte, woran ich mich aber nicht mehr erinnerte.

Um ganz ehrlich zu sein, es war ein ziemliches Desaster, aber ein durchaus angemessenes Ende einer akademischen Karriere, die ohnehin kurz vor dem Scheitern stand. Erst eine Woche vor diesem Ereignis hatte ein Doktorand mich gesehen, wie ich vorn in der Zoo-Bar saß und Loren Eiseley las, und daraufhin spöttisch bemerkt, daß mein Idol ein« romantischer Humanist« wäre. Das war offensichtlich das damals beliebteste Schimpfwort, und ich hatte allerdings auch diesmal zu spontan reagiert. Wahrscheinlich hatte es sich herumgesprochen, daß ich einen Dämpfer brauchte. Im Rückblick erscheint mir alles eher unglaublich komisch. Der Professor war von seiner Schlagfertigkeit her einem scharfen jungen Omaha-Anwalt bei einer privaten Anhörung vor einem Richter nicht gewachsen. Er wurde des Rassismus, ethnischer Verunglimpfungen, akademischen Faschismus und was sonst noch allem beschuldigt. Ich kam davon, indem ich den antiken Briefbeschwerer ersetzte.

Aber nicht bei meinem Vater, der durch mein Verhalten und das des jungen Anwalts schrecklich in Verlegenheit gebracht wurde. Beim Verlassen des Gerichtsgebäudes entschuldigte er sich bei dem Professor, der zuerst vor Wut fast geplatzt war, nun jedoch nur noch benommen und traurig wirkte. Ich befand mich in Hörweite, und die Geste meines Vaters ärgerte mich, weil ich mich immer noch als die geschädigte Partei betrachtete. Der junge Anwalt war nervös, weil er meinte, er wäre in seinem Bemühen, für den Sohn eines seiner Bosse einen Sieg zu erringen, vielleicht zu weit gegangen. Was er laut meinem Vater auch tatsächlich getan hatte.

Beim Mittagessen, zu dem der junge Anwalt nicht eingeladen wurde, versuchte ich auf meinem harten Stuhl voller kleinlauter Scham zu versinken, als er mich daran erinnerte, daß man mich im Alter von zwölf Jahren über meine ethnische Herkunft unterrichtet habe, sogar noch umfassender – wenn auch ohne die Namen, natürlich –, und daß damit dieses Thema abgeschlossen sei. Auf keinen Fall hätte es als Waffe gegen einen »selbstgefälligen alten Narren, aber dennoch gelehrten Mann« eingesetzt werden dürfen. Einen Schreibtisch umzukippen war abscheulicher als alles, was der Professor mir angetan hatte – dachte mein Vater jedenfalls. Ich konterte mit der Frage, ob man, wenn jemand einem unfairerweise an die Eier geht, es einfach geschehen lassen solle? Aus dieser Sackgasse kamen wir nicht heraus, und vielleicht kamen wir es nie. Das Mittagessen endete mit: »Was willst du jetzt mit deinem Leben anfangen?«. Ihm hatte die Idee von einem Besuch der Graduate School sehr gut gefallen, da ein solcher Schritt einen tröstlichen Ausgleich zu allen Schwulitäten darstellte, in die ich verwickelt gewesen war. Ich erwiderte, ich wüßte es nicht, würde aber versuchen, mir darüber klarzuwerden. Er fragte mich, ob ich mit nach Hause käme, damit wir alles ausgiebig besprechen könnten, und ich lehnte ab. Das verletzte ihn, aber ich spürte, wie klaustrophobische Wogen aus jeder Ecke des Restaurants – eigentlich ein Club für die Reichen und Mächtigen von Lincoln – auf mich zurollten, und ich mußte schnellstens raus. Natürlich verstand ich seine Enttäuschung darüber, daß ich alles vermasselt hatte, als ich meine Arbeit für das Diplom bereits zu fünfundneunzig Prozent abgeschlossen hatte. Ich stand abrupt auf, wir schüttelten uns die Hände, und schon war ich durch die

Tür nach draußen gerannt, ohne daß er mich aufzuhalten versuchte. Er erkannte wohl, daß ich kurz vor einem Anfall stand. Erst sieben Monate später, zu Weihnachten, sah ich ihn wieder. Ich machte mich auf den Weg: frei, einigermaßen weißhäutig und einundzwanzig Jahre alt.

Neun Jahre später erscheint das, was mir damals wie ein dramatischer Akt vorgekommen war, als ich schweißgebadet meine Wohnung aufsuchte, überstürzt meinen Truck belud und nach Nordwesten fuhr, eher erheiternd. Und ich bezweifle, daß ich so weit im Westen einen Nachtreiher sehen kann, was erheblich außerhalb des normalen Lebensraums dieser Vögel läge. Das ist das aktuelle Problem, wenngleich es nur von Ralph ablenken soll – und der Tatsache, daß ich nur siebzig Meilen von meiner leiblichen Mutter entfernt bin, die ich vorbeigehen sah, als ich auf einer Parkbank auf dem Ocean Park Boulevard in Santa Monica saß. Sie war attraktiv, obgleich sie die weite, wallende Kleidung trug, die viele attraktive Frauen tragen, um zu verbergen, wie gut sie aussehen.

Was mein Vater über meine ethnische Herkunft äußerte, war auf sehr seltsame Art und Weise zur Sprache gekommen. Damals, Ende der sechziger Jahre, fuhr ich gegen den Wunsch meiner Eltern mit meinem Fahrrad durch ein Slumviertel von Omaha. Ich wollte gar nicht opponieren, aber das gehört offensichtlich zu meiner Natur. Eine Warnung oder ein Verbot machte jeweils gerade diesen Punkt besonders interessant. Ich war damals meinen Impulsen hilflos ausgeliefert. Sogar J.M. sagte neulich, daß mein sogenanntes inneres und äußeres Kind identisch wären. Ich sagte, sie solle mit diesem Psychoquatsch aufhören, und ihr kamen die Tränen. Das ist es ja, was ich meine, sagte sie, du magst nur Substantive. Das Leben kann nicht nur aus Substantiven bestehen. Hund, Erde, Truck, Vögel, Weichling. Bin ich nur ein Weichling? So hatte ich mich noch nie gesehen, und das jagte mir einen Schreck ein. Das ist es, was ich damit meinte, daß J.M. auf eine ursprüngliche Art viel intelligenter ist, als sie selbst glaubt. Ich kann mir vorstellen, daß ihr Mann einige ihrer Vorstellungen überhaupt nicht gut findet.

Wie dem auch sei, ich fuhr mit meinem Fahrrad durch dieses Slumviertel und machte für ein Eis am Stiel an einem kleinen Laden halt. Dort sah ich zwei junge amerikanische Eingeborene, wahrscheinlich Omaha, die einen Feuerhydranten auslachten. Ich war neugierig und ging hin, um nachzusehen, was an diesem speziellen Feuerhydranten denn so lustig war. Sie waren zerlumpt und rochen nach Schweiß und dem Sherry meiner Mutter. Einer drehte sich zu mir um und sagte: »Geh zurück ins Res, du kleiner Wichser.« An diesem Abend fragte ich meinen Vater, was »Res« bedeutete, und er antwortete »Indianerreservat«, und das bedeutete wahrscheinlich, daß einer der Männer, die den Feuerhydranten auslachten, annahm, daß ich einer von ihnen wäre oder in irgendeiner Verbindung zu ihnen stünde. Ich sollte hinzufügen, daß das damals überhaupt nichts Besonderes war. Zwei meiner Klassenkameraden waren ebenfalls adoptiert und machten sich nicht viel daraus. Ich hatte eine ziemlich dunkle Haut, und meine beiden Schwestern waren flachsblond. Meine Eltern glaubten, sie könnten keine Kinder bekommen, als sie mich adoptierten, aber ein paar Jahre später bekam meine Mutter innerhalb von zwei Jahren zwei Töchter, was offenbar manchmal passiert, wenn Eltern sich nicht mehr unter Erfolgsdruck setzen und sich entspannen.

Die ethnische Frage kam spaßigerweise auf, als wir wie immer unser sonntägliches Abendessen im Happy Hollow Country Club (der Club heißt wirklich so!) einnahmen. Anstatt an unserem angestammten Tisch Platz zu nehmen, mußten wir wegen eines weiteren meiner Probleme darauf

warten, daß ein Tisch vor einem der Fenster frei wurde. Ein
paar Monate zuvor hatte mir während eines Frühlingslagers
der Boy Scouts ein älterer Junge schmerzhaft in den Hintern getreten, weil ich Anweisungen nicht befolgt hatte,
und ich hatte ihn daraufhin angegriffen. Jungen sind, was
ihr Alter betrifft, sehr empfindlich, und es ging nicht an,
daß ein Fünftklässler einen Siebtklässler verprügelte. Eine
Gruppe älterer Jungen versammelte sich und fing mich
nach einer wilden Jagd durch die Wälder ein. Meine Strafe
entsprach einer pseudoindianischen Sitte, die vorsah, daß
sie mir ein hohles Schilfrohr in den Mund steckten und
mich in der Erde vergruben. Das Rohr war nicht hohl genug, und als sie mich wieder ausgruben, war ich blau im
Gesicht und verfiel in krampfartige Zuckungen. Ein Krankenwagen holte mich ab, und ich verbrachte drei Tage im
Krankenhaus. Es blieben keine dauernden Schäden zurück
außer dieser Klaustrophobie, ein kleines Gebrechen und
genauso undramatisch wie seine Ursache.
Aus diesem Grunde mußten meine Eltern unsere Fenster
zum Garten erheblich vergrößern, ich mußte in der Schule
stets in nächster Nähe der Klassentür sitzen, im Country
Club am Fenster, und mit Filmen war es ganz aus, eine Ausnahme bildete ein Autokino am Stadtrand, das herrlich
schäbig war. Aber zu der Schlammschlacht während des
Abendessens am Sonntag kam es, als meine Eltern sich mit
Freunden unterhielten, die von Tisch zu Tisch wanderten,
und ich meinen Schwestern die Geschichte vom Feuerhydranten erzählte, als wäre es eine Gruselgeschichte. Lucy,
die jüngste, kreischte: »Deshalb bist du immer viel brauner«, und Marianne flüsterte: »Das ist nur wieder was von
deinem üblichen Quatsch.« Lucy fragte meine Eltern, die
bestürzt reagierten, und ich mußte meine Feuerhydranten-
Geschichte wiederholen. Meine Eltern waren ziemlich nervös, und ich war durchaus bereit, die Angelegenheit auf

sich beruhen zu lassen, aber das lag nicht im Interesse meiner Schwestern, die, ganz gleich wie oft sie ermahnt wurden, wahre Könner waren, wenn es darum ging, in offenen Wunden herumzustochern. Lucy lachte viel zu laut, klopfte sich mit der Hand auf den Mund und machte huuh-huuh-huuh wie ein Zeichentrick-Indianer. Meine Mutter wurde rot und packte Lucys Handgelenk, und mein Vater sprach ganz leise, wie er es immer tat, wenn er unsere ungeteilte Aufmerksamkeit forderte. Ja, es gäbe da etwas Indianisches in meiner Herkunft, vielleicht ein Viertel, aber das tue nichts zur Sache, und er verbot uns, noch einmal darüber zu reden. Marianne, die eine Hundenärrin war – sie hat mittlerweile insgesamt sieben –, tätschelte meinen Arm und sagte: »Die besten Hunde sind Promenadenmischungen.« Meine Mutter bestellte eine zweite Bloody Mary, ungeachtet meines Vaters, der die Auffassung vertrat, daß ein Drink am Tag absolut genug sei.

Vielleicht war ich ein wenig begriffsstutzig oder ganz einfach nicht feinfühlig genug, aber ich dachte nicht mehr über diese Sache nach – bis zu meinem achtzehnten Geburtstag, als mein Vater mit mir für eine gute Stunde den Missouri hinauffuhr. Bei dieser Gelegenheit erzählte er von den sechshundert Dollar pro Monat, die »die anderen Leute« mir hinterlassen hatten und die jetzt nur noch die Hälfte des Werts hätten, den sie vor zwölf Jahren gehabt hatten. Das Geld war für ihn ein wunder Punkt, als ob es ihn ständig daran erinnerte, daß er nicht genug verdiente oder daß vielleicht irgend etwas mit der Rechtmäßigkeit seiner Vaterschaft nicht stimmte oder daß sich seine Kontrolle über mich, die sowieso ständig abnahm, ganz verflüchtigte. Er erzählte weiter, daß ich einen anderen Namen hätte, falls ich ihn wissen wollte, und ich glaube, es war für ihn ein Trost, daß ich ihm versicherte, der Name, den ich trüge, reichte mir völlig aus, und da ich damit aufgewachsen sei, könnte ich mir nicht vorstellen, ihn jemals zu wechseln. Mein erster Name, Nelse, wäre der Name seines eigenen Vaters, eines Mannes, der mir immer lieb und teuer gewesen war, ein ehemaliger Wildhüter und Farmer oben in Minnesota, der gestorben war, als ich vierzehn war. Er parkte, und wir gingen einen kleinen Hügel hinunter zu einem kleinen Park namens Adelle's Point, benannt nach einem Mädchen aus einer prominenten Familie in Omaha, die vor dem Ersten Weltkrieg an dieser Stelle aus Liebe ins Wasser gegangen und ertrunken war. (Damals bedeutete der Name mir überhaupt nichts, was sich aber änderte, nachdem ich mich im vergangenen Winter eingehend damit beschäftigt hatte.) Es war feucht, und es regnete ein wenig, und die Moskitos tanzten in dichten Wolken am Missouri. Am Ufer lag der Abfall, den Angler gern hinterlassen, Wurmdosen und Bierflaschen, vogelnestähnliche Knäuel Angelschnur und Stücke von zerbrochenen Kühlboxen aus Styropor. Er sagte, er wüßte sehr wohl, daß ich unsere elegante Nachbarschaft verabscheute, was eine grandiose Untertreibung war, daß er aber hoffte, daß mich das nicht von gelegentlichen Besuchen abhalten würde. Ich war in diesem Moment zu sehr in meine eigenen Gedanken verstrickt, um zu begreifen, was er mir sagen wollte. Wenn ich im nächsten Monat meine Abschlußprüfung machte, würde ich für immer weggehen, zuerst nach Absarokee, Montana, wo ich den Sommer über auf der Ranch eines Cousins meiner Mutter arbeiten wollte, und dann im Herbst aufs College. Der Sohn verläßt das Elternhaus und kann es kaum erwarten. Der Vater versteht es rein vernunftmäßig, aber seine Gefühle sind in einem heftigen Aufruhr. Keine Angelausflüge mehr, keine Sonntagsspaziergänge, keine Football- oder Baseball-Spiele mehr, obgleich es beides schon seit längerer Zeit nicht mehr gegeben hatte. Keine jugendlichen Gesetzesverstöße mehr, die man dank seines politischen Einflusses in Nebraska aus der Welt schaffen konnte: eine Anklage wegen Trunkenheit am Steuer oder wegen des Besitzes von Marihuana oder wegen Körperverletzung (tatsächlich wurde ich von zwei Soldaten vom Stützpunkt des Strategic Air Command angegriffen, aber der patriotisch gesonnene Richter glaubte, daß eine Strafe sich in meinen Personalpapieren nicht so schlimm ausnehmen würde wie in ihren. Sie hatten nichts anderes getan, als ein unter Rauschgifteinfluß stehendes Mädchen, das ich kannte, vor einer Disco in ihren Wagen zu zerren, um sich ein wenig mit ihr zu vergnügen).

Wir standen am Missouri und mußten uns mit heftigen Handbewegungen gegen die Moskitos zur Wehr setzen und unterhielten uns darüber, daß Moskitos Großvater nichts auszumachen schienen, der übrigens im Stehen ein Kanu mit einem langen Paddel bewegen konnte. Einmal, als wir in der Gegend von Quetico Superior an der kanadischen Grenze zum Angeln waren, erzählte er uns am Lagerfeuer von einem befreundeten Chippewa, der Flieger war. Das fiel in den Beginn seiner Zeit als Wildhüter in den dreißiger Jahren. Ich war zum Zeitpunkt dieses Angelausflugs etwa zehn Jahre alt und ziemlich verstört, als ich darauf kam, daß dieser Chippewa-Flieger keine Flugzeuge benützte, sondern mit seinem Körper einfach durch die Wildnis flog, wie mein Großvater behauptete, während er aus seiner Flasche Guckenheimer trank. Mein Vater amüsierte sich über meine Verwirrung, sagte jedoch »Unsinn«, um mir klarzumachen, daß es geflunkert war. Ich war mir nicht ganz sicher, während ich am Missouri stand, über dessen Ausmaß an Verschmutzung wir erst in den siebziger Jahren nachzudenken begonnen hatten. Großvater verschwamm im Dunst über dem Fluß, und wir waren dabei, zum Wagen zurückzukehren, als mein Vater meinte, daß ich, da ich nun achtzehn sei, ein Recht hätte, mehr über meine Herkunft zu erfahren. Ich sagte: »Nein, herzlichen Dank«, denn ein Elternpaar reichte für mich zu der Zeit völlig aus, und die Erinnerung an das Leben meines Großvaters am Rand der Zivilisation war in diesem Moment sehr reizvoll.

Ich fragte mich, ob diese Art von Wahrheit über mein Leben nur deswegen nicht mehr so interessant ist, weil es nicht wirklich die Wahrheit ist oder eher nur eine sehr begrenzte Wahrheit. Eine Freundin auf dem College nannte es das Affengehirn-Modell. Sie war auf eine durchgeistigte Art sehr reizvoll und wurde von zwei ledigen Onkeln, die nicht sehr reizvoll waren, in Minneapolis aufgezogen. Sie waren fanatische Asketen und erlaubten mir nicht, in ihrem Haus zu rauchen. Tagsüber arbeiteten sie als Programmierer und widmeten sich nach Feierabend vorwiegend buddhistischen Aktivitäten. Die Onkel hatten hagere, knochige Gesichter, und ich befürchtete, daß meine Freundin eines Tages genauso aussähe. Sie nahm mich in den örtlichen Zendo mit, und es machte mir durchaus Spaß, fast eine Stunde lang in totalem Schweigen auf einem Polster (sie nennen es ein *zafu*) zu sitzen. Sie war darüber sehr erfreut, aber ich verdarb alles, indem ich meinte, als Amateur-Naturkundler säße ich draußen in der Wildnis sehr viel länger still auf einem Fleck. Es ist nicht dasselbe, sagte sie, und das stimmt wahrscheinlich auch, obgleich ich nicht genau weiß, was der Unterschied sein soll. In der Natur denkt man an gar nichts, während man dasitzt, weil es einen daran hindert, auf das zu achten, was um einen herum geschieht. Sie wollte nicht zu Hause mit mir schlafen, sondern kreischte in einem billigen Hotel in der Nähe des Flughafens wie eine Eule hinter Gittern, allerdings gefiel ihr dieser Vergleich überhaupt nicht. Wir trennten uns, weil sie von mir wollte, daß ich im Sommer an einer Reise mit ihr und anderen Zen-Schülern nach Japan teilnahm, ein Land, das sich für Klaustrophobiker überhaupt nicht eignet. Sie behauptete daraufhin, daß ich diese Phobie nur deshalb pflegte, weil sie meinen Absichten entgegenkäme, was wahrscheinlich wirklich so war und immer noch ist. Ich sagte, man heilt jemanden nicht von seiner Angst vor Schlangen, indem man ihn in eine Schlangengrube wirft. Sie nahm dies als indirekten Vorwurf, daß Japan eine Schlangengrube sei. Sie kam gerade aus der Dusche, als sie mir sagte, mit uns wäre es aus, und mir noch einen Blick auf das gestattete, was mir entgehen würde. Aber mir gefiel dieses Affengehirn-Modell im Hinblick darauf, daß der eine Teil unseres Gehirns nicht sehr zuverlässig den anderen Teil überwachen kann. Es ist ein nettes Konzept, außer daß der Begriff »zuverlässig« für mich eine ökonomische Bedeutung hat, etwa wie »auf seinen eigenen Beinen stehen«. Wer möchte schon in diesem Durcheinander zuverlässig sein? Sie ließ eine blaue Unterhose als Erinnerungsstück zurück oder aus Vergeßlichkeit – sie gab eine perfekte Serviette ab. Ich muß hinzufügen, daß auf seltsame Art und Weise eine ständige Erinnerung an unsere Affäre entstand. Der glatzköpfige Meister des Zendo in Minneapolis ermahnte uns in seiner kurzen Ansprache, nicht zu versuchen, die Realität zu ändern, damit sie zum Selbst paßt. Was für eine unmögliche Vorstellung. Sie meldet sich immer noch mindestens einmal am Tag mit der Vision von ihrem nackten Hintern, wenn sie auf einem Stuhl stand, um die Jalousien im Motel zu schließen.

Was man nicht begreift, kann ganz schön interessant sein. Sobald etwas, egal ob Ort oder Idee, von allen Seiten betrachtet werden kann, ausgedacht, gelöst ist, scheint es für mich jeglichen Reiz zu verlieren. Natürlich stelle ich immer wieder fest, daß ich ziemlich kurzsichtig gewesen bin und mich noch einmal mit der jeweiligen Angelegenheit beschäftigen muß. Zum Beispiel hatte ich in den nördlichen Wäldern von Minnesota mit meinem Großvater einige Probleme, nachdem ich eingegraben worden war (ich kann immer noch die Erde riechen, die meine Nase verklebt hatte). Ich hatte plötzlich Angst vor der Enge des Waldes, während ich ihm und meinem Vater zu unseren Forellenbächen und Biberteichen folgte. Aber die Bäche und Teiche lockerten die Dichte des Waldes auf, und ich atmete tiefer durch, und der Angstschweiß auf meiner Haut trocknete. Doch das war nur eine unvollständige Lösung des Problems, und ich hielt mich volle zehn Jahre von Nord-Minnesota, Wisconsin und Michigan fern, bis ich diesen absurden Traum hatte, der mir sagte, ich sollte bevorzugt Waldränder und entweder natürliche Lichtungen oder weite Ebenen oder verlassene Felder aufsuchen. Das tat ich, da ich von den Göttern keine weiteren Instruktionen erhielt, wie zum Beispiel, mir einen guten Job zu suchen.

An Ralphs Halsband hängt eine Messingplakette mit der Telefonnummer meiner Mutter in Omaha. Warum hat niemand angerufen? Heißt das, er wurde nach Sonora gebracht, von einem Hundefänger getötet, lebt bei einer Familie ohne Telefon oder Gewissen, lebt bei einer Familie, die ihn liebt, oder liegt verendet in einem mit Unkraut zugewucherten Graben? Ralphs Name ist weniger ein Schwindel als unser eigener, denn es gibt keinen echten Bezug. Man könnte ihm mit entsprechenden Appetithäppchen innerhalb eines Tages beibringen, daß er Bob heißt. Seine Lieblingsspeisen sind Rindergehacktes, gebratene Fischhaut und, aus unerfindlichen Gründen, Marshmallows, für die er sich wie ein Wilder im Kreis dreht.

Es ist Abend am Niobrara, und ich habe mir zu meinem Reis und den Bohnen eine Regenbogenforelle gefangen. Ich sah heute während eines Marsches von einer Meile zwei

Eisvögel und bereite mich darauf vor, im Morgengrauen für den ganzen Tag loszuziehen. Auch die Genesung von einer nur kurzen Krankheit kann einen erheblich aufmuntern. Ich versäumte es, das Nest des Eisvogels in einem Loch im Lehmufer zu suchen, wegen der beiden Fragen, die J.M. mir während einer Rast in der Waldparzelle in Garland gestellt hatte. War ich immer noch froh, sie während ihres Nervenzusammenbruchs kennengelernt zu haben, da sie in diesem Zustand zugänglich gewesen war? Ja, natürlich, aber dann sah ich sie nochmals genau an. War ich so begriffsstutzig, daß ich gar nichts von ihrem Nervenzusammenbruch bemerkte?

Die zweite Frage, die schnell auf die erste folgte, war, ob ich es jemals leid würde, so eigenartig zu sein. Ich wollte schon antworten: »Nein, Mom«, ahnte aber, daß sie aus einem anderen Milieu stammte als meine Mutter, daher erwiderte ich, ich hätte viel Zeit damit verbracht, einigermaßen unsichtbar zu sein und nicht aufzufallen wie ein Kuhfladen auf der Autobahn, ein ziemlich dürftiger Vergleich, so daß wohl nicht allzu viele Leute bemerkt hätten, daß ich eigenartig war. Ich wette, ich bin nicht deine erste Affäre, also hat irgend jemand es ganz gewiß bemerkt, sagte sie. Ich ließ mir das durch den Kopf gehen und erwiderte, sie lebe in einer akademischen Gemeinschaft, die offenbar ganz wild darauf sei, alles genau zu untersuchen. Warum schreibst du nicht hundert von deinen Eigenheiten auf, und ich beurteile sie aus der Sicht eines einfachen Bauernmädchens, schlug sie vor. Ein Bauernmädchen, das begeistert war, als ich ihr die gesammelten Werke von Octavio Paz schenkte, bemerkte ich. Zur Strafe kniff sie mir in die Hoden, dann sagte sie, schon als Mädchen wären ihr Schweinehoden und Bullenhoden als die lächerlichsten Werke der Schöpfung vorgekommen. Später, fuhr sie fort, habe ich dem auch noch Männerhoden hinzugefügt, obgleich deine erst mein drittes Paar sind. Es tat nichts zur Sache, ob ich ihr glaubte, aber ich mußte Hoden verteidigen, obgleich sie wirklich jämmerlich aussehen. Eine Möse ist auch nicht gerade die Mona Lisa, hielt ich lahm dagegen. Aber sie ist es, wenn du es genau überlegst, erwiderte sie so ernsthaft, daß sich in meinem Kopf alles zu drehen begann. Dann stand sie auf, und ich sah sie, wie ein Kind seine nackte Tante oder Mutter sehen würde, und das war gar nicht so übel. Sie drohte mir mit dem Finger wie eine Lehrerin und verlangte fünf Eigenheiten, wenn schon nicht hundert, was, wie sie zugab, sicherlich für mich zuviel gegenüber einer praktisch Fremden bedeutet hätte.

Ich suchte nach etwas Harmlosem, während sie sich mir zugewandt auf meinen Schoß setzte, und tat so, als würde ich sorgsam gehütete Geheimnisse verraten. Seit ich neun und Mitglied der Junior Audobon Society bin, sagte ich, trage ich im Sommer grüne Kleider, braune und dunkelgelbe im Herbst, schwarze und weiße im Winter und hellgrüne und hellbraune im Frühjahr. Sie stieß einen anerkennenden Pfiff aus, und ich erläuterte, daß unsere Anführerin, Miss Fetzer, meine erste große Liebe war. Sie wäre ziemlich bieder und mit neunzehn völlig unauffällig gewesen, hätte jedoch einen sinnlichen Körper gehabt. Damals hätte ich nicht im Traum daran gedacht, meinen Eltern zu gehorchen, aber Miss Fetzer sagte, diese Farben trügen dazu bei, daß wir mit unserer natürlichen Umgebung verschmelzen würden. Das teilte ich meiner Mutter mit, und da sie von Herzen gern einkaufte, wurde der Ratschlag schnellstens umgesetzt. Ich halte mich noch immer an diese Ordnung, wobei es natürlich darauf ankommt, wo ich mich jeweils in Nordamerika oder Mittelamerika aufhalte.

»Was ist mit Miss Fetzer geschehen?« J.M. veränderte ihre Haltung auf meinem Schoß, als sie meine wachsende Erregung spürte.

»Wer weiß das schon?« antwortete ich, da ich nicht zugeben wollte, daß ich Miss Fetzer unten in Wyoming aufgestöbert hatte, wo sie mit einem Wildbiologen vom Park Service zusammenlebte. Ich war damals vierundzwanzig und stand kurz vor dem Zusammenbruch, obgleich das eine unangemessene Entschuldigung, aber eine angemessene Erklärung ist. Sie war glücklich verheiratet und hatte achtjährige Zwillingsjungen. Ich brauchte eine Woche, um sie zu verführen, wonach sie mir einen Schwinger auf die Nase verpaßte und dann aus dem Motelzimmer in Jackson Hole hinausrannte, um Eis zum Stoppen der Blutung zu besorgen. Ich betrachte das immer noch als eines der schmachvolleren Ereignisse in meinem Leben – und das ist es wohl auch.

»Ich zähle die Vögel, die ich im Laufe eines Tages sehe, und schreibe diese bedeutungslose Zahl auf, ehe ich schlafen gehe.«

»Das ist doch nichts Besonderes. Du machst es dir zu einfach.«

»Ich bin dreißig Stunden an einem Stück in einer kalten, mondhellen Nacht in der Nähe des Canyon de Chelly herumgelaufen, ehe ich richtig begriff, daß mein Vater gestorben war und ich ihn nie wiedersehen würde. Es war ein langer Marsch.«

Sie betastete meine Beine, als ob sie nachprüfen wollte, ob das tatsächlich möglich war, und stellte dabei fest, daß die Erwähnung des Todes sofort eine schrumpfende Wirkung auf meinen Schwanz hatte. Wir warfen einen Blick auf dieses seltsame Organ, und ich redete schnell weiter.

»Als ich zwölf war, das muß 1970 gewesen sein, blätterte ich die *Vogue* meiner Mutter durch und suchte Unterwäschewerbung, die eine nachhaltige Wirkung auf meinen kleinen Schwanz ausübte, und nachdem ich mich erleichtert hatte, las ich einen Artikel von einem Schriftsteller namens Bruce Chatwin über Nomaden. Eltern machen sich immer so große Sorgen wegen der Auswirkung von Pornographie auf ihre Kinder, daß sie gar nicht auf die anderen Dinge achten. Nun, ich las mit Hilfe des Wörterbuchs und der *Britannica* diesen Artikel ein dutzendmal. Einiges war ziemlich einfach, wie zum Beispiel: Das Beste, was man tun kann, ist Laufen, oder: Drogen sind Beförderungsmittel für Menschen, die vergessen haben, wie man läuft. Letzteres habe ich nicht immer beherzigt, aber es war gut, immer wieder daran erinnert zu werden.

»Was ist denn so eigenartig daran, einen Artikel zu lesen?« Das ärgerte mich so sehr, daß ich schon wieder zu schrumpfen begann. Mein Herz schlug tatsächlich schneller, als ich erklärte, daß ich nach Lektüre des Artikels festgestellt hatte, daß ich meinen Lebenssinn entdeckt hatte, der, was recht einfach klingt, darin bestand, ein Nomade zu sein. Chatwin bezog sich sogar auf Kinder, was mir sehr zusagte, und ich konnte einen ganzen Absatz auswendig aufsagen, was gar nicht so schwierig ist, wenn man in seiner Jugend etwas Dutzende Male gelesen hat. Man denke nur an die bescheidenen Gedichte, die wir auswendig lernen mußten, an die Gebete, die Kinderlieder, sogar den vaterländischen Treueid. »Kinder brauchen Wege, die sie erforschen können, sie müssen sich auf der Erde, auf der sie leben, orientieren, genauso wie ein Lotse sich an vertrauten Landmarken orientiert. Wenn wir in den Kindheitserinnerungen herumgraben, finden wir zuerst die Wege und dann erst Dinge und Menschen – Wege zum Garten, den Schulweg, den Weg um das Haus herum, Korridore durch Farnkraut oder hohes Gras. Die Spuren von Tieren zu verfolgen war das erste und wichtigste Element in der Erziehung des frühen Menschen.«

Sie entfernte sich, verschwamm, als wäre sie durch das Zitat an einen für mich unsichtbaren Ort fortgetragen worden. Sie seufzte und lehnte sich so weit zurück, daß wir getrennt wurden, aber sie schien es nicht zu bemerken, und dann sagte sie: »Ich weiß, was er meint. Den Weg um die Rückseite der Scheune herum, dorthin, wo die Kuhkno-chen lagen. Den Weg zu den Apfelbäumen. Den Weg zum Gemüsegarten. Den Weg in das kleine Waldstück zu dem Versteck, das ich mit dem Nachbarsmädchen hatte. Mein Dad, der im Grunde ein Arschloch ist, erklärte mir, als ich noch ein Kind war, ich sollte immer nur einem Weg folgen, falls ich mich einmal verirrt haben sollte. Nun, ich verirrte mich während eines Familientreffens auf einer Farm oben in der Nähe des Flusses, als ich nichts mit meinen Vettern zu schaffen haben wollte, die mir ihre Pimmelchen zeig-ten, und einer Cousine, die mich nur auslachte. Ich rannte los und folgte einem Weg, wie mein Dad es erklärt hatte, aber der Weg führte nur zum Fluß. Ich war stocksauer auf den Fluß und auf meinen Dad.«

Nachdem ich dies hörte, dachte ich über mein Talent nach, die Größe anderer Menschen nicht zu erkennen. Es war nur der Anflug einer Ahnung, daß sie eine attraktive Frau war, daß ich ihre angespannten Pobacken im Spagat sah und et-was in meinem Schädel explodierte. Was war da neben mir? Ich pflückte einen Moskito von ihrer Brust und hin-terließ dabei einen winzigen Blutfleck. Ich widerstand dem sinnlosen Drang, uns anthropologisch einzuordnen, indem wir in der Zeit zurückkehrten bis zum Stadium paa-rungswilliger Primaten. Uns gegenseitig Gesicht und Leib beleckten. Ein Sonnenstrahl streifte ihre Schulter. Ihre vollen Lippen waren halb geöffnet, und zwischen Zähnen, die sowohl für Knochen als auch für Grünzeug gut waren, drangen unwillkürlich Laute hervor. Ein Hühnerhabicht jagte in hundert Yards Entfernung hinter ihrer linken Schulter vorbei.

»Sind das vier oder fünf? Ich könnte noch eine Eigenart gebrauchen, ehe wir gehen«, sagte sie und schaute auf die Uhr, ihr einziges Schmuckstück.

»Zweimal im Jahr mache ich in einer der großen städtischen Bibliotheken halt und lese die Sonntagsausgabe der *New York Times*, um zu erfahren, was die Welt von ihrer jeweiligen Lage denkt.«

»So ein Blödsinn! Du weißt sehr gut, daß das nicht reicht.«

»Wahrscheinlich doch. Habt ihr in der Schule denn nicht ›aktuelle Ereignisse‹ durchgenommen? Sie bestanden doch aus ständigen Wiederholungen.«

»Ich möchte nicht, daß du mit etwas derart Banalem aufhörst.« Ihr Hintern vollführte eine kreisende mahlende Bewegung, und das ganze Hin- und Hergerede war ein wenig abstrakt geworden. Ich griff nach ihr, und sie wich zurück. »Noch eine. Aber nichts Schmutziges. Ich möchte etwas haben, woran ich heute abend denken kann, wenn ich tanze. In der Stadt findet zur Zeit ein Kongreß der Besitzer von Getreidehebern statt, und ich möchte ihre breiten, strahlenden Gesichter ignorieren.«

»Nach meinem zweiten Studienjahr belegte ich einen Sommerkursus in Feuchtgebiete-Botanik, was bedeutete, daß ich sechs Wochen in einem riesigen Sumpfgebiet verbringen durfte, um einem Doktoranden dabei zu helfen, Pflanzenproben zu sammeln. Das war im Seney Wildlife Refuge auf der Upper Peninsula von Michigan. Bevor wir losfuhren, stellte ich mir eine hügelige Landschaft mit dichten Hartholz- und Fichtenwäldern vor, unterbrochen von idyllischen, mit Nordamerikanischen Lärchen bewachsenen Sümpfen. Statt dessen war es eine Insektenhölle, in der siebzigtausend von den hunderttausend Morgen vorwiegend mit Wasser bedeckt waren und wo Moskitos und Kriebelmücken die Luft zum Flimmern brachten. Eines Nachts hörten wir einen Wolf, und unser Führer meinte, laut seinen Informationen dürfte der gar nicht dort sein. Wir sahen auch einen Elch, und er sagte das gleiche. Er war ein reiner Pflanzenfreak und schaute kaum einmal vom Erdboden hoch. Die Wärter des Naturschutzgebietes hatten für ihn nicht allzuviel übrig, wodurch sich unsere Kontakte mit anderen Menschen auf ein Minimum beschränkten. Wir waren zu acht inklusive des Lehrers, und wir waren seine Sklaven im Linnéschen Sinn. Das Ganze hatte nicht im entferntesten den Charme einer archäologischen Ausgrabungsstätte, wo ich, laut meinem Studienberater, eigentlich hingehörte, aber die einzige, die sich anbot, befand sich in Arkansas, und ich wollte im Sommer nicht in den Süden gehen. Im darauffolgenden Jahr war ich auf dem nördlichen Ausgrabungsfeld am Niobrara, wo eine archäologische Probegrabung durchgeführt wurde, weil die Regierung die Absicht hatte, dort einen Staudamm zu errichten, und es war einfach wunderschön. Wie dem auch sei, die Insekten waren unerträglich, und manchmal legte ich mich nur ins Wasser, um ihnen zu entgehen, und dann sagte der Projektleiter: ›Hör mit dem Blödsinn auf, oder du rasselst durch.‹ Ich rief meine Schwester an und ließ mir von ihr ein paar Pflanzen vom Niobrara schicken, die ich meinen Proben hinzufügte, um diesen Kriecher total zu verwirren.

Er saß dort unter einer Gaslampe, völlig ratlos, und musterte mich argwöhnisch. Von den sieben Studenten waren nur zwei weiblichen Geschlechts, ziemlich trampelige Botanikstudentinnen, die einander sehr zugetan zu sein schienen. Diese jungen Lesbierinnen waren jedoch geistreicher und angenehmer als die anderen, und wir bildeten eine eigene kleine Gruppe. Beide sprachen sich gegen meinen Plan aus, als ich ihnen mein Material zeigte: ein Dutzend Peyote-Kapseln, kleine getrocknete halluzinogene Kakti, die ein Freund aus Albuquerque für mich organisiert hatte. Ich hatte die Angewohnheit, draußen und gut hundert Yards von den anderen entfernt zu schlafen, die sich in einer häßlichen Nissenhütte eingerichtet hatten. Die Sterne sind die beruhigendsten Objekte für einen Klaustrophobiker. Wie auch immer, eine Stunde vor Tagesanbruch fachte ich mein kleines Lagerfeuer wieder an und schluckte die Peyote-Kapseln, insgesamt eine tollkühne Dosis, die zudem so ekelhaft schmeckte, daß mir speiübel wurde. Bei Tagesanbruch begann meine Reise in die Unwirklichkeit, und ich war immer noch klug genug, um ein paar Meilen Abstand zwischen mich und die anderen zu legen. Ich war genau elf Meilen weit gekommen, als sie mich kurz vor Einbruch der Dunkelheit fanden.«

An dieser Stelle hielt ich inne und sah zu, wie J.M. in ihre Unterhose schlüpfte und einen Blick auf ihre Uhr warf.

»Mach schnell. Was passierte dann? Ich war noch nie auf so einem langen Trip, also woher soll ich es wissen?« Irgend etwas hatte ihren Zorn erregt.

»Viel ist nicht passiert. Ich bin den ganzen Tag umhergewandert, im Wasser und außerhalb. Ich habe einige Wasserpflanzen verzehrt und mich übergeben. Für mehrere Stunden war ich eine Schildkröte. Ich kam ziemlich nahe an eine Gruppe Otter heran, die Neunaugen in ein Schilfdickicht trieben und sie mit schmatzenden Geräuschen verschlangen. Ich knabberte an einem Stück Neunauge, das übriggeblieben war, und drei von den Ottern schauten mich fragend an. Später unterhielt ich mich auf einer schmalen Halbinsel, die in einen tiefen See hineinragte, mit einem Bären. Er wollte wahrscheinlich nur an mir vorbei, aber ich gurgelte und blubberte, so daß er, nachdem er an mir vorbeigegangen war, stehenblieb und mir eine Minute lang aufmerksam zuhörte. Ich sah alle Tiere und Vögel holographisch, das heißt von allen Seiten gleichzeitig, auch von oben. Ich hatte so etwas schon früher erlebt, aber nicht so intensiv. Es hatte angefangen, nachdem ich mir in meinem ersten Studienjahr beim Football zweimal eine Gehirnerschütterung zugezogen hatte. Als mich ein Ranger fand, erholte ich mich gerade von einem Intermezzo als Kanadakranich.«

»Herr Jesus Christus, das ist wirklich eigenartig.« Sie gab mir einen Zungenkuß und zog sich rasch zu Ende an.

»Warst du vorhin sauer auf mich?«

»Ich war neidisch, weil du genug Geld hast, um durch das Land zu ziehen, während ich in meiner Ehe festhänge und vor Idioten meinen Hintern schwenke.«

»Siebentausend im Jahr ist nicht so viel Geld. Ich wette, du bezahlst im Jahr gerade soviel für deine Wohnung.«

»Ach, fick dich doch ins Knie«, sagte sie und errötete dann.

»Ich weiß doch, daß irgendwo da drinnen Geld steckt. Es steckt in deinen Worten, deinen Manieren. In deinen Wanderstiefeln.«

»Ich habe seit neun Jahren von meiner Familie kein Geld mehr angenommen. Ich schlafe unter freiem Himmel und koche mein Essen meist selbst. Wenn es regnet, schlafe ich hinten im Truck. Warum wirft man mir meine Geburt vor? Ich war ein Findelkind, ein Bastard, der adoptiert wurde, weil zwei Teenager miteinander vögeln mußten. Warum wirft man jemandem seine Eltern vor? Ich habe zwei vollständige Namen, und die hast du auch. Möchtest du heiraten?« Daraufhin mußte ich erst mal nach Luft schnappen, denn so etwas hatte ich noch nie zuvor gesagt.

»Ich will nicht heiraten. Ich bin schon verheiratet. Ich bin nur unglaublich sauer. Warum habe ich mit neunzehn geheiratet? Vielleicht bin ich absolut dämlich und muß mich damit abfinden.«

Morgendämmerung. Ein gelber Tag. Ich breche auf, sobald ich erkennen kann, wohin ich trete. Ich habe vergessen, J.M. von den Sumpfdotterblumen und den Sumpflilien zu erzählen, als ich auf meinem Peyote-Trip war und während der ersten Stunde hinter mir die Rückseite des Mondes sah, so daß ich es mit der Angst zu tun bekam und mich abkühlen mußte. Als ich aus dem Wasser auftauchte, erklang der Ruf eines Seetauchers. Schwer zu sagen, ob sie mich nicht mehr wiedersehen will. Wer will schon, daß sein Leben zerstört wird? Sie nicht. Sie hält mich von einer Siebzig-Meilen-Fahrt ab, um die Frau zu besuchen, die mich empfing, offenbar mit fünfzehn oder so, wie meine Mutter in diesem Frühjahr erzählte.

Ich sah, wie der Eisvogel in das Loch unter einem lehmigen Überhang mit herausragenden Wurzelenden schlüpfte. Eine Stunde später tauchte er wieder auf, als ich gerade in mein gefürchtetes Fugenstadium eintrat und ein paar Tränen vergoß. Es war erst das zweite Mal in diesem Jahr; das erste Mal geschah es, während ich bei Vollmond unten an der Seri-Küste des Mar de Cortés in der Nähe von Desemboque kampierte. Ich saß an einem Berghang auf einem knirschenden Muschelhaufen und betrachtete das Mondlicht, das sich glitzernd auf dem windumtosten und kabbeligen Wasser der Meerenge brach und von der gebirgigen Insel Tiburon reflektiert wurde. Eiseley brachte sich mit seinem Satz wieder in Erinnerung: »Des Nachts muß man die Realität ohne fremde Hilfe ertragen.« Aber nun konnte mein Gehirn sich so krampfartig drehen und wenden, wie es wollte, weil ich dieses Dickicht nicht verlassen würde, von dem aus ich auch beobachten konnte, wann der Eisvogel wieder auftauchte, wenn überhaupt. Dieses Leben geht wahrscheinlich zu Ende. Mein Gehirn begann die Goldsucher durchzuzählen, die ich in der Wildnis im Westen auf meiner Suche nach einer Nische, dem perfekten Versteck, einem lückenlosen Dickicht, einem optimalen Zufluchtsort getroffen hatte. Es war eigentlich kindisch, denn ich hatte mein Leben so gelebt, daß niemand hinsah, und versucht, dabei der Seele ein Refugium zu schaffen.

Ich blickte zurück und sah einen seltenen Beuteldachs windaufwärts, und dann traf er, sie, auf meine Spur und verschwand wie der Blitz in einem Graben. Manchmal ist es entmutigend, der ewige Feind zu sein. Begleitet vom Lied eines Sumpfzaunkönigs, verließ ich den Sumpftümpel mit den Teichkolben. In einem Sprengloch auf dem Hügel auf der anderen Flußseite füllte ich rötliche Bartfäden in ein Glas. Meine Mutter fragte immer im Garten: »Was für ein Vogel ist das?«, aber sie konnte sich bis auf das Rotkehlchen keinen einzigen merken. »Ich glaube, das ist mein Vogel«, sagte sie. Meine Schwestern flüchteten nach oben, als sie vom Psychiater weinend nach Hause kam. Willa, die bei uns arbeitete, eine Frau aus Litauen mit magerer Brust und breitem Hintern, verschwand in der Küche und schloß die Tür. Warum weinst du, fragte ich eher aus Neugier als aus Mitgefühl. Ich glaube, ich war damals elf und naschte gerade aus einem Glas Erdbeermarmelade. Sie sagte, mein Arzt hat gesagt, ich müßte für immer mit dem Trinken aufhören. Ihr Seelenarzt. Ich tätschelte ihren vom Schluchzen bebenden Rücken, Marmelade auf meinem Peterson, der für Mädchen stets offenstand. Ich hatte ein Polaroidfoto von einem nackten Mädchen auf der braunen Innenseite. In der Nacht davor, als ich wie immer im Garten schlief, und das, obwohl mein Beinahe-Erstickungstod noch gar nicht passiert war, sogen die Sterne mich hinauf in den Himmel. Dad stampfte mit dem Fuß auf, als er mich eines Morgens weckte, damit ich zur Schule ging, und auf meinem Schlafsack lag Schnee. Er preßte dabei auf seine typische Art und Weise wütend die Lippen zusammen. Sie weinte weiter, und ich ging in die Küche, wo Willa gerade Wodka in ein Glas schüttete. Ich reichte es Mutter und sagte: »Sag ihm doch, er soll sich um seine eigenen verdammten Angelegenheiten kümmern.« Nun weinte sie erst recht und kippte den Wodka in die Spüle, während ich neben ihr stand und mir der Alkohol in die Nase stieg. Donnerwetter. Ist Trinken denn nicht viel besser als Weinen, fragte ich. Aber ich tue doch beides, entgegnete sie.

Der Säbelschnäbler schon wieder. Mein Gott, ich bin darin richtig schlecht geworden, und manchmal pfusche ich sogar ein wenig. Ich sollte Schluß machen. Ich fragte meinen Boß, ob ich die Northridge übernehmen könnte, und er erwiderte, dieser Quadrant sei auf Jahre hinaus besetzt. Ich sagte, bitte erkundigen Sie sich trotzdem für mich, denn ich will es unbedingt wissen, und er meinte okay, aber auf Ihre Kosten. Ich veranstaltete eine Besichtigung aus der Luft zusammen mit einem Chiropraktiker namens Hackshaw, als gäbe es keinen anderen Namen, der in Grand Island wohnte. Ich kannte ihn vom College, und er denkt, daß ich beneidenswert unbedeutend bin. Die Eigentümerin heißt Naomi. Sie ist meine Großmutter, weiß es aber nicht. Sie ist Lehrerin an einer Landschule.

Was ich in bezug auf die Goldsucher meinte, ist, daß sie unter der Krankheit der Geheimniskrämerei leiden, und ich bin ihnen sehr ähnlich, das heißt, ich werde es mehr und mehr. Sie sind als unromantische Helden der Mineraliensuche so oft alleine, daß sie sich völlig ihrer Umwelt entziehen und zu Selbstgesprächlern werden. Ich erinnere mich noch genau, wie ich einmal mit einem von ihnen in einer Kneipe in Fallon, Nevada, ein Bier getrunken habe. In der Musikbox gab es *fados,* weil der Inhaber ein Portugiese in der zweiten Generation war. Zu der aufwühlenden Musik von Liebe und Tod lauschte ich einem alten Knacker namens Mike, der von seinen geheimen Goldadern erzählte, die eines Tages einen Riesenreichtum abwerfen würden. Ich verdarb ihm die Wirkung seiner Geschichten ein wenig, indem ich ihn fragte, was er denn mit all dem Geld tun wolle. Er sagte, er würde sich ein großes Schiff kaufen und es durch den Panamakanal steuern, wo er als Soldat von

1947 bis 1949 stationiert war. Dann kam er wieder auf seine Story über sein verborgenes Gold, Waschrinnen, Tarnungen zurück und darauf, daß heute keine Schaufeln mehr hergestellt werden wie die einhundert Jahre alte Ames-Schaufel, die er mal besessen hatte. Der Kneipenwirt setzte sich zu uns und zog Mike damit auf, daß er riechen würde wie ein Ölputzlappen, dann lud ich Mike zum Mittagessen ein, was seine Augen feucht werden ließ und mich verlegen machte. Er erklärte, daß das Graben nach Gold das halbe Leben wäre. Der Wirt spielte einen wirklich bemerkenswerten portugiesischen Song, *saudade* genannt, und die Stimme der Sängerin, Cesara Ivora, war die einer lebendigen Erinnerung. Auf meinen Wunsch hörten wir uns den Song dreimal hintereinander an, damit ich die Musik meinem Gedächtnis einverleiben konnte. *Saudade* bedeutet soviel wie Heimweh nach einem Ort, nach einer Frau, einem Erlebnis, das nicht wiederholt werden kann. Vielleicht auch noch mehr.

Der Eisvogel kam heraus. Sieg auf der ganzen Linie. Es war wie Weihnachten. Ich wanderte weiter flußaufwärts, wich mit einem Sprung einer Wühlnatter aus, welche die Färbung einer Klapperschlange hat, aber nicht giftig ist. Ich habe gehört, daß Wühlnattern genauso wie Königsnattern Klapperschlangen töten, aber ich bin mir dessen nicht ganz sicher. Ich wandere in einem fort, mache einen Rundgang von elf Stunden, wate durch den Fluß, um auf der anderen Seite zurückzukehren. Drei Eisvögel und kein Diamantkranich, aber ein Nachtkranich und eine Rohrdommel, in der man die entfernte Verwandtschaft zwischen Vogel und Schlange erkennen kann, fast genauso wie beim grotesk aussehenden Schlangenhalsvogel im Süden, der höchstwahrscheinlich ein geflügeltes Reptil ist. Mein Gott, fast schon wieder zurück im Lager, da kommt noch ein Sumpfhuhn und ein seltener rostfarbener Falke. In der letzten

Stunde vor Einbruch der Dunkelheit scheuchen ein paar Regenwolken und ein leichter Nieselregen Schnepfen, eine Schildammer, ein Rotschwänzchen auf. Wenn ich mich still hinsetze, sehe ich noch mehr, aber das ist nur ein Ersatz für die Überprüfung unterschiedlicher Lebensräume. Sardinen und Reis sind eine Strafe. Ich sehe zu, daß ich schnellstens von hier verschwinde, auch wenn es wundervoll ist. Ich werde J.M. anrufen und ihr erklären, daß sie mir fünf Eigenheiten schuldet und daß ich auf vorbeifahrende Briefträger achte. Dann rufe ich Mutter an und höre nach, ob es etwas Neues von Ralph gibt. Meine Schwestern melden sich nicht sehr oft, um sich keine wohlmeinenden Ratschläge anhören zu müssen, aber bei mir läßt sie das schon lange. Ich werde zu J.M. sagen, laß uns abhauen und dein Leben ruinieren, da von meinem eigenen jede Definition des Wortes Ruin wirkungslos abprallt. Man kann ein bewegliches Ziel nicht treffen, und niemand zielt darauf. Ich begann, schon im Dunkeln zu packen, damit ich möglichst früh aufbrechen konnte. Ich hoffte, daß die Sterne mich nicht nach oben zogen, zu einem unfreiwilligen Expeditionsflug, wie schon so oft. Meine gelegentlichen Normalitätsprobleme sind harmlos, aber das war nicht immer so. Ich träume zu lebhaft von den Omaha-Indianern nördlich der Stadt. Dabei möchte ich mich nicht einmal auf einem Blatt Papier über sie äußern.

Ich marschierte im Morgengrauen fast im Laufschritt los, froh, im Gegensatz zum Herweg, wieder in meinem Körper zu sein. In der Nähe eines kleinen Salzsees entdeckte ich eine großen Krähenschwarm und machte einen kurzen Umweg, um den Anlaß ihrer Versammlung herauszufinden. Ich fand keinerlei Hinweise. In der Nähe einer Playa südlich von Wilcox, Arizona, gab es einmal Tausende, die sich an salzverträglichen Würmern satt fraßen. Ein Hoch auf die Corvidae: Raben, Krähen, Elstern, Eichelhäher, opportunistische Raubvögel, denen ich mich als Mischling sehr nahe fühlte. Sieh es dir an und nimm, was es dir gibt, vorausgesetzt, dein Geist ist wach genug, um eine Gabe als solche zu erkennen.

Ich erreichte die Ranch nach zwei Stunden, und der alte Knabe ließ mir von seiner Haushilfe ein Frühstück zubereiten. Steak und Eier und Kartoffeln und ein kaltes Bier. Er saß in seinem Rollstuhl, trotz des warmen Morgens in eine Decke eingewickelt. Wir quatschten über seine Ranch, die Vögel, den Niobrara. Er meinte erneut, daß ich ihn an einen alten Freund erinnere, der Ende der fünfziger Jahre gestorben war und mit dem er immer Vögel beobachtet hatte, dann wollte er wissen, ob ich Lust hätte, im kommenden Herbst ein paar Wochen lang für ihn zu arbeiten, da er einigen Ärger mit Wilddieben und Unbefugten hatte, die sich ständig auf sein Gelände verirrten. Seine regulären Helfer wären bereits mit dem herbstlichen Viehtrieb beschäftigt. Es war nicht so, daß die Fremden das ganze Wild wegschossen, aber sie hatten ein paarmal einige Zäune durchgeschnitten und ein paar empfindliche Wiesen mit ihren vierradangetriebenen Fahrzeugen aufgewühlt.

»Sie sehen aus, als wären Sie hart im Nehmen«, meinte er augenzwinkernd.

»Vielleicht früher einmal, aber inzwischen habe ich mich aus dem harten Leben zurückgezogen.« Als er fragend die Augenbrauen hob, erzählte ich ihm alles. Ich hatte vor zwei Jahren drüben in der Nähe von Devils Tower im Nordosten Wyomings kampiert, und als ich nach einem Marsch zu meinem Lager zurückkam, stellte ich fest, daß drei geschniegelte Felskletterer meinen gesamten Wasservorrat getrunken hatten. Zwei von ihnen war es sichtlich peinlich, aber der größte sagte lediglich: »Pech für Sie.« Ich war gerade dabei, ihn mir vorzuknöpfen, als einer der anderen mir

seinen Wanderstock über den Schädel zog und der große
mir in den Unterleib trat, als ich auf dem Boden lag. Das
reichte mir dann. Ich erzählte dem alten Rancher nicht,
daß der Schlag auf den Kopf mehr bewirkt hatte, als mich
ein wenig aus der Fassung zu bringen, und daß es mit geschwollenen Eiern und durcheinandergeworfenen Gehirn-
lappen etwas länger dauert, wieder auf die Beine zu kommen.

»Sie haben es auf sich beruhen lassen? Das bezweifle ich«,
beharrte er.

Ich betrachtete ihn eingehend, dann kam ich zu der Überzeugung, daß er schweigen konnte. »Am nächsten Abend
zündete jemand, möglicherweise ein amerikanischer Eingeborener, ein Lagerfeuer unter dem Benzintank ihres
Volvo-Kombiwagens an, während sie mit einigen Ladies in
einem anderen Lager Folksongs schmetterten.«

»Das klingt völlig okay«, sagte er und zitterte vor Lachen.
Aber dann fiel mein Blick auf eine seltsame Landschaft an
der Wand, ein Ölgemälde mit graublauem Himmel und
ebenfalls graublauer Prärie. Es war in seiner Einfachheit
ziemlich gespenstisch. Er sagte, er hätte im allgemeinen für
Kunst nicht viel übrig, aber die dargestellte Szenerie wäre
ein Ort, an dem er mit seinem Freund, der das Bild gemalt
hatte, immer auf Vogeljagd ging. Dann sagte er, er brauche
ein Schläfchen und ich könne sein Telefon benützen und
vorbeikommen, wann immer ich es wolle. Er rollte davon,
drehte sich aber noch einmal kurz um und fragte, ob ich
Geld brauche. Ich sagte: »Nein, Sir. Vielen Dank.« Daraufhin tippte er gegen seinen imaginären Stetson und verschwand.

Ich hatte sofort einen heftiges Summen im Kopf, während
ich am Wandtelefon stand und die Nummer wählte. Ich
konnte durch die halboffene Tür des Arbeitszimmers
blicken, und dort über einem mit Papieren beladenen Roll-

top-Schreibtisch hing ein Foto von dem Eigentümer der Ranch und »J.W. Northridge« zusammen mit ihren englischen Settern neben einem Ford Modell A. Sie prosteten sich mit Whiskeygläsern zu und hielten ein Bündel Moorhühner mit ihren bunten Schwanzfedern hoch. Tatsächlich ein Verwandter. Er sah nicht so freundlich aus, dieser Mann, der daran beteiligt gewesen war, die Sechzehnjährige großzuziehen, die mich in dieses Leben entlassen hatte. Heutzutage wäre das überhaupt nicht passiert, dachte ich, während ich die Nummer meiner Mutter in Omaha wählte, die sich aufgeräumt und hellwach meldete. Ein morgendliches Wunder. Es war ein bißchen viel – als Zugabe zu dem Foto, aber immerhin gab es eine Nachricht von Ralph, mit einer Rückadresse in Green Valley, die besagte, daß man den Hund, den ich »ausgesetzt« hatte, vor einem Monat gefunden und ihm ein hübsches Zuhause geschenkt hätte. Ralph hieß nun »Sweetie« und sollte die Leute in ihr Sommerhaus in der Nähe von Port Townsend, Washington, begleiten, wo sie bis November bleiben wollten. Es sei ihnen erst vor kurzem klargeworden, daß der Hund vielleicht gar nicht ausgesetzt worden war, da einige Nachbarn in der gleichen Straße in Green Valley, einer Seniorensiedlung, ebenfalls aus Omaha kämen und erklärt hätten, die Adresse an Ralphs Halsband wäre »gut betucht«. Meine Mutter fand diesen Ausdruck altmodisch und spaßig. Sie meinte außerdem, daß die Handschrift der Nachricht ziemlich »krakelig« wäre, als stammte sie von einer zittrigen alten Hand. Ich erklärte ihr, ich würde mir die Adresse später holen, da ich im Staat Washington einige kleinere Probleme hätte und mich in der Gegend um Port Townsend lieber nicht blicken lassen wolle. Aufmerksame Cops haben nun mal einen sicheren Blick für auswärtige Besucher. Ralph alias Sweetie würde wohl bis November warten müssen, wobei ich erfreut zur Kenntnis nahm, daß er noch am Leben war. Vergangenes

Jahr war ich für ein paar Tage mit einer netten, aber neurotischen Frau in Seattle zusammengewesen. Sie hatte einen ganzen Stapel schöner Gemälde in einem ansonsten eher bescheidenen Apartment, und ich war dämlich genug, für sie eins zu einer dieser lächerlichen Blockhütten in der Nähe von Bozeman, Montana, zu bringen, die heutzutage überall im Westen hingestellt werden. Als sie verhaftet und auf Kaution freigelassen wurde, war sie immerhin so freundlich, mir eine Warnung zu schicken, daß man sie schon seit mehreren Monaten beschattet hätte und ich möglicherweise wegen der Lieferung gestohlener Güter belangt werden könnte. Sie war eine hoffnungslos paranoide Pot-Konsumentin und ich nicht, aber so unwahrscheinlich die Möglichkeit einer Verhaftung auch war, so hatte ich doch keinesfalls die Absicht, mein Schicksal in dieser Hinsicht herauszufordern.

Danach wählte ich J.M.s Nummer in Lincoln, bekam aber nur ihr Scheusal von einem Ehemann ans Telefon.

»Hier ist Vernon Schultz, Bezirksdirektor des Gesundheitsdienstes.«

»Wir essen gerade zu Mittag«, sagte er nach einer kurzen Pause.

»Ich nehme an, es ist Rindfleisch aus Nebraska. Könnten Sie mal Ihre kleine Frau an den Apparat holen? Wir nannten sie immer Miss Blauband.«

Es dauerte eine Minute, bis J.M. sich meldete, und ich spürte, wie mein Atem sich enorm beschleunigte. Sie reagierte schnell, als sie meine Stimme erkannte, und sagte:

»Tut mir leid, daß ich dich und die alte Truppe nicht treffen kann, Vernon. Ich muß an den nächsten beiden Abenden arbeiten.«

»Möchtest du mich sehen?«

»Ich glaube nicht. Ich weiß es nicht. Ich habe in der nächsten Woche Prüfung. Vielleicht. Vielleicht auch nicht.« Sie flüsterte es, und dann brüllte er im Hintergrund: »Das Essen steht auf dem Tisch!« Sie hatte mir mal erzählt, daß er ein armseliger Koch wäre, sich aber selbst für kreativ und besser als alle Kochbücher halte.

»Ich liebe dich«, sagte ich.

»Sag nicht so etwas!« Sie legte auf.

Während der langen Fahrt nach Südosten hatte ich einen weiteren Anfall von Geistestrübung, und da war die nicht selten aufkommende Versuchung, mir eine Woche Zeit zu nehmen, um das menschliche Gehirn zu studieren. Da mein Professor mir vor Jahren mal gesagt hatte, ich wäre ein »Pleistozän-Überbleibsel«, sollte ich vielleicht bei den Primaten anfangen. Meine Aversion erklärt sich aus der Abhängigkeit meiner Mutter von den verschiedensten Therapien, die sie dann auf meine Schwestern anzuwenden versuchte. Mein Vater war entsetzt über ihre regelmäßigen »Generalüberholungen«, wie er es nannte, deren Kosten dem entsprachen, womit man eine normale Familie hätte unterhalten können, und es schien zu nichts zu führen. Sie betrachtete sich eindeutig als zu außergewöhnlich für etwas so simples wie die Anonymen Alkoholiker, aber ich bin mir da nicht so sicher.

Ich versuchte einem Goffer auszuweichen und hörte den dumpfen Aufprall. Großes Bedauern. Es gibt ständig Streit unter den Ornithologen, aber in einer Sache ist man sich im großen und ganzen einig, nämlich daß mindestens einhundert Millionen Vögel alljährlich gegen Fenster fliegen und sterben. Das Evolutionstempo ist bisher einfach zu langsam gewesen, um ihnen Fenster verständlich zu machen ähnlich wie bei Rehen und Autoscheinwerfern. Doch das war nicht der gewohnte Dorn in meinem Auge; ich dachte an J.M. und fragte mich, woran ich sonst noch mit einer solchen Intensität der Gefühle interessiert war. Als

ich zehn Jahre alt war, erzählte mir mein Vater, daß ich durch meine »gesunden Interessen« vor den Problemen meiner Mutter und meiner Schwestern bewahrt wurde, wobei er jeglichen Hinweis auf genetische Ursachen vermied, da es natürlich unmöglich ist, diese zu beeinflussen. Natur und Erziehung, gegeneinander gesetzt, sind eine Büchse ineinander verschlungener Würmer, die alle möglichen schwärenden ethischen und politischen Fragen aufwerfen. Damals war die schlichte Tatsache die, daß ich von der Welt fasziniert war, die wir nicht geschaffen hatten: Vögel, Säugetiere, Botanik, und als ich fünfzehn war, abonnierte ich das *Journal of Plains Anthropology*. Absurderweise konnte ich schon sehr früh das gesamte ausgedehnte Linnésche System aufsagen, das ich auswendig gelernt hatte, während ich Musik der Rolling Stones hörte: *Reich Stamm Unterstamm Überklasse Klasse Unterklasse Infraklasse Kohorte Überordnung Ordnung Unterordnung Infraordnung Überfamilie Familie Unterfamilie Tribus Untertribus Gattung Untergattung Art Unterart.*
Ich sehe keine besondere Tugend darin, die natürliche Welt zu erforschen, das sollte eigentlich jeder tun. Es ist die einzige Welt, die wir jemals haben werden, jedenfalls soweit wir wissen. Man liest ein wenig, und dann sieht man es sich genau an. Warum wehren sich die Leute so heftig dagegen? Ich bin mir nicht sicher, aber ich vermute, es liegt daran, daß es nicht auf Anhieb wirtschaftlich nutzbar ist. Natürlich sind meine fixen Ideen allein auf mich beschränkt. Die Trumpfkarte der elterlichen Ermahnungen lautete immer: »Wenn nun jeder so wäre wie du?« Darauf hätte ich am liebsten geantwortet: »Es ist aber nicht jeder wie ich« oder »Wenn nun jeder so wäre wie ihr?« Aber ich tat es nie. Die natürliche Höflichkeit meines Vaters färbte auch auf mich ab, und sie ist in einer etwas verrückten Form immer noch vorhanden.

Ich hielt östlich von Brewster an, um einem Präriefalken dabei zuzusehen, wie er versuchte, sich zum Mittagessen eine Feldlerche aufzuscheuchen. Dabei dachte ich noch immer darüber nach, wofür ich mich eigentlich noch interessiere und ob diese Schwärmerei für J.M. nur eine kurze Phase wäre. Ich dachte albernerweise, daß ich unempfindlich, aber luftdurchlässig bin wie ein erstklassiger Regenmantel. Und daß gelegentliche Zweifel mich davor bewahrt haben, mich unüberlegt in etwas hineinzustürzen und mich beispielsweise an irgendeinem Ort der Erde zu den Guerrillas zu melden. Die Tatsache, daß sich auf etwas einzulassen die Voraussetzung dafür ist, in diesem Leben irgend etwas Entscheidendes zu tun, ist mir nicht entgangen. Meine Anthropologie flüstert mir ein, daß ich einen späten Paarungstrieb verspüre, daß die neun Jahre, die ich umhergezogen bin und mir alles mögliche angeschaut habe, ein Ritual gewesen waren, welches ich ersonnen hatte, um die Realität zu erfassen, und daß die Suche nach geheimen Orten im Grunde nur einem primitiven religiösen Impuls entsprungen ist. Der Psychoanalytiker meiner Mutter, der ein strenges Regiment führte, erklärte mir knapp (ich war nur fünfzehn Minuten bei ihm), daß meine Neigung, unter freiem Himmel zu schlafen, ausschließlich von meiner Phobie herrührte, obgleich ich ihm gesagt hatte, daß ich dies schon lange vor meinem Erstickungserlebnis zu tun pflegte. Ich erklärte es damit, daß ich lieber den Mond und die Sterne betrachtete als eine kahle Zimmerdecke.

Der ursprüngliche Antrieb für diese Wanderungen schien ganz einfach Neugier zu sein. In meiner Kindheit nahm mein Vater mich während des Herbstes und des Winters an Samstagvormittagen in die Leihbücherei mit und mindestens einmal im Monat in eine Buchhandlung, wodurch bei mir ein allumfassender Wissensdurst geprägt wurde, der nicht immer ein »Segen« ist, übrigens eines der Lieblingsworte meiner Mutter. Offen gesagt, war es geradezu eine Gnade, als ich vor ein paar Jahren herausfand, daß ich eigentlich ganz normal und durchschnittlich bin, verglichen mit all den Verrückten und Gestrandeten, die ich auf der Straße kennenlernte, oder mit den ach so normalen Menschen, deren Leben ausschließlich von der grünen Farbe des Geldes bestimmt wird und deren einzige Lebensmotivation die Habgier ist. Als ehemaliger leidenschaftlicher Student der Anthropologie kann ich nicht behaupten, daß ich irgendeine Verbindung zwischen meiner Handlungsweise und meinem Blut oder meinen Genen sehe. In der Vergangenheit und in der Gegenwart hat es in Amerika immer zahlreiche Wanderer gegeben. Es ist ein prickelndes, leicht beängstigendes Gefühl, einfach zu verschwinden.

Ich wollte zum Freeway südlich von Grand Island, was ich gewöhnlich vermeide. Wenn ich fahre, dann richte ich mich meistens nach einem auf dem Armaturenbrett angebrachten Kompaß, da die Schnellstraßen und die Geschwindigkeit, die vorgeschrieben ist, um den anderen Autofahrern nicht lästig zu fallen, das Interesse und die Aufmerksamkeit für die Landschaft abtöten. Die Erinnerung durchfuhr mich wie ein Stoß, als ich am Hinweisschild für das Stuhr-Pionier-Museum und -Dorf vorbeifuhr. Es ist ein faszinierender Ort, weil die Art und Weise, wie unsere Großeltern gelebt haben, längst überkommen und vergessen ist. Ich mußte an S.C. denken, ein Mädchen, das in derselben Straße wohnte wie wir, nur ein Stück entfernt. Sie war dünn, und ihre Eltern waren sogar noch dünner. Ich erwähne das nur, weil es in Nebraska eine Seltenheit ist (ich habe das überprüft, und Wisconsin und Missouri sind ebenfalls Schweinestaaten). S.C.s Mutter war angeblich Ballerina in Chicago gewesen, doch ich hatte meine Zweifel, da das »künstlerische Leben« meiner Mutter auch nur aus einem Jahr in New York und Paris bestanden hatte. Wie dem auch sei, S.C. hatte einen Hang zu allem, was mit Spuk zu tun hatte, und interessierte sich schon sehr früh für Hexerei. Während einer Exkursion zum Stuhr in Grand Island für uns sogenannte besonders begabte Studenten, die damals Studienanfänger waren, saß ich neben S.C., weil niemand anderer es jemals gewagt hätte. Ich hatte die höfliche Einstellung meines Vaters total verinnerlicht, obgleich sich bei mir erste Zweifel regten, als wir unser erstes Gespräch über Sex führten: »Behandle jedes Mädchen wie deine Schwestern.« Trotz meiner Liebenswürdigkeit machte S.C. sich gern über mich lustig und imitierte meine sehr formelle Sprechweise, die ich meiner intensiven Beschäftigung mit Naturgeschichte und meinem Vater verdanken konnte, der Schwede der dritten Generation war. Meine Mutter machte ihn manchmal nach, wenn sie trank, eines der wenigen Dinge, die ihn wirklich in Rage brachten. S.C. betrachtete sich selbst gern als sehr frech und hatte mir Henry Millers Romane *Wendekreis des Krebses* und *Wendekreis des Steinbocks* gegeben, die meine Schwestern mir sofort wegnahmen und meiner wütenden Mutter übergaben, welche die Bücher in den Kamin warf und meinte: »Man soll schöne Dinge nicht in den Schmutz ziehen.« Natürlich kaufte ich neue Exemplare und mußte sie umgehend lesen, und dabei dachte ich, dieser Knabe lebt wirklich sein Leben. Um mich zu revanchieren, gab ich S.C. ein Exemplar von Clyde Kluckhohns gelehrtem *Navaho Witchcraft*, ein Schlüsselwerk für mein zunehmendes Interesse für Anthropologie.

Ich hatte zu dem Material eine distanzierte Einstellung, und S.C. hatte sie nicht, und das Buch ließ sie für einige Zeit ziemlich ausflippen. Ihr arroganter Vater hielt mich auf der Straße an und warnte mich, ich sollte seiner Tochter keine gruseligen Bücher mehr leihen. Er führte gerade den Tibetanischen Hirtenhund der Familie spazieren und trug sein Sportsakko über der Schulter, ohne die Arme in die Ärmel gesteckt zu haben, und hatte sich eine blaukehlchenblaue Krawatte umgebunden. Ich war sauer und dachte ernsthaft daran, diesen dürren Scheißer zusammenzuschlagen. An diesem Tag, einem warmen, von lauen Lüften durchwehten Septemberabend, schlich S.C. sich durch die Hausgärten, und ich roch sie dank ihres Patschuli-Öls, das sie bei ihren Zauberriten benützte, schon von weitem. Nun weinte sie vor Zorn, weil sie erfahren hatte, daß ihr Vater mich beschimpft hatte. Ich tröstete sie, indem ich ihr versicherte, das interessiere mich einen Scheißdreck. Ohne zu fragen, schlüpfte sie in meinen Schlafsack. Sie war wirklich das letzte Mädchen, das mich hätte antörnen können, und sie lenkte mich außerdem von der Beobachtung eines Meteoritenregens ab. Ich erschrak jedoch, als ich feststellte, daß ihr Hintern, der in Kleidern immer so dünn wirkte, das war, was wir »knackig« nannten. Sie sagte, sie hätte ein Buch über orientalischen Sex gelesen, und ich muß zugeben, daß wir unseren Spaß hatten und zum erstenmal bis zum Letzten gingen. Nach einiger Zeit gestand sie mir im Flüsterton, daß sie mich nur hatte verführen können, weil sie einen meiner Fußabdrücke gestohlen hatte, eine Technik, über die sie in dem Buch *Navaho Witchcraft* gelesen hatte. Damals zweifelte ich nicht mal daran, daß es sich so verhielt, weil sie kaum das war, was meine Freunde als »erektionsfördernd« bezeichnet hätten. Wir bedienten uns auf diese Weise etwa einmal im Monat gegenseitig, bis wir aufs College gingen, sie nach Bennington und ich an einen bescheideneren Ort, der meinem schlechten Benehmen angemessen war. Ich hatte gehört, daß sie mittlerweile mit irgendeinem Guru verheiratet war und in New Hampshire lebte.

Mich beschlich eine eigentümliche Verzweiflung, je näher ich J.M. und Lincoln kam. Es war schwierig, ihre Telefonstimme als ermutigend zu interpretieren, ganz gleich, wie angespannt die Situation mit ihrem Kerl war, der ständig nach seinem Essen oder was auch immer verlangte. Ich hatte nur eine halbe Stunde bis in die Stadt, und es dauerte noch mehrere Stunden, ehe sie im Club sein würde, daher nahm ich eine Ausfahrt zu einer Stelle unweit der West Fork des Big Blue, um vielleicht noch ein paar Vögel zu beobachten und ein Nickerchen zu machen. Ich verspürte plötzlich den Drang, nach Manitoba zu fahren, doch ich hatte mich lange genug mit der Unbeständigkeit von Stimmungen beschäftigt, um zu wissen, daß sie kommen und gehen – und das aus tausend Gründen. Meine Zen-Freundin sagte immer, daß wir selbst unser Leben malen wie ein Bild, worauf ich erwiderte, daß aber viele Hände den Pinsel führen. Das ärgerte sie und ließ sie ihren verkniffenen Onkeln frappierend ähnlich werden. Einer von ihnen hatte in Kalifornien gewohnt und war ziemlich erbarmungslos in seinen Psychologismen und anderen Albernheiten, so daß er einmal, als ich sein Haus betrat, sagte: »Wir sind, was wir essen, und ich rieche einen ekelhaften Hamburger«, worauf ich – ich gebe zu, es war nicht sehr originell – erwiderte: »Aber wir sind nicht, was wir scheißen, und wenn wir das nicht täten, würden wir tausend Pfund wiegen.« In dieser Gesellschaft war das einer meiner grandiosesten Flops in Sachen Schlagfertigkeit. Nachdem wir uns getrennt hatten und kurz bevor sie nach Japan ging, lief ich ihr bei einer Demonstration für Umweltschutz über den Weg, und sie hatte sich den Kopf kahlrasiert. Sie zog mich damit auf, daß ihr Äußeres sie absolut unsexy erscheinen ließ, was, merkwürdigerweise, gar nicht stimmte, sondern sie wirkte im Gegenteil viel fraulicher. Ich hatte plötzlich sentimentale Anwandlungen und gab zu, daß ich die wichtigste Hand am Pinsel bin, soweit es darum ging, mein Leben zu malen, aber in diesem Moment tauchte ihr Freund aus der Demonstrantenschar auf, und ich war total erstaunt, daß er genauso aussah wie ihre Onkel, obgleich er sehr gutmütig zu sein schien.

Nach der Ausfahrt bremste ich neben einem blonden jungen Mann in den Zwanzigern und mit Schmiere an den Ellbogen, der an einem klapprigen Dodge mit offener Motorhaube herumbastelte. Er nahm offensichtlich den Vergaser auseinander, während seine Frau ein pummeliges Baby in Windeln herumtrug und hätschelte und ein Mädchen von etwa fünf Jahren im Straßengraben Libellen fing. Ich fragte ihn, ob er Hilfe brauchte, und er rief geradezu beschwörend: »Keine Hilfe! Sie können nicht helfen! Ich brauche keine Hilfe! Keine Hilfe!« Es war absolut bescheuert, aber ich bemerkte, daß sowohl seine Frau wie auch seine Tochter sein Geschrei ignorierten, als wären sie daran gewöhnt. Nachdem er seine Beschwörung beendet hatte, vergrub er das Gesicht in seinen schmutzigen Händen und erstarrte in dieser Haltung. Anstelle der üblichen Palette von Schlange, Panther oder blutendem Dolch war auf seinem Bizeps eine Rose eintätowiert. Ich fuhr langsam an seiner Frau vorbei, die Jeans und ein schmuddeliges Coors-T-Shirt trug. Sie blickte hinaus auf ein Maisfeld, aber das Baby lächelte mich an. Der Mann erinnerte mich an die vielen Gestalten, die Schilder durch die Straßen tragen, auf denen zu lesen ist: »Ich arbeite auch für eine Mahlzeit«, nur haben diese Männer für gewöhnlich keine richtigen Familien mehr, oder sie haben längst den Punkt überschritten, an dem die Familie zu irgendwelchen Verwandten geschickt wird, falls sie überhaupt noch welche hat. Mir kam zum tausendstenmal die Erkenntnis, daß man, wenn man unterwegs war so wie ich, das unterste Drittel der Gesellschaft kennenlernte. Mindestens ein Drittel der Bevölkerung, so schien es, war zu gesellschaftlichen Mutanten verkommen und fristete sein Dasein als armselig bezahlte Hilfsarbeiter ohne Aussicht, sich irgendwo anders neu zu orientieren. Diejenigen in Washington, die ihnen hätten helfen können, hatten noch nie diese Menschen gesehen oder bemerkt, daß in der xenophoben Machttrunkenheit der Politik etwas steckte, das sie unfähig machte, irgendeine andere Realität zu erkennen als ihren Kampf um die Wiederwahl. Sie unternahmen mächtige Anstrengungen, um die Gesellschaft so weit zu festigen, daß die Spitze geschützt war. Dabei wurden und werden die im untersten Drittel einfach geopfert.

Ich fand es nicht sehr lustig, daß das Bewußtsein anderer neben dem eigenen eine sehr starke Hand am Pinsel ist, es sei denn, man schließt sich auf einer Toilette ein. Ich gebe zu, daß ich gezielt versuchte, die Familie mit dem liegengebliebenen Wagen aus meinem Bewußtsein zu vertreiben. Mein Vater, der mein Tagebuchschreiben angeregt hatte, damit ich nicht nur »herumhing«, zeigte wenig Interesse für meine gesellschaftskritischen Kommentare, als er die ersten Jahrgänge las. Die Passagen waren zugegebenermaßen nicht sehr scharfsinnig, rangierten eher unter »xenophobe Schlaglichter« und waren im Grunde nichts anderes als eine anthropologisch angehauchte Darstellung menschlichen Verhaltens auf einem bestimmten Schauplatz. Er sagte, ich steckte voll zynischer »Nein-Sagerei«, und ich sollte nicht über Menschen schreiben, als wäre ich Jane Goodall, die über Schimpansen berichtet.
Ich drang in das Dickicht am Bach ein, nicht ganz vorbereitet auf Erinnerungen an die anderen Gelegenheiten, als ich in diesem Dickicht gesessen hatte, aber es war mir eigentlich egal. Das kleine Mädchen, das Libellen fing, während ihr Vater herumbrüllte, bremste meine gedanklichen Haar-

spaltereien. Wir sitzen alle in der Falle, doch einige sehr viel tiefer als andere, dachte ich und trug meine Moskitoschutzsalbe auf. Etwas gelangte in mein linkes Auge, und es brannte. Mein Gott, paß doch auf! Wie begrenzt bin ich in meinen Möglichkeiten, und was grenzt mich ein? Ich verspürte einen heftigen Anflug von Angst bei der Vorstellung, daß J.M. nie mehr etwas mit mir zu tun haben wollte. Die Angst war genauso greifbar wie damals, als ich am Bechet River in der südwestlichen Ecke des Yellowstone angelte, während ein Wind, der über das Wasser strich, meinen Geruch verdeckte und plötzlich ein Grizzly vorbeispazierte. Meine Eingeweide verkrampften sich, aber er beschloß, mich nicht zu beachten und weiterzutrotten, wobei der Wind seinen Pelz zerwühlte, einen Pelz, der die mächtigen Muskeln darunter kaum verbergen konnte. J.M., wenn sie im zunehmenden Zwielicht verschwimmt, könnte ebenso ein Grizzly sein. Würde sie sich wieder an meiner persönlichen Phänologie beteiligen, an meinen Wanderungen, die sich nach dem Vogelflug richteten, nach dem vorhandenen Tageslicht, nach Geburt und Tod von Wildblumen, nach den Aktivitäten und Wanderungen und Winterschlafzeiten von Säugetieren oder nach dem winzigsten Drang zur Neugier, während sie beim Licht der Taschenlampe Landkarten studierte, oder im Morgengrauen oder während sie dem Regen lauschte, der auf meinen Pickup-Wohnwagen trommelte? J.M. hatte nicht nur an meinem Käfig gerüttelt (wir waren echte Zoobewohner), sie hatte ihn umgekippt, und es war sie, die zusammen mit Ralph, der Grippe und meiner lange hinausgeschobenen Absicht, meine leibliche Mutter aufzusuchen, fast neun Jahre fester Gewohnheiten aus dem Gleichgewicht gebracht hatte. Ich hatte drei akute Depressionen überstanden, eine auf der High School und zwei während meines Nomadenlebens, und sie alle scheinen ihren Ursprung in einem Gefühl gehabt zu haben, daß ich aus einer bestimmten Art des Seins herausgewachsen war. Natürlich suchte ich keine »fachkundige« Hilfe, wie es immer auf den Seiten für modernes Leben diverser Zeitungen zu lesen ist. Das Wesentliche, das ich in Zeiten tiefster Depression erkannte, war die Tatsache, daß das Gehirn der Ausstattung seines Zookäfigs total überdrüssig wird. High-School- und College-Schüler sind für Depressionen (unanständiges Wort!) offensichtlich besonders anfällig, aufgrund aktiver Hormone und der ständig wiederholten Kritik an ihrer Existenz, die ihnen außerdem bei dem Versuch, etwas zu lernen, das von Bestand ist, einen Strich durch die Rechnung macht. Einige passen sich an, und andere sind bemerkenswert schwach entwickelt und können die ihnen zugedachte Rüstung nicht richtig tragen. Sie sind meistens weder mehr noch weniger intelligent als die Erfolgreichen. Aber später, unterwegs, als ich nach zwei grandiosen Bauchlandungen jene unberührten Regionen aufsuchte, die von Kartographen geheime Paradiese genannt werden, mußte ich erfahren und begreifen, daß mein selbstgewählter Nomadenstatus nicht ausreichte. Man mußte auch ein Nomade im Geiste sein, und die Neugier mußte stets so frisch und lebhaft sein wie die eigene Beweglichkeit. Ethnologie kann mitunter so banal werden wie ein Sportwettkampf. Die Wesen, die man studiert, verlieren die ihnen innewohnenden Dimensionen. Der Geist verkleinert und systematisiert, und die Tagebücher werden farblos und langatmig. Ehe es dazu kam, versuchte ich, dem vorzubeugen, und nahm einen Job an, egal was, einmal sogar als Tellerwäscher in einem Restaurant in Laramie, Wyoming, was für eine knappe Woche eine reine Labsal war. Schwere körperliche Arbeit war im allgemeinen das beste, ob es das Aufstapeln von Heuballen war oder das Ausgraben von Fundamenten oder eine Tätigkeit als Schaufelschwinger für einen Berufsarchäologen, was mehr mit meiner Ausbildung auf einer Linie lag. Man fing mit der Arbeit gewöhnlich vor der Errichtung eines Gebäudes oder dem Bau einer Autobahn oder dem Legen einer Gasleitung an (letzteres war das beste, da man sich vorwiegend in unbewohntem Gelände bewegte), um sicherzugehen, daß nichts von archäologischem Wert zerstört wurde, aber die Funde mußten schon ganz hervorragend sein, um kommerzielle Interessen zurückzudrängen. Schwere Arbeit ermüdet den ganzen Körper bis auf den Geist, der sich von den quälenden mentalen Zuckungen erholen darf, die einer Depression vorausgehen. Natürlich gibt es auch komische Aspekte. Meine Mutter gestand mir einmal während einer ihrer jeweils vor dem Abendessen stattfindenden Martini-Sitzungen, daß sie hoffte, ich würde niemals Künstler werden, weil das Leben so heimtückisch sein konnte und Künstler »zarte Pflänzchen« wären. Ich saß nicht weit entfernt von ihr auf dem Sofa und vertrieb mir die Zeit vor dem Essen, indem ich in einem großen bebilderten Botanikführer blätterte, den sie, wenn überhaupt, nur oberflächlich wahrgenommen haben konnte. Meine Schwestern blickten nicht vom Teppich hoch, wo sie sich gegenseitig beim Scrabble beschummelten. Mein Vater schaute mich stirnrunzelnd über den Rand seiner *New York Times* hinweg an – er war nachrichtensüchtig, und die Zeitungen von Omaha reichten ihm nicht aus. Ich hatte eindeutig die Wahl, entweder meine Mutter mit Fragen zu den »zarten Pflänzchen« zu piesacken, ein Gebiet, auf dem ich die unangefochtene Autorität unserer Familie war, oder meinem Vater nachzugeben, dessen Stirnrunzeln bedeutete, daß er sich Sorgen um den Schmorbraten machte.

Ich blieb in dem Dickicht länger hängen, als mir lieb war, aus Angst, auf dem Rückweg wieder an der traurigen Familie vorbeifahren zu müssen. Ich schaute in meiner Brieftasche nach und fand achtzig Dollar und den Gehaltsscheck vom vergangenen Monat. Wenn sie immer noch dort waren, würde ich das Bargeld der Frau durchs Fenster zuwerfen und weiterfahren. Ich betrachtete eine Ansammlung von Kletten und Wolfsmilch, nicht sehr zarte Pflanzen, denen ich gern folgendes zueigne: überall zu finden, unscheinbar in ihrer Vollkommenheit. Es ist nicht besonders toll, wenn man loszieht, um herauszufinden, was man eigentlich mit seinem Leben anfangen möchte, und am Ende nur weiß, was man nicht tun möchte. Ich verfluche meine Empfindlichkeit. Eines der großen Probleme auf der sogenannten freien Strecke ist, daß man keine Scheuklappen trägt. Der Vogel, den man durch das Fernglas beobachtet, schließt nicht aus, was man auf dem Weg zum Sumpf gesehen hat, nämlich den behinderten Jungen, der neben einem der schäbigsten Wohnwagen Feuerholz aufstapelt. Wir winkten einander zu. Wer weiß, ob er sich für meine Sentimentalität interessiert? Wieviel Melancholie habe ich wohl von meinem Vater mitbekommen, der sie wiederum von seiner zuckerkranken Mutter hatte, die auch am klarsten, blauen Himmel dunkle Schatten zu sehen glaubte. Schon wieder Dad. Von Mutter ganz zu schweigen. Wenn die Gedanken rasen, sieht man, wie schnell die Eltern alt geworden sind – bei sich selbst erkennt man es nicht so genau –, und man fragt sich, warum hält man sich eigentlich damit auf, etwas zu tun, was man eigentlich gar nicht tun will? Nicht sehr klar und nicht allzu einfach, dieses Problem. Zum Glück wurde ich durch eine Vision von J.M.s Hintern unter meinem Regenmantel gerettet, und ich erinnerte mich an den Regen auf dem Ölzeug. Füße, Knöchel, Knie, Oberschenkel. Das Bild war weitaus realer als mein regennasses Dickicht, und der Teichrohrsänger hinter mir, dessen Gesang ich nicht genau identifizieren konnte, würde in dem Moment davonflattern, in dem ich mich rührte. In Kanada ist mal einer auf meinem Kopf gelandet, und den konnte ich auch nicht sehen. Ich wünschte, ich könnte zu diesem Hintern beten. Ich stand abrupt auf, nachdem der Teichrohrsänger verschwunden war, und meine Unterschenkel waren eingeschlafen, so daß ich die ersten Schritte nach dem Dickicht stolpernd zurücklegte.

Mein leiblicher Vater war ein schwieriger Fall, heißt es. Diese Information stieg an die Oberfläche, ganz gleich, wie sehr ich mich anstrengte, sie zu ignorieren, was natürlich erst recht für ihr Auftauchen sorgte. Samuels, der mittlerweile pensionierte Seniorpartner, erzählte mir dies und noch viel mehr nicht lange nach dem Tod meines Vaters vor vier Jahren. Wer würde sich schon die Mühe machen, über so etwas nachzudenken? Samuels Wissen hingegen endete bei meiner Geburt in Tucson, wo ich Ralph verloren hatte, ausgerechnet dort.

Ich weiß eine Menge, aber nicht sehr viel. Meine Brust blähte sich auf, aber ich bekam nicht genug Luft. Als ich meinen Truck erreichte, glaubte ich, ich müßte in meinem eigenen Blödsinn ertrinken. An Tieren und Pflanzen konnte ich Tausende nennen, aber da war der Drang, meinen neuen Truck, der zwischen den Büschen geparkt war, mit einem Baseball-Schläger zu bearbeiten. Es gab so viel, das ich loswerden mußte, ehe ich wieder absolut unsinnsfrei funktionieren konnte. Atme tief durch. Marschiere stets mit klarem Kopf. Rücke den Rätseln der natürlichen Welt mit deiner guten alten aufdringlichen Neugier und einem leichten Herzen zu Leibe. Wenn ich ein Tagebuch gehabt hätte, wäre ich einfältig genug gewesen, alles niederzuschreiben. Ich würde J.M. treffen und dann meine Mutter in Omaha besuchen, um ihr einige Fragen zu stellen. Dann würde ich nach Westen gehen und meine leibliche Mutter aufsuchen, und im Herbst würde ich noch weiter nach Westen vordringen und nach Ralph forschen. Diese Art der Planung war meiner Natur fremd, aber ich sah keinen anderen Ausweg, sonst wäre ich in eine totale Lähmung gefallen, vor der ich übrigens längst stand. Etwas, das ich über die Männer meines Alters immer wieder in meinen verlorenen Tagebüchern festgehalten hatte, war der Eindruck ihrer allgemeinen Verärgerung, die für mich noch immer aus einer unbestimmbaren Quelle entsprang. Und es war unwahrscheinlich, daß ich es herausfand, indem ich mein akustisches Beruhigungsmittel aus Hunderten Vogel-, Blumen- und Pflanzennamen aufsagte. Was mich sofort tröstete, als ich mich der Schnellstraße näherte, war die Tatsache, daß meine vom Schicksal geschlagene Familie nicht mehr da war, und ich hoffte inständig, daß ich sie nicht irgendwo an der Straße sehen würde.

Sie war nicht da. Das war mir als Möglichkeit überhaupt nicht in den Sinn gekommen. Ich stand da wie ein Schwachsinniger, während der Rausschmeißer, ein freundliches Monster, es dreimal wiederholte und dann sagte: »Sie brauchen etwas zu trinken« und mir einen Whiskey holte. Die Worte »sie ist nicht da« waren nicht ganz nachvollziehbar. Ich wartete darauf, daß Lolly, J.M.s Freundin, ihren Auftritt beendete, und ihr Name versetzte mir einen Tritt, der mich zurück in die Frühgeschichte beförderte. Lolly. Mein Gott, das war nichts, was man zehnmal wiederholen könnte. Mir blieb aber auch nichts erspart. Lolly kam rasch herüber, nur um zu erzählen, daß J.M. aus heiterem Himmel beschlossen hätte, für ein paar Tage nach Hause zurückzufahren, weil ihr Vater ziemlich krank wäre, wobei sie mir fast unmerklich zuzwinkerte, um mir mitzuteilen, daß diese Information ein einziger Schwindel war für den Fall, daß der Inhaber, der zwei Tische weiter saß, etwas mithören konnte. Lolly erzeugte mit ihrem Strohhalm und ihrer Coca Cola kindische Blubberlaute, die ihre Dienstkleidung, die eigentlich kaum vorhanden war, Lügen strafte. Ihr Brüste verwandelten sich in meinem klimatisierten Gehirn in ein Paar rosige Augen. Ich ging so schnell, daß sie mir zur Tür nachlief, mit J.M.s Telefonnummer auf der Farm in der Tasche, und zwei College-Schüler riefen »Du Glückspilz« hinter mir her, während ich durch die Tür hinauseilte. Glückspilz auf der Suche nach der erhofften Partnerin. Was zum Teufel ist Liebe, die einem auf diese Weise die Brust aushöhlt und das Gehirn zum Stottern bringt?

Ich fand ein Motel auf der Ostseite der Stadt und scherte mich nicht um meine Klaustrophobie, sondern setzte mich ans Telefon, verwählte mich zweimal und bekam schließlich, beim drittenmal, ihre Mutter, Doris (nicht ihr richtiger Name), an den Apparat. Es wäre spät, sagte sie, elf Uhr, aber in ihrer Stimme lag etwas Neckendes, als sie J.M. ans Telefon rief. Ihre Stimme klang viel zu verzagt, und das Lachen war ziemlich hohl, als sie berichtete, daß jemand ihrem Mann erzählt hätte, sie wäre bei mir im Truck gewesen. Er hätte tagelang darüber nachgedacht und hätte sie an diesem Morgen in der Küche zur Rede gestellt, und sie hätte geantwortet: »Ich war bei meinem Geliebten.« Er hätte sie k.o. geschlagen, und jetzt hätte sie ein blaues Auge. Ihre Mutter wollte Anzeige erstatten, aber J.M. hätte nein gesagt. Ich ertappte mich dabei, wie ich genauso monoton redete wie mein Vater, wenn er wütend war. Ich sagte: »Ich kümmere mich darum.« Sie erwiderte: »Nein, du Narr, das ist meine Chance zur Flucht. Komm ja nicht in seine Nähe, sonst verdirbst du alles.« Sie wollte mich nicht am nächsten Tag treffen, weil sie noch viel zu nervös war, aber der Tag danach wäre prima. Sie gab mir Instruktionen, die ich mir nicht allzu aufmerksam anhören konnte, weil es in meinem Kopf summte, und dann sagte sie: »Ich bin so froh, daß du angerufen hast«, und legte auf.

Ich wartete eine Weile mit dem Auflegen und tat so, als setzte ich das Gespräch fort. Ein Professor hat mal gesagt, Realität ist, wenn man durch ein Schlüsselloch schaut und jemand schleicht sich von hinten an einen heran und tritt einem in die Eier. Der Raum begann kleiner zu werden, womit ich gerechnet hatte. Manchmal, wenn der Wind günstig stand, schlief ich draußen in einem Waldstück unweit der Müllkippe von Lincoln. In der Nähe befand sich ein großer Tontaubenschießstand, wo ich mir während der College-Zeit mein Taschengeld zusammengewonnen hatte. Mein Vater hörte mit der Fasanenjagd auf, nachdem ein Partner einen Jagdhund so heftig trat, daß er eingeschläfert werden mußte. Ich war froh, daß ich nicht dabei gewesen war, denn ich bezweifle, daß man mich hätte zurückhalten können. Im Garten war ein Klettergerüst aufgestellt worden, damit ich meine überschüssige Energie loswerden konnte, und obgleich ich damals erst fünfzehn war, hätte ich mich bestimmt auf den Mistkerl gestürzt. Aber der Wind, der durch das Fenster hereinwehte, kam aus Südwesten, was bedeutete, daß der Wald an der Müllkippe nicht in Frage kam und man die Sterne wegen des Lichtscheins der Stadt nur unzureichend betrachten konnte.

Plötzlich interessierte es mich, wie klein das Zimmer werden würde. Schweißtropfen perlten über meine Kopfhaut. J.M. hätte mir sicherlich helfen können, aber sie war hundertfünfzig Meilen weit weg. Als ich an ihren Körper dachte, nahm das Zimmer seine alte Form wieder an. Ich hatte mal leichte Schwindelanfälle gehabt, hatte mich jedoch selbst kuriert, indem ich mich mehrere Tage hintereinander in Moab, Utah, an eine Klippe gestellt hatte. Ameisen krabbelten neben meinen Füßen herum, und das Rotwild im Tal tief unter mir ähnelte diesen Ameisen. Der

Onkel meiner Zen-Freundin erzählte, in Nordjapan gäbe es eine Sekte, deren Angehörige sich an Felsabbrüche stellten, um geistig wach zu bleiben. Das war das einzig Interessante, was dieses Arschloch jemals von sich gab. Mein Gott, verärgert zu sein, ließ das Zimmer rapide schrumpfen und erschwerte das Atmen. Ich kam mir vor wie ein nicht sehr kluges Säugetier, das im Eis eingebrochen und gerettet worden war, doch nun für den Rest seines Lebens Angst vor Seen und Teichen hatte. Ich versuchte es eine halbe Minute lang mit Fernsehen, doch dadurch wurde es noch schlimmer. Fernsehen und Kino sind überhaupt nichts für mich. Ich muß beides meiden, weil es dort zuviel Bewegung gibt. Und das geht mir auf die Nerven.

Wenn der Fernseher neben einem Fenster steht, stellt man fest, daß das Leben da draußen gar nicht so bewegt ist, es sei denn, man befindet sich in der Nähe eines Highways oder in einer belebten Straße in der City. Der Primat in uns versucht an den schnellen Aktionen im Fernsehen unterschwellig Änderungen vorzunehmen und hat am Ende einen total verwirrten Geist, der einige Zeit braucht, um sich wieder zu sammeln. Der Vorteil ist, daß man im wortwörtlichen Sinn Zeit totgeschlagen hat. Kinofilme sind da ein wenig anders. Etwa zweimal im Jahr, wenn ich Lust verspüre, mir einen anzusehen, rufe ich meine Schwestern an, um ihre Meinung zu erfragen. Sie sind absolute Expertinnen, welche die Arbeit bestimmter Regisseure genau verfolgen. Die Kinofilme hingegen, die sie dann im Fernsehen senden, sind zu klein, und man kann sich nicht in dem Maße in das Geschehen auf der Leinwand hineinversetzen, wie es eigentlich sein müßte.

Ein Bett. Ein vorderes Fenster, das auf einen überhell erleuchteten Parkplatz hinausgeht. Toilette und Dusche. Waschtisch. Schreibtisch. Koffergestell. Wandschrank mit Falttür. Ein Druck mit ziemlich grotesken Ibissen von jemandem, der sich offenbar noch nie einen genauer angesehen hat. Einer stolziert in der Nähe eines verriegelten Schuppens umher. Die Luft ist erfüllt mit dem Geruch von verkochten Spaghetti, der aus dem Lüftungsschacht des Restaurants nebenan strömt. Gideon-Bibel in der Nachttischschublade. Da das Zimmer absolut nichtssagend ist und sich keinen Millimeter rühren kann, werde ich es schon schaffen. Schließlich bin ich nicht aufgrund eines aberwitzigen Rituals mit Erde zugeschaufelt. Ich setze mich an den Schreibtisch und versuche, ein Bild von J.M. zu zeichnen, aber was ich zustande bringe, sieht eher aus wie die Blüte des blauen Stachelmohns, eine Blume, die ich bereits in meinem Tagebuch gezeichnet habe. Warum soll ich mir die Mühe machen, wo ich nur die Augen schließen muß und sie vor mir sehen kann? Sie steht neben dem Truck, vollständig bekleidet, und zeigt mir, wie hoch sie springen kann.

Aus Angst schrieb ich die Namen von zwei Frauen auf, die eine siebzehn und die andere dreißig, die mich schon früher beinahe in diesen Zustand versetzt hatten. Wie hatte ich meine anderen Versuche mit der Liebe vermasselt, die wenigstens einen Teil dieser Energie aufwiesen? Alles ist nicht meine Schuld. Man hat mir erklärt, daß diese Einstellung genauso hoffnungslos selbstbetrügerisch ist wie der Gedanke, daß man bei jeder Gelegenheit das Richtige tut.

Alles, was ich wirklich zu haben scheine, ist Bewußtsein. Dieses alltägliche Gut muß ausreichen, um eine Unsinnsphobie zu überwinden, obgleich ich sie in der Tat auch zu meinem Vorteil benützt habe. Meine Ohren und meine Nase werden frei, und das Summen in meinem Kopf läßt nach. Mein hektischer Atemrhythmus verlangsamt sich. Das ist ein Anfang. L.G.s Hände waren immer rissig. Sie war die Tochter meine Idols, meines Mentors, meines Biologielehrers an der High School, der in Korea in Kriegsgefangenschaft war. Sie war das mittlere von fünf Kindern. Ihre Eltern stammten aus Chicago und hielten sich für politisch radikal. Sie gehörten der Dorothy Day's Catholic Workers Party an, obgleich die Mutter Jüdin war. Mein Mentor war auch in Geschichte und Literatur bewandert, eine seltene Eigenschaft bei einem Naturwissenschaftler. Er war so brillant, und seine Schüler zeigten so gute Leistungen, daß seine politische Einstellung von der Gemeinschaft toleriert wurde. Er wurde von den maßgeblichen Regierungsstellen als harmloses und durchaus nützliches Original eingestuft, ähnlich einem verschrobenen geliebten Dichter auf einem College-Campus, weil man glaubte, daß seine Unkonventionalität, auch wenn sie nicht ganz in den allgemeinen Rahmen paßte, durchaus etwas Positives darstellte.

L.G. war derart anstrengend, daß sie damit alle anderen Jungen abschreckte, auch wenn sie attraktiv aussah. Sie kleidete sich bewußt ärmlicher, als ihre Eltern es waren. Ich verliebte mich während meines letzten Jahres auf der High School in sie, auch wenn sie diese Liebe nicht erwiderte, was nicht selten vorkommt. Sie hielt den Kombiwagen meiner Mutter für vulgär und wäre sicherlich niemals in den Lincoln Town Car meines Vaters eingestiegen (der Cousin eines Sozietätspartners war Autohändler, und der Kanzlei wurden beim Kauf eines Neuwagens günstige Prozente eingeräumt). Ich hatte zum drittenmal meinen Jeep während eines Wochenendausflugs in die Sandhills demoliert, um die Spuren eines Schneesturms zu besichtigen, der leider an Omaha vorbeigezogen war. L.G. war einmal verhaftet worden, weil sie am Zaun des SAC-Hauptquartiers gegen Atomwaffen demonstriert hatte. Damals war sie allein und zwölf Jahre alt. In ihrem Haus teilten wir Gulasch aus einem großen Topf auf dem Herd aus, nachdem wir auf dem Küchentisch ausgebreitete Bücher zusammengeschoben hatten, um Platz zum Essen zu haben. Alle redeten gleichzeitig. Sie duldete meine Gesellschaft nur zwei Monate lang. Ich lud sie zum Schulabschlußball ein, aber sie lachte mich nur aus, daher ging ich auch nicht hin. Am Ballabend betrank ich mich zusammen mit anderen Unglücklichen, nahm Speed und rauchte Pot und schlief anschließend in L.G.s Garten. In dieser Nacht sank die Temperatur bis fast Null Grad, und ihr Vater fand mich, als er bei Tagesanbruch den Hund hinausließ. Der Hund pinkelte auf mich, was später eine Familienanekdote wurde. Sogar ich konnte über diese Geschichte lachen. Sie sagte, sie liebe mein Interesse für Vögel und Botanik, war allerdings der Auffassung, daß die Anthropologie mich völlig verschroben gemacht hätte. Sie las mir Vergil auf lateinisch und St. John Perse auf französisch vor. Sie ging einem mit ihrer Pedanterie ständig auf die Nerven. Sie erzählte mir, ihre heimliche große Liebe wäre unser schwarzer Footballstar, und er hätte auch etwas für sie übrig, wolle sich jedoch mit einem weißen Mädchen nicht das Leben schwermachen. Sie wäre darüber sehr traurig, hätte aber Verständnis dafür. Ich glaube nicht, daß sie mit anderen strenger umging als mit sich selbst. Sie hatte in allem eine strenge Auffassung, bis hin zum Türenschlagen und zur Reinigung des Linoleumbodens in ihrer Küche. Ich schlief einmal mit ihr – ich kann nicht behaupten, daß sie auch mit mir schlief –, und zwar als ich aus Absarokee, Montana, zurückkehrte, kurz bevor wir aufs College gingen. Sie war eine National-Merit-Stipendiatin und hatte freien Zugang zur Northwestern bei Chicago, der Alma mater ihres Vaters. Wir aßen Pizza und besuchten einen extrem gefühlsduseligen Film. Ich war im Kino wie aufgedreht, und wir verließen es zur Hälfte des Films, um zum Missouri hinunterzuschlendern. Es war ein warmer Spätsommerabend. Der Jeep war repariert, aber ich sollte am nächsten Tag anläßlich meiner Graduierung den versprochenen Pick-up bekommen. Als ich zurückkam, blätterte sie beim Schein der Taschenlampe in einem meiner Vogelführer. Sie schaute vom Buch hoch und meinte, sie wäre bereit, mit mir zu schlafen. Ich hatte diesen Punkt schon vor langer Zeit abgehakt und war wie vor den Kopf gestoßen. Wir fuhren eine halbe Stunde lang nach Norden, bis wir in einem Maisfeld unweit des Flusses einen geeigneten Karrenweg fanden. Ich war so zappelig, daß ich beinah versagte; nicht daß sie mir eine große Hilfe gewesen wäre. In einem Jeep ist es unmöglich, daher breitete ich eine nicht sehr saubere Decke auf dem Erdboden aus, was sie jedoch als unwürdig ablehnte, also lehnten wir uns gegen einen Kotflügel. Sie zerrte zu heftig an mir, und ich bat sie, ein wenig sanfter zu Werke zu gehen, dann bekam ich ihn nicht hinein. Sie sagte sogar: »Wir werden ihn reinkriegen, und wenn es das Letzte ist, was wir tun.« Mir war klar, daß sie auf keinen Fall als Jungfrau aufs College gehen wollte. Ich versuchte es mit dem Mund zu machen – ich hatte schon mal darüber gelesen, es aber noch nie selbst versucht –, doch sie kreischte: »Laß das sein!« Sie hatte keine Creme in ihrer Handtasche, entschied sich aber für Chap Stick, einen Fettstift gegen aufgesprungene Lippen. Sie bearbeitete meinen Schwanz, als hielte sie ein Stück Malkreide in der Hand, und zwar ziemlich heftig. Dadurch kam ich zum Höhepunkt und spritzte alles voll, blieb jedoch fest genug, und wir legten uns für eine Weile auf die Decke, bis sie richtig laut »Onkel« schrie. Darüber mußten wir beide laut lachen, so daß der Abend nicht in Melancholie endete, obgleich ich ein einziges zuckendes Bündel Sehnsucht war. Im Jeep überprüfte sie sich auf Spuren, die von ihren Brüdern oder Schwestern oder Eltern bemerkt werden könnten. Es war sehr erotisch, als sie sich im Schein der Taschenlampe die Oberschenkel mit einem Papiertaschentuch abwischte. Ich wollte weitermachen, aber sie sagte: »Spinnst du?«, also fuhren wir nach Hause.

Ich schlief eine Stunde in meinen Kleidern, nachdem ich entschieden hatte, daß dieses häßliche Zimmer mich nicht erdrücken würde. Doch dann erwachte ich schlagartig und in Schweiß gebadet, nachdem ich von einem Ponca geträumt hatte, der mir ein paar Kojoten-Geschichten erzählt hatte. »Informant« nennt man so einen. Ich hatte immer noch ein mieses Gefühl wegen dieser Angelegenheit, wenngleich auch nicht aus den gleichen Gründen, wie der Professor sie geäußert hatte. Ich war ein arroganter junger Stinker, der wunderschöne Geschichten im Tausch gegen zwei Flaschen Boo's-Farm-Weine sammelte. Wir trafen uns an drei aufeinanderfolgenden Tagen, wobei er mir am dritten in der Hauptsache die Ponca-Namen für ein paar Dutzend Vögel nannte, die ich im Feuchtgebiet von Bazil in der Nähe beobachtet hatte. Er war richtig in Fahrt gekommen, als er erfuhr, daß ich mich, anstatt im örtlichen Motel ein Zimmer zu nehmen, in einem Schlafsack auf einen Hügel gelegt hatte. Er fragte mich zweimal mit einem vielsagenden Grinsen, ob ich Bares bei mir hätte, was ich verneinte (man sollte einem Ponca gegenüber niemals seine Sioux-Kenntnisse offenbaren, wenn man von ihm etwas wissen will). Er zupfte sich die Haare aus, die aus einem Grützbeutel an seinem Kinn herauswuchsen, und versuchte mir eine Geschichte darüber unterzujubeln, wie ein Kojote auf dem zugefrorenen Missouri Eishockey spielen gelernt hatte. Es war, als sammelte ich von jemandem Geschichten, der von einem anderen Stern gekommen war, während eigentlich wir die Fremdlinge waren. Ich setzte mich mit ihm in Niobrara City in ein Café, wo er drei Portionen gebratene Hühnermägen verzehrte und dabei zugab, daß er seit zwei Tagen kaum etwas gegessen hätte. Ich wurde nervös, als ein großer grinsender Cowboy an unseren Tisch kam, aber er bot lediglich zwanzig Dollar Belohnung an, wenn mein Informant die Waschbären fing, die den Garten seiner Frau verwüsteten.

Natürlich ist die Sache die, daß er mir keinen Scheiß hätte erzählen sollen, aber erst einmal war er ein freundlicher Mitmensch mit einem atemberaubenden Humor. Ich glaube, wenn ich alle Einträge in meinen abhanden gekommenen Tagebüchern zusammenzähle, war ich Angehörigen von mindestens siebenunddreißig unterschiedlichen Stämmen begegnet. Ich habe nicht viel über sie geschrieben, wahrscheinlich aus Gründen der Bescheidenheit, die mir mein Vater mitgegeben hat. Die Buchläden sind voll von ernsthaften Untersuchungen menschlichen Verhaltens, inklusive dem der Indianer. Selbsthilfeschrott zähle ich dabei nicht mit. Nach längeren Kontakten mit Indianern schienen die gelehrten Texte, die ich als Student gelesen hatte, und die sich als ernsthaft ausgebenden Bücher, die ich danach in die Finger bekam, mit meinen gemachten Erfahrungen nicht allzu genau übereinzustimmen. Ich versuchte mir die Unstimmigkeiten damit zu erklären, daß diese Bücher, obgleich sie sicherlich auf gründlicher Feldforschung basierten, letztlich woanders geschrieben wurden, zum Beispiel in irgendeiner Universitätsstadt oder in Washington, D.C., wo die Leute, ganz gleich wie kurz oder lange sie ihren Job bereits ausüben, eigentlich nur mit sich und ihresgleichen zu tun haben.

Macht und Geld regeln die Qualität des Diskurses, und keine anderen Überlegungen werden ernsthaft in Erwägung gezogen. Aber ich konnte lesen, was K. Basso über die Apachen schrieb. Und das Gelesene durch meine eigenen Wanderungen bestätigen, weil er sich immer noch in der Gegend aufhielt. Wie kann jemand anderer, ich eingeschlossen, endgültige Schlußfolgerungen präsentieren, ohne die Sprache fließend zu beherrschen, auf der der Realitätssinn der Eingeborenen basiert? Das alles wurde immer seltsamer in dem dünnschiß-gelben Hotelzimmer mit seinen beweglichen Wänden und der auf- und absteigenden Decke. Es ist nicht immer besser, Reißaus zu nehmen, schalt ich mich selbst. Was hat man davon, wenn man so tut, als wüßte man mehr, als man tatsächlich weiß? Es schien, als könnte ich mit diesem Leben, das ich führte, nichts anfangen, als hätte ich mich in einer Arena vager Vorsätze verirrt. Es stand außer Frage, daß der Verlust Ralphs etwas mit dieser nicht mal sehr weit hergeholten Angst vor folgenschweren Entscheidungen zu tun hatte. Ich vermißte sogar die Flohmärkte, die Jahrmärkte, die Rodeos, die Abendessen, an denen ich bis vor einem Jahr regelmäßig teilgenommen hatte, oder den Abend, an dem ich völlig ernsthaft eine Kirche in Nazarene besuchte, um mir eine Veranstaltung mit dem Titel *Puppen für Jesus* anzusehen. Es ist faszinierend, mit welcher Inbrunst Menschen sich an Phantasien klammern, die einem ewiges Leben versprechen. Während einer sieben Tage dauernden Wanderung muß man sich gelegentlich in Erinnerung rufen, daß man Teil der menschlichen Rasse ist, ganz gleich, wie viele fliegende oder zu den Säugetieren gehörende Arten man gesehen hat, die einen sehr wohl daran hätten erinnern können.

Es ist kurz nach drei Uhr morgens, und ich komme mir dumm vor. Oh, J. M., warum wachst du nicht auf und rufst mich an? Es macht wenig Spaß, sich dämlich vorzukommen, wenn die einzig sichere Tatsache im Leben die ist, daß man intelligent ist. Ich stellte fest, daß dieses Gefühl die Decke um einen Fuß absinken ließ, und sofort brach auf meiner Stirn Schweiß aus. Es würde noch eine ganze Stunde dauern, ehe ich die ersten Vögel hören konnte. Carla, nicht ihr richtiger Name, erinnerte mich immer an einen Zaunkönig, was zweifellos am melodischen Klang ihrer Stimme lag, die einen seltsamem Kontrast zu ihrem rasiermesserscharfen Verstand bildete. Ich sah sie zweimal in einem mexikanischen Restaurant in Espanola, New Mexico, mit ihrem drei Jahre alten Sohn, der sicherlich der schweinischste junge Esser der gesamten Schöpfung war. Sie sah aus wie eine *chicano* mit einigen anderen Zutaten in dieser Mischung, schlank, durchaus attraktiv, aber keine Schönheit. Sie war viel dezenter gekleidet als andere Frauen ihrer Herkunft, und die Kellnerinnen begegneten ihr mit Respekt und beseitigten lächelnd das von ihrem Sohn erzeugte Chaos. Mein Interesse wurde geweckt, als ich sah, daß sie einen psychologischen Text las, ein Gebiet, das ich durchaus als mein Schreckgespenst bezeichnen kann. Als ich sie das nächste Mal im Restaurant sah, saß ich an einem Nebentisch, und ihr Sohn warf mit einem Stück *tamale*, das neben meinem Teller landete. Ich lächelte und sagte: »danke sehr«, und er begann zu schreien, streckte die Hände aus, um es zurückzuholen, wobei seine Augen vor Wut funkelten. Ich brachte es hinüber, und er warf es wieder, während ich noch dastand, und verpaßte mir einen Fleck roter Chilisauce mitten auf mein Hemd. Carla tauchte eine Serviette in ein Glas Wasser und versuchte, den Fleck zu entfernen. Sie sagte, daß ich einen angenehm harten Bauch hätte, und ich sagte: »Danke«, dann wollte sie mir fünf Dollar geben, um das Hemd reinigen zu lassen, die ich jedoch ablehnte. Sie packte den Arm ihres Sohnes, der gerade Anstalten zu einem weiteren Wurf machte. Er heulte, und ich quakte wie eine Ente, was ihm gefiel. Sie schaute auf die Uhr und brach hastig auf. Zwei Tage später, während ich noch immer in der Nähe von Bandelier kampierte – mir gefällt die Ironie, die darin steckt, daß eine prachtvolle alte Ruine so dicht neben der Atomwaffenfabrik in Los Alamos liegt –, fuhr ich rüber zu den Puye Cliff Dwellings, und dort saß sie im Schatten und las denselben Text. Sie freute sich offenbar, mich zu sehen, und der Junge freundete sich sofort mit Ralph an, der, im Gegensatz zu vielen Hunden, Kinder geradezu liebte. Sie trug weitgeschnittene Shorts, so daß man, wenn sie sich hinsetzte, sehr viel von der Unterseite ihrer Oberschenkel sehen konnte. In meinen Ohren summte es. Es ist überhaupt nicht seltsam, daß, unter einer Explosion von Begierde, der Stechginster, das Stoppelfeld der Kultur, total verschwindet – außer als Hilfsmittel, um einen dorthin zu bringen, wohin man gern möchte. Könnte ich eine Unterhaltung anfangen, die sie dazu bringen würde, mit mir zu vögeln?

Nein, das Gespräch lief in eine völlig andere Richtung. Sie stellte genug Fragen, so daß es fast wie ein Verhör war oder noch eher ein aus dem realen Leben gewonnener Anhang mit Fallbeispielen für den psychologischen Text. Wie bereitwillig gehen wir vor einem hübschen Hintern und glatten Oberschenkeln in die Knie, lassen uns das Gehirn mißhandeln und demolieren wie eine junge Antilope in ihrem ersten Aufbranden der Begierde. Es ist so unverhohlen albern, aber trotzdem auch bemerkenswert, zu beobachten, wie unsere Füße sich in Hufe verwandeln. Ich beantwortete alle Fragen nach meiner persönlichen Geschichte, und sie warf einen Blick in den hinteren Teil meines Pick-up-Campers. Der kleine Junge teilte sich mit Ralph eine Portion Hundeflocken. Carla begutachtete meine ordentlich verstaute Campingausrüstung, meine Vorratskiste, meine kleine Bibliothek, meine Seekiste voller Kleidung mit prüfenden Blicken. Unterdessen blätterte ich hastig ihr Lehrbuch durch, das sich mit abnormer Psychologie befaßte, einem Haufen armseliger symptomatischer Würmer. Sie stellte mit ihrer melodischen Stimme fest, daß ich offenbar kurz davor war, ein Soziopath zu werden, auch wäre ich sicherlich ein anal-fixierter Einzelgänger, bla, bla, bla. Ich sagte: »Sie können mich mal«, was sie als durchaus denkbare Möglichkeit in Erwägung zog. Dann betrachtete sie die prachtvolle Szenerie und sagte, dies wäre Gottes eigenes Land. Ich sagte, sie wäre nur eine weitere xenophobe Irre, und daß ich an mindestens hundert anderen Orten in den Vereinigten Staaten gewesen wäre, welche die mit verschleierten Augen dreinschauenden Eingeborenen als Gottes eigenes Land bezeichneten. Sie erwiderte vor Wut schäumend: »Nennen Sie mich nicht nymphomanisch«, und ich meinte: »Xenophob ist nicht nymphomanisch.« Ich kroch ins Wohnabteil, wo ihr Sohn mittlerweile eingeschlafen war und Ralph als Kopfkissen benützte, und holte mein Wörterbuch heraus. Sie war nicht gerade glücklich über das »xenophob«, umarmte mich aber. Meine Hände glitten ein wenig abwärts, und sie stieß mich von sich, wobei sie mir rasch in den Schritt griff. Danach erzählte sie mir eine traurige Geschichte, daß der Vater ihres Sohnes ihr Onkel wäre! Ich war total verblüfft. Ihre Brüder wären Drogenhändler und würden jeden verprügeln, der sich an sie heranmachte. Sie würde an drei Tagen in der Woche von einem abscheulichen Leibwächter zur Universität in Albuquerque begleitet. Wenn ich mit ihr zusammensein wollte, müßte ich das heimlich tun.

Ich folgte ihr mehrere Meilen weit, als sie nach Hause fuhr, und wir hielten vorher auf der Straße an. Ich holte meinen Feldstecher hervor, und sie zeigte mir das Haus ihrer Mutter am Fuß eines Hügels, ein recht hübsches Anwesen mit ein paar Pferden und einem Hühnerstall, und danach ihr eigenes rotbraunes Adobehaus oben auf dem Berg. Ich dürfte auf keinen Fall die Vordertür benützen, aber es gäbe einen Karrenweg, der von einer Bezirksstraße hinter dem Hügel abzweigte, auf dem ich bis auf wenige hundert Meter ans Haus herankäme. Ich sollte kurz nach Einbruch der Dunkelheit kommen, und wenn das Verandalicht brennen würde, wäre die Luft rein. Sie gab mir zum Abschied ein

Küßchen, und ich fuhr auf die andere Seite des Hügels, fand den Karrenweg und führte zu Fuß eine flüchtige Sondierung des Geländes durch. Alles sah einfach und gefahrlos aus, daher fuhr ich zu meinem Lagerplatz zurück, wusch mich gründlich im Bach und sang Ralph ein kleines Lied vor, daß ich bald aufs Kreuz gelegt würde und er nicht. Ralph fühlt sich vor allem von sehr großen Hündinnen angezogen und wird oft bestraft, wenn er mit ihnen anzubandeln versucht.

Wie dem auch sei, die erste Nacht verlief glänzend, desgleichen die zweite und die dritte. Ich war verliebt, und es war klar, daß ich sie vor ihrer bösen Familie retten mußte. Sie war bei ihrem Liebesspiel ziemlich wild, und ich fragte mich, wann ich mich wohl mal ausruhen könnte. Das Haus kam mir für eine Drogenhändlerfamilie seltsam kultiviert vor. Und eine verriegelte Tür führte zum Zimmer ihres Bruders, jedenfalls sagte sie etwas Derartiges. Mein Mißtrauen meldete sich, als sie mich bat, ihr einen Tequila mit Soda und Limonensaft zu holen, und ich aus dem Bett sprang und in die Küche tappte. Ich fand alles bis auf das Sodawasser und öffnete eine Schranktür und nahm eine Flasche aus einem Kasten, der dort stand. Ich bemerkte außerdem hinter dem Schrubber, dem Wischmop und dem Staubwedel einen Stapel gerahmter Fotos. Ich verdrehte den Kopf, um einen Blick auf das oberste zu werfen, und sah einen Gringo in einem Schutzhelm, dem von einem Mann in einem Anzug ein Siegerpokal überreicht wurde. Ich hörte, wie sie auf nackten Füßen durch den Flur auf die Küche zukam, und schloß schnell die Schranktür.

Es war kurz nach Tagesanbruch, und Fliegen summten bereits im Zimmer und an der Hintertür herum, als ich aufstand, um auf die Toilette zu gehen. Mir fiel auf, daß das Haus für einen Drogenbaron nicht besonders gesichert war. Die Fliegentür wurde mit einem einfachen Haken geschlossen, und die Innentür hatte einen losen Knauf und keinen Sicherheitsriegel. Neben dem Hahnenschrei, der vom Fuß des Hügels heraufdrang, hörte ich auch einen Zaunkönig mit seinem wundervoll musikalischen Gesang. Ich hatte Glück gehabt, daß ich mich im Wohnzimmer ausgezogen hatte, denn der Lärm eines Pick-up, der den Hügel heraufkam, übertönte sowohl den Hahn als auch den Zaunkönig. Carla rief aus dem Schlafzimmer: »Lauf, sonst bringt er dich um!«, und das tat ich dann auch.

Etwa hundert Yards bergab machte ich in einem Wäldchen aus verkrüppeltem Wacholder halt und zog mich hastig an. Ich hatte einen Socken verloren, und beide Füße schmerzten und waren wundgelaufen. Ich erreichte meinen Wagen und hielt nicht an, bis ich zwei Stunden später in Albuquerque eintraf. Mittlerweile machte ich mir so meine Gedanken über das Foto von dem Mann mit Schutzhelm im Küchenschrank. Was war auf den anderen gerahmten Fotos zu sehen, und was befand sich in Wirklichkeit hinter der verriegelten Zimmertür, an der ihr Sohn gezerrt hatte, während er sich die Lunge aus dem Leib schrie? Ich liebte sie immer noch, aber da ich selbst ein Schwindler der Extraklasse war, gelangte ich allmählich zu der Erkenntnis, daß sie mir gegenüber nicht ehrlicher gewesen war als ich mit meinen historischen Daten, nach denen sie mich gefragt hatte. Da ich nebenbei ein wenig Geld bei einer Wanderausgrabung in Utah verdient hatte, schaute ich in einer Tankstelle ins Branchentelefonbuch und suchte wenig später einen Privatdetektiv auf, der in einem schick eingerichteten Büro in einem Einkaufszentrum residierte. Ich erfand eine Geschichte über einen Erpressungsversuch, woraufhin er lediglich gähnte und einen Vorschuß von zweihundert Dollar verlangte. Anschließend überquerte ich den Parkplatz des Einkaufszentrums, um zu frühstücken, und als ich eine Stunde später zurückkehrte, lieferte er mir das, was er die »Ware« nannte. Es war schrecklich banal: sie war gar nicht am Ort eingeschrieben, sondern hatte am La-Cruces-Ableger der New Mexico State University ihre Graduierung erworben. Sie hatte eine Teilzeitbeschäftigung als Anwaltsgehilfin, und ihr Vater war ein angesehener Kreditsachbearbeiter in einer örtlichen Bank. Sie war mit einem Absolventen der Texas A&M verheiratet, der als Ölgeologe sehr viel unterwegs war. Sie hatte keine Brüder, und weder sie, ihr Mann noch irgendein anderes Mitglied der Familie war vorbestraft.

Eine Minute lang saß ich da wie ein Haufen Hackfleisch, während der Detektiv seine Belustigung überspielte, indem er irgendwelche Papiere sortierte. Er wollte offenbar, daß ich mir wenigstens einen letzten kleinen Rest meines Stolzes bewahren konnte. Es gab keine weiteren Kosten neben den zweihundert Dollar Vorschuß. An der Wand hing ein Reprint des alten White-Rock-Bier-Kalenders von einem Mädchen mit langen Haaren und wunderschönen Brüsten, das neben einer Quelle kniete. Ich betrachtete es eine Ewigkeit, als hätte ich damit den Blutstrom, der mir ins Gesicht schoß, und die Peinlichkeit des Augenblicks aufhalten können. Ich bedankte mich, rannte hinaus und fuhr nach Süden zu Bosque del Apache, wo ich mehrere Tage lang von einem Campinghocker aus Vögel beobachtete, weil meine Fußsohlen zu angegriffen waren, um lange Märsche zu unternehmen. Jedesmal, wenn ich die Füße auf den Boden stellte, um ein paar Schritte zu machen, tauchte Carla nicht allzu angenehm in meinen Gedanken auf. Es ist wahrscheinlich mehrere hundert Jahre her, seit wir unbeschadet barfuß über felsiges Gelände laufen konnten.

Beim ersten Tageslicht und während Spatzen die Büsche vor dem Fenster umflatterten, stellte ich mich unter die Dusche, und plötzlich streifte mich die Angst, daß J.M.

mich vielleicht auch mit irgendwelchen Verkleidungen an
der Nase herumführte. Ich hoffte, daß ich mittlerweile genug über Frauen wußte, um eine größere Bauchlandung zu
vermeiden. Mein Dad machte immer eine große Sache daraus, daß wir aus den wertvollen Lektionen, die das Leben
uns erteilt, lernen sollten, aber er schien meine Mutter
überhaupt nicht begriffen zu haben. Menschliche Wesen
garantieren die wahrlich verdrehtesten Lektionen. In Carlas
Lehmhaus hatte ich Regale voller Kriminalromane gesehen,
deren Lektüre das Leben der Menschen offenbar interessanter macht. Ich wußte aus meiner intensiven Beschäftigung mit den Corvidae, speziell mit Raben, daß Langeweile
oft seltsame Verhaltensweisen zur Folge hat. Wenn nichts
passiert, dann sollte man dafür sorgen, daß etwas passiert.
Was zum Teufel kannte ich eigentlich außerhalb der natürlichen Welt, wo meine Antennen bestens funktionieren?
Das Ganze wurde allmählich langweilig, und als ich vor
einem Restaurant anhielt, um zu frühstücken, traf es mich
ziemlich direkt. Da es erst sechs Uhr morgens und meine
Mutter vor neun praktisch nicht ansprechbar war, hatte ich
einige Zeit zum Totschlagen. Im Restaurant hörten sich
einige alte Knaben die Wiederholung einer Pressekonfe-
renz des Präsidenten über »Iran-gate« an, wie es überall genannt wurde. Bei faden Eiern und mickrigen Würstchen
erfüllten die Worte die Luft, als wären sie ein feiner
Sprühregen aus Hundescheiße. Was ich aufgrund meiner
eingeschränkten Wahrnehmungsfähigkeit außerhalb der
Natur nicht begreifen konnte, war, weshalb mir die Sprache
sowohl des Präsidenten als auch der fragenden Reporter im
Vergleich mit Bartram, Thoreau, Beston oder sogar *The
Wind Birds* vom zeitgenössischen Matthiessen wie leeres
Geschwätz vorkam? Ich wußte, daß es darauf sicherlich
eine Antwort gab, aber mir fehlten sämtliche konkreten
Daten dazu. Ich versuchte mich daran zu erinnern, was ein

junger Englischdozent über Foucault, einen Franzosen, und bestimmte Gesprächsebenen gesagt hatte, aber ich konnte mich nicht an die wesentlichen Punkte erinnern, sondern nur daran, daß Macht den Informationsaustausch bestimmt. Zu der Zeit bedeutete es für mich nur, daß die Umweltschutzbewegung immer wieder scheiterte, weil sie gezwungen war, sich in ihren Anliegen und Bemühungen der Sprache des feindlichen Lagers, also der Regierung und der Planer zu bedienen. Während ich mich meinen Bratkartoffeln widmete, kam mir der Gedanke, daß ich vielleicht für ein paar Monate gar nichts tun sollte, außer zu lesen, was ziemlich schwierig ist, wenn man ständig auf Achse ist und die Augen erschöpft sind. J. M. schien ausgiebig zu lesen, und sie konnte mir bestimmt ein paar Tips geben, was die Literatur betraf. Wenn ich zu einem Lagerplatz kam, machte ich es mir zur Gewohnheit, mich über die natürlichen Besonderheiten der jeweiligen Umgebung zu informieren. Ich wußte, daß ich, wenn ich schwerfällige Texte aus irgendeinem Bereich las, meinen Schädel arbeiten sehen konnte, aber bei guten Texten verschwand mein Schädel, und ich las mit seiner gesamten Persönlichkeit.

Wieder im Truck, hatte ich den ziemlich heftigen Drang, mir einen Joint anzuzünden, was man auch in Anwesenheit meiner Mutter machen konnte, wenn man nicht gerade von ihr großgezogen worden war. Wenn meine Schwestern zugegen waren, lachten die drei sehr viel, aber ich wurde von ihnen als der Dorn in ihrem Fleisch beschrieben, ein merkwürdiger Vergleich des heiligen Paulus. Nachdem meine jüngere Schwester erfahren hatte, daß ich nur ein Adoptivbruder war, entwickelte sie eine geradezu aggressive Zuneigung zu mir, wozu auch zählte, daß sie nackt zu mir ins Bett schlüpfte. Das ging mir derart auf die Nerven, daß ich von innen ein Schloß an meiner Zimmertür anbrachte. Meine Eltern bemerkten, wie sie verliebt um mich herumstrich – sie war zu dieser Zeit dreizehn und ich sechzehn –, und nahmen mich beiseite, um mit mir über diese Angelegenheit zu sprechen. Der Gemütsarzt meiner Mutter hatte das eine »Phase« genannt – eine teure Methode, nichts herauszufinden. Wie auch immer, meine Eltern hofften, daß ich diese Situation mit einiger Vernunft meisterte. Wir unternahmen nördlich der Stadt eine Spazierfahrt, um uns zu unterhalten, und während sie auf mich einredeten, sah ich zu meiner Freude einen Rauhfußbussard, der in dieser Gegend verhältnismäßig selten war, und ich sagte, daß ich genug Mädchen hätte, mit denen ich herummachen könnte, und dazu meine abscheuliche Schwester schon gar nicht bräuchte, sie sollten sich also keine Sorgen machen. Mein Dad lenkte den Wagen an den Straßenrand, und sie starrten mich mit vor Wut geröteten Gesichtern an. Ich dachte nur, hier kannst du nicht gewinnen, und versicherte ihnen hastig, daß ich mit meinen Freundinnen nicht bis zum Letzten ginge, woraufhin sie erleichtert zu sein schienen.

Ich hatte meine Mutter nie zur Rede gestellt, nachdem ich sie dabei gesehen hatte, wie sie mit dem Golfhilfslehrer eines frühen Morgens am elften Grün herumknutschte. Ich saß gerade mit einem Freund in einem Dickicht in der Nähe und beobachtete Vögel. Mein Freund fand das Ganze sehr spaßig, aber er war ein Zyniker, weil seine Eltern geschieden waren. Ich warnte ihn, irgend jemandem davon zu erzählen, sonst würde ich ihn nach Strich und Faden verprügeln. Der Hilfslehrer wurde später entlassen, weil er sich an alle Frauen ranschmiß, so lautete jedenfalls der Klatsch, der die Runde machte. Ich glaube nicht, daß ich damals, mit zehn Jahren, allzusehr betroffen war, sondern legte dieses Ereignis in meinem jungen Gehirn unter der Rubrik »unverständlich« ab. Später, wenn sie mir die Leviten las, war ich versucht, das Thema zur Sprache zu bringen, aber mein

Vater hatte mich so streng zur Höflichkeit und Rücksicht-
nahme erzogen, daß ich mir das verkniff. Damals dachte
ich, daß jeder zu jeder Zeit durch irgend etwas verletzt werden konnte.

Als ich in Omaha eintraf, stoppte ich vor einem Autohändler mit einer Menge neuer und gebrauchter Pick-ups. Eine
halbe Stunde wanderte ich auf dem Verkaufsgelände
herum und winkte zwei Verkäufer, die sich näherten, wieder weg. Ich machte mir nicht viel aus meinem eigenen
neuen Wagen, einem Geschenk meiner Mutter, nachdem
der alte gestohlen worden war. Der neue war nicht gerade
bescheiden zu nennen. Er war auffällig und roch nach
Wohlstand, außerdem hatte ich sechshundert Dollar in der
Tasche, und meine Zukunftspläne ließen mir nur wenig
Zeit, kurzfristig etwas dazuzuverdienen. In einer der hinteren Reihen fand ich einen Ford, Baujahr 1982, mit aufge-
malten kleinen gelben Blitzen auf jeder Tür und fühlte
mich durch sie angezogen. Ich winkte einen Verkäufer, der
mich verfolgte, heran und fragte, wieviel ich für meinen
neuen Chevy bekommen könnte. Ich wurde behandelt wie
ein entlaufener Irrer, als wir dies mit seinem Chef bespra-
chen. Meine Papiere waren für sie offenbar sauber genug,
und ich konnte erkennen, wie Habgier bei ihnen die Ober-
hand gewann. Sie zweifelten an meiner allgemeinen Zuver-
lässigkeit, daher nannte ich ihnen den Namen und die Telefonnummer des Sozietätspartners meines Vaters sowie die
Adresse meiner Mutter, damit sie mir Bescheid sagen
konnten, wenn alles in Ordnung wäre. Ich verlor einen Bat-
zen Geld bei dem Geschäft, hatte aber fünf Riesen, um J. M.
zu überreden, mit mir abzuhauen. Wir würden Ralph suchen und so weiter. Meine leibliche Mutter besuchen. Ans
Meer fahren. An meinem Lieblingsplatz in der Nähe der
Seri-Indianer am Mar de Cortés in Mexiko kampieren. Auf
Bäume klettern. Nach Veracruz fahren, um riesige Habicht-

schwärme auf ihrer Wanderung zu beobachten. Ich hatte in der Obhut meiner Schwester einen beachtlichen Geldbetrag von einer Lebensversicherung zurückgelassen, die mein Vater uns dreien hinterlassen hatte, den anzurühren mir bisher jedoch nie angeraten erschienen war. Meine Mutter hatte schon Vermögen besessen, ehe sie meinen Vater heiratete, darunter auch das Haus, das von ihrer Mutter stammte. Ich denke, ihre Familie war das, was man reich nennt. Ich habe nichts gegen Geld, außer daß es einen davor bewahrt, ein interessantes Leben zu führen – jedenfalls nach meinen Vorstellungen. Ich weiß, daß meine Vorstellungen stark begrenzt sind, aber ich habe noch nie einen reichen Menschen kennengelernt, darunter auch alle, mit denen ich aufgewachsen bin, der ein Leben führt, das ich ertragen könnte.

Als ich nach Hause kam, sahen die Ziersträucher ein wenig größer und das Haus ein wenig kleiner aus, wie es stets der Fall ist, wenn ich zurückkomme, was ein- oder zweimal im Jahr geschieht. Die neue Haushälterin meiner Mutter wollte mich zuerst nicht hereinlassen, aber ich sagte ihr, sie sollte sich die Fotos im Arbeitszimmer ansehen, was sie tat, um danach wieder zurückzukommen und mich weiterhin mißtrauisch zu betrachten, bis ich ihr meinen Führerschein unter die Nase hielt. Sie war eine feine Mischung aus dienstbarem Geist und Schlange und erklärte, meine Mutter unternähme gerade einen Morgenspaziergang mit ihrem Freund, in dem ich ihren Kunsthändlerfreund Derek vermutete. Ich hatte ihn im Jahr davor kennengelernt und mochte seine leicht boshafte Einstellung zur Welt. Meine Mutter war mehrmals mit ihm in New York gewesen, und die Reisen holten sie aus ihren ziemlich langen Depressionen heraus, in die sie nach dem plötzlichen Tod meines Dad gefallen war.

Ich ging hinauf in mein Zimmer und hängte einen Zettel an die Tür mit der Nachricht, ich wäre die ganze Nacht gefahren und man sollte mich gegen Mittag wecken. Schon wieder eine Schwindelei, aber irgend jemand mußte schließlich an der Realität herumdrehen. Ich öffnete die gesamte Reihe der Flügelfenster, die zum Garten hinausgingen, zog mich vollständig aus und ließ mich ins Bett fallen, wobei mein Kopf summte wie ein Maikäfer, der gegen ein Fliegengitter prallt. Die Decke über mir bestand aus meinen alten astronomischen Karten, und die Wände waren mit Fotos und Postern von Vögeln, Säugetieren und Pflanzen tapeziert. Das einzige, was sich in den neun Jahren meiner Abwesenheit verändert hatte, war ein fehlendes Foto von Jane Birkins nacktem Hintern, das ich aus einer Illustrierten ausgeschnitten hatte, aber das war schon seit mehreren Jahren verschwunden und entweder meiner Mutter oder einer streng religiösen Haushälterin zum Opfer gefallen. Ich hatte niemals nachgeforscht, obgleich ich schmerzlich vermißte, was ich für den schönsten Hintern der Schöpfung hielt.

Dann stand ich wieder auf, um die Schranktür zu öffnen, die geschlossen war, und ich mußte sie offen haben, aber aus welchem Grund, wußte ich nicht genau. Neben altmodischen Anzügen und Sportsakkos war da auch noch ein Ständer mit Angelruten und mehreren Schrotflinten von mir und meinem Vater. Bei den Schrotflinten handelte es sich um Parker-Modelle, die er Anfang der sechziger Jahre gekauft hatte, ehe sie richtig teuer wurden. Ich begab mich ins angrenzende Badezimmer und nahm zwei Aspirin-Tabletten, wobei ich einen Blick in den Spiegel vermied, da es kontraproduktiv gewesen wäre. Ich legte mich ins Bett und betete beinahe um Schlaf. Nur eine Stunde, heiliger oder lieber Wer-auch-immer! Ich betrachtete die Musikbox in der entfernten rechten Ecke. Es war keine große Musikbox, aber es war immerhin eine, und ich dachte daran, einen Titel von Charlie Parker zu spielen, der einer der Lieblingsmusiker meines Dad während seines Jurastudiums gewesen war, wie er immer erzählt hatte. Die Musikbox war auf kuriosem Weg zu mir gekommen. Mitten im sechsten Schuljahr waren meine Zensuren rapide abgesackt, und meine Eltern versprachen mir ein tolles Geschenk, wenn ich am Ende nur Bestnoten hätte, was auch schließlich der Fall war, und ich verlangte eine Musikbox. Sie versuchten zu kneifen, besorgten aber am Ende doch eine, wobei sie keine Ahnung von meinen Gründen hatten. Schon damals konnte ich das Radio oder das Fernsehen nicht ertragen. Ich mag Musik, wenn sie live gespielt wird und ich aus den bekannten Gründen entweder weit hinten oder an der Seite sitze. Die Musikbox hatte es mir angetan, weil man davorstehen und sich ihre ausgeklügelte Funktionsweise ansehen konnte. Im Zusammenhang damit gab es auch eine schöne Erinnerung an einen Angelausflug mit meinem Dad und meinem Großvater zum Leech Lake in Minnesota. Wir zelteten, aber es regnete zwei Tage so heftig, daß wir in ein Ferienhaus unweit eines Restaurants am See umzogen. Zum Abendessen gingen wir in das Restaurant und bestellten Hamburger und köstlichen Bratfisch. Es war ein warmer, schwüler Abend mit heftigem Wetterleuchten über dem See und dem Summen der Moskitos, das durch die Fliegentür hereindrang. Während der Mahlzeit füllte das Restaurant sich mehr mit Einheimischen als mit Touristen, und jeder trank sehr viel, mein Dad und mein Großvater eingeschlossen. Mein Dad brachte mich zurück zu unserem Ferienhaus und begab sich wieder ins Restaurant. Ich wartete ausreichend lange, dann schlich ich mich zurück und spähte durch ein Fenster an der Seite zusammen mit mehreren anderen Kindern, darunter auch ein großes pummeliges Mädchen, das nach Melasse roch und mich ständig umarmte und drückte. Die Musikbox war sehr laut, und viele Leute tanzten, und ich sah zu meiner Verblüffung, daß mein Vater eine Blondine mit wackelnden Brüsten im Arm hatte. Das Melasse-Mädchen erklärte mir, sie tanzten den »Schottischen«. Ich hatte vor diesem Abend und danach meinen Vater noch nie so glücklich gesehen. Sogar mein Großvater tanzte, und zwar allein oder mit einem Barmädchen. In meinem neun Jahre alten Geist verband ich diese Glückseligkeit mit der Musikbox, die orange und violett leuchtete, so daß die blonde Tanzpartnerin meines Vaters, wenn sie sich darüber beugte, um einen anderen Titel auszusuchen, sehr schön aussah; jedenfalls empfand ich das damals so. Und so glaubte ich, daß es sich lohnen würde, hart zu arbeiten, um der Familie zu einer Musikbox zu verhelfen.

Ich schlief und träumte und lag dabei hellwach und mit geschärften Sinnen in meinem alten Bett, falls so etwas überhaupt möglich ist, obgleich ich dieses Phänomen niemals eingehender untersucht habe.

Während ich an diesen seltsamen Orten kampiert hatte, wo die Gefahr etwas sehr Reales war, war diese Art zu schlafen beinahe zu einer Gewohnheit geworden; folglich gingen die künstlich hergestellten Sterne an meiner Zimmerdecke in echte Sterne über, unter denen sich viel zu viele Kometen befanden, und ich dachte, die Welt ginge unter, ehe ich die Gelegenheit bekäme, J.M. wiederzusehen. Sogar die Uhr an der Wand wirbelte herum, und ich hörte J.M. reden und stellte erneut fest, daß sie als Kind eine leichte Sprachbehinderung gehabt hatte. Was hatte es zu bedeuten, daß sie mit meinen Schwestern Marianne und Lucy redete, die sie doch gar nicht kannte, und sie J.M. erzählten, was mit mir nicht in Ordnung war, wobei sie spanische Wörter benützten, die ich nicht kannte? Ich fragte, was diese Wörter bedeuteten, und sie erwiderten: »Wir erfinden diese Wörter, damit du nichts verstehst.«

Natürlich war ich sofort hellwach und schaute blinzelnd zu meinen Papiersternen hinauf, und dann klopfte meine Mutter an und kam mit dem Kaffee herein. Dafür, daß es ein radikaler Wechsel war, war ich ganz froh, sie zu sehen. Wie, zum Teufel, werden wir etwas anderes, dachte ich, während sie sich nervös hinsetzte. Mit einem Anflug von Farbe in ihrem Gesicht und ihren nicht mehr so stark zitternden Händen sah sie besser aus als sonst. Sie erzählte jedoch immer noch voll atemloser Hektik von meinen Schwestern, Lucy und Marianne, und warum, um alles in der Welt, hatte Marianne, die in Kansas auf dem Land wohnte, sieben Hunde? »Warum sollte sie die nicht haben?« antwortete ich mit einer Gegenfrage, und sie redete weiter und wandte den Blick ab, als sie meinte, eine Anfrage sei von jemandem gekommen, der meine »biologische Mutter« vertrete, und daß ich als Gentleman die Frau allein schon aus Höflichkeit, ein Lieblingsausdruck von ihr, besuchen sollte. »Biologische Mutter« ist ein ziemlich stark vereinfachender Ausdruck, wenn man sich alle Verbindungen vorstellt, die Nabelschnur eingeschlossen. Ein Mann hätte aus dem Autoladen angerufen, und weshalb ich den Truck verkaufte, den sie vor einem Monat oder so für mich angeschafft hätte? Er ist zu auffällig, sagte ich, er lockt Diebe geradezu an. Ich erwähnte nicht meinen Geldmangel, was der wundeste Punkt war, da sie sicherlich den Wunsch hatte, mir alles in den Schoß zu legen, so wie es ihr in den Schoß gelegt worden war, ohne daß nach den Folgen gefragt wurde. Irgendwie bemerkte sie, daß ich schon wieder schwindelte, vielleicht weil sie diese Angewohnheit ebenfalls hatte. Sie erzählt immer noch in der Gegend herum, daß ich nach Malcester gegangen sei und nicht zur Universität von Nebraska, aber sowohl sie wie auch mein Vater sowie ihre Eltern waren dort, und dieses bißchen Kontinuität bedeutet ihr offenbar eine Menge.

»Wie in Gottes Namen kommst du nur auf den Gedanken, daß es jetzt von besonderer Bedeutung wäre, wenn du ein wenig Geld annähmst?« fragte sie und schaute zu meinen Sternen hoch. »Du bist ja noch viel sturer in deinen Angewohnheiten als der älteste Mensch, den ich kenne.«

»Ich ernähre mich nicht von Apfelmus und Hüttenkäse. Ich bevorzuge Ölsardinen.« Sie verdrehte die Augen über diese Bemerkung; denn in einem Jahr, als ich in Costa Rica war und es nicht schaffte, über Weihnachten nach Hause zu kommen, hatte sie mich am Telefon gefragt, was ich mir wünschte, und ich hatte geantwortet, eine Kiste Ölsardinen. Ich brauchte damals drei Monate, um in der Nähe der Grenze nach Nicaragua einen Jaguar zu beobachten.

»Wir haben jeden Tag gebetet, daß du endlich seßhaft wirst.«

»Nein, das habt ihr nicht.« Diese Gebets-Geschichte war etwas Neues. »Aber wenn ihr es ab und zu getan habt, dann war es eine unzulässige Einmischung, eine Nötigung. Vielleicht bete ich darum, den Mumm zu haben, weiterhin gewisse Dinge zu übersehen.«

Ich konnte erkennen, daß sie kurz davor stand, auf meine Erwiderung beleidigt zu reagieren, und bedauerte, sie damit gereizt zu haben. Welchen Sinn hatte es überhaupt noch? Offenbar war ich an einem Punkt angelangt, wo mein Benehmen stellenweise unangenehm wurde.

»Ich dachte daran, achtzig Morgen zu erwerben und achtzig Bücher, die ich lesen muß. Und ein paar Kühe. Ich würde eine Hütte bauen, die nur drei Seiten hat und nach vorne hin offen ist.«

»Warum Kühe? Du hast immer gesagt, Kühe wären zerstörerisch und schädlich.« Sie war mißtrauisch und wollte nicht durch Tricks dazu gebracht werden, mir zu glauben.

Sie spielte auf eine Zeit vor einigen Jahren an, als ich mich an den Bemühungen einer Umweltschutzgruppe beteiligte, Vieh von öffentlichem Land zu entfernen. »Ich versuche, ehrlich zu sein. Ich kann nicht auf Rindfleisch verzichten. Nach zehntausend Dosen kann ich keine Sardinen mehr sehen.« Sie glaubte tatsächlich, daß ich irgendwann die Michigan State besucht hatte, um Viehzucht zu studieren, während ich in Wirklichkeit einen Monat im dortigen Viehzucht-Forschungszentrum damit zugebracht hatte, Pferche und Ställe zu säubern.

Sie öffnete eine Hand und betrachtete ein Stück Papier, erinnerte sich, um was es sich handelte, und sagte dann, eine junge Frau mit sehr angenehm klingender Stimme hätte vor ungefähr einer Stunde angerufen. Ich sprang vom Bett regelrecht in meine Hose, worüber sie in komischem Entsetzen den Kopf schüttelte, während sie hinausging.

Ich kann mich nicht erinnern, in meinem ganzen Leben ein schwierigeres Gespräch geführt zu haben. Es war abwechselnd liebevoll, zornig, stockend. Sie und ihre Eltern hielten es nicht für gut, wenn ich am nächsten Tag heraufkäme. Zusätzlich zu einem schlimmen blauen Auge hatte eine Röntgenaufnahme einen kleinen Riß im oberen Teil des Jochbogens ergeben. Ihr Mann hatte mehrmals angerufen und um Verzeihung gebeten, und ihr Vater hatte sich den Telefonhörer geschnappt und erklärt, wenn er noch einmal anriefe, würde er mit einer Schrotflinte nach Lincoln fahren und ihm das verdammte Hirn aus dem Schädel blasen. Ihre Mutter machte sich Sorgen, weil sie sich keinen anständigen Anwalt leisten konnten. Ich nahm Zuflucht zu einer Lüge und behauptete, ein guter Freund von mir wäre der beste Scheidungsanwalt in Omaha und würde die Angelegenheit kostenlos bearbeiten. Das besserte ihre Laune schlagartig auf, und sie fragte mehrmals nach, ob das auch stimme. Dann kam ihre Mutter ans Telefon und äußerte klare Vorbehalte gegen meinen Besuch. Wir schlossen einen Kompromiß, indem ich mich damit einverstanden erklärte, nur für eine Stunde vorbeizuschauen, woraufhin sie meinte, zwei Stunden wären auch möglich, weil ich schließlich eine lange Anfahrt hätte. J.M. kam wieder ans Telefon, und ich sagte ihr, ich liebte sie, und sie entgegnete nicht, ich sollte still sein. Eine lange Pause trat ein, dann folgte ein tiefer Seufzer, und das war's.

Ich rief Samuels, den Freund und pensionierten Seniorpartner meines Vaters, an, und er meinte, ich sollte zu ihm kommen, damit wir die Angelegenheit besprechen könnten, und daß ich Glück hätte, ihn noch zu erwischen, da er in zwei Tagen nach Frankreich zurückkehren würde. Es widerstrebte mir zutiefst, jemanden um einen Gefallen zu bitten, aber so wie jetzt hatte ich noch nie mit dem Rücken an der Wand gestanden. Samuels stand mir in etwa so nahe wie ein Patenonkel und hatte bei einer meiner »Schwulitäten«, wie mein Vater es nannte, eingegriffen, als nämlich Lucys Freund sie im Drogenrausch verprügelt hatte und mein Vater zu erregt gewesen war, um sich dieser Sache in angemessener Weise anzunehmen. Ich hatte aus der Nähe der Blackfoot Reservation in Browning, Montana, angerufen, um Bescheid zu sagen, wohin mein Scheck geschickt werden sollte, bekam aber nur meine Mutter an den Apparat, die mir schluchzend von dem Vorfall erzählte. Ich fuhr dreißig Stunden an einem Stück nach Omaha, suchte das Schwein und zertrümmerte seine Gitarrensammlung an seiner Figur. Seine Freunde versuchten mich davon abzuhalten, indem einer von ihnen mich mit einem Küchenmesser an der Hüfte verletzte. Ein Nachbar hatte die Polizei benachrichtigt, und ich leistete ein wenig Widerstand. Samuels haute mich heraus, da ich, wie der Richter es nannte, einen berechtigten Grund hatte, weil meine Schwester mißhandelt worden war, und außerdem wäre ich mit einem Messer angegriffen worden. Warum Lucy sich ein paar Monate später wieder mit diesem Kerl traf, wird mir für immer und ewig ein Rätsel bleiben. Mittlerweile ist sie mit einem jungen Angehörigen des State Department glücklich verheiratet und wohnt in Maryland.

Ich ging die paar Straßen bis zu Samuels Haus, wobei sich der Bürgersteig unter meinen Füßen anfühlte wie zu dünnes Eis, aber ich bewege mich sowieso nur selten auf Bürgersteigen. Ich reagierte eindeutig verzagt und unsicher angesichts eines größeren Bildes, als ich es zu sehen gewohnt war. Man kann sich einreden, daß man ganz toll ist, wenn man ganz allein ist, aber schon ein paar Häuser und Straßen aus einer alten Heimat können das gleiche Schwindelgefühl hervorrufen wie ein steiler Felsabbruch in Utah. Das einzig belebende Element lag in dem, was diese Häuser ausstrahlten. Große Häuser für Menschen mit wahrlich großartigen Prinzipien, Symbole ihrer Befriedigung im Job, an der Börse, in der Kirche, im Country Club, Teil der augenblicklich herrschenden republikanischen Verzükkung, die von den Armen lediglich verlangte, daß sie sich anständig benehmen und die vielfältigen Möglichkeiten zum Geldverdienen nicht behindern. Die ganze Nation hatte sich offenbar mit der rasenden Habgier der oberen Zehntausend arrangiert.

Samuels entsprach ganz und gar nicht meinen Erwartungen. Ich kannte ihn seit meiner Kindheit und hatte ihn immer für einen guten Freund meines Vaters gehalten. Im Jahr davor, als ich ihn das letzte Mal gesehen hatte, war er kräftig und rüstig gewesen, obgleich er schon Mitte Siebzig war, aber nun erschien er mir mürrisch und abweisend. Ja, er würde einen Scheidungsanwalt für J.M. besorgen, aber warum hatte ich mich ausgerechnet in eine verheiratete Frau vergafft? Ich war von seiner Reaktion derart enttäuscht, daß ich am liebsten sofort das Weite gesucht hätte. Er fixierte mich mit seinen feuchten Augen lange und streng und gestand plötzlich, daß seine zweite Frau, zwanzig Jahre jünger als er, in einem Krankenhaus in Lyon, Frankreich, läge. Er hätte nur noch einen Tag Zeit, seine Angelegenheiten in Omaha zu ordnen, und würde für immer weggehen. Das erschien mir so unglaublich, daß es mir völlig die Sprache verschlug. Er hatte sich kurz nach dem Tod seiner ersten Frau zur Ruhe gesetzt, also im selben Jahr, als mein Vater starb. Sie hatte sich ebenso wie Samuels für Frankreich begeistern können und war eine enge Freundin der Französin, die er dann geheiratet hatte. Seine Verbitterung war derart offensichtlich, daß ich den Drang verspürte, ihn zu trösten, aber ich brachte nicht ein einziges Wort heraus. Er schüttelte den Kopf, um seine Grübelei zu unterbrechen. Dann meinte er unvermittelt, nun, da ich älter würde, ähnelte ich immer mehr meinen Angehörigen, was mich noch mehr aus dem Gleichgewicht brachte. Ich sagte, es täte mir aufrichtig leid, daß es ihm im Augenblick so schlechtginge, woraufhin er schließlich lächelte und erwiderte, er glaube kaum, daß irgend jemand wirklich voraussähe, wie es wäre, alt zu werden. Dann erkundigte er sich nach J.M.s »Charakter« und ihrer Herkunft, und ich erzählte ein wenig von ihr. Plötzlich machte er sich offenbar Sorgen, er könnte vergessen, mir den erbetenen Gefallen zu tun, und rief die Kanzlei an. In der Zwischenzeit betrachtete ich die wenigen Regale seiner Bibliothek, die mich als Kind enorm beeindruckt hatte. Er füllte zwei kleine Gläser mit Brandy und meinte wieder lächelnd, ich würde den Alkohol wahrscheinlich wegen meiner Mutter meiden, aber wenn man maßvoll damit umginge, wäre wirklich nichts Schlechtes daran. Wir tranken, und ich war überwältigt von seinem Alter und der Art und Weise, wie die Zeit für uns beide verflogen war. Stets eine elegante

Erscheinung, betrachtete er kritisch meine Kleidung und fragte mich dann, wann ich, falls überhaupt, jemals aufhören würde, den armen Jungen zu spielen. Ich erwiderte, ich wollte nicht, daß irgend etwas sich hemmend auf das auswirken würde, was ich für ein urtümliches Bemühen hielt, die Welt zu verstehen, vor allem die natürliche Welt, da ich mich mit menschlichen Wesen schwerzutun schien. Er ließ sich das durch den Kopf gehen und schenkte uns einen weiteren Brandy ein, und ich erinnerte mich daran, daß ich noch nichts gegessen hatte, und der erste Drink hatte bereits ein Prickeln auf meiner Haut erzeugt. Wir stießen miteinander an, und er sagte, dies wäre ein Abschied, und ich sollte nur so weitermachen und bei meiner verdammten menschenlosen Natur bleiben, da es schon genug Leute gäbe, welche die Welt durcheinanderbrächten. Ich nickte, und dann suchte er nach Worten, um mir klarzumachen, wenn ich J.M. heiratete, sollte ich ihr aufmerksam zuhören, da fast jeder den Aussagen seiner Mitmenschen gegenüber taub wäre und Männer sogar noch tauber zu sein schienen als Frauen. Diese Aussage versetzte mich in Erstaunen, und ich stand auf, um zu gehen. Er stand ebenfalls auf, und wir schüttelten uns die Hände, und dann umarmte er mich. Ich war erneut überwältigt, obgleich mir auch jetzt wieder in den Sinn kam, daß Reichtum und Macht überhaupt keine Bedeutung hatten, außer für einen mehr oder weniger kurzen Zeitraum. Die Frage, weshalb wir alt werden und sterben müssen, ist für einen Amateurnaturforscher die nächstliegende. Und zwar, weil alles diesem Ablauf folgt, sogar der Aldebaran.

Wieder zu Hause, verzehrte ich ein unansehnliches Durcheinander von gebratenem Fleisch und Rühreiern – unter den wachsamen Blicken meiner Mutter, die sich über meine Beschwipstheit amüsierte, ein Zustand, in dem sie mich seit meiner Teenagerzeit nicht mehr gesehen hatte.

Sie erzählte von einer Gelegenheit, als mein Dad geschäftlich nach Kansas City gereist war und sie ins Polizeirevier
gerufen wurde, um mich dort abzuholen, worauf ich mich
in ihrem neuen Kombiwagen übergeben mußte. Diese Erinnerung ließ mich mitten in meiner Mahlzeit innehalten,
wobei ich mich an Samuels' Ermahnung erinnerte, immer
aufmerksam zuzuhören. Dann meinte meine Mutter, sie
wollte bloß mal wissen, weshalb ihre Kinder sich für etwas
so Besonderes hielten, daß sie ihr noch nicht einmal ein
Enkelkind schenkten. Ich sagte, ich wüßte es nicht, ging zu
Bett und schlief fünf Stunden lang. Es war der tiefste Schlaf
in diesem Haus seit meiner Kindheit. Ich erkannte, daß die
Nachbarschaft, obwohl ich sie immer noch verabscheute,
aus irgendeinem Grund ihren Schrecken verloren hatte, und
daß ich nun, nach über zehn Jahren, endlich gegen ihren
lähmenden Einfluß immun war.

Ich erwachte in einem feuchten Matsch aus Brandy und Essen und erwog einen Dauerlauf durch die Stadt, verwarf
diese Idee jedoch gleich wieder. Wegen eines unangenehmen Traums blätterte ich meine planlos geführten College-
Tagebücher durch, bis ich den Bericht über eine Exkursion
fand, die ich anläßlich einer Hausarbeit für einen Kursus in
Ornithologie bei dem berühmten Paul Johnsgard unternommen hatte. Natürlich mußte ich den weitesten Weg
zurücklegen, in den Augen meines Vaters ein entscheidender Fehler. Am meisten trinken. Am heftigsten streiten.
Die dicksten Joints rauchen. Einen betrunkenen Indianer
zu den Boy Scouts mitbringen. Den hübschesten Mädchen
hinterhersteigen. Beim Football die härtesten Zweikämpfe
ausfechten, so daß mein Gehirn wahrscheinlich für immer
angeschlagen ist, alles Dinge, die mir jetzt schwer zu schaffen machen. Dies kann man eher unter Erschöpfung ablegen als unter Erfahrung.

Wie auch immer, ich war von Hühnerhabichten fasziniert
und fuhr rund zwanzig Stunden lang bis zu einer Stelle auf
der Upper Peninsula in Michigan, etwa dreißig Meilen
nördlich vom Schauplatz meiner sommerlichen schicksals-
trächtigen Peyote-Session in der Nähe von Seney. Es gab
eine Meldung von einem örtlichen Vogelbeobachter, Brody
Block, der ein Hühnerhabichtnest in einem dichten Fluß-
system gefunden hatte, das jedoch eine Fläche von mehreren tausend Morgen umfaßte. Mein Interesse war durch
einen alten Aufsatz geweckt worden, »Die Ökologie der
Raubvogeljagd« von Frank und John Craighead, den mein
High-School-Lehrer für mich herausgesucht hatte. Ich
hatte erst zweimal, und das auch nur flüchtig, einen Hühnerhabicht gesehen, einen in der Nähe von McLeod, Montana, und den anderen unweit von Butte und nördlich von
Sturgis in South Dakota. Ich überblätterte einen Haufen
langweiliger Notizen zu Breiten- und Längengrad, örtlicher Flora, Wetter und darüber, daß der Fluß in der Nähe
schwer in Mitleidenschaft gezogen worden war, als er vor
fast einem Jahrhundert zum Baumstammtransport genützt
wurde.

23. Mai 1977. Vielleicht der schönste Tag überhaupt?
Brach nach einer ungemütlichen, regnerischen, kalten
Nacht mit starkem NW-Wind vom Lake Superior schon
früh auf. Verlief mich, da ich die Biegungen, die der
Fluß beschrieb, nicht richtig berechnete, so daß ich
mich um fast eine ganze Meile vom nächsten Orientie-
rungspunkt auf meiner Landkarte entfernte. Ich
kämpfte mich durch ein Erlendickicht und gelangte
auf eine kleine Lichtung, als ich zu meinem Schrecken
die Rückansicht eines großes Schwarzbären (Ursus
americanus) vor mir sah, der soeben ins nächste Erlendickicht brach. Ich hatte ihn bei seinem Geschäft über-

rascht, und ein großer dampfender Haufen lag zwischen zwei Espen, in dem man Spuren einer erfolgreichen Jagd auf ein Rehkitz (weißgefleckte Fetzen von braunem Fell) erkennen konnte. Mein Auge wurde in diesem Moment von einer anderen Bewegung in nächster Nähe abgelenkt. Eine größere Nordamerikanische Vipernatter (Thamnopis sirtalis) verschlang soeben eine sehr große Kröte (Bufo americanus), deren Kopf und Vorderbeine noch aus dem Schlangenmaul herausragten. Ich machte es mir gemütlich, wobei die Kröte und ich einander anblinzelten, die Augen der Schlange jedoch starr blieben. Ich schloß auf die tödliche Attacke eines Raubvogels, da die Kiefer der Schlange gebrochen waren und heftig bluteten. Ein Waschbär oder ein Kojote würden sich über dieses Festmahl sicherlich freuen. Nachdem ich zwei Stunden lang kreuz und quer weitermarschiert war, stieß ich auf den Kadaver eines Rotschwanzhabichts (Buteo jamaicensis), der mitten auf einem Holzschlepp-Pfad lag und dem die gesamte Brust fehlte. Der Kadaver verströmte keinen scharfen Geruch und war daher verhältnismäßig frisch. Ich schätzte, daß ich mich nur wenige hundert Yards von einem Hühnerhabicht (Accipter gentilis) entfernt befand, und klatschte in die Hände, um das Tier soweit zu stören, daß es sich zeigte. Das tat es, ein Weibchen, schon nach wenigen Sekunden, und ich mußte blitzschnell auf allen vieren in Deckung gehen, um nicht skalpiert zu werden. Ich zog mich in den Schutz eines Zwetschgenstrauchs zurück, und das Weibchen flog mit einem lauten kek-kek-kek mehrmals über mich hinweg. Es war deutlich zu erkennen, weshalb dieser Raubvogel der Schrecken von Moorhühnern, Hasen oder irgendwelchen anderen Vögeln ist, die ihm in die Quere kommen.

Nicht enthalten in meinem Tagebuch waren ein verrückter Abend in einer Bar, die Tatsache, daß ich meinen Pick-up in einen Graben gelenkt hatte, eine kurze Romanze, ein leergefahrener Benzintank, der mir zu einem Fußmarsch von zehn Meilen hin und zurück verhalf, die Nacht, die ich mit einem nicht zugedeckten Fuß geschlafen hatte, der am nächsten Morgen von Mückenstichen übersät und angeschwollen war, und ein Frühstück aus durchweichtem Brot und kalten Spaghetti aus der Dose. Ich wußte schon damals, daß ein wahrer Naturkundler besonnen, nachdenklich und diszipliniert sein mußte und daß meine manischen Energiereserven sich besser für die Anthropologie eigneten, obgleich ich mich auch auf diesem Gebiet als Versager erwies. Im Laufe der Jahre und nachdem ich das nicht sehr reife Alter von neunundzwanzig erreicht hatte, wurde mir absolut klar, daß die Last mentaler Idiosynkrasien mich davor bewahren würde, das zu haben, was der Volksmund einen Beruf nennt. Bis ich J.M. kennenlernte, störte mich die Aussicht, diesen *modus operandi* bis zu meinem Tod aufrechtzuerhalten, nicht im mindesten.

Derek (nicht sein richtiger Name) bereitete uns ein umfangreiches Abendessen zu, wie ich es nicht mehr gegessen hatte, seitdem ich meine Mutter während meines ersten High-School-Jahres auf einer zweiwöchigen Frankreich-Reise begleitete. Bestochen wurde ich mit dem Jeep, den ich zu meinem sechzehnten Geburtstag bekam, denn eine Reise nach Frankreich zusammen mit meiner Mutter wäre wohl das Ende ihrer Ehe, wie mein Vater andeutete. Sie war damals Ende Vierzig und befand sich in den Wechseljahren, zu denen ihr unmäßiges Trinken und eine allgemeine Trotteligkeit gehörten, die gewöhnlich alle Familienmitglieder schnellstens in ihre jeweiligen Zimmer flüchten ließ, was meine Mutter aber nicht davon abhielt, danach ständig an die Türen zu klopfen.

Ich war Derek vorher erst einmal begegnet und hatte damals angenommen, er wäre Engländer und homosexuell, aber es stellte sich heraus, daß er aus New Hampshire kam und heterosexuell war. Soviel zu der Vorstellung, daß man das Rätsel der Persönlichkeit eines anderen Menschen schon nach einer einzigen Begegnung entschlüsseln kann, während der man seinen Lastwagen mit einer Kiste Bohnen und Ölsardinen belud. Diesmal saß ich in der Küche, während er umherschwirrte und das Abendessen vorbereitete und dabei in einem fort plapperte und irrigerweise meinte, wir beide wären uns ähnlich. Er hatte die sechziger Jahre in London verbracht, daher täuschte ich mich nicht ganz, was seinen Akzent betraf. Er meinte, wir wären uns insofern ähnlich, als er seine Familie für zehn Jahre verlassen hatte, weil deren Auffassungen von der Realität in krassem Gegensatz zu seinen standen. Dies weckte mein Interesse, da ich während meiner High-School-Zeit genauere Beobachtungen darüber angestellt hatte, wie meine Eltern, Lucy und Marianne innerhalb völlig unterschiedlicher Wahrnehmungen der Realität lebten. Derek hatte gehofft, ein Maler wie Francis Bacon zu werden, etablierte sich aber als Kunsthändler in Omaha. Er betrachtete dies als einen Totalabsturz hinsichtlich seiner Hoffnungen und Ambitionen, hatte jedoch die Grenzen seines künstlerischen Talents akzeptiert, das er, nachdem er zehn Jahre in London hart gearbeitet hatte, als nicht vorhanden betrachtete.

Das einzige Bild aus seinem Schaffen, das überlebt hatte, war ein Seestück, das ziemlich rasch auf der Fähre von St.-Malo nach Großbritannien gemalt worden war. Seine Mutter hatte eine Anzahl anderer Bilder auf einem Speicher des Familiensitzes deponiert, der jetzt von seiner Schwester bewohnt wurde, aber er war nicht erpicht darauf, sie zu sehen, denn er konnte sich an jeden Quadratzentimeter jedes seiner Bilder erinnern und fand die Erinnerung etwa so anregend wie Blähungen.

Wir unterhielten uns von sieben Uhr abends bis Mitternacht, für mich seit dem College sicherlich ein einsamer Rekord. Zuerst kam ich mir ein wenig einfach und schlicht vor, doch wir analysierten gemeinsam diese Empfindung. Seine Gedanken drehten sich hauptsächlich um Kunst und die Kunstszene, während ich mich für die Natur interessierte und für das Studium und die Beobachtung der natürlichen Welt, daher wurde unsere Unterhaltung von dem geprägt und bestimmt, was wir wußten. Die Menschen werden durch ihre wesentlichen Leidenschaften und Vorlieben eingeschränkt, woraus sich die Natur ihrer Sprache ergibt, ganz gleich, ob es Sport, Viehzucht, die Börse, Anthropologie, Kunstgeschichte oder was auch immer ist. Ich fügte auch noch den Ort hinzu und dachte an die xenophoben Bemerkungen der ungefähr vierhundert Ortsansässigen in meinen Tagebüchern. Es war sicherlich keine Frage von Staaten oder ihrer Regierungen als vielmehr von intakten Regionen und ihrer Bewohner. Derek hatte angenommen, daß das Fernsehen die Unterschiede ausgeglichen hätte, aber ich beharrte darauf, daß dies nur in den Köpfen der Fernsehleute geschehen wäre. Meine Mutter fand unsere Unterhaltung ziemlich langweilig, und ich beeilte mich, einen ganzen Katalog typischer regionaler Unterschiede aufzuzählen, wobei einige Staaten wie Texas und Kalifornien davon mindestens ein halbes Dutzend aufzuweisen hatten. Derek wollte diesen Gedankengang weiterverfolgen, da er sich auf eine ganz bestimmte Klasse von Kunstkäufern in Omaha spezialisiert hatte, eine Reminiszenz an New Hampshire, New York City und Europa. Meine Mutter unterbrach uns mit der Frage, welchen praktischen Nutzen es habe, daß ich vierhundert verschiedene Orte kenne, und ich sagte: »Überhaupt keinen.« Derek widersprach und meinte, das Wichtigste im Leben wäre, sich vor dem Gehirntod zu bewahren, und mit visuellen Bildern wäre das genausogut zu schaffen wie mit anderen Überlegungen zur Naturgeschichte. Ich dachte eine Weile darüber nach, und mir schien, als hätte er damit recht, und das sagte ich auch. Am Anfang basierten alle Erfahrungen auf den Sinnen, über die alle Primaten verfügten. Erst dann kamen die Schlußfolgerungen. Ich nannte den ungefähren Breiten- und Längengrad von Caborca in Sonora, völlig bedeutungslose Daten, und sagte, die Navajo wüßten immer genau, wo sie sind, indem sie sich jeden Morgen in sechs Richtungen verneigten. Ich beschrieb bildhaft die Landschaft, die Flora und die Fauna auf einer imaginären Linie von Caborca nach Südwesten bis zum Gebiet der Seri südlich von El Desemboque am Mar de Cortés. Ich beschrieb sogar bildhaft einige der mehreren hundert Pflanzen, welche die Seri in ihrer Ethnobotanik benützen. Es war seltsamerweise sehr schwierig, in rein visuellen Begriffen zu denken, aber zum erstenmal konnte ich mir wenigstens andeutungsweise vorstellen, wie es sein könnte, wenn man Künstler war. Meine Mutter warf schüchtern ein, sie stellte von allem Interessanten, das sie sah, visuelle Quadrate oder Rechtecke her, und Derek lehnte sich zu ihr hinüber und küßte sie auf die Stirn.

Dieser Kuß berührte mich seltsam unangenehm. Ein Mann, der nicht mein Vater war, küßte meine Mutter! Ein Klumpen bildete sich in meinem Hals, als ich im Geiste J.M.s geschwollenes Auge sah. Es würde jetzt noch dreizehn Stunden dauern, bis ich sie sah. Und als ich noch erfuhr, daß Derek, als er in England war, Bruce Chatwin gekannt hatte, den Mann, der den Nomaden-Artikel geschrieben hatte, der so nachhaltig mein Leben beeinflußte, war ich völlig aus der Balance. Derek zitierte außerdem William Blake, der gesagt hatte: »Stille Wasser erzeugen

Pestilenz.« Ich war froh, daß ich ebenfalls ein Blake-Zitat kannte, das ich von einem vertrottelten Ornithologen in Mississippi gehört hatte: »Woher sollen wir wissen, ob jeder Vogel, der die Lüfte durchschneidet, in einer unermeßlichen Welt glücklich ist, die uns mit unseren fünf Sinnen verschlossen bleibt?« Zumindest habe ich es so in Erinnerung. Derek wollte, daß ich mich noch mehr in das »vertiefte«, was ich südwestlich von Caborca gesehen hatte, daher beschrieb ich die Bäuche toter Skorpione, auch eine Klapperschlange, die auf einer Schotterstraße überfahren worden war, die laterale Schuppenzeichnung und das eine Auge, das sich noch bewegte. Ich beschrieb außerdem die drei Mägen einer *corriente*-Kuh, die zu schlachten ich einem alten mexikanischen Ehepaar geholfen hatte. Die Kuh war so ausgehungert und mager, daß die Kutteln für ein *menudo* noch das beste waren, was ihr Tod bieten konnte. Wir rieben die Streifen zähen Fleisches mit Salz und zerdrückten Chilis ein und hängten sie zum Trocknen in die Sonne, und mir kam der Gedanke, daß das alte Ehepaar zu den Papago (T'ohono Odom) gehörte.

Es wurde spät, und ich wollte keinen Wein mehr trinken, daher ging ich mit den beiden hinaus in den Garten und versuchte, ihnen beizubringen, wie man die genaue Zeit anhand der Sternenuhr unterhalb des Polarsterns und in der Nähe der Zeigersterne feststellt, die zum Kleinen Bären führen. Diese Vierundzwanzigstundenuhr drehte sich natürlich entgegen dem Uhrzeigersinn. Omaha strahlte zuviel Licht ab, als daß man alles genau hätte erkennen können, und ich fragte mich, was ich verdammt noch mal an einem Ort suchte, an dem man die Sterne nicht deutlich sehen konnte, und dann fiel es mir wieder ein. Ihnen gefiel die Vorstellung von einer entgegen dem Uhrzeigersinn laufenden Uhr sowie die Tatsache, daß pro Tag vier Minuten abgezogen werden müssen, aber damit war auch schon ihr

Interesse erschöpft, außer daß sie noch zur Kenntnis nahmen, daß es nur zwei Tage im Jahr gibt, an denen diese Korrektur nicht vorgenommen werden muß, nämlich den zweiten September und den vierten März.

Es war ein ganz netter Abend, nicht zuletzt weil er mir half, einen Teil der Zeit zu überstehen, die es dauerte, bis ich J. M. wiedersehen würde. Am Ende griff meine Mutter nach der Brandyflasche, und Derek meinte kopfschüttelnd: »Laß das lieber sein«, und nahm die Flasche an sich. Sie lächelte nur und zuckte die Achseln, eine angenehme Reaktion. Derek sagte, ich hätte wahrscheinlich nur deshalb über Mexiko gesprochen, weil er Shrimpsragout als ersten Gang serviert hätte, und daß unser Geist darauf beschränkt sei, daß ein Gedanke zum nächsten führt, es sei denn, wir könnten mental umherhüpfen wie echte Intellektuelle. Der gebratene Streifenbarsch mit Fenchel hätte mich an Italien erinnern sollen, nur war ich noch nie dort gewesen. Darüber war er baß erstaunt, aber meine einzige Europa-Reise war eine von heftigen Streitereien bestimmte Zugfahrt kreuz und quer durch Frankreich mit meiner Mutter gewesen, um das zu sehen, was sie ihre »alten Futterplätze« nannte. Ich war auf den Mont St.-Victoire in der Nähe von Aix-en-Provence gestiegen, während sie einen verkaterten Tag im Bett verbrachte. Beim Abendessen hielt sie mir einen Vortrag über Cézannes Gemälde von diesem Berg, und ich ärgerte sie, indem ich erklärte, es wäre schon ein wunderschöner Berg gewesen, lange bevor Cézanne ihn gemalt hätte.

Ich ertappte mich dabei, wie ich insgeheim hoffte, Derek würde nicht über Nacht bleiben. Vielleicht spürte er es und tat es deshalb nicht. Natürlich wäre es weniger schlimm gewesen, als wenn sie einen Golflehrer geküßt hätte. Ehe er ging, hielt er noch eine kleine Rede, die ich am liebsten auf Tonband aufgenommen hätte, obgleich sie mir stellenweise ziemlich wirr erschien. Es begann damit, daß meine Mutter irgendeine Phantasiegeschichte in ihrer undeutlichen, abendlichen Judy-Garland-Stimme erzählte. Sie sagte, mein Gefühl für die Ungerechtigkeiten des Lebens, das sie aus nicht näher erklärten Gründen teile, hätte sich herausgebildet, als ich mit dem Friedenscorps in Mittelamerika gewesen wäre. Ich hatte einige Zeit dort verbracht, hatte es aber nicht über die erste »psychologische« Befragung beim Friedenscorps in Washington, D.C., hinaus geschafft, als ich in plötzlich aufwallendem Zorn in einem kleinen, schmutziggrün gestrichenen Büro zugegeben hatte, Schürzenjäger zu sein, Drogen zu nehmen und der vernachlässigten alten Kunst des Faustkampfs zu frönen. Es war nur die Enge des Raums, die mich zu einer solchen Reaktion trieb, und die kurze Erwähnung dieser Organisation am Telefon hatte mich in Mutters verwirrtem Gehirn, das sich im Laufe des Abends zumindest ansatzweise geordnet zu haben schien, zu einem vollwertigen Mitglied gemacht.

Wie auch immer, Derek widersprach meiner Mutter, indem er darauf hinwies, daß Gerechtigkeit schon immer ein Zufall und an die Geburt gebunden wäre und daß Demokratie nicht mehr als ein übler Schwindel für die untere Hälfte unserer Bevölkerung sei. Die Reichen und die obere Mittelklasse kämpften nun mit allen Mitteln darum, ihre Position zu schützen, und verlangten nach einer erzwingbaren Mono-Ethik, welche die Nation nach und nach in ein faschistisches Disneyland verwandelte. Meine Mutter ärgerte sich noch lange, nachdem Derek sich verabschiedet hatte, darüber, daher nahm ich sie liebevoll in den Arm, was, wie sie steif und fest behauptete, das erste Mal gewesen wäre, an das sie sich erinnern könnte.

Am Morgen versuchte ich abzufahren, ohne meine Schwestern anzurufen, was meine Mutter jedesmal, wenn ich nach Hause kam, als meine Pflicht ansah. Lucy war freundlich und locker. Ich erreichte sie in ihrem Büro in Washington, D.C., wo sie in irgendeinem Armenhilfe-Projekt arbeitete, eine eindeutige Verbesserung gegenüber ihrer Groupie-Phase. Ich schlug unbeholfen vor, daß sie doch ein Baby haben könnte, woraufhin ich mir eine Lektion anhören mußte, von der mir die Ohren glühten und die den Hinweis einschloß, ich als hoffnungsloser Soziopath sollte es gefälligst unterlassen, irgendwelche Ratschläge zu geben. Unglücklicherweise erwischte ich auch Marianne, die mit einer, wie ich vermutete, richtigen Freundin in der Nähe von Lawrence, Kansas, lebte, wovon meine Mutter allerdings keine Ahnung hatte. Da ich gerade so schön in Schwung war, empfahl ich auch Marianne ein Baby, was aber nur eine längere Pause nach sich zog, die von bellenden Hunden im Hintergrund untermalt wurde. Schließlich sagte sie: »Ach, leck mich doch«, und meinte, wenn ich schon in der Stimmung wäre, der Familie zu helfen, dann könnte ich versuchen, die zweihundert Riesen zurückzuholen, die Mutter ihrem Kunsthändlerfreund geliehen hätte, und fügte einige Details über dieses Geschäft bei. Das verschlug mir glatt die Sprache, und ich fragte, wie ich das denn anstellen sollte? Sie erwiderte, da ich in Sachen Gewalt schon immer ganz gut gewesen wäre, könnte ich doch damit drohen, »diesen Schwanzlutscher zu ersäufen«. Ich sagte, ich hätte an diesem Tag keine Zeit, würde mir den Vorschlag jedoch durch den Kopf gehen lassen.

Nachdem ich meinen grünen Truck mit den Blitzsymbolen geholt hatte, die nun nicht mehr so gut aussahen wie am Morgen des Vortags, fuhr ich zu Dereks Galerie in einem alten, restaurierten Teil der Stadt. Dort parkte ich und blieb sitzen und überlegte, wo ich die fünf Riesen deponieren sollte, die ich bei meinem idiotischen Autohandel verdient hatte, und was ich mit Derek tun sollte. Ich betrat die Galerie, in der eine unscheinbare junge Frau mit einer phantastischen Figur, die wiederum den Eindruck der Unscheinbarkeit leicht zerstreute, die Stellung hielt. Ich wedelte mit den fünf Riesen vor ihrer Nase herum und sagte, ich würde ein Bild für meine Schwester kaufen, wenn sie mir eine Tasse Kaffee machen würde. Sie ging nach hinten, und ich trat durch die Türöffnung in ein kleines Büro und machte mich mit einer großen Rolodex-Adressenkartei, die auf Dereks Mahagonischreibtisch stand, aus dem Staub. Die ganze Sache verursachte mir Übelkeit, aber ich dachte, daß der Betrag, den Marianne mir genannt hatte, doch ein ziemlich hoher Preis für männliche Gesellschaft wäre und daß ich vielleicht für einen gewissen Ausgleich sorgen sollte.

Kampfhöhe Null. Ich bin schon früh auf den Beinen und unternehme einen Spaziergang am Elkhorn entlang und weiche einem dichten Sumpfdickicht aus, das verführerisch aussieht, aber ich wollte noch einigermaßen vorzeigbar aussehen. Ein Farmer sieht mich und verlangsamt mit seinem Pick-up die Fahrt. Wahrscheinlich bewege ich mich auf seinem Land, daher halte ich das Fernglas an die Augen, um einen fernen Raubvogel zu beobachten, und der Farmer gibt Gas.

Fette Kühe weiden in der Nähe, und ich halte ein wachsames Auge auf einen Holsteiner-Bullen. Aus irgendeinem Grund sind Milchbullen weitaus feindseliger und reizbarer als Bullen aus Fleischherden. Ich denke daran, wie der Farmer auf mein harmloses Interesse an Vögeln reagiert hat und daß Naturliebhaber im praktisch orientierten Amerika oft als Waldschrate oder, noch schlimmer, Prärieelfen verlacht werden. Man denkt traurig an die tief verwurzelte theokratische Idee, daß Gott uns das Land schenkte, um es nach der schrecklichen Ausrottung der Ureinwohner auszubeuten und zu zerstören, daher werden Naturliebhaber gewöhnlich für Spinner gehalten.

Mein Herz blieb fast stehen so nahe bei J.M. Ich sehe mich selbst durchaus als feinen Menschen, aber es hat zu viele Fehlschläge gegeben, und ich wünsche mir verzweifelt, daß dies hier nicht dazu zählen soll. Betrachtet man meine Herkunft und meinen Werdegang, so war es sicherlich schwer, mich den Eltern als goldene Gelegenheit für ihre Tochter zu präsentieren, obgleich ich es in verschiedener Hinsicht sicherlich bin. All meine radikalen Theorien über Geld und meine gründliche Abneigung dagegen weichten unter der Einwirkung dessen auf, was Anthro-Freaks den Fortpflanzungstrieb nennen. Als ich zum Truck zurückging, überkam mich außerdem ein Gefühl von Unbehagen und Verwirrung nach diesen vierundzwanzig Stunden in meinem Heimatort. Ich versuchte dieses Gefühl zu zerstreuen, indem ich eingehend die schöne Farm betrachtete, über deren Land ich gerade wanderte. Die bestellten Felder waren weit genug vom Elkhorn zurückgesetzt, um Platz zu schaffen für ein umfangreiches Uferdickicht. Die Weiden waren sorgfältig abgegrast, so daß es noch keine Invasion von Unkraut wie der Gefleckten Flockenblume gegeben hatte. Der Anblick versetzte mir einen Stich, und ich mußte an meine Kindheit denken, als mein Vater mich zur Sonntagsschule in die Lutherische Kirche schleppte. Wir kleinen Jungen wurden von einem bäurischen jungen Eisenbahnarbeiter aufgefordert, um die Erfüllung unserer Herzenswünsche zu beten, und ich hatte voller Inbrunst gebetet, daß unsere Familie auf eine Farm an einem Fluß umziehen möge. Das ist sie, dachte ich, obgleich es mir etwas weiter im Westen sicherlich besser gefallen hätte.

Als ich wieder in meinen Truck stieg, kam der Farmer zurück und hielt neben mir an, ein echtes Weizengürtel-Monster mit mächtigen Oberarmen. Ich flunkerte ihm hastig vor, ich glaubte, einen Hühnerhabicht gesehen zu haben, und fragte, ehe er etwas erwidern konnte, nach dem Weg zur Farm von J.M.s Eltern, woraufhin er lächelte und die Straße hinauf deutete. »Drei Meilen«, sagte er, winkte, und setzte seine Fahrt fort.

Wenn ich gewußt hätte, was für ein Tiefschlag mich erwartete, hätte ich meinen Besuch verschoben, aber ich wußte es nicht. Meine Vorahnungen sind im allgemeinen immer so ungenau gewesen, daß ich sie völlig ignoriert habe, und als ich langsam die lange Auffahrt hinaufrollte, erlebte ich das, was Säugetierkundler Verdrängung nennen. Unter bedrohlichen Umständen gähnt man und tut so, als interessiere man sich für etwas ganz anderes.

J.M.s Vorfahren hatten sich für ein Anwesen auf der falschen Straßenseite entschieden, falls es damals überhaupt eine Straße gegeben hatte. Anstatt auf dem grünen, fruchtbaren flachen Land am Elkhorn wohnten sie auf der anderen Seite in einer kümmerlichen Landschaft aus Hügeln und Tälern mit ziemlich notdürftigen Mais-, Hafer- und Gerstenfeldern sowie einer kleinen Milchkuhherde auf einer Weide neben der Scheune. Unweit eines grau gestrichenen Schuppens standen zwei alte Farmal-Trecker, ein Maiskolbenpflücker in einigermaßen gutem Zustand sowie eine Dreschmaschine auf einer üppigen Klettenwiese.

Die Auffahrt schlängelte sich um eine hohe Gruppe Fliederbüsche und eine Reihe halbverdorrter Pyramidenpappeln herum, und dort saßen sie auf der Veranda, die drei, eine kleine, schrecklich unglückliche Familie. Ich parkte neben einem grauen Pick-up, der älter war als meiner, einem ramponierten Subaru und J.M.s Mazda. Aus hundert Fuß Entfernung konnte ich deutlich J.M.s von einem blaugeschlagenen Auge verunziertes Gesicht erkennen. Ihr Vater blickte starr geradeaus, und ihre attraktive Mutter hatte den Blick auf ihren Schoß gesenkt.

Ich kam gar nicht bis zur Veranda. Der Klumpen in meiner Kehle wuchs, während ich mich ihnen näherte, und Tränen traten mir bei J.M.s Anblick in die Augen, als sie über meinen Kopf hinwegzublicken schien, und dann streckte ihr Vater die Hand aus und legte sie auf ihren Arm, als wollte er sie zurückhalten, aber vielleicht auch, um sie zu trösten. Ihre Mutter ergriff das Wort mit leiser, ruhiger Stimme und nagelte mich dort fest, wo ich gerade stand.

»Sie sagten, Sie hätten einen Freund, der Anwalt ist. Nun, er ist nicht ihr Freund. Er arbeitet für diese große Firma in Omaha. Ich weiß genau Bescheid. Er sagt, es entstünden keine Kosten. Ich möchte wissen, wie und warum Sie das bezahlen. Was geht Sie das alles überhaupt an?«

»Ich liebe Ihre Tochter«, krächzte ich mit einer völlig anderen Stimme, als ich sie mir erhofft hatte.

»Sie haben keinen Job. Wie wollen Sie zurechtkommen?« fragte ihr Vater, beugte sich vor und erdolchte mich mit seinen Blicken. »Sie hatte schon ein Arschloch. Sie braucht kein zweites mehr.«

»Ich kann jede Menge Jobs annehmen«, entgegnete ich und wußte gleichzeitig, wie lahm das klang.

»Wir wollen, daß sie ihr Studium abschließt, und das wäre alles.« Ihre Mutter stand auf und ging durch die Fliegentür, gefolgt von ihrem Vater, der vorher noch einmal die gelben Blitze auf meinem Truck betrachtete und dann den Kopf schüttelte.

J.M. kam von der Veranda herunter und ging zu meinem Wagen hinaus, ohne mich anzusehen. Abgesehen von dem violettgelben Bluterguß sah sie auch noch ziemlich abgezehrt aus. Ich folgte ihr, und als wir den Truck erreichten, gestattete sie mir, ihre Hand zu ergreifen, wandte ihr Gesicht jedoch ab, als ich sie küssen wollte.

»Ich bringe ihn um«, sagte ich.

»Das ist ein verdammt dämlicher Anfang, wenn du mich

wiedersehen willst. Warum hast du mit deinem Anwalts-
freund gelogen? Es war sehr peinlich. Dad meinte, du be-
handelst mich wie eine Hure.«

»Laß uns sofort heiraten.« Ich wagte es kaum zu flüstern.

»Ich bin schon verheiratet. Vorerst scheiße ich auf die Ehe.
Mein Mann ist heute morgen mit seinen Eltern hergekommen. Sie sind den weiten Weg von Sioux City hergefahren,
und Dad wollte sie noch nicht einmal aussteigen lassen.«
Eine nasse Promenadenmischung kam die Auffahrt herauf
und trottete schuldbewußt auf J.M. zu. Sie blieb stehen
und begann, Kletten aus ihrem Fell zu zupfen.

»Wie bezahlst du den Anwalt?« Sie ließ sich nicht ablenken.

»Er ist ein Mitarbeiter aus dem alten Büro meines Vaters. Er
tut mir einen Gefallen.«

»Soll ich etwa mein Leben in einem Pick-up-Truck verbringen? Ich möchte Lehrerin werden.«

»Ich habe schon daran gedacht, mich irgendwo nieder-
zulassen.« Ich ging in die Hocke, um ihr mit den Kletten
zu helfen, doch der Hund drehte sich um und knurrte
mich an.

»So ein Quatsch. Wann und wo?« Wenigstens lächelte sie
jetzt. »Hast du etwa angenommen, ich würde heute mit dir
abhauen können? Selbst wenn ich es wollte, könnte ich es
nicht. Ich würde das meinen Eltern niemals antun. Gib mir
ein wenig Zeit, um über alles nachzudenken. Schreib mir
Briefe, und dann komm in einem Monat her. Bist du ein
Briefschreiber?«

Ich wußte nicht weiter und versuchte ihr etwas vorzuflun-
kern. Aber sie durchschaute mich sofort und lachte. Wir
schauten hoch und sahen ihre Mutter mit einem Glas
Limonade aus dem Haus kommen. Sie reichte es mir.

»Wir sind keine unhöflichen Menschen. Die letzten Tage
waren wirklich schlimm«, sagte sie und musterte prüfend

ihre Tochter und suchte nach einem Hinweis darauf, was sich zwischen uns ergeben hatte. J.M. ließ meine Hand los und ergriff dafür die Hand ihrer Mutter, was als Zeichen völlig ausreichte, und ihre Mutter reagierte mit dem Anflug eines Lächelns.

»Ich kann mir vorstellen, daß es schlimm war. Das gleiche ist meiner jüngsten Schwester auch passiert.« Ich beließ es dabei, weil ich meine handgreifliche Reaktion in diesem Fall natürlich nicht zur Sprache bringen wollte.

Sie nickte, und ich trank die Limonade. J.M. nahm mir das leere Glas ab und sagte: »Melde dich«, und sie gingen zusammen zurück zum Haus. Außer Hörweite blieben sie kurz stehen, um sich über ein Blumenbeet zu unterhalten. Der Hund verharrte noch für einen Moment auf seinem Platz, als wollte er sich überzeugen, daß ich mich auch wirklich entfernte. Als ich in den Wagen stieg, stieß ich mir heftig den Kopf, weil ich vergessen hatte, daß die Tür niedriger war als bei dem, den ich verkauft hatte.

Nach einer Stunde Fahrt hatte sich die Szene hundertmal vor meinem geistigen Auge abgespielt. Es war derart verwirrend, daß ich die falsche Richtung eingeschlagen hatte und denselben Weg zurückfahren mußte, um auf die Route 14 durch Verdigre nach Niobrara zurückzukehren, eine kleine Stadt am Zusammenfluß von Niobrara River und Missouri. Ich war zunehmend besorgt, denn mein Kopf schien durch den Stoß ein wenig mitgenommen zu sein, und ich konnte diesen Schmerz nicht von dem Schmerz trennen, J.M. in ihrem augenblicklichen Zustand wiedergesehen zu haben. Ich war zu durcheinander, um meinen Wagen sicher zu lenken, und bog an einer Schotterstraße ab, folgte ihr für eine oder zwei Meilen, parkte und wanderte über eine Weide zu einem Dickicht, das mir Trost zu verheißen schien.

Ich hockte mich, an einen Baum gelehnt, hin und weinte.
Warum sollte ich mich selbst belügen? Man ist nicht verpflichtet, sich auch dann immer männlich zu verhalten,
wenn man allein ist. Zur Abwechslung identifizierte ich
noch nicht einmal den Baum, an den ich mich lehnte. Ich
erwog, bei meinem alten Ponca-Informanten von vor zehn
Jahren vorbeizuschauen, dessen Familie nur eine halbe
Stunde von hier entfernt lebte. Er war zwar nicht so aufmunternd wie ein anderer indianischer Freund, ein
Omaha, der in der Nähe von Bancroft wohnte, aber ich
wollte eigentlich gar nicht aufgemuntert werden, sondern
brauchte jemanden, mit dem ich einfach nur reden konnte
und der gerade nicht in seinem eigenen mentalen Faul-
behälter ersoff. Mein Ponca-Informant ärgerte mich immer, indem er von mir verlangte, einen Vogel, einen Baum
oder einen Strauch zu identifizieren, woraufhin er stets
brüllte: »Quatsch, das ist nicht der Name, den er sich selbst
gibt.« Aber ich weiß, daß er sich früher schon mehrmals
mit Anthropologen unterhalten hatte und sich einen Spaß
daraus machte, weiße Besucher zu verwirren. War alles mit
Worten zu erfassen? Was hatte ich wirklich, wenn ich
»Ahornbaum« sagte?
Meine Tränen versiegten, und ich versuchte meine Zeit mit
J.M. zu rekonstruieren, und zwar Moment für Moment von
außen nach innen. Nach normalen Maßstäben brauchte das
Haus einen Anstrich. Die Unterarme ihres Vaters waren
voller Narben. Das schwarze Haar ihrer Mutter war bemerkenswert. Die Fliegentür war mit dünnem Baumwollstoff
bespannt, um Insekten abzuhalten. Der Garten roch nach
Minze und Ambrosia und auch nach Wolfsmilch. Die Fliederbüsche waren voller verwelkter brauner Blüten. In J.M.s
Jeans klaffte in Höhe des linken Knies ein Loch, das ich
gern geküßt hätte. Sie duftete wie Kaffee. Ich kam nicht
dazu, sie zu umarmen. Nun hörte ich einen Pirol, ein süßer

Klang für eine so kleine gefiederte Kehle. Wie kann ich Briefe schreiben, wenn ich es noch nie getan habe, außer an Großvater vor langer Zeit? »Darf ich zu dir kommen und bei dir wohnen? Hier gefällt es mir nicht. Wohin man geht, stehen nur Häuser. Dein Enkel Nelse.« Damals war ich dreizehn und hatte bei ihm einen Sommer verbracht, nachdem ein Freund und ich versucht hatten, Marihuana-Pflanzen zu ziehen. Meine Schwester hatte uns verpetzt. Den ganzen Sommer hindurch arbeiteten wir an einem Fundament für ihre alte Hütte, hievten sie mit hydraulischen Hebern hoch und verlegten neue Betonblöcke, um anschließend die Hütte wieder abzusenken. Wir angelten jeden Abend und manchmal auch morgens in den Bächen Forellen und Barsche und Hechte in einem See. Meine Großmutter war krank und saß in einem Schaukelstuhl im Garten und schaute uns zu. Ich jätete auch Unkraut in ihrem Garten. Sie starb eine Woche vor Thanksgiving, und es war eine kalte, weiße Welt, als wir alle zu ihrer Beerdigung nach Minnesota fuhren.

Ich besorgte in Verdigre zwei Flaschen eines billigen, süßen Weins, und der Angestellte fragte mich, ob alles in Ordnung wäre. Ich war ehrlich und erwiderte, wahrscheinlich nicht und daß ich mir den Kopf am Türrahmen meines Pick-up angeschlagen hätte. Ich erlebte ein paar dieser absolut leeren Momente, in denen die Welt anhält und ich nichts mehr erkenne. So war es auch nach den Football-Verletzungen, als ich »Nail« war und nicht Nelse.
Natürlich hatte ich gedacht, daß J.M. mit mir abhauen würde. Ich habe festgestellt, daß ich über die Welt außerhalb meiner Haut keinerlei Kontrolle habe. Und so stehe ich hier auf dem Bürgersteig in Verdigre an einem heißen Nachmittag und bemühe mich, die Realität zu erfassen. Etwa fünfzig Fuß entfernt steht eine Telefonzelle, und mir

fällt ein, daß ich Derek anrufen und meine Drohung loswerden sollte. Ich glaube nicht, daß meine Mutter richtig reich ist, aber wo soll man da die Grenze ziehen. Vielleicht dort, wo man nicht mehr zu arbeiten braucht, um angenehm zu leben, was immer man darunter versteht. Mein Dad sagte stets: »Leben ist Arbeit.« Nach meinem Dafürhalten hat ihm das nicht viel Gutes gebracht. Ein Rundgang durch J.M.s Garten diente dazu, mir klarzumachen, daß ich von Geld keine Ahnung habe. Ein voller Benzintank und ein paar hundert Bucks, und ich war reich. Ich fand Wohlstand langweilig, denn so war ich aufgewachsen, und es lief allem zuwider, wofür ich mich interessierte. Na und? Andere müssen sich beim Kampf gegen die Armut sicher noch mehr langweilen. Ich habe es an die tausendmal auf der Straße beobachtet, und es ist nicht dasselbe, weil sie außer der Religion keinen Schutz haben. Die Erfolgreichen haben so viele Schutzschilde, daß sie so blind sind wie menschliche Fledermäuse. Sogar ihre Sprache schließt alle anderen Überlegungen außer ihren eigenen aus. Ich möchte nicht die Sprache der Feinde meines Herzens sprechen.

Ich rief Dereks Galerie an und bekam meine Kaffee-Tante an den Apparat. Derek wäre äußerst verärgert, sagte sie, und ich erwiderte, sie solle ihm bestellen, er solle gefälligst meiner Mutter ihr Geld zurückgeben, sonst würde ich jeden Namen in seiner Rolodex-Kartei anschreiben und dem Betreffenden mitteilen, daß Derek ein Betrüger wäre. Sie sagte: »Das ist ja schrecklich«, und ich legte auf.

Am Ende besuchte ich das Grab meines Ponca-Informanten. Ich weiß, daß seine Schwester sich an mich erinnerte, beschloß aber, nicht darauf einzugehen. Sie sagte, sie wäre Christin und wollte den Wein nicht, daher legte ich ihn auf sein Grab, das auf den Missouri hinabschaute, wo, wie er mir erzählte, die Poncas das Eishockeyspiel erfunden hätten. Ich stand dort so lange, daß die Nachmittagssonne in dieser Zeit einige Inches am Himmel weiterwanderte. Danach machte ich mich auf den Weg nach Westen, wo ich meine leibliche Mutter besuchen wollte. Es war der einzige noch zu erledigende Punkt auf meiner Reise, außer daß ich auch noch Briefpapier kaufen mußte.

Liebe J.M.,
ich habe mein Lager hier an der Stelle aufgeschlagen, wo Keya Paha und Niobrara River zusamenfließen. 99 Grad Länge, 43 Grad Breite, wie Du sicherlich unbedingt wissen willst. Dies ist nicht gerade die geeignete Gegend für Briefpapier, aber ich habe etwas für einen Dollar von einer Motelbesitzerin gekauft, und das Papier ist älter als wir beide zusammen. Bide-a-Wee ist ein einfaches Haus, und wenn Du hier wärest, hätte ich uns dort ein Zimmer genommen, anstatt im Freien zu kampieren. Ich habe kein Feuer, weil ich mir mal wieder wie immer unbefugt Zutritt verschafft habe und ich nicht weiß, wie weit die nächste Ranch entfernt ist. Aber ich habe Mondschein, Sternenschein und eine Taschenlampe, vom Summen der Moskitos ganz zu schweigen. Sie sind meine treuen Freunde und folgen mir in den USA überallhin. Morgen hoffe ich, meine Geburtsmutter oder wie immer ich sie nennen soll, aufzusuchen, oder zumindest ihre Mutter, die Naomi heißt und auf deren Ranch ich eine Vogelzählung durchführen darf.
Ich bin ziemlich nervös, was diese Angelegenheit betrifft, aber wie Du schon gemeint hast, sollte ich das lieber hinter mich bringen. Natürlich hatte ich gehofft, Du würdest mich begleiten, und ich versuche zu verstehen, warum Du es nicht getan hast. Vielleicht verstehe ich es, denn ich weiß, wie sehr ich selbst es hasse, wenn man Druck auf mich ausübt. Du hast gesagt oder

angenommen, ich könnte nicht seßhaft werden, aber ich bin sicher, daß ich es am richtigen Ort für Dich schaffen würde. In Liebe, Nelse.

Ich schrieb nicht, daß es mir gutging, denn es ging mir nicht gut, und ich wußte inzwischen, daß sie für meine Notlügen, meine Phantasiegeschichten und für meine Schwindeleien nicht viel übrig hatte. Nach meiner Sternenuhr war es zwei Uhr morgens, und ich konnte nur in Zehnminutenintervallen schlafen, ehe ich wieder schweißnaß erwachte wegen eines orangefarbenen Lichts in meinem Kopf, das an den Rändern tiefrot leuchtete. Es war einige Jahre her, seit ich das orangefarbene Licht gesehen hatte. Das letzte Mal war es in Utah gewesen, wo ich unter einen überhängenden Felsen kroch, an dem ich Spuren eines prähistorischen Korbflechterlagers gefunden hatte. Ich stand zu hastig auf, krachte mit dem Kopf gegen den Überhang und sank für eine Weile auf die Knie. Nachdem ich mich so weit erholt hatte, daß ich weitergehen konnte, stieg ich in die Schlucht hinunter und zwängte mich durch eine Felsspalte, die so schmal war, daß ich meinen Rucksack abnehmen mußte. Ich folgte der Wegbeschreibung eines umherziehenden Grizzly-Freaks, den ich in Montana kennengelernt hatte und der mir auch eine Karte vom Seri-Gebiet angefertigt hatte. Jedenfalls fand ich die Felszeichnung unter einem weiteren riesigen, glatten Überhang, und dort waren sie, große Wolfsdarstellungen sowie tanzende Gestalten, halb Mensch, halb Kranich, auch Schlangenschnörkel und ein einsamer buckliger Flötenspieler, Kokopele. Ich hatte einen kleinen Anfall und stand dort und starrte die Felszeichnung an, bis der Abend hereinbrach, zu geschwächt, um zur Felsspalte zurückzukriechen und aus meiner Feldflasche zu trinken. Ich hatte das Glück, daß der Mond mir für den langen, fast zwei Stunden langen

Rückmarsch zum Truck über die glatten, einer Kraterlandschaft gleichenden Deckfelsen Licht spendete.

Ein matter orangefarbener Schimmer lag über allem, wenn ich meine Augen öffnete, ein Rahmen für die gigantische Sternenuhr über mir. Ich dachte an meine guten alten anthropologischen Autoren, Mary Douglas und Loren Eiseley. Wenn die Rituale die Wirklichkeit bilden, was tue ich dann mit Fledermäusen, die zwischen mir und den Sternen umherflattern? Mein Gott! In Sarlat unten in der Dordogne, meiner Lieblingsgegend in Frankreich, wollte ich die engen Höhlen aufsuchen, um mir die Höhlenmalereien anzusehen, schaffte es jedoch nicht, aus den bekannten Gründen. Statt dessen gab ich mich mit dem Museum zufrieden, während meine Mutter im Hotel ihren Rausch ausschlief. Zum Abendessen hatte sie darauf geachtet, nur eine einzige Flasche zu leeren, von der ich mir, um sie zu ärgern, ein Glas erbeten hatte, aber am Abend hörte ich aus meinem angrenzenden Zimmer, wie ein Kellner des Zimmerservice eine weitere Flasche brachte. Im Museum erklärte mir ein sehr gescheiter, freundlicher Pariser, daß ich mich sozusagen an der Wiege des Okzidents befände. Ich war so beeindruckt, wie jemand in seinem ersten High-School-Jahr es sein konnte, das heißt, ich war total erschlagen, zeigte es jedoch nicht offen.

Mein Gott, schon wieder. Ich hatte gute zwanzig Minuten gedöst und von J.M. geträumt, die lachend auf meinem Gesicht lag, und war dann von etwas erwacht, das mir vorkam wie ein orangefarbenes Schluchzen. Es war aber ein richtiger Blitz eines Gewitters, das von Westen heranzog, wo der Himmel bereits tiefschwarz und sternenlos war und ab und zu von gelben Blitzen erhellt wurde. Amerikanische Ziegenmelker krächzten. Ein Ziegenmelker flußaufwärts. Ich flüchtete mich in Substantive, wegen denen J.M. mich aufgezogen hatte, und der Himmel im Westen wurde von weiteren Blitzen aufgerissen, die mittlerweile näher gekommen waren. Diesmal habe ich meine kokonförmige Schutzplane bei mir, die nur das Gesicht naß werden läßt.

Die ersten Regentropfen lassen Fragen verblassen, wie zum Beispiel, wird es mir etwas ausmachen, wenn ich eine langsamere Gangart anschlage oder, noch besser, wenn ich nicht an die Realität anderer glaube, was tue ich, wenn meine eigene verschwindet? Die Antwort stellt sich ein, als der Regen so heftig niederprasselt, daß ich mein Gesicht gen Osten drehen muß. An einem Nachmittag zu Weihnachten, kurz bevor das Aneurysma ihn in die Ewigkeit eingehen ließ, sagte mein Dad voller Zorn während eines Spaziergangs im Schnee, wenn ich nicht acht gäbe, würde ich eines Tages in meinem eigenen Arschloch verschwinden. Schon möglich, aber Substantive werden meine Rettung sein. Jedenfalls hoffe ich das, während Blitze wie ein gigantisches Stroboskop eine Meile Flußlauf erhellen und die Schatten von Bäumen und Büschen trotz dichter Regenschleier mit scharfen Konturen zu sehen sind.

Morgengrauen. Meine Nase befindet sich dicht vor einer Kermesbeerenpflanze (Phytolacca americana!), aber ich bin nicht sicher, ob sie hier tatsächlich vorkommt. Ich habe mal in Arkansas eine Korallenschlange zwischen Kermesbeeren gesehen. Die Wolken hängen immer noch sehr tief, als schliefe ich in großer Höhe. Ich dachte, dies wäre der Tag, an dem ich meine nagelneue Großmutter sähe, aber ein kurzer Blick in den Außenspiegel meines Trucks war wenig aufmunternd, sah ich doch eine dicke Schwellung, die meinen Haaransatz zierte, und Augen so rot wie die eines Quartalssäufers. Ein Eisvogel. Ein Reiher. Gemeine Gänse. Lappentaucher. Ein wilder Truthahn auf dem Berg eine halbe Meile entfernt.

Ich bereitete Kaffee mit einer raffinierten Maschine, die

mit einem Zigarettenfeuerzeug betrieben wurde. Auch dies ein Geschenk von meiner Mutter, bestellt aus einem der hundertdreiunddreißig Kataloge, die immer mit der Post kommen. Ich könnte fragen, wo soll ich hin und was soll ich tun, aber ich hatte mich eigentlich immer bemüht, überall zu Hause zu sein, erst recht an einem Flußufer im Morgengrauen eines Junitages mit kaum einem menschlichen Laut in der Luft. Nur Vögel und Wolken.

Ich verbrannte mir die Zunge und verschüttete ein wenig heißen Kaffee auf meinen Schwanz, was nicht gerade auf übermäßige Intelligenz schließen ließ. Mein Dad hatte mich schon lange vor seinem Tod aufgegeben. Nicht daß er mich nicht geliebt hätte, aber er wußte, daß ich mich nicht auswaschen ließ, wie die Goldsucher sagen. Ich konnte an einem späten Abend um Weihnachten herum die Erkenntnis in seinem Gesicht deutlich sehen, als der zu stark geratene Eierflip meine Mutter und meine Schwestern schon früh hatte zu Bett gehen lassen. Er las in meinen Tagebüchern, und anstatt durch das, was er nach einiger Überlegung als verschlüsselte sexuelle Andeutungen identifizierte, leicht beunruhigt zu sein, war er fasziniert von den Einträgen aus dem Südwesten, einer Gegend, die er nie selbst zu Gesicht bekommen hatte. Was sich an diesem Abend als Wermutstropfen für die allgemeine Stimmung erwies, war ein Zitat meiner verehrten Mary Douglas: »Je mehr Macht die Gesellschaft gewinnt, desto mehr verachtet sie die organischen Prozesse, auf denen sie beruht.« Wie jeder Junge, der während der Weltwirtschaftskrise erwachsen wurde, glaubte mein Vater leidenschaftlich an den Fortschritt, hing aber dennoch gern den Erinnerungen an ein einfaches, absolut urwüchsiges Leben nach. Meinte die Douglas damit, daß alles, was wir als naturverbunden ansehen, unter dem gesellschaftlichen Druck untergeht? Natürlich, entgegnete ich, wahrscheinlich zu schnodderig,

und fügte hinzu, daß es ganz gewiß auf dieses Haus zuträfe, wo die Badezimmer mit weißen Teppichen ausgestattet wären und wo auch nur die geringste sexuelle Anspielung tabu wäre. Er sagte, das alte Leben wäre immer
noch überall vorhanden, gab aber zu, daß dies hauptsächlich für die arme Bevölkerung galt. Oder für Mexiko, fügte
ich hinzu, aber was immer davon noch übrig ist, verschwand bereits mit seiner Generation in deren Jugend. Du
hattest einen großen Garten, Hühner, drei Schweine und
einen Stier, der im Herbst geschlachtet wurde. Viele Menschen, die sich jetzt davon ernähren, hatten niemals einen
direkten Kontakt zu einer Kuh, einem Huhn oder einem
Schwein. All das sind Supermarkt-Abstraktionen. Selbst
als ich noch ein kleines Kind war, hattet ihr einen Gemüsegarten, und jetzt sind es nur noch Blumen, die einmal in
der Woche von einem Farbigen versorgt werden. Ich hatte
zuviel anderen Kram um die Ohren, wandte er ein, und ich
fügte hinzu, vielleicht ist Ignorieren in etwa dasselbe wie
Verachten. Nein, das ist es nicht, sagte er, ich hasse es, gott-
verdammt noch mal, wie du unsere Art zu leben verachtest.
Ich verachte diese Art nicht, ich selbst möchte nur nicht so
leben, erwiderte ich und fügte dann hinzu, du scheinst ja
auch nicht sehr glücklich damit zu sein, siebzig Stunden in
der Woche zu arbeiten, während ich annehme, daß Mutter
schon einiges Geld hat. Das war ein Volltreffer, aber höchstwahrscheinlich unhöflich. Er sagte, ich zahle hier die Rech-
nungen, und außerdem ist es völlig natürlich, wenn man
erfolgreich sein will. Dem widersprach ich, zumindest was
mich selbst betraf, und er beharrte darauf, daß die Ausnahme die Regel bestätige, ein Gedanke, den ich einfach absurd finde. Wir steckten in einer Sackgasse, was keinem
von uns beiden besonders gut gefiel. Ich wünschte mich
gerade an den Ausgangspunkt unserer Diskussion zurück,
als er mich fragte, weshalb es in New Mexico drei verschie-

dene Arten von Wachteln gab, während man in Georgia nur eine Art antraf. Er schenkte uns plötzlich, was selten geschah, einen Drink ein und fragte mich, weshalb ich nicht Wildhüter werden wollte, wie Großvater es mit dreißig geworden war, als er die Lust an der Landwirtschaft verlor. Das ließ uns für eine Weile unsere Auseinandersetzung vergessen, und wir erzählten uns, wie Großvater einmal verwarnt worden war, weil er einen Mann verprügelt hatte, der zwei Bärenjunge erlegt hatte. Ich sagte, ich könnte unmöglich Wildhüter werden, weil ich wahrscheinlich an Großvaters Stelle noch weiter gegangen wäre. Das ließ ihn abrupt verstummen, und er schaute mich nachdenklich von der Seite an, als würde ihm erst in diesem Moment bewußt, daß ich trotz allem kein Blutsverwandter war.

Wir wandten uns schnell einem anderen Thema zu, und er fragte mich aufgeräumt, ob ich es für lächerlich hielte, wenn er wieder regelmäßig in die Lutheranische Kirche ginge, wie er es seit meiner Kindheit nur noch sehr selten getan hatte. Ich sagte, überhaupt nicht. Eines hätte ich in Anthropologie gelernt, sagte ich, nämlich daß Religion zumindest für uns arme Seelen die Realität gestaltet, wobei ich tunlichst darauf verzichtete, den verhaßten Namen von Mary Douglas zu erwähnen. Ich sagte auch, unsere Zivilisation wäre unsere eigene Religion, und das wäre auch der Grund, weshalb es uns so dreckig ginge. Aber es geht uns nicht dreckig, widersprach er, nur weil du glaubst, daß es uns dreckig geht, ist dein Leben so problembeladen.

Ich rief Derek aus Springview an. Er hielt eine kleine Rede, zweifellos sorgfältig einstudiert, über die Gefahren der Erpressung, vor allem über die Auswirkungen eines längeren Gefängnisaufenthalts auf einen Klaustrophobiker wie mich. »Es freut mich, daß du meine Krankengeschichte kennst, aber sie werden mich niemals lebendig kriegen«, scherzte ich. Er wartete darauf, daß ich weiterredete, aber ich hatte mir schon vor langer Zeit angewöhnt, zuerst die Gegenseite mit ihren Argumenten zu Wort kommen zu lassen. Schließlich rückte er damit heraus, daß er Verständnis für mein Motiv hätte, das darin bestand, meine Mutter zu schützen, aber das Darlehen wäre freiwillig angeboten worden. »Von einer freundlichen Idiotin«, sagte ich, »und ganz bestimmt nicht mehr ganz nüchtern.« Eine längere Pause trat ein, und dann bot er mir die Rückzahlung der halben Darlehenssumme an, wenn ich ihm seine Rolodex-Kartei per FedEx zurückschickte. Mir gefielen die vielen X, und ich meinte, das könnte ich sicherlich tun, nachdem eine Sekretärin in einer Immobilienagentur alles kopiert hätte, damit ich über ein Exemplar zu meinem Schutz verfügte. Er sagte, die andere Hälfte wäre bereits in Gemälde investiert, die zum Verkauf stünden, und ich sollte meine Mutter anrufen, die über mein Verhalten entrüstet wäre. »Das war sie schon immer«, sagte ich und erkannte plötzlich, daß ich, wenn ich gewinnen würde, lediglich einen Pyrrhussieg errungen hätte. Das löste eine leichte Resignation bei mir aus, und ich erklärte, ich gäbe Ruhe, wenn er Dreiviertel des Geldes zurückzahlte. Außerdem könne er sich von nun an mit meiner reizenden Schwester Marianne herumschlagen. Er hatte sie schon mehrmals erlebt und meinte: »Das würde ich lieber nicht«, und ich antwortete: »Das kann ich dir nicht verdenken« und legte auf. Die ganze Angelegenheit war mir zutiefst zuwider, und ein Gemüsehändler half mir, die Rolodex-Kartei für den UPS-Paketservice zu verpacken, obgleich dort kein X im Namen enthalten war. Ich stellte mir vor, daß Mariannes Hauptsorge darin bestand, daß Mutter Geld verlieh, das später eigentlich in ihrer eigenen Tasche hätte landen sollen, und das war mir nun wirklich scheißegal. Irgendwann reicht es einem.

Ich schlug mein Lager am Niobrara südlich von Norden auf und war entschlossen, mich für die Begegnung mit meiner neuen Großmutter am nächsten Tag bestmöglich auszustaffieren. Ich hängte sogar ein paar Kleider auf eine Wäscheleine, um eventuelle Knitterfalten zu glätten. Die Gegend war der Schauplatz meiner größten Glückseligkeitsphase während meiner College-Zeit, und ich bekam jetzt noch heiße Ohren aufgrund der Tatsache, daß ich aus dem Projekt ausgeschlossen worden war, weil ich gewisse »Moral«-Probleme verursacht hatte. Die Universität war engagiert worden, um eine gründliche archäologische Untersuchung der Region vorzunehmen. Anschließend sollte das Army Corps of Engineers die Errichtung eines riesigen Staudamms aus den üblichen vorgeschobenen Gründen wie Hochwasserkontrolle, Bewässerung, Freizeitgestaltung vorbereiten. Fließendes Wasser scheint den Investor *per se* zu stören, während stehende Gewässer wie Seen ihn glücklich machen. Es war der Frühling meines ersten Studienjahres, und ich dachte, ich wäre für das Team ausgesucht worden, weil ich nur glatte Bestnoten vorzuweisen hatte und weil ich kräftig genug war für anstrengende Arbeit unter freiem Himmel. Ich hatte damals keine Ahnung, daß ich das jüngste Mitglied der Truppe war, weil mein Vater beim Präsidenten der Universität interveniert hatte. Das verärgerte natürlich einige Professoren und spätsemestrige Studenten, die an dem Projekt beteiligt waren. Ich glaube, mein Vater wollte lediglich das Desaster des vorangegangenen Sommers vermeiden, als ich nämlich auf der Ranch des Cousins meiner Mutter gearbeitet und den Vormann zusammengeschlagen hatte, weil er auf ein Pferd einprügelte. Er war ein ziemlich kräftiger Bursche, und ich mußte ihn überrumpeln. Ich machte mich danach schnellstens aus dem Staub und fuhr einen Monat lang mit meinem Jeep kreuz und quer durch Montana, ohne meine Eltern davon zu unterrichten. Meine Irrfahrt hatte ein Ende, als ich im Yellowstone Park mit einem Ranger aneinandergeriet, weil ich in einem gesperrten Teil des Parks kampiert hatte. Erst später wurde mir klar, daß ich mich im Revier angriffslustiger Grizzlys aufgehalten hatte.

Aber auf dem Platz in Norden war ich, ein Jahr später, immer noch ein von seinen Hormonen gesteuertes Bürschchen und sehr leicht reizbar. Ich hatte den absolut niedrigsten Job, als Schaufelmann, obgleich ich über die einfachen Fundstücke recht gut Bescheid wußte, darunter auch eine Anzahl Büffelhautschaber, die ich einfach in die Tasche steckte, weil ich annahm, sie hätten vielleicht einem meiner Vorfahren gehört. Die kundigen Spätsemester marschierten vor mir durchs Flußtal und steckten an möglichen Fundstellen Markierungsfähnchen ein. Danach begann ich dort zu graben, bis sie entschieden, ob es sich lohnte, die jeweilige Stelle genauer in Augenschein zu nehmen. Das Graben an sich war herrlich, da ich mich auf diese Art bestens abreagieren konnte, wie ein junger Mann es ab und an tun muß.

Unglücklicherweise regnete es zwei Tage hintereinander sehr heftig, und ich wurde mit der Freundin eines der Spätsemester erwischt, und das führte zu Streit. Ich wurde beschuldigt, wilden Hanf geraucht zu haben, außerdem sollte ich LSD genommen haben, was nicht zutraf. Meine zeitweise aufgetretene Albernheit rührte von einigen Quaalude-Tabletten her, die ich mitgebracht hatte. Ich fuhr mit zwei Mädchen, die zur Arbeitsgruppe gehörten, rüber nach Valentine, betrank mich mit ihnen und demolierte den Wagen. Zum Glück trugen wir keine ernsteren Verletzungen davon als ein paar Blutergüsse, aber ich wurde wegen Fahrens unter Alkoholeinfluß festgenommen. Ein mit meinem Vater befreundeter örtlicher Anwalt namens Quigley holte mich aus dem Knast und brachte mich in der

Piper Cub eines Ranchers zurück nach Omaha. Den restlichen Sommer verbrachte ich dort zu Fuß und bei einem Landschaftsgärtner, immer noch mit einer Schaufel, aber bei weitem nicht so glücklich und zufrieden wie oben am Niobrara. Ich schämte mich irgendwie zutiefst, mir fiel aber keine angemessene Strafe ein, die auch meinen Eltern gefallen hätte. Mein Vater stellte mir die bohrende Frage, wie ich gleichzeitig so blöd und so clever sein konnte, während meine Mutter aus der Suche nach einem geeigneten Psychiater eine Staatsaktion machte. Von den drei Psychiatern, die wir ausprobierten, kam ich nur mit einem zurecht, nämlich einem Juden aus New York, der gerade erst seine Praxis eröffnet hatte. Er war hyperintelligent und schien noch verrückter zu sein als ich. Wir unterhielten uns nur drei Sitzungen lang, aber in dieser Zeit schaffte er es, daß ich mich nicht mehr so sehr als Spinner fühlte, obgleich es für mich schon eine große Enttäuschung war, als er mir erklärte, meine Begabungen lägen mehr im Metaphorischen als im Taxonomischen, daher wäre ich nicht gerade jemand, auf den die Naturwissenschaften gewartet hätten. Obgleich ich ihn durchaus mochte, weigerte ich mich, ihn noch länger aufzusuchen, nachdem er zu aufdringlich wurde und von mir wissen wollte, was ich so toll daran fände, ein »Außenseiter« zu sein.

Glücklicherweise wurde der Damm bei Norden nie gebaut. Es wäre sicherlich kein Verbrechen vom gleichen Kaliber wie im Glen Canyon gewesen, aber es wäre auf jeden Fall ein krimineller Akt gewesen, bei dem man den Einsatz von Sprengstoff durchaus hätte vertreten können. Und schon bin ich wieder dabei, sitze hier in der Mittagshitze und bereite einen abendlichen Marsch vor. Ich habe durchs Fernglas einen Falben auf der anderen Seite des Flusses gesehen, der sich in oder in der Nähe eines Weidendickichts aufhält.

Er oder sie – ich habe bisher noch nicht feststellen können, ob es sich um eine Stute oder einen Hengst handelt – trägt ein Halfter, und ich vermute, ich habe es mit einem Ausreißer zu tun, weil es in der näheren Umgebung keine Zäune gibt. Während der letzten Stunde spüre ich in meinem Gehirn einen kleinen Eiswürfel, der mir ständig sagt, daß ich, anstatt zu weit zu gehen, noch gar nicht weit genug gegangen bin. Es ist schon einige Monate her, seit mein Geist sich auf eine jener langen Reisen in den Körper eines Säugetiers, eines Vogels, der Sterne, eines Bachs oder Flusses, ja sogar eines wild wuchernden Feldes begeben hat, wobei ich mir vorstellen konnte, daß ich alles, was geschieht, am eigenen Leib spüren kann. Wahrscheinlich ist es Angst, die mich davon abhält. Aber ich habe genug über dieses Thema gelesen, vielleicht sogar zu viel, vor allem damals in meiner anthropologischen Phase, um zu wissen, daß es in dem Sinne ziemlich gewagt ist, wenn man keinen Lehrer dabei hat, und daß die Methoden, die ich mir selbst beigebracht habe, sowie meine Bücher einfach nicht genug sind. Einmal, während ich unweit von Grassy Butte im westlichen North Dakota kampierte, verbrachte ich einen ganzen kühlen, stürmischen Mainachmittag als Hühnerhabicht und hatte Schwierigkeiten, meinen eigentlichen Körper wiederzufinden und in ihn zurückzukehren. Ich hielt mich bei diesen Praktiken für eine Weile zurück, denn es ist ein Alles-oder-nichts-Unternehmen, und ich scheute vor der letzten Schwelle zurück. Es ist kein Wischi-waschi-Spiritualismus, sondern ein ganz spezifischer physischer Prozeß. Angenommen, Sie sehen einen Hühnerhabicht, der in einer steifen Brise seine Kreise zieht, und der Vogel wird auf Sie aufmerksam: Sie sitzen für eine Stunde oder mehr ganz still und leeren Ihren Geist völlig, und dann lassen Sie Ihre Vorstellungskraft in den Vogel eindringen. Sie wird völlig darin aufgehen, und Sie verlassen sich ohne Probleme da, wo Sie waren. Aus offensichtlichen Gründen ist es viel schwindelerregender als die Verwandlung in einen Dachs, ein Säugetier, das ich aufgrund seiner Fähigkeit, sich innerhalb weniger Minuten in der Erde einzugraben, schon immer bewundert habe. Auch kann man nirgendwohin gelangen, wenn man nicht genau das Wesen dessen kennt, worin man eindringt. Zum Beispiel habe ich beim Virginia-Hirsch, bei Silberlöwen und Cooper-Habichten versagt, weil ich diese Tiere nicht so gut kenne wie Maultierhirsche, Rotluchse oder Amerikanische Finkenfalken, die für mich ein bemerkenswerter Erfolg waren.

Liebe J.M.,
ich sitze auf einem mit Gras bewachsenen Uferstreifen auf der Südseite des Niobrara in der Nähe von Norden, wo ich als Arbeiter bei einer archäologischen Ausgrabung allen auf den Wecker gefallen bin. Meine Eltern waren nie der Meinung, daß ich zur Selbstkritik fähig bin, aber es gibt schon ein paar Sachen, die ich bereue. Zum Beispiel habe ich es gestern morgen nicht geschafft, Deine Stute Vinnie zu sehen, von der Du erzählt hast. Ich habe auch immer ein oder zwei Pferde besitzen wollen, bin aber dafür nie lange genug an einem Ort geblieben. Im Augenblick steht ein entlaufener Falbe auf der anderen Flußseite und blickt aus einem dunklen Dickicht zu mir herüber. Ich erwidere seinen Blick nicht, denn ich möchte nicht, daß er unruhig wird.
Ehrlich gesagt ist mir das Herz in den Hals hochgerutscht, und ich scheine davon zu zehren, wenn ich daran denke, was ich morgen früh tun werde. Es ist nicht so sehr die primitive, aber völlig normale Gefühlskiste wie: »Warum wurde ich weggegeben?« Vielleicht ist es ja ein bißchen davon, aber viel eher dürfte

es die Erkenntnis sein, daß meine Betrachtungsweise der Welt und meines Lebens sich verändern wird. Das wird nicht zu verhindern sein. Es ist genauso wie eins dieser entsetzlich gefühlvollen spanischen Gedichte, die Du so liebst. Ich habe solche Dinge immer zugunsten der natürlichen Welt gemieden, obgleich mir des öfteren in den Sinn gekommen ist, daß auch dies ein Teil der natürlichen Welt ist. Ich erinnere mich, daß ich in der neunten Klasse in Englisch getadelt worden bin, nachdem der Lehrer ein Gedicht von Keats vorgelesen hatte, weil ich sagte: »Wenn es diesem Kerl wirklich damit ernst ist, dann stecken wir ganz schön in der Klemme.« Was ich nur meinte, war, daß wenn Keats' Welt die reale ist, dann leben wir nicht in ihr.

Ich vermisse Dich sehr und stelle mir immer wieder Dein wunderschönes nacktes Knie vor, das durch das Loch in Deinen Jeans herausschaut. Ich könnte noch sehr viel mehr davon gebrauchen. In Liebe, Nelse.

P.S.: Wenn wir heiraten sollten, dann verspreche ich Dir Pferde, Hunde, Katzen, und ich werde lernen, Deinen Musikgeschmack zu ertragen.

Vor meinem spätnachmittäglichen Marsch blickte ich noch einmal in den Truckspiegel, sah, daß ich gute Fortschritte machte, und fragte mich gleichzeitig nach der Verbindung zwischen dem, wie wir aussehen, und dem, was wir sind. Ich meine, abgesehen von der oft wiederholten Feststellung meiner Eltern, daß die Dauerhaftigkeit des Eindrucks, den wir auf andere hinterlassen, von unserem gepflegten Äußeren und von der Kleidung abhängt. Meine Schwestern haben mit wachsender Begeisterung die Serie *Planet der Affen* verfolgt, obgleich meine Mutter ihnen ständig predigte, daß die Evolution keine eindeutig bewiesene Theorie wäre, als ob sich verändernde Arten sich für unsere Schlußfolgerungen interessieren. In diesem Sinne konnte ich keine Schlußfolgerungen aus dem Spiegel ziehen oder mich selbst vom Erdboden erheben, um meine menschliche Gewichtigkeit zu ermitteln. Menschliche Beschränkungen waren plötzlich etwas Tröstliches. Vielleicht bin ich zu zehn Prozent zu verdammt dämlich, um meine Haut zu retten. Ich weiß genau, daß ich vor einer Stunde den letzten Mix aus Ölsardinen und Reis in meinem Leben verzehrt habe. Die leichteste Eßbewegung reicht schon aus. Ich kippe den restlichen Inhalt der Sardinenkiste auf einen möglichen Waschbär-Wechsel am Fluß. Sie werden damit zum erstenmal einen Meeresfisch kosten.

Ich war kaum hundert Yards marschiert, als mir aus einem ganz anderen Grund plötzlich Tränen in die Augen traten. Einmal war ich aus den Sandhills zurückgekehrt, um meine Schwester Marianne zu besuchen, die in einer Klinik lag, in der Bulimie und Magersucht behandelt wurden. Ich hatte einen welken Wildblumenstrauß aus veilchenblauem Sauerklee, Wicken und Küchenschelle mitgebracht. Sie war damals auf der Senior High School, etwa eins fünfundsechzig groß und wog weniger als neunzig Pfund. Sie verbot meiner Mutter, das Zimmer zu betreten, und gestattete lediglich meinem Vater und Lucy einen kurzen Besuch. Ich saß geschlagene drei Tage bei ihr und gab mir große Mühe, ihr beizubringen, wie sie der ganzen Welt klarmachen sollte, sie könnte sie am Arsch lecken. Dazu gehörte auch ihre Weigerung, nach Macalester zu gehen, der Universität meiner Mutter, und sich statt dessen in Stephens in Missouri einzuschreiben, wohin sie ihre Pferde mitnehmen konnte. Hunde und Katzen waren aufgrund Mutters Allergien, die ausnahmsweise nicht eingebildet waren, in unserem Haus tabu. Am dritten Tag verließ ich sie kurz und besorgte Cheeseburger und Spaghetti, wovon ihr so schlecht wurde, daß sie sich übergeben mußte, die aber ihre Moral stärkten. Ihre Genesung dauerte lange, aber danach lebte sie sehr viel intensiver und nach ihren eigenen Regeln. Man machte mir keine Vorwürfe wegen ihrer neuerworbenen rebellischen Haltung, denn meinen Eltern war ein lebendiges Kind lieber, und für einige Zeit hatte es so ausgesehen, als würde sie das nicht mehr lange sein.

Ich hatte angenommen, die Tränen wären mir gekommen, weil es die einzige erfolgreiche Aktion für jemand anderen in meinem Leben gewesen war, wobei ich die Tracht Prügel nicht mitzählte, die ich Lucys Freund verpaßt hatte, oder daß ich meine bescheidene Barschaft an andere bedürftige Wanderer verteilt hatte, die von ihrem Glück verlassen worden waren. Statt dessen, während ich über einen Wildpfad am Fluß entlangwanderte, nahmen die Tränen zu; sie entsprangen meiner Befürchtung, daß J.M. am Ende vielleicht nein zu mir sagte. Nein zu meiner Existenz in ihrem Leben. Ich mußte mich schließlich hinsetzen und versuchte mich damit zu beruhigen, daß sie noch nicht nein gesagt hatte. Etwas, das darunter verborgen war, rührte sich, und es waren die leicht verschwommenen Konturen meiner richtigen Mutter, die den Bürgersteig auf der dem Pazifik zugewandten Seite des Ocean Boulevard in Santa Monica hinunterspazierte. Ich konnte ihre Gesichtszüge nicht genau rekonstruieren. Ich hatte das Gefühl, als könnte ich unmöglich jene Art von Weinkrampf noch einmal überstehen, die mich nach dem Tod meines Vaters überkommen hatte, als ich mich im Canyon de Chelly aufhielt und mich schluchzend unter einem Holzapfelbaum auf dem Erdboden wand.

Zu diesem traurigen Zeitpunkt hörte ich zu meinem Glück in der Ferne Krähenrufe, und ich schlich flußabwärts in Richtung der lauter werdenden Kakophonie, wobei ich mich weitgehend an das Ufergebüsch hielt, um mein

Näherkommen zu tarnen. Krähen lassen sich nur sehr schwer beschleichen, es sei denn, sie streiten miteinander, allerdings weniger als ihre Corvidae-Verwandten, die Raben. Ich erschrak beim Anblick einer Klapperschlange, die sich jedoch dann als Hakennatter entpuppte und sich in einer Parodie des Sterbens hin und her warf, übrigens neben ihrer äußeren Ähnlichkeit mit einer Klapperschlange ihre hauptsächliche Verteidigungstaktik. Ich schaute mit dem Fernglas eine Felswand und einen mit Büschen bestandenen Abhang hinunter und entdeckte die Stelle, wo die Krähen zwischen einem näher gelegenen Flecken Reisquecke und Flatterbinse dicht am Niobrara ihre Mahlzeit einnahmen. Die Beute schien ein kleinerer Maultierhirsch zu sein, der wahrscheinlich auf dem steilen Abhang ins Stolpern geraten war, als er von einem Kojoten-Rudel gehetzt wurde. Auf jeden Fall mußte der Kadaver zuerst von Kojoten aufgerissen worden sein, damit die Krähen an ihr Fressen herankamen, denn sie sind nicht in der Lage, aus eigener Kraft das zähe Fell des Hirsches zu durchstoßen.

Es gab genügend Blicke herauf in meine Richtung, die mir zeigten, daß sie von meiner Anwesenheit wußten und zweifellos von der Wächterkrähe in einer hohen Tanne am Flußufer gewarnt worden waren. Ich richtete mich in eine sitzende Position auf und beobachtete, wie sie untereinander um den besten Freßplatz stritten. Sehr heftig waren die Streitigkeiten aber nicht, weil es genug zu fressen gab. Aus irgendeinem Grund hatte Ralph etwas gegen Krähen, und immer wenn sie über uns hinwegflogen, rannte er wie wild im Kreis herum, den Kopf hochgereckt und wild kläffend, und häufig stieß er dabei mit irgendwelchen Hindernissen zusammen.

Ich war in diesem Sioux-Land immer ein wenig nervös. Damals, während meiner Zeit als archäologischer Schaufelsklave, unternahm ich an einem Tag einen Ausflug nach

Nordwesten. Ich fuhr von Wewela rüber nach Keyapaha, rauf bis nach Mission, dann auf der Route 18 nach Westen und an Parmelle vorbei bis nach Pine Ridge. Ich war am frühen Morgen in geradezu ausgelassener Stimmung aufgebrochen und kam bei Einbruch der Dunkelheit zurück, das Gehirn total zerschlagen von dem, was ich gesehen hatte. Ich hatte viel gelesen und hätte eigentlich damit rechnen müssen, aber so etwas tue ich eigentlich nie. Die Frage, die mir im Kopf herumging, lautete: Wie konnte ich nur annehmen, daß mein weniger als ein Drittel indianisches Blut für die Leute von Rosebud und von Pine Ridge irgendwelche besondere Bedeutung haben könnte? Die Armut war das treibende Element in dieser Lektion über die Demütigung. Wie war es möglich, daß so etwas in den Vereinigten Staaten zugelassen wurde? Sehr leicht offenbar, wie ich erfahren sollte, während mein Nomadenleben mich gelegentlich von vielbefahrenen Routen und ihrem trügerischen Wohlstand wegführte.

Natürlich war ich damals neunzehn, also in einem Alter höchster Verletzbarkeit, wenn das Herz entweder einen Höhenflug veranstaltet oder in die tiefste Unterwelt abstürzt, wie es mit meinem geschehen war. Man glaubt, man müßte alles verstehen, und wenn man es nicht tut, dann kocht man dumpf in seinem eigenen Saft. Aber jetzt, nach gut einem Dutzend Ausflügen in die Gegend, betrachte ich Gene als naturwissenschaftliche Künstlichkeit, und meine einzige Verbindung zur ursprünglichen Kultur könnten mein Nomadenleben und mein Interesse für die Natur sein. So wie ich aufgewachsen bin, hatte ich wahrscheinlich eine engere Beziehung zu Fotos von Marilyn Monroe. Zu meiner Freude fand ich nach dem Tod meines Vaters ein Nacktfoto von ihr in einer abgeschlossenen Schreibtischschublade im Arbeitszimmer. Die Freude darüber wurde durch einen Briefumschlag gesteigert, auf dem mein Name sowie ein jüngeres Datum standen. Ich bin nicht sicher, ob es eine Vorahnung war oder ein Akt schlechten Gewissens. »Lieber Nelse, warum lebst Du nicht so, wie Du möchtest? Was wissen wir alle eigentlich darüber, wie unsere Kinder leben sollten, außer daß wir sie davor bewahren sollten, irgendwann im Gefängnis zu enden. Paß auf Deine Mutter auf, die, wie wir beide wissen, nicht alle Tassen im Schrank hat. In Liebe, Dad.«

Ich saß am Ufer, bis es fast dunkel war. Die Krähen waren, schwerfällig und mit vollen Bäuchen, mit einem leisen Flappen ihrer Flügel, das in der abendlichen Luft verhallte, längst verschwunden. Unter anderem hatte ich in Gedanken meine Ankunft auf dem Northridge-Anwesen geprobt.

Ich erinnerte mich, daß in dem Brief, den zu schreiben ich meinen Boß gebeten hatte, morgen der wichtige Tag war, daher hatte ich unabsichtlich recht gehabt. Ich wäre stark und still und würde das Reden dieser Naomi überlassen. Wir würden zwei Tage lang Vögel beobachten und zählen, und meine neue Großmutter würde mich zweifellos mit meiner Mutter bekannt machen, und keine von beiden würde auch nur die geringste Ahnung haben, wer ich bin. Ob ich das offenbaren würde, wäre allein meine Entscheidung und hinge von der Intensität der Gefühle bei dieser Begegnung ab. Würden sie sich halbwegs miteinander vertragen? Waren sie intelligent? Und so weiter in dieser Richtung. Samuels hatte mir auf seine übliche vorsichtige, anwaltliche Art mitgeteilt, daß sie ein wenig Geld besäßen und dies für mich eindeutig gegen sie sprechen würde, obgleich, wie er hinzufügte, sie sich niemals als »Verschwender« gezeigt hätten. Zu dem Zeitpunkt, als er das sagte, dachte ich, ich könnte diese Leute genauso betrachten wie ein Anthropologe eine soeben neuentdeckte Kultur, was, wie ich jetzt erkenne, ein im Grunde ziemlich seltsamer Versuch war, einen Schutzwall um mich herum aufzubauen.

Ich kehrte in der fast vollständigen Dunkelheit zu meinem Lagerplatz zurück, den Bauch voller Schmetterlinge, als sollte ich am nächsten Tag in den Krieg ziehen. Ich dachte unzählige Male über die Substanzlosigkeit von Stimmungen nach, konnte aber nicht leugnen, daß diese Stimmung ausgesprochen gewichtig war. Ich meine vor allem die Auslöser von Stimmungen, wenn Gedanken und Bilder im Gehirn entstehen: erste Mutter, zweite Mutter; Ralph; J.M. in der hereinbrechenden Nacht, vor oder nach dem Essen, wenn das Gehirn schwerfälliger ist; beschissene Politik; überweidetes Land; das erste nackte Mädchen außer den eigenen Schwestern, das man gesehen hat, vorgeführt von ihrem Bruder, während man in den Büschen kauerte und durch das Fenster linste, wo sie rosig nackt dalag und der Haarbusch erbebte, wenn sie sich im Bett umdrehte; drei Tage dichte Wolkendecke, unterbrochen von einem hellen Sonnenstrahl, der schlagartig die Laune verbessert; ein neuer Vogelruf wie ein verflixtes Fragezeichen in den Ohren. Zum Beispiel blicke ich zu den Sternen empor, die normalerweise einen freundlichen Anblick bieten, aber heute nacht wirken sie kalt, abweisend, fast brutal, völlig unerklärlich, und es wird angenehmer sein, meine Taschenuhr zu Rate zu ziehen, als die Zeit nach diesen fremdartigen Lichtern zu bestimmen. Ich liege dort und führe Selbstgespräche, füge auf jeder Seite der Waage mentale Worte hinzu und versuche abzuwägen, was ich am Morgen tun werde. Wenn ich doch nur Ralph anstoßen könnte, weil er wieder mal schnarcht, oder ihn beruhigen könnte, wenn ein Geräusch ihn dazu bringt, in meinen Schlafsack zu kriechen, aber auch das würde mir heute nacht nicht viel helfen. Nur J.M. könnte mein aufgeregtes Hirn bis zum Tagesanbruch besänftigen, aber leider ist keiner von beiden zugegen, außer im Geiste. Und vielleicht ist dieses ständige Selbstgesprächeführen schizophren. Mit wem rede ich? Ich bin mein eigener Hütestock. Der brillante schwarze Hilfsdozent am College zitierte gern einen Engländer namens Laing, der einmal gesagt hat: »Der Geist, den wir nicht kennen, kennt uns sehr genau.« Ich erinnere mich daran, weil dieser Satz mich auch nach zehn Jahren immer noch verwirrt, genauso wie die Existenz der Sterne. In Sonora, während ich die hellsten Sterne betrachtete, legte ich ein Grünholzscheit auf mein Feuer, und schwarze Skorpione krabbelten aus den Löchern heraus. Oh, wäre ich doch für ein Weile ein abgemagerter Bär im Juni, der sich den Bauch mit Stranderbsen und wilden Erdbeeren vollschlägt und die mit Blumenduft erfüllte Luft in der Nähe des Strandes einatmet. Die Zeit kriecht heute nacht im Schneckentempo. Wünschen wir uns ein freundliches Lächeln der Sterne, damit ich die Uhrzeit ohne Taschenlampe feststellen kann. Was trägt J.M. im Bett? Trickser tricksen sich selbst aus. Der Kojote verbrannte sich die Eier, als er ein Ponca-Mädchen jagte, hat der Tote gesagt. Werde ich schreien, wenn ich sterbe? Als wir auf unserem Weg von Grand Island herauf über das Northridge-Anwesen hinwegflogen, erblickte ich eine gute, abwechslungsreiche Quadratmeile für Phänologie, das Kommen und Gehen aller Flora und Fauna, die Paarung und das Werfen, die Blüte der Pflanzen, das Ausschlagen der Bäume, Zeit ohne Künstlichkeit, Zeit ohne die Banalität von Uhren. Zwei zusammenfließende Bäche, ein Teich und ein Sumpf, wo der Bach sich in den Niobrara ergießt. Als Junganthropologe war ich stets bereit, die Dimensionen von Menschen zu reduzieren, um das Muster zu erkennen, aber das wird auch mit Vögeln gemacht. Der Seelenklempner, den ich kurzzeitig aufsuchte, sagte damals, unsere vorherrschende Emotion wäre Dislokation. Ja oder nein? Ich weiß es nicht. Gott könnte ein Er oder eine Sie sein, aber er ist ganz gewiß kein Mensch, falls ich meiner Urteilskraft trauen kann, was ich nicht kann. Julian Jaynes sagte mal, als die Menschen der Frühzeit sich an die Götter wandten, waren sie überzeugt, daß er ihre Worte hören konnte. Ich glaube, daß wir in diesem Jahrhundert, in dem wir das Böse nicht mehr als eine greifbare Macht ansehen, nicht mehr überzeugt sein können, daß Gott uns zuhört. Ein Schreiender Ziegenmelker! Genau das, worauf ich gewartet habe. Selbst die unnachgiebigen Sterne werden wärmer, weicher.

Ich brach eine Stunde vor Tagesanbruch auf, nachdem ich jegliche Hoffnung auf mehr Schlaf aufgegeben hatte. Ich klammerte mich an meinen Schlafsack, als wäre er mein Anker auf der Erde, und vielleicht ist er das auch, der Anker, der nur noch ein großer zerschlissener Lappen ist wie die Schmusedecke eines Kindes. Sieh zu, daß du in den Truck kommst und losfährst, du Arschloch, dachte ich, ehe dein Magen dein Herz überholt, das schon ganz oben in deiner Kehle schlägt. Ich schaltete sogar das verhaßte Radio für den Landfunk und den Wetterbericht ein, gefolgt von tränenseligen Country-Songs, darunter auch ein uralter Titel von Merle Haggard mit einer unwahrscheinlich fatalistischen Textzeile: »I turned twenty-one in prison doing life without parole.« Hier wurde Mitgefühl gefordert, das ich beim besten Willen nicht aufbringen konnte.

Ich war viel zu früh am Ziel – am nordöstlichen Himmel war gerade mal ein schmaler Streifen Licht zu sehen –, daher lenkte ich den Wagen eine gewundene Schotterstraße nach Norden zum Niobrara hinunter. Ich passierte dabei die Zufahrt zur alten Heimstätte, am deren Lage ich mich von meinem Informationsflug erinnerte. Die Schotterstraße endete direkt am Fluß, über den Nebelschwaden wie hauchdünne Schleier hinwegzogen. Ein Kranich, der unweit eines Strudels stand, der von Teichkolben gesäumt wurde, hatte beschlossen, mich nicht zu beachten. Ich bereitete Kaffee in meinem Feuerzeugkocher und konnte wenigstens für einen kurzen Moment ein Loblied auf die moderne Technik singen.

Nachdem ich mir die Kehle mit Kaffee verbrüht hatte, machte ich aus einem plötzlich Impuls heraus kehrt und bog in die Zufahrt zur Heimstätte ein. Dabei rollte ich durch ein Wäldchen aus Fliederbüschen, die in voller Blüte sicherlich überwältigend gewesen wären. Die Bäume der Schutzbepflanzung, welche die Schotterstraße säumten, verwirrten mich die ganze Zufahrt bis in den Hof, obgleich ich wußte, daß gegen Ende des neunzehnten Jahrhunderts zahlreiche europäische Arten hier angesiedelt worden waren, die vor allem aus den Baumschulen in Illinois und Iowa stammten. Ich erkannte eindeutig Karagana, Wildpflaume, Russische Olive und die größere Grünesche, Schwarznuß, Europäische Lärche und viele mehr. Wie ungewöhnlich.

Mein Magen machte einen Hüpfer, als ich der ovalen Zufahrt folgte. Dabei bemerkte ich den zerbeulten Subaru meiner Mutter und ein altes wasserblaues Ford-Kabriolett ohne Verdeck. Das Haus war ziemlich groß und ähnelte einem alten Connecticut-Farmhaus aus dem neunzehnten Jahrhundert mit einer breiten Vorderveranda. Der Anstrich war so stark verwittert, daß man die Farbe nicht mehr genau feststellen konnte, aber es dürfte weiß gewesen sein. Trotzdem war alles in gutem Zustand, mit zahlreichen Blumenbeeten und einer Autoreifenschaukel, die in einer Ulme hing. Wann war das letzte Mal hier ein Kind gewesen, überlegte ich. Ich war es ganz bestimmt nicht. Ich gab Gas, als ein Stall voller Gänse ein wildes Geschnatter anstimmte. Ein Stück weiter hinten befand sich ein Pferch mit vier herüberblickenden Pferden vor der großen Scheune und mehreren Nebengebäuden, darunter auch ein Schlafhaus mit Vorhängen an den Fenstern. Meine Haut prickelte, und mein Herz schlug heftig, weil ich mir vorkam wie ein Eindringling, daher trat ich wieder auf das Gaspedal, so daß die Schottersteinchen gegen meine Kotflügel geschleudert wurden. Meine Mutter war vielleicht genauso wie die andere eine Langschläferin, und die prasselnden Steine würden sie sicherlich auch nicht wecken.

Wieder zurück auf der Landstraße, ging mein Atem immer noch schnell, und ich verlangsamte die Fahrt, um eine Gruppe Wanderdrosseln, eine meiner Lieblingsarten, zu beobachten. Über ihrem Gezwitscher war der melodische Gesang von Wiesenstärlingen zu hören, die den neuen Tag ankündigten. Die Luft war noch kühl, aber ich fing an zu schwitzen. Na, los doch, wagen wir es, verdammt noch mal!

Naomi, meine Großmutter, saß in einer Hollywood-Schaukel auf der Veranda und trank Kaffee, als ich über die Auffahrt heranrollte. Das Haus glich dem anderen aufs Haar, sah jedoch ein wenig neuer aus. Außerdem war daneben ein Gemüsegarten angelegt, und die Bäume waren noch nicht so hoch. Die Nebengebäude waren gut in Schuß, sahen aber aus, als wären sie schon seit längerem nicht benützt worden.

Ich stoppte hinter einer zehn Jahre alten Plymouth-Limousine, einem typischen Lehrerfahrzeug, und stürzte beinahe, als ich ausstieg. Über mir in einem Eschenbaum saß eine einzelne schimpfende Krähe, und ich hielt inne, um zu ihr hochzuschauen, während ich sammelte, was von mir noch übrig war. Als ich die Verandatreppe hinaufstieg, strich die Krähe dicht hinter mir vorbei, und ich wäre beinahe wieder gestürzt.

»Ich hab' sie großgezogen«, sagte sie lächelnd und streckte

mir die Hand entgegen, während sie aufstand. Sie betrachtete mich eingehend.

»Nelse Carlson«, sagte ich, »und Sie sind Naomi. Ich hoffe, ich störe Sie nicht. Es dauert höchstens zwei Tage, und dann bin ich wieder weg.«

Wir unterhielten uns kurz über die Brutkontrolle, und ich war mehr als nur ein wenig beunruhigt über ihre prüfenden Blicke, in denen, auch wenn sie unauffällig erfolgten, mehr als nur gewöhnliche Neugier lag. Da war der mühsam unterdrückte Drang, alles herauszusprudeln, aber ich war überzeugt, daß dies nicht der richtige Schritt wäre, und außerdem, woher sollte ich wissen, ob ich willkommen war? Ich meine, wenn Ihre fünfzehnjährige Tochter von jemandem geschwängert wurde, möchten Sie dessen Andenken am liebsten für immer und ewig in irgendeinem fernen Winkel verstauben lassen. Ich blickte auf ein aufgeschlagenes Buch über Vögel auf der Hollywood-Schaukel, wo sie ihren Kaffee getrunken hatte, und der Anblick eines Grünhähers auf der aufgeschlagenen Seite trug dazu bei, daß das Prickeln auf meiner Kopfhaut abnahm. Es stellte sich heraus, daß wir beide den Vogel in der Nähe von Harlingen, Texas, gesehen hatten, wo sie einmal Teichrohrsänger beobachtet hatte, allerdings nur kurz, da die Osterferien an der Landschule, an der sie unterrichtete, nicht sehr lange dauerten.

Sie bestand darauf, mich zum Frühstück einzuladen, und im Haus ergab sich das Problem des Tunnelblicks. Ich konnte mich nicht dazu durchringen, mich im Salon umzuschauen, folgte ihr aber ins Eßzimmer, wo sie Übersichtskarten von der Farm ausgebreitet hatte, darunter auch einige Luftaufnahmen und ein paar Monographien von Ornithologen, welche die unmittelbare Umgebung behandelten. Eine war erst vor kurzem erschienen, was letztlich mein erfundenes Projekt als Schwindelunternehmen ent larvte, aber sie erwähnte diesen Punkt nicht, als sie mit Kaffee und Orangensaft aus der Küche kam und mich dabei ertappte, wie ich in dem Buch blätterte. Ein Ende des Eßzimmers gehörte dicken Büchern. Mit Hilfe einer Bibliotheksleiter erreichte man auch die höchsten Regalbretter. Ich stieg hinauf und ließ meinen Blick über die Buchrücken gleiten und wurde geradezu melancholisch wegen der Bibliothek in meinem gestohlenen Truck, als ich so viele meiner alten Lieblinge und Idole wiederfand, darunter William Bartram, Audubon, Thomas Nuttall, John Muir, Bent, Beston und Mathiessen. Ein schwachköpfiger Englischlehrer an der High School hatte gemeint, die Sprache in meinen Aufsätzen wäre »altbacken« und fragte sich, warum. Ich erwiderte, es läge vielleicht daran, daß ich soviel Zeit mit dieser Art Bücher verbracht hätte, aber er kannte viele der Namen gar nicht, was mir die Augen öffnete. Ich fragte mich damals und tue es immer noch, weshalb Leute, die nicht lesen, als Lehrer tätig sein dürfen.

Sie rief aus der Küche, um sich zu erkundigen, ob ich meine Spiegeleier von beiden oder nur von einer Seite gebraten haben wollte, und als ich mich umdrehte, sah ich am Ende des Raums die Porträts von drei Männern, offensichtlich aus drei aufeinanderfolgenden Generationen, und ich konnte auf diese Entfernung nicht feststellen, ob es Fotografien oder Gemälde waren. Keins wirkte besonders freundlich, aber das lag vermutlich auch an meiner Stimmung, die ähnlich war wie während meiner Besuche bei den Haida auf den Queen Charlotte Islands und bei den Hopi. Diese Stämme lehrten mich, daß es wahrhaftig nicht nur eine Welt gibt. Ihr Erbe war uralt, ihre Sitten und Gebräuche gehörten nur ihnen, und ohne unsere Einmischung wären sie in ihren einzigartigen Traditionen *virgo intacta* geblieben. Sie hatten nicht das geringste Bedürfnis nach einem Besuch von uns Bewohnern der restlichen

Welt. Ich wurde von ihnen nur geduldet, weil ich den Mund hielt und die Landschaft liebte, in der sie lebten, und weil ich die Tiere kannte, zu denen sie sich hingezogen fühlten.

Ich saß immer noch verdreht auf meinem Stuhl und betrachtete die Porträts, als Naomi mir das Frühstück vorsetzte. Sie holte mich behutsam aus meiner nachdenklichen Stimmung, indem sie zu den Bildern hinüberging und mir wie eine Schulmeisterin erklärte, wer wer war. Der erste John Wesley Northridge gründete die Farm 1891, der zweite verbrachte sein ganzes Leben dort, und der dritte, ihr Mann, war als Pilot im Koreakrieg gefallen. Natürlich war ich ohne eigene Schuld der verlorene Sohn, aber mein Blick hatte sich an einem Foto von zwei jungen Frauen, das auf dem Kaminsims stand, festgesaugt. Sie saßen auf der Hollywood-Schaukel und hatten Weingläser in den Händen, und Naomi sagte: »Das sind meine Töchter, Ruth und Dalva.«

Nun bin ich allein im hereinbrechenden Abend, kampiere unweit des Teichs und des Bachs, die ich aus der Luft mitten auf dem Anwesen entdeckt hatte. Naomi sagte, die Stelle wäre niemals von irgendwelchem Vieh heimgesucht worden, sondern wäre von Anfang an der Lagerplatz der Familie gewesen, ungefähr zweihundert Morgen, gesäumt von dichtem Buschwerk und Schutzbepflanzungen, und aus Marschland bestehend mit ein paar Hügeln, auf denen Bäume wuchsen, dazu ein Teich auf der Südseite und ein träge fließender Bach, der sich nach Norden zum Niobrara schlängelte.

Ich kann mich nicht erinnern, einen weniger konzentrierten Tag verbracht zu haben. Ich lehnte das Abendessen dankend ab und erklärte, ich müßte meine Notizen ordnen, und sie hatte mir den Lagerplatz angeboten, während wir am sandigen Ufer des Teichs unser Mittagessen einnahmen. Nun, am Abend, gestehe ich einen aufkommenden Unmut bei dem Gedanken, daß diese wundervolle Umgebung mir hätte gehören und daß ich hier hätte aufwachsen können. Dieser Gedanke ist wirklich grotesk, aber er verursacht trotzdem ein unangenehmes Ziehen in meiner Herzgegend.

Ich war an diesem Tag so unbeholfen, daß die Frau bestimmt gedacht hat, daß ich als Vogelbeobachter völlig ungeeignet bin. Teichrohrsänger waren noch nie meine starke Seite, aber ich hätte unter normalen Umständen niemals die Goldammer, die Zaungrasmücke und die Dorngrasmücke miteinander verwechselt. All ihre Korrekturen kamen in Form höflicher Fragen. »Könnte das nicht eher ein Drosseluferläufer als ein Flußuferläufer sein?« Ja, sicher, natürlich, und ich versuche am besten, den Kopf aus meinem Hintern zu ziehen, ehe ich gegen eine Pappel renne. Sie lachte amüsiert, als ich ihr eine Geschichte aus meinem Ornithologie-Kursus auf dem College erzählte, wie nämlich die Mädchen unserer Klasse sich T-Shirts mit dem Bild des weiblichen Drosseluferläufers hatten bedrucken lassen, der für einen Vogel erstaunlich viele Partner akzeptiert. Die jungen Männer in der Klasse reagierten verärgert. Als sie mich in neckendem Ton fragte, ob ich mich ebenfalls geärgert hätte, sagte ich, ich wäre nur deshalb eine Ausnahme gewesen, weil es Hunderte von anderen Dingen gab, die mich noch viel mehr geärgert hätten als die üblichen Streitigkeiten zwischen den Geschlechtern. Zum Beispiel fand ich außerhalb des Hörsaalgebäudes, das rundum verglast war, Dutzende von Singvögeln, die sich beim Aufprall auf die Fenster das Genick gebrochen hatten. Sie erzählte daraufhin von Schätzungen von bis zu hundert Millionen Vögeln pro Jahr, die auf diese Art und Weise sterben würden, wobei Rundfunk- und Fernsehtürme, Hochspannungsleitungen, Umweltverschmutzung und Automobile als weitere Todesursachen mitgezählt würden. Wir diskutierten über die Evolution und überlegten, ob Vögel jemals lernen würden, welche Gefahr von Fenstern ausging. Wir bezweifelten dies, da wir mit unseren ungleich größeren Gehirnen keine Lehren aus Kriegen gezogen hätten. Sie erzählte, daß man sich im Mittelalter in Europa die Hölle als einen Ort ohne Vögel vorstellte. Zur Aufheiterung erzählte sie mir eine spaßige Geschichte von vor zwei Wochen, als ein durchreisender Historiker von der Stanford University sich in dieser Gegend verlaufen hätte und von einer eilends zusammengestellten Suchmannschaft gerettet werden mußte.

Liebe J.M.,
ich sitze hier in der Abenddämmerung an einem Teich und verzehre ein sehr großes Sandwich mit kaltem Braten mit Senf und rohen Zwiebeln, wahrscheinlich das beste Sandwich meines Lebens. Es wurde von meiner neuen Großmutter, Naomi, zubereitet, einer überaus interessanten Frau. Ich habe starke Zweifel, daß ich die Angelegenheit richtig handhabe, da ich mit zuviel Backspin zu Werke gehe. Das hat bei mir Zweifel geweckt, ob ich mich tatsächlich einen ganzen Monat von Dir fernhalten muß und soll. Wie heißt es so schön in einem alten Song, mein Herz ruft nach Dir, sehnt sich nach Dir, und so weiter in diesem romantischen Tenor. Aber so ist es wirklich. Wir haben Sonnenwende, und meine Gedanken drehen sich nicht um planetarische Ereignisse, sondern ausschließlich um Dich. Heute war ich in jeder Hinsicht Daffy Duck, meine Lieblingszeichentrickfigur, die arrogant, töricht, anmaßend ist; kurz gesagt, ich habe auf der ganzen Linie Mist gebaut. Ich versuchte einige Identifikationsfehler dadurch zu

überspielen, daß ich mich dem mehr Theoretischen zuwandte, indem ich mich über Rindensammeln, Kommensalismus und mögliche Vogelzugpläne äußerte. Und noch mehr in dieser Richtung. Ich habe den Verdacht, daß sie mich für seltsam hält. Sind wir das nicht alle? Aber das ist nur eine Ausflucht. Sie stammt aus Skandinavien, und ihr Mann, mein Groß-vater, ist damals in Korea gefallen. Ich habe ein hüb-sches Foto von meiner Mutter und ihrer Schwester, als sie in Deinem Alter waren, gesehen. Ich glaube, sie ist mißtrauisch, aber auf durchaus nette Art und Weise, da diese Art von Brutbeobachtung schon einige Wochen früher hätte durchgeführt werden müssen. Meine Mut-ter lebt einige Meilen entfernt auf der Ranch in einem Haus, das Naomi das alte Heim nennt. Ich bin im Mor-gengrauen dorthin gefahren, um mich dort einmal kurz umzusehen. Tausende von Bäumen wurden dort um die Jahrhundertwende gepflanzt, weil der Vorfahr aus New England kam und seine Weiden und Felder vor dem Wind schützen wollte und außerdem Feuer-und Bauholz brauchte. Naomis Haus selbst macht mir aus mehreren Gründen, die ich nicht benennen kann, angst. Die Möbel und die Dekorationen scheinen aus der Zeit des Zweiten Weltkriegs zu stammen, oder sie sind sogar noch älter. Die Einrichtung erinnert mich an die unseres Nachbarn Samuels, der für mich immer so etwas wie ein Patenonkel gewesen ist. Habe ich Dir schon erzählt, daß sie seit vierzig Jahren als Lehrerin an einer Landschule beschäftigt ist? Vielleicht kann ich jetzt begreifen, warum Du Lehrerin werden willst. Zum Beispiel tue ich so, als haßte ich die Anthropolo-gie, dabei sollte sie schon auf der High School gelehrt werden, damit die jungen Leute beizeiten erfahren, daß sie verdammt noch mal etwas anderes sind als

geldgierige Nebrasker. Wie dem auch sei, ich werde
Dich anrufen, weil ich es nicht aushalte, wenn ich es
nicht tue. Warum sollen wir uns durch einen Haufen
künstlicher Regeln einschränken lassen? Es ist Deine
Sache, wenn Du nicht mit mir reden willst. Ich liebe
Dich. Nelse.

Ich muß sagen, daß ich schlief wie ein Murmeltier, aber
nicht so sehr wegen des langen Marsches, sondern weil ich
damit angefangen hatte, mein Leben von Grund auf zu ordnen. Ich hatte bei Tagesanbruch kaum mein Lagerfeuer ge-
schürt, während ich einem Blaureiher dabei zusah, wie er
Frösche aufspießte, und dabei an ein rätselhaftes Zitat meiner Zen-Freundin dachte, das damit endete, daß Asche
nicht zu Holz wird, da erschien Naomi mit einer Thermoskanne Kaffee und einem Bratwurst-Sandwich. Während
ich das Sandwich aß, identifizierte sie in aller Ruhe das
gute Dutzend Vögel, das wir hören konnten. Währenddessen ging die Sonne hinter einem Dickicht in etwa fünfzig
Fuß Entfernung auf, so daß wir mit goldenen Lichtflecken
übergossen wurden. Wir schwiegen zehn Minuten lang,
während dieses goldene Licht auch einen Teil des Teichs
zum Funkeln brachte und sich dann zerstreute, während es
durch den Baldachin aus dichtem Buschwerk aufstieg, bis
die Spitze des Dickichts aussah, als brenne sie mit der
Sonne um die Wette, umwabert vom aufsteigenden Bodennebel. Drei Stockenten schwebten zu einer tollpatschi-
gen Landung ein, als sie uns sahen und sofort ihren Kurs zu
ändern versuchten, wobei sie uns mit ihrem nasalen Qua-
ken und Zischen beschimpften. Wir unterhielten uns über
unsere Vorlieben für bestimmte Vögel, die man nun mal
hat, ob man will oder nicht, und ihre gehörten den ganz
normalen ortsansässigen Arten wie Wiesenstärlingen, Reis-
stärlingen und Spornammern. Meine – Hühnerhabichte

und Kanadawürger – erschienen blödsinnig maskulin, bis auf den Kaktuszaunkönig des Südwestens.

Wir hatten unsere Kontrolliste am frühen Nachmittag abgeschlossen, als wir am Rand einer eine Meile langen Weide in der Nähe des alten Heims angekommen waren. Sie wollte, daß ich ihre Tochter und ihren Hausgast kennenlernte, was sofort zur Folge hatte, daß mir das Herz wieder bis zum Halse schlug. Ich hoffte, daß sie das nicht bemerkte, sondern konterte mit einer ganzen Reihe von Ausreden, die darauf hinausliefen, daß ich sie für ihre Zeit bezahlen wollte und daß ich umgehend nach Minneapolis fahren müßte, um meinen Bericht zu schreiben. Ich hatte es kaum ausgesprochen, als mir klarwurde, daß sie bestimmt wußte, daß die Beobachtung von Lincoln aus organisiert wurde. Ich versuchte, zwei Lügen mit einer weiteren zu tarnen, indem ich andeutete, wenn sie Interesse hätte, könnte sich in einer Woche vielleicht eine neue Arbeit ergeben.

Sie blieb mitten auf der Wiese stehen und fragte mich, ob irgend etwas mit mir nicht in Ordnung wäre. Ich platzte heraus, daß ich furchtbare Angst hätte, daß das Mädchen, das ich liebte, meine Liebe nicht im gleichen Maß erwidern würde. Sie nickte, dachte kurz nach und ging dann weiter, ohne sich dazu zu äußern.

Glücklicherweise war niemand zu Hause außer einer großen plumpen Haushälterin namens Frieda, die gerade Salat putzte und Erbsen verlas. Sie war von der unfreundlichen Sorte, brachte uns aber in einem motormäßig frisierten Dodge Pick-up zurück zu Naomis Haus. Dabei lenkte sie den Wagen mit ausgestreckten, geraden Armen wie ein Rennfahrer und betätigte mit der rechten Hand gekonnt den Schaltknüppel. Ich litt unter einem schmerzhaften Pochen in den Schläfen und konnte nichts sagen, als Frieda beinahe ins Schleudern geriet, weil sie einem Fasan auswich. Naomi hielt sich an meinem Arm fest, dann drückte sie ihn und flüsterte mir ins Ohr, meine Freundin käme sicherlich zur Vernunft. Diese verspätete Reaktion war auffallend und hatte für mich eine ganz besondere Bedeutung. Ich wollte sofort meine Ausrüstung am Teich einsammeln und rannte den größten Teil des Weges in einer Mischung von Nervosität und Wut auf mich selbst. All meine Proben für diesen Besuch, mit denen ich begonnen hatte, als ich Dalva in Santa Monica und vorher in anderen Formen gesehen hatte, waren auf ein selbstverordnetes Schlammbad hinausgelaufen. Was zum Teufel hatte ich eigentlich vor? Alles, was ich jetzt nur noch wollte, war, das Gespräch abzubrechen und mich in die Sicherheit meines Pick-up-Führerhauses zu flüchten.

Ich packte schnell meine Sachen zusammen, während meine Lungen nach Luft rangen, dann setzte ich mich unnötig heftig auf das sandige Teichufer. Irgendwie, dachte ich, wie ein Kind, das sich während eines Wutanfalls selbst Schmerzen zufügen möchte. Heilige Scheiße, wie idiotisch! Ich zog mich bis auf die Haut aus und sprang kopfüber in den Teich. Wie kam ich darauf, daß die Realität auch meinen Absichten entsprechen würde? Und mit mir als Lenker der Geschichte, gottgleich am Steuerrad, so absurd wie Frieda, welche die Reifen nach dem Schotter über Asphalt kreischen ließ. Ich hatte die Habgier einer Kultur, die ich doch angeblich so verabscheute. Dabei sollte ich lieber sehen, ob sie meiner wert sind.

Ich tauchte bis auf den Grund des Teichs, fand dort die Vertiefungen von kleinen Quellen und schwamm weiter, bis ich den Teil erreichte, der von der aufgehenden Sonne erhellt wurde, dann tauchte ich im letzten Moment auf, als es mir vor den Augen bereits schwarz zu werden begann. Die Frage war, warum ich während jenes wunderschönen Augenblicks im Morgengrauen nicht einfach gesagt hatte:

»Ich bin dein Enkel.« Das schlimmste, was sie hätte antworten können, war: »Geh weg.« Damit wäre ich besser dran gewesen als so, dachte ich nach meinem absurden Alles-oder-nichts-Prinzip.

Als ich zum Haus kam, saß Naomi wieder in ihrer Hollywood-Schaukel, lauschte klassischer Musik, die durch die Fliegentür nach draußen drang, und trank Limonade. Sie bot mir ebenfalls ein Glas an, aber ich lehnte dankend ab und hatte es plötzlich eilig, J.M. anzurufen, aber nicht von hier aus. Ich bedankte mich bei ihr und sagte, ich hoffte, wir könnten mal wieder zusammenarbeiten. Sie lächelte, dann hatte sie plötzlich diesen verstörend fragenden Blick, der ohne Worte sagte: »Warum erzählst du mir nicht, was du denkst.« Aber ich tat es nicht. Ich ging.

Ich rief J.M. von einem Münzfernsprecher vor einer Kneipe in einer Bezirksstadt ein paar Dutzend Meilen die Straße hinunter an, nachdem ich vorher auf zwei halbwüchsige Mädchen gewartet hatte, die unter lautem Gekreische mit ihren Freunden telefonierten. Sie wackelten aufreizend mit den Hintern, als sie die Zelle verließen. Mit beachtlichen Hintern, übrigens. Nach fünfmaligem Klingeln, das unangenehm in meinem Schädel widerhallte, meldete J.M.s Mutter sich und teilte mir mit, J.M. wäre mit ihrem Vater auf dem Feld beim Heumachen. Natürlich hatte ich erwartet, daß J.M. brav am Telefon saß und auf mich wartete. Dann fragte ihre Mutter: »Haben Sie Ihre Leute getroffen?« Und ich antwortete: »Nur die Großmutter, aber ich habe mich nicht zu erkennen gegeben, weil ich es nicht konnte.« Eine lange Pause trat ein, dann sagte sie: »Oh, um Himmels willen, das Ganze geht mich ja nichts an, aber Sie sollten das endlich in Ordnung bringen. Ich vertraue meiner Tochter, und nach dem, was sie erzählt, sind Sie ein guter Kerl. Vielleicht ein wenig seltsam, aber das muß sie wissen.«

Eine weitere Pause trat ein, und dann äußerte ich, daß ich J.M. bald sehen müßte, falls es möglich wäre. Darauf reagierte sie mit schallendem Gelächter und meinte, ich hätte noch achtundzwanzig Tage Zeit, aber morgen wäre Sonntag, und sie erhielten Besuch von Verwandten, aber der Montag wäre ganz okay. Meine Ohren summten noch ein paar Sekunden von den achtundzwanzig Tagen, ehe mir bewußt wurde, daß sie gesagt hatte, ich könnte ihre Tochter schon in anderthalb Tagen sehen. Ich sagte: »Danke sehr«, und dann erklang ihre Stimme erneut, diesmal kühl, fast streng, und erklärte, wenn ich die Absicht hätte, J.M. davon abzuhalten, das letzte Jahr am College ordnungsgemäß abzuschließen, dann würde sie alles unternehmen, um mir das Leben schwerzumachen. Ich versprach, daß ich das ganz bestimmt nicht tun würde, und ihre Stimme wurde wieder weicher, als sie meinte, sie freue sich auf meinen Besuch am Montag.

Aus bekannten Gründen bin ich kein großer Trinker, aber ich ging in den Saloon, nachdem ich die in der Hitze flimmernde Main Street hinauf- und hinuntergeschaut und das Gewimmel von Ranchern und Farmern und ihren Familien betrachtet hatte, die zu ihren samstäglichen Einkäufen und Besuchen in die Stadt gekommen waren. Einigen mag das anheimelnd erscheinen, aber das war es nicht.

Die Kneipe wurde von stämmigen Typen bevölkert, in deren Händen die Bierflaschen eher winzig aussahen. Aus Gewohnheit lauschte ich den Stimmen, um Akzente zu identifizieren, und hörte vorwiegend Tschechen und Skandinavier und eine harte, metallische Stimme mit einer Andeutung von Winseln von einem rotnasigen Mann Ende Dreißig in Gesellschaft eines alten Farmers, der trotz der Hitze seine Jeansjacke bis zum Adamsapfel zugeknöpft hatte. Der jüngere Mann wurde von den anderen ein wenig aufgezogen, und es kam mir so vor, als wäre er der Hausgast der Northridges, der Historiker von der Stanford University, der sich in der nicht gerade verlockenden Landschaft verlaufen hatte. Er trank Bier direkt aus der Flasche, kippte die Flasche auf den Kopf und nuckelte daran, als wäre er zu früh entwöhnt worden. Er war eine extreme Form meiner bevorzugten Art von Universitätslehrer, einer, der alle akademischen Höflichkeitsregeln aufgrund seiner Besessenheit für sein Studiengebiet zu brechen bereit war. Im allgemeinen Verständnis waren diese Leute Verrückte, aber für Verrückte hatte ich eine Menge übrig wie zum Beispiel für den armen jungen Studenten der Ornithologie, der auf seinem Fahrrad drei Jahre lang Tausende von Meilen kreuz und quer durch Amerika fuhr, um seine Artenzählung zu vervollständigen. Dieser Gelehrte und Hausgast namens Michael erzählte mir, während wir eine Runde Pool spielten, daß ein Teil der Erde in dieser Gegend immer noch naß war vom Blut der Eingeborenen und daß im Gegensatz zum südlichen New Mexico mit seinen vereinzelten Apachen- und Komantschen-Kämpfen gegen Ende des Jahrhunderts dies die letzte Region in Amerika wäre, wo der Zusammenprall der Kulturen mit voller Wucht stattgefunden hätte.

Ich bin nicht gerade ein Amateur in diesem Bereich, aber es war nicht das, worüber ich reden wollte, schwelgte ich doch noch immer in der Aussicht, daß ich J.M. schon am Montag wiedersehen würde. Ich holte mir ein frisches Bier und verzog mich in eine Ecke, von wo aus ich den alten Mann in der Jeansjacke dabei beobachtete, wie er herumhüpfte, auf einer Minifiedel spielte und dazu sang. Das mußte wohl häufiger passieren, da andere bereitwillig in den Gesang einstimmten. Durch das Fenster konnte ich Frauen und Kinder sehen, die auf einer langen Bank saßen und sich angeregt unterhielten, während sie zweifellos auf ihre biertrinkenden Ehemänner und Väter warteten. Ich ging hinaus, als zwei riesenhafte Männer wegen irgendwelcher Viehtransportgeschichten in Streit gerieten, ein Handgemenge begannen und dabei Tische und Stühle umwarfen. Ich ging über die Straße in Lena's Café, das bereits um kurz vor fünf von älteren Bürgern bevölkert war, die mit der genußvollen Trägheit des Alters ihr Abendessen einnahmen. Ich setzte mich an die Theke, wo ich von einer jungen Wikingerin, deren rosafarbenes Namensschild sie als Karen vorstellte, bedient wurde. Sie hatte ihre Kellnerinnenuniform enger gemacht, so daß sie sich über ihrem Po spannte, und ich verfehlte meinen Mund mit einer Gabel voll Kartoffelpüree, als ich ihn eingehend betrachtete. Sie beugte sich zweimal direkt vor mir vor, um Kaffeetassen wegzunehmen. Sogar Antilopen würden über diesen Hintern in Streit geraten und kämpfen. Liebe J.M., ich gucke nur. Als ich mich verabschiedete, schenkte sie mir den Schmollblick, wie er bei Frauen in Nacktmagazinen beliebt ist, an denen sich die gehemmten Seelen ihre Schwänze reiben, bis diese explodieren.

Ich fuhr nach Südosten und hatte keine Energie, um schnell zu fahren, wofür es auch keine Veranlassung gab. Plötzlich fühlte ich mich entsetzlich ausgebrannt, aber der Tag hatte auch schon früh am Teich begonnen, als Naomis leise Schritte plötzlich hinter mir erklangen. Sie entsprach kaum meiner Vorstellung von einer »Großmutter«, und ich schätzte sie auf Mitte Sechzig, obgleich ihre äußere Erscheinung das nicht vermuten ließ. Sie war jemand, der leidenschaftlich gern zu Fuß ging, und sie sagte, daß sie gewöhnlich vor und nach der Schule durch die Gegend wanderte, morgens, um ihren Geist zu sammeln, und nachmittags, um ihren Geist nach einem Tag in der Schule zu entspannen. Vor ein paar Sommern hatte sie eine Lindblad-Reise den Amazonas aufwärts unternommen, doch der Mangel an Wandermöglichkeiten hatte sie gestört, und außerdem hätte sie ein ganzes Leben gebraucht, um die Gegend genauso kennenzulernen wie ihr »Revier«. Ich fühlte mich durch diese Äußerung leicht verwirrt, da ich gerade mit meinen mehreren hundert verschiedenen Lagerplätzen hatte angeben wollen. Sie wollte meine Lieblingsplätze wissen, und ich ratterte sie herunter, und sie freute sich, daß sie sich auch in diesem Teil Nebraskas befanden. Sie fragte auch nach Ekalaka in der Gegend um den Powder River in Südost-Montana, wo die Staatsautobahn, die von Süden kommt, immer noch eine Schotterstraße ist. Ich mußte ihr den Platz in allen Einzelheiten beschreiben, was mich schmerzlich an meine verlorengegangenen Tagebücher erinnerte. Ich hätte ihr daraus einige Absätze vorlesen können, und das hätte sie vielleicht beeindruckt, und sie hätte dann gesagt: »Ich wünschte, Sie wären mein Enkel«, und ich hätte darauf erwidert: »Das bin ich.«

Das war so dämlich, daß ich errötete und östlich von Brewster von der Straße herunterfuhr, um ein Nickerchen zu machen. Dabei erinnerte ich mich an unsere Diskussion darüber, daß Vögel so etwas wie winzige fliegende Dinosaurier sind, ein Streit, der im Augenblick die Ornithologie ein wenig entzweit. Naomi interessierte sich auch nicht für Flugzeuge, teils, weil ihr Ehemann in einem gestorben war, und teils, weil sie wollte, daß die Vogelperspektive ein Produkt ihrer Phantasie blieb. Ich gab an dieser Stelle zu, daß ich mir selbst Grenzen aufstecken mußte und Scheuklappen trug, da die Welt, die ich liebte, nur in kleinen Stücken hier und da existierte. Nationalparks waren viel zu stark besucht, und man sollte sich niemals in irgendeinen wunderschönen Nationalwald verlieben, weil er bei einer eventuellen Rückkehr sicherlich abgeholzt wäre. Washington und Oregon mögen ja aus der Bodenperspektive betrachtet gut aussehen, aber durch das Fenster eines Flugzeugs kann man sehen, daß man geschwindelt und betrogen hatte und daß das Land eher eine grausame Wüste war. Das ließ sie ernst werden, aber dann zog sie mich auf und meinte, daß ich als Nomade sicherlich genug Verstecke für ein ganzes Leben hätte.

Ich war immerhin so fest eingeschlafen, daß mein Kopf nach vorn sank und unsanft auf das Lenkrad fiel. Das kleine orangefarbene Feuer, das daraufhin hochloderte, war ein Freudenfeuer, das mein Großvater für mich während eines Schneesturms oben in Minnesota anläßlich eines Familienausflugs angefacht hatte, den wir unternahmen, um meine Großmutter zu besuchen, nachdem sie erkrankt war. Mir gefiel diese Großeltern-Idee, und ich bedauerte, daß die Eltern meiner Mutter ziemlich früh gestorben waren – von zuviel Alkohol, wie mein Vater mir später erzählte. Wie auch immer, meine Mutter hatte panische Angst, daß sie von einem Schneesturm in einer Blockhütte festgehalten werden könnte. Mein Vater und ich schafften es nicht, sie zu beruhigen, und meine Schwestern waren zu jeder Zeit in der Lage, sie zu ignorieren, indem sie miteinander Solitär spielten. Mein Großvater ging mit mir nach draußen, und wir rösteten im Schneetreiben Bratwürste über einem Feuer. Er hatte einen Schuppen voll trockenen Kiefernholzes, das wundervoll duftete.

Ich saß gähnend da und bereitete mir auf meinem Feuerzeugkocher eine Tasse Kaffee. Mit dem Fernglas konnte ich über den Loup River blicken, wo ich während des College für ein paar Tage kampiert hatte, als ich an einer Arbeit über einheimische Grasarten saß. Ein ziemlich progressiver junger Rancher hatte mich auf seinem Gelände mein Lager aufschlagen lassen und einen zehn Morgen großen Fleck am Loup empfohlen, der seit Generationen als Familiencampingplatz abgezäunt war, um das Vieh fernzuhalten. Der Platz war sicherlich nicht so schön wie das Northridge-Gelände, aber ich hatte dort eine Anzahl meiner Lieblingsgräser gefunden: Sierrasegge und Plattsegge, Kanariengras, Spartgras, Fioringras, Wassergras. Die Gräser verschwammen, und die Szenerie im Fernglas wurde von J.M. überdeckt, wie sie sich in dem Teichrohrsänger-Wäldchen bei Garland aus ihrer Jeans schälte. Ich konnte so wütend sein, wie ich wollte, daß ich nicht von der Familie großgezogen worden war, zu der ich gehörte, doch in diesem Fall wäre ich unweigerlich von den Zerbrechlichkeiten von Zeit und Ort mitgerissen worden und davon, wie leicht alles zu einer Reihe von Vorfällen und Zufällen zerschellt, die man Leben nennt. Es war spaßig, denen zu verzeihen, die mich aufgegeben hatten, denn anderenfalls hätte ich J.M. niemals kennengelernt. Ich fragte mich, welche Seite dieses inneren Streitgesprächs irrational war, oder waren es beide Seiten? Die Tatsache unserer Existenz ist so unabänderlich roh, daß man sich innerlich vor Schmerzen krümmt, wenn man sie zu eingehend betrachtet. Ein Kind wird weggegeben, und in diesem Moment wird seine familienbezogene Vorbestimmung radikal verändert. Und zweifellos wird die Mutter, ganz gleich wie jung, die Möglichkeiten ihres Kindes in ihrer Phantasie weiterhin durchspielen.

Nach einer weiteren Stunde Fahrt wurde mir klar, daß ich gar nicht wußte, wohin ich unterwegs war. Das verwirrte mich im ungewissen Dämmerlicht, und ich hielt an, um einen Blick auf die Landkarte zu werfen, als wollte ich mir damit meine eigene Existenz bestätigen. Aus irgendeinem Grund erschien mir das Führerhaus eines Trucks seit meiner Begegnung mit Naomi nicht mehr allzu sicher, und das hatte bereits nach meinem zweiten Zusammentreffen mit J.M. angefangen, als ich erkannte, daß ich erledigt war.

Kurz vor Einbruch der Dunkelheit erreichte ich Dannebrog und dachte, daß ich am Loup (ein schöner Name) auf dem Grundstück eines Professors kampieren könnte, den ich seit damals gut leiden konnte. Er war eine massige, kräftige

Erscheinung, ein Experte für Omaha-Indianer und außerdem ein Volkskundler in einer Zeit, in der das echte Landvolk erschreckend schnell abnahm, es sei denn, man wußte, wo man nach ihm Ausschau halten mußte. Es gab keine frischen Reifenspuren auf seinem Karrenweg, daher versteckte ich den Pick-up im Gebüsch und wanderte zu einer alten Blockhütte, die er dorthin transportiert und renoviert hatte. Es gab einen intakten Feuerring, und ich breitete meinen Schlafsack daneben aus und fachte ein kleines Lagerfeuer an. Ich rechnete damit, nicht einschlafen zu können, weil mich eine offensichtliche Frage beschäftigte: Warum war ich ein solcher Feigling gewesen und nicht einfach im Garten sitzengeblieben, bis meine Mutter zurückkehrte? Die Großmutter war nicht der Punkt. Ich kam mir vor wie der verdammte Feigling, der ich war, wenn es um meine tiefer liegenden Gefühle ging, die man mir mittlerweile sicherlich deutlich ansehen konnte. Ich lag stundenlang wach und war froh, daß das Blätterdach über mir dicht genug war, um mich daran zu hindern, meine Sternenuhr zu beobachten. Ich hatte dieses Dickicht aufgesucht wie ein verletzter Schoßhund, und ich weiß nicht genug über meine Mutter, um auch nur andeutungsweise eine Vorstellung von ihr zu haben, die über den Ort hinausgeht, wo sie jetzt lebt, oder das Foto auf dem Kaminsims, auf dem sie noch jünger ist als ich. Vielleicht ist sie wie ihre Mutter, was sehr schön wäre. Gib's auf. Fahr zu J.M., und dann kehr zurück, du verdammter Narr. *Zurück zu diesem Binnenmeer, Lake Superior, so frisch, daß es nach aufblühenden Blumen duftete, und in der Ferne hüpften Enten auf seinen sanft plätschernden Wellen. Man braucht nicht jedesmal das Fernglas ans Auge zu setzen, da am Himmel Wolken dahinziehen, Pferdeschweife genannt, die sich winden und strecken, bis sie sich nicht mehr weiter ausdehnen können, ohne ganz zu verschwinden. Dad und Samuels*

382

nahmen mich zum Angeln ans Meer mit nach Islamorada, aber alle Vögel saßen in Strandnähe in den Mangroveninselchen, die von blauen und grünen Gezeitenbächen voneinander getrennt sind. Sie holten Fische aus dem Wasser, die erschlagen wurden und starben. Einen einzelnen Seglerfisch, einen Amberfisch, einen Wahoo. In den alten Büchern heißt es mare tenebrosum, die See der Dunkelheit, wenn man über den Bootsrand direkt in die Tiefe blickt, aber ich mag das, was überall dort dazwischenliegt, wo das Leben ist, die Grenzen zwischen Feld und Wald, die Ränder der grünen Mangrovengruppen und der niedrigen Sandtümpel in ihrer Nähe, wo die Vögel ihre Nahrung finden. Am Abend des dritten Tages, als ich einen seltsamen neuen Fisch aß, fragte ich, ob ich mir Vögel ansehen dürfte, und Samuels ging zum Schreibtisch der Hütte. Ich glaube, ich war elf Jahre alt. Am nächsten Morgen zeigte mir eine Dame aus Leder den ganzen Tag lang Tausende von Vögeln. Die Sonne machte sie zu Leder, obgleich sie keine Indianerin war. Die rosenroten Löffelreiher sprengten meinen jungen Schädel. Sie pinkelte über den Bootsrand und sagte dann, daß Fische wie Unterwasservögel wären, daher beugte ich mich über den Rand und beobachtete die vorbeiziehenden Tiere in der Gezeitenströmung. J.M. hat noch nie das Meer gesehen. Zeigst du es mir, großer Meister. So hat mich noch nie jemand genannt. Stört es dich, daß so viele Männer meinen Hintern gesehen haben? Ich denke, sie prüft mich. Nein, ich bin doch der einzige im gesamten Kosmos, der deinen Hintern wirklich versteht, Liebes. Ich fügte Liebes hinzu, worüber sie sich ärgerte. Das ist etwas für die Zeit, wenn wir über fünfzig sind. Jedes bißchen Natur ist zugleich Sterblichkeit. Wir dürfen uns nicht dagegen wehren, sondern müssen es in uns aufnehmen. Ich fürchte mich vor J.M.s Schallplatten, obwohl ich vielleicht ein wenig Musik gut gebrauchen könnte. Lucy war auf der Flöte ganz gut, was sich im Zimmer nebenan gar nicht so

schlecht anhörte. Ich strahlte mit der Taschenlampe meinen
Sternenhimmel an der Decke an, wenn ich im tiefen Winter
nicht draußen schlafen konnte. Dad bestellte den besten
Schlafsack, gut genug für Tibet, und ich wachte auf und
hörte den frühen Straßenverkehr in Omaha, während
Schnee meinen Schlafsack bedeckte und ich darin so warm
lag wie ein Baby im Mutterleib. Was sind wir auch anderes
in der Dunkelheit?

Es ist Sonntag morgen, und herausgeputzte Leute kommen
von der Kirche nach Hause. Ich nähere mich Mutters Haus
so langsam, daß der Truck im niedrigsten Gang nur ruckend
rollt. Ein eleganter Mann betrachtet blinzelnd meine aufge-
malten Blitze, sieht mein Gesicht und winkt. Dieser Mann
hat immer versucht, Jungen anzufassen und sie zu drücken,
was wir damals für spaßig hielten, was aber heute etwas
sehr Schlimmes ist. Da ist ein neuer BMW, den man in
Nebraska außer in Omaha so gut wie nie sieht. Geld ist ein
entsetzliches Problem. Leute, die viel davon haben, wollen
ständig mehr, und wenn man sie fragt, wissen sie nicht genau, warum. Wenn es nichts mehr gibt, wofür sie es ausgeben können, bestehen sie darauf, daß ihre Kinder reich
aussehen. Aber das Land insgesamt ist auch nicht das, wofür
es sich hält. Das Geld ist zu spärlich und zu ungleichmäßig
verteilt. Die Menschen kämpfen darum, das zu sein, was sie
laut dem Fernsehen glauben sein zu müssen, und nur wenige schaffen es. Natürlich könnten in unserer Kultur als
Geld auch grüne Steine anstatt grüne Scheine gelten oder
Rinder oder Pferde, Kamele, Elfenbein, Getreide, Ziegen,
was auch immer. Plötzlich tauchte der Gedanke auf, daß
meine sechshundert Dollar im Monat uns nicht sehr weit
bringen werden, wenn J.M. mich heiratet. Die Sorge kam
etwas verfrüht, aber sie war da. Dieser Betrag deckte gerade
mal Nahrung und Benzin, ohne daß noch viel davon übrig-

blieb. Es gibt noch ein wenig Geld von der Versicherung, das mein Dad auf einem Bankkonto hinterlassen hat, aber darum kümmert sich meine Schwester Marianne. Sie ist durch und durch Geschäftsfrau, und sie und ihre Freundin haben eine Reihe von Häusern gekauft und renoviert und kürzlich sogar ein Apartmenthaus unten in Lawrence, Kansas, wo außerdem die Corvus Society ansässig ist. Natürlich hat Marianne mir erklärt, ich wäre, was Geld angeht, »der schlimmste verdammte Neurotiker der Welt«. Vielleicht stimmt es. Es war für mich immer eine unangenehme Abstraktion, ein Mittel zum Ausüben von Kontrolle. Ist das Haus, wo ich jetzt meinen Truck parke, tatsächlich den Zehnjahresverdienst eines gutbezahlten Angestellten wert? Zehn Jahre Zeit, die sich nicht selbst ersetzen.

Ich will nicht behaupten, daß meine Omaha-Mutter sich freute, mich zu sehen. Ohne mich zu begrüßen, wollte sie wissen, weshalb ich, zusammen mit Marianne, Derek von ihr weggeekelt hätte. Er wäre an diesem Morgen nach New York geflogen, ohne sie mitzunehmen. Ja, er hätte Dreiviertel des Geldes zurückgezahlt, aber wäre das nicht allein ihre Sache? Es wäre schließlich ihr eigenes Geld und hätte nichts mit dem zu tun, was Vater verdient hätte. Sie hätte mir immer Geld angeboten, und ich hätte es immer abgelehnt. Warum war ich nur so ein fauler, habgieriger Bastard, daß ich mich einmischen mußte, als sie ihrem Freund etwas geliehen hatte? Ich wußte, daß es ihr sehr ernst war, denn ich konnte mich nicht erinnern, daß sie jemals das Wort »Bastard« benützt hätte. Ich versuchte mich aus der Affäre zu ziehen, indem ich darauf hinwies, daß der Vorwurf der Habgier eher auf Marianne zuträfe und daß ich nur die Bitte meines Vaters erfüllte, auf sie aufzupassen. Sie schrie mich fast an, als sie meinte, sie wolle nicht, daß ich auf sie aufpasse. Ich versuchte, das Haus zu durchqueren und zur Hintertür hinauszugehen und ein Dickicht aufzu-

suchen, das ich, als ich zehn war, selbst angepflanzt hatte –
Japanischen Bambus (aus dem Norden), Hartriegel, Russische Olive – und das ein Höchstmaß an Versteckmöglich-
keiten bot. Es umgab einen kleinen Unterstand, in dem ich
schlief, wenn es regnete. Sie holte mich jedoch noch vor der
Hintertür ein und beschimpfte mich als miesen, gefühllo-
sen Bastard. Ich ging darauf ein und gab zu, daß ich, genau
betrachtet, tatsächlich ein Bastard wäre, bedauerte diese
Bemerkung aber sofort. Ihr Gesicht wurde bleich, verzerrte
sich, dann rannte sie nach oben, was sie immer tat, wenn
sie in die Enge getrieben war. Unterwegs zu meinem
Dickicht dachte ich erstaunt darüber nach, wie schnell sie
die Treppe hinaufgestürmt war. Das lag sicherlich an ihrem
regelmäßigen Aerobic-Training.

Ich saß mindestens eine Stunde draußen, erfreut, daß ein
Paar verliebter Pirole im Garten umherflatterte. In meinem
Dickicht fiel es schwer zu glauben, daß man in Omaha war.
Es war so dicht, daß es nur wenige Nebengeräusche durch-
ließ wie zum Beispiel den Ruf eines Golfspielers in ein paar
hundert Yards Entfernung. Ich grub eine Blechdose mit
Pfeilspitzen und Glasmurmeln aus und rasselte fröhlich
damit rum. Ein ehemaliger Spielkamerad hatte sich unsere
gemeinsame Sammlung heißer Fotos geholt, darunter auch
das heißeste Stück, den Hintern einer französischen
Schauspielerin namens Jane Birkin. Wir waren uns einig,
daß sie wahrscheinlich niemals in Omaha auftreten würde.
Später fand ich ein weiteres Foto von ihr, das ich an meine
Schlafzimmerwand klebte.

Drei aufgescheuchte Hausspatzen ergriffen die Flucht, und
dann hörte ich das Klirren von Glas und Schritte. Sie erschien mit zwei Gläsern und einer Flasche Rotwein. Wenn
Alkohol nötig war, um diesen Konflikt zu lösen, dann war
ich zu allem bereit. »Dafür, daß ich das gesagt habe, sollte
ich erschossen werden«, meinte sie und setzte sich trotz

ihres teuren Kleids neben mir in den Dreck. Ich nahm ihr die Flasche aus den zitternden Händen, dann den Korkenzieher. Wir stießen miteinander an, und der Wein schmeckte besser als üblich. Ihre Augen waren voll Tränen, und sie wiederholte, daß sie dafür, daß sie mich einen Bastard genannt hatte, erschossen werden müßte. Ich war so freundlich, zu widersprechen, und dann sagte sie: »Nur weil man älter ist und der Ehemann bereits im Grab liegt, muß man noch lange nicht ohne einen Freund bleiben. Ich bin erst einundsechzig.«

Ich wußte, daß sie dreiundsechzig war, aber um sie vollkommen zu besänftigen, bot ich ihr an, mit ihr im Club zu Mittag zu essen, was normalerweise ein sonntägliches Familienritual war. Sie ließ sich das für einen Moment durch den Kopf gehen, und ich konnte geradezu sehen, wie über ihrem Kopf die sattsam bekannte Zeichentrickglühbirne aufflammte, und dann lächelte sie. »Ich weiß nie, was ich sagen soll, wenn meine Freunde mich fragen, was du tust.« Als sie das sagte, fragte ich mich, wie wohl ihre jüngsten Erfindungen über meine Tätigkeit aussehen mochten. Damals, ehe mein Vater starb und bei meinem letzten Besuch im Club, hatte ich Bekannten, die an unseren Tisch kamen, erklärt, ich wäre Forscher, und als sie fragten: »Wo?«, antwortete ich: »In den guten alten Vereinigten Staaten.« Viele hatten mit ihren eigenen erwachsenen Kindern genug Probleme, als daß sie intensiver nachgehakt hätten. Da ist außerdem ein leiser verhaltener Schrei nach Freiheit in den durch Wohlstand geschaffenen Schranken, so daß die Vorstellung, ohne festes Ziel irgendwohin unterwegs zu sein, wenigstens einen kleinen Reiz beinhaltet. Ich konnte geradezu sehen, wie sie dachten, Nelse ein Erforscher Amerikas, während sie sich anschickten, mit ihren Gabeln ihrem sonntäglichen Hühnerfrikassee oder ihrem Hummer Newburg zu Leibe zu rücken.

Wir entschieden uns für Maissuppe, die sie vergangene Weihnachten nach meinem eintägigen Besuch (ich war auf der Flucht vor Mariannes grobschlächtiger Freundin, die sich selbst als Sozialberaterin bezeichnete, und vor Lucys Washingtoner Ehemann, der mich ständig damit bedrängte, er könne mir einen Job als Nationalparkwärter besorgen) eingefroren hatte. Maissuppe war eine weitere Hausspezialität, die ihren Ursprung in meiner Boy-Scout-Zeit vor der Erstickungsepisode hat. Scouts wurden traditionsgemäß einige indianische Bräuche beigebracht, aber nicht soviel, um ihrem späteren Ansehen bei ihren Mitbürgern zu schaden. Ich ging ein wenig weiter, und ehe ich zehn Jahre alt war, hatte ich schon einiges gelesen, wie zum Beispiel Densmores Buch über die Chippewa sowie eher romantisch eingefärbte Schilderungen des Pionierlebens von Washington Irving, Walter Edmonds, Kenneth Roberts und Hervey Allen. Die letzten vier stammten aus der kleinen Bibliothek meines Vaters und waren seltsam erregende Literatur, wenn von einem erwartet wurde, daß man sich irgendwann an dem von Habgier geprägten Rattenrennen der späten siebziger und frühen achtziger Jahre beteiligte. Wie dem auch sei, ich erkrankte an einer nicht allzu schweren Lungenentzündung und verlangte Maissuppe mit Knochenmark, wie der verletzte Jim Bridger sie aß oder wie sie Kriegern vor oder nach einem entbehrungsreichen Kampf gereicht wurde. Mein Vater ging nicht mehr auf die Jagd, besorgte jedoch Wild von Freunden, und meine Mutter kochte Stücke davon und fügte ein Paket tiefgefrorenen Mais hinzu. Ich wollte wochenlang nichts anderes essen. Ich muß eine ziemliche Nervensäge gewesen sein. Jungen, die nicht mehr richtige kleine Jungen sind, den ganzen Tag im Bett herumliegen und mit ihren geschwollenen Pimmelchen spielen, von Abenteuern in der Wildnis träumen, mit Bären und Pioniermädchen in dünnen Sackkleidern Ringkämpfe austragen oder sich mit Indianermädchen in geheimen Verstecken hinter Wasserfällen paaren, dann ihre Gesundheit wiedererlangen, nur um sich erneut in die Apathie des Klassenzimmers zu begeben.

Wir verbrachten einen recht angenehmen Nachmittag und Abend und erwähnten mit keinem Wort unseren Streit, der, wenngleich kein Psychodrama, in diesem Haushalt doch ein ziemlich ernster Vorfall war. Wir saßen stundenlang in ihrem »Kunstzimmer«, wo sie Dutzende von Bildbänden durchblätterte, um mir ihre Lieblingsbilder zu zeigen, die allesamt aus dem Frankreich des neunzehnten Jahrhunderts stammten. Ich hatte ihr einmal zu Weihnachten ein Edward-Hopper-Buch geschenkt, aber sie fand ihn zu deprimierend. Wir unterhielten uns auch ausführlich über unsere Reise nach Frankreich, obgleich ihre Schilderung mich denken ließ, wir hätten unterschiedliche Planeten besucht. Ihr Reisebüro in Omaha hatte damals eine Reiseroute zusammengestellt, die zu bewältigen Amphetamine und Bluttransfusionen notwendig gewesen wären. Wir hielten uns für eine Woche an den Spielplan, ehe wir erkannten, daß wir mit dem Pidgin-Französisch meiner Mutter durchaus zurecht kamen. Anschließend bedauerte ich nur, daß ich sie nicht dazu hatte bringen können, mehr Zeit in zwei Gegenden zu verbringen, für die ich mich erwärmt hatte, nämlich dem Morvan und dem Massif Central. Trotz der Tatsache, daß ihre Bevölkerungsdichte viel größer ist, sehen ihre besiedelten Gebiete viel weniger verdorben aus als unsere, was, wie ich annehme, sicherlich zum Teil daran liegt, daß sie viel wählerischer sein mußten, während wir stets glaubten, wir hätten mehr als genug Platz, um uns auszubreiten. Sie zog Paris und den Louvre vor und spazierte am liebsten zwischen dem Café Select und dem Café Flore hin und her, wo sie ihren mit zaghafter

Stimme bestellten Wein trank. Ich sah jedoch in Burgund einen Wiedehopf, einen wunderschönen kleinen Vogel, der ein wenig einem Erdkuckuck mit einem Helmbusch glich.

Ich bin kein erfahrener Weintrinker, sonst hätte ich sicherlich den Mund gehalten. Er schleicht sich auf leisen Sohlen an einen heran und entfaltet unmerklich seine Wirkung. Ich hatte mir im Laufe des Abends irgendwann die Frage gestellt, weshalb ich diese arglose Frau so eifrig gemieden hatte, als ich beiläufig erwähnte, daß ich zwei wunderschöne Tage lang mit meiner Großmutter Vögel beobachtet hätte. Anstatt mich zu tadeln, daß ich nicht dageblieben war, um meine »Geburtsmutter« zu treffen, stellte sie mir einigermaßen allgemeine Fragen nach der Landschaft und gezielte Fragen nach der Inneneinrichtung von Großmutters Haus. Ich stellte fest, daß ihre Augen sich allmählich mit Weintränen füllten, und mir kam der Gedanke, ich sollte vielleicht schnellstens zu meinem Truck laufen. »Ich nehme an, du hast irgendwann den Wunsch verspürt, dort aufgewachsen zu sein«, platzte sie schließlich heraus. Ich hatte selbst genug Wein getrunken, um den Mund nicht zu halten und die Bemerkung auf sich beruhen zu lassen. Statt dessen stimmte ich ihr zu, daß es genau die Art von Gegend war, wo ich sehr gerne aufgewachsen wäre, daß die Counties Rock, Brown und Cherry zusammen größer wären als Massachusetts und zusammen weniger als zwölftausend Einwohner aufwiesen. Warum zum Teufel hätte ich nicht den Wunsch haben sollen, dort aufzuwachen, wenn man an meine diversen Obsessionen denkt? Die absolute Dämlichkeit der ganzen Angelegenheit hatte uns beide am Wickel, als gäbe es ein Paralleluniversum, wo denkbare Alternativen zu unserem Leben stattfinden konnten. Wir waren plötzlich in ein Loch gestürzt, und während ich mich bemühte, uns dort wieder herauszuholen, wurde sie unter dem Gewicht von Tränen, Wein und jener Denkweise begraben, die für Rationalität eher wenig übrig hatte. Sie erzählte mit schriller Stimme vom Großvater meiner Geburtsmutter und begann mit einem Abendessen mit Samuels, bei dem man die Adoption vorbereitet hatte. Mein Vater war wütend gewesen, denn Northridge war ein Schlägertyp, und sie sagte, sein Gesicht hätte ausgesehen wie das Gesicht eines braunen Boxers (eine rassistische Anspielung), und er trug einen protzigen englischen Anzug und trank zahnputzbecherweise Whiskey und Wein. »Er bestand sogar darauf, daß wir dich nach ihm benennen. Wie eingebildet! Und dann gab er dir dieses Taschengeld, das dein Leben ruiniert hat.« Ich sagte, wie in Gottes Namen können sechshundert Dollar im Monat jemandem das Leben ruinieren? Du hast tausendmal soviel Geld auf der Bank, und hat es dein Leben ruiniert? Wahrscheinlich. »Wage ja nicht, deine Mutter zu kritisieren«, sagte sie und fuhr dann mit der »Tatsache« fort, daß der Mann als einer der größten Gauner in Nebraska berüchtigt gewesen wäre und daß er den Leuten während der Wirtschaftskrise ihre Farmen und Ranches abgeschwatzt und sie nach dem Zweiten Weltkrieg allesamt wieder verkauft hätte. Sie hatte die beiden Söhne kennengelernt, als sie noch jung war, und ihre Mutter kam aus einer angesehenen Familie, aber der Vater war ein Monster, der Geld als Druckmittel und Waffe einsetzte.

»Aber ich bin nicht dort aufgewachsen«, sagte ich. »Ich bin hier groß geworden. Du vergißt, daß sie mich dir überlassen haben. Das ist aus den ein oder anderen Gründen schon mit vielen Babys passiert. Ich bin hier auf die gleiche Art und Weise groß geworden, wie Dad gestorben ist. Man kann nicht einen verdammten Punkt ändern, indem man eine Sekunde früher anfängt.«

»Ich bin allein«, jammerte sie, und ich ging nach oben zu

Bett und kam in der Nacht herunter, um eine Decke über sie zu breiten. Sie lag nämlich in peinlicher Körperhaltung immer noch auf der Couch und schlief.

Mein Gott, dachte ich, sich zu verbessern kann ein ziemlich schmutziger Prozeß sein. Jetzt haben wir fast vier Uhr morgens, und ich bezweifle, daß ich wieder einschlafen kann, nachdem ich sie in diesem leichenähnlichen Stadium gesehen habe. Ich hätte beinahe überprüft, ob sie noch atmete. Primaten sind streitsüchtig, und man kann auf keinen Fall darüber hinwegsehen, welche Komik in dem steckt, was niemals gewesen ist und niemals hätte sein können. Ich wünschte, ich hätte ein paar Powwow-Kassetten bei mir, die jedoch allesamt in dem gestohlenen Truck lagen. Ich wußte ganz bestimmt nicht, was sich im Augenblick in der Musik tat, aber sie hielt mich am besten von dem emotionalen Sumpf fern, in dem ich zur Zeit steckte. Ich hatte im Laufe der Jahre vielleicht an einem Dutzend Powwows teilgenommen, hatte mich aber von den Aktivitäten so diskret ferngehalten, daß ich die Besuche noch nicht einmal in meinem Tagebuch aufzeichnete. Das war so seltsam, daß ich mich fragte, ob es Geheimnisse gab, die man sogar vor sich selbst zu bewahren sucht. Ich sah Frank Fool's Crow bei zwei verschiedenen Sun Dances, wo sein altes Gesicht aussah wie eine vertrocknete Walnuß. Männer, an deren blutenden Oberkörpern Lederriemen herabhingen. Warum auch nicht? Ich studierte die Schritte des Grastanzes genau, und einmal, als ich mich an einem fernen Ort unweit der Escalante in Utah befand, schob ich die Bandkassette in den Schlitz des Autoradios und tanzte, bis ich meine Kleider durchgeschwitzt hatte. Das geschah nur einmal. Anschließend war ich erschöpft, aber letztendlich fühlte ich mich irgendwie nicht echt. Es war Abend, als ich anfing, und ich tanzte bis in die Nacht unter einem vollen Mond, gegen Ende begleitet von einem Kojoten-Chor. Ich tanzte, bis ich mir selbst mit dem Gefühl angst machte, ich sähe den Mond zum erstenmal und alle fünf restlichen Seiten gleichzeitig. Ich gebe zu, das war erst im vergangenen Jahr. Ralph rollte sich währenddessen unter dem Wagen zusammen und schaute aufmerksam zu, als wüßte er genau, daß es etwas Ernstes war.

Es kostete Mühe, bis zum Tagesanbruch im Bett zu bleiben. Während eines kurzen Schlafes hatte ich einen entsetzlich klaren Traum von einem Leben mit J.M. in einem Puppenhaus, dessen Tür so klein war, daß man durch sie hindurchkriechen mußte wie ein Backenhörnchen. Muß ich Veracruz in der Nähe von Jalapa aufgeben, wo ich schon zweimal gewesen bin, einmal im April und einmal im November, um Millionen von Raubvögeln auf ihrem Zug nach Norden und nach Süden zu beobachten? Bin ich derart unfähig zur Seßhaftigkeit, daß ich mich lieber nicht anbieten sollte? Nomadenkulturen sind außerordentlich zivil, bis man versucht, sie an einen Ort zu binden.
Ich schlich mich bei Tagesanbruch aus dem Haus und kam eine Straße weiter, ehe ich von einem Streifenwagen angehalten wurde. Zweifellos sah mein mit Blitzsymbolen verzierter Truck in dieser Nachbarschaft nicht gerade vielversprechend aus. Ich saß dort und zitterte, weil mir das Adrenalin in den Körper schoß, bis der sich nähernde Polizist einen lauten Ruf ausstieß: »Nelse!« Er entpuppte sich als alter Bekannter von der High School, mittlerweile dank intensiven Bodybuildings ziemlich aufgeblasen, was vor allem bei Polizisten beliebt ist, weil es imposanter wirkt. Wir schüttelten uns die Hand, und er blickte mit hochgezogenen Augenbrauen auf die Blitzkeile. Er meinte lächelnd: »Ich habe gehört, du wärst ein Hippie. Kriegst du viele?« Es war eine Anspielung auf Frauen. »'ne ganze Menge«, erwiderte ich, denn so war es einfacher. Wir schwatzten ein paar

Minuten über die alten Zeiten, für die er sich erheblich mehr begeistern konnte als ich.

Am späten Vormittag traf ich bei J.M. ein, aber niemand war da. Sie hatte erzählt, daß ihre Mutter arbeitete, und dann erinnerte ich mich, daß sie ihrem Vater beim Heumachen half. Ich fand sie auf einem Feld ein Stück die Straße hinunter. J.M. lenkte den Trecker, der einen Anhänger zog, ihr Dad warf die Ballen auf die Ladefläche, und ein Junge, der für diese Arbeit viel zu schmächtig war, mühte sich damit ab, sie aufzustapeln. J.M. winkte, und ihr Vater nickte und sprang auf den Wagen, um dem Jungen zu helfen. Daher begann ich, die Ballen aufzuladen. Ich hatte schon häufig im Heu gearbeitet und Ballen aufgeladen, und es war eine angenehme Methode, die Schrecken der vorangegangenen Nacht loszuwerden.

Gegen Mittag waren wir fertig, und als wir zum Haus zurückgekehrt waren, wärmte ihr Dad einen Topf mit Chili an, während J.M. unter die Dusche ging. Der Bluterguß in ihrem Gesicht war verblaßt, aber ihr Auge war noch immer gerötet. Während ich zwei Glas Wasser an der Spüle in der Küche trank, probte ich blödsinnigerweise erneut in Gedanken, wie ich ihren beschissenen Ehemann umbringen würde. Man bricht ihm das Brustbein und reißt ihm das Herz aus dem Leib oder so ähnlich.

Ihr Dad hatte noch nicht viel gesagt und starrte unverwandt in den Chilitopf. Er streifte mich mit Blicken, als würde er mich kräftemäßig abtaxieren, und sagte dann, daß das andere Arschloch im Haus und draußen niemals auch nur einen Finger gerührt hätte. Er streckte mir dann seine Hand entgegen, und ich ergriff sie unbeholfen. Ich versuchte, mich bescheiden zu geben, indem ich meinte, ich hätte mich in körperlicher Arbeit schon immer als besser erwiesen als in geistiger, was er mit einem Lächeln belohnte.

J.M. kam in einem kurzen gelben Sommerkleid, von dem
mir die Ohren summten, aus dem Badezimmer. Ihr Dad
fragte scherzhaft: »Glaubst du etwa, du bist für heute fertig?« Sie deutete auf mich und sagte: »Er kann den Rest erledigen.« Dann verteilte sie das Chili. Sie waren ein wenig
enttäuscht, daß mich die Schärfe der Schoten nicht störte,
die J.M.s Mutter, die in Nordmexiko aufgewachsen war,
dem Gericht hinzugefügt hatte. Ich erklärte dazu, daß ich
mich längere Zeit im Südwesten aufgehalten hätte. Dann
fragte ihr Vater, dessen Name Billy war, was ich denn nun
wirklich täte. Das Beste, was mir dazu einfiel, war, daß ich
mir noch einiges anschaute, ehe ich mich irgendwo nieder-
ließ. Das klang ziemlich lahm, aber J.M. ergriff das Wort
und schlug vor, wir sollten eine kleine Spazierfahrt machen. Bill stand höflich auf, schüttelte mir aber die Hand,
als wollte er meinen Händedruck prüfen. »Vielen Dank für
die Hilfe«, sagte er, setzte sich wieder und begann, sich eine
Zigarette zu drehen. Ich hatte einen kurzen Eindruck davon, wie er früher in meinem Alter gewesen war, ehe, wie
bei meinem Dad, seine Lebhaftigkeit nachzulassen begann.
War das der Lauf der Dinge, fragte ich mich, während ich
J.M. durch die Hintertür nach draußen folgte. Was war es
außer den offensichtlichen Faktoren wie Erfolg und Versagen und auch ungeachtet derselben, das Männer so un-
barmherzig schwächte, während das Leben nach und nach
verstrich? Zur Abwechslung wollte ich frühere Gedanken
mal außer acht lassen, die sich darauf bezogen, daß wir seit
Millionen Jahren auf der Erde sind, aber nur während des
letzten Eintausendstels dieser Zeit – oder weniger – etwas
zivilisierter und mehr oder weniger seßhaft geworden sind.
Für mich waren diese Fortschritte höchst fragwürdig und
schienen unsere wahre Natur zu ignorieren.

J.M. wollte meinen Truck lenken, daher saß ich untätig da,
ein seltener Fall in meiner Solokarriere. Allein schon der

Anblick ihrer Beine und die Art und Weise, wie ihr Rock-
saum höher rutschte, wenn sie auf die Kupplung trat,
schnürte mir die Kehle zu. Es gab keinen Hinweis darauf,
daß diese Qual eine gegenseitige war, aber mein Geist war
ganz eindeutig benebelt, während wir dahinfuhren. Ich
war mit allem einverstanden, was sie mir plappernd mitteilte – wie zum Beispiel, daß wir mindestens ein ganzes
Jahr zusammenleben müßten, ehe wir das Wort »heiraten«
auch nur aussprachen, und dann wiederholte sie, daß sie
zuerst ihren Bachelor of Arts machen wollte, was das ganze
nächste Jahr in Lincoln in Anspruch nehmen würde. Mein
Schwanz war so hart, daß kein eiserner Vorhang beim Wort
»Lincoln« herunterrauschte. Ich habe gegen keine Stadt etwas einzuwenden, wenn es nur schnell rein- und ebenso
schnell wieder rausgeht, was nicht das war, was sie als nächstes vorschlug. Warum machte ich nicht meinen Abschluß,
wo ich doch so dicht davorstand? Die Enge in meiner Kehle
fühlte sich plötzlich ganz anders an, und ich versuchte mit
aller Macht, die Landschaft zu betrachten. Schließlich sagte
ich, ich brauchte eigentlich nur noch meine Abschlußar-
beit neu zu schreiben, wäre aber nicht bereit, das zu tun. Ich
fügte hinzu, mein toter Ponca-Informant würde von den
Toten auferstehen und mich erwürgen, wenn ich ihn ausließ, weil ich meine Arbeit nach irgendwelchen abgewich-
sten akademischen Vorschriften ändern müßte. Sie könnten sich ihre Barette quer in den Hintern schieben, ehe ich
das täte.

Sie lief rot an, versteifte sich und rammte den Fuß auf das
Bremspedal. »Es muß ein wahres Vergnügen sein«, sagte
sie, »etwas wegzuwerfen, wofür wir anderen hart arbeiten.«
Ich war verblüfft über die Heftigkeit ihrer Reaktion, aber
dann fuhr sie fort und erzählte, ihr Vater hätte einen richtig
wohlhabenden Cousin, einen schon älteren Mann, der am
Sonntag bei ihnen zu Besuch gewesen wäre. Dieser Mann

hätte sie gerettet, als sie mit der Hypothekenzahlung ins Hintertreffen geraten wären. Es stellte sich heraus, daß er meinen eigenen Vater und Samuels gekannt hat. Weshalb hatte ich nicht erwähnt, daß ich reich bin? Dieser Mann sagte, er hätte gehört, ich wäre ein »Tagedieb«, worüber ihr eigener Vater sich aufgeregt hätte. Und da ich reich wäre, weshalb war ich an ihr interessiert? Menschen, die behaupten, Amerika wäre eine klassenlose Gesellschaft, reden absolute Scheiße, dachte ich, sprang aus dem Truck und brüllte: »Ich bin nicht reich! Ich bin ein gottverdammtes adoptiertes Halbblut! Meine Eltern sind nicht meine gottverdammte Schuld! Wenn du diese simple Tatsache nicht begreifen kannst, dann verschwinde gefälligst aus meinem verdammten Leben!«

Sie fuhr so schnell die Schotterstraße hinunter, daß ich mich rasch abwenden mußte, um mein Gesicht vor hochfliegenden Steinchen zu schützen. Ich kam mir nicht gerade besonders intelligent vor, als ich so dastand, und so überquerte ich den Graben und setzte mich unter einen Baum. Es war sehr heiß, und mein Hals war ganz rauh vom Brüllen, etwas, was ich meiner Erinnerung nach seit dem College nicht mehr getan hatte. Es schien eine ganz klare Frage zu sein, wieviel von meinen Armen und Beinen abgeschnitten werden müßte, damit ich in die Welt paßte, die ihr für mich vorschwebte. Ich konnte mir vor Augen halten, daß sie erst einundzwanzig Jahre alt war, aber das löste das Problem auch nicht. Es erschien mir nicht gerade zweckdienlich, daß die Liebe sofort den beschissensten Kompromiß von mir verlangte, den ich mir für mich vorstellen konnte. Innerhalb meiner Coda oder persönlichen Religion war das Verlassen der Schule wegen eines Prinzips, so wie ich es getan hatte, unabänderlich. Etwas anderes von mir zu erwarten hieße meine Eier in einen Schraubstock zu klemmen oder noch Schlimmeres, dachte ich, unter einer Lärche am Rand einer heißen staubigen Straße sitzend. Ein Rostbrachvogel flog über mir nach Westen, wohin er gehörte. Was zum Teufel hatte er hier zu suchen? Von mir ganz zu schweigen, einem Alien, der an einem heißen Nachmittag in Ostnebraska an einem Baum lehnte und dessen Hände von den Nesseln brannten, die in dem Graben wuchsen, durch den ich mich gekämpft hatte.

Es dauerte eine volle Stunde, bis sie zurückkam. Zuerst fuhr sie vorbei, weil sie mich nicht sah, dann rief ich etwas, und sie setzte zurück. Sie rutschte auf die Beifahrerseite und schob mir dann ihre hellblaue Unterhose herüber, ohne eine Miene zu verziehen, als ich mich näherte; dann hielt sie ausgerechnet eine Flasche Blaubeerschnaps hoch. Ich trank einen Schluck, ehe ich in den Truck stieg, und wir liebten uns gleich auf den Vordersitzen, wobei sie mit einem Tritt ihrer Sandale einen Einstellknopf am Radio abbrach. Wir rutschten halb aus dem Führerhaus, und ich stolperte rückwärts, als ich fertig war; dann stürzte ich, und ein paar Steine bohrten sich in meinen nackten Hintern. Sie schaffte es, sich am Lenkrad festzuhalten, und half mir aufgeregt mit meiner Hose, denn wir hörten einen Wagen kommen, und ich war immer noch halb betäubt. Es war der Landbriefträger, und anstatt sich zu schämen, wie sie es vor einigen Wochen getan hatte, winkte und lachte sie. Er winkte höflich zurück und starrte in die andere Richtung, und der Staub, den sein Wagen aufgewirbelt hatte, senkte sich in einer trockenen braunen Wolke auf unsere schwitzende Haut herab.

Wir fuhren nach Norden, bogen in Verdigre nach links ab, dann hielten wir uns wieder Richtung Norden, um zu ihrem Lieblingsbadeplatz am Niobrara zu gelangen. Ich erwähnte beiläufig, und es stellte sich als törichter Einfall heraus, daß wir etwa hundertfünfzig Meilen weiter östlich wären, aber am selben Fluß, an dem ich versucht hatte, meine Mutter zu besuchen. Was meinst du, du hast es versucht, fragte sie. Warum war ich so ausweichend? Hatte ich meiner neuen Großmutter erzählt, wer ich war? War es mir denn nicht in den Sinn gekommen, daß sie erkennen würde, wer ich war? Ihre eigene Mutter hatte nach meinem Telefonanruf gemeint, ich würde mich ziemlich dämlich verhalten. Ich war verärgert und sagte, anstatt Literatur und Tanz zu lehren, könnte sie sich auch als Privatdetektivin niederlassen. Wir hatten gerade am Fluß halt gemacht, und sie zischte: »Ach, leck mich doch!«, sprang aus dem Wagen und ging auf dem Pfad nach Westen davon. Ich folgte ihr, aber ihre Fähigkeiten als Spurenlegerin kamen nun ins Spiel, und es dauerte eine Weile, bis ich sie einholte. Ihre Spuren auf einer Sandbank endeten in der Nähe einiger Büsche, vor denen ihr gelbes Sommerkleid und ihre Sandalen auf dem Erdboden lagen. Ich schaute auf einen Bachstrudel, und sie tauchte aus dem Wasser auf und schleuderte mir eine Handvoll Schlamm und Sand entgegen. Sie sang: »Wahre Liebe ist niemals einfach«, als wollte sie sich damit an die Vereinten Nationen wenden. Ich zog mich aus, während sie im hüfttiefen Wasser stand und die Gesangszeile mehrmals wiederholte. Dann erklärte sie, daß ihre Handarbeitslehrerin ihr und einer Gruppe kleiner Mädchen an der Schwelle zum zehnten Lebensjahr diese Weisheit mit auf den Weg gegeben hatte. Sie dachte, es wäre sehr spaßig, denn sie hatten zu dieser Zeit schon mit zudringlichen Farmerjungen zu tun. Wir liebten uns tapfer auf einem Sandwall am hellichten Tag und betrachteten dann unsere Körperabdrücke im feuchten Sand und fragten uns, ob ein guter Fährtenleser erkennen könnte, was dort geschehen war.

Ich blieb nur eine Nacht und den halben nächsten Tag, bis wir uns mit Variationen unserer Streits, den wir bereits geführt hatten, gegenseitig erschöpft hatten. Es war, als würde sich die Intensität unserer Zuneigung anders auf unsere Nerven auswirken, als wenn wir miteinander schliefen. Mir kam der Gedanke, daß für mich noch nie so viel auf dem Spiel gestanden hatte und daß ich nicht wußte, wie ich damit zu Rande kommen sollte. Ich verstieg mich sogar zu dem Gedanken, wenn der Bluterguß in ihrem Gesicht nicht so relativ jung wäre, hätte man sicherlich mit ihr leichter umgehen können, einer der eher dümmeren Gedanken meines Lebens. Für eine kurze Stunde während eines Marsches durch die Berge hinter der Farm schienen wir den Schlamassel zu erkennen, in dem wir steckten, sie noch mehr als ich. Ihrer Meinung nach hatte ihre Depression wegen ihrer Heirat im Frühling begonnen, dann hatte sie mich mehrmals getroffen, was sie völlig durcheinandergebracht hätte, und dann hatte ihr Mann sie zu Boden geschlagen. Sie ging nach Hause, und ich erschien und besorgte einen Anwalt. Nun war ich wieder zurückgekommen, ohne daß auch nur eine Woche verstrichen war und schon gar nicht ein Monat, wie wir beide vereinbart hatten. Mein »Ausweichen«, ein Wort, an dem ich Anstoß nahm, weil meine Eltern es häufig gebraucht hatten, um meine Defizite zu beschreiben, war keine Hilfe gewesen. Ich hatte mich immer gefragt und es auch ausgesprochen, weshalb mußte ich gleich von Anfang an jedem alles erzählen, und sie sagte, man tut es eigentlich nicht, aber wenn man glaubt, man liebt jemanden, dann sollte man es tun. Ich hatte einen Anfang mit der Liste meiner Eigenheiten gemacht, die ich eingestanden hatte, aber ich hätte eine Menge ausgelassen. Ich wußte, daß sie diese Geldgeschichte meinte, und schlug vor, wir sollten in meinen Truck steigen und meine Mutter besuchen, damit sie mal die Wirklichkeit sähe. Das brachte sie in Rage, und sie fragte, wie zum Teufel sie meiner Mutter mit einem verdammten gelbvioletten Bluterguß mitten im Gesicht gegenübertreten sollte? Sie begann zu weinen, und ich hatte das Gefühl, als würde sich mein Magen umdrehen, weil ich so ein gefühlloses Arschloch war. Ich nahm sie in den Arm, und wir versuchten wieder, miteinander zu schlafen, aber ihr Hund erlaubte es nicht. Auf dem Rückweg über eine Reihe niedriger Hügel bis zum Farmhaus mußte ich mindestens zehn Fuß hinter ihr bleiben, weil der Hund sich ständig umdrehte und knurrte, wenn ich es wagte, einen Schritt näher zu kommen. Sie hielt das für sehr witzig, und ich tat es auch, obgleich ich daran erinnert wurde, wie sehr ich Ralph vermißte.

Der einzige längere Waffenstillstand ergab sich während des Abendessens und am Abend, als ihr Vater fachmännisch einige Hühnerhälften grillte, die ihre Mutter mit einer feurig scharfen roten Chilisauce servierte, und danach, als wir zu viert ein kompliziertes Kartenspiel namens Pinokel spielten, das ich relativ schnell begriff. Es war angenehm, all meine überschüssige nervöse Energie in ein Kartenspiel zu stecken, so daß J.M. und ich für drei Stunden, anstatt wehmütige Blicke auszutauschen, Trumpfkarten genauso begeistert auf den Tisch knallen konnten wie ihre Eltern. Es war ein wenig enttäuschend, als ihre Eltern zu Bett gingen, und wir blieben unbehaglich und in eigensinnigem Schweigen zurück.

Ich bot an, draußen im Garten zu schlafen, aber sie kniff mir sanft in den Schwanz und meinte, das würde ihr Hund bestimmt nicht zulassen. Er knurrte mich sogar durch die Fliegentür an, und J.M. gab mir ein Stück Rindfleisch aus dem Kühlschrank, damit ich versuchen konnte, mich mit ihm anzufreunden. Er nahm das Fleisch auf der Vorderveranda an, knurrte aber in einem fort, während er es auffraß. Der Trost war ein großer runder Mond, und J.M. bat mich, ihr einige Sternbilder zu erklären, wobei sie, wie ich feststellen konnte, nicht allzu aufmerksam zuhörte, aber es war mir eigentlich egal.

Ich machte mir ein wenig Sorgen wegen ihres Zimmers, aber es war groß genug und hatte genügend Fenster. Es war auch überhaupt nicht kitschig eingerichtet, sondern voller Bücher und Studienunterlagen, darunter auch einige kleine Trophäen und Fotos mit J.M. und mit Preiskälbern und -rindern. Ihr Ehemann hatte sich bisher geweigert, ihr ihre Bücher zu schicken, und die Erwähnung dieses Punktes ließ in ihr wieder rasende Wut auflodern. Ich fragte mich, wie lange dieser Zustand wohl anhalten würde. Ihre Stimme wurde leise vor Erschöpfung, und als sie mir das Versprechen abnahm, daß ich baldmöglichst meine Geburtsmutter besuchen würde, war sie nur mit halbem Herzen dabei und schlief allmählich ein. Ich betrachtete sie eingehend und hoffte, eine einfühlsame Sprache entwickeln zu können, die nicht ihre empfindlichen Stellen reizte. Ich knipste die Nachttischlampe aus und blickte aus dem nach Westen gerichteten Fenster und versuchte mir vorzustellen, ob diese Mutter tatsächlich nach mir Ausschau hielt und warum. Ich vermutete, daß ich als Mann überhaupt nicht in der Lage war, vollständig zu begreifen, was es bedeutete, ein Baby wegzugeben, das man mit jemandem gezeugt hatte, den man liebte. Samuels hatte mir erzählt, ihr Großvater und ihre Mutter hätten sie nicht von diesem Sioux-Halbblut, der sich bei ihnen als Farmhelfer verdungen hatte und in ihrem Schlafhaus wohnte, fernhalten können. Es mußte das Haus mit den Vorhängen an den Fenstern in der Nähe des Gänsestalls und des Pferdepferches sein, dachte ich, dann sank auch ich in den tiefsten möglichen Schlaf.

Ich erwachte in einem rotgefärbten Morgengrauen, versuchte, mit ihr zu schlafen, aber sie stieß mich weg und schlief friedlich allein weiter. Ich hörte Geräusche aus dem Parterre und beschloß, ihrem Vater bei allem zu helfen, was er im Augenblick tun mochte. Während wir Pinokel spielten, hatte er J.M.s Ehemann als ein »großspuriges Weichei« bezeichnet, und ich wollte auf keinen Fall genauso charakterisiert werden. Die Befestigung der Pflanzvorrichtung für seinen Trecker war völlig defekt, daher mußte er Strudellöcher per Hand setzen, worin ich Experte war, wie ich ihm während des Kartenspiels erklärte.

Er war überrascht, mich zu sehen, und legte zusätzlichen Speck in die Pfanne. Wir unterhielten uns über die Fasanenjagd, und er sagte, J.M.s Promenadenmischung wäre dabei ganz gut, man müßte sich nur beeilen, den erlegten Vogel aufzuheben, sonst holte der Hund ihn und fraß ihn auf. Dann unterhielten wir uns über Weidemethoden, und ich erzählte ihm von einer neuen Theorie, von der ich kürzlich gelesen hatte. Dabei müßte man die Weide in sieben Flächen aufteilen und das Vieh ungefähr alle zehn Tage die Fläche wechseln lassen. Auf diese Weise erziele man wegen des ständig frischen Grases erstaunliche Gewichtszuwächse. Er hielt mir entgegen, dazu müßten aber verdammt viele Zäune gezogen werden, und ich sagte, das würde ich gern tun. Er fragte warum, und ich erwiderte, ich liebte seine Tochter, aber das klang ihm wohl zu altmodisch und idealistisch. Schon möglich, aber ich würde es wirklich gern tun. Ich erkannte, daß er wegen der Farm schon oft genug in der Klemme gesteckt und einen entsprechenden Zynismus entwickelt hatte. Mit der Farm war seit drei Generationen alles gutgegangen, doch nun endeten sämtliche Anbauversuche, von Viehzucht ganz zu schweigen, »unergiebig und viel zu spät«. Dieses traurige Gesprächsthema fing an, uns aufs Gemüt zu gehen, doch dann erschien die Mutter, Doris, trank eine Tasse Kaffee und aß eine Schüssel Corn-flakes, um später zu ihrem

Bürojob nach Neligh zu fahren. Sie schien rundum zufrieden zu sein und sah in ihrem blauen Frotteebademantel sehr hübsch aus. Dann klingelte das Telefon, und sie meldete sich, während J.M. in die Küche kam, immer noch verschlafen, und so tat, als wüßte sie gar nicht, wo sie war. Vater und Tochter machten sich offensichtlich Sorgen wegen eines so frühen Anrufs, daher ging ich hinaus auf die Veranda. Sie kann einem wirklich Rätsel aufgeben, dachte ich und erinnerte mich, daß sie während der Hügelepisode gesagt hatte: »Der Mensch hat keinen treueren Hund als seine Liebe.« Ich erwiderte, sie hätte Hund und Liebe vertauscht, und sie widersprach: »Habe ich nicht.« Bill kam heraus und wirkte ziemlich verärgert und zerstreut, und ich fragte ihn, ob ich mit der Sense den Klee um die Scheune herum mähen könnte, und er meinte: »Nur zu, ich hab' einen chronischen Tennisarm, aber nicht vom Tennis.«

Ich fand die Sense in der Scheune, wo ich sie kürzlich nachmittags gesehen hatte, außerdem eine Metallfeile auf einer Werkbank in der Ecke. Ich spannte die Sense in den Schraubstock ein und wetzte sie, dann ging ich hinaus zu dem Klee. Mein Großvater hatte mir beigebracht, wie man mit der Sense mäht, und ich erinnerte mich, daß man sich in den Hüften drehen mußte, sonst bekam man einen Krampf in den Schultern. Ich machte ein paar Schnitte und fragte mich, was wohl im Haus los war. Außerdem dachte ich an eine Zeit vor etwa einem Jahr, als meine Mutter sich mit irgendwelchem New-Age-Unsinn beschäftigt hatte, der sie laut Marianne eine ganze Menge Geld kostete. Obgleich sie ständig miteinander stritten, wollte Mutter, daß Marianne zurück nach Omaha ziehen sollte, damit sie einander Gesellschaft leisten könnten.

Ich hatte gerade aufgehört zu mähen, als J.M. auftauchte und erklärte, mein sogenannter befreundeter Anwalt hätte angerufen und darum gebeten, daß sie noch am gleichen

Nachmittag zu ihm kommen sollten, da sich für ihn die Gelegenheit ergeben hätte, nach Wyoming zum Angeln zu fahren, und er daher keine späteren Termine in dieser Woche wahrnehmen könnte. Ihr Vater war sauer, da dies der wöchentliche Pokerabend mit seinen Freunden war, allerdings wollte er das nicht offen zugeben. Ihre Mutter konnte sich keinen Tag frei nehmen. Natürlich bot ich an, mit ihr hinzufahren, aber das käme nicht in Frage, denn sie wäre erst einundzwanzig, und ihre Eltern waren der Meinung, daß sie die Angelegenheit nicht ohne Hilfe von einem von ihnen regeln sollte. Mir schoß plötzlich der Gedanke durch den Kopf, daß wenn man jemanden heiratete, man die Eltern gleich mit heiratete. Sicher, ich mochte ihre Eltern, aber es war eine Illusion, in Eltern nichts anderes als eine lediglich ältere Version von einem selbst zu sehen. Das hatte ich schon früher festgestellt.

Ihre Mutter winkte uns zum Abschied, als sie losfuhr, und J.M. fragte wehmütig, ob ich ihr weiter schreiben würde. Das bedeutete, daß ich entlassen war, aber diesmal konnte ich verstehen, warum. Die Familie wollte nicht, daß ich an ihrer persönlichen Schlammschlacht teilhatte. Ich umarmte sie, und sie meinte, ich dürfte ihre Dusche benützen. Dann kam ihr Vater heraus und machte ein sehr freundliches Gesicht, und ich erinnerte mich daran, wie oft mein Vater freundlich und zärtlich zu meinen Schwestern gewesen war, wenn er sich mit irgendwelchen schlimmen Problemen herumschlug. Er legte eine Hand auf J.M.s Schulter und fragte, ob wir die letzten zweihundert Ballen noch schaffen würden, ehe sie von Omaha zurück wären, da der Wetterbericht im Radio Regen angesagt hätte. Ich war froh über die Gelegenheit, körperliche Arbeit zu leisten, und wir brauchten nur zwei Stunden. Während ich duschte, bereitete J.M. mir ein Sandwich mit Dosenfleisch für die Reise vor, ein ganz besonderer Leckerbissen, weil meine

Mutter so etwas in ihrem Haus nie geduldet hatte. Das gleiche galt für Ketchup und Mortadella, was für mich genauso verlockend war. J.M. gab mir einen derart innigen Abschiedskuß, daß mein Herz und mein Verstand schnurrten wie eine Katze. Sie sagte: »Vergiß nicht zu tun, was du tun wolltest, und laß mir diesmal zwei Wochen Zeit.«

Anstatt zu tun, was ich tun sollte, fuhr ich nach Norden statt nach Westen, und zwar aus dem ganz einfachen Grund, daß mich nach etwa einer Meile Schotterstraße blitzartig die unausweichliche Erkenntnis traf, daß mein Nomadenleben in dem Augenblick beendet wäre, in dem ich mich mit J.M. zusammentat. Das überschattete auch das Problem meiner Sandhills-Mutter, und ich hielt am Straßenrand an, als ob der Stillstand mir die Entscheidung abnehmen würde. Da war das übliche Ja, Nein, Ja, Nein, Ja, Nein. Wenn es beim Ja blieb, wäre ich wirklich dazu fähig? Meine Schwester Lucy meinte scherzend, daß ich ein hervorragender Handlungsreisender wäre und im ganzen Land unterwegs wäre, außer an der Ostküste. Ich sagte, ja, wenn ich Regen oder Mondlicht oder übriggebliebenen Wind verkaufen könnte. Aber was zum Teufel waren solche Entscheidungen wert, wenn J.M. gesagt hatte, daß wir erst einmal einige Zeit zusammenleben müßten, um herauszukriegen, ob wir auch den langen Weg gemeinsam schaffen würden? Wie wunderbar fließend realistisch, verglichen mit meinem eher geometrischen Entscheidungsquatsch!
Ich fuhr immer weiter und verwarf den Gedanken, einen Freund in Morris, Minnesota, zu besuchen, den ich auf der Halbinsel Yucatán kennengelernt hatte. Er hatte sein halbes Leben als Bauingenieur in Morris verbracht, dann ging er für den Herbst und den Winter nach Yucatán, aber ich bezweifelte, daß ich für ihn eine angenehme Gesellschaft wäre. Er würde mir wahrscheinlich den Rat geben, mich zu

erkundigen, ob J.M. zu einer halbjährigen Ehe bereit wäre. Einige Meilen lang vermißte ich schmerzlich den Rat, den mein Vater mir vielleicht gegeben hätte, auch wenn wir uns in grundsätzlichen Dingen uneins waren.

Etwa eine Stunde vor Einbruch der Dunkelheit erreichte ich das Land meines Großvaters, etwa fünfzig Meilen östlich von Moorhead und ziemlich nahe bei der White Earth Reservation. Ich schlug mein Lager auf einem Hügel auf, der mit Sumach bewachsen war, in dem man sich gut verbergen konnte. Vor was, fragte ich mich. Ich war nur etwa hundert Fuß vom Buffalo River entfernt und dachte, daß das Rauschen des dahinströmenden Wassers mich beruhigen würde. Es mußte am vorangegangenen Tag geregnet haben, denn ich konnte den verbrannten, feuchten Geruch der Hütte meines Großvaters nicht weit entfernt wahrnehmen, der von einem sachten Westwind zu mir herübergetragen wurde. Die Hütte war im Sommer nach seinem Tod abgebrannt, und der örtliche Sheriff hatte die Vermutung geäußert, es wäre wahrscheinlich ein Blitzeinschlag gewesen, was mein Vater mit einem spöttischen Grinsen akzeptierte. An dem Abend war ein nicht besonders heftiges Gewitter durchgezogen, und mein Vater war der Meinung, daß es höchstwahrscheinlich Brandstiftung durch einen der vielen Wilderer gewesen war, die mein Großvater als Wildhüter verhaftet hatte. Das alles passierte, als ich gerade zehn Jahre alt war, und ich erinnere mich, daß ich damals dachte, ich hätte ein mögliches Zuhause verloren.

Dort zu liegen und meine geliebten Sterne zu betrachten, die in der zunehmenden Dunkelheit allmählich zahlreicher wurden, verhinderte keine mittlere Panik wegen J.M. Das Leben entwickelt sich, wenn es gelebt wird, und in dieser speziellen Nacht waren die Endprodukte meines Gehirns keinen Nonnenfurz wert. Wenn er wütend war, sagte meine Vater immer, daß mein Leben dem eines Hobo während der Weltwirtschaftskrise nicht unähnlich war, allerdings aus nichtigeren Gründen. Hobos begannen ihre Wanderungen meist zwecks Arbeitssuche, aber nach einer Weile waren sie nur noch wegen des Herumziehens an sich auf Achse. An einem Abend in ihrem Garten erklärte meine Mutter, die Stimme schon ein wenig undeutlich, daß das Universum über uns nichts anderes wäre als Gottes Gehirn. Ich hatte ihr zur Abwechslung zugestimmt, und darüber freute sie sich. Aber wenn ich zu den Sternen aufblicke, weiß ich, daß wir nicht den geringsten Anhaltspunkt dafür haben, was letztendlich passiert und passieren wird. Der französische Schriftsteller Albert Camus meinte, wir sollten uns dieser einfachen Tatsache beherzt stellen. Ich hegte auf dem College für Camus große Sympathie, weil sein Name rückwärts gelesen das Wort »sumac« ergab, was mich möglicherweise als Idioten entlarvte. Einmal in Montana fragte mich ein Mädchen mitten in der Nacht, ob ich es nicht ganz wunderbar fände, daß Gott den Großen Bären erschaffen hatte. Ich erwiderte selbstgefällig, daß die Sterne schon vor den Bären dagewesen wären, daher bezweifelte ich, daß er daran gedacht hatte, woraufhin sie mir ihre weitere Zuneigung versagte. Ich mußte anfangen, vorsichtig zu sein, denn in diesem Moment hatte ich das Gefühl, eher sterben zu wollen, als J.M.s Leben zu ruinieren.

Im Morgengrauen begann es ziemlich heftig zu regnen, und ich geriet richtig ins Brüten. Brüten führt nur zu mehr Brüten, als gewänne man ein wenig Klarheit, indem man weiterhin im Schlammtümpel herumrührt. Wenn es regnet und man ist in ein kleines Bergsteigerzelt eingesperrt, dann unterschätzt man sich meistens, wenn es darum geht, sich selbst einzuschätzen. Vielleicht bringt ein einzelnes Leben nicht viel, aber es sollte wenigstens von allgemeinem Nutzen sein.

Ich blieb drei Tage lang dort und wurde nie richtig trocken. Ich schickte einen mit Tintenflecken übersäten Brief an J.M., wanderte jedoch meistens an der Grenze von Großvaters vierzig Morgen Land entlang wie ein sorgfältig abgerichteter Geflügeljagdhund. Die extreme Feuchtigkeit erzeugte Blasen an meinen Füßen, und ich umwickelte sie mit einem Heftpflaster mit dem schönen Namen »Moleskin«. Ich wurde der Selbstgespräche überdrüssig und unterhielt mich statt dessen mit den Schwärmen von Moskitos und Fliegen. Ich betete um Sonnenschein, wie ein Kind es vielleicht an einem Samstagmorgen tut, aber ich kam mir dabei verdammt seltsam vor. Sogar während ich lief, kochte ich in meinem eigenen stinkenden Saft, als ob die bis zum Überdruß erinnerte Landschaft meiner Jugend ungeeignet war, mich herauszuziehen.

Am Morgen des dritten Tages fuhr ich hinüber nach Naytahwaush in der White Earth Reservation (Anishinabe), um einen alten Freund zu besuchen, den ich seit meinem zehnten Lebensjahr nicht mehr gesehen hatte, als er gelegentlich mit meinem Großvater und mir angeln gewesen war. Seine Mutter wohnte noch immer in einer mit Teerpappe gedeckten Hütte, und da draußen gab es einen Rest von hohem Bartgras, einem alten Präriegras aus einer Zeit, in der noch Bisons durch diese Gegend zogen. Ich bin als amerikanischer Bürger niemals peinlicher berührt als beim Besuch eines Indianerreservats. Nichts unterstreicht unsere moralische Betrügerei deutlicher als die Art und Weise, wie wir diese Menschen von dem Tag, an dem wir bei ihnen an Land gingen, bis vor einer Viertelstunde behandelt haben. Gott muß die Augen zukneifen, sich abwenden und übergeben, wenn er nicht gerade woanders zu tun hat.

Die Mutter war da, und sie lächelte mich strahlend an, als sie mich sah. Sie war so groß wie ich, eins achtzig, und ihre

Arme zeigten, daß sie den riesigen Haufen Feuerholz vor der Hütte zerkleinert hatte. Es stellte sich heraus, daß ihr Sohn in Missouri im Gefängnis war. Ich fragte, wann er denn wieder herauskäme, und sie sagte: »Nie.« Mit ihren beiden Töchtern wäre aber alles in Ordnung, sie hätten beide gute Jobs und wären verheiratet und wohnten in Minneapolis. Sie bereitete Kaffee zu, und ich wollte ihr fünfzig Dollar geben, damit sie das Geld ihrem Sohn schickte, aber sie wollte es nicht annehmen, weil er »freie Kost und Logis« hätte. Ich ließ das Geld für sie auf dem Tisch liegen, und sie gab mir einen Zehnpfundsack wilden Reis. Dann sagte sie, ich sollte die alte Freundin meines Großvaters ein Stück die Straße hinunter besuchen. Ich war wie vom Donner gerührt, daß mein Großvater eine Freundin gehabt hatte, außerdem einigermaßen erfreut, da meine Großmutter eine große Portion Streitbarkeit in sich trug, vielleicht ein Grund dafür, daß mein Vater immer übertrieben zurückhaltend und friedlich gewesen war.

Ich wurde in dieser Nacht nur mit ein paar Minuten Sternenschein beschenkt und packte im Morgengrauen bei strömendem Regen meine Sachen zusammen und brach auf. Aus irgendeinem Grund hatte der Regen meine sentimentale Ader weggespült, und ich interessierte mich nur noch für das, was sofort getan werden mußte. In Sioux Falls hielt ich an einer Tankstelle an und rief von dort aus den Chef der Vogelstation in Lincoln an und versuchte, ihm ein paar Tage Arbeit für mich und Naomi abzuschwatzen. Er sagte, ich solle am Nachmittag vorbeikommen, lachte jedoch bei der Vorstellung, Naomi zu bezahlen, da ihr Schwiegervater einer der größten Grundbesitzer im Staat sei. Ich sagte nichts mehr, obgleich ich an dem, was er sagte, erhebliche Zweifel hatte, aber vielleicht hatte Naomi ihr einfaches Leben auch nur zum Fetisch erhoben.

Ich kam am frühen Nachmittag in Lincoln an, und da es auch dort regnete, zog ich in mein klaustrophobisch enges Motel. Ich erhielt ein Zimmer mit einem Stich von einem traurig dreinblickenden Esel mit einem Blumenkranz, der auch nicht besser war als der übliche rote Sonnenuntergang hinter schneebedeckten Bergen. Eigentlich wollte ich es nicht, aber ich rief aus Pflichtgefühl meine Mutter in Omaha an, und sie verkündete fröhlich, daß Derek zum Abendessen käme. Ich sagte: »Wunderschön«, und dann versetzte sie mir einen Volltreffer, der mich nach Luft ringen ließ, indem sie erzählte, Dalva Northridge, meine »Geburtsmutter«, der Ausdruck, den sie nach wie vor stur benützte, hätte sich am Vortag auf einen Drink im Club mit ihr getroffen. Weil mir nichts anderes einfiel, sagte ich nur »danke«, und dann fuhr sie ziemlich vorwurfsvoll fort, ich hätte die Pflicht, diese nette Frau, die nach mir Ausschau hielt, auch zu besuchen. Meine Mutter war immerhin so umsichtig, Dalva gegenüber meinen Besuch bei Naomi nicht erwähnt zu haben. Ich hörte nicht mehr allzu aufmerksam zu und legte auf, nachdem ich vergessen hatte, mich zu verabschieden. Ich saß schon wieder in meinem Truck und fuhr in Richtung Innenstadt, ehe mir einfiel, daß ich tatsächlich verpflichtet war, einen Abstecher zu ihr zu machen, wenn sie mich schon suchte. Trotz der Wolken und des Regens hob die Decke sich ein wenig, am Ende sogar ziemlich deutlich.

Ich parkte in der Nähe des Büros, das sich neben der Universität befand. Im Regen auf dem Parkplatz stehend, hatte ich plötzlich einen Anfall, der mich am ganzen Körper zittern ließ. Ich erinnerte mich daran, wie ich am Ocean Park Boulevard in Santa Monica dachte, daß ich einfach zu ihr hingehen und sagen könnte: »Entschuldigen Sie bitte, aber ich bin Ihr Sohn«, aber dann stellte ich mir vor, daß sie vielleicht antwortete: »Um Gottes willen, ich lebe extra so weit draußen, um meine Familie und meine Vergangenheit weit hinter mir zu lassen.« Aber nun verflüchtigten sich all diese Zweifel, und ich verbrachte eine halbe Stunde bei der nahe gelegenen Nebraska Historical Association, um mir etwas in der umfangreichen Sammlung alter Fotografien anzusehen. Ich war in den vergangenen Jahren schon einige Male dort gewesen, um die Fotos vom Weideland im westlichen Teil des Staates, darunter auch der Sandhills, in den achtziger und neunziger Jahren des vorigen Jahrhunderts, mit ihrem Aussehen in der Gegenwart zu vergleichen. Da ich üblicherweise den berechtigten Pessimismus meiner Generation pflegte, stellte ich zu meinem großen Erstaunen fest, daß das Weideland im Vergleich mit den angeblichen guten alten Zeiten (außer für die Indianer), als das ganze Gebiet schrecklich überweidet und mit Vieh überbesetzt war, heute geradezu wundervoll aussah. Natürlich ist das alles eine Folge der privaten Viehwirtschaft und außerhalb der Kontrolle des Bureau of Land Management, wie man im »wilden, weiten« Westen überall erkennen kann.

Der Kurator der Fotosammlung, ein stämmiger Bursche, der unendlich viel wußte und unendlich neugierig war, holte einige Fotos vom alten Northridge heraus, dem Mann, der mich meinen Omaha-Eltern gegeben hatte. Es gab ein Bild von ihm, wie er 1924 anläßlich des ersten Spatenstichs für den Bau des neuen State Capitol Building neben dem Gouverneur und Mr. John J. Pershing stand. Ein anderes Bild zeigte ihn auf der State Fair, wo er die Zügel eines siegreichen Pferdegespanns hielt. Auf einem weiteren Bild stand er 1920 vor einem Haus in Omaha, bekleidet mit Homburg und einem Wollmantel mit Pelzkragen, und hielt zwei Tiere an der Leine, offenbar Kojoten. Das war insofern ein wenig verwirrend, weil er noch viel raubtierhafter aussah als die Kojoten, als ob er den Wunsch hätte, die Welt in den Nacken zu beißen und wild hin- und herzuschütteln, ähnlich wie auf dem Porträt in Naomis Eßzimmer. Sein Kopf sah zu groß aus, und mit seinen Schultern verhielt es sich nicht anders.

Da war ein schick gekleideter junger Aktivist, der sich mit meinem Boß unterhielt, als ich das Büro betrat. Er vertrat eine private Umweltschutzgruppe, ich glaube, es war die Nature Conservancy, aber mein Herz war ganz woanders, und ich hörte nicht sehr genau zu. Mein Boß bot mir ein paar Tage Arbeit an, die darin bestand, junge Swainson-Falken in Nestern in den Sandhills zu beobachten, außerdem einen möglichen seltenen Brüter, einen Rötelfalken im Sheridan County, wenn ich anhand meiner einigen hundert Lagerplätze eine Liste der Regionen anfertigen könnte, von denen ich glaubte, daß sie geschützt werden müßten. Am Ende unterhielten wir uns zwei Stunden lang, und es kam mir seltsam vor, daß ich etwas wissen könnte, das für diese Profis von Wert war, aber man vergißt auch allzu leicht, daß nur wenige so intensiv in der Gegend herumgezogen sind wie ich. Besessenheit scheint einem nicht außergewöhnlich, wenn man einfach nur so ist. Ich versuchte das Gefühl, daß man in meine Privatsphäre einbrach, zu übergehen, als ich ein Dutzend oder mehr meiner liebsten Lagerplätze herunterrasselte. Dabei ärgerte ich mich zunehmend darüber, daß ein Mann, der noch jünger war als ich, einen richtigen Job hatte, der J.M. sicherlich gefallen hätte, obgleich er wahrscheinlich im Papierkrieg erstickte.

Ich war wieder in meinem Motel, immer noch ziemlich aufgeregt, und versuchte J.M. einen Brief zu schreiben, als mir klarwurde, daß das Zimmer mir keine klaustrophobischen Gefühle mehr verursachte. Ich hatte genug über dieses Thema gelesen und wußte, daß Phobien zeitweilig aussetzen können. Der Zimmergenosse auf dem College, der mich dazu gebracht hatte, Henry Miller zu lesen, litt unter Höhenangst. Drei Stufen auf einer Leiter hochgestiegen, und er war verloren. Überall, wo er höher war als im dritten Stock eines Gebäudes, hatte er das Gefühl, als würde er durch die Fenster hinausgesogen, zweifellos ein genetisches Überbleibsel unseres Primatengehirns. Dafür, daß ich Bücher von seinem Idol Henry Miller las, bestand ich darauf, daß er seinerseits Bücher von Mary Douglas und Loren Eiseley, aber auch Edward Abbeys *Desert Solitaire* und Aldo Leopolds *Sand County Almanach* las. Nach dem anfänglichen Unbehagen, so etwas wie eine Gehirnerweiterung durchgemacht zu haben, wahrscheinlich der wahre Nutzen des College-Besuchs, fanden wir, daß es ein guter Tausch gewesen war, obgleich Miller mich auf einen sexuellen Amoklauf geschickt hatte.

Liebe J.M.,
zur Abwechslung ein paar gute Nachrichten. Dalva war in Omaha und hat nach mir gesucht! Sie hat mit meiner Mutter gesprochen. Wie Du sicherlich bemerkt hast, behandle ich dieses Thema nur sehr zaghaft. Ich habe mich nie für schwach gehalten, aber ich denke, das sind wir alle irgendwie. Ich hoffe, daß Dein Besuch beim Anwalt nicht zu traurig war. Ich verspüre den entsetzlichen Drang, Dich anzurufen, aber ich denke, das wäre keine gute Idee, und ich sollte lieber noch ein paar Tage durchhalten. Ich möchte Dich nicht einengen.
Ich meine, ich möchte es wahrscheinlich schon, aber da ist ja noch dieses Problem mit Deiner Scheidung. Es scheint nicht allzuviel guter Rat zum Thema »Sich in jemanden verlieben« vorhanden zu sein, aber ich möchte nicht, daß meine offensichtlichen Unzulänglichkeiten Dich abschrecken. Vielleicht könntest Du Deinem Vater klarmachen, daß ich tatsächlich sehr gerne diesen Zaun auf Eurem Anwesen errichten würde. In Liebe, Nelse.

Es war jetzt zehn Uhr abends, und ich hatte vergessen, Naomi anzurufen. In dieser Art mentaler Erregung steckt immer etwas Schwachsinn. Glücklicherweise war sie wach und las und sagte nach einer langen Pause, die mich nervös machte, daß sie bereit wäre für eine Raubvogelexkursion, aber zu einem Familienpicknick in drei Tagen wieder zurück sein müßte. Dann wurde ihre Stimme merklich leiser, und sie meinte, ich würde vielleicht ihre Familie gern kennenlernen. Mir kam der Verdacht, daß sie meine List durchschaute, aber ich verwarf diese Möglichkeit als unwahrscheinlich.

Während ich einzuschlafen versuchte, fiel mir Ralph ein, und ein paar Tränen stiegen auf, versiegten aber sofort wieder, als ich an seine Adoptiveltern dachte, was ein absurder Zufall war wie viele andere Dinge, die einem begegnen. Wenn ich nicht auf dem Lagerplatz in New Mexico geblieben wäre, hätte ich ihn niemals als wimmerndes Bündel unter einigen Büschen Steppenhexe in der Nähe des hinteren Begrenzungszauns gefunden. Wenn ich nicht diese spezielle Raststätte am Rand von Tucson unweit des Luftwaffenstützpunkts angesteuert hätte, wäre mein Truck und mit ihm Ralph und meine Tagebücher, ein Lebenswerk, wenngleich nur für mein Leben und mein Herz und meine Augen, nicht gestohlen worden. Wenn die fünfzehnjährige Tochter eines Ranchers und ein Lakota-Halbblut nicht miteinander geschlafen hätten, würde ich gar nicht existieren. Das Fazit war so einfach wie die Milliarden von Galaxien, die, ganz gleich wie unvorstellbar riesig, einen Ursprung hatten, der so geheimnisvoll ist wie unser eigener. Wenn alles so grundsätzlich auf dem Zufall beruhte, dann war es sicher die beste Vorgehensweise, die Chancen zu ergreifen, die sich boten. Genau betrachtet, war ich schon mehrere Jahre in keinem Striptease-Club mehr gewesen, bis zu dem Abend, als ich J. M. zum erstenmal sah.

Ich verließ das Motel um vier Uhr früh und traf um kurz nach acht bei Naomi ein. Sie wartete in der Verandaschaukel auf mich und empfing mich wie einen alten Freund. Ich setzte mich in der Küche auf einen Hocker, während sie das Frühstück zubereitete, und erzählte lebhaft von der Schönheit des Morgens und den Vögeln, die ich gehört hatte, als Broken Bow hinter mir lag und ich im diffusen Licht, das man nach längeren Regenperioden beobachten kann, etwas mehr erkennen konnte. Ich breitete meine topographischen Karten aus und suchte die Brutplätze der Swainson-Falken, außerdem den Rötelfalken-Platz drüben zwischen Gordon und Walgren Lake heraus. Sie schien nicht allzu aufmerksam auf die Karte zu schauen, sondern sah mich direkt an.

Ich starrte auf meinen fast leeren Frühstücksteller, dann wieder auf meine Landkarte und schließlich durch das Küchenfenster auf ihre zutrauliche Krähe, die meinen Blick durch das Fenster erwiderte.

»Hast du mir nichts zu sagen?« fragte sie.

»Ich weiß nicht«, sagte ich und stand so abrupt auf, daß ich meinen Hocker umwarf. Ich rollte meine Landkarten zusammen und trug ihre Reisetasche hinaus zum Truck und stand schwitzend in der kühlen Morgenluft, während sie die Treppe von der Vorderveranda herunterstieg und auf mich zukam. »Woher hast du es gewußt?« fragte ich.

Sie lachte und schüttelte den Kopf. »Wie hätte ich es nicht wissen können? Ich wußte es von dem Augenblick an, als du das erste Mal aus dem Truck gestiegen bist. Du siehst ganz einfach wie das Produkt meiner Tochter und ihres gottverlassenen Freundes aus.« Sie stieg in den Truck, und ich stand auf der Fahrerseite und schaute sie an und fragte mich, ob es noch mehr zu sagen gab. Meine Schläfen und mein Herz pulsierten heftig wegen meiner eigenen Dummheit, aber sie schien keine weitere Bedeutung mehr zu haben, daher stieg ich in den Truck und ließ den Motor an. Sie tätschelte meine Schulter, massierte mir den Nacken und lachte wieder. »Ich weiß nicht, wem du ähnlicher siehst, aber du verhältst dich wie beide zusammen. Das mag unwahrscheinlich sein, aber es ist so. Natürlich bist du der Sohn derer, die dich großgezogen haben. Das verstehe ich, aber ich bin sehr glücklich, daß du hergekommen bist. Niemand wäre mir willkommener gewesen.«

Während der ersten halben Stunde auf der Straße fiel mir nichts ein, was ich hätte sagen können. Meine vermaledeite Befangenheit würgte mich, und ich kam mir vor wie ein Hund, der bei einer schrecklichen Tat erwischt wurde und nun vor Scham vergeht. Schließlich verlangsamte ich den Truck bis zum Stand und fragte, ob wir nicht umkehren und sie besuchen sollten, aber Naomi meinte, sie glaube, daß Dalva sich für ein paar Tage in der Nähe von Buffalo Gap in South Dakota aufhielt, und dann überrumpelte sie mich.

»Was willst du von ihr?« fragte sie und blickte starr geradeaus.

»Ich brauche kein Geld.« Ich wußte nicht genau, was sie meinte.

»Das meine ich nicht. Ich weiß, daß sie dich sucht, aber ich habe ihr gesagt, daß ich das für falsch halte. Wenn überhaupt einer suchen sollte, dann wärest du derjenige. Ich wollte nicht, daß du zuviel erwartest oder daß sie etwas Unmögliches erwartet, wenn sie dich findet.«

»Ich möchte wissen, wie ihr Leben gewesen ist und wer mein Vater ist und wie er war«, brachte ich schließlich unter Stottern hervor.

»Das wird sie dir erzählen müssen. Sie wird es wollen. Ich bin so erleichtert. Ich habe so sehr für diesen Augenblick gebetet, weil es nur fair ist. Sie hat sich ebenso wie ihr Vater und ihr Großvater das Leben schwergemacht.« Sie lächelte und fügte hinzu: »Sie hat mir sogar gestanden, sie wünschte sich, sie wäre so wie ich geworden.«

Ich fuhr weiter, um zu verbergen, wie sehr mich quälte, was ich fragen mußte. »Warum habt ihr mich weggegeben?« Ich schaute sie an, und ihre Augen hatten sich mit Tränen gefüllt, und sie schaute weg. Es dauerte einige Meilen, bis sie antwortete, und ich dachte dauernd, ob ich überhaupt das Recht hatte, diese Frage zu stellen. Ich glaubte schon, trotz ihres offenkundigen Kummers. Die Antwort erfolgte in Bruchstücken, als sie mir erklärte, wie betroffen sie gewesen war, weil ihre jüngere Tochter, Ruth, sich so schrecklich benommen hätte, als sie mich nicht hatte sehen dürfen, das Baby, das in Tucson geboren worden war. Der Großvater hätte mich behalten wollen, aber Naomi sagte, er wäre der schwierigste Mensch gewesen, den sie je gekannt hatte, obgleich er sich selbst ganz bestimmt nicht so sah. Während ihrer langen Tätigkeit als Lehrerin waren zahlreiche ihrer Studentinnen schwanger geworden, und einige hatten ihre Babys behalten, aber Dalva hatte nicht mal einen Hauch von Mütterlichkeit gezeigt. Naomi hatte eine tiefe Abneigung gegen meinen Vater gehegt, mußte sich aber Jahre später selbst sagen, daß Dalva mindestens genausoviel Schuld trug, wenn nicht sogar noch mehr. Es gab nicht die geringste Aussicht auf eine Heirat, weil die Unterschiedlichkeit der Charaktere der beiden viel zu groß war, und das alles war natürlich eine äußerst ungünstige Situation, um ein uneheliches Kind großzuziehen. Der Großvater war in dem Jahr gestorben, in dem ich geboren worden war, und sie schämte sich dafür, erleichtert gewesen zu sein, weil damit endlich die ewigen Streitereien aufhörten. Unzählige Male hatte sie sich gefragt, ob sie mich nicht hätte aufziehen sollen, und vielleicht war es sehr egoistisch gedacht, aber nach dem Tod ihres Mannes im Koreakrieg konnte sie sich geistig und moralisch allein durch ihre Tätigkeit als

Lehrerin an der Landschule ein Stück die Straße hinunter aufrecht halten.

»Ich mache niemandem mehr irgendwelche Vorwürfe«, sagte ich, und das war's dann einstweilen zu diesem Thema.

Wir lösten unsere Aufgabe mit den Swainson-Falken vorwiegend deshalb zufriedenstellend, weil Naomi ein ziemlich altmodisches Verantwortungsgefühl hatte. Am Nachmittag unseres ersten Tages wurde es heiß und schwül, und ich verlor ein wenig das Interesse an Vögeln. Meine Neugier in bezug auf meine ursprüngliche Familie war unerschöpflich und vielleicht auch ein wenig klinisch im anthropologischen Sinn, aber ich glaubte, ich hätte ein Recht darauf, alles zu wissen. Naomi weigerte sich, von meiner Mutter und meinem Vater zu erzählen, und meinte, es gehörte sich nicht vorzugreifen, und da ich schon so lange gewartet hatte, würden zwei weitere Tage auch nichts mehr ausmachen. Sie schilderte auf mein Drängen hin vorwiegend Herkunft und Hintergrund der Familie, die ausreichend exzentrisch war, so daß ich ständig mehr wissen wollte. Am zweiten Tag waren wir drüben im Naturschutzgebiet von Fort Niobrara und fanden noch vor Mittag zwei Nester und sahen außerdem drei schöne Diamantklapperschlangen. Ich näherte mich der dritten in voller Absicht so weit, daß sie sich angriffslustig zusammenrollte. »Warum ärgerst du sie?« fragte Naomi, und ich verteidigte mich: »Du könntest mir wenigstens seinen Namen verraten.«

»Duane Stone Horse«, sagte sie. »Er war zur Hälfte Lakota wie Dalvas Großvater. Ich kannte seine Mutter, und die war eine feine Frau.«

Ich bohrte wegen unserer unausgesprochenen Vereinbarung nicht weiter, aber sie fragte mich doch, ob jemand meinen kleinen Anteil an Indianerblut je erwähnt hätte, und ich antwortete, hauptsächlich als ich noch jünger war. Kinder nehmen Unterschiede sehr schnell wahr, ganz gleich, wie gering sie sind. Später schien es nur davon abzuhängen, wieviel Zeit ich in der Sonne verbrachte, sehr oft sehr viel, oder ob ich im College mein Haar länger trug. Einmal, nach einem Anthro-Kursus, fragte mich ein Wahpeton-Chippewa, der die Eingeborenen-Aktivisten-gruppe führte, weshalb ich denn den Weißen spielte, und ich erwiderte, daß ich überhaupt nichts spielte. Um es ihm zu beweisen, nahm ich an einer Versammlung teil, aber mein eigener privilegierter Hintergrund bewirkte, daß ich mir wie in einem schlechten Film vorkam. Naomi hörte sich das alles geduldig an, und wir gingen weitere hundert Yards, ehe sie abrupt stehenblieb und meinen Arm ergriff. »Manchmal muß es einem verdammt schwerfallen, ein Einzelgänger zu sein«, sagte sie.

Das traf nahezu ins Schwarze, und ich konnte darauf nichts erwidern. Sie ahnte mein Unbehagen und erzählte mir eine wundervoll unzüchtige und traurige Geschichte über ihren Hausgast Michael, den Historiker, der mit einer minder-jährigen Serviererin im Ort eine Affäre angefangen hatte. Es gab Fotos und wütende Eltern, der Vater verprügelte ihn, und jetzt war sein Unterkiefer verdrahtet. Er wohnte bei Naomi, wo er die ganze Nacht arbeitete und den größ-ten Teil des Tages verschlief. Sie amüsierte sich darüber, daß ich das Mädchen als die offensichtliche Attraktion in Lena's Café in der Stadt identifizierte.

Dann fragte sie mich, wie meine Freundin wäre, und ich er-zählte den ganzen Nachmittag lang von J.M. und was ich tun sollte. Das Abendessen nahmen wir im Peppermint in Valentine ein, und ich war gerade dabei, dem Eigentümer zu beweisen, daß ich tatsächlich das zwei Pfund schwere Porterhouse-Steak verputzen konnte, das ich bestellt hatte, als Naomi mich ausdruckslos ansah und meinte: »Gott weiß, weshalb sie dich ausgerechnet jetzt heiraten sollte. Sie möchte nicht dein Anker sein. Das ist keine besonders passende Aufgabe für eine Frau, denn sie wird schon bald sehr gereizt reagieren.«

Das klang ein wenig enttäuschend, aber ich konnte darauf nichts erwidern, weil ein alter Rancher und seine Frau am Tisch stehenblieben, um Naomi zu begrüßen. Ich wurde als ihr Enkel vorgestellt, was mir einen angenehmen Kitzel verursachte. Die Frau sagte: »Wie, Ruths Sohn?«, und Naomi erwiderte: »Nein, Dalvas Sohn«, was die Frau erbleichen ließ, obwohl sie sich darüber immerhin so sehr zu freuen schien, daß sie mich ganz offen anstrahlte. Als sie sich verabschiedeten, sagte Naomi, daß dies nicht gerade eine Gegend war, wo man sich verstecken konnte wie in der Stadt. Man konnte so viel Privatsphäre haben, wie man wollte, aber die Leute kannten die Familiengeschichte vom ersten Tag an. Sie sah plötzlich genauso müde aus, wie ich es war, meinte jedoch, sie hoffte, daß ihre Bemerkungen über J.M. nicht allzu herzlos geklungen hätten. Eine Ehe war ohnehin schon schwierig genug, ohne daß man sich mit unklaren Vorstellungen darauf einließ. Ich war mir nicht ganz sicher, ob ich damit einverstanden sein sollte, aber ich hatte um Rat gebeten und nicht um ein Streitgespräch.

Zurück in unserem Motel, wünschten wir uns gegenseitig eine gute Nacht und wollten gerade in unseren Einzelzimmern verschwinden, als sie hinzufügte, wenn ich diese Frau wirklich liebte, sollte ich lieber meine ganze Energie in diese Sache hineinstecken, denn sowohl für Dalva als auch für sie hatte es so etwas nur ein einziges Mal gegeben. Mich fror es bei diesem Gedanken, der mein Zimmer erheblich zusammenschrumpfen ließ. Tatsächlich senkte die Decke sich so lange herab, bis ich J.M. anrief, die mich rasch beruhigte. Wie konnte ich nur annehmen, daß irgend etwas nicht in

Ordnung war? Halten wir uns lieber weiterhin an unseren Plan. Wenn wir wollen, können wir uns jeden Tag sehen. Mit meinem offensichtlich vorhandenen Grips würden wir sicherlich eine freundliche Gegend finden, wo wir uns niederlassen würden und wo sie später unterrichten könnte. Das alles erinnerte mich an meine Schwestern, die, wenn sie tatsächlich auf dem tiefsten Grund ihrer ganz privaten Hölle angelangt waren, immer noch Kontinuität im Leben erkennen konnten, die mir außer in einem Zustand vollkommenen inneren Gleichgewichts ganz und gar entging.

Mir kam der flüchtige Gedanke, wie völlig normal und alltäglich mein »Problem« war. Ein junger Mann sucht nach seiner Mutter, die er nie gekannt hat, außer daß er sich in ihrem Bauch befunden hatte, blutwarm und feucht, und das Leben in angenehmer Dunkelheit kennenlernend. Sie war sicherlich auf einem Pferd geritten, als sie schwanger war, also spürte ich das! Zeitungen, Fernsehen, Illustrierte und Bücher haben diese Situation behandelt. Meine Omaha-Mutter schob mir ständig alles zu, und dachte, es wäre meine Hauptqual und nicht so sehr das tägliche Erleben, daß die natürliche Welt zerfiel. Das Spaßige daran war, daß die Distanz zwischen Mutter und Sohn im öffentlichen Bewußtsein verschwinden konnte, weil die jeweiligen Meldungen abschnittsweise verarbeitet wurden. So war das. Außer für jene, die es jeden Tag auslebten. Wie alle anderen sollten wir uns lediglich anständig benehmen und uns dem nationalen Profitstreben anschließen, das offensichtlich der Grund für die Existenz des Landes und seiner Einwohner war. Die Millionen von Regeln waren örtlich ziemlich beschränkt, und meine erste nachhaltige Lektion waren die Hunde, die ich in französischen Restaurants sah, und später die zahllosen Armen in Ghettos, Barrios, Indianerreservaten, ganz zu schweigen von meiner geliebten Natur, die überall beschnitten und vernichtet wurde, damit die Herren des Fortschritts noch mehr Dollars scheffeln konnten. Warum sollte ich den Wunsch haben, in dieses Schema zu passen? Alles, was ich suchen mußte, war eine feststehende Nische, denn ich liebte J. M.

Wir brachen im Morgengrauen auf und fuhren an Gordon vorbei zum Walgren Lake, nur um festzustellen, daß unser Rötelfalke eine Fiktion war. Vogelbeobachter können gleichermaßen wehmütig und hoffnungsvoll sein und sehr erfindungsreiche Berichte einsenden. Der Chef meiner Vogelstation hatte einen unbarmherzigen Informanten, der ständig behauptete, jede Menge Gerfalken in der Nähe von Hastings gesichtet zu haben, eine Vorstellung, die noch abwegiger war als der Weltfrieden.

Naomi quittierte den Fehlschlag mit einem belustigten Lachen, während ich ziemlich verärgert reagierte. Wir hatten nur zwei Weihen gesichtet, und bis zum frühen Vormittag, während unseres langen Rückmarsches zum Truck, waren es bereits neunzig Grad Fahrenheit. Sie lachte, bis ihr die Tränen aus den Augen rannen, und am Ende war dieses Lachen so ansteckend, daß ich mit einstimmen mußte. Wir ließen unsere persönlichen Dinge und unsere Ferngläser am Ufer liegen und tauchten bis zum Hals in einen von Schilf fast zugewucherten Teich ein, was noch viel spaßiger war. Danach saßen wir für eine Stunde im Schatten des Trucks, dösten und schwatzten und beschlossen dann, das Ganze zu beenden und nach Hause zurückzukehren.

Es gab einige Unstimmigkeiten, als wir am Nachmittag bei Naomis Haus eintrafen. Frieda, die Haushälterin im alten Heim, testete offenbar gerade die Tragkraft von Naomis Hollywood-Schaukel mit ihrem gewaltigen Körper. Mit aufgedunsenem Gesicht deutete sie auf ein mit einem Fliegengitter versehenes Fenster, durch das Michaels Schnarchen herausdrang, und sagte, daß er darauf bestanden hätte, daß sie einen knappen Liter Karamelschnaps tranken. Allein der Gedanke daran verursachte mir Magenkrämpfe. Zu meinem Bedauern hatte ich den Hausgast neulich nicht mehr gesehen, nachdem Naomi mir offenbart hatte, daß er sich eingehend mit Landnahme und Vernichtung der Sioux beschäftigte. Sie hatte damals gemeint, es hätte keinen Sinn zu versuchen, mit einem Mann mit verdrahtetem Kiefer zu reden.

Ich hatte Naomi bereits gefragt, ob ich am Teich kampieren könnte, und sie hatte scherzhaft erwidert, daß die Idee nicht ohne Reiz wäre, da sie annahm, daß ich vermutlich dort gezeugt worden wäre, weil Dalva und ihr »Freund« diesen Teich als Versteck benützt hätten. Dann errötete sie und hob in einer entschuldigenden Geste die Hände, da sie glaubte, sie hätte es lieber nicht erzählen sollen. Sie bereitete mir ein großes Schinken-Sandwich zu, und ich verabschiedete mich bis zum Picknickmorgen. Allerdings hielt Frieda mir noch einen kleinen Vortrag und meinte, es wäre ihr ein absolutes Rätsel, weshalb jedes »Arschloch« unter freiem Himmel schlafen wolle, etwas, wie sie hinzufügte, was sie Dutzende Male in der Army in Nevada getan hatte, wo sie einen baskischen Vergewaltiger kennengelernt hatte, der über sie hergefallen war. Ich stand dort, regelrecht erschlagen von ihrer Rede, bis sie mich mit einem Augenzwinkern entließ und meinte: »Nun verschwinde schon, Kleiner.«

Stundenlang saß ich stumm da, um die Landschaft besser in mich aufnehmen zu können oder, noch besser, um von der Landschaft aufgesogen zu werden. Man verwandelte sich nicht in die Landschaft, sondern die Landschaft nimmt Züge der eigenen Persönlichkeit an. Ich fühlte mich genauso als Erdling wie die Rotdrossel, die auf einem Teichkolben, ein paar Schritte entfernt, landete, nur um mit einem zornigen Ruf zu flüchten, als ich mit einer

Wimper zuckte. Wahre Stille scheint stets ein Geschenk zu sein, das man nur schwer annimmt. Ein großer Blaureiher landete im seichten Wasser auf der anderen Seite des Teichs, wo das Wasser abfloß und einen Bach bildete. Dahinter befand sich ein außerordentliches Dickicht, das so dicht aussah wie der tiefste Ozean. Nicht daß es von besonderer Bedeutung war, aber wenn Naomis Hinweis zutraf, dann war dies ein guter Ort, um gezeugt zu werden. Während die Zeit in der Landschaft versickerte, stimmten die Vögel ihren Gutenachtgesang wie aufgeregte Kinder an. Hier bin ich, wer immer das wissen möchte. Ihre Namen taten nichts zur Sache, und wenn man ihren Charakter gut genug kannte, dann wüßte man auch, wie sie sich nennen, sagte mein Ponca-Freund. Vielleicht bedeuten die Namen, die wir ihnen geben, viel mehr als die Namen, die wir uns selbst geben, ein brüchiger Schutz vor der Sterblichkeit.

Bei Einbruch der Dämmerung entfachte ich ein kleines Feuer und verzehrte das Schinken-Sandwich, geräuchertes Schweinefleisch und verdammt lecker. Ralph wäre aus keinem anderen Grund als aus Spaß an der Freude sicherlich schon mehrmals ins Wasser gesprungen. Anstatt Hundefutter mitzuschleppen, teilte ich meine Mahlzeiten mit ihm, wenn wir wanderten. Es war ein faires Gegengeschäft dafür, daß ich mich seines weit überlegenen Geruchssinns bediente. Während das Feuer zu rötlich leuchtender Glut herunterbrannte, warf ich ein wenig frisches Gras hinein, um Moskitos abzuhalten. Mein Kopf war so leicht wie meine geliebten Vögel.

Naomi erschien gegen sieben Uhr morgens mit einer Thermosflasche voll Kaffee und einigen Käsekräckern. Sie sagte, sie könne nicht lange bleiben, weil Dalvas Onkel Paul und ihre Schwester Ruth in Denver mit dem kleinen Flugzeug eines Nachbarn abgeholt würden, und sie wolle noch die Landebahn vorbereiten, sobald sie im Haus angerufen hätten. Ich sagte, ich käme über den hinteren Weg, wann immer es ihr recht wäre, und sie meinte, daß der späte Vormittag früh genug wäre. Sie musterte mich prüfend und sagte dann: »Bist du ganz sicher, daß du kommst?« In Ermangelung einer passenden Bemerkung umarmte ich sie und drückte sie an mich. Dann schaute ich ihr nach, wie sie davonging und dabei für einen Moment durch das Fernglas schaute und einen Lerchensperling suchte, den ich gerade singen gehört hatte.

Ich machte es mir wie am Vorabend für weitere drei Stunden bequem und dachte, es wäre sicherlich ein gutes Training für meinen Geist und außerdem eine recht angenehme Tätigkeit. Meine verlorengegangene Hauptkarte hätte alle seßhaften Seelen erstaunt. Zur Abwechslung hatte ein Teil meines Geistes einem anderen nur sehr wenig zu sagen, außer wenn er vom Essen zu erzählen begann. In meiner Magengrube war ein Flattern, als ich aufstand, und ich mußte mir ins Gedächtnis rufen, daß ich nicht zu meiner Hinrichtung ging. Und als ich zu dem einstündigen Marsch aufbrach, mußte ich mit den Füßen hart aufstampfen, um den Erdboden zu spüren. Es war derart verwirrend, daß ich die Richtung änderte und eine Meile weit zu Naomi hinaufwanderte, um meinen Pick-up zu holen. In den Resten meines Schlangenhirns geisterte der Gedanke herum, daß ich auf keinen Fall dorthin wollte, ohne eine schnelle Fluchtmöglichkeit zu haben.

Niemand war bei Naomi anzutreffen, daher beschloß ich, lieber gleich zum Picknick weiterzufahren. Mit dem Gas- und dem Kupplungspedal ging es mir nicht besser als mit dem Erdboden, den ich kaum gespürt hatte. Ich war erleichtert, daß, nachdem ich die lange Auffahrt hinaufgefahren war und in den Hof einbog, Naomi aus dem Haus kam, um mich willkommen zu heißen. Sie machte mich mit Dalvas Onkel Paul bekannt, einem hochgewachsenen, schlanken Mann in den Sechzigern, und dann seinem Mündel, einem jungen Mexikaner, der auf einem Pferd reiten wollte. Der alte Knecht Lundquist schleppte einen Sattel aus der Scheune heraus, und ich befreite ihn davon und legte ihn dem Pferd auf, das nervös tänzelte. Ich ergriff die Zügel und beruhigte das Pferd, flüsterte ihm irgendwas ins Ohr und ließ es meinen Atem riechen. Lundquist stellte die Steigbügel ein, und dann klopfte Naomi mir auf die Schulter. Ich wandte mich um, und da war meine leibliche Mutter und sah sehr ängstlich aus.

»Dalva, das ist dein Sohn«, sagte Naomi.

»Ich weiß«, sagte sie, und wir spazierten zur Auffahrt und schlenderten etwa eine Viertelmeile weit, bis sie stehenblieb und auf den Boden schaute. »Hier habe ich deinen Vater zum erstenmal gesehen.«

»Es sieht besser aus als jeder andere Ort«, sagte ich und schaute über die riesige Weide nach Süden. Sie schien ein wenig wacklig auf den Beinen zu sein, daher ergriff ich ihren Arm.

»Warum hast du dich nicht schon früher gemeldet?« fragte sie, ohne mich anzusehen. Es war verblüffend festzustellen, daß einige ihrer Gesichtszüge den meinen glichen.

»Ich bin erst seit einem Monat hier, und ich war mir nicht sicher, ob du mich sehen wolltest. Naomi bekam es vor ungefähr einer Woche heraus, als wir zusammenarbeiteten. Ich habe dich in diesem Frühling aufgespürt. Vor ein paar Tagen rief ich meine Mutter an, die andere, und sie erzählte, ihr beide hättet euch getroffen. Daher dachte ich, dann wäre es in Ordnung.« Ich hatte während dieser kleinen Rede kein einziges Mal Luft geholt und war nun ein wenig benommen. Wir umarmten uns linkisch, und ich fügte hinzu: »Naomi sagte, mein Vater wäre ein passabler junger

Mann gewesen, aber nicht unbedingt der Typ, den man den ganzen Tag im Wohnzimmer haben möchte.«

»Sie hat versucht, auf mich aufzupassen, aber ich glaube, sie war nicht sehr erfolgreich«, entgegnete Dalva. Nun lächelten wir beide, kehrten langsam zum Haus zurück und stiegen die Hintertreppe zu ihrem Zimmer hinauf, das über einen Kamin verfügte. Auf dem Sims stand ein Foto von meinem Vater auf einem Falben; er war dunkler als ich, aber die Ähnlichkeit war so deutlich, daß mir der Atem stockte. Sie sagte, sie hätte ihn nie mehr gesehen, nachdem sie mit mir schwanger gewesen war, erst wieder an dem Tag, an dem er starb. Da hätte er sie gebeten, nach Florida zu kommen und ihn zu heiraten, damit sie Anrecht auf seine Hinterbliebenenrente der Armee hatte. Sie sagte, er hätte sich selbst erschossen, wäre jedoch von seinen Kriegsverletzungen und seinem Einsatz in Vietnam schon so gut wie tot gewesen. Meine Knie gaben nach, und sie eilte ins Parterre und kam mit einer Flasche Brandy zurück. Wir tranken beide mehrmals aus der Flasche. Ich sagte, sie sähe gar nicht alt genug aus, um meine Mutter zu sein, und sie meinte: »O mein Gott, ich war nur ein Kind, als ich dich bekam.« Ich umarmte sie, während sie weinte, und dann hörten wir Musik und traten ans Fenster. Es war der alte Lundquist mit seiner nicht sehr gekonnt gespielten Minifiedel, der auf dem Hof umherwanderte. Naomi schaute zu uns herauf, und wir winkten, und sie schlug die Hände vors Gesicht. Was von ihrer Familie übrig war, saß unten am Picknicktisch. Ich konnte nicht behaupten, daß es meine Familie war, aber es war ein Anfang, als wir hinuntergingen und uns zu ihnen gesellten.

Naomi

Oktober 1986

Ich denke, das wirklich Einschüchternde, wenn man an einer abgelegenen Landschule unterrichtet, ist die Tatsache, daß man dabei Kinder von fünf bis zu einem Alter von zwölf Jahren lehrt, wie man die Welt sieht und begreift. Nach 1953 fuhren die jungen Leute im High-School-Alter die vierzig Meilen zur Bezirkshauptstadt, wobei einige von ihnen in der Stadt logierten, doch sie waren nicht wirklich aus meiner Reichweite, weil sie oft zu Besuch kamen. An kalten klaren Wintermorgen, wenn es noch dunkel war, versammelten wir uns im Schulhof, um durch mein Fernglas – einen schönen Bausch-&-Lomb-Feldstecher, den John Wesley mir aus dem zweiten Weltkrieg heimgebracht hatte – die Sterne zu beobachten. Es waren während dieser ganzen knapp vierzig Jahre im Schnitt immer so um die fünfzehn Schüler, und wir standen dann dort in dem schneebedeckten Hof und reichten das Fernglas reihum und betrachteten die Sternbilder. Ein halbes Dutzend Pferde, die am Geländer festgebunden waren, stand dampfend in der Winterdämmerung und malmte Heu, und wir lauschten den Geräuschen und den fernen Krähenschreien. Ich erinnere mich, wie ein etwas einfältiger Farmersjunge namens Rex laut ausrief: »Jesses, was ist da oben los?«, und das Fernglas rasch weitergab. Ich ließ ihm das Fluchen durchgehen, weil er so verschämt war ob seiner mangelnden Intelligenz, daß er kaum je etwas sagte. Nachdem er den Feldstecher weitergegeben und heftig den Kopf geschüttelt hatte, ging Rex zu seiner angebundenen Stute

Dolly hinüber, lehnte sich an ihre Flanke, wie um Trost zu finden, und starrte uns an, bis seine Welt ihre Gestalt wiedergewann. Sein Spitzname war »Badger«, Dachs, weil er immer den Boden absuchte und versuchte, Dinge zu fangen, einschließlich Klapperschlangen. Der Spitzname kam daher, daß er einmal, als er noch ganz klein war, einen Dachs auszugraben versuchte und dabei gesehen wurde, wie er in dessen Loch verschwand - ein Unterfangen, bei dem er seinen kleinen Hund verlor, als dieser ihn vor dem in die Enge getriebenen Tier zu schützen versuchte. Heute, mit dreißig, verdient er sich seinen Lebensunterhalt mit dem Errichten von Zäunen, wobei er die Löcher für die Pfosten in schwierigem Gelände von Hand aushebt, die Art von Arbeit, vor der sich die meisten drücken.

Natürlich hatte Mitte der Sechziger fast jeder einen Fernseher, und wie man dazu auch stehen mag, einige meiner Pflichten wurden dadurch leichter. Doch von 1945 bis zu jenem Datum war ich für meine Schüler der wichtigste Zugang zur Welt, zusammen mit den Eltern, deren einzige Sorge freilich die Disziplin zu sein schien. Rex, zum Beispiel, wurde von jedem rumgeschubst, von seinen Schulkameraden, seinen Eltern, von seiner Schwester am eifrigsten von allen, als ob sie sich in den Augen der anderen von ihrem blöden Bruder abgrenzen wollte. Nun schaut Rex einmal im Monat auf einen kurzen Besuch vorbei, aber er kommt nie ins Haus. Er bringt mir Proben von Gras, Kräutern, Wildblumen und Beschreibungen von Vögeln, doch er erinnert sich selten an ihre richtigen Namen. Seine Besuche freuen mich, auch wenn ich mich im Winter auf der kalten Veranda gut einpacken muß. Ich habe nie aufgehört, mich zu fragen, in was für einer Welt er eigentlich lebt. Rex ist überzeugt, daß die Sonne hinter Edson Gales Ranch etwa siebzig Meilen von hier untergeht, dem westlichen Rand seiner Welt. Typischerweise ist es nur Lundquist, der gern mit ihm spricht. Alle anderen werden von seiner zottigen, wettergegerbten Erscheinung abgestoßen, seinen alten schmutzigen Kleidern und schlechten Zähnen, seiner Sprache, die kaum mehr als ein Murmeln ist und über die Konsonanten stolpert.

Was mich zu dem plötzlichen Auftauchen meines Enkels, Nelse, in diesem Sommer bringt. Der menschliche Verstand ist wahrlich etwas Seltsames, und da die beiden etwa gleichaltrig waren, hatte ich meinen unbekannten Enkel stets in der Vorstellung irgendwie mit dem sehr realen Rex zusammengebracht. Jedwede Beziehung zwischen den beiden ist natürlich reine Assoziationsmechanik des Gehirns. Zum Beispiel las ich das erste Mal Rachel Carsons *The Sea Around Us* draußen im Garten bei meinem Blumenbeet, als die Nelken blühten, und so ist diese großartige Frau in meinem Gehirn mit diesen Blumen verknüpft. Doch Nelse hatte mich seit dreißig Jahren beschäftigt, und fünf Jahre nach seiner Geburt und seiner Adoption durch das Ehepaar in Omaha ertappte ich mich dabei, daß ich die beiden Jungen anstarrte, die in dem Jahr meine Vorschüler waren, und mich fragte, wie es wohl Dalvas Sohn in seinem fernen Kindergarten erging. Von den beiden kleinen Jungen in meiner Obhut war der eine ein heller, wuschelköpfiger Norweger und der andere war Rex, bei dem das Hauptproblem darin bestand, daß er auf den Garderobenfußboden pinkelte. Da ich wußte, daß Duane der Vater meines Enkels war, mußte ich notgedrungen den wohlerzogenen kleinen Norweger außen vor lassen und mich auf Rex konzentrieren.

Wie viele tausend Male habe ich gedacht, ich hätte Dalvas Sohn selbst aufziehen sollen, und dann halbherzig meinem Schwiegervater die Schuld gegeben, der darauf beharrte, daß es nicht in Frage komme. Mein toter Mann war der einzige auf Erden gewesen, der diesem Menschen die Stirn bieten konnte; denn obwohl der Alte den Gentleman spielte, platzte er doch vor sehr eigenen und mitunter bedenklichen Ansichten immer wieder aus seinen vornehmen Nähten. Freilich hatte mein Mann seine eigenen fixen Ideen, vielleicht so stark wie die seines Vaters, und agierte immer eher, als daß er reagierte – ein Hang, den Dalva von ihm geerbt hat.

Was mich zurückbringt zu Nelse, der aus demselben Holz geschnitzt zu sein scheint, wie wir zu sagen pflegten, als die Leute ihr Handwerkszeug noch selber machten. Als er an jenem Frühsommermorgen in einem seltsamen grünen Kleinlaster mit Blitzzacken auf den Türen auftauchte, hatte ich natürlich keine Ahnung, wer er sein könnte, außer ein Beauftragter des Innenministeriums, und das war merkwürdig, denn die letzte Erhebung des Vogelbestands lag erst wenige Jahre zurück. Er hatte kaum einen Schritt aus dem Wagen getan, als ich ihn als den Sohn von Dalva und ihrem elenden Liebhaber erkannte. Entschuldigung, aber was sonst kann eine Mutter denken, wenn ihre Fünfzehnjährige schwanger wird?

Das männliche Gehabe, was er an den Tag legte, kam mir fast ein wenig übertrieben vor. So etwas gibt es, weiß Gott. Als er von dem Laster auf mich zu kam, betete ich geradezu darum, daß ich ihn mögen würde; denn es konnte auch anders kommen. Schüchternheit und Arroganz können beide sehr schnell in Narzißmus ausarten; er schien beide Eigenschaften zu besitzen, wenngleich ich sehr bald erkannte, daß Nelse, wie ein paar meiner Schüler auch, nicht wirklich arrogant war, sondern sich über die Jahre einfach über zu viele Dinge eine Meinung gebildet hatte, als er noch zu jung war. Seine Redeweise hatte etwas Abruptes, als ob er das, was er sagen wollte, einen Augenblick zu lange zurückhielt, dann stockte, um die Umstände zu bedenken, und es dann aussprach. Als wir am Anfang auf der Veranda saßen, gab es ein paar ganz kurze Seitenblicke, während derer er offensichtlich zu der Überzeugung kam, daß ich keine Ahnung habe, wer er sei. Ich hatte Mühe, die Fassung zu bewahren, weil ich nach ein paar Minuten wußte, daß ich ihn mögen würde, teils wegen seiner Ähnlichkeit mit meiner Tochter und teils wegen seines unmittelbar erkennbaren Interesses an der Natur.

Während ich ihm ein Frühstück machte, empfand ich fast Vergnügen an dem Unbehagen, mit dem er dort im Eßzimmer saß und versuchte, die ganzen Schwingungen seiner Umgebung zu begreifen. Warum stellte er sich nicht einfach als der vor, der er war? Doch dann kam ich schnell zu dem Schluß, daß die Zurückhaltung, die er an den Tag legte, in dem Gedanken begründet sein mochte, daß er – bedachte man die Umstände der Vergangenheit – vielleicht nicht willkommen wäre; und wenn es das nicht war, so war ich selbst vielleicht auf dem Prüfstand. Und da gab es auch dasselbe unheimliche Gefühl wie damals bei Duane, wo ich auch den Eindruck gehabt hatte, als wäre er mir bereits vertraut – was zu der Zeit unmöglich schien, aber, wie sich später herausstellte, tatsächlich eine Grundlage hatte. In Wirklichkeit wollte ich Duane nicht in der Nähe haben, weil er in Anbetracht von Dalvas unbeständiger Natur einfach die Art von jungem Mann war, dem sie verfallen würde – wie es mir viele Jahre früher vielleicht selbst ergangen wäre.

Als ich ihm das Frühstück servierte, konnte ich es mir nicht verkneifen, Nelse auf die Ähnlichkeit der drei Porträts am Ende des Eßzimmers hinzuweisen, wobei ich mich zurückhalten mußte, um nicht hinzuzufügen, daß er keinen schlechten Vierten in der männlichen Linie der Familie abgeben würde. Dabei erwähnte er, daß er ein Jahrzehnt lang im Freien kampiert habe, vierhundertunddreimal, und das öffnete einen Riß in dem Linoleum, der die dunkle, teerige

Natur dessen enthüllte, was unter der angenehmen Oberfläche lag. Warum, in Gottes Namen, sollte sich jemand überhaupt jenem höchsten Grad an Ungemütlichkeit unterziehen? Natürlich sah er das nicht so, doch auch mein Schüler Rex hatte schließlich keine Ahnung, wie seltsam er war. Was konnte solch eine Zahl bedeuten? Vierhundertunddrei Lagerplätze. »Vierhundertunddrei?« wiederholte ich, und er nickte, dann erlaubten wir uns beide ein Lächeln ob der relativen Albernheit von Zahlen. »Ich ziehe die Sterne einer Zimmerdecke vor«, sagte er.

Ich beobachtete ihn unauffällig, während er aß, wobei sich mein Blick, wenn er in meine Richtung sah, zu den topographischen Karten senkte, die ich vor mir ausgebreitet hatte. Er hatte Duanes Augen, aber die Wangenknochen und das Kinn seiner Mutter; Duanes dichtes dunkles Haar, aber Dalvas eher zarten Mund. Seine Unterarme zeigten Muskelstränge, wie man es bei seinem familiären Hintergrund kaum erwarten sollte. Ich konnte natürlich nicht nachhaken, weil es unschicklich gewesen wäre und darauf hätte schließen lassen, daß ich mehr über ihn wußte, als ich zugab.

So verbrachten wir einen schönen Tag und den folgenden Morgen zusammen. Was Vogelkunde betraf, war er nur mittelprächtig, doch das war wohl eher auf seinen inneren Aufruhr zurückzuführen. Einmal lief er direkt in eine kleine Pappel hinein, unten an der Quelle, doch er schien den Zusammenstoß gar nicht zu merken. Er hatte wenig Geschick für leichte Konversation und gab zu, daß er nicht viel von Radio, Fernsehen oder Zeitungen hielt. Sie alle schienen nicht die Welt zu erklären, die er verstehen wollte. Seine tiefste Wunde schien der Verlust dieses Pickups in Arizona zu sein, der seine Tagebücher, seine kleine Bibliothek und, am wichtigsten, seinen Hund enthalten hatte.

Als er ging, war ich ganz zittrig, ich hatte Angst, daß er nicht zurückkehren würde. Ich tat mein Bestes, dies vor Dalva zu verbergen, die zurückgekommen war und gleichermaßen damit beschäftigt war, sich einzugewöhnen und den täglichen Problemen ihres Hausgastes gerecht zu werden. Michael, wie er hieß, war ein absolut abscheulicher aber dennoch irgendwie sympathischer Typ. Damals, als sie an der University of Minnesota gewesen war, hatte sie einen ähnlich intelligenten Idioten angeschleppt. Ich nehme an, es gibt Frauen, die Intelligenz erotisch finden. Nicht viele gewiß, aber ein paar. Das war eine der Eigenschaften, die Ruth an Ted anziehend fand, ungeachtet seiner Homosexualität. Ich mochte ihn sehr, doch die ganze Sache war ziemlich unerquicklich für meine Tochter Ruth, auch für meinen anderen Enkel, Bradley, der sich, wie es scheint, auf Dauer von uns allen zurückgezogen hat – außer von Paul, der ihn interessant findet, aber nicht leiden kann. Bradley hat sich in Connecticut in die neue Welt der Computer gestürzt. Paul hat ihm eine riesige Summe geliehen, um eine Firma zu gründen, trotz der Tatsache, daß Bradleys Vater, Ted, es in der Unterhaltungsbranche zu Geld gebracht hat. Ruth sagte mir, daß dies Teds Gefühle verletzt habe, doch Paul erklärte mir dann in einem Brief, daß er Bradley die Schuld bereits erlassen habe, als Gegenleistung dafür, daß dieser nie wieder Anspruch auf das Land hier erheben würde.

Ich fragte Paul, warum er so etwas getan habe, da seine Besuche hier eher selten sind. Er sagte, es sei reine Sentimentalität für das Land, wo er aufgewachsen sei, und wenn einer je dieses Land ruinieren würde, dann wäre es dieser »geldgierige kleine Scheißkerl Bradley«. Diese Worte sind ganz und gar nicht typisch für Paul, der ruhig und freundlich ist, ganz anders als sein Bruder, mein Mann, der impulsiv und eigenwillig war wie ihr Vater. Ich mochte ihre Mutter, wenngleich alles, was sie wirklich tat, darin bestand, zuviel zu trinken und zu lesen. Sie zog nach Omaha zurück, als die beiden noch junge Burschen waren, und ich hatte nie die Gelegenheit, sie richtig kennenzulernen.

Nichts habe ich mir sehnlicher gewünscht, als daß meine Familie, auseinandergerissen in verschiedene Richtungen, sich wieder an diesem Ort zusammenfinden würde. Natürlich kamen sie alle zu unserem Sommerpicknick, und jetzt habe ich das Gefühl, daß Dalva vielleicht bleiben wird. Es gibt kein größeres Ereignis in meinem Leben als die Geburt meiner Töchter, außer als Dalva schließlich an diesem heißen Sommernachmittag ihren Sohn sah. Ruths Liebe zur Musik läßt diesen Ort, wenn sie nicht hier ist, ärmer erscheinen. Wie konnten zwei Töchter einander so ungleich sein, so ungleich wie Paul und mein Mann, so ungleich wie ich und mein Bruder, der trotz seines Erfolgs als Weizenfarmer anscheinend von Geburt aus roh und gefühllos war? Es will mir nicht in den Kopf. Wenn ich auf die Klassenfotos aus all meinen Jahren als Lehrerin an der Landschule blicke, kann ich mich an die Stimme eines jeden Schülers erinnern. Nicht zwei davon waren wirklich gleich. Die Stimmen nicht und auch nicht die Charaktere. Vielleicht ist das der Grund, warum gute Imitatoren uns so bestürzen. Das Verhalten meiner Schüler war allerdings nicht so einzigartig. Jungen mit schroffen, wortkargen Vätern neigten dazu, sich schroff und wortkarg zu geben, ahmten die Gesten und das Sprachverhalten ihrer Väter nach. Einige von den sehr verschlossenen Mädchen waren entweder die ersten, die schwanger wurden und heirateten, bevor sie die Schule abgeschlossen hatten, oder sie gingen, wenn möglich, mit sechzehn, wenn sie die Schule aufgeben konnten, nach Denver, Rapid City, Grand Island, Omaha oder Lincoln. Natürlich lag hinter den verschlossenen und verbitterten Gesichtern ein unglückliches Zuhause mit zerstrittenen Eltern oder vielleicht einem Onkel oder Knecht, der seine Hände nicht bei sich behalten konnte. Ich wünschte, Letzteres käme nicht so häufig vor, wie es das tut, zumindest bei Leuten, die jeden Sonntag in die Kirche gehen. Es gibt anscheinend nicht so viele Indikatoren dafür, wie Männer sind, außer wie Männer eben sind. Erklärungen für wirklich schlechtes Verhalten sind immer unzulänglich. Ein kleines Mädchen, kaum zehn, vertraute sich mir an, und nachdem ich es den Eltern erzählt hatte, wurde ein Knecht fast zu Tode geprügelt. Ich bin mir nicht sicher, ob das alles so richtig ist. Ich weiß, als Michael, unser Hausgast, der Historiker, eine zwanzigjährige Kellnerin bei Lena's verführte (oder umgekehrt), hat er die Tracht Prügel, die ihr Vater ihm verpaßte, nicht verdient, doch in dem Fall habe ich Vater und Tochter von Kindheit an gekannt, und das Resultat war vorhersagbar. Als Karen in der sechsten Klasse gewesen war, hatte sie schon eine Gruppe von fünf Jungs in den Büschen hinter der Schule dazu gebracht, ihre Sachen auszuziehen, indem sie ihren eigenen Rock hob. Sie brachte die Jungen dazu, sich umzudrehen, dann packte sie die Kleider, rannte zur Vorderseite der Schule und warf alles in den Pferdetrog. Es war nichts, was ich den Eltern weitergesagt hätte; mir reichte die Verlegenheit der Jungs, den ganzen Nachmittag in nassen Sachen dasitzen zu müssen. Nein, Karen war eine ganz Gerissene, und mit dreizehn war sie der Grund für so manche Schlägerei unter den sportlichen Burschen in der Kreishauptstadt und bei jungen Cowboys zur Rodeo-Zeit. Doch vielleicht ist sie, so gesehen, tauglicher für die Welt, in der wir leben, als die meisten. Sie ist nach Kalifornien gegangen, wie wir über Ted von Michael erfahren haben, und jemand, der sie dort übers Ohr hauen wollte, müßte schon ganz schön clever sein. Nach all diesen Jahren, in denen ich versuchte, einen klaren Kopf zu behalten, habe ich begonnen, an meiner Fähigkeit zu zweifeln, von mir selber Abstand zu nehmen und einen unvoreingenommenen Blick auf mein Leben zu werfen. Es ist eine Erfahrung vergleichbar mit einer Zunge, die einen schmerzenden Zahn ertastet. Man verstärkt momentan den Schmerz und schreckt dann zurück, abhängig von der augenblicklichen »Stimmung«, was an sich schon verdächtig ist. Man stelle sich vor, man wäre auf einem langen Sonntagsspaziergang an einem Maimorgen und man sieht einen seltenen Vogel in einem Busch, und man steigt den Hügel hinauf und sieht jenseits davon eine sumpfige Stelle an einem Bach. Ich erinnere mich natürlich, wie ich dort mit meinem Mann kampiert habe, der nun tot ist, und wie wir erst das Zelt am Bach aufgeschlagen hatten, es dann aber, weil die Moskitos so lästig wurden, auf den Hügel verlegten. Es ist eine wunderbare Erinnerung, wenn man in dieser Umgegend ist, auch wenn mein Mann bald darauf starb. Wir liebten uns bei Sonnenuntergang und bei Sonnenaufgang; es war alles vollkommen im Gleichgewicht. Doch an einem Samstagmorgen im Januar, wenn der Strom wegen eines Blizzards ausgefallen ist und man den Holzofen anmacht und das Licht so düster ist, daß man zwei Kerosinlampen anzündet, um die Stimmung zu heben, was aber nicht gelingen will, dann kann eine solche Erinnerung unerträglich sein. Das Vogelhaus vor dem Küchenfenster ist verlassen, und die Millionen einzelner Schneeflocken sind nur Partikel des dunklen und grausamen Geistes der Vergangenheit. Der Stuhl meines Mannes ist leer wie seit über dreißig Jahren, doch jetzt noch leerer, als er es je gewesen ist. Meine Kehle füllt sich mit Tränen. Meine Stimmung läßt mich an alten Streit statt an alten Glanz denken, ein verkohlter Schmorbraten eher als ein wohlgeratener Festschmaus, das intensive Zittern, das ich spürte, als er von Bassett anrief, um mir zu sagen, daß er eine Bruchlandung mit dem Flugzeug in einem Luzernefeld hingelegt habe, im Sturm, und dabei zugab, daß er nicht hätte fliegen sollen. Ich habe nicht geweint, weil meine kleinen Töchter beim Frühstück saßen.

Oder was hat es zu bedeuten, wenn man sich in einer guten Stimmung daran erinnert, wie Dalva mit fünf ihrem Vater draußen bei der Scheune half, Fasane und Rebhühner zu rupfen? Sie wirkte so vertieft, biß dann urplötzlich in die gerupfte Brust eines Vogels und blickte ernst auf den Abdruck ihrer Zähne. Ich habe gelacht, damals und oft in der Erinnerung, doch in anderen, schwermütigeren Momenten erschien ihre Tat ein wenig beängstigend. Sie mußte einfach alles im Leben ausprobieren, und in das rohe Vogelfleisch zu beißen war nur ein winziges Anzeichen davon. Es gibt einen Country-Song mit dem Titel »Don't Fence Me In«, und obwohl es ein Lied für Männer ist, scheint der Text wie für sie geschrieben zu sein.

Im letzten Winter überkam mich während eines mehrtägigen Blizzards eine neue, aber wiederkehrende Stimmung. Die ganze erste Nacht wurde das Haus vom Wind gerüttelt und ächzte in den Fugen. Am Morgen waren die Fenster des Erdgeschosses bedeckt, weil der Schnee als Schneeregen begonnen hatte, bevor der Wind auf Nordwesten drehte und viel kälter wurde. Ich hatte das unangenehme Gefühl, mich in einem geräumigen Kokon zu befinden. Nachdem ich meinen Kaffee getrunken und die Bibel – die alte King-James-Fassung – gelesen hatte, packte ich mich gut ein und ging hinaus zur Garage, um meine Krähe zu füttern, die ich bloß »Crow« nenne, weil mir der Name einfach gefällt, genau wie mein erster Hund in der Kindheit einfach »Dog« hieß. Draußen herrschte dichtes Schneetreiben, so daß alles weiß und die Garage, nur etwa hundert Fuß von der Hintertür des Pumpenhauses entfernt, kaum zu sehen war. Zu Hause pflegten wir an einem solchen Tag einen Knäuel Bindfaden abzurollen, wenn wir das Vieh fütterten, da wir schreckliche Geschichten, ob wahr oder nicht, von unglücklichen Leuten gelesen hatten, die sich im Schnee verirrt hatten.

In der Garage war Crow nicht in seinem Winterquartier, das Lundquist ihm aus Kartoffelkisten gebaut hatte, mit einer Sitzstange und einer Kiste, die mit meinem alten Frotteebademantel zugedeckt war, so daß Crow sich in die Dunkelheit zurückziehen konnte. Die Tür des Käfigs war immer offen, und er konnte kommen und gehen, wann er wollte. Das Ganze stand auf einem glatten Metallpfosten, damit keine streunende Katze ihn erwischte. Ich war ein wenig schneeblind und legte die Handvoll Fleischreste, die ich mitgebracht hatte, in den Käfig, in der Erwartung, daß er herauskommen und danach picken würde. Er war nicht da, und ich blinzelte zu den Deckenbalken hinauf, doch dann ließ er einen Scheibenwischer an meinem Wagen schnappen, was er gerne machte, krächzte, flatterte und hüpfte auf meine Schulter, wo er sich an meinem Haar putzte und an meiner Strickmütze zupfte, einer sechzig Jahre alten Mütze, die meine Mutter gestrickt hatte. Ich fragte ihn, wie immer bei schlechtem Wetter, ob er mit ins Haus kommen wolle. Er sagte nein, und meine Augen hatte sich inzwischen so weit an das Halbdunkel gewöhnt, daß ich sehen konnte, weshalb. Er hatte es irgendwie geschafft, eine Maus zu fangen, und hatte sie hinter den Scheibenwischer geklemmt, und da war eine kleine Blutschliere auf der Scheibe. Er krächzte laut, wie vor Stolz, ein bißchen zu laut so nahe an meinem Ohr. Dann wandten wir uns der offenen Garagentür zu und starrten hinaus auf ein weißes Laken von Schnee, das sich von der einen bis zur anderen Seite der Tür spannte. Es war ein köstliches und einzigartiges Gefühl von Leere, als ob mein denkender Verstand ausgeschaltet wäre. Ich konzentrierte mich auf das vollkommene Weiß da draußen und spürte eine animalische

Wärme unter meinen Kleidern, die Krähe an meinem Ohr, den Wind, der gegen die Garage drückte, und ich erschauerte vor diesem wunderbaren Nichts.

In dieser Stimmung war ich auch an dem Morgen gewesen, als Nelse das zweite Mal kam, nachdem er mich am Abend zuvor angerufen hatte, mit einer vermutlich erfundenen Geschichte über einen weiteren Auftrag, nistende Greifvögel zu überprüfen. Ich stand da, nachdem ich ihm Frühstück gemacht hatte, und sah zu, wie er ein Bündel Landkarten studierte, und dachte mir, er würde nie einen guten Spion oder Geschäftsmann abgeben, da er sich ebenso wenig verstellen konnte wie ein Hahn. Damals, in der zweiten Klasse, hatte eine meiner Klassenkameradinnen, ein kleinwüchsiges Lakota-Mädchen, eine so genaue Imitation eines Hahnenschreis von sich gegeben, daß selbst die dümmsten Jungs in Verlegenheit gerieten. Nelse war so verzückt über das Frühstück und die Karten, daß er seine Aufgabe im Moment ganz vergessen hatte, was immer das auch sein sollte. Doch kurze Zeit vorher, als ich noch draußen auf der Veranda gesessen hatte, um auf ihn zu warten, hatte mich erneut jenes herrliche Gefühl des Nichts überkommen. Natürlich freute ich mich, daß er wiederkam, so sehr, daß ich mich ganz hohl fühlte, doch dann ließ ich meine Vorfreude und meine Sorgen fahren. Von irgendwo war das Gezwitscher von Wiesenstärlingen und den sanfter klingenden Spornammern zu hören. Crow, der auf einem Zaunpfosten thronte, hatte seine Flügel für ein morgendliches Sonnenbad ausgebreitet. In der Ferne konnte ich meinen Nachbarn Athell Dodson hören, der mit einem Traktor aus seiner Sammlung antiker Landmaschinen, welche er mit sturer Beharrlichkeit reparierte, ein Maisfeld bestellte. Ich starrte zum Himmel hinauf, bis die inneren Bilder meines Lebens verschwanden und nichts übrig blieb als der Himmel. Ich sprach nicht mit meinem verstorbenen

Mann, wie ich es morgens öfter tue, außer daß ich ihm sagte: »Dein Enkel kommt heute wieder.« Ich bin wohl eine Weile abgetaucht, bis ich Nelses Laster kommen hörte; er kam aus der falschen Richtung, von dort, was wir »die alte Farm« nennen, wo Dalva jetzt lebt. Sie gehört dorthin, und ich war dort nie ganz heimisch, hauptsächlich wegen der Person meines Schwiegervaters. Der Grund lag nicht nur darin, daß er allgemein ein etwas furchteinflößender und zorniger Mann war. Vielmehr hatte ich es nie verwinden können, daß jedes der etwa ein Dutzend Gemälde in dem Haus mehr wert war, als mein eigener hart arbeitender Vater in einem Dutzend Jahren verdiente. Der alte J. W. sah die Welt nur von seinem eigenen Standpunkt aus. Ich gebe zu, daß ich ein wenig überrascht war zu sehen, wie der Tod seines Namensvetters, meines Mannes John Wesley, ihn am Boden zerstörte. Es machte mich ein wenig nervös, wie er sich so bereitwillig in die Rolle eines zweiten Vaters für Dalva hineinfand – auch für Ruth, aber das machte mir weniger Sorgen –, doch der Einfluß erwies sich als maßvoll und positiv. Ich habe genug junge, vaterlose Mädchen als Schülerinnen gehabt, um zu wissen, daß das eine lange Folge von Problemen nach sich ziehen kann. Es war schon recht seltsam, daß er in seinem letzten Jahr zu seiner alten Liebe, der Kunst, zurückkehrte und zu einem freundlichen, wenn auch etwas kauzigen alten Herrn wurde, ohne eine Spur des anmaßenden Kerls von einst. Es ging in der Stadt die Rede, er habe sich benommen, als ob alle Frauen in Nebraska ihm gehörten, und was jenseits der Grenze läge, dafür könne man nicht bürgen. Paul mit seiner typischen Klugheit sagte, die Gefahr der Kunst, wenn die Liebe dazu zu einer tiefsitzenden Besessenheit werde, läge darin, daß es keine Möglichkeit gäbe, sie aufzugeben.

Nelse war fast mit seinem Frühstück fertig, als ich ihn fragte: »Hast du mir nicht etwas zu sagen?«, und er stand so abrupt auf, daß er seinen Stuhl umstieß. Als er mich ansah, nachdem er den Stuhl wieder hingestellt hatte, blickte er einfach über meinen Kopf hinweg, stumm und betroffen, packte seine Karten und meine Tasche und rannte aus dem Haus. Ich spülte schnell das Frühstücksgeschirr ab und folgte ihm und stieg in seinen Wagen, als ob nichts Ungewöhnliches geschehen sei. Kurz darauf schaute er von draußen zum Fahrerfenster hinein und sagte: »Wie hast du das gewußt?« Meine Antwort war in der Art von: »Wie hätte ich es nicht wissen können?«

Warum habe ich Paul, den Bruder meines Mannes, nicht geheiratet? Es erschien mir nicht das Richtige, obwohl ich natürlich weiß, daß es bei einigen Eingeborenenstämmen beinahe obligatorisch ist. Diese Frage drängt sich immer am meisten im September und Oktober auf, wenn so viele Arten von Vögeln sich zusammenscharen, um nach Süden zu ziehen. Wie ich sie vermisse! Doch als ich dies einmal zu Paul sagte, ein knappes Jahr nach John Wesleys Tod in Korea, sagte er, das sei der Grund, weshalb er seine Zuflucht in Arizona nahe der mexikanischen Grenze so schätze. Ich glaube, ich habe ihn beinahe geliebt, aber es reichte nicht ganz aus. Ich warnte Nelse in jenem Sommer, was seine Freundin J.M. betraf, daß eine wahre Liebe den meisten von uns nur einmal in diesem Leben begegnet und wahrscheinlich auch nicht im nächsten, wenn es eines gibt. Weder Dalva noch Ruth wußten von den vielleicht ein Dutzend Begegnungen mit Paul über die Jahre. Beide hatten mich als Heranwachsende bedrängt, ich solle doch wieder heiraten, doch ich sagte nur, das brauchbare Erbgut in diesem Teil von Nebraska sei ziemlich dünn gesät.
Es dauerte eine gute halbe Stunde, bis Nelse sich soweit wieder im Griff hatte, um Fragen zu stellen. Doch ich weigerte mich, darauf einzugehen, und sagte, er solle sich da-

mit besser an seine leibliche Mutter wenden. Die schwerste
Frage war natürlich: »Warum habt ihr mich weggegeben?«,
worauf ich etwas sagen mußte; denn es war sicher nicht
Dalva gewesen, die dafür verantwortlich war. Ich schwindelte ein bißchen. Vielleicht ist »log« das bessere Wort.
Mein Schwiegervater und ich hatten lange und heftig darüber diskutiert. Wir stellten uns mal auf die eine, mal auf
die andere Seite und trafen uns nie in der Mitte, wobei wir
unsere jeweiligen Positionen vom einen Tag auf den nächsten wechselten. Nach der Entscheidung, das Kind wegzugeben, haben wir uns über Monate hinweg trotz unserer
Nähe nie in die Augen geschaut. Wir scheinen alle diese
rührende Überzeugung zu haben, daß es für jedes Problem
eine Lösung gibt. Es gab keine und gibt keine. Unsere Entscheidung wäre so oder so falsch gewesen.
Erst am nächsten Morgen, in der Nähe von Valentine, begann ich mir Gedanken über Vererbung zu machen, doch
nur eine Stunde lang, bis ich es abrupt aufgab. Es gibt so
viele Pädagogen, die sagen, ein Kind sei in vielfacher Hinsicht eine »tabula rasa«, doch letztlich, wenn man darüber
nachdenkt, glaubt wohl keiner recht daran. Trotz der oberflächlich guten Manieren, die er seiner Erziehung ver-
dankte, schien Nelse viel von seinen leiblichen Eltern in
sich zu tragen, eine »Alles-oder-nichts«-Haltung gegenüber dem Leben, die zweifellos nicht von seinen Adoptiveltern kam. Eigentlich war ich eher mißtrauisch, ob solche
Eigenschaften vererbbar sind, doch er überzeugte mich fast
vom Gegenteil. Ich heftete es ab unter »Dinge, die zu wissen oder zu verstehen uns nicht zusteht, wenngleich man
in der Zukunft Mittel und Wege finden könnte, solch eine
biologische Grundlage zu beweisen oder zu widerlegen«.
Nelse schien einen beträchtlichen Anteil des scharfen In-
tellekts von Paul und Dalva zu besitzen, doch vermengt mit
der wilden impulsiven Art seines Vaters. Nahe dem Ains-

worth Canal, der an den McKelvie National Forest grenzt, setzte Nelse über einen Zaun, statt hinüberzuklettern oder darunter hindurchzukriechen. Ich weiß, daß Duane das immer tat, wobei er einmal zu nahe bei einer Klapperschlange landete. Die Schlange tut nichts zur Sache, doch das Überspringen ist eine fast gewalttätige Geste. Er gab zu, daß er vom High-School-Football eine schmerzende Kopfverletzung davongetragen hatte, die er sich neulich an der Türklinke seines Wagens wieder aufgeschlagen hatte. Ich sagte ihm, daß die ganze Tierwelt, die er so bewundert, aus Überlebensgründen stets ein gewisses Maß an Vorsicht an den Tag legt. Er nickte zustimmend, ganz ernst; doch später im McKelvie kletterte er eine Föhre hinauf, des Ausblicks wegen, ein Zweig brach, und er rutschte ein Dutzend Fuß hinunter, wobei er sich sein Hemd zerriß und die Haut aufschürfte. Natürlich mag mich seine äußere Erscheinung getäuscht haben, und ich konnte nicht umhin, auf meine Erkenntnisse aus der Zucht von Hunden, Pferden und Rindern zurückzugreifen. Zudem neigt man, wenn man älter wird, mehr und mehr zu der Ansicht, daß man weniger einzigartig ist, als man früher im Leben glaubte. Vielleicht versuchten auch nur mein Verstand und mein Herz aus Dankbarkeit über seine Rückkehr, Nelse wahrhaft zu einem der Unsrigen zu machen. Und wenn er es war, dann würde mich dies von dem restlichen Teil der Schuld befreien, ihn als Säugling weggegeben zu haben.

Im Dezember werde ich fünfundsechzig. Es gibt ein paar geradezu komische Erkenntnisse, wenn man älter wird, Dinge, die man früher zu verstehen glaubte, doch dann begreift man, daß es allenfalls ein oberflächliches Verständnis war. Die wichtigste ist wohl, daß alles nur einmal geschieht. An unserem Teich sehe ich, wie die Blätter der Pappeln nach dem ersten Frost zu fallen beginnen, und einen

Monat später sind die Bäume kahl, und auf dem Boden des Teichs, wenn das Licht richtig steht, kann man die riesige Aureole von gelben Blättern auf dem schlammigen Grund sehen, die sich vom Rand bis zu den Tiefen hinab ausbreitet. Ich sehe die Veränderungen in den Gesichtern meiner Töchter, wie ich sie in meinem eigenen nicht bemerkte, weil dessen tagtäglicher Anblick einen Wandel beinhaltet, der zu langsam fortschreitet, um ihn zu erkennen. Doch meine Töchter sah ich mitunter nur ein paarmal im Jahr, was den Alterungsprozeß unmittelbar ersichtlich macht. In Dalvas Gesicht konnte man immer lesen wie in einem Buch, doch Ruth hatte sich so unter Kontrolle, daß es Übung brauchte. Dalva ging immer spontan auf Menschen zu, an denen sie interessiert war, während Ruth monatelang nachgrübelte, ehe sie ihr Herz ein wenig öffnete. Das tat sie schon auf der High School und im College, lange vor ihrer unglücklichen Ehe.

Das eigene Gesicht zu lesen ist natürlich etwas ganz anderes. Es wird oft so ermüdend, daß man es gar nicht richtig sieht. Die Idee, daß man jeden Weg nur einmal geht, ist nicht nur an den Veränderungen im Spiegel zu sehen, sondern ein wesentlicher Bestandteil der eigenen Geschichte. Vor langer Zeit, als Dalva an der University of Minnesota war, schickte sie mir ein Paar Schneeschuhe, da es ein harter Winter zu werden schien. Ich ging allein mit diesen Dingern los, die einer gewissen Gewöhnung bedürfen, doch nach einer Weile genoß ich die Freiheit, sumpfige Stellen und Dickichte zu betreten, die einem im Winter versperrt sind, wenn man Langlauf-Skier benützt. Auf einer langen Samstagwanderung hatte ich mich gegen Mittag auf den Rückweg gemacht und überquerte den schneebedeckten gefrorenen Teich, der von einem Dutzend Quellen gespeist wird und aus dem der Bach entspringt, der nach Norden zum Niobrara fließt. Wie dem auch sei, jedenfalls brach das

Eis, und ich sank unaufhaltsam durch die Decke, so sehr ich mich auch abstrampelte. Ich mußte die ganze Zeit an einen Anblick aus meiner Kindheit denken, als eine junge Hirschkuh auf dem hohen Zaun festhing, den mein Vater gebaut hatte, um einen Heustapel vor dem Wild zu schützen, und verzweifelt versuchte freizukommen. Die Schneeschuhe drückten große Schollen von dünnem Eis nach unten, so daß ich ganz langsam sank, während ich meinem eigenen Schreien und Kreischen lauschte und mir das Herz vor Angst bis zum Halse schlug. Eine Krähe flog über mir vorbei, ohne mir mehr als einen knappen Blick zu schenken. Ich stand schon kurz davor, mich in mein Schicksal zu fügen, als meine Schneeschuhe Grund berührten. Ich glühte regelrecht, trotz des kalten, stürmischen Windes, der den Schnee wie gemahlenen Nebel um mich trieb. Ich erkannte recht schnell, daß ich mich auf der tiefsten Stelle des Rückens einer länglichen Sandbank befand, die mir vom Schwimmen bekannt war, und so platschte ich, halb krabbelnd, dann kriechend, wo das Eis am Rand erheblich dicker war, dem nächstgelegenen Ufer entgegen. Es war einige Grade unter Null gewesen, als ich das Haus verließ, so daß meine nassen Kleider gefroren und beim Gehen knirschten, aber mir so wenigstens etwas Schutz vor dem Wind boten.

In keiner Sekunde jedoch, wie mir erst im nachhinein klar wurde, hatte ich daran gedacht, zu einem Gebet Zuflucht zu nehmen. Natürlich war ich dankbar auf dem langen Weg nach Hause, doch während des Geschehens selbst war ich nur ein verzweifeltes Tier, das einen möglichen Tod vor Augen sah. Die Hirschkuh, die auf dem Zaun meines Vaters festgehangen hatte, hatte sich auch freigestrampelt, und meine kindlichen Tränen hatten nichts dazu beigetragen. Als ich vor dem Ofen meine Kleider auszog, redete ich mit meinem abwesenden Mann, so etwas wie: »Deine

Witwe hätte sich fast zu dir gesellt«, und er antwortete: »Das kann dir nur einmal passieren.« Ich stimmte zu und sagte nichts mehr, wenn auch seine Worte mich tief trafen, weil sie sowohl das Schlechte als auch das Gute der Idee des »nur einmal« umschrieben. Dies wird mir am klarsten zu den Sonnenwendzeiten, nach denen ich meine Jahre einteile. Im Winter freut es mich, wenn die Tage heller werden, doch im Frühling und Sommer fürchte ich oft das Verstreichen der Zeit, mit dem gewiß banalen Gedanken, daß dieser Sommer niemals wiederkehren wird außer in gelegentlichen Erinnerungen.

Wenn ich daran denke – und ich denke oft daran –, wie mein Leben vor meiner Ehe durch eben diese Ehe so völlig hinweggefegt wurde, denke ich nun auch an Nelse. Eines frühen Septembermorgens, als wir auf Vogelpirsch gingen, fragte ich ihn, ob er in irgendeiner Form bereue, bei uns aufgetaucht und uns allen begegnet zu sein und wie das so vollständig den Lauf seines Lebens verändert habe. Er blickte zurück in die Richtung meines Hauses, das ein paar Meilen entfernt war, und dann in die Richtung der alten Farm, wo Dalva wohnte, wie um seine Position zu bestimmen; dann sagte er, er hätte nicht anders handeln können. Es lag eine gewisse Verwundbarkeit in der Art, wie er blickte und sprach. J.M. war am Morgen nach Lincoln abgereist, und ich hatte die beiden streiten hören, als sie vor dem Dunkelwerden die Landstraße entlangspaziert waren. An jenem Abend war es offenkundig, wie sehr ihn die radikale Veränderung in seinem Leben aus der Bahn geworfen hatte. Zudem hatte es ihn verstimmt, daß Dalva sich total auf J.M.s Seite gestellt hatte, als es darum ging, wieviel Zeit er in Lincoln verbringen sollte. Er dachte an drei Tage in Lincoln und vier hier bei uns, und J.M. bestand auf dem Umgekehrten. Er war vom Tisch aufgestanden, einen Hühnerschlegel in der Hand, und hatte sehr laut »Gottverdammich« gesagt. Dies hatte mich irgendwie schockiert und amüsiert. Ich hatte nur einmal in meinem Leben »den Namen Gottes verunehrt«, wie wir es nannten, nämlich damals, als ich nach Bassett hinübergefahren war, um John Wesley abzuholen, nachdem er jene Bruchlandung hatte. Es war früh am Abend, und er stand dort an einen Zaun gelehnt mit mehreren Farmern, die eine Flasche Whiskey kreisen ließen. Ich heulte geradezu »Gott verdammt noch mal!«, und die Männer wandten sich von mir ab und blickten auf das verkrumpelte Flugzeug. Männer geben gerne ihren Narreteien eine Patina der Vernunft. John Wesley liebte einfach Flugzeuge; nur von Flughäfen hielt er wenig, da er meinte, sie würden irgendwie den Glanz dessen, was er seinen »Sport« nannte, mindern. Natürlich kam auf unserer Straße, seiner Landebahn, außer dem Postwagen tagelang kein Auto vorbei. Ich muß in dem Zusammenhang auch daran denken, daß Dalva mich, als sie zwölf war, einmal beschuldigte, wenn es nach mir ginge, wäre überhaupt nichts erfunden worden. Zur Verteidigung sagte ich, ich hätte nichts gegen Bücher und Brillen und Antibiotika, doch damit gingen mir die Argumente aus.

In Nelses »Gottverdammich« klang der Schmerz eines Mannes wider, der von Frauen gefangen ist. Der Eßtisch war der Käfig, den wir für ihn gebaut hatten. Gott weiß warum. Wir haben sogar versucht, ihn mit Essen vollzustopfen. Dalva brachte einen guten Wein von der alten Farm, wo Nelse darauf bestanden hatte, in der Feldarbeiterbaracke zu nächtigen wie sein Vater. Er gibt zu, daß er gelegentlich an Klaustrophobie leidet, und er und Lundquist rissen einen großen Teil einer Mauer nieder und machten einen Durchbruch. Wahrscheinlich, dachte ich, sollten dort später Glasscheiben eingesetzt werden, doch sie bauten Schwingtüren wie Scheunentore für die Zeit, wenn er weg ist. So seltsam es klingt, Nelse sagt, daß er in den kalten Nächten die Kälte liebt und in warmen Nächten die Wärme. Dalva glaubt, daß ein Teil seiner Unrast vom letzten Wochenende herrührt, als sie ihm die indianischen Artefakte in ihrem Kellergeschoß zeigte und ihn um Hilfe bat, diese wieder an ihren angestammten Ort zu bringen. Er sagte, es gebe keinen wirklich angestammten Ort mehr dafür, doch er wolle darüber nachdenken, und dann blieb er eine ganze Nacht da unten, was sie aus der Fassung brachte. Ich meine, sie sollte sich das Haus zu eigen machen, und die Pflege der Familiengeister gehört nicht unbedingt dazu. Meine eigene Familie stammt aus der Gegend südöstlich von Gordon, nicht allzu weit entfernt von der Stelle, wo Mari Sandoz, bekannt durch *Old Jules*, aufwuchs. Keine Weiße hat je klarer auf unsere Ausrottung der Eingeborenen, insbesondere der Sioux, geblickt als sie. Pine Ridge und das berüchtigte Wounded Knee liegen nur etwa hundert Meilen nördlich, so daß Sandoz keine abgehobene Wissenschaftlerin war. Sie war eine Art Idol für mich, als ich heranwuchs, und allein der Gedanke, daß eine junge Frau von hier eine bewunderte Weltbürgerin werden konnte, begeisterte mich. Vielleicht ist mein Herz jetzt schwächer, weil ich es nicht mehr ertragen kann, einige ihrer Bücher anzusehen, insbesondere *Crazy Horse* und *Cheyenne Autumn*. Die Grausamkeit dessen, was den Ureinwohnern dieses Landes angetan wurde, ist einfach zu groß. Doch es sind nicht nur die Bücher; es ist, weil ich mit Geschichten der Drangsalierung von Eingeborenen geboren und aufgewachsen bin, die zum dunkelsten Teil unserer eigenen Familiengeschichte geworden waren. Mein Vater hatte mir erzählt, daß sein eigener Vater Schweden verlassen habe, um der Unterdrückung durch die Regierung zu entkommen, einschließlich des Militärdienstes, nur um kurze Zeit vor dem Massaker von Wounded Knee im nordwestlichen Nebraska seßhaft zu werden. Mit solchen Aspekten lokaler Geschichte befaßte man sich eher in Gedanken als mit Worten, doch wir wußten ebenso darüber Bescheid, wie die deutschen Zivilisten während des Zweiten Weltkriegs von den Todeslagern in ihrer Nähe gewußt haben. Die Antworten auf Kinderfragen sind am härtesten, weil Kinder so wenige Puffer für ihre Gefühle haben. Mein Vater war ein mittelmäßiger Farmer, doch er war kein Dummkopf, und er interessierte sich für unsere Geschichte. Seltsamerweise bestand sein eigenes soziales Trauma darin, daß er zur Mißbilligung beider Familien ein norwegisches Mädchen geheiratet hatte. Es erscheint heute unglaublich, doch das junge Paar wurde sozusagen gezwungen, die gemeinsamen Wurzeln im Loup County zu verlassen und nach Sheridan bei Antelope Creek zu ziehen. Nelse weiß so viel über die Geschichte der Eingeborenen, daß es mich freut, daß sein Kontakt mit unserem Historiker, Michael, durch dessen Unfähigkeit zu sprechen eingeschränkt wurde, und als Michael seinen verdrahteten Kiefer wieder bewegen durfte, war er bereits im Abreisen begriffen. Ich kenne Nelse inzwischen gut genug, um zu wissen, daß er Michael bewundert hätte, doch dessen Einfluß wäre zu dieser Zeit nicht zum Besten gewesen. (Ich habe Michael soeben einen Scheck als »Darlehen« geschickt, gedacht zum Nutzen seiner reizenden Tochter, doch ich habe immer noch meine Zweifel an ihm.) Michael konnte die ganze Vergangenheit zu einer kontinuierlichen Schreckensherrschaft formen. Ich bin nie einem Mann begegnet, der weniger im »wirklichen Leben« stand und so blind für seine unmittelbare Umgebung war. Nichtsdestotrotz war es leicht, sich von seinem Witz und seiner Gelehrsamkeit mitreißen zu lassen. Selbst der nüchterne Paul ließ ihn gewähren, in den paar Tagen, als er hier war und Michael wieder reden konnte. Es gibt gewiß eine boshafte Ader in den meisten

Alkoholikern dritten Grades, die ich gekannt habe. Sie sind so absolut selbstbezogen, daß die Welt nur insoweit existiert, als es sie betrifft. Paul und Nelse sind beide ein wenig zurückhaltend, was Alkohol betrifft, Paul gewiß wegen seines Vaters und Nelse nach dem, was er mir über seine Adoptivmutter erzählt hat. Wobei ich zugeben muß, das mir nichts dergleichen aufgefallen ist, als er sie auf einen kurzen Besuch im September herbrachte. Als ich dies ansprach, sagte Nelse, sie hätte zweifellos einen Seelentröster irgendwo im Koffer. Er spricht von ihr als sein größtes Problem, obgleich er sie mit freundlicher Zuwendung behandelt. Davon abgesehen ist sein offensichtlich größtes Problem die Frage, ob er seßhaft werden und J.M. heiraten will oder nicht. Er hat seine auf ein Jahr angelegte Phänologie eines unregelmäßigen Landstreifens begonnen, die den Sumpf und Teich umfaßt und dem Bach bis zum Niobrarafluß folgt. Er hat auch angefangen, mit Lundquist eine Art landwirtschaftliches Experiment durchzuziehen, über das bislang nur zu erfahren war, daß es erforderlich macht, siebzig Morgen Land in sieben verschiedene Parzellen abzuteilen. Er bat sogar den Landrat um einen Ortstermin, und ich durfte mir beim Einkaufen in der Bezirkshauptstadt sagen lassen, dies müsse das erste Mal in gut hundert Jahren gewesen sein, daß ein Northridge jemand anderen um Rat gefragt habe. Doch man erklärte mir halb im Scherz, halb im Ernst, daß man mich nicht für meine Familie verantwortlich machen würde. Dahinter liegt wohl auch die Vorstellung, daß eine Landschullehrerin eine passive Heldin ist, und obwohl sie ein geheimes Leben haben mag, welches die Gottesfürchtigen entsetzen würde, begegnet man ihr immer mit einem freundlichen Lächeln.

Dalvas Probleme scheinen ihr über den Kopf zu wachsen. Wenn es nicht Nelse und ihre Pferde und ihren kleinen Hund gäbe, hätte ich Angst um sie. Ihr Freund, Sam, hat

eine dumpfe Befürchtung, was das Geld betrifft, die er nicht ganz unterdrücken kann, und ich bezweifle, daß sich das Problem lösen läßt. J.M. hat auch ein bißchen was davon, was Nelse betrifft, doch ist sie irgendwie überzeugt, daß es nicht dessen Schuld ist. Noch problematischer ist Dalvas Job, für den sie keine angemessenen Zuwendungen vom Staat bekommt, obwohl es ursprünglich hieß, es sei alles bewilligt. Das Landwirtschaftsministerium beschäftigt sich lieber mit Themen, mit denen es sich schmücken kann, und die wachsende Zahl von bankrotten Farmern im südlichen Teil des Landkreises ist nur für die Presse und die betroffenen Familien von größerem Interesse. Ein Farmer der vierten Generation erhängte sich unmittelbar nach der Auktion, bei der sein Vieh und seine Maschinen unter den Hammer kamen, in der Scheune, die ihm nicht mehr gehörte. Dalva verbrachte mehrere Tage mit der Frau und den erwachsenen Kindern und einer Anzahl von Verwandten, bevor sie zu einer Programmkonferenz nach Lincoln ging, wo sie, wie sie selbst zugab, den Mund weit genug aufriß, um sich von einem Kongreßmitglied als »Kommunisten-Sympathisantin« beschimpfen lassen zu müssen, was sie wiederum nicht auf sich sitzen ließ. Ich habe Zweifel, ob sie die richtige Einstellung für eine Staatsbedienstete hat. Ich würde sagen, eine effektive Sozialpsychologin muß lernen, Wahrnehmungen und Gefühle zu dämpfen, um zu überleben. Sie ist auch, zweifellos weil Michael den Mund nicht halten konnte, von einer Anzahl von Museumsleuten angegangen worden, ob es denn richtig sei, so wertvolle Gemälde in »einem alten hölzernen Farmhaus« aufzubewahren. Sie hat alle Versuche abgeblockt, ein Gutachten über die Bilder einholen zu lassen.
Ich habe mich oft gefragt, warum ihr Interesse an der Naturgeschichte so gering ist, als ob mein eigenes eine Generation übersprungen hätte und bei Nelse gelandet wäre.

Doch was das betrifft, so hatte sie nie ein Auge für Einzelheiten. Am glücklichsten habe ich sie in jüngerer Zeit letztes Wochenende gesehen, als sie Nelse und Lundquist half, Zäune aufzustellen. Auf meine Anregung hin und mit Lundquists Zustimmung hatte man auch den Zaunfachmann Rex engagiert. Dalva fuhr den Traktor mit dem Löffelbohrer, und Lundquist führte in erster Linie die Aufsicht. Er ist in den Achtzigern, doch keineswegs gebrechlich, was man daran sieht, daß er meist seinen Hund auf den Schultern trägt. Ich brachte ihnen am Samstag etwas zu essen aufs Feld, aber Rex wollte nichts davon haben. Er lebt in einem Schuppen auf der kleinen Farm seiner Mutter, und jeden Morgen gibt sie ihm ein bescheidenes Stück Fleisch aus dem Eisschrank. In seiner abgerissenen Jeansjacke trägt er eine kleine gußeiserne Bratpfanne bei sich, und gegen Mittag ist das Fleischstück soweit aufgetaut, und Rex macht sich ein Feuer. Dies ist offensichtlich ein Vergnügen für ihn, und er ist sich auch nicht zu fein, die übriggebliebenen guten Teile von erlegtem Wild oder Waldmurmeltieren oder gelegentlich auch von einer Klapperschlange zu braten, deren Haut er abzieht, um sie als Hutbänder zu verkaufen. Er fährt ein altes Fahrrad mit Ballonreifen und einem Korb und Satteltaschen für sein Werkzeug. Nelse hat ihm angeboten, ihn mit dem Wagen nach Hause zu bringen, doch das kommt für Rex nicht in Frage, obwohl es siebzehn Meilen einfache Strecke sind. »Ich fahr' gern Rad«, ist alles, was er dazu sagt.

Es gibt viel Unmut unter den Farmern, für die er arbeitet, weil Rex' Mutter jeden Sommer mit mehreren anderen Frauen einen Charterbus von Scottsbluff nach Las Vegas nimmt und, so der häßliche Gedanke, mit dem Geld, das Rex verdient, dort die Spielautomaten füttert. Die bloße Vorstellung von einer schlechten Mutter ist für Männer etwas Schreckliches. Damals, in der dritten Klasse, war Rex eines Morgens offensichtlich von Schmerzen geplagt, doch wollte mir nichts sagen, und so fragte ich seine Schwester, die mir selbstgefällig erklärte, daß ihre Mutter Rex dabei erwischt habe, wie er »mit sich selbst spielte«, und mit einem Kleiderbügel auf seine Genitalien eingeschlagen habe. Wir hatten zu der Zeit keinen Sozialarbeiter, also rief ich den Sheriff an, und es gab keine weiteren Schläge. Der Sheriff ließ mich wissen, daß er der Mutter gesagt habe, wenn irgend etwas in der Art noch einmal vorkäme, würde er sie häuten wie eine Hirschkuh. Das war sicherlich nicht rechtens, aber es funktionierte.

Ich habe seit einiger Zeit einen Streit mit Paul. Das einzig Gute daran ist, daß wir ihn brieflich austragen, hauptsächlich weil Paul der Meinung ist, daß eine Vielzahl von Problemen dadurch erst entsteht, daß man wichtige Dinge übers Telefon zu regeln versucht. Er behauptet, wer von uns könne schon hinreichend präzise sagen, was er wolle, während der Akt des Schreibens Nachdenken erfordere. Die Sache begann, als er mich eines Abends im August auf der Veranda brüskierte, indem er sagte, ich solle endlich damit aufhören, Nelse vor sich selbst beschützen zu wollen. Er sagte, es sei so, als wollte ich ihn davon abhalten, schreiend in den Sonnenuntergang davonzulaufen. Paul ist zwanghaft geradlinig in allen Dingen und möchte die menschliche Welt am liebsten ohne Schatten sehen, obwohl er es besser weiß. Er hat ein altes Manuskript seines Vaters in seinem Besitz, das er »falsche Memoiren« nennt, weil er als Sohn es alles ganz anders sah. Paul findet die Aufzeichnungen »sympathisch« und meint, man sollte sie Nelse zu lesen geben, da er bereits die Notizbücher des ersten J. W. Northridge gelesen habe. Ich weigerte mich, das Manuskript selbst zu lesen, doch Dalva liebt es natürlich, weil er in so vieler Hinsicht ihr Vater war und nichts falsch machen konnte. Sie meint, meine Einwände, was die Sache mit dem Inzest beträfe, seien absurd, weil die Begegnung zwischen ihr und Duane rein zufällig gewesen sei. Die Tatsache, daß mein eigener Ehemann wahrscheinlich der Vater von ihnen beiden war, belastete mich schrecklich. Ich nehme an, dies war der Hauptgrund, warum wir uns letztlich entschieden, Nelse zur Adoption freizugeben. Es war nicht die Untreue meines Mannes, die mich am meisten schmerzte, sondern das Ergebnis, ein Ereignis von geradezu biblischer Gewalt, wo der uneheliche Sohn, jetzt nahezu erwachsen, aus der Fremde zurückkehrt und unwissentlich seine Halbschwester schwängert. Das war reiner Zufall. Doch warum sollte ihr eigener Sohn es wissen? Reicht es nicht aus, daß er weggegeben wurde?

Dalva hat, ganz untypisch für sie, gemeint, die Entscheidung läge bei mir. Sie hat es satt, darüber zu diskutieren, und traut meinen Motiven in der Sache nicht so ganz. Ich kann sie nicht überzeugen, daß es nicht die Untreue meines Mannes ist, die mich belastet. Wenn ein Mann auf einen Jagdausflug von zwei Wochen Dauer geht, ist er ein leichtes Ziel für die Versuchung. Obgleich ich mein Leben lang eine gute Christin war, glaube ich nicht, daß das Tier namens Mensch sich über die Grenzen der gewöhnlichen Lust hin, die unmittelbar und spontan ist, weiterentwickelt hat. Und eine Jagdhütte hat wenige Barrieren. Gewiß nicht die Gegenwart eines Bruders und eines Vaters, von denen der letztere selbst ein namhafter Lüstling ist. So ist es nicht sexuelle Befangenheit von meiner Seite. Paul verärgerte mich neulich in einem Brief, indem er meinte, daß ich nie einen Sohn zu bemuttern gehabt habe, und da sie langsamer im Lernen seien als Töchter, würde ich die Situation ausnützen. Ich war mir nicht sicher, was ich davon halten sollte, aber ich hatte ein nagendes Gefühl in meiner Brust und konnte den Grund nicht recht feststellen.

Am Sonntagmorgen kam Dalva zum Frühstück herüber, und wir machten Kartoffelpfannkuchen wie früher. Sie sagte, Nelse und Rex wären beim Einzäunen, trotz Lundquists Predigt gegen das Arbeiten am Sonntag. Es war sehr warm für Oktober, und nach dem Frühstück saßen wir draußen auf der Hollywoodschaukel und tranken zuviel Kaffee, wobei sie einen Lachkrampf kriegte bei dem Gedanken an die Aussicht, ihren Job nach nur zwei Monaten zu verlieren. Der Abgeordnete, den sie beleidigt hat, verlangt, daß sie gefeuert wird, und hat es geschafft, ein paar ungünstige Bemerkungen aus ihrem Arbeitszeugnis in Santa Monica in die Finger zu kriegen. Ihr Vorgesetzter in Lincoln hat angerufen und meint, das Beste, was sie im Augenblick tun könne, wäre, eine schriftliche Entschuldigung abzufassen, und Dalva sagte, das wäre, wie sich bei einem Kuhfladen dafür zu entschuldigen, daß man reingetreten sei. Der Abgeordnete hatte ihr die spitze Frage gestellt, warum sie glaube, daß der Staat sich einmischen und helfen solle, eine Farm zu retten, wenn der Farmer sie nicht selbst retten könne. Sie gibt zu, daß die Antwort ein wenig frech ausgefallen war, als sie ihm sagte, daß alle Bereiche der Wirtschaft vom »öffentlichen Trog schmarotzten«, einschließlich der Firma des Abgeordneten, die mit Öl und Gas spekulierte. Dieser Ausdruck war ein sehr alter; sie hatte ihn von ihrem Großvater, der politisch weder rechts noch links war, sondern bloß alle Widerstände gegen seinen Landbesitz erstickte.

Wir gingen in Richtung Teich, und als wir anhielten, um uns einen Flecken von Kugelmalven anzuschauen, sagte Dalva ganz plötzlich, daß Paul recht habe mit seiner Annahme, daß ich fürchtete, wenn Nelse alles wüßte, würde er Reißaus nehmen. Sie hielt das für unwahrscheinlich, und außerdem würde seine natürliche Neugierde irgendwann die Wahrheit sowieso herausfinden. Der leise Stich in meiner Brust begann zu vibrieren, und ich setzte mich hin, um Luft zu holen: Ich erinnerte mich daran, wie mein eigener Vater uns verlassen hatte, wenn auch nur für einen knappen Monat. Meine Mutter konnte ziemlich deprimiert werden, doch auf eine aggressive Art, und meist wurde sie dabei streitsüchtig. Mein ältester Bruder, Gus, ungefähr vierzehn zu der Zeit, war unsensibel genug, um das zu ignorieren, doch Erik, der zwölf war, ging dann raus und schlief in der Scheune. Ich war zehn oder so, und ich erinnere mich genau, wie mein Vater in der Diele herumschrie, wenn sie nicht mit ihm schlafen wolle, würde er nach North Dakota gehen. Und das tat er dann auch. Ich glaube, wir waren nicht zuletzt deshalb so erschrocken, weil es Mitte März war und mein Vater spätestens Ende April mit der Aussaat beginnen mußte, oder es würde keine Ernte geben und wir würden die Farm verlieren. Natürlich kehrte er rechtzeitig zurück, doch diese innere Vorstellung von einem Mann, der fortlief, wurde ich nie los, und sie wurde noch verstärkt, als ich achtzehn war und Erik uns unwiderruflich verließ. Es gab mehr als bloß einen Rest von Erstgeburtsrecht in unserer Gegend, und Erik konnte klar sehen, daß Gus die Farm erben würde, und als Heranwachsender hatte er deswegen eine Bitterkeit entwickelt, die nie ganz verschwand. Es erschien mir damals unfair, und das tut es auch heute noch: ein altes, ungerechtes System, das die Farmen intakt hielt, aber so viele Söhne ruinierte, die nicht die ersten in der Erbfolge waren. So viele wurden unglückliche Wanderer, Säufer, zornige Lohnarbeiter. Das letzte Mal hörten wir von Erik in den frühen fünfziger Jahren, und als ich ihn später in Eugene, Oregon, ausfindig machte, war seine Antwort von unerträglicher Kälte.

Ich war so tief in Gedanken, daß mein Kopf heruntersank. Dalva sang eine Parodie eines schlechten Country-Songs – wie hart es doch wäre, eine Frau zu sein –, und wir lachten beide. Dann gingen wir weiter den Hügel hinab zum Teich. Es war so warm für Oktober, daß noch Insekten in der Luft waren und ein Rest von Vögeln, die längst nach Süden hätten ziehen sollen, ein einsamer Fliegenschnäpper, der vielleicht nicht ganz richtig im Kopf war, und ein Stärling, der nicht sehr gut fliegen konnte; sein linker Flügel war ein wenig steif. Ich wollte nicht an das bevorstehende Ende seiner Geschichte denken.

»Du weißt, daß Nelse nach Arizona will, um nach seinem Hund zu sehen, dann runter zur Grenze, um Paul zu treffen. Du glaubst, wenn er Großvaters Aufzeichnungen liest, wird er vielleicht nicht zurückkommen. So einfach ist das. Ich habe mein halbes Leben darauf gewartet, daß Duane zurückkommt, obwohl mein Verstand mir sagte, daß es ausgeschlossen ist. Früher, wenn du und Dad weggefahren seid, schaute ich immer aus dem Fenster, selbst nachts, und stellte mir vor, daß die Sterne am Horizont ferne Autoscheinwerfer wären. Selbst als Dad im Krieg starb, glaubte ich, er würde zurückkommen mit dem Geruch des Flugzeugs an seinen Kleidern, dieser Mischung von Öl, Treibstoff und Schweiß. Ich bin sicher, diese Art von menschlicher Sehnsucht geht zurück in eine Zeit, wo es noch keine Sprache gab.«

Sie war ein wenig verlegen wegen ihrer Worte und versuchte das Thema zu wechseln, was ihr aber mißlang. »Und was soll ich tun, wenn ich meinen Job verliere? Ich habe keine Ahnung. Am Fenster sitzen und darauf warten, daß niemand zurückkommt. Du solltest wissen, daß ich Michael einen Scheck geschickt habe, als Kaution, nachdem sie ihn wegen Alkohol am Steuer eingebuchtet hatten. Er muß sich jetzt eine Bleibe in der Nähe der Universität suchen, da man ihm für sechs Monate den Führerschein abgenommen hat, was ein Segen für die Gesellschaft ist. Doch reg dich nicht auf. Wenn Nelse nicht zurückkommt, werde ich ihn ausfindig machen, wo immer er auch ist. Und du kannst ihm weiter gute Ratschläge geben. Er sagte, deine Ratschläge wären die einzig guten, die er in seinem Leben bekommen habe. Das ist ein echtes Kompliment. Bei mir, sagte er, könne er sehen, wo er ein paar seiner Eigenheiten her hat.«

Nun war ich an der Reihe, verlegen zu sein, und ich schlug einen langen Spaziergang vor, wozu sie aber keine Lust hatte. Sie gedachte gleich dort auf dem sandigen Ufer des Teichs ein Schläfchen zu halten. Ich mußte mich bewegen, jetzt da meine aufgeregten Sinne sich beruhigt hatten. Das ganze Thema von Nelses Weggang war geklärt, und bei dem Gedanken, es wieder aufzugreifen, krümmte sich mein Magen. So marschierte ich los, nach Nordwesten, zu einem entlegenen Teil unseres Besitzes, den ich weniger als einmal im Jahr aufsuchte, weil er weit jenseits der Windschutzhecken liegt und es dort kaum Vögel gibt, außer in dem Landstreifen, der unmittelbar an den Niobrara angrenzt. Das Terrain ist hügelig, mit einheimischen Gräsern bewachsen, weil es nie urbar gemacht worden ist. Anfangs als wir verheiratet waren, begleitete ich oft meinem Mann dorthin, wenn er auf Vogeljagd ging. Es gab da ein »Lek«, einen Balzplatz, wo die Präriehühner im Frühling ihre Paarungstänze aufführen, wobei sich die Hähne in heraldischem Pomp zeigen. Es gibt auch viele Spitzschwanzhühner in dem Gebiet, und damals hatte mein Mann einen dummen alten englischen Vorstehhund namens Bob, den man nicht vom Jagen abhalten konnte, bis er vor Erschöpfung umfiel, und dann trug mein Mann ihn hinüber zu einem Sumpfloch am Niobrara, wo er sich erholen konnte. Ich packte uns ein Picknick ein, und nach dem Essen liebten wir uns manchmal, etwas Herrliches in dieser Umgebung. In dem Frühjahr, als der Hund starb, im für Vorstehhunde hohen Alter von dreizehn Jahren, lief er oft fort in dieses Gebiet und beobachtete aus einer diskreten Entfernung die Präriehühner, die auf ihrem Lek einherstolzierten, und rührte sich nicht vom Fleck. Das letzte Mal regnete es, und Bob hatte einen Dachsbau aufgegraben, in den er sich halb hineingesetzt hatte, und als wir ihn fanden, schien er, starr und sabbernd, von diesem Aussichtspunkt vorzustehen. Die Vögel auf dem Lek, vielleicht hundert Schritt entfernt, störte das anscheinend nicht. Bobs Hüften hatten ihm den Dienst versagt, und mein Mann mußte ihn fast drei Meilen weit heimtragen, was einige Zeit in Anspruch nahm, da der Hund gut achtzig Pfund wog und schwer zu tragen war. Ich ging hinter ihnen, so daß Bob mich die ganze Zeit über die Schulter meines Mannes hinweg traurig anschaute.

Ich blickte von der anderen Seite des Teichs zu Dalva hinüber. Sie schien bereits eingeschlafen zu sein. Also legte ich einen forschen Schritt vor, denn ich wollte vor dem Abend zurück sein, um ein gutes Essen für sie und Nelse zu kochen. Ich war so mit all dem beschäftigt, was mir durch den Kopf ging, daß ich tatsächlich vergessen hatte, zur Kirche zu gehen; das einzige Mal, daß ich es in diesem Jahr versäumt hatte, außer bei einem Eissturm Anfang März. Ich wollte auch mit Dalva über dieses Thema sprechen, doch seit ihrer Heimkehr hat sie nur einmal den Gottesdienst besucht, da sie unseren neuen Pfarrer, der von der Lutherischen Synode hierher versetzt wurde, nicht mag. Wie ich ist er am Ende des Weges vor der Pensionierung angekommen, wenngleich ich noch mit dem Herzen bei der Schule bin, statt monoton das Ritual zu vollziehen wie diese arme, nahezu tote Seele.

Auf der anderen Seite des Sumpfes hörte ich das Schnauben eines Hirschbocks, und dann sah ich das Damwild durch die Weiden brechen. Wie bringen sie nur dieses rauhe nasale Schnaufen zustande? Die letzten Stärlinge

462

scharten sich zusammen wie fliegende Elritzen. Auf Wiedersehen! Nach diesem Jahr werde ich Paul folgen und selbst auf Reisen gehen, nach Mexiko oder Zentralamerika zum Beispiel, hauptsächlich um Vögel zu sehen. Meine Bootsfahrt auf dem Amazonas war insofern ein Reinfall, als man dort keine Wanderungen unternehmen konnte. Aus demselben Grunde fielen die Everglades für mich flach. Ein Freund meint, daß Costa Rica der Ort für Vögel wäre. Als Lena, Marjorie und ich in Brasilien waren, hatten wir zwei Tage Aufenthalt in Rio, bevor wir nach Norden flogen, und ich weiß noch, wie wir auf einer Bank vor dem großen Strand von Ipanema saßen und gnadenlos lachten, weil wir uns so plump und unelegant vorkamen. Tausende von Bikinimädchen, ein Meer von nackten Popos, und wir saßen da in unseren geblümten Nebraska-Sommerkleidern. Ein armer Junge versuchte Marjories Tasche zu klauen, doch Marjorie hatte sie mit einem besonders festen Riemen versehen und riß ihn auf dem Bürgersteig regelrecht um. Sie ist bestimmt stärker als die meisten Männer. Die schönste Reise, die ich jemals unternahm, war zwischen dem Zweiten Weltkrieg und Korea – 1948, glaube ich –, als ich mit meinem Mann nach England flog; auch wenn der alte J.W. uns mit Überseetelegrammen über Landverkäufe verfolgte, die zu der Zeit im Gange waren. Wir nahmen den Zug hinauf nach Hereford, und während mein Mann das Hereford Registry aufsuchte, um sich über Viehzucht zu informieren, ging ich zu dieser prächtigen Kathedrale. Als wir wieder in London waren, wurde es heiß, und er kaufte mir einen Sarong, worüber ich lachte, weil ich wußte, daß er die Schauspielerin Dorothy Lamour anbetete. Trotzdem trug ich ihn, zumindest auf unserem Zimmer. Er liebte auch Claudette Colbert. Ich mochte Robert Ryan, weil er mich an meinen Mann erinnerte. Paul ebenso. Ich liebte England, weil es all die Geschichten, die ich meinen

Schülern aus *Book House* vorgelesen hatte, zum Leben brachte, von Kinderreimen über »Tom Thumb« bis zu »Una and the Red Cross Knight«. Oft lieben Schüler die Geschichten am meisten, die am weitesten von ihrem eigenen Hintergrund entfernt sind.

Ich ging langsamer, als ich den Hang des Hügels oberhalb des Leks erreichte. Bobs Loch, das lange überwuchert gewesen war, war jüngst von einem Kojoten neu aufgegraben worden; so stieg ich höher hinauf, um den speziellen Geruch zu meiden, den Kojoten an sich haben. Ich begann über die These nachzudenken, die neuerdings in der kognitiven Ethologie vertreten wird, daß jeder Vogel eine ganz eigene Persönlichkeit hat. Ich erinnerte mich auch an einen Aufsatz, den Dalva mir im Frühjahr zugeschickt hatte, von einem zugegebenermaßen verrückten Dichter, den sie kannte, welcher behauptete, daß die Wirklichkeit die Gesamtheit der Wahrnehmung aller Geschöpfe sei, nicht nur die unsrige. Die Vorstellung ließ mein armes Gehirn knarren wie ein Scheunendach, wenn die Morgensonne es aufheizt. Ich glaube, ein Mystiker hat einmal gesagt, wir sähen Gott mit demselben Auge, mit dem er uns sieht. Trotz unseres Alters liebte ich mich mit Paul in diesem Sommer. Wir dachten, warum nicht? Und so rollte ich mich nun dort oben zusammen und schlief ein. Ich träumte von den Airedales, die von J. W.s Farm herüberzukommen pflegten, um uns zu besuchen und dann nur Augen und Ohren für ihre Spielgefährtin Dalva hatten. Sie war auch eine gute Reiterin, aber sie ritt zu schnell.

Es war schon nach vier, als ich ein wenig verkühlt aus dem Schlaf aufschreckte. Es muß die gesamte Erschöpfung der letzten Zeit gewesen sein, und ich schaffte es nicht zurück bis zum Teich bis um fünf, obwohl ich so schnell wie möglich ging. Nelse kam mir dort entgegen, mit besorgtem Gesicht. Dalva hatte ihn ausgeschickt, nach mir zu suchen.

464

Ich fand es schön, wie sein Gesicht sich aufhellte, als er mich sah.

Zurück im Haus trank ich meinen ersten Martini seit unserer Reise nach San Francisco im Spätfrühling, und wir kochten den Rindfleischeintopf zu schnell, weil wir hungrig waren. Er war noch nicht durch, und die Kartoffeln, Zwiebeln und Karotten waren noch halb roh. Es war das beste schlechte Essen, an das ich mich erinnern konnte. Das halbgare Fleisch war ein ziemlicher Kontrast zu Mozarts *Jupitersinfonie* auf der alten Stereoanlage. Nach dem Essen holte ich den Verbandskasten heraus und verarztete eine dicke Blase an Nelses Hand, die er sich beim Einsetzen der Zaunpfähle zugezogen hatte. Dalva sah uns ernst zu und sagte: »Sollte ich das nicht machen?«, aber dann lachte sie. Sie sieht mehr wie seine ältere Schwester als wie seine Mutter aus.

29. November 1986

Er ist zurückgekommen. Vor ein paar Wochen, heißt das. Die Tatsache, daß ich damit gerechnet hatte, tut der Freude keinen Abbruch, die ich empfand, als sein Lastwagen in den Hof einfuhr. Er brachte seinen Hund, Ralph, nicht mit, was mich überraschte. Er sagte nur, Ralph wiege jetzt fast doppelt so viel wie früher und scheine bei dem alten Ehepaar ganz glücklich zu sein. Es war die Hundeversion eines Ruhestands, mit dem Vorbehalt, daß die alten Leute ihn jederzeit per Luftfracht zu Nelse schicken konnten, wenn es ihnen zuviel wurde.

Es war Abend, als er ankam, und er war bei Dalva vorbeigefahren, doch es habe ein fremder Wagen auf dem Hof gestanden und er habe nicht stören wollen, falls sie Besuch von einem Freund hätte. Ich sagte, es sei Lenas Auto, das er hätte kennen müssen, und Dalvas Besucher sei ihre alte Freundin Charlene, Lenas Tochter aus New York. Nelse hat den Beginn seiner phänologischen Studie auf Anfang April verschoben, wenn der Frühling, der in diesen Breiten langsam und zögerlich kommt, seine Ankunft zumindest angekündigt haben wird. Bis dahin will er sich damit beschäftigen, für die Gegenstände der Eingeborenen ein Zuhause zu finden, und es ärgert ihn, daß die größte Autorität auf diesem Gebiet ein Professor ist, den er in seiner College-Zeit beleidigt hat. Natürlich war die größte Frage, die an jenem Abend durch die Anspannung, die sie hervorrief, selbst mein Gesichtsfeld einzuschränken schien, ob er die gefürchteten Memoiren gelesen hatte oder nicht.

»Hast du geglaubt, es würde mich so verschrecken, daß ich nicht wiederkomme?« neckte er mich.

»Ich wußte es nicht. Bei manchen Leuten wäre es vielleicht so.«

»Es ist nur ein bißchen Inzucht.« Und dann spürte er die Regung in meinem Gesicht. »Ich kann verstehen, daß dich das sehr mitgenommen hat, aber es ist dreißig Jahre her. Außerdem sagt Paul, daß es eine geringe Chance gebe, daß er der Vater sei. Warum räumst du nicht wenigstens eine solche Möglichkeit ein?«

»Weil Paul wahrscheinlich nur versucht hat, mich zu schonen. Rachel, Duanes Mutter, schien sich sicher, daß es mein Mann war.«

»Vielleicht, weil sie ihn von den dreien am besten gemocht hat oder ihn für kurze Zeit sogar liebte.«

»Von den dreien?«

»Paul sagt, er sei sicher, daß sein Vater von Anfang an mit dabei gewesen ist. Es wurde viel getrunken. Historisch gesehen ist die Besiedlung des Westens auf Whiskey gegründet.«

»O Jesus Christus.« Da fluchte ich schon wieder, doch in

mir löste sich alles auf. Dieser alte Bastard; doch so gesehen, war er damals gar nicht so alt gewesen. Ich war Nelse dankbar, daß er versuchte, die Sache mit Humor zu nehmen, doch dann fing ich doch zu weinen an. Er beugte sich über meinen Stuhl und legte seinen Arm um mich.

»Du bist diejenige, die immer sagt, daß meine Mutter die Geister in ihrem Haus loswerden soll. Du solltest dich besser selbst davon freimachen. Nach dem, was ich gehört habe, kannst du von Glück reden, daß dein Mann und Paul gute Menschen waren, jedenfalls verglichen mit ihrem Vater, der ein ganz anderes Kaliber war. Nein, das kann man so nicht sagen: Er lebte vermutlich nur im falschen Jahrhundert. Selbst nachdem Paul versucht hat, alles, was ich von ihm gelesen habe, in ein anderes Licht zu rücken, habe ich ihn bewundert; aber ich muß ja nicht sein Sohn sein.«

Wir wurden gerettet, als er Kaffeetassen auf dem Eßzimmertisch bemerkte und zwei auf dem Tisch vor uns. Ich habe es immer als erschreckend empfunden, wenn Menschen gezwungen sind, über die tieferen und schmerzlichsten Dinge in einer sachlichen Art und Weise zu reden, als seien wir alle Totengräber unserer Vergangenheit.

»Die ersten beiden« – ich zeigte auf die Tassen vor uns – »sind die Eltern eines kleinen Mädchens, das Probleme in der dritten Klasse hat. Sie sind aus Massachusetts und im Sommer hierhergezogen. Haben in der Gegend von Boston ihre Zelte abgebrochen. Er ist der Cousin der Frau eines großen Ranchers in dem Gebiet. Seine Frau ist angeblich eine Künstlerin, doch er hatte in den Mittdreißigern entschieden, daß er Cowboy werden wollte, obwohl ich gehört habe, daß sie ihn auf der Ranch schon die Buchführung machen lassen. Ihre Tochter in meiner Schule glaubt, wir seien hier alle blöd. Sie braucht das Wort ein dutzendmal pro Tag. Ich sage ihnen, sie fange langsam an aufzutauen und daß sie, wenn sie nach Hause kommt, wahrscheinlich unglücklicher tut, als sie ist, um die Leute zu bestrafen, die sie verpflanzt haben. Die Mutter würde am liebsten wieder nach Osten zurückziehen, aber der Vater weigert sich.«

Nelse hatte schnell das Interesse verloren, und ich machte weiter mit dem Eßzimmer. »Unsere Missionsgruppe aus der Kirche hatte ihr halbjährliches Treffen hier. Wir unterstützen ein Waisenhaus in Mittelamerika.«

»Das Rosebud- und Pine-Ridge-Reservat sind nicht sehr weit im Norden von hier. Ihr findet genug Waisen in der näheren Umgebung«, sagte er, ohne zu zwinkern.

Dies führte nicht so weit von unseren familiären Problemen weg, wie ich gehofft hatte. Auch hatte die Familie in der Vergangenheit mit anonymen Spenden nicht gegeizt, doch es wäre müßig gewesen, dies einem jungen Mann mit einem so scharfen Auge für die ökonomischen Grausamkeiten zu sagen.

»Vielleicht kümmern wir uns lieber um Mittelamerika; denn wenn wir unser Geld den Sioux gäben, wäre das ein Eingeständnis, daß unsere Großeltern und Urgroßeltern sie nicht hätten vertreiben sollen.«

Die Antwort gefiel ihm, und ein Blick in Richtung Küche sagte mir, daß er hungrig war. Ich machte ihm ein spätes Abendessen, während er sich über eine Sache ausließ, die ihm am Herzen lag und in der Paul mit ihm weitgehend einer Meinung war. Eine gewisse Schicht von Leuten, viele davon mit einem guten Start im Leben, hatte als Reaktion auf die Weltwirtschaftskrise ihr Leben ausschließlich sinnlosen Arbeiten gewidmet und eine Menge Geld angehäuft. Diese Großeltern und Eltern luden dann das Geld auf ihre Kinder ab, was unterschiedliche Wirkungen zeigte, ähnlich, so Paul, der Geschichte des Adels in Europa. Es ist schwer für diese jüngeren Leute, eine sinnvolle oder befriedigende Arbeit zu finden, weil die Notwendigkeit zu arbeiten einfach nicht da ist. Oft fühlen sie sich wie zweitklassige Amateure, wie er es ausdrückte, denen man schwerlich irgendwelche Sympathien entgegenbringen kann, wenn man an die Welt als Ganzes denkt. Ich stimmte dem weitgehend zu, hielt aber dagegen, daß die meisten gewöhnlichen Menschen, die ich gekannt habe, eine sinnvolle Arbeit dem bloßen Gelderwerb vorzögen. Und vielleicht neigen Rancher und Farmer dazu, ihre Standestugenden und ihre Arbeit zu mythologisieren, um ihnen mehr Sinn zu geben. In einem Büro oder einer Fabrik ist es leider schwerer, weil diese Arbeit jüngeren Datums ist. Ich fügte hinzu, daß das der Grund sei, weshalb J.M. oder ich, mit unserem Hintergrund, ein wenig Abstand zum Rest der Familie empfinden könnten.

Die letzte Bemerkung machte ihn für kurze Zeit ganz nachdenklich, dann stand er plötzlich vom Küchentisch auf und ging zum Telefon im Eßzimmer und rief J.M. an. Ich machte etwas mehr Lärm mit dem Abwasch als nötig, um ihnen ein bißchen Privatsphäre zu ermöglichen. O mein Gott, ist die Wirklichkeit doch schwierig, dachte ich, und wenn die Christen unrecht haben und die anderen recht, könnte es schön sein, als Vogel oder als Baum auf die Erde zurückzukehren. Ich habe immer einen Teil meines Geldes für gute Werke gegeben, und das heißt etwas bei dem Geld meines Mannes, doch das erkauft einem kaum die Seelenruhe. Das letzte, wonach jemand wie Nelse sucht, ist ein ruhiger Schlaf.

Thanksgiving war für mich immer mit seltsam gemischten Gefühlen verbunden, zum Teil, glaube ich, weil in meiner Kindheit der Feiertag tatsächlich den Abschluß der Ernte darstellte, Schlachttag und Vorbereitung der Farm auf den Winterschlaf. Nachbarn besuchten uns und wir besuchten Nachbarn, und das ausgedehnte Schlemmen und Prassen war kaum auf den Truthahn beschränkt, einen im übrigen weit überschätzten Vogel. Als Lehrerin bekommt man das ganze Tauziehen mit, wer wohin zum Thanksgiving geht, welche Gruppe von Eltern beehrt werden soll. Das alles hat durchaus komische Aspekte in seinem ganzen Hin und Her, diesem Nervenkrieg, der nichts zu tun hat mit der ursprünglichen Feier, die eine Sache der ganzen Gemeinde war.

So verspürte ich denn auch einen Stich, als Ruth anrief und sagte, sie werde nicht von Tucson herkommen können, doch das änderte sich sofort, als ich hörte, daß sie einen neuen Freund gefunden hatte, einen Witwer, und daß sie für ihn und seine erwachsenen Kinder ein Festessen kochen würde. J.M.s Eltern kommen, aber nur für den Tag. Nelses Mutter und ihr Lebensgefährte werden eine einzige Nacht bleiben. Nelse wird J.M. am nächsten Tag nach Lincoln fahren, da sie ihre Studien nicht vernachlässigen kann. Dalva haßt Truthahn und besteht auf einem Rippenspeer als Zweitgericht, den sie selber zubereitet, obwohl beides nicht zusammenpaßt und ich einen Schinkenbraten vorschlug, worauf sie wiederum die Nase rümpfte. Wir beschlossen, in ihrem Haus zu essen, um den Familienporträts an der Stirnwand meines Eßzimmers aus dem Weg zu gehen.

All das läßt mich ein wenig zweifeln an der »bourgeoisie«, wie Dalva es nannte, als sie an der Universität war, und ich habe auch Nelse diesen Begriff gebrauchen hören. Er nimmt im übrigen den Festtag mit der stoischen Höflichkeit hin, die ihm, wie er sagt, von seinem Adoptivvater vermittelt wurde, was diesen schon mal sympathisch macht. Ich fragte Nelse, ob er sich lieber irgendwo in einer Höhle ein Wild braten würde, und er meinte: »Ja, sicher.« Meine eigenen gemischten Gefühle kommen daher, weil ich meine Bücher aus den Zimmern meiner Töchter gelesen habe – die im wesentlichen noch so sind, wie die beiden sie vor über fünfundzwanzig Jahren verlassen haben – oder Bücher, die sie mir geschickt haben, um meinen Frieden zu stören. Ruths wegen habe ich all diese Biographien von Musikern gelesen, einschließlich Robert Crafts über Strawinsky und später Ned Rorem und natürlich die älteren Romantiker. Die offensichtliche Verachtung für das Gebaren der Mittelklasse war verblüffend und irgendwie liebenswert. Ich las auch eine Anzahl von Dalvas College-Romanen, einschließlich *Lady Chatterley's Lover*, bei dessen Lektüre mir gelegentlich die Ohren klingelten, insofern als mein Mann es gerne in der freien Natur tat, und mir hat es auch nie etwas ausgemacht. Ich versuchte ein Buch von Henry Miller zu lesen, den man gewiß nach unseren Maßstäben als Schürzenjäger bezeichnen konnte, doch es war zuviel für jemanden von meiner Herkunft, obwohl mir sein *Colossus of Maroussi* sehr gefiel und ich die feste Absicht habe, irgendwann nach meiner Pensionierung nach Griechenland zu reisen. Lena liebte das Buch auch und fährt mit, hauptsächlich weil mein schrecklicher Schwiegervater uns einen Reisefonds hinterlassen hat und ich Lena überzeugt habe, daß sie, weil sie eine kurze Zeit die Geliebte des alten Bocks war, sich einige Reisen verdient hat. Der absolute Rekord an Herzschmerzlektüre war in einem Frühjahr, als Dalva von der Universität zurück war und darauf bestand, daß ich *Die Brüder Karamasow* lesen sollte. Das ist jetzt lange her, und ich weiß nicht, ob ich die Erfahrung schon verdaut habe oder es je tun werde. Nummer zwei in dieser Kategorie war ein Weihnachtsgeschenk von Ruth, James Agees *Let Us Now Praise Famous Men*, das von der schrecklichen Armut in den Südstaaten handelte, mit zahlreichen Fotos von einem Herrn namens Walker Evans. Wir hatten zwar während der Weltwirtschaftskrise auch kein Geld, doch uns mangelte es auf der Farm nie an etwas zu essen. Die Fotos dieser Familien im Süden zeigten die schlimmsten Zeichen von Unterernährung.

Was besagen soll, daß ich zwar viel Leid gesehen habe, aber nicht im wirklichen Leben. Ich weiß nicht, was ich wirklich weiß. Von diesem Hügel aus sehe ich keine andere menschliche Wohnung. In anderen Worten, ich kenne meinen eigenen Standpunkt, von dem aus man aber nicht die Welt berechnen kann. Dalva ist drei Meilen entfernt und Athell Dodsons Farm anderthalb Meilen. Er pflügt mir im Winter den Weg frei, und an stillen, kalten Morgen kann ich manchmal seinen Traktor starten hören. Crow haßt den Traktor und hat Athell einmal auf den Kopf gepickt, und so gehe ich an windigen Tagen in meinem Morgenmantel hinaus und schließe Crow in seinem Käfig ein. Jetzt, da Thanksgiving wieder kurz bevorsteht, sehe ich wie immer die Wiederkehr meiner Zweifel als Teil der dunklen Jahreszeit. Es gibt nicht genug Sonne, um das Leben zu erhalten – das habe ich schon als Kind gespürt. Mir ist völlig klar, daß meine Leidenschaft für die Welt der Natur mir Schranken auferlegt hat und ich mehr im Sommer hätte reisen sollen, doch ich dachte mir immer, wie kann ich meinen Garten und meine Vögel verlassen? Ich bin erstaunt, in welchem Widerspruch wir mit uns selbst und anderen stehen können, und diese Widersprüche verstärken sich im November und Dezember. Meine Gartenzeitschriften kommen an, sind aber ohne Reiz. *Natural History* und *Audubon* können meine Aufmerksamkeit nicht fesseln, und Ruths Geschenkabonnement des *New Yorker* wird völlig irrelevant, obwohl ich das Magazin zu anderen Zeiten gerne lese. Dalva pflegte ihre Ausgaben von *Nation* zu sammeln und mir alle paar Monate ein Päckchen zu schicken, doch ich bat sie, es zu lassen, weil mir mit fortschreitendem Alter die Berichte über so viele schreckliche Probleme unerträglich wurden. Bei den seltenen Gelegenheiten, wenn ich fernsehe, wird das Bild so dünn wie der Schirm selbst, eine Schüssel mit Abwaschwasser. Meine gewöhnliche Zuflucht, meine Religion, wird trocken um die Ränder, und die Ränder beginnen das Zentrum zu durchdringen.

Doch wie kann das sein, wenn mir die Religion seit meiner Kindheit ein unerschütterlicher Dreh- und Angelpunkt gewesen ist? Ich glaube an Jesus als den wahren und einzigen Sohn Gottes und die erlösende Macht der Auferstehung. So ist es. Warum bewegt dann der 21. Dezember, nach welchem die Tage länger werden, mein Herz stärker als der 25. Dezember, wenn wir die Geburt unseres Gottessohnes begehen? Ich kann es mir auch nicht besser erklären, als daß ich während dieser dunklen Zeit mehr das gewöhnliche Säugetier bin, als es mir lieb ist. Ich kann mir fast vorstellen, wie in den Dickichten am Niobrara ein Damwild zum anderen sagt: »Wenigstens wird es jeden Tag heller.« Das heitert mich fast ein wenig auf, doch jenseits des Fensters ist nur undurchdringliche Dunkelheit und, wenn ich mich bewege, mein eigenes Spiegelbild.

Es ist nach Mitternacht, und eine Schulnacht außerdem, eine Stunde nach meiner normalen Schlafenszeit. Ich gieße mir ein seltenes Glas Sherry ein und lege eine Fuge von Bach auf – Bach, weil ich kein Schlaflied brauche, sondern Klarheit. Meine Welt schrumpft zusammen auf die einhundertundsiebenundzwanzig Pfund, die ich wiege, seit ich neunzehn bin. Während des Koreakriegs schien Edward R. Murrow die Stimme Gottes zu sein, und im Vietnamkrieg war es Walter Cronkite. Ich habe nur einen meiner Exschüler dort verloren, aber ein Dutzend von ihnen war da, nette und eifrige Burschen. Ich knie mich hin und spreche mein Nachtgebet für die Familie, in der Hoffnung, daß meine innere Stimme eine Milliarde Galaxien durchdringt. Ein harter Job, fürwahr. Ich habe einen ehrbaren Beruf ergriffen, verglichen etwa mit der Raubgier meines Schwiegervaters, doch im Moment ist das Resultat der Gleichung nur wehe Knie und der leicht nussige Geschmack des Sherrys. Jedes Jahr um diese Zeit ist es, als ob ich das Blut meiner Seele schmecken kann, und es ist ätzend wie Säure und befleckt mein Leben mit meiner elementaren Menschlichkeit.

Ich ziehe meinen Mantel über und trete hinaus auf die Veranda. Die Sterne sind ein wenig getrübt durch einen dreiviertel vollen Mond, der von einer dünnen Schneeschicht reflektiert wird. Ich zittere, obwohl es kaum unter dem Gefrierpunkt ist. Weit hinter mir aus dem Sumpf höre ich das wunderbare Jaulen von Kojoten auf der Jagd, wobei mir klar ist, daß es für den Gejagten nicht so wunderbar ist. Mein Trost heute nacht ist einfach genug, und ich kann es nicht einmal Bescheidenheit oder Demut nennen. Ich bin nur Naomi, eine ältere Frau, die sich den Mond und die Sterne ansieht; ich bin so gewöhnlich wie die Erde, auf die sie herabscheinen. Wenn das nicht genug ist, habe ich nicht mehr zu bieten – und wem biete ich es überhaupt?

Am nächsten Tag bin ich müde wie ein Hund, und ich komme nach Hause, und da sitzen Nelse und J.M. auf der Hollywoodschaukel, einen ganzen Tag zu früh. Sie sind nicht einmal warm genug angezogen, obwohl es einige Grad über dem Gefrierpunkt ist. Ich bin so freudig überrascht, daß ich fast hinfalle, als ich aus dem Wagen steige. Nelse hat Crow herausgelassen, der eine Gruppe Stare am anderen Ende der Hecke beschimpft. J.M. kommt gelaufen, um mich zu begrüßen, mit einem Lächeln auf dem Gesicht doch mit der Erschöpfung der Schule in ihren Augen. Sie erschreckt mich, weil Nelse sie aufgefordert hat, mir zu zeigen, wie hoch sie springen kann. Sie hüpft versuchsweise, springt dann ein bißchen zu hoch für meine Vorstellung.

Ich bin in der Verlegenheit, als Großmutter nichts zum Essen vorbereitet zu haben. Sie nehmen darauf keine Rücksicht, und obwohl es erst vier ist, erklären sie, sie seien schrecklich hungrig. Ich spüre, daß sie sich an irgendeiner Stelle auf ihrer Fahrt von Lincoln hierher im Wagen geliebt haben. Ich erinnere mich, daß ich Hühnersuppe gemacht und eingefroren hatte, als Lundquist mir einen großen Schwung Hühnchen zum Braten gebracht hatte. Nelse sucht immer nach mehr Fleischstücken in seiner Suppe, so hatte ich zwei davon in diese Portion getan. Es ist eine skandinavische Version mit Steckrüben und Kartoffeln darin, und nachdem sie beide je zwei Teller davon gegessen haben, schlafen sie während der Sechsuhrnachrichten auf dem Sofa ein. Nelse haßt Fernsehen, doch J.M. betrachtet die Nachrichten als eine Pflichtübung.

Ich sitze daneben und sehe zu, wie sie schlafen, wobei mich ein seltsames Gefühl befällt, daß dies alles so kommen mußte. Ist es vermessen, an einen göttlichen Plan zu glauben? Alle materiellen Beweise scheinen geeignet, den Gedanken als absurd abzutun. Ich habe nicht den Mut, eine Entscheidung darüber zu fällen. Ihre schlafende Hand liegt auf seinem Bein, und sein Kopf ist auf die Sofalehne gekippt. Aus der Erinnerung kann ich mir ihre Nächte vorstellen.

Das Telefon läutet, und es ist Dalva, aber das Klingeln weckt das Paar auf dem Sofa nicht auf. Dalva freut sich zu hören, daß die beiden bereits da sind. Sie war gerade dabei, ein Huhn zu braten, und wollte damit herüberkommen, und ich sage ihr, sie solle es doch tun, bitte. Nach so vielen Jahren Nomadenleben scheint Nelse alles zu mögen, was wir kochen.

Ich setze eine Kanne Kaffee auf, und J.M. erwacht als erste, mit einem scheuen Lächeln. Sie legt die Afghanendecke über Nelse, und wir gehen in die Küche. Dalva kommt an, und durch die offene Küchentür sehe ich, wie sie innehält, den Topf in der Hand, und auf ihren Sohn blickt, der auf dem Sofa liegt. Sie steckt die Decke fest, auf eine recht mütterliche Weise, und als sie dann auf uns zu kommt, ist sie so in Gedanken, daß sie fast die Weinflasche fallenläßt, die sie unter dem Brattopf trägt. Sie umarmt J.M., nickt mir zu, öffnet den Topf und fragt sich laut, ob sie zu viel Knoblauch hineingetan hat. J.M. öffnet den Wein, und wir kosten ihn, und er ist wie ein Sakrament.

Lieber Gott, es ist vorbei. Nichts ging wirklich schief, obwohl es einen kurzen, angespannten Moment gab, als der Lebensgefährte von Nelses Mutter, Derek, beim Thanksgiving-Nachtisch fragte: »Wie können Sie so wertvolle Gemälde in einem alten Farmhaus aufhängen?« Zu seiner Verlegenheit half ihm Dalva, den Satz beenden, dann sagte sie, sie sei an Kunst interessiert, nicht am Kunstmarkt, zwei völlig verschiedene Dinge. Sie habe keine Ahnung, was die Bilder wert seien, und wolle es auch gar nicht wissen. Sie betonte, daß ihr Großvater ein Zeitgenosse der Künstler gewesen sei, ein paar von ihnen persönlich gekannt habe und die Bilder so ganz billig bekommen habe, aber zu einem Preis, der auch den Malern willkommen gewesen sei. Ausgerechnet J.M.s Vater sagte, wenn man ein »Bild« in seinem Wohnzimmer liebe, warum sollte man es dann jemand anderem geben, und außerdem habe er ein gutes Auge für Bausubstanz, und dieses alte Farmhaus würde vermutlich noch stehen, wenn viele moderne Gebäude bereits in Schutt und Asche lägen. Derek scherzte, daß er wohl »überstimmt« sei und ließ es dabei bewenden, obwohl er rot geworden war.
Eine Nordfront kam durch, und es war windig, doch mit nicht allzuviel Schnee. J.M. machte sich Sorgen und wollte nicht, daß ihre Eltern drei Stunden lang in einem solchen

Wetter nach Hause fuhren, doch ihr Vater, wie fast alle Farmer, ließ sich nicht von seinem Vorhaben abbringen. Ich muß in solchen Situationen immer an Thoreaus Worte denken, daß der Farmer der Farm gehört und nicht umgekehrt.

Der nächste Tag war recht kalt, mit Temperaturen deutlich unter dem Gefrierpunkt, doch klar und sonnig, und nachdem wir seine Mutter und ihren Freund verabschiedet hatten, machten Nelse und ich eine lange Wanderung. Wir fragten Dalva und J.M., ob sie nicht mitkommen wollten, doch die beiden hatten den Atlas und verschiedene andere Karten ausgebreitet, und Dalva zeigte J.M. Orte, die sie sich ansehen müsse. Dies schien Nelse nervös zu machen, und er wartete draußen im Hof auf mich. Spontan zeigte er mir den geheimen Ort seines Vaters oben im Heuschober, und es beunruhigte mich, wie der Rinderschädel von dem Seil hing und sich aus eigenem Antrieb drehte, der Blick durch die Lücken in den Scheunenbrettern einen verblüffenden länglichen Effekt auf die Landschaft hatte und das helle Sonnenlicht durch die Ritzen Streifen auf unsere vermummten Leiber warf. Wer war dieser Duane wirklich gewesen, dachte ich, mit so viel offenkundiger Unrast im Geiste, daß er meine eigene Religion hatte abstrakt erscheinen lassen. Er hatte mich an einen Jungen erinnert, den ich auf abstoßende Weise attraktiv gefunden hatte (ja, das ist möglich!), als ich erst zwölf war und mein Vater eine Gruppe von Lakota-Wanderarbeitern angeheuert hatte, uns bei der Kartoffelernte zu helfen. Unsere Familie war methodistisch geprägt, und der etwas wilde Humor der Lakota war uns peinlich. Aus meinem Schlafzimmerfenster konnte ich diese Eingeborenen sehen, wie sie am Abend ihre Zigaretten drehten. Die ganze Gruppe übernachtete in der Scheune, und dort durften sie natürlich nicht rauchen. Am Nachmittag des Tages, als die Ernte zu Ende war, machte meine Mutter, aus einer selten guten Stimmung heraus, ein Wildragout von einer Hirschkuh, die mein Bruder illegal erlegt hatte. Man hatte ein großes Lagerfeuer im Hof entzündet, so daß alle sich wärmen konnten, während sie aßen. Obwohl ich, wie gesagt, damals erst zwölf war, vollführte einer der jungen Lakota mit einer besonders scharf gebogenen Nase einen Tanz, in dem er einen brünstigen Maultierhirschbock nachmachte und zur Erheiterung der anderen lebhaft herumsprang. Er sah dabei dauernd zu mir herüber, als erkenne er in mir die junge Frau, die zu werden mir in jener Zeit ziemlich unangenehm war. Er sprang sogar höher als J.M. vorgestern. Ein paar der älteren Lakota-Frauen sahen mich an und lachten. Oh, wie ich wünschte, daß meine Familie lachen könnte wie diese armen, zerlumpten Leute, doch es würde nie geschehen.

Nelse und ich machten eine Runde von zwei Stunden durch unser Land, wobei wir abwechselnd die Führung übernahmen. Dabei hing ich nur gelegentlich den unangenehmen Gedanken der letzten Woche nach. Wir hielten an, um nach seinen Rinderzäunen zu sehen, und das ganze Projekt kam mir einen Tick bescheuert vor. So viel an dem Rindergeschäft stieß mich ab, daß ich mir seine Ideen über eine siebenteilige Weidewechselwirtschaft nicht anhören wollte, wenngleich sich meine Ohren spitzten, als er sagte, daß sein Vieh nie einen Mastpferch sehen würde. Diese Mastpferche erinnern mich unvermeidlich an die Fotos von Kriegsgefangenenlagern. Ich sagte etwas darüber, wie in den alten Zeiten die Farm erstklassiges Rindfleisch an Restaurants geliefert habe, was ihn daran erinnern sollte, daß er in diesen Dingen nicht mehr als ein Amateur war, und ich sorgte mich laut darüber, daß sein Plan nicht aufgehen würde. Doch er schnitt mir das Wort mit der Bemerkung ab, ich sollte lieber den Rest meines Lebens damit verbringen, mir um meine Familie Sorgen zu machen. Ich erwiderte, daß ich genau das vermeiden wollte, und lachte, als ich sagte, wenn man genug Hühner großgezogen habe, sei der Gedanke, eine Mutterhenne zu sein, nicht sehr attraktiv. Als Kind war es für mich eine gräßliche Arbeit, die Hühner zu füttern, und das hat sich nicht geändert. Nur Lundquist scheint Spaß daran zu haben, Hühner aufzuziehen. Er gibt ihnen allen Namen.

Die Sonne war nicht warm genug, um die paar Zentimeter Schnee zu schmelzen, und als wir durch eine dichte Windschutzhecke auf ein Gebiet von um die hundert Morgen offener Prärie kamen, war die Wirkung überwältigend. Es war ein Teil des Besitzes, der nie landwirtschaftlich genutzt worden war, und die einheimischen Gräser, die durch die dünne Schneedecke stachen, boten einen prächtigen Anblick. Ich zog Nelse damit auf, daß er sich am Rand des Baumgürtels ein feines Haus aus Grassoden als Schutz gegen die Winde bauen könne, und war überrascht, als er sagte, er habe auch schon daran gedacht. Es gab schöne Flecken von Hirse-, Büffel- und Fioringras, das gegen den Schnee besonders abstach. Ich kam nicht oft hierher, weil ich wegen der Vogelbeobachtung Dickichte bevorzuge. Ich erinnerte mich mit schmerzlicher Klarheit, wie ich einmal mit Paul hierher gewandert war, nach einem heftigen Streit mit meinem Mann über seine Flugkunststücke, die er bei der Landwirtschaftsschau gezeigt hatte. Das war kurz nach Dalvas Geburt gewesen, und Paul war gerade aus Brasilien heimgekehrt. Das ist der Grund, weshalb wir ihr den ausgefallenen Namen »Dalva« gaben, nach einer Samba-Platte mit dem Titel »Estrela d'alva«, die Paul mitbrachte. Ich glaube, ich saß weinend auf der Veranda und Frieda hielt die kleine Dalva im Arm, als Paul einen Spaziergang vorschlug, und als wir an diesem Feld ankamen, war ich erstaunt, daß er all die verschiedenen einheimischen Kräuter und Gräser und Wildblumen benennen konnte, von denen viele ganz selten geworden sind außer in Gebieten, die nicht landwirtschaftlich genutzt wurden.

Ich wurde aus meinen Träumereien gerissen, als ich Nelse im Schnee herumkriechen sah. Er schnitt kleine Büschel und Sträuße von den wilden Gräsern mit einem Taschenmesser ab und band sie dann mit einem Stück Schnur aus seiner Hosentasche zusammen. Er sagte, er wolle sie zur Dekoration an die Dachbalken seiner Schlafbaracke hängen. Er blickte auf diese Sträuße, als ob sie große Kunst wären, und vielleicht waren sie das auch. In solchen seltenen Momenten erscheinen Männer als glorreiche Geschöpfe, gleich den magischen Persönlichkeiten in jenen alten Geschichten des *Book House*, und nicht als jene Lümmel und Rohlinge, die aus der Welt einen so heiklen Ort gemacht haben.

Eines warmen Abends im August, als wir tatsächlich Händchen haltend auf der Hollywood-Schaukel saßen, sagte Paul: »Meine Familie war nie ganz Teil der menschlichen Gesellschaft.« Ich sagte damals nichts, weil ich darauf wartete, was er weiter sagen wollte, aber er hätte hinzufügen können, daß seine Familie nie ganz Teil der menschlichen Gesellschaft gewesen sei außer allein nach ihren eigenen Regeln. Ich hätte auch sagen können, daß dies auch für Paul selbst galt, wie er da neben mir saß und seine eigenen Ideen vor Augen hatte, als wären sie eine bunte Landschaft. Mein Mann, John Wesley, hat sich freiwillig für Korea gemeldet, um technisch hochgezüchtete Maschinen zu fliegen. Aus einer solchen Laune heraus den Tod zu verspotten, wenn man zwei Töchter hat, erschien mir damals unverzeihlich, und das gilt immer noch.

Als wir zurück zu Dalvas Haus kamen, saßen sie und J.M. immer noch über ihren Karten, wenngleich nun auch noch eine leere Weinflasche auf dem Tisch stand, und J.M. erzählte eine Geschichte über eine Reise, die sie mit vierzehn gemacht hatte zu einem großen Landjugendkongress in Washington, D.C. Ihr Gruppenführer hatte es geschafft, wegen Umgangs mit einer Prostituierten eingelocht zu werden, doch man hatte ihm zu Hause weitgehend vergeben, weil dies einfach die Art von Geschichte war, wie sie in Washington passieren konnte. Doch Scherze aller Art folgten diesem Mann weiter, meist außer Hörweite, abgesehen von den subtileren aus dem Kreise seiner Arbeitskameraden, so daß er schließlich nach Kansas umzog.

Ich ging in die Küche, wo Lundquist dabei war, einen verstopften Abfluß zu reparieren. Sein kleiner Hund knurrte, und ich gab ihm mein übliches Stück Käse, und er zappelte und wand sich vor Freude. Lundquist, nahezu unsichtbar unter dem Waschbecken, erkannte meine Schuhe und begann darüber zu reden, was ihn gerade beschäftigte. Aus Gründen, die ihm am besten bekannt waren, vielleicht aber auch nicht, war das Thema meine abwesende Tochter, Ruth, die er als »geborene« Musikerin ansah, ebenso wie ein junger Cousin von ihm drüben in Fergus Falls, Minnesota, sich mit sieben die Konzertina gepackt und sie nicht mehr losgelassen hatte. Dieser Cousin wurde, indem er für die großen polnischen Gemeinden in Milwaukee und Chicago spielte, reich und berühmt, so sehr, daß er in der Lage war, sich alle vier Jahre einen neuen Plymouth zu kaufen.

Ich dachte einen Moment darüber nach und pflichtete ihm dann bei, daß Ruth musikalisch sei, da ich mich erinnerte, wie Lundquist, wenn er frei hatte und das Wetter nicht gar so scheußlich war, auf der Veranda zu sitzen und ihrem Spiel zuzuhören pflegte, auch wenn es nur die metronomische Tortur von Tonleitern war. Er ist der Überzeugung, daß wir im Himmel nur in Musik sprechen werden, wegen der Hunderte von unhandlichen Sprache auf Erden. Lundquist ist schon vor langer Zeit über den Glauben hinaus in den Bereich permanenter Gewißheit vorgedrungen, worum ich ihn irgendwie beneide.

J.M. kam in die Küche und begann geschickt, Tortillas zu machen, ein Talent, das sie von ihrer mexikanischen Mutter mitbekommen hatte. Der Geruch aus dem Topf mit Schweinefleisch und grünem Chili, den sie am Morgen aufgesetzt hatte, machte einem definitiv die Nase frei. Ehrlich gesagt, als wir zu Abend aßen, schwitzten wir alle, bis unser Haar ganz feucht war; das heißt, alle außer J.M. Sie hatte Angst, daß sie das Gericht vielleicht zu scharf gemacht hatte, und es war ihr peinlich, aber wir alle fanden es köstlich. Lundquist aß eine ganze Schüssel leer, ehe er ging, und vollführte einen flinken kleinen Tanz um den Tisch. Nelse erzählte ein paar amüsante, aber, wie ich vermute, entschärfte Geschichten von seinen Abenteuern im Südwesten und in Mexiko, unter anderem, wie er einem alten Ehepaar geholfen hatte, einen Ochsen zu schlachten, der so spatig war, daß er kaum noch Fleisch auf den Knochen hatte.

Nach dem Essen saßen wir vor dem Kamin im Arbeitszimmer und hörten Glenn Gould, der Ruths Idol war. Seine Musik wirkt, als sei sie irgendwie so nicht möglich, ganz gleich, was es ist. Ruth hatte ein Foto von ihm in ihrem Schlafzimmer, auf dem er mit Handschuhen spielt. J.M. und Nelse sahen unglaublich verliebt aus und zogen sich früh in die Schlafbaracke zurück. Dalva und ich redeten ein wenig über Nelses nomadenhafte Existenz und ob er es wohl je fertigbringen könne, seßhaft zu werden; doch wir waren nicht mit dem Herzen dabei, seine Zukunft vorhersagen zu wollen. In mir stiegen Zweifel auf, ob es richtig war, die eigenen Hoffnungen und Gebete darzubringen, um eines anderen Menschen Schicksal zu beeinflussen. Ich stellte diese theologische Frage zurück, da sie zu gewichtig war für meinen vollen Bauch und mein schläfriges Hirn.

Dalva fielen die Augen zu, und ich dachte an ihr eigenes Wanderleben, welches zwar nicht so ausgeprägt gewesen war wie Nelses, aber dennoch ziemlich dauerhaft. Ich erinnerte mich an einige unserer Streitgespräche am Telefon über ihre Vorliebe für klapprige Autos, wo sie sich ohne weiteres verläßliche hätte leisten können. Natürlich machte ich mir überflüssige Sorgen. Selbst jetzt trug sie ein beiges Hemd und alte Stiefel aus ihrer Jugendzeit.

Wieder einmal kam mir der Gedanke, daß die Fallkurve unseres Lebens in der Kindheit beginnt und vielleicht weniger zu beeinflussen ist, als wir es uns wünschen. Wenn ich mir ihr Leben vor Augen führte, habe ich oft gedacht, daß ihr Großvater mehr Einfluß auf sie hatte als ich. Es gab nicht ein einziges normalerweise männliches Vorrecht, das sie sich nicht genommen hat, wenn sie es so wollte. Doch dann rief ich mich in Gedanken zur Ordnung angesichts meiner eigenen Reisepläne nach dem kommenden Juni, wenn ich in Pension gehen würde. J.M. hoffte den Sommer hier zu verbringen und hatte angeboten, sich um den Garten zu kümmern, wenn ich fort war.

Dalva schlief tief und fest auf dem Sofa, so suchte und fand ich eine alte Armeedecke, die sie liebte, und deckte sie damit zu. In einem weißen, glitzernden Mondlicht fuhr ich nach Hause und sah dabei Athell Dodsons alten struppigen Rüden die Straße hinabtrotten, als hätte er ein Ziel.

Ich saß kurze Zeit auf meiner Bettkante, während ich das Mondlicht betrachtete, ohne an irgend etwas zu denken außer an die klaren Schatten, die der Mond warf. Ich sagte meinem seit langem abwesenden Mann gute Nacht, und er erwiderte den Gutenachtgruß mit der leisen Stimme von jemandem, der beinahe schon schlief.

Paul

Heiligabend 1986

Es ist schon recht spät, und Naomi ist zu Bett gegangen, ohne mich zu ermuntern, sie zu begleiten. Eigentlich ein recht christliches Verhalten von ihr. Am späten Abend war es mir kurz in den Sinn gekommen, ihr einen Heiratsantrag zu machen, doch dann ließ sie sich so breit über ihre Absicht aus, alleine durch die weite Welt zu ziehen, daß der Impuls wieder verflog. Ich habe mich zwar immer für Vögel interessiert, jedoch nie mit einer solchen Besessenheit, daß ich sie allen anderen Spezies vorziehen würde, Pflanzen und Menschen mit inbegriffen.

Ich bin wohl nicht ganz unschuldig an ihrer Reiselust, habe ich in diesem Sommer doch eine Liste mit gut einem Dutzend Orte erstellt, die ihr gefallen könnten, und als ich für einen verlängerten Urlaub zurückkehrte, fiel mir auf, daß etliche neue Reisebücher in ihrem Regal standen. Dalva warf mir einen merkwürdigen Blick zu, als ich mein ehemaliges Kinderzimmer so bereitwillig an J.M. abtrat, der es sehr zu gefallen schien. J.M. zog mich gehörig auf, als sie die zahlreichen falschen Bestimmungen einer umfangreichen Steinsammlung entdeckte, doch ich erklärte ihr, daß ich erst sieben gewesen sei, als ich mit dem Sammeln begonnen hatte. Ich wollte ihr meine Pfeilspitzensammlung schenken, doch sie lehnte ab mit der Begründung, daß diese viel zu wertvoll sei. Gereizte Anspannung lag in der Luft, doch dann erzählte sie, daß Nelse überrascht sei, unter welch einfachen Bedingungen ich unten an der Grenze lebte. Sie sah sich gerade das Regal mit meinen Jugendbüchern an, eine Ansammlung meist recht alberner Titel wie zum Beispiel die Romane von Horatio Alger *(Sink or Swim, Tom the Bootblack Boy)*, Bücher aus der Hardy-Boys- und der Tom-Swift-Reihe *(Tom Swift and His Electric Rifle)* sowie Berichte des unangenehm einflußreichen Richard Halliburton, der bis zu seinem Verschwinden in der ganzen Welt herumreiste *(Seven League Boots)*.

J.M. ist, was wir »bezaubernd« zu nennen pflegten, nicht bloß »hübsch«. Neben Dalva scheint sie mir die selbstsicherste Frau zu sein, die ich kenne, und sie ist erst zweiundzwanzig. Ich schätze, das ist eher auf den Einfluß ihrer Mutter als den ihres Vaters zurückzuführen, der sein mürrisches Wesen mit all den Millionen Farmern teilt, die so langsam zu erkennen beginnen, daß der Mythos vom freien Landmann dahinschwindet. Natürlich hat J.M. auch seine unqualifizierte Erziehung über sich ergehen lassen müssen, genau wie Dalva die Naomis und meines Vaters. Mein Vater war in vielerlei Hinsicht ein Scheusal, ein wunderbares allerdings, was seine Hilfe bei Dalvas Erziehung betraf, während J.W. und ich oft seinen Zorn und seine wechselhaften Launen zu spüren bekommen haben. Manchmal kommt es mir vor, als hätte J.W.s Tod ihn wie ein Hammerschlag gefällt und als wäre er danach als neuer Mensch wiederauferstanden. Derartige Wandlungen sind sicherlich stets mit Mißtrauen zu betrachten, doch diese gewann im Laufe der Jahre wirklich an Glaubwürdigkeit. Und sie brachte mich dazu, darüber nachzudenken, was wohl all die Kriege den zahllosen Eltern angetan hatten, die ihre Söhne in die Schlacht geschickt hatten, obwohl sie sie noch für halbe Kinder hielten. Ich wußte, daß J.W. seinen Teddybär eingepackt hatte, als er in den Zweiten Weltkrieg zog, obwohl er, in einer Art und Weise, wie ich es nie sein konnte, das strahlende mannhafte Ebenbild seines Vaters war. Einen Teddybär und ein Foto von Claudette Colbert im

Badeanzug. Im Spaß hatte ich dieses Foto einmal versteckt, doch J.W. war daraufhin so von Sinnen, daß ich es, als er Frieda voller Vorwürfe anzubrüllen begann, sofort auf seinen Nachttisch zurücklegte.

Was J.W. betrifft, gibt es nur eine einzige Sache, die ich zutiefst bedauere, und zwar einen Faustkampf, den wir uns lieferten, als ich zwanzig und er neunzehn war und er mich auf einem Flug in seinem Doppeldecker mitnahm. Nach einer Serie akrobatischer Kunststücke fand ich mein Frühstück auf meinem Hemd wieder, und kaum daß wir zum Auftanken in Grand Island gelandet waren, fingen wir an, uns zu schlagen. Es bedurfte des Eingreifens einer ganzen Reihe Umstehender und eines stämmigen Mechanikers, uns wieder auseinanderzubringen. Ich war bestürzt, als ich einen alten Mann sagen hörte: »Diese Northridge-Jungs sind genau wie ihr Vater«, was wirklich das allerletzte war, was ich hören wollte. Zu der Zeit war ich bereits im dritten Jahrgang an der Uni in Brown (eine Wahl meiner Mutter) und wollte ein Geologe und Gentleman werden – in genau dieser Reihenfolge.

Ich erinnere mich daran, daß ich mir die Kunstbände meines Vaters nur heimlich anschaute, weil ich nicht wollte, daß er meine Neugierde für echtes Interesse hielt. Ich bezweifle, daß ihm damals bewußt war, wie sehr ich mich gegen ihn auflehnte. Die schrecklichen Augenblicke in Brown sind mir noch deutlich in Erinnerung, als ich zum erstenmal etwas über den Ödipuskomplex las, wie ich das Buch vorsichtig hinlegte und aus der Bibliothek floh. O mein Gott, dachte ich, ist unser Verhalten wirklich so berechenbar, sind meine Gefühle wirklich so primitiv? Der Sohn will den Vater töten und die schöne Mutter, Neena, ganz für sich alleine haben. Der Vater hat sie ausgebeutet, und ab und zu sind blaue Flecken auf ihrem Arm, nicht weil er sie geschlagen hat, sagt sie, sondern weil seine Hände einfach so kräftig sind. Als wir noch sehr klein waren, hat er zu unserem Vergnügen oft Nägel mit den Fingern verbogen und Kälber zum Brandmarken umgeworfen, als wären es bloß leichte Kornsäcke. Nach langem Drängen und Bitten bekam John Wesley zu seinem Geburtstag einen Neufundländerwelpen geschenkt, der innerhalb eines Jahres zu immenser Größe anwuchs. Der Hund war eine echte Plage, und eines Tages rotteten sich die Hirtenhunde zusammen und fielen über ihn her. Vom Küchenfenster aus beobachtete ich den tränenüberströmten, heulenden John Wesley und meinen Vater, wie er zum Pick-up lief, den gewaltigen Hund unterm Arm. Ich habe diese physische Stärke immer als irgendwie unnatürlich und gewalttätig empfunden, und wenn unser Verhältnis besonders schlecht war, schien es mir, als verwandele sich unser Vater in eine Art mythologischen Menschenfresser aus einem Kinderbuch. Natürlich konnte er über lange Zeit hinweg ausgesprochen liebenswürdig sein, und er schlug mich nur ein einziges Mal, damals, als ich sechzehn war und ihm die gemeine Frage stellte, warum er die Kunst aufgegeben habe und ein Scheusal geworden sei. Er fällte mich mit einem Schlag, was John Wesley ungeheuer zornig machte, und verschwand dann für mehrere Wochen. Seine Tat schien unverzeihlich, doch ich hatte ihm bald vergeben, auch wenn er selbst es sich nie zu verzeihen schien.

Bevor Mutter starb – ich war damals Anfang Zwanzig –, erzählte sie mir, was für ein wundervoller Liebhaber er gewesen war. Ich war angewidert. Zuerst schrieb ich diese Behauptung ihrem gesteigerten Alkoholkonsum zu sowie den Auswirkungen der zahllosen Medikamente, die sie zum Einschlafen oder zum Aufwachen brauchte. Wir befanden uns im Haus ihrer Familie in Wickford, Rhode Island, und alles in mir drängte danach, ihr zu widersprechen, ihr zu sagen, daß sich ein guter Liebhaber doch wohl durch mehr als rein physische Qualitäten auszeichne. Sie sagte, sie habe ganze Stapel von Briefen, und viele davon stammten aus der Zeit lange nach ihrer Trennung. Ich habe schon immer vermutet, daß es Adelle, ihre Schwester, war, die sie letztendlich auseinanderbrachte, Adelle, die, inzwischen schon lange tot, das Leben der beiden am nachhaltigsten beeinflußte. Es war nicht fair, beiden gegenüber nicht, aber was bedeutet das Wort »fair« schon in diesem Jahrhundert der unbarmherzigen Schlächtereien? In Wickford gab es eine Menge alter Fotos von Adelle, auf denen sie Emily Dickinson ähnelte, allerdings sehr viel sinnlicher wirkte. Natürlich kann man das im nachhinein leicht behaupten, aber sie sah sicher nicht aus wie jemand, der sich im Leben durchzusetzen weiß. Ihre verrückte Cousine, eine mürrische, aber hochgebildete alte Jungfer, erzählte, Adelle wäre als Kind beinahe ertrunken und nie wieder ganz ins Leben zurückgekehrt, außer in einer seltsam verzerrten Art und Weise. Als Geologe bin ich in erster Linie Wissenschaftler, und mit solch einem Gedanken, so einfach dahingesagt, wußte ich damals absolut nichts anzufangen.

Einige Tage nach Neujahr, an eben jenem Tag, an dem ich abreisen wollte, klopfte Naomi um fünf Uhr morgens an meine Tür, lange vor Sonnenaufgang. Innerhalb eines Sekundenbruchteils schlug mir das Herz bis zum Hals. Sie sagte nur: »Ich bin einsam.« Ein heftiger, böiger Wind schlug gegen das Nordfenster, und ich fragte mich, ob das Unwetter sie zu mir trieb, doch das war mir schnell gleichgültig, als die Wärme ihres Körpers mich umfing. Später sagte ich zu ihr, wir hätten uns geliebt, als wollten wir unsere Kräfte sparen, doch sie lachte nur und schlief kurz darauf ein. Ich erwachte, als ich hörte, wie sie ihren Wagen startete und die Reifen auf der verschneiten Auffahrt durchdrehten.

Ich hatte versprochen, auf dem Rückweg an der Landschule zu halten und ihren Schülern etwas über Geologie zu erzählen. Beim Kaffeetrinken hatte ich versucht, mir einige Notizen zu machen, aber das Haus lenkte mich bald ab. Es war gebaut worden, als ich, frisch zurück aus Brasilien, auf einen kurzen Besuch vorbeikam. Für meinen Geschmack ähnelte es zu sehr unserem alten Zuhause, doch ich ließ mir nichts anmerken. Die Eifersucht, die an mir nagte, war viel zu heftig, um darüber zu reden. Im Jahr zuvor hatte J.W. mich auf einen Ausflug mitgenommen, zu einer Farm hundert Meilen weiter westlich, in der Nähe von Gordon, damit ich seine junge Liebe kennenlernen konnte: Naomi. Es war eine kleine Farm, aber blitzsauber und ordentlich, was darauf schließen ließ, daß die Familie Bilderbuchidealen nachhing. Damals hatte ich gerade Brown absolviert und hielt mich für einen Mann von Welt. Mir stand der Sinn nur nach kultivierten jungen Frauen aus dem Osten, doch es erschien mir passend, daß John Wesley sich ein Mädchen vom Lande gesucht hatte, das Dorfschullehrerin werden wollte. Naomi half gerade ihrer Mutter im Garten, als wir eintrafen. Als sie sich aufrichtete und auf uns zukam, verschlug es mir die Sprache. Warum gelang es mir nicht, eine Naomi zu finden? Die Antwort lautet, daß es jeden von uns eben nur einmal auf der Welt gibt. Wie oft habe ich mir im Laufe der Jahre diese Frage gestellt und stets dieselbe Antwort gegeben.

In der Schule angekommen, fiel mir auf, daß die Schüler ausgesprochen glücklich schienen, sich wieder einmal für ein neues Jahr in Knechtschaft zu begeben. Ich konnte es ihnen nicht verübeln, denn es schien derselbe angenehme Ort zu sein, den ich aus meiner Kindheit in Erinnerung hatte. Für die Pferde war ein Windschutz, schon ein halber Stall, erbaut worden, drei der Tiere hatten Decken übergelegt, die anderen beiden waren dickfellig genug. Obwohl der Ort mich verzauberte, verspürte ich auch einen Anflug von Unmut, der mich die Schule niederbrennen und mit der Lehrerin durchbrennen lassen wollte. Dieses Gefühl amüsierte mich. John Wesley war nun schon fünfunddreißig Jahre tot, wir waren beide über sechzig, und es war nie so weit gekommen. »Der Geist ist willig, aber das Fleisch ist schwach.« Im stillen hatte ich mich stets über den alten Spruch lustig gemacht, doch genau das könnte auf uns zutreffen. Es lag weniger an meiner Trägheit als an ihrem nie geäußerten Gefühl, daß es doch verdammt noch mal das einfachste wäre, ich käme nach Hause zurück. Nachdem ich die kleine Eingangshalle betreten hatte, berührte ich zuerst Naomis Mantel und roch dann daran, ganz wie ein Kind. Soviel zum Thema Erwachsenwerden. Ich sah mir Poster mit Nahrungsmittelgruppen und übers Zähneputzen an. Ich hatte einen kleinen Koffer voller Gesteinsproben dabei, den ich in Ruths altem Schlafzimmer gefunden hatte. Dort hatte ich mich einen Augenblick hingesetzt und über das leidvolle Leben Mozarts gelesen, das Buch zur Seite gelegt und andere mit Beschreibungen ähnlich beschwerdevoller Wege bei Brahms und Mendelssohn gefunden. Alle Künstler scheinen, als Typus, eine Menge durchzumachen – doch das gilt letztendlich auch für Bergarbeiter.

Mein Geplauder mit den Schülern schien ganz gut anzukommen, obwohl ich Mühe hatte, ihr Interesse von Gold und Silber abzulenken. Vermutlich ließ sich diese Hartnäckigkeit auf das Fernsehen zurückführen. Ich habe selbst nie ein Gerät besessen, doch meine Haushälterin hat eines in ihrem Zimmer, und durch die Wände kann ich den leisen, blechernen Klang hören. Ich habe absolut nichts dagegen, schließlich bezahle ich sie nicht für ihren Lebenswandel, und sie interessiert sich nun einmal für die Welt, von der ich schon zu viel gesehen habe.

Naomi entließ die Kinder in die Pause. Ich half ihr, ein paar der Kleineren warm einzupacken, und sagte dann auf Wiedersehen. Sie küßte mich auf die Lippen, eine angenehme Überraschung, und versprach, mich während der Osterferien zu besuchen. Ich kam nicht umhin, sie bezüglich ihrer Motive ein wenig aufzuziehen, erfährt doch die Gegend nahe der mexikanischen Grenze, wo ich lebe, jedes Frühjahr einen Zustrom an Vogelkundlern, welcher der Zahl der einfliegenden Vögel selbst wahrscheinlich in nichts nachsteht. Sie errötete und sagte, daß ich schon immer fast so interessant wie eine Feldlerche gewesen sei, während sie mich gleichzeitig in den Hintern kniff. Ich fuhr nach Süden.

Ich habe das, was ich »Feldstudien über mein Leben« nenne, stets aufgehoben, obwohl ich nicht der Typ bin, der solche Aufzeichnungen noch einmal durchzuliest. Die Verlockung, sich angesichts des Unbegreiflichen in sinnlosen Betrachtungen zu ergehen, ist einfach zu groß. Dennoch war ich erstaunt, wie gelassen Nelse den Verlust seiner Tagebücher hinzunehmen schien, als ihm sein Pick-up gestohlen wurde, aber dann erklärte er, er habe begonnen, die Tagebücher als eine Art Sklaverei zu empfinden. Seinem Ehrgeiz scheint er inzwischen eine andere Richtung verliehen zu haben, indem er mit einer Phänologie der Ranch begonnen hat.

Ich habe keine umfangreiche humanistische Ausbildung genossen, aber ich erinnere mich gut an einen alten Yeats-Experten, damals, vor langer Zeit in Brown, der uns des öfteren aus dem Gedächtnis *Byzantium* zitierte. Eine Zeile hat mich dabei besonders beeindruckt, in der vom »Ungestüm und dem Sumpf des menschlichen Naturells« die Rede ist. Es schien mir mehr eine beiläufige Bemerkung denn irgendeine Quintessenz zu sein. Jener Professor sprach mit einem ausgeprägten irischen Akzent, obwohl er aus Missouri stammte. Seine Studenten bezeichneten ihn allgemein als »spinnerten alten Trottel«, doch mich interessierte, bis zu welchem Grade Yeats sein Leben wohl bestimmte. Während ich die Dorfschule immer weiter hinter mir ließ, versuchte ich angestrengt, mich an eine Passage aus einem anderen Yeats-Gedicht zu erinnern, das ich vor vierzig Jahren gelesen hatte, etwas über das Alter, das einen armselig und unbedeutend werden läßt, außer man ist fähig, seine Seele frohlocken zu lassen. Ich weiß, Poesie muß präzise wiedergegeben werden, aber ich wunderte mich, daß der Gedanke, der hinter diesem Vers steckt, mich so nachhaltig beeindruckte. Am Tag zuvor hatte Dalva mich nach dem Abendessen an die Zeit in meiner *casita* unten in Baja erinnert, als einmal tief in einer stillen Nacht die ganze abgeschiedene Bucht mit dem Gesang auftauchender, nach Luft schnappender Delphine erfüllt gewesen war. Das hatte unsere Seelen mit Sicherheit frohlocken lassen, aber mir war schon immer klar, daß man in dieser Beziehung ausgesprochen findig sein muß. Man kann sich schließlich nicht darauf verlassen, daß immer Delphine in der Nähe sind.

Ich lenkte den Wagen kurz von der Landstraße auf die verschneite Böschung, um darüber nachzudenken, ob ich mein Leben zu sehr von negativen Gefühlen hatte bestimmen lassen. Autofahren führt automatisch zu solchen Überlegungen. Das Fahrzeug schließt dein Bewußtsein in sich ein, und dieses spricht mit unzähligen Stimmen zu dir. Ich habe schon lange aufgehört, über dieses Phänomen nachzugrübeln. Ganz sicher bin ich nicht zum Rancher geboren. Da meine Mutter unter leichtem Asthma litt, verbrachte ich als Kind den Winter stets in Arizona, nur John Wesley und mein Vater blieben auf der Ranch zurück. Arizona ist eine jener Gegenden, wo die Erdformationen recht offen zu Tage liegen, was früh mein Interesse an der Geologie weckte. Unmittelbar unter unseren Füßen verbirgt sich ein großes Geheimnis, das weitgehend unbeachtet bleibt, weil es weitgehend unsichtbar ist. Ergo: Ich wurde Geologe. Ich wollte nicht wie meine Mutter den ganzen Tag herumsitzen, lesen und trinken, also wurde ich ein umherreisender, freier Geologe, nachdem ich drei schreckliche Kriegsjahre hindurch für eine große Gesellschaft gearbeitet hatte. In dieser kurzen Zeit spezialisierte ich mich auf Uranvorkommen, ein Bereich, der von einiger Bedeutung für die Kriegsanstrengungen war, so daß ich als viel zu wertvoll erachtet wurde, um – wie später mein impulsiver Bruder – als Kanonenfutter zu enden. Heute kann ich an das Wort »Uran« nicht einmal denken, ohne daß mich der Ekel packt. Nach dem Krieg arbeitete ich ausschließlich für Privatpersonen, für gewöhnlich, indem ich den Wert ererbter Grundstücke bestimmte oder die Gültigkeit von Schürfrechten überprüfte, wobei allerdings ein Großteil dieser Arbeit in Mexiko stattfand. Oft leistete ich auch unbezahlte Arbeit zum Wohle einiger Indianerstämme, indem ich darauf achtete, daß sie nicht übers Ohr gehauen wurden. Wie Jean Paul Getty einmal bemerkte: »Den Sanftmütigen soll die Erde zuteil werden, aber nicht die Schürfrechte.« – was gar nicht so lustig ist, wie es klingt.

Ich hatte kaum mein vierzigstes Lebensjahr erreicht, als die Botanik und eine Menge anderer Themen interessanter als die Geologie für mich wurden. Öl- und Schürfrechte, selbst Wasserrechte sind im Westen Anlaß für unerbittliche Auseinandersetzungen zwischen den Menschen, die mir oft schier unerträglich wurden. Dann war ich froh, auf die Tugenden zurückgreifen zu können, die ich von meiner Mutter geerbt hatte. Ich habe immer recht bescheiden gelebt und dazu noch an Orten, die andere mit meiner Ausbildung und Herkunft als unattraktiv erachten würden. Das ist sicher nicht bloß schlichte Verschrobenheit, sondern rührt daher, daß ich es von Anfang an verabscheut habe, für jene abstrakten Gebilde zu arbeiten, die man Handelsgesellschaften nennt. Ich habe einige Stippvisiten bei Freunden gemacht, Männern und Frauen in den teuren, abgeschiedenen Vierteln von Beverly Hills bis Palm Beach, und diese Orte haben auf mich immer auf eine düstere, freudlose Art komisch gewirkt. Ich mag den Geruch von Ziegen, Schafen, Hühnern und Kühen, die Rufe von Straßenverkäufern, ja sogar den Geruch des Essens, das meine Nachbarn kochen, den Lärm ihrer Kinder. Inzwischen lebe ich ziemlich abgeschieden, aber immer noch einfach, und ich bin gerne dort, wo man das Leben spürt, ob es nun Flora, Fauna oder Menschen betrifft. Ich mag sowohl meine reichen als auch meine armen Freunde, doch was die erstgenannten angeht, so mag ich ihre Schutzschilde und Barrieren nicht, die Distanz, die sie zwischen sich und allem aufbauen, was nicht ihresgleichen ist. Das Leben ist kurz. Warum soll man nicht seine ganze Vielfalt genießen? Einer meiner recht betuchten Freunde verficht die These, daß das Leben eigentlich viel zu lang sei – eine Ansicht, die sich auf amüsante Weise von der meinen unterscheidet. Er ist ein sonderbarer Mensch, aber vielleicht bin ich das ja auch. Und zur breiten Masse zu gehören ist – egal in welcher Kultur – nicht eben erstrebenswert.

Das Wetter verschlechterte sich, und ich schaffte es nur bis Limon, Colorado, wo ich mit einem kargen Abendessen vorliebnehmen mußte, der Abend jedoch ansonsten recht angenehm für mich in meinem Hotelzimmer begann, als ich an die schöne Zeit mit Naomi dachte. Dalva hatte die Dinge wie immer problematisiert, als sie sich einmal auf einem Spaziergang laut fragte: »Und was ist, wenn Nelse das Haus gar nicht will?« Ich versuchte, die gesamte Tragweite dieser Frage herunterzuspielen, doch Dalva schnitt mir einfach das Wort ab, indem sie sagte, wenn mir das alles so egal gewesen wäre, warum ich dann Ruths Sohn Bradley ausbezahlt hätte? Natürlich hatte sie recht, aber ich erklärte ihr, daß ich dazu nur sogenanntes »totes Kapital« verwendet hätte, Rücklagen, für die ich wahrscheinlich keine sinnvolle Verwendung gefunden hätte, und da wir so wenige wären, wollte ich dafür sorgen, daß später einmal kein unwürdiger Streit um das Erbe entstand. Ich wagte nicht hinzuzufügen, daß ich trotz all der Distanz, die ich all die Jahre über gewahrt hatte, es nicht hätte ertragen können, daß unser Heim schon zu meinen Lebzeiten aufgeteilt würde noch daß es aufgeteilt werden würde, sobald ich meinen unbeholfenen Weg ins große Nichts angetreten hätte.

Ich schlief ein, ohne das Licht zu löschen, ein Buch mit Essays von Stephen Jay Gould auf meiner Brust – und wachte um drei Uhr nachts auf, als das Buch zu Boden fiel und das Licht ausging. Die Lampe im Badezimmer funktionierte nicht, draußen heulte der Wind. Die Straßenlaterne mit der Quecksilberdampflampe vor dem Fenster, die mich früher am Abend so irritiert hatte, war ebenfalls erloschen, und die Autos auf dem Parkplatz waren mit Schnee und Eis bedeckt, so daß sie im schwachen Mondschein wie tote Schafe aussahen. Ich bekam ziemlich schlechte Laune, als hätte ich ernsthaft erwartet, daß das Wetter ausgerechnet auf mich und meine Reise hinunter zur Grenze Rücksicht nehmen würde. Ich legte eine Hand auf die Verkleidung des elektrischen Sockelheizkörpers und stellte fest, daß er noch nicht sehr lange aus sein konnte. Südlich der Grenze hatte ich eine Menge Zeit in Gegenden mit anfälliger Elektrizitätsversorgung verbracht, und draußen in meinem alten Land-Cruiser lag eine kleine Kiste mit entsprechender Notausrüstung. Die Aussicht darauf, klirrender Kälte ausgesetzt zu sein, konnte einen auf ziemlich unangenehme

Gedanken bringen. Mein jüngerer Freund Douglas hatte einmal in der Gegend von Wind River in Wyoming während eines Blizzards das Zelt verlassen, um zu pinkeln, und konnte sich gerade noch mit letzter Kraft ins Zelt zurück retten, bevor er erfroren wäre – eine ziemlich überraschende Aussicht für einen Mann, der nur mal seine Blase entleeren wollte.

Ich kramte eine schwache Stabtaschenlampe aus meiner Aktentasche, doch diese schaffte es gerade mal noch, meine andere Hand in ihrem Licht alt aussehen zu lassen. Ich wollte einen seltsamen Traum niederschreiben, von einer Prüfung in einem der üblichen häßlichen Klassenräume im College, bei der es mir nicht gelang, auch nur eine Anordnung botanischer Proben zu identifizieren, weil mein Kopf ausgefüllt war mit einer eigenen, bis ins kleinste Detail ausgetüftelten Pflanzenwelt, die allein in meiner Phantasie existierte. Wie war so etwas möglich? Diese Traumerfahrung führte sehr schnell zu der Erkenntnis, daß ich meinem Vater darin, ein falsches Bild von sich selbst zu vermitteln, in nichts nachstand. Was wiederum ein Gefühl in mir hervorrief, das jenem ähneln mußte, das Naomi verspürt hatte, als sie durch das dünne Eis auf dem See brach. Verächtlich hatte ich gelesen, wie mein Vater in seinen Memoiren fälschlich von Vornehmheit und Würde sprach, erinnerte ich mich doch deutlich an einen Mann, der so unbeständig und sprunghaft war, daß man sich, betrat er ein Zimmer, nicht sicher sein konnte, ob er nicht Putz und Holz durchbrechen und einfach durch die gegenüberliegende Wand davonspazieren würde. Vielleicht hatte er in seiner Erinnerung einfach ein ganz anderes Bild von sich. Bis etwa zu seinem sechzigsten Lebensjahr stieg er nicht, vielmehr sprang er vom Pferd. Er trieb alle an den Rand des Wahnsinns, ausgenommen seine Enkelin Dalva und seinen Sohn John Wesley, der so zielsicher seinen eigenen Weg verfolgte, daß er für fast alles andere blind war. John Wesley gehörte zu jenen Menschen, die selbst die Initiative ergreifen und nicht nur auf das reagieren, was andere tun.

Vielleicht schafft sich der Verstand instinktiv einen sicheren Mittelweg, was die Erinnerung betrifft? Dies war in der Tat dünnes Eis für jemanden, der von sich glaubt, Selbsttäuschung mehr als alles andere zu verachten, als könne man das unermeßliche, nebelhafte Selbst wie eine feste Gesteinsprobe untersuchen, wo es doch eher einem unbeständigen Fluß gleicht. Man kann so sarkastisch, lakonisch und nachdenklich werden, wie man will, wenn man seinen Blickwinkel nur weit genug einengt. Ich sehe den Berg rohen Fleisches in der Ecke nicht, weil mein Blick starr auf den Sonnenuntergang über den Bergen von Patagonien gerichtet ist.

Rachel war keine herumstreunende Hündin mit einem großen Wurf Welpen, also konnten J.W. und ich nicht beide der Vater von Duane sein. Ich schlief nur ein einziges Mal mit ihr, dann verliebte sie sich Hals über Kopf in J.W., in dem Augenblick, als die beiden sich in der Hütte begegneten. Sie gehörte nur ein paar knappe Stunden mir. Auch mein Vater stand kurze Zeit im Verdacht, aber Rachel beharrte darauf, daß J.W. Duanes Vater sei. Wieviel Zeit habe ich doch damit verbracht, über diese Frage nachzugrübeln und ob es am Ende wirklich eine Rolle spielte. Fest steht, daß Duane in der Tat nie einen richtigen Vater gehabt hat und er zu dem Zeitpunkt, da ein solcher auftauchte, keinen mehr haben wollte. Mein eigener Vater, der die ganze Geschichte kannte, hat versucht, ihm ein solcher zu sein. Und als Dalva nach Mexiko kam, um nach Duanes Selbstmord wieder halbwegs zu sich zu finden, wem hätte ich da erzählen können, daß es möglicherweise mein Sohn gewesen war, der ihr das alles angetan hatte? Ein Mann, der eine Frau vögelt und dann die Stadt verläßt, hat nicht mehr

Recht darauf, den Vatertitel für sich in Anspruch zu nehmen als ein zum Decken ausgeliehener Hereford-Bulle mit »seinen Kälbern« prahlen kann.

Die Nachttischlampe ging wieder an, und mit ihr setzte auch das Ticken des Heizkörpers wieder ein. Zorn vermag verblaßte Geheimnisse zu läutern. In über vierzig Jahren habe ich mich in dreizehn Frauen verliebt, und fünf von ihnen glichen in vielem entschieden Naomi. Die Tatsache, daß diese fünf Affären zu den unangenehmsten gehörten, spricht nicht gerade für meine Intelligenz, selbst wenn man in Rechnung stellt, daß der ursprüngliche Impuls eher unbewußt war. Das Unterbewußte ist schließlich mit Sicherheit von der Intelligenz nicht zu trennen. Ich bin mir allerdings weniger sicher, was das alte Sprichwort angeht, daß romantische Liebe nichts anderes ist als ein Zustand von Geisteskrankheit. Wie komisch, daß mir Rachel und Naomi noch immer nicht aus dem Kopf gehen, fast fünfundvierzig Jahre nach der unleugbaren Tatsache, daß mein Bruder beide Frauen in seinen Bann geschlagen hat. Als ich an jenem kühlen Herbstnachmittag in Buffalo Gap eintraf, war ich es leid, mich um meinen Vater und meinen Bruder zu kümmern, die zwar voller guter Absichten zu unserem Jagdausflug aufgebrochen, jedoch ungeschickt und nachlässig waren. Ich konnte Rachel überreden, das Lokal zu verlassen, in dem sie arbeitete, was nicht schwer war angesichts meiner Geldbörse, die zweifellos mehr Geld enthielt, als sie je im Leben verdient hatte. Da mein Vater die christliche Vorstellung seines eigenen Vaters, was Entbehrungen betraf, für ausgesprochen absurd hielt, gab es in seinem Arbeitszimmer eine Zigarrenschachtel voller Geld, woraus wir uns jederzeit bedienen konnten, und das alleine brachte mich später dazu, einen bescheideneren Lebensstil zu pflegen. Nelse behauptete, daß er, wenn es ihm zu gut ging, das Gefühl habe, ihm fehle etwas.

Ich war ungewöhnlich nervös, als ich Rachel die ungefähr zwanzig Meilen zur Hütte hinausfuhr. Die primitive Straße war übersät mit spitzen Steinen, und ich mußte einen Reifen wechseln. Rachel half mir dabei, und während wir so zusammen dahockten, konnte ich ihr mühelos unter den Rock blicken, versuchte jedoch – ganz Gentleman –, meine Augen abzuwenden. Mit ihrer dunklen Haut und dem geflochtenen Haar war sie das genaue Gegenteil meiner sonstigen Bekanntschaften aus dem Osten. Ihr Körper war kräftig, aber wohlgeformt. Ich lag auf dem Sofa in der Hütte, litt unter einem schrecklichen Kater, da ein Besuch in der Hütte schon immer eine gute Ausrede zum Trinken war, und sah ihr zu, wie sie die Küche aufräumte. Ich bat sie um ein Glas kaltes Wasser, und als meine Finger die ihren berührten, landete das Glas auf meiner Brust. Sie verbarg ihr Gesicht hinter den Händen, als fürchte sie sich, und ich zog sie zu mir herunter. Eine wunderbare Erinnerung – würde sie sich nicht mit einer anderen vermischen, einer, die auf metaphorischer Ebene vielleicht ihr Äquivalent darstellt: Ich war unten an der Grenze auf Wachteljagd, zusammen mit einem Freund aus dem Norden, und als er seinen Arm in einen Kojotenbau steckte, um einen verwundeten Vogel aufzulesen, schrie ich ihm eine Warnung zu, jedoch zu spät. Er zog seine Hand heraus, eine Klapperschlange hatte sich darin verbissen, und er brauchte einige Wochen, bis er wieder auf den Beinen war. Auch das ist schon eine ganze Weile her, es muß Mitte der Fünfziger gewesen sein, aber ich vermute, daß er, als er letztes Jahr in Vermont starb, sich noch lebhaft an diesen Vorfall erinnerte.

Es mag sonderbar sein, aber ich war John Wesley nie richtig böse. Es ist viel Aufhebens um die Rivalität zwischen Geschwistern gemacht worden, aber ich glaube nicht, daß einer von uns beiden je etwas ähnliches verspürt hat. Es gab einfach keine Arena, in der wir unsere Kräfte messen konnten. Er traf Naomi vor mir, und seine Liebe zu ihr war bedingungslos. Ich traf Rachel vor ihm, und es machte keinen Unterschied. Wo immer ich auch mit John Wesley zusammen auftauchte, ob in Hotels in Chicago oder auf Partys in Omaha und Lincoln, alle erlagen augenblicklich seinem natürlichen Charme, Männer wie Frauen.

Ich rief Naomi an, kurz bevor ich das Motel in Limon verließ. Sie hatte gerade mit ihren Schülern telefoniert, um den Unterricht abzusagen, denn das Wetter – unter dem Einfluß derselben westlichen Wetterfront – war auch bei ihr denkbar schlecht. Sie kam mir ein wenig distanziert vor, doch dann schoß mir durch den Kopf, daß meine halb durchwachte Nacht nur schwer wettzumachen war, in der ich, einfältiger, sensibler Geologe, der ich war, viel zu lange darüber nachgedacht hatte, wie unentrinnbar wir doch unseren Erbanlagen folgen, die mir wie dicht gepreßtes Sedimentgestein erscheinen. Mein Schweigen am Telefon dauerte zu lange, und dann sagte sie, sie wünschte, ich wäre bei ihr. Ich sagte danke und verspürte fast augenblicklich ein beinahe absurdes wohliges Gefühl. Dann fragte ich sie, ob sie jemals heiraten wolle, und sie lachte und antwortete, daß es viel besser wäre, wir würden »in Sünde leben«, wenn wir einander sehen wollten, was recht häufig der Fall sein würde, wie sie glaubte. Das wird wohl genügen müssen, dachte ich, nachdem wir uns voneinander verabschiedet hatten.
Das Wetter wurde erst weiter südlich von Raton besser, doch schließlich schien die Sonne, und die Sicht auf die Bergkette des Sangre de Cristos war herrlich, kalt und scharf. Am Nachmittag war ich südlich von Socorro in den Bosque del Apache gelangt, einen Naturpark, in dem ich aus alter Gewohnheit hielt und mir ein Nickerchen gönnte.

Ich finde es beruhigend und angenehm, inmitten einer Kakophonie von Vögeln zu schlafen. Gibt es einen besseren Ort für einen Mann mit einer solch seltsamen Vorliebe, als seinen Wagen neben Feldern voll mit Tausenden von Schneegänsen und Kranichen zu parken, wobei letztere eine grelle, prähistorische Musik anstimmen, die mir von allen Vogelgesängen fast die liebste ist? Es ist wie ein Ruf zurück in ein Leben ohne Geschichte. Ein einzelner, leicht beunruhigender Gedanke hielt mich eine Weile wach, ein Gedanke, den ich schon so lange hin und her gewälzt hatte, daß er mich nicht mehr aufzurütteln vermochte. Vor einigen Jahren hatte Naomi darauf bestanden, daß ich *Die Brüder Karamasow* las, und mir Dalvas Collegeausgabe geschickt. Naomi kann zu einer richtigen Nervensäge werden, wenn sie will, daß man ein Buch liest. Also entschied ich, anstatt eine schier endlose Folge von: »Hast du's schon gelesen?«-Fragen über mich ergehen zu lassen, mich in einer heißen Juliwoche im San Rafael Valley, in dem ich lebe, abends hinzusetzen und das Buch zu lesen. Mein anfängliches Zögern rührte von einer alten Erfahrung aus Brown-Zeiten her, als ich für einen politikwissenschaftlichen Kurs über die Wurzeln der Russischen Revolution *Die Dämonen* vom selben Autor lesen mußte, und noch heute fällt mir kein anderes Buch ein, dessen Lektüre mich derart aufgerüttelt hätte. Zuerst hatte ich mit der Familie Karamasow keine Schwierigkeiten, bis der heißblütige Bruder Mischa – ich glaube, das war sein Name – vor den Augen seines Sohnes den Vater des kleinen Kolja verprügelte und am Bart die Straße hinunter schleifte. Ich stieß während eines schweren Gewittersturms auf diese Passage, und ich gestehe freimütig, daß ich weinen mußte. Denn als ich sieben war – ein Alter, in dem man besonders empfindsam ist – und John Wesley sechs, nahm uns unser Vater während der Jagdsaison eines Samstags mit in die Stadt.

Samstags in die Stadt zu gehen, war für uns eine aufregende Sache, weil wir dann dem Wirtshaus einen Besuch abstatteten, um einen Hamburger zu essen, ein Gericht, das bei uns zu Hause niemals auf dem Speiseplan stand. Das Wirtshaus gehörte einem Kumpel meines Vaters von der Vogeljagd, und samstags war die Kneipe stets voller Rancher, Cowboys, Farmer und Saisonarbeiter, die ihren Brand löschten, während ihre Frauen einkauften und die Kinder auf dem unbebauten Grundstück nebenan spielten. An diesem besagten Samstag waren auch verschiedene Gruppen Damwildjäger da, einschließlich einer Gruppe Eisenbahnangestellter aus Alliance, denen mein Vater die Jagd auf seinem zur damaligen Zeit recht ausgedehnten Grundbesitz in der Gegend verboten hatte. Der Rädelsführer und größte Kerl der Gruppe, ein echtes Monstrum mit einem breiten Gürtel aus genarbtem Leder, war an unseren Tisch getreten und hatte meinen Vater damit provoziert, daß er ein Loch in einen unserer Zäune geschnitten und seinen Wagen auf unser Gelände gefahren hätte, um einen verwundeten Hirsch aufzusammeln. Und da die Sache nun schon mal stattgefunden und er den Zaun repariert hätte, wäre mein Vater machtlos und könne rein gar nichts mehr dagegen tun. Seine dröhnende Stimme jagte mir Angst ein, und ich erinnere mich, daß mir ein Pommes frites im Hals stecken blieb. Mein Vater legte seinen Hamburger hin, und ohne aufzustehen stieß er dem Mann die Faust mit solcher Wucht in den Magen, daß dieser sich explosionsartig übergeben mußte, wobei das meiste auf unserem Tisch landete. Dann stand mein Vater auf und schlug dem Mann zwei oder dreimal heftig mit der flachen Hand ins Gesicht. Der Mann ging in die Knie, und während er auf allen vieren verzweifelt in Richtung Tür kroch, versetzte mein Vater ihm einen Tritt nach dem anderen in den Arsch. Seine Freunde sprangen auf, doch die anderen Anwesenden rieten ihnen, sitzen zu bleiben. Mein Vater kam zurück und trug der Kellnerin unter, wenn ich es recht in Erinnerung habe, vergnügtem Lachen auf, den Tisch zu säubern und uns frisches Essen zu bringen. Kann dies alles wirklich geschehen sein? Ich erinnere mich daran, als säße ich in der ersten Reihe im Kino und ein Film liefe vor mir ab. Ich weinte, während John Wesley bis über beide Ohren strahlte.

Ich schlief, bis die Dämmerung einsetzte und von überall her Schneegänse und Kraniche unter regelmäßig wiederkehrendem Gekreische einflogen. Unmittelbar vor seinem Tode erzählte mir mein Vater, daß er geträumt hätte, die Stimme Gottes klinge wie das Geschrei einer Milliarde Vögel. Ganz abgesehen von der inhaltlichen Aussage, war diese Bemerkung deshalb überraschend, weil ich mich nicht erinnern konnte, daß er das Wort »Gott« jemals zuvor in den Mund genommen hatte, außer wenn er fluchte. Da ich persönlich derartige Träume genieße, sagte ich ihm, daß er sich glücklich schätzen könne, einen solchen gehabt zu haben. Vielleicht war das Wiederauftauchen seines Freundes Smith die verwirrendste Sache in seinen in mancher Hinsicht befremdlichen Memoiren gewesen, mit all der ganzen Vornehmheit und Würde, die ich, während ich aufwuchs, nie bemerkt hatte. Andererseits, wem sonst steht es zu, das eigene Leben aufzuzeichnen, wenn nicht uns selbst? Ich bedauerte plötzlich, Nelse die Anekdote erzählt zu haben, als er mich im Herbst zu Hause besuchen kam und an einem einzigen Tag das gesamte Manuskript las. Im Winter des Jahres 1958, unmittelbar nachdem ich die Memoiren gelesen hatte, war ich geschäftlich in New York City gewesen und hatte einen Nachmittag in der Zentrale der vorzüglichen New York Public Library verbracht. Nach einigen Mühen und mit Hilfe eines Bibliothekars fand ich in zwei Zeitungen Artikel über den Vorfall im

Sommer 1913, als mein Vater zwei Angreifer »erwürgt« und in den Hudson River »geworfen« hatte. Die Polizei fahndete intensiv nach einem »unbekannten Mann«, auch wenn es sich bei den beiden Ertrunkenen, deren Leichen man geborgen hatte, nur um »zwei bekannte Kriminelle« handelte. Damals neigte ich zu der Ansicht, daß es sich um Mord handelte, obwohl ich diesbezüglich später nicht mehr sicher war. Nelse dagegen sah es eindeutig als einen Akt der Selbstverteidigung. Beide Zeitungen erwähnten, daß es sich um einen »gut gekleideten« Mann handelte, obwohl eine einen Zeugen aus Iowa zitierte, der behauptete, der Mann wäre eine »großgewachsene Rothaut« gewesen. Mir war das nie aufgefallen, aber wann immer ich probeweise einem Eingeborenen ein Foto meines Vaters zeigte, wußte dieser sofort Bescheid und erriet in ihm zumindest das Halbblut, das er tatsächlich war.

In Socorro nahm ich ein spätes Abendessen zu mir, in Gesellschaft einer alten Liebe, die schon zwanzig Jahre zurück lag, der Frau eines inzwischen verstorbenen Bergbauingenieurs bei Phelps-Dodge. Damals mochten wir uns sehr, aber wie meine Mutter trank sie viel zu viel, als daß ich mich in ihrer Nähe lange hätte wohlfühlen können. Sie stand noch immer auf meiner »Rosenliste«, wie Dalva sie scherzhaft zu nennen pflegte. Mag sein, daß es albern ist, aber ich verschicke noch immer an ein gutes Dutzend meiner ehemaligen Geliebten Rosen zum Geburtstag. Ich könnte nicht genau sagen, wieso, doch warum sollte ich andererseits so schnell eine Vergangenheit beiseite schieben, die ihre wunderbaren Seiten hatte?
Der Abend verlief nicht ganz so angenehm, teils weil sie eine schlechte Köchin war, die von sich behauptete, eine ganz »eigene Note« zu besitzen, und gutes Kochen verlangt nun einmal eine gewisse Art von Bescheidenheit. Sie

machte viel Aufhebens darum, daß sie jetzt weniger trank, doch hatte sie sich vor meiner Ankunft offensichtlich ordentlich gestärkt, wie mir alleine schon ihre gutturale, entfernt an Judy Garland erinnernde Aussprache der Konsonanten verriet. Diese Tatsache an sich war noch nicht störend im Vergleich zu dem Drama, das sie aus unserer gemeinsamen Vergangenheit zu machen versuchte, besonders aus einem Ausflug, den wir nach New York City unternommen hatten und der zum größten Teil ein Desaster gewesen war. Unsere Erinnerungen klafften einfach zu weit auseinander, ihr Bild der Welt und das meine waren nicht mehr dasselbe. Der goldene Schleier der Erinnerung hatte sich über das ihre gelegt, vergessen war, wie sie den Kellner vom Zimmerservice angepöbelt hatte, auch daß sie während einer Wiederaufführung eines Eugene-O'Neill-Stückes eingeschlafen war, was sie damals heftig geleugnet hatte, nein, sie hätte nur die Augen geschlossen, um besser zuhören zu können, und all das ohne einen einzigen Kommentar von mir. Sie war auch rückwärts in die Arme eines *Maître d'* gesunken, als dieser ihr in den Mantel half. Doch damals mochte ich sie noch und vermutete, daß ihr Ex-Mann einfach jeden in die alkoholselige Ernüchterung hätte treiben können. Vielleicht gibt es hier wieder eine Querverbindung zu meiner Mutter und meinem Vater. Wie viele von uns haben wirklich die Kraft, unbeschadet einen grausamen Liebhaber zu überstehen, selbst wenn es sich um eine sich langsam steigernde Grausamkeit und nicht um brutale Gewalt handelt?

Ich schützte Müdigkeit vor und flüchtete in mein Motel. Sie wollte mir unbedingt am nächsten Morgen ein Frühstück bereiten, aber ich war mir sicher, daß sie sich nicht mehr daran erinnern würde. Als wir uns zum Abschied an der Tür küßten, verspürte ich das leise Verlangen, den Austausch von Zärtlichkeiten zu verlängern, aus Gründen, die mir nicht ganz klar sind, außer vielleicht wegen ihres ehemaligen Erfindungsreichtums im Bett. Dalva hatte schon früh die Neigung bei mir festgestellt, auf Mädchen mit angeknackster Psyche zu fliegen. Damals dachte ich, daß Dalva unerträglich scharfsinnig sei. Wenn eine junge Frau einen dermaßen durchschaut, muß es einen einfach umhauen.

Im Motel angekommen, fühlte ich mich erleichtert, sicher und zuversichtlich. Mein letzter Gedanke bezüglich Kolja war, daß es sicherlich nicht mir anzulasten war, daß ich der Sohn des Heißsporns und nicht des Opfers war. John Wesley hatte vor Stolz gestrahlt, während er seinen frischen Hamburger aß, wohingegen ich natürlich vor lauter Tränen keinen Bissen mehr hinunterbekam. Mein Vater bemerkte nicht, daß J.W. meinen Hamburger in der Jackentasche verschwinden ließ, um ihn seinem Hund mitzubringen. Mein Vater leerte ein großes Glas Whiskey, wischte sich den Mund ab und belehrte seine Winzlinge, daß es oft besser sei, einen Mann mit der flachen Hand zu schlagen, besonders auf die Ohren, weil man auf diese Weise vermeiden konnte, sich die Knöchel zu brechen. Wie hätte ich je solch grimmige Weisheit vergessen können?

Im Morgengrauen hatte ich ein heftiges Wortgefecht mit einem dienstbeflissenen Motelangestellten, der darauf bestand, daß ich eine Quittung entgegennahm, obwohl ich bar bezahlte. Ich fragte: Warum in aller Welt? Er tat gerade so, als beginge ich eine strafbare Handlung. Scherzhaft meinte ich, daß ich aus moralischen Gründen keine Quittung nehmen könne, was er als Beleidigung auffaßte. Ich wandte mich zum Gehen, und er versuchte, die Quittung, welche die Kasse ausgedruckt hatte, nach mir zu werfen, aber es ist nun mal schwierig, mit Papier zu werfen. Ich vermutete, daß er es einfach bedauerte, den Zahlungsvorgang per allgegenwärtigem Computer abgewickelt zu haben, wo er das Bargeld ansonsten doch einfach in seiner Tasche hätte verschwinden lassen können. Je älter ich werde, um so öfter habe ich den Eindruck, daß Land und Leute immer primitiver werden, mit Sicherheit aber immer dümmer und unfreundlicher. Das kann man ohne Zweifel bei Fluggesellschaften, der Regierung, in Restaurants und Hotels sowie bei Ärzten feststellen. Pausenlos muß man sich unter den unsichtbaren Granatsplittern einer sich ungehindert ausbreitenden Streitsucht wegducken. Und man macht sich sofort verdächtig, wenn man nicht angemessen abgestumpft auf jenen vom Markt diktierten, allein gültigen Lebensgrundsatz reagiert: Zahle und halt's Maul! Die Menschen beklagen sich andauernd über das, was unterm Strich herauskommt, als würde die letzte Bilanz nicht erst in der Hölle aufgestellt.

Zum Glück ließ die Landschaft, sobald ich das Motelbüro verlassen hatte, meine Seele frohlocken. Ich liebe die sonnenverbrannten, gebleichten und ausgedörrten niedrigen Hügelketten des Südwestens, jene Himmelsinseln, die eher an böse Vorzeichen denken lassen und von denen ich die meisten zu Fuß durchquert habe. Selbst dort, wo Koniferen stehen, fehlt ihnen das überzeugende Grün des feuchteren Nordens. Oft habe ich mir vorgestellt, wie diese Landschaft Künstler in den Wahnsinn treiben muß, wie sie, obwohl sie es immer und immer wieder versuchen, stets von neuem scheitern an den tausendfachen Abstufungen der Schatten eines einzigen Arroyo. Maler scheinen dabei noch mehr Erfolg zu haben als Fotografen, von denen die meisten keine Ahnung haben, welch plumpes Instrument die Kamera im Vergleich zum menschlichen Auge ist. Die besten Aufnahmen mögen als Kunst bestehen, aber ganz sicher bilden sie nicht die Wirklichkeit ab, wie wir sie »sehen«. Gott, jetzt höre ich mich ganz wie mein Vater an!

Auf meinem Weg nach Süden hielt ich an, um erneut auf der Karte zu überprüfen, ob es in dieser Gegend nicht doch eine Straße gab, die ich noch nicht genommen hatte. Doch ich hatte Pech. Als Nelse mich im Herbst besuchen kam und wir eines Abends eine Menge guten Wein intus hatten, drückte ich ihm einen Stift in die Hand und bat ihn, seine Reiserouten auf einer großen Landkarte der USA einzuzeichnen, die an einer Wand meines Arbeitszimmers hing. Ich schlief auf der Couch ein, und als ich einige Stunden später aufstand und zu Bett ging, war Nelse immer noch am Werk. Am nächsten Morgen stand ich, da es ein heißer Tag zu werden versprach, sehr früh auf, um die Hunde rauszulassen, und da lag Nelse schlafend auf der Couch, seine Arbeit war vollendet: ein dunkles Netzwerk Aberhunderter und Abertausender Meilen. Östlich des Mississippi gab es noch viele freie Flächen, außer im nördlichsten Teil des Mittleren Westens, ein Gebiet, das mir nie sonderlich behagt hatte, weil die Bäume dort so dicht stehen, daß sie jede Aussicht beschneiden. Einmal hatte ich versucht, ein Sommersemester lang an der Michigan Tech in Houghton zu lehren, einem Ort, der sich brüsten kann, die hügeligste Gegend des Staates zu sein, doch mir genügte das noch immer nicht. Und selbst im Mai gab es dort Flecken, wo noch Schnee lag. Meine Zimmerwirtin vergoß Freudentränen, als sich endlich der erste Krokus zeigte. Als die Temperatur nach sechs Monaten Winterzeit auf 50 Grad Fahrenheit anstieg, begannen die Studenten T-Shirts zu tragen. Ein selbstbewußtes Mädchen fuhr mit dem Fahrrad über den Campus, der Rock wurde ihr bis zu den Hüften hochgeweht, und junge Ingenieure und Geologen, deren Hormone in Wallung geraten waren, glotzten ihr wie betäubt vom Fußgängerweg aus nach, einige von ihnen mit hochrotem Kopf. Am Ufer des Lake Superior fand ich noch einen Tag, bevor ich die Gegend verließ, unter Sand und Steinen Eisklumpen und -splitter. Das war am 4. Juli.

Nelses Landkarte führte mir jedoch mit einem Schlag schmerzlich vor Augen, was ich im Leben alles versäumt hatte. Ich hatte mich stets für einen Streuner gehalten, und verglichen mit allen anderen, die ich kannte, war ich das auch. Doch Nelse hatte mich im Laufe von nur zehn Jahren weit hinter sich gelassen. Carlos, mein Airedaleterrier, der nicht sehr schlau ist, hielt vom anderen Ende der Couch aus ein wachsames Auge auf ihn. Bei Carlos hat eindeutig eine Fixierung auf die anale Phase stattgefunden, und er wird schon unruhig, wenn jemand auf der Couch schläft. Wenn ich Gäste im Haus habe und es spät wird, versucht er stets, jeden in sein Schlafzimmer zu scheuchen, derart ausgeprägt ist sein Ordnungssinn. Zweifellos hatte er Nelse während dessen Arbeit an der Landkarte aufmerksam beobachtet, und nun blickte er mich an, um sicherzugehen, daß alles in Ordnung war. Ich lud ihn ein, seinen Cousinen draußen im Patio Gesellschaft zu leisten, die alle ganz versessen auf ihren Morgenspaziergang warteten. Sie bevorzugen es, draußen zu schlafen, wohingegen Carlos ein wenig Angst vor der Dunkelheit hat und schon beim Schrei eines Erdkuckucks oder eines Ziegenmelkers in einer Emory-Eiche zu knurren und bellen beginnt. Die Weibchen tyrannisieren ihn, und als er einmal ein Nabelschwein fing, teilten sie die Beute nicht mit ihm. Er ist viel größer als sie, aber sie haben ihn vollkommen eingeschüchtert. Wenn sie nach ihm schnappen, sieht er mich mit verzweifelten Augen hilfesuchend an. Als ich mich mit den Hunden auf den Weg machte, drehte ich mich noch einmal zu Nelse um und bedauerte, daß ich seine gestohlenen Tagebücher nicht lesen konnte. Ich hatte eine Belohnung darauf ausgesetzt, über einen meiner Bekannten aus der Unterwelt in Nogales, doch ich hielt es für unwahrscheinlich, daß sie je wieder auftauchen würden.

Der Gedanke an meine Hunde weckte tatsächlich Heimweh in mir, obwohl ich wußte, daß ich sie schon an diesem Abend wiedersehen würde. Auf den Bergrücken der Pinos Altos lag Schnee, so daß ich den Weg nicht über Silver City abkürzen konnte. Als ich im Krieg dort arbeitete, mußte ich eine Geschäftsreise nach Washington, D.C. unternehmen, wo man mich aus einer Konferenz rief und mir mitteilte, ich solle umgehend meinen Vater anrufen. Was ich auch tat, um dann zu erfahren, daß John Wesley in Korea gefallen war. Die Konferenz fand im Pentagon statt, und es ging um bestimmte Metalle, die für die nationale Sicherheit von entscheidender Bedeutung waren. Ich legte den Hörer auf, ging hinaus und fuhr zum National Airport. Dort charterte ich den Piloten einer privaten Fluggesellschaft, der mich nach Nebraska heimflog. Mein Gepäck ließ ich im »Mayflower« in Washington zurück, ebenso wie meinen Job, und übergab mich vor Panik am Potomac. Noch heute kann ich das Wort ›Washington‹ weder hören noch lesen, ohne daß mir dabei leicht übel wird. O mein Bruder, wie sehr habe ich dich geliebt.

Als ich in Hatch abbog, um die Abkürzung nach Deming zu nehmen, sah ich eine mexikanische Familie, die ein wenig abseits von der Straße ein Picknick machte. Sie aßen von der hinteren Klapptür eines uralten Kombis, zwei kleine Mädchen spielten im Kies eine der zahlreichen Abarten von Himmel und Hölle unter den wachsamen Augen eines kleinen Jungen mit einem Cowboyhut aus Stroh. Der Junge war eine perfekte Miniaturausgabe seines Vaters, der, sein Sandwich kauend, dem flachen, trüben Rio Grande zuschaute, wie dieser sich seinen Weg durch die Chilifelder bahnte. Da ich selbst keine Kinder habe – abgesehen vielleicht von Duane, was eine recht unwahrscheinliche Möglichkeit ist –, neige ich dazu, mir Familien genauer zu betrachten. Ich habe geholfen, gut ein Dutzend Kinder

großzuziehen, meist aus der Ferne, doch manchmal auch
aus unmittelbarer Nähe. Ein paar davon waren der eher
jammervolle Nachwuchs von einigen meiner Ex-Geliebten,
und mindestens ein halbes Dutzend waren mexikanische
Waisenkinder. Dank meiner Mutter habe ich viel zu viel
Geld, um in dieser ›Nebenbeschäftigung‹ so etwas wie
Großmut zu sehen. Wofür sollte ich sparen? Roberto,
mein jüngster Schützling, ist auf einer militärischen Vor-
bereitungsschule in Roswell, New Mexico, die er heiß und
innig liebt. Ich wünschte mir, er hätte andere Neigungen,
doch bedenkt man, was er in Los Angeles hat durchmachen
müssen, kann man es ihm nicht verübeln. Wie heißt es
bei den Ureinwohnern: Irgendwie muß man das metapho-
rische Loch in seinem Magen stopfen. Bradley, Ruths und
Teds Sohn, bestand ebenfalls auf einer militärischen Ausbildung – in seinem Falle die Air Force Academy –, nachdem seine Eltern sich hatten scheiden lassen, das heißt
nachdem Ted beschloß, seine wahre Natur, sprich seine
Homosexualität, auszuleben.
Zu Beginn des letzten Frühjahrs trafen Ted und ich uns
zum Abendessen in Los Angeles, um über Dalvas viel-
schichtige Probleme zu sprechen – Michael, ihren trunk-
süchtigen Geschichtsprofessor, sowie den Verlust ihres
Jobs mit eingeschlossen –, und wir beendeten den Abend
damit, Toynbees Theorie der Geschichte als Ablauf von in
sich geschlossenen Einzelkulturen auseinanderzunehmen.
Ich habe in meinem Leben eine Menge schwuler Freunde
gehabt, die auf ihrem jeweiligen Gebiet unglaublich, wenn
auch nicht ganz so widernatürlich erfolgreich wurden wie
Ted, und ich fragte mich laut, ob die Angewohnheit, ihre
Veranlagung so viele Jahre lang geheimzuhalten, sie vielleicht übervorsichtig und wachsam gemacht hatte. Intelligenz vorausgesetzt, hatte ich Erfolg, auf welchem Gebiet
auch immer, stets als eine Frage des Aufmerksamkeitsgra-

des erachtet – die Künste natürlich ausgenommen, die stets von Geheimnissen umwittert zu sein scheinen, bekannt, wenn überhaupt, nur jenen, die sie ausüben. Man kann Dutzende Male eine Geschichte von Tschechow oder ein Sonett von Shakespeare lesen oder eine Sonate von Mozart hören, und doch bleibt man jedesmal in sprachloser Bewunderung zurück. Ted wollte mir nicht zustimmen. Er sagte, das wäre, als würde ein einfältiger Landsmann aus dem Mittleren Westen glauben, daß alle Juden reich wären, dann nach Brooklyn kommen und das Gegenteil herausfinden. Ich bezeichnete das als einen wirklich saublöden Einwand, woraufhin er lachen mußte. Dann fügte ich hinzu, daß sowohl schwule Männer als auch Feministinnen es unerträglich fänden, wenn nicht-schwule Männer etwas, egal was, über sie zu sagen versuchten. Mystische Erfahrungen mögen vielleicht nicht übertragbar sein, aber ganz gewöhnliches menschliches Verhalten kann man verstehen, vorausgesetzt man investiert genügend Zeit und Aufmerksamkeit. Er brachte den Gedanken ins Spiel, daß abtrünnige Katholiken in früheren Zeiten besonders gute Schriftsteller geworden wären, räumte aber schließlich ein, möglicherweise wäre der Energieaufwand, den man anfangs in all die Täuschungsmanöver steckte, ein gutes Training für die Welt, in der wir leben. Danach kenne man alle Abstufungen der Ironie, und selbst die subtilsten Reaktionen der Menschen wären einem nicht mehr fremd. Man mußte Antennen entwickeln, die nicht zu besitzen sich gewöhnliche Menschen glücklich schätzen konnten. Ted zog mich damit auf, daß die besten Frauenhelden ganz einfach die besten Zuhörer sind, angeblich eine meiner hervorragendsten Eigenschaften.

Das letzte Thema des Abends war Dalva, und beide regten wir uns wieder einmal über sie auf. Ted traf Ruth zum erstenmal an der Eastman School of Music in Rochester, New

York, und als sie ihn mit nach Hause brachte und er Dalva kennenlernte, spürte er schon damals, am ersten Tag, daß er sich für die falsche der beiden Schwestern entschieden hatte. Und der zweite Tag war erst zur Hälfte verstrichen, da hatte er beschlossen – und dies hat nichts mit seinen letztendlichen sexuellen Neigungen zu tun –, daß Dalva die rücksichtslos eigenwilligste junge Frau war, die er je getroffen hatte. Ted neigt zu ausgesprochen starken Übertreibungen, aber im allgemeinen sind seine Vergleiche sehr farbig. Er erzählte, daß er an jenem ersten Abend mit Dalva getanzt habe und sie ihn mehr erregte, als je eine Frau zuvor, doch dann stieg ein schreckliches Bild von ihr vor seinem geistigen Auge auf: Dalva als Menschenfresserin, als Mörderin, und als er über ihre Schulter auf den Boden blickte, sah er dort im Licht des Morgens eine Kniescheibe und ein Schienbein liegen – alles, was von ihm übriggeblieben war. Natürlich ist dies geradezu lächerlich absurd, und doch steckt auch ein Körnchen Wahrheit darin. Wie ihr Vater besaß Dalva nie auch nur den leisesten Sinn für Ironie oder war dazu fähig, ihre Gefühle hintenanzustellen. Sie war unberechenbar. Wenn ich gelegentlich einen ihrer Freunde kennenlernte, empfand ich zuweilen Mitleid mit diesen Männern, die sie auserwählt hatte, weil sie ihr gerade nützlich erschienen, und die den Laufpaß aus Gründen erhielten, die zu verstehen sie mit Sicherheit nicht fähig waren. Michaels Intelligenz hatte sie stark beeindruckt, und sie war ihm gegenüber freundlich, nachsichtig und großzügig gewesen – bis sie ihn schließlich nicht schnell genug wieder loswerden konnte. Ich pflegte sie damit aufzuziehen, daß sie eine wahre Räuberbaronin der Gefühle sei, aber sie drehte den Spieß mit Leichtigkeit um, indem sie behauptete, daß sie bloß all die Vorrechte für sich in Anspruch nahm, welche die sogenannten Alpha-Männchen ansonsten zu ihren Geburtsrechten zählten. Der Schuh paßte

hervorragend, und ich war verlegen genug, ihn mir anzu-
ziehen, wohl wissend, daß mein eigener Vater mitgeholfen
hatte, ein Geschöpf wie dieses zu schaffen. In mancher
Hinsicht besaß er ein ausgesprochenes Talent.

Ich mußte gerade laut lachen, als ich zum Tanken in Lords-
burg hielt, und der Tankwart war neugierig auf den Witz.
Ich erzählte ihm eine lahme Geschichte von einem großen
Wohnmobil mit Kennzeichen aus Minnesota, das auf dem
letzten Rastplatz rückwärts gegen einen Picknicktisch aus
Beton gefahren war. Die Verrücktheiten von jenen, die man
hier in dieser Gegend »Schneevögel« nannte, waren Gegenstand so manchen Witzes. Ich konnte ihm ja schlecht
meine eigene Geschichte von dem merkwürdig bemalten
Büffelschädel erzählen, inzwischen die auffälligste Dekoration über dem Kamin in meinem Arbeitszimmer. So
manch einer findet ihn unangenehm und abstoßend und
mag ihn daher nicht. Er hatte meinem Vater gehört, und
während meiner ganzen Kindheit gab es nichts in seinem
Besitz, das ich mehr bewunderte, die Gemälde, die Ranch
und was auch immer mit eingeschlossen. Als ich Brown
absolviert hatte, sandte er ihn mir zu, obwohl er der Ab-
schlußfeier selbst nicht beiwohnte. Ich machte ihm deswegen keinen Vorwurf, schließlich habe ich solche Feier-
lichkeiten selbst immer als lästig empfunden. Der bemalte
Büffelschädel war ein Geschenk, das mein Großvater von
William Ludlow erhalten hatte, der in den siebziger Jahren
des vergangenen Jahrhunderts auf seiner Expedition mit
Custer in die Black Hills eine lange, nach Osten gerichtete
Reihe solcher Schädel gefunden hatte. Lachen mußte ich,
weil ich den Schädel damals in meiner Bude in Providence,
die ich mit drei anderen Kommilitonen teilte, an der Decke
aufhing, um ihn während der sehr verregneten Abschluß-
feier als Persönlichkeitstest für alle Frauen zu benützen, die
auf einen Drink vorbeikamen. Einige schrien erschrocken

auf, andere waren bloß höflich, aber die meisten waren recht neugierig. Seltsamerweise schnitten die jungen Männer, die hereinschauten, weitaus schlechter ab, meist faselten sie ausgiebig über unser »modernes Zeitalter« und daß man solche Artefakte besser in Museen verstaute, so wie manche gerne sähen, daß man alle Grizzlys, Pumas und Wölfe im Zoo einsperrt. Andererseits war es eine verregnete, irgendwie melancholische Woche und die Aussicht darauf, nach dem Abschluß in die »reale Welt da draußen« entlassen zu werden, eher einschüchternd. Viele meiner Freunde und Bekannten konnten es kaum erwarten, zur Armee zu gehen und im Zweiten Weltkrieg zu kämpfen, der damals gerade erst begonnen hatte. Zwei jener Freunde verlor ich nach der Invasion in der Normandie für alle Zeiten. Noch nicht einmal eine Woche nach meinem Abschluß hatte ich mich, statt die Segel zu setzen, um in Frankreich oder im Orient Schlachten zu schlagen, in einer glühend heißen Wellblechhütte auf einem Berg im südlichen New Mexico verkrochen, um für eine Bergbaufirma zu arbeiten, deren ethische Grundsätze sich nicht sehr von denen der Deutschen oder Japaner zu unterscheiden schienen. Zu Beginn dieses Jahrhunderts, während des berüchtigten Streiks in Bisbee, hatte die Firma Hunderte von Arbeitern mit vorgehaltener Waffe in einen Zug verfrachtet, um sie irgendwo in einer weit entfernten Wüste ohne Wasser und Proviant auszusetzen.

Erst kurz vor Einbruch der Dunkelheit gab ich die Hoffnung auf, noch am gleichen Abend nach Hause zu gelangen. Es waren nur noch zwei, drei Stunden Fahrt, eine lächerlich kurze Zeitspanne, aber nach der Nacht in Limon hatte meine Müdigkeit ständig zugenommen. Ich hatte nie so etwas wie feste Schlafgewohnheiten. Ausgedehnter Schlaf ist ein Segen, den ich nicht oft in meinem Leben erfahren durfte, obwohl ich selbst auf einem Pferderücken ein ganz erholsames Nickerchen machen kann.

Ich schrieb mich in einem Motel in dem eher reizlosen Willcox ein, einer Stadt, die ich aus unerklärlichen Gründen stets gemocht hatte, dann fuhr ich hinüber zu einer Gaststätte mit dem unpassenden Namen *The Regal* und aß viel zu viele Rinderrippen. Normalerweise bin ich ein bescheidener Esser, aber den Rinderrippen haftet ein gutes Stück Sentimentalität an, ein Überbleibsel aus meiner Jugend, in der ich sie für John Wesley zubereitet hatte, auf unserem Campingplatz, vor langer Zeit, nicht weit vom See und dem Sumpf. Einer der damaligen Nebenerwerbe meines Vaters bestand in der Zucht erstklassiger Rinder. Er lieferte das beste Fleisch, das man sich vorstellen kann, an einige ausgewählte Luxusrestaurants in Omaha und Chicago. Wir alle aßen eine Menge dieses Rindfleischs, nur Neena nicht, deren gesunder Appetit schon recht früh vom Alkohol vernichtet wurde, und Lundquist, der sich davor ekelte, Vieh zu essen, das er glaubte, persönlich zu kennen. Lundquist bildete sich ein, mit der Tierwelt in einem derart engen Kontakt zu stehen, daß jeder Mystiker neidisch geworden wäre. Ich zweifelte dies niemals wirklich an, trotz meiner pragmatisch ausgerichteten Ausbildung, die seinen Anschauungen zuwiderlief.

Ich war so oft in dieser Gaststätte gewesen, daß ich mich mühelos mit den Kellnerinnen über ihre alltäglichen Sorgen unterhalten konnte. Am liebsten mochte ich eine eher bläßliche junge Frau aus West Virginia, die jene besonderen Wangenknochen besaß, die den Menschen der Appalachen eigen sind und deren Akzent eine leicht schwingende Note hatte. Ich hatte ihr in bescheidenem Maße bei der Trennung von ihrem Mann geholfen, der sie regelmäßig schlug, und ihr ein neues Heim in Flagstaff finanziert. Ich hatte nicht mit ihr geschlafen, obwohl ich es sehr gerne getan hätte, aber bei all den Problemen, die sie damals mit sich herumtrug, wäre es von ihrer Seite aus bloß Dankbarkeit gewesen. Ihrem Ehemann gelang es, mich über das Telefon ausfindig zu machen und zu bedrohen, doch ich fragte ihn nur: »Warum wollen Sie Ihrem Leben eine solch drastische Wende zum Schlechteren geben?«, woraufhin er sich nie wieder meldete. Ich war mir nicht sicher, was ich damit hatte sagen wollen, aber ich war bereit, den Weg zu gehen, wo immer er hinführen mochte.

Viele Frauen haben nachgefragt und mich aufgezogen angesichts solch ritterlichen, uneigennützigen Verhaltens, davon ausgehend, daß jedwedes Motiv an sich erst einmal verdächtig und fragwürdig ist. Eine von ihnen, die zum Psychologisieren neigt, behauptete, ich versuchte immer wieder, meine Mutter zu retten. Ansonsten ist sie eine liebenswürdige Frau, die ihre eigenen Schwächen gar nicht zu verleugnen sucht. Meine einzige Antwort darauf lautet: Solange das Ergebnis positiv ist, spielen die Motive keine Rolle und ganz sicher nicht die Schwierigkeiten, die ich vor so langer Zeit hatte. Im Gegensatz zu vielen Männern, die ich kenne, bin ich eben kein Wüstling, der jede Gelegenheit ausnützt.

Während Nelses Besuch im letzten Herbst tauchte unglücklicherweise eine meiner kritischsten Freundinnen auf. Sie ist ohne Zweifel viel zu jung für mich, ungefähr dreißig, und muß wohl einen unangenehmen Vater gehabt haben, für den ich vermutlich ein zweifelhafter Ersatz bin. Nelse gelang es, seine Belustigung über mein Unbehagen bezüglich ihres Auftauchens zu verbergen, nicht jedoch seinen höflichen Zynismus hinsichtlich ihres Charakters. Sie kritisierte meinen Beruf als Geologe und dessen Verbindung zum Bergbau ganz offen, und Nelse fragte sie mit spitzer Zunge, ob ihr Porsche denn aus Plastik bestünde. Daraufhin versuchte sie, ihm gegenüber ihren Charme spielen zu lassen, aber da hätte sie bei einem Zaunpfahl mehr Erfolg gehabt. Sie stellte eine seltsame Theorie auf, die mich für kurze Zeit amüsierte und die besagte, daß die Frauen im Südwesten größeres Interesse an Astrologie hätten als die im Osten, weil die Sterne im Südwesten sehr viel deutlicher zu sehen sind. Entlang der Ostküste ist es wegen des vielen Lichts aus der Umgebung schwierig, die Sterne wirklich klar zu sehen. Nelse nahm einen Augenblick lang an, sie hätte »Astronomie« statt »Astrologie« gesagt, und sein »Was für ein Blödsinn!« brachte die Unterhaltung kurzzeitig zum Erliegen. Ich vermute, man muß ein gewisses Alter erreicht haben, um die abstrusen Gedanken seiner Mitmenschen interessanter zu finden, als unbedingt recht zu behalten.

Ich hütete meine Zunge auch weiterhin, als sie sagte, daß sie als aufstrebende Schriftstellerin hoffte, ihr Leben der Verteidigung der Natur widmen zu können, was ja an sich kein tadelswerter Ehrgeiz ist, doch dann stichelte Nelse, daß das Studium der Natur etwas sei, das man nicht so einfach nebenher betreiben könne. Die Natur sei nicht vergleichbar mit einer ständigen Ausstellung in irgendeinem Kunstmuseum oder einer wunderschönen Sammlung von Fotografien, die man schützen müsse vor einer wildgewordenen Horde, von der man selbst ein Teil ist. Sie war beleidigt und fragte ihn, welche Qualifikationen er vorzuweisen hätte, woraufhin er antwortete: »Keine«, und daß man keine Referenzen brauchte, um zu sehen, daß die meisten unserer Urwälder abgeholzt und die Prärien und die Great Plains fast völlig kahl und ausgelaugt wären durch Überweidung und falsche Anbaumethoden, ganz zu schweigen von den Ozeanen, die sich langsam dem Stadium unumkehrbarer Verödung näherten, oder der unkontrollierbaren Bevölkerungsexplosion, die alleine schon auf den nahen Untergang hindeute. Nelse zerlegte das Wort »Untergang«

dabei dramatisch in seine Silben und sprach mit dem Pseudo-Bariton eines Nachrichtensprechers. Sie goß sich ein gigantisches Glas Tequila ein und sah mich hilfesuchend an. Ich versuchte es mit einem Scherz: Es sei schließlich ganz natürlich, daß wir Ähnlichkeiten mit anderen Säugern aufzuweisen hätten, wie zum Beispiel der weitverbreiteten Familie der Nager.

Sie ging zu den Schiebetüren, die auf den Patio führen, und schaute hinaus, als könne sie im Süden bis tief in die mitternächtliche Wüste sehen. Wenn sich die Augen erst einmal an die Dunkelheit gewöhnt haben, kann man in der Ferne sogar die Berge der Sierra San Antonio in Mexiko ausmachen, denn die Grenze, ein einfacher Zaun, liegt nur ein paar Meilen entfernt. Carlos erhob sich von seinem Kissen und stellte sich zwischen sie und die Tür, um zu verhindern, daß sie etwas Dummes tat, wie zum Beispiel ohne seinen Herrn nach draußen zu gehen. Die anderen Hunde lagen an der Kette, damit sie keine Nabelschweine jagen oder die armen Seelen anfallen konnten, die bei Nacht illegal über die Grenze zu schleichen versuchten.

Ich schaute zu Nelse, der bemüht schien, ihre gute Figur zu ignorieren. Schließlich fragte er sie, welche Religion sie habe, und sie, wohl um ihn herauszufordern, antwortete: »Die Natur.« Manchmal verursacht einem die Gesellschaft, in der man sich befindet, echte Kopfschmerzen, doch für gewöhnlich überwiegt mein Interesse am Phänomen Mensch das Verlangen, mich zurückzuziehen und alleine zu Bett zu gehen. Nelse ließ sich eher lustlos über die Theologie der Ausbeutung der Erde aus und daß diese inzwischen einen der Eckpfeiler des Christentums zu bilden schien, und sie erwiderte ziemlich scharf, daß man dies ja wohl schlecht Jesus in die Schuhe schieben könne. Nelse hatte den ganzen Papierkram, den der Verkauf indianischer Kunsterzeugnisse mit sich brachte, vor sich auf dem Eßtisch ausgebreitet und gab zumindest vor, sich wieder an die Arbeit zu machen. Sie setzte sich eher verträumt neben mich auf das Sofa, nachdem sie sich Tequila nachgeschenkt hatte. Und ich fragte mich, wie schon so oft, ob solche Streitereien mehr waren als kleine Tänze unserer allgemeinen Unrast.

Ich stand noch vor Sonnenaufgang auf, und als ich in Sonoita in Richtung Canello Hills abbog, war es noch immer früher Morgen. Ich verspürte eine nachhaltige Unruhe in mir. Sobald der Asphalt in Kies übergeht und ich nur noch dreißig Meilen zu fahren habe, steigt normalerweise unweigerlich ein tiefes Heimweh in mir auf, eine Art hemmungslose Verzweiflung, so schnell wie möglich mein Zuhause zu erreichen, das mir seit 1949 als Zuflucht vor allem gedient hat, was mir an dieser Welt mißfiel. Diesmal allerdings setzte das Heimweh nicht ein, was wohl darauf zurückzuführen war, daß der Gedanke an Naomi wieder einmal alles andere verdrängte. Genau genommen wäre ich an diesem Samstagmorgen lieber bei ihr im Farmhaus gewesen. Der Geist meines Bruders war mir wohlgesonnen, und die anderen Geister der Gegend hatten all jene Energien, die negative Gefühle erzeugen, fast vollständig aufgebraucht. Manchmal hilft ein summa cum laude kein Jota dabei, sich selbst zu verstehen, ja, es kann sogar hinderlich sein. Ich habe nie akzeptieren wollen, wie unausweichlich wir unserer Väter Söhne sind, ob es uns nun zum besseren oder schlechteren gereicht, meist bewegt es sich sowieso irgendwo in der Mitte. Während einiger meiner langen inneren Reisen in meiner Jugendzeit, Reisen, die man heute »Depressionen« nennen würde, pflegte mein Vater mit mir zu schimpfen und sagte: »Warum hörst du nicht endlich auf, nur in der eigenen Scheiße zu wühlen, und blickst der Realität ins Auge?« Wenn man sich in einer etwas erhabeneren, eher Keats'schen Stimmung befindet, kommt einem ein solcher Satz sicher abstoßend vulgär vor. Während einer dieser Perioden hatte ich mich, wie mein Vater sehr wohl wußte, derart in ein Mädchen verliebt, daß ich zu nichts mehr fähig war. Sie wohnte ein halbes Dutzend Meilen entfernt, und bei wohlwollender Betrachtung konnte man von ihr behaupten, daß sie den Intellekt eines Gürteltiers besaß. John Wesley meinte nur: »Warum verliebst du dich nicht gleich in eine der Legehennen?« Ich pflegte die Straße runter zu ihr zu reiten, aber Pferde verdrehten diesem Ranchermädchen nicht den Kopf, selbst mein prachtvoller rehbrauner Felix nicht. Damals war ich vierzehn, es war Juni, und meine Mutter war in Rhode Island, wohin ich sie nicht hatte begleiten wollen, aus Angst, ein Mädchen zu verlieren, das ich noch nicht einmal mein nennen konnte. Ich blieb tagelang auf meinem Zimmer und ließ das Victrola-Grammophon laufen, um meinem schmerzenden Herzen Nahrung zu geben. Eines Morgens klopfte mein Vater an die Tür und sagte mit ruhiger Stimme, daß er verstünde, was ich durchmachte. Alles was mir durch den Kopf ging, war: Wovon soll dieser alte Bastard schon etwas verstehen, abgesehen von Pferden, Kühen und Geldscheffeln? Natürlich sagte ich nichts, weil meine Kehle vor lauter Schwermut wie zugeschnürt war. Dann fügte er hinzu, daß, wenn ich einen Tag lang über unser Anwesen spazierte, er mir in der Stadt einen Ford Roadster besorgen würde, keinen nagelneuen, aber einen, der gut genug wäre, um das Augenmerk eines gewissen Mädchens von Cowboys weg auf andere Dinge zu lenken. Er tat es wirklich, und es funktionierte – nur zu gut. Innerhalb weniger Tage klebte sie wie ein Abziehbild an mir, und zum erstenmal in meinem jungen Leben erfuhr ich, daß etwas zu bekommen oder nicht zu bekommen, ganz ähnliche Gefühle hervorrufen kann.

Als ich eine ganz bestimmte Anhöhe erreicht hatte, fast einen Bergpaß, auf dem überall rotstielige Manzinellenbäume, Wacholderbüsche und mexikanische Piñon-Kiefern wuchsen, konnte ich mein Zuhause in ungefähr zwanzig Meilen Entfernung sehen. Daß sich bei mir das Heimweh so recht nicht einstellen wollte, hing zum Großteil sicher auch mit einem Streit zusammen, der nun schon eine ganze Weile andauerte und der sich um eine Siedlung von gut einem Dutzend mexikanischer Familien etwa sieben Meilen westlich von meinem Zuhause drehte. Meine Haushälterinnen Emilia und Luisa lebten beide dort, ebenso wie Jorge, mein Mann für alles, den ich gelegentlich engagierte und der mir ein professioneller Gauner zu sein schien. Daß er fast ebenso stark wie mein Vater war, fiel mir schon bei unserer ersten Begegnung auf, als er einen nicht eben kleinen Zaunpfahl fast über ein ganzes Gehege hinweg auf ein wildgewordenes Maultier schleuderte, das seine Ziege getötet hatte. Das Problem der Siedlung bestand darin, daß der mexikanische Gentleman, dem das Land gehörte, plante, die kleinen Ziegelsteinhäuser abzureißen, vielleicht um eine attraktivere Immobilie daraus zu machen, wer weiß. Ich hatte versucht, ihm das Land abzukaufen, aber er hatte vor, es zu behalten, nachdem die jetzigen Bewohner es verlassen hatten. Selbst nach all den Jahren, die ich in Mexiko verbracht habe, sind lateinamerikanische Geschäftsleute für mich noch immer ein Rätsel. Sie scheinen gefühlsmäßig sehr viel stärker in ihre Geschäfte verstrickt als, weiter nördlich im Gringo-Land, ihre Vettern in Sachen Gier. Ich hatte Emilia und Luisa versichert, daß wir ihnen ein Haus auf meinem Grund und Boden bauen könnten, aber das minderte nicht ihre Trauer. All ihre Tanten, Onkel, Cousinen, Nichten, Neffen und Freunde würden über die Berge ziehen, nach Norden, in das kleine Dorf Patagonia – für mich ein wunderschöner Ort, für Emilia und Luisa dreißig lange Meilen zu weit entfernt.

Es gab einfach keinen Ausweg aus dieser verzwickten Lage.

Obwohl ich selbst gefühlsmäßig recht abhängig von der kleinen Gemeinde war, brachte man mir nicht sehr viel Sympathie entgegen. Wir sind von Natur aus einfach nicht mit genügend Anteilnahme ausgestattet, daß sie sich auch auf Menschen mit großem Bankkonto und Geldbeutel ausdehnen würde, ausgenommen natürlich, sie oder einer ihrer Lieben werden krank. Als ich letztes Jahr zum erstenmal von den Neuigkeiten erfuhr und einzuschreiten versuchte, mußte ich mir eingestehen, daß ich meine Abgeschiedenheit zwar liebe, sie allerdings als unangenehm erlebe, sobald sie mir von außen aufgezwungen wird. Dann wird sie zu einer Einsamkeit ohne Freiheit. Ich würde viel lieber mitten im Herzen von New York City leben als in erzwungener Einsamkeit ohne *tamales* zur Weihnachtszeit, ohne Gitarrenmusik, ohne Kinder, die mir einen Nickel geben, damit ich ihnen Süßigkeiten mitbringen kann, wenn ich mal nach Washington Camp in den kleinen Laden fahre; ohne an einem warmen Sommerabend unter einer Pappel sitzen zu können, *carne asada* zu kochen und zu essen und mit jedem, der vorbeikommt, ein kühles Bier zu trinken; ohne durch die Arroyos der Hochebenen zu reiten und jemandem auf der Suche nach streunendem Vieh zu helfen; ohne daß die dralle, in Hermosillo zum Stadtmenschen gewordene Cousine von irgend jemandem mit mir tanzt oder sogar mit mir ins Bett geht; oder ohne fünf alte Damen hinunter nach Magdalena zum Fest der Heiligen Jungfrau von Guadalupe zu fahren. Frauen, die den 100-Meilen-Marsch über die Grenze und die Berge auf sich nehmen, bis sie zu alt dafür werden. Emilias Mutter hatte die Reise zum letztenmal mit neunundsiebzig gemacht. Mir fehlt die nötige Vorstellungskraft, die Macht der Beweggründe zu verstehen, die dahinter stecken: Man stelle sich eine wirklich alte Frau in einem geblümten Hauskleid vor, mit einem Milchkarton aus Plastik, gefüllt mit Wasser, die über das Geröll und durch die Arroyos der Hochebene klettert, auf einer Tour, die jeden Fitness-Crack an den Rand des Zusammenbruchs treiben würde.

Die Frage lautet natürlich, wie man seine Seele zum Frohlocken bringt. Mein Unverständnis ging tief, es saß mir gewissermaßen in den Knochen. Die Furchen, die das Winterwasser in den Weg gegraben hatte, waren so tief, daß der Wagen sich fast von alleine lenkte. Vier Bergketten umgaben mich in diesem Tal; ob wir der Pracht der Natur allerdings etwas abgewinnen können, hängt letztendlich immer von uns selbst ab. Im Umkreis von tausend Quadratmeilen gab es keinen Flecken Erde, auf den ich nicht schon meinen Fuß gesetzt hatte. Schaut man hinunter ins Tal, sieht man verschiedene Gamander-Arten, darunter blauen und schwarzen, sowie verwachsene Mesquitesträucher, Rübenkraut und die grasbedeckte Oberfläche der hiesigen Erde. Ein Blick nach oben, und man sieht unweigerlich den Himmel. Unter der Erdoberfläche liegen die Mineralien verborgen, aus denen ich beruflich meinen Nutzen gezogen habe, so sicher wie Prediger und Priester versuchen, ins Räderwerk unserer Seelen einzugreifen. Im letzten Frühjahr hatte ich auf dem Osthang des Baboquivari gezeltet und plötzlich das seltsame Gefühl, daß das Licht des Mondes durch meinen Körper hindurchschien, und als ich im Geiste einen Schritt neben mich trat, sah ich, daß es tatsächlich so war. Als ich einmal den T'ohono Odom sowie den Hopi bei einigen Schürfrechtsfragen zu helfen versuchte, stellte ich fest, daß man sich in ihrer Kultur scheut, Nutzen aus irgendeiner Sache zu ziehen, wohingegen in unserer Kultur das Profitstreben ja gewissermaßen das Fundament bildet. In meiner Heimat schien es einfach in der Natur der Menschen zu liegen, sieben Millionen Büffel zu töten, wie es wohl auch in unserer Natur lag, die Kultur der Urbevölkerung Amerikas zu zerstören. Ein Blick auf die Geschichte der Menschheit bringt die Seele nicht unbedingt zum Frohlocken, aber es ist unverantwortlich, weiterzumachen, ohne sie zu kennen. Zu Collegezeiten war ich besessen von der Schönheit, die das Studium der Morphologie von Flüssen zutage fördert, aber alle Jobs, die es damals in der Gegend gab, wurden von Menschen vergeben, denen Flüsse nicht gerade am Herzen lagen. Ich war im Glen Canyon, und als man ihn flutete, waren die Parallelen zu einer Kreuzigung offensichtlich. Zweifellos liegt auch im Studium der Geologie ein großer Reiz, aber nicht in ihrer Anwendung. Ich nehme an, ich hätte sie in ihrer reinsten Form lehren können, aber gute Colleges und Universitäten befinden sich unweigerlich an Orten, an denen ich mich nicht gerne aufhalte. Als Nelse zu Besuch war und einen Blick auf die Bibliothek in meinem Arbeitszimmer warf, bemerkte ich, daß er jeden Titel mit literarischem Anspruch übersprang. Als ich ihn fragte, warum er nicht seinen »Nutzen« aus solch geschliffenen Werken ziehe, antwortete er, daß sie ihm gewöhnlich das Hirn zu sehr wundrieben. Das erinnerte mich an meinen Vater, der seine künstlerischen Ambitionen irgendwann aufgab, was ich später so interpretierte, daß er die äußerste Verwundbarkeit scheute, welche dieses Metier mit sich bringt.

Ich nahm mir eine Stunde Zeit für einen kleinen Abstecher auf einen Tafelberg, den Jones Mesa, umging die Ausläufer mehrerer Arroyos, bis ich die Schlucht erreichte, zu der ich wollte. Irgendwann, vielleicht schon sehr bald, würde ich wohl nicht mehr in der Lage sein, dort hinein- und wieder hinauszuklettern. Unten am Grunde, zwischen zutagetretendem Granit, gibt es eine Quelle, eine sehr kleine, die in der Trockenzeit kurz vor dem Sommerregen eine ungewöhnlich große Zahl an Vögeln und Tieren anlockt. Ich verspüre nicht wie Naomi das Verlangen, den Namen jedes einzelnen Vogels zu bestimmen – andererseits habe ich nichts anderes mit Steinen gemacht. Keine zehn Schritte von der Quelle entfernt liegt ein Felsbrocken, ein Überbleibsel der Fluten vergangener Zeiten, der eine Vertiefung in Form eines gekrümmten Sitzes hat. Dieser Steinsitz ist bei kaltem Wetter nicht sehr einladend, doch an den meisten Tagen ist er spätestens zur Mittagszeit ausgesprochen angenehm. Wenn man in diesem Sitz einschläft, scheint der Schlaf besonders tief zu sein, viel tiefer als gewöhnlich, und wenn man erwacht, scheint man alle Eindrücke überdeutlich wahrzunehmen. Natürlich sagt mir der wissenschaftlich ausgebildete Teil meines Verstandes, daß dies alles Unsinn ist, aber ich bin ja nicht dazu verpflichtet, immer auf ihn zu hören. Um genau zu sein, in meinem Alter, Mitte sechzig, reicht es vollkommen aus, wenn man es nur hin und wieder tut. Ich fand es einfach köstlich, als Einstein sagte, daß er keinerlei Bewunderung empfinde für Wissenschaftler, die sich bloß als Dünnbrettbohrer betätigten. Ein Phänomen als solches ist immer tausendmal interessanter als jede notgedrungen vereinfachende Schlußfolgerung, die ich daraus ziehe.

Ich nickte für ein paar Minuten ein und erwachte nach einem Traum, in dem ich Naomi vor mir gesehen hatte, wie sie auf ihrer Hollywood-Schaukel saß, eingehüllt in einen Wintermantel, ihre abscheuliche Krähe neben sich, und ich fragte mich, ob dieser Traum wohl gerade der Realität entsprach, ein zugegebenermaßen recht müßiger Gedanke. Nachdem ich Nelse den Weg gezeigt hatte, hatte er drei statt der angekündigten zwei Tage hier kampiert und später erklärt, er habe das Zeitgefühl verloren und vergessen, zurückzukehren. Ich war ein wenig verärgert, wollte ihn aber nicht stören, und suchte daher den Canyon aus der Distanz mit meinem Fernglas ab, bis ich ihn auf einem hohen Bergkamm erblickte, wie er durch sein Fernglas mir entgegenstarrte. Wenn der Wind aus Südosten kommt, kann man gelegentlich einen leichten, katzenartigen Geruch vom Lager eines Berglöwen wahrnehmen, weit weg in den Wänden des Canyon. An der Quelle findet man oft Tatzenabdrücke und Dung, und in der unmittelbaren Umgebung bin ich schon einige Male auf die zerlegten Kadaver von Rotwild gestoßen, die zum größten Teil nur noch aus Fell und den größeren Knochen bestanden. Ein paarmal ist mir eine kleinere Fährte aufgefallen, was darauf hindeutet, daß es sich um das Lager eines Weibchens handeln muß, das in unmittelbarer Nähe ihrer Speisekammer lebt. Nelse hatte scherzhaft erklärt, daß er deshalb gerne stundenlang hier herumsäße, weil der Nachname seines Vaters Stone Horse lautete.

Die Hunde, die meinen Wagen meilenweit hören können, warteten kläffend und heulend am Tor auf mich, außer Carlos, der stets mindestens dreißig Yards im Hintergrund steht. Alles in allem waren es sechs, drei Airedaleterrier, zwei English Setter und ein Labrador Retriever. Die letzten drei stammten noch aus meiner Wachtel-Jagdzeit, ein Sport, dem ich in den letzten Jahren immer seltener nachgegangen bin. So viele meiner Jugendjahre hatte ich damit verbracht, mit meiner Mutter zwischen zu Hause, Arizona und Rhode Island hin und her zu pendeln, daß es mir damals schlecht möglich war, ebensoviele Hunde wie John Wesley zu halten. Seit unserem zwölften Lebensjahr gingen wir auf die Vogeljagd, aber einen Tag nach Weihnachten mußte ich mich stets von den Hunden verabschieden und mit meiner Mutter den Zug besteigen, der in die Gegend von Tucson fuhr, eine Gegend, deren Bevölkerungszahl heute sicher ein Dutzendmal größer ist als damals in den Dreißigern. Und im Sommer war ich oft genug mit ihr in Wickford, so daß unsere Hunde mir deutlich zu verstehen gaben, daß John Wesley ihr eigentlicher Herr und Meister war, obwohl sie Lundquist sicher am meisten mochten. All unsere Tiere fühlten sich in einem geradezu unheimlichen Maß zu ihm hingezogen, so daß selbst unsere wildesten Pferde und Bullen für ihn wie Schoßhunde waren. Ich glaube, es lag an dem Murmeln, dem Singsang, der Nonsenssprache, in der er mit ihnen redete, und auch an den langsamen, eleganten und vertrauenerweckenden Gesten, die er im Umgang mit ihnen benutzte. Ich habe in meinem ganzen Leben keinen anderen Menschen kennengelernt, der sich selbst in Gegenwart von Tieren so zurücknahm. Und was immer auch seine selbsterfundene Sprache sein mochte, sie war der ihren ähnlicher als unsere.

Wie dem auch sei, in meiner Jugend war ein gewisser Unmut in mir gewachsen, und ich schwor, daß ich mir, sobald ich ein eigenes Heim hatte, so viele Hunde halten würde, wie ich wollte, und so habe ich es auch immer gehalten. Auf all den zahlreichen Reisen in meinem Leben, von denen einige recht lange währten, hat sich mein Heimweh immer zuerst auf die Hunde konzentriert und sich dann von dort ausgebreitet. Der Hundefriedhof ist vom Weideland abgezäunt, wo ich mir einige ausgewählte Ochsen für mein gelegentliches Steak halte, jeweils eins für Emilia und Luisa mitgerechnet. Vor langer Zeit war Emilia meine Geliebte, aber dann heiratete sie, jedoch nicht ohne vorher dafür zu sorgen, daß ihre junge Freundin Luisa bei mir unterkam. Vor zehn Jahren hat auch Luisa geheiratet, und nun bin ich der Pate von einem halben Dutzend ihrer Kinder. Entgegen der üblichen Vorstellung, die man von Frauen hat, die keine Schulbildung genossen haben, beobachtet Emilia aufmerksam den Aktienmarkt und kümmert sich um all meine

Rechtsangelegenheiten und die Buchhaltung, wofür sie einmal im Monat nach Tucson fahren muß. Rechtsanwälte und Buchhalter haben es lieber mit ihr als mit mir zu tun, weil ich auf diesem Gebiet unter extremer Aprosexie leide, wie die Psychologen es nennen.

Am Abend meiner Heimkehr gab es eines meiner Lieblingsgerichte, obwohl es eher schlicht ist: ein *posole* von Nacken und Schenkel eines Schwarzwedelhirsches, den Luisas Bruder vor kurzem erlegt hatte. Der Knorpel des Nackenstücks schimmert manchmal hervor, so daß der Maisbreieintopf regelrecht glänzt. In Luisas Küchengarten gibt es eine Menge Kräuter und Chilischoten, einschließlich der scharfen *epazote*, die man für das *posole* braucht, sowie mehrere Reihen Knoblauch, der einfach ein Genuß ist, wenn er so frisch ist, daß die geschälten Zehen einem an den Fingern kleben bleiben. Verglichen mit der jüngeren Luisa ist Emilia eine schlechte Köchin, die sich oft über die lange Liste mit Einkäufen beschwert, die sie in Tucson erledigen soll. Gelegentlich fungiere ich als Luisas »Souschef«, setze mich zu ihr an die Arbeitsplatte, stampfe wild mit ihrem altertümlichen Mörser und hole ihr, was immer sie braucht, aus dem Garten.

An diesem Abend versuchten wir nach dem Essen eine fröhliche, ausgelassene Stimmung zu erzwingen, was uns angesichts der Probleme, welche die Siedlung etwas weiter die Straße hinunter hatte, eher schwerfiel. Während der Mahlzeit selbst war es kein Problem, da wir alle mit dem guten Essen beschäftigt waren. Unerfreuliche Gedanken lassen sich durch nichts besser vertreiben als durch einen sinnlichen Genuß, doch als wir fertig gegessen hatten, kehrte die Realität mit aller Härte zurück. Wir wollten uns den *Marathon Man* auf Video ansehen, und der Film lenkte uns auch einigermaßen ab, bis Emilia spöttelte, daß die derzeitige Situation mit ihrem Grundeigentümer vergleichbar sei mit »einem Leben im Zahnarztstuhl«. Wir umarmten uns alle ein wenig aufgewühlt und gingen dann jeder in sein Schlafzimmer.

Ich kann nicht behaupten, daß mir die ganze Angelegenheit sehr zu Herzen ging, denn ich habe die anstehende Veränderung in meiner Lebensweise seit gut einem Jahr auf mich zukommen sehen, während Emilia und Luisa die Sache doch schwer an die Nieren ging. Naomi und ich hatten scherzhaft über ein sechsmonatiges Arrangement gesprochen, um das Zusammenleben auszuprobieren, eine Art Probeehe also, aber dann wurde ich sehr schnell in meinem Enthusiasmus gebremst, als sie mich fragte, warum in aller Welt ich in meinem Alter noch heiraten wolle. Aber ich habe dich fast fünfundvierzig Jahre lang geliebt, antwortete ich, worauf sie erwiderte, daß die Ehe dem wahrscheinlich ein Ende setzen würde. Ich habe mir nie viel aus fernöstlichen Weisheiten gemacht, aber ein Freund aus San Francisco hat mich auf einen alten Ch'an-Spruch aufmerksam gemacht, der da lautet: »Asche verwandelt sich nicht wieder in Holz.« Ich interpretierte dies immer in dem Sinne: »Worauf warten wir noch?«, obwohl darin natürlich eine ganze Reihe anderer subtilerer Deutungen mitschwingen. Vielleicht jedoch kommt »Warum zögerst du noch?« dem Grundgedanken, der dahinter steckt, noch näher. Ich weiß nicht, ob ich je stärker an etwas geglaubt habe als an Naomis Präsenz in meinem Leben, und dieser Glaube muß ein Teil dessen sein, was wir Liebe nennen. Unsere Herzen gähnen nur müde, wenn wir vorzutäuschen versuchen, daß wir uns mehr aus jemandem machen, als wir es in Wahrheit tun. Liebe selbst scheint etwas völlig Unbeabsichtigtes zu sein. Ich gebe inzwischen nicht mehr viel auf Theorien, die strikte Rationalität für möglich halten. Selbst die Beschäftigung mit der Geologie kann zu kosmischen Fragen führen. Als eine junge Frau mir einmal einen Felsbrocken von der Größe einer Bowlingkugel brachte, in dem der gebrochene Oberschenkelknochen einer Echse aus der Jurazeit eingeschlossen war, konnte ich ihr alles über das »Wie«, aber nichts über das »Warum« erzählen. Ich weiß fast ebensoviel über Astronomie wie Nelse, gibt es doch aufgrund des fehlenden Umgebungslichts keinen besseren Ort, die Sterne zu betrachten, als das San Rafael Valley, aber ich zeige etwas mehr Toleranz als er, was die allgemeine Ignoranz betrifft, mit der die Menschen den Sternen begegnen. Für die meisten ist die Astronomie einfach ein viel zu großes Rätsel, als daß sie sich pausenlos damit beschäftigen könnten. Vor ein paar Jahren, als ich nachts auf einem Bergkamm zeltete und im Dunkeln aufwachte, gaukelte mir eine optische Täuschung vor, daß der Mond und die Venus nur ein paar Meter von mir entfernt seien und die anderen Sterne, die sie umgaben, nur einige Schritte dahinter. Mir brach augenblicklich der Schweiß aus; ich schnellte aus meinem Schlafsack und entfachte mein Lagerfeuer aus Wacholderholz zu neuem Leben. Aber vielleicht sind die Sterne in der Tat gar nicht so weit weg, wenn man die relative Bedeutungslosigkeit von Entfernungen bedenkt. Ich glaube, es war Heraklit, der sagte, daß der Mond den Umfang eines Frauenschenkels habe.

Es war eine sehr lange Nacht. Mein Schlafzimmer geht nach Osten, aber so früh nach der Wintersonnenwende ist es verlorene Liebesmühe, im Bett zu liegen, auf den Sonnenaufgang zu warten und dabei zu denken: »Na los, etwas schneller, bitte!« An der Wand zu meiner Linken hängt eine große Landkarte aus dem 18. Jahrhundert, auf der Mexiko so verzerrt wiedergegeben ist, daß es interessant wird. Ich bevorzuge Karten, die mir Anregungen bieten, statt mir zu sagen, wo genau ich hingehen soll, und ich konnte leicht erkennen, daß das Leben der Topographen vor der Zeit der Highways und Eisenbahngeleise um einiges angenehmer gewesen sein mußte. Sie konnten sich auf wichtige Dinge konzentrieren, wie Berge und Täler, Flüsse und Ozeane, Dörfer und Städte, ohne all die Linien dazwischen, die den leichtesten Weg dorthin suggerieren sollen. Wenn ich all meine Reisen in Mexiko nachzeichnen wollte, wie Nelse es auf der Karte der westlichen USA getan hatte, würde das Ergebnis einem gigantischen, rein nach dem Zufallsprinzip erbauten Vogelnest ähneln.

Neben der Karte hängt ein kleines Gemälde von Davis, einem Freund meines Vaters, der von einer Klippe nahe El Salto nicht weit von Durango in den Tod stürzte. Ich nahm das Bild aus dem Schlafzimmer meines Vaters mit, kurz nach dessen Tod. Dieser Teil der Memoiren meines Vaters gefiel mir: Zwei junge Männer aus Nebraska ziehen erhabenen Herzens hinaus in die weite Welt, um diese in ihren Gemälden festzuhalten. Ich habe eine Menge Zeit beruflich in Durango zugebracht, meines Erachtens ein etwas unheimlicher Ort, fernab aller Touristenwege. Und dann all der ungeheure Reichtum, der dort aus der Erde geschlagen wurde. Es war schon immer eine Stadt gewesen, die erbaut wurde, um nur einem einzigen Zweck zu dienen. Ich liebte den Ort wegen der berühmten Pracht seiner Wolken, die man sonst nirgendwo findet. Irgendwie stellt Durango eine unberührte, reinere Version von Mexiko dar. Hier habe ich vor einigen Jahren das beste Buch über Mexiko gelesen, das es gibt: *Das Labyrinth der Einsamkeit* von Octavio Paz. Während ich es las, spielte im Garten hinter dem Hotel Musik, und von dem Sonntagsbuffet, das man draußen aufgebaut hatte, stieg ein Meer von Stimmen auf. Nachdem ich die letzte Seite umgeblättert hatte, ging ich hinunter, um etwas zu essen, und sogleich fiel mein Blick auf eine unglaublich schöne junge Frau, die zusammen mit ihrer Familie am Tisch saß und Schweinespießbraten aß. Sie war so schön, daß mir augenblicklich der Appetit verging. Un-

mittelbar hinter ihr spielte und sang ein Gitarrist, doch sie
aß weiter, wurde schließlich verlegen und griff nach ihrer
Serviette. Ihr Vater, ein reicher Mann, der aussah, als hätte
er bereits Tausende weniger Glücklicher auf dem Gewissen, vertrieb den Gitarrenspieler mit einem einzigen Blick.
Ein älterer Bruder stieß zu ihnen und winkte mir zu; es war
ein junger Bergbauingenieur, dem ich schon öfters begegnet war. Als sie bei Kaffee und Dessert waren, kam er zu mir
herüber und lud mich ein, an ihren Tisch zu kommen. Der
Vater interessierte sich für amerikanische Politik, und ich
tat mein Bestes, wobei ich kaum Gelegenheit hatte, zur
Tochter hinüberzusehen, die, die großen Augen weit geöffnet, dasaß und vor sich hinträumte. Ich warf ihr verstohlen
einen verliebten Blick zu und verfehlte mit der Kaffeetasse
meine Lippen. Vater und Bruder lachten laut und erklärten,
daß dies jedem passiere, der sie anschaue. Das Gelächter riß
sie aus ihren Träumen, und sie starrte mich mit weit geöff-
neten, aber erschreckend leeren Augen an, ein Blick, wie
man ihn sonst nur bei eingesperrten Tieren findet.
Das Gemälde von Davis brachte all diese Erinnerungen
ohne gedankliche Umwege zurück, obwohl es eine Berg-
wand im grellen Sonnenlicht zeigte, mit Felsspitzen, die
ihre scharfen Konturen verloren hatten, als schmölzen sie
in der brütenden Hitze dahin. Ich hatte Jahre benötigt, um
dieses Bild zu verstehen – nicht mit dem Verstand, sondern
mit den Sinnen. Was automatisch die beunruhigende Frage
nach sich zieht, wie viele andere hervorragende Gemälde,
von wißbegierigen Händen geschaffen, es da draußen geben mochte, die noch nie jemand richtig verstanden hat.
Und ich konnte gar nicht anders, als die Gefühle meines
Vaters über den Verlust seines Freundes, des talentierten,
irgendwie verrückten Davis nachzuempfinden, und das auf
eine vollkommene und geradezu verzehrende Art und
Weise. Aber wenn ich das Bild betrachte, erscheint auch

immer das Mädchen am Sonntagsbuffet vor meinem inneren Auge. Es liegt jetzt schon einige Jahre zurück, ich muß etwa Mitte Vierzig gewesen sein. Niemals habe ich mich sterblicher gefühlt als damals, als ich in mein Zimmer zurückkehrte und die Kaffeeflecken auf meinem Hemd betrachtete. Ich lachte, aber dieses Lachen hatte etwas Aufgesetztes, Gespenstisches an sich. Vom Fenster aus beobachtete ich, wie die junge Frau zusammen mit ihrer Familie das Hotel durch den Garten verließ. Und ich verspürte den dumpfen Drang, einen Hubschrauber zu ordern, der mich verdammt noch mal aus dieser Hölle brächte. Ich nahm an, daß es mit dem Älterwerden zusammenhing, damit, daß wir unsere Sterblichkeit stärker empfinden, weil wir einfach nicht mehr so viel Zeit zur Verfügung haben, Zeit, die für uns unwiderruflich vergangen ist. Und ich vermutete weiter, daß angesichts jenes unglaublichen Maßes an Schönheit ich meine eigene Sterblichkeit so vor Augen hatte wie jene seltenen Selbstmörder, die, auf den Schienen stehend, den Zug auf sich zurasen sehen. Das Amüsante an der ganzen Geschichte war die Überlegung: »Natürlich, wie konntest du etwas anderes annehmen?« Es war eine wundervoll grausame und sinnliche Lektion, und ich denke noch heute täglich darüber nach.

Der Schlaf kam nur in kurzen Intervallen, und ich sah mich konfrontiert mit unausgegorenen Gedanken und Erinnerungen an Naomi, als wir im letzten Sommer einmal spätabends im Niobrara schwimmen waren. Wir hatten zum Abendessen etwas mehr Wein als gewöhnlich getrunken und tollten ausgelassen umher wie Teenager. Später liebten wir uns dann etwas unbeholfen im Auto. Ich bin sicher, ein gewiefter Teenager hätte eine Decke dabeigehabt.

In letzter Zeit hatte ich eine Reihe beunruhigender Gedanken, die einer auf den anderen folgten. Die meisten davon bewegten sich gerade an der Schwelle des Bewußtseins, und alle kreisten um die eine Überlegung, daß, wenn man ein Leben lang braucht, sich selbst zu begreifen, das Verständnis von anderen Menschen mit Sicherheit nur ein flüchtiger Entwurf sein kann. Die Offensichtlichkeit dieser Erkenntnis macht sie nicht weniger beunruhigend. Zum Beispiel kann ich von mir behaupten, daß ich eher meiner Mutter »zugeneigt« war. Ich vermute, viele Kinder bevorzugen ein Elternteil und malen sich bis zu einem gewissen Grad einen eingebildeten Krieg zwischen Vater und Mutter aus, sofern nicht sowieso ein offener Kampf zwischen ihnen tobt. Aus der stärkeren Hinwendung zu meiner Mutter schloß ich, daß ich ihr auch mehr »ähnelte«, aber jetzt, im Alter, erscheint mir das gar nicht mehr so selbstverständlich, wie ich es lange Jahre angenommen habe. Ich neigte stets dazu, meine Jugend als Diorama zu sehen, in dem wir uns gegenseitig beschützten – aber wovor? Wie beschützt man eine einigermaßen wohlhabende Frau, die sich dem Anschein nach nur für zwei Dinge wirklich begeistern konnte, nämlich für Bücher und für Alkohol? Sie hatte mit Hilfe dieser beiden Leidenschaften bereits eine recht undurchdringliche Mauer zwischen sich und der übrigen Welt errichtet.

Gespräche mit Nelse, der – zumindest oberflächlich betrachtet – ähnliche Probleme mit seiner Mutter hatte, halfen mir, ein wenig klarer zu sehen. Andererseits war das Verhältnis zu seiner Adoptivmutter von erheblich mehr Widerstand und Kampflust geprägt, und seine Erfahrungen schienen weitaus weniger melancholisch. Es ist wirklich ein seltsames Gefühl, wenn man sich erst vierzig Jahre nach dem Tod der Mutter zum erstenmal über sie ärgert. Mit vierzehn war ich zweifellos der vornehme, platonische Freund an ihrer Seite. Wie Nelse hatte ich als Teenager meine Mutter nach Frankreich begleitet. Sie trank eine unglaubliche Menge Wein, aber anders als bei Nelses Mutter war ihr Verhalten stets tadellos. Es ist mir nie gelungen, einen Roman von Henry James zu Ende zu lesen, denn meine Mutter schien fraglos seiner Zeit entsprungen zu sein, und James' unheimliche Beobachtungsgabe, was solche Frauen betraf, verwirrte mich enorm. Erst vor kurzem noch erinnerte ich mich daran, wie sie mit einfachen beschwichtigenden Lauten meine Begeisterung zu dämpfen pflegte, an die elegante Ironie, mit der sie meine Freundinnen abtat. Einige Frauen üben in ihrer Schwäche eine ungeheure Macht aus. Wenn sie abends zu Hause zuviel trank, pflegte John Wesley seine Nackenrolle und einen Sack voller Fressalien zu packen und sich zu Pferde davonzumachen, wenn das Wetter es einigermaßen erlaubte. Mein Vater zog sich in das Bunkhaus zurück, das er als Büro benützte. Die Künstlerwerkstatt seiner Jugend wurde zu einem Büro für Land- und Viehangelegenheiten! Ich jedoch blieb zu Hause und ertrug die bitteren, lakonischen Weisheiten, die sie von sich gab, wenn sie einmal von ihrem Buch aufschaute. Es wundert mich, wie mein Vater es mit seinem Anstand vereinbaren konnte, diese Probleme in seinen Memoiren auszusparen, ebenso wie all die Freundinnen, denen er sich im Laufe der Jahre zuwandte.

Ich machte das Licht an, stand auf und betrachtete meine erste Gesteinssammlung, die meine Mutter mir eines Winters in Tucson geschenkt hatte, als ich etwa sieben war. Sie lag in einer schönen Mahagonivitrine mit Glasdeckel und bestand aus kleinen Proben von Sedimentgestein, Metamorphgestein, verschiedenen Kristallen und gediegenen Elementen, Sulfiden, Thiosalzen wie zum Beispiel dem wunderbaren Proustit, Oxiden, die unheilvolle Uranpechblende eingeschlossen, aus Halogeniden, seltenen Sulfaten wie zum Beispiel dem Baryt, und dann noch Phosphaten, Vanadaten, Uranaten, Arsenaten und so weiter, alles in Reihen angeordnet.

Ein Problem im Zusammenhang mit dieser kleinen Sammlung, die ein halbes Jahrhundert alt war, wurde mir erst in den letzten Jahren bewußt. Etwa zur selben Zeit, damals, als ich ungefähr sieben war, gewährte mein Vater mir Zugang zu seinem Arbeitszimmer und seiner umfangreichen Sammlung von Kunstbänden, der er schon lange keine Beachtung mehr geschenkt hatte. Die einzige Bedingung war, daß ich mir zuerst gründlich die Hände schrubbte. Es war eine Beschäftigung für verregnete Tage. Worüber ich mir nun Gedanken machte, war die Tatsache, daß ich mit meinem kindlichen Verstand offensichtlich eine Verbindung herstellte zwischen der Vielfalt von Farben und Formen der Mineralien und den Aberhunderten Bildern in den Büchern. Im Arbeitszimmer hing auch ein Gemälde des verrückten Charles Burchfield, das ich liebte und das verzerrt dargestellte Blumen zeigte, welche die Farben eines Konglomerats von Mineralien hatten. Daß mein Interesse an der Geologie im Grunde auf ein ästhetisches Empfinden zurückging und der frühen Hinwendung meines Vaters zur Kunst nicht unähnlich war, war eine beängstigende Vorstellung, die mir gar nicht behagte. O Gott, wird das denn niemals enden, hatte ich gedacht, und die offensichtliche Antwort lautete: »Nein, das wird es nicht«, nur so, wie es für jeden einmal endet.

All jene, die unter Schlaflosigkeit leiden, wissen, daß solche Gedanken den Schlaf nicht eben fördern. Erinnerungen an guten Sex können einen in ein schläfriges Säugetier verwandeln – allerdings nur, wenn man bedeutsame Ereignisse dabei ausläßt, wie zum Beispiel folgendes: Als ich sechzehn war, begleitete ich meine Mutter in der Rolle des »Beschützers« nach Frankreich. Neena sprach fließend Französisch, und sie war eine erfahrene, wenn auch gebieterische Reisende. Sie führte mich in die hohe Schule der Speisen und Weine ein, wobei mir allerdings die Benommenheit, die letztere herbeiführen, damals nicht zusagte. Für gewöhnlich stand sie recht spät auf, unternahm einen kurzen Spaziergang, dann gab es Mittagessen (mit zuviel Wein), woraufhin sie einen langen Mittagsschlaf hielt, wieder kurz spazierenging, zu Abend aß (zuviel Wein) und sich schließlich in den Schlaf las. Für mich stellte sie einen Tagesplan auf, der lange Spaziergänge beinhaltete, Besuche in Museen und den benachbarten Vierteln, die sie in meinem Alter gerne besucht hatte. Wir wohnten im »George V«, und da es Juni war, blieb es bis spät am Abend hell. Ihre einzige Bedingung war, daß ich mein Zimmer, das an das ihre grenzte, nicht mehr verließ, nachdem wir vom Abendessen zurückgekehrt waren, was gewöhnlich kurz vor Einbruch der Dunkelheit geschah. Paris bei Nacht wäre ein gefährlicher Ort, beharrte sie, obwohl ich später vermutete, daß sie die »barmherzigen Schwestern der Nacht«, die Prostituierten meinte, die ihrem unschuldigen Sohn möglicherweise Schaden zufügen könnten. Es machte mir eigentlich nicht sehr viel aus, da der Wein und die extrem langen Spaziergänge mich immer hinreichend ermüdeten. Doch dann kaufte ich eines Tages am Quai des Grands Augustins ein schlüpfriges Buch mit Fotos, die mir die Nackenhaare sträubten, die Augen aus dem Kopf treten und den Atem stocken ließen. Ich horchte an der Tür, ob meine Mutter schlief, dann stahl ich mich nach draußen, obwohl mir der Sinn nicht unbedingt nach Abenteuern stand. Ich kam nur bis zu einer der Nachbarstraßen, der Rue Marbeuf, wo sich mir eine attraktive Frau Mitte Dreißig näherte, mit dunklen Kleidern, aber funkelnden Augen. Ihr Preis war recht hoch, da wir uns in einer guten Gegend befanden, aber ich hatte ja das Geld, das ich für John Wesleys Geschenk aufgehoben hatte. Es war ganz einfach wundervoll. Als ich ihr Zimmer verließ, was vermutlich kaum eine halbe Stunde später war, vergoß ich Freudentränen.

John Wesley würde von dieser Geschichte begeistert sein, und ich würde ihm das Buch mit den Fotos geben, das mich in die Nacht hinaus getrieben hatte, aber am nächsten Morgen wurde mir klar, daß meine Mutter während meiner Abwesenheit mein Zimmer betreten haben mußte, denn das Buch war verschwunden.

Diese zärtliche Erinnerung ließ mich so schlagartig erwachen, als hätte ich einen elektrischen Zaun berührt, und so stand ich auf, setzte meine Brille auf und betrachtete meine Wandkarte von Mexiko. Kleinere Städte wie Durango und Zacatecas habe ich stets den größeren vorgezogen, obwohl mir zum Beispiel auch Guadalajara, Oaxaca und Veracruz gefielen, wobei mich letzteres an meinen kurzen Abstecher nach Kuba erinnerte, kurz bevor dort die Revolution ausbrach. Ich war achtzehn, als ich zum erstenmal das National Geological Museum in Mexico City besuchte und mich die Leidenschaft packte, dieses Land zu durchstreifen, wobei ich natürlich auch den Großteil meines Lebensunterhalts dort verdient habe. Vor der mexikanischen Revolution war der Bergbau in diesem Land fest in der Hand der Amerikaner, danach nahm ihr Einfluß ab. Ich habe es oft bedauert, daß ich die Abenteuer der ersten Forschungsreisenden wie die des berühmten Gentleman Morris Parker nicht hatte miterleben dürfen, aber soweit ich weiß, war noch nie jemand so recht mit dem Zeitalter zufrieden, in dem er lebt. Edelsteine wie Opale und Achate haben mich verglichen mit den Tausenden weniger augenfälliger Mineralienarten immer nur ganz am Rande interessiert. Ich war vollkommen hin und weg, als ich in der Naua-Mine in Chihuahua die riesigen Selenkristalle entdeckte, von denen einige gut acht Fuß lang waren. Ich war ebenso fasziniert von den unmittelbaren Auswirkungen, die der Ausbruch des großen Parícutin-Vulkans hatte. Im allgemeinen wissen die Menschen kaum etwas über gefährliche Metalle, aber ich glaube nicht, daß dies eine große Rolle spielt. Einmal, während einer langweiligen Geologentagung, an der ich aus reiner Pflichterfüllung teilnahm, mußte ich heftig schmunzeln, als ich feststellte, daß nach unserer Gruppe, die ganz in ihrer eigenen Vorstellungswelt versunken war, die »Aluminium Extruders of America« an der Reihe waren – die zweifellos ebenfalls ihre Scheuklappen hatten. Ich nehme an, daß ich als Geologe eher eine Ausnahme war, denn die Vielschichtigkeit des Menschen und auch die von Flora und Fauna faszinierten mich letztendlich mehr als alle Erdschichten.

Ein freundlicher Einfaltspinsel, der die Bildung offensichtlich mit Löffeln gefressen hatte, sagte mir einmal, der Lohn der Geduld sei die Geduld. Oberflächlich betrachtet ist dies keine besonders ansprechende oder interessante Vorstellung. Der Mann selbst beschwerte sich bitterlich, wenn sein Dessert zu spät kam, aber ich lernte den Gedanken während der endlosen Stunden zu schätzen, die ich in Gerichtsverhandlungen und Anhörungen verbrachte, in denen zur Festsetzung der Erbmasse entschieden wurde, welchen Wert die Gruben- oder Aktienanteile eines Verstorbenen hatten. Natürlich bestand das Vergnügen darin, die Mine selbst zu besichtigen. Die meisten Betrügereien kommen zustande, wenn die Leute all den Papierkram nicht mehr durchschauen und die Realität, welche dieser angeblich abbilden soll, aus den Augen verlieren. Allein durch Geduld lernte ich schließlich, die endlosen Stunden juristischen Geschwätzes nicht ganz zu vergeuden. Die grundlegende Schwierigkeit bestand in der Entwicklung der Fähigkeit, die Überfülle auf den Teelöffel Substanz zu reduzieren, der das eigentliche Maß für den Inhalt des Gesagten darstellte. Unter all den Banalitäten, die das menschliche Verhalten kennzeichnen, kann sich ein Substrat ganz grandioser Gedanken verbergen. Vielleicht liegt unsere eigentliche Einzigartigkeit darin, daß unser Verstand dazu in der Lage ist, den Käfigen, die wir selbst errichtet haben, zu entkommen, wohingegen der Verstand anderer Kreaturen das nicht vermag – obwohl niemand wirklich weiß, zu welch mentalen Fertigkeiten diese fähig sind, um all das Leid, das wir ihnen zufügen, zu ertragen. Der Verstand muß lernen, sich so weit zu öffnen, daß die Seele zu frohlocken vermag. Der tragikomische Aspekt dabei ist unser Widerstand, die wahre Natur unseres Verstandes zu akzeptieren, und so zu tun, als besäßen wir nicht mehr Freiheit als ein Zug auf seinen festgelegten Gleisen.

Es ist inzwischen vier Uhr morgens, und Carlos auf seinem Hundekissen gibt mir zu verstehen, daß ich das Licht löschen und schlafen gehen soll. Sowohl sein Vater als auch seine Mutter waren das, was die Juden *kvetches* nennen, wobei es bei Carlos allerdings ganz neue Ausmaße annimmt. Bereits eine winzige Eidechse neben seinem Trinknapf draußen auf dem Patio kann seinen Ordnungssinn empfindlich stören. Mit dunklen, funkelnden Augen starrt er mich nun an, als wolle er sagen: Zeit zu schlafen, aus diesem Grund ist's dunkel, oder wie es in New York City so oft heißt: »Give me a break.« Ich erkläre ihm, daß lange Fahrten den Schlaf nicht eben fördern, aber woher soll er es auch wissen, er weigert sich ja hartnäckig, in ein Auto zu steigen. Sein Lebenszweck besteht einzig und alleine darin, ein Auge auf das Anwesen zu haben. Er hat noch nie jemanden gebissen, aber dank seines Aussehens war das auch noch nie nötig. Er sieht so bedrohlich aus wie eine marmorne Medusa.

Ich schalte das Licht aus und lasse meine Gedanken um jene Momente in meinem Leben kreisen, die mir den schönsten Schlaf beschert haben: Morgengrauen auf einem felsenübersäten Strand in der Nähe von Anconcito in Ecuador, als ich in Schlaf versank, während ich das wilde Kreisen eines Schwarms Prachtfregattvögel am Himmel beobachtete (sie fischen im Meer, aber wenn sie ins Wasser fallen oder unbeabsichtigt darauf landen, sterben sie); oder als ich einer entzückenden, aber nicht sehr aufgeweckten Erbin von ihrem Hotel in Paris bis in ein Landhaus im Morvan in Burgund folgte, wo Cäsar einst beschlossen hatte, daß Gallien in drei Teile geteilt sein sollte. Dort fand ich sie dann am Abend zu betrunken vor, um ein Schriftstück zu unterschreiben, in dem sie mir bestätigte, daß ich sie über die Mine ihrer Familie in der Nähe von Lampazos in Coahuila informiert hatte. Die Mine war wertlos, beherbergte allerdings Abermillionen von Arachnoiden oder, salopp ausgedrückt: Weberknechten. Wir spazierten stundenlang über Feldwege, bis wir uns ordentlich verlaufen hatten und keine Häuser mehr zu sehen waren oder Autos vorbeifuhren, die wir hätten anhalten können. Und so verschliefen wir den Rest der warmen Juninacht auf einer Wiese in der Nähe eines Waldes, wachten auf, bedeckt von Tau und umgeben von unzähligen wildwachsenden Blumen. Ein Bauer fuhr uns schließlich zum Herrenhaus zurück, wir ein wenig unbeholfen neben ihm auf seinem Traktor stehend. Sie starb im darauffolgenden Oktober in der fernen Bretagne bei einem Unfall mit ihrem Sportwagen, der über hundert Meilen pro Stunde fuhr, ein Tod ganz ähnlich dem des genialen Camus.

Und den besten Schlaf überhaupt genoß ich mit Naomi, damals, als sie Frühjahrsferien hatte und wir nach Mexico City flogen, um von dort mit einem Mietwagen nach Pátzcuaro in der Nähe von Uruapan in Michoacan zu fahren, wo wir die bewaldeten Berghänge bedeckt mit, wie man uns sagte, über zwanzig Millionen Monarch-Schmetterlingen vorfanden, die sich zu ihrem langen Flug nach Norden sammelten. Was schliefen wir damals gut in der einfachen *pensione*, das Summen der Abermillionen Schmetterlinge

noch im Ohr, ein Geschenk, so unschätzbar wie das Mondlicht selbst.

Doch kurz bevor ich mich in einigen Träumen verlor,
kehrte mein Bewußtsein zurück nach Loreto und dem
nächtlichen Anruf meiner Nichte aus Key West, die mir
mitteilte, daß Duane Selbstmord begangen habe. Ich ging
damals die Stufen vom Hof hinunter und durch den Sand
bis zum Mar de Cortés, das nur vage von der dünnen Sichel
des neuen Mondes beleuchtet wurde, eines Mondes, der
mir nun so fern war wie der Mensch, der möglicherweise
mein einziger Sohn gewesen war. Ich habe Dalva gegenüber
niemals erwähnt, daß ich ihn zweimal in den Jahren vor
seinem Selbstmord hatte aufspüren lassen, das erste Mal in
Cypremort, Louisiana, das zweite Mal in Biloxi. Aus Biloxi
hatte ich sogar Fotos von Duane, eins in einem uralten
Pick-up mit einem zerbeulten Pferdeanhänger und eins,
auf dem er mit einem Six-pack aus einem Gemischtwaren-
laden kam und aussah wie der leibhaftige Tod. Dem Privatdetektiv, selbst ein Veteran, war es gelungen, Duane in der
Bar eines Garnelenfischers in ein Gespräch zu verwickeln,
und Duane hatte ihm erzählt, wie sehr er seine verschiedenen Kampfeinsätze in Vietnam genossen und wie »traurig«
er gewesen sei, als er zu schwer verwundet wurde, um weiterzumachen. Kaum einer weiß, welch engagierte und tap-
fere Soldaten die Sioux für unsere Nation in den Kriegen
dieses Jahrhunderts gewesen sind. Wenn man sich nicht
dagegen sperrt, trifft einen die Ironie, die darin liegt, mit
dem Feingefühl eines Vorschlaghammers.

Als Dalva damals nach Loreto kam, versuchte ich gerade
über das schlimmste Jahr meines Lebens hinwegzukom-
men, in dem ich unter anderem die vielfältigen Beschwerden einer schweren Niereninfektion hinter mir hatte sowie
eine Gallenblasenoperation und, bei weitem das Schmerz-
hafteste von allem, eine schwere Depression. Die beiden

ersten Leiden konnte ich ertragen wie jeder andere arme Hund auch, aber letzteres war, wie viele nachvollziehen können, nicht unähnlich dem Gefühl, als habe man dem Verstand das nötige Rüstzeug zur Entfaltung geraubt. Der gut einen Monat dauernde Versuch, eine Halbwahnsinnige wieder aufzurichten, obwohl ich selbst gerade jede Orientierung verloren hatte, war das schwierigste Unterfangen meines ganzen Lebens. Seltsamerweise fühlte, sobald sie sich ein wenig erholt hatte, auch ich mich besser, was auf den zweiten Blick gar nicht so verwunderlich war. Sie erinnerte mich stark an meinen geliebten Bruder, nur daß aus ihr eine der schönsten jungen Frauen geworden war, die ich kannte. Mehr als einmal wenn sie weinend in mein Bett kam und ich sie in den Armen hielt, spürte ich tief in meinem Innern widerstrebende Gefühle miteinander kämpfen und meinen Verstand in Aufruhr versetzen, und ich biß mir auf die Lippe, bis sie blutete, um den Wahnsinn nicht auf die Spitze zu treiben.

Inzwischen war es sechs Uhr morgens, und all diese Gedanken brachten mir den Schlaf so wenig, als habe ein Fremder vor meinem Schlafzimmerfenster eine Flinte abgefeuert. Ganz wirr im Kopf, rechnete ich noch einmal die Zeitverschiebung nach und rief dann Naomi an – im Dunkeln, um den armen Carlos nicht noch mehr durcheinander zu bringen, obwohl er trotzdem knurrte, als ich zu sprechen begann. Die Unterhaltung war anfangs herrlich unkompliziert und beruhigend. In den Sandhills war es sieben Uhr morgens, ein Sonntagmorgen, leichtes Tauwetter hatte eingesetzt, und Naomi konnte hören, wie Wasser von den Eiszapfen an ihrer Dachrinne tropfte, und von der Garage aus rief ihre Krähe. Sie wollte sich Kartoffelpuffer machen, wie jeden Sonntag, einen langen Spaziergang unternehmen und dann zur Kirche gehen. Am Abend zuvor hatte sie lange gegen Dalva Solitaire gespielt; Nelse wollte rechtzeitig zum Abendessen aus Lincoln zurück sein und Fisch mitbringen, sofern er daran dachte. Ich erzählte ihr von meiner Schlaflosigkeit, und sie riet mir zu einem langen Spaziergang, wie immer. Ich erklärte ihr, daß meine Neigung zu nächtlichen Spaziergängen mit dem Alter abgenommen hätte. Sie lachte und sagte, sie wäre stets der Überzeugung gewesen, daß bei Tageslicht weitaus mehr Geister unterwegs seien, eine weitere von Lundquists überzeugenden Theorien, meinte sie. Mein Atem ging schneller, als ich sagte, daß ich, teilweise aufgrund hiesiger Schwierigkeiten, daran dachte, acht Monate in ihrer unmittelbaren Nähe zu verbringen, vielleicht von April bis Dezember. Es entstand eine kurze Pause, in der wir beide die Luft anhielten, dann sagte sie, daß sie gerne die ganze Gegend schockieren würde, indem sie mich bei sich aufnähme. Ich könnte mich sogar um ihren Garten kümmern, wenn sie nicht da wäre, aber wir sollten besser noch einmal darüber nachdenken. Ich erwiderte, daß ich schon viel zu lange darüber nachgedacht hätte. Sie meinte, in ihrer Gegend könne eine Lehrerin wohl schlecht »in Sünde leben«, andererseits würde es sicherlich Spaß machen, die Toleranz der Leute während der letzten beiden Monate ihrer beruflichen Laufbahn auszutesten. Wieder einmal kamen wir überein, daß wir zwar, genau genommen, älter geworden wären, uns aber keineswegs so fühlten. Ich fragte sie, ob sie am folgenden Wochenende nach Denver kommen könnte, unserem alten Treffpunkt, um die Sache zu besprechen. Als wir uns voneinander verabschiedeten, sagte ich spontan: »Ich liebe dich«, und sie antwortete nach einer verlegenen Pause, daß sie nach all den Jahren erst wieder lernen müsse, so etwas zu einem Mann zu sagen.

Ich zog mich an, stupste Carlos sanft mit dem Fuß, um ihn zu besänftigen, kochte Kaffee, und machte mich dann auf

den Weg nach draußen, um meinen verordneten Spaziergang zu unternehmen, begleitet von all meinen Hunden,
die mir zuerst ohne große Begeisterung folgten. Das
Außenthermometer zeigte nur sechzehn Grad, eine Temperatur, die man nicht unbedingt mit dem Grenzgebiet
Arizona/Mexiko verbindet; allerdings liegt das San Rafael
Valley gut eine Meile über dem Meeresspiegel. Mir gehören
nur ein paar hundert Morgen, die an den Coronado National Forest grenzen, also gingen wir langsam am Begren-
zungszaun entlang, während im Osten das erste Licht des
Tages den Himmel über den Huachuca Mountains färbte.
Der schmächtige Neumond vermochte die funkelnde
Pracht des seidigen Sternenteppichs über mir nicht zu
dämpfen. Vor meinem Mund stieg eine kleine Rauchwolke
auf, so unbedeutend vor dem Hintergrund der Sterne, wie
wir es verglichen mit ihnen alle sind. Ich überlegte, ob es
nicht gerade meine Durchschnittlichkeit war, die mich immer wieder nach Hause zurückführte, ein Zuhause, das
zumindest besser zu erfassen war als die gigantische
Himmelskuppel über mir. Ich mußte lächeln, als ich mich
daran erinnerte, wie ich meinen Vater einst, während er
und Lundquist gerade einen jungen Ochsen schlachteten,
fragte, was geschehe, wenn wir sterben. Er drehte sich mit
blutigen Händen zu mir um und sagte: »Falls nichts geschieht, werden wir es mit Sicherheit nicht merken«,
während Lundquist im Hintergrund nur den Kopf schüttelte und mit den Augen rollte. Ich ging zurück ins Haus
und stellte meiner Mutter dieselbe Frage. Sie blickte von
ihrem Buch auf und sagte: »Ich habe keine Ahnung.« Und
während der Himmel zusehends heller wurde und die
Hunde immer weiter vorausliefen, wurde mir eines klar:
Jemanden zu lieben heißt ganz einfach, das starke Verlangen danach zu spüren, weiterzuleben.

Dalva

18. April 1987

Ich erwachte kurz vor Tagesanbruch und hörte, wie Lund-
quists Pick-up in den Hof fuhr. Durch das Fenster konnte
ich sehen, daß in Nelses Baracke Licht brannte, und in der
Tür erkannte ich die Silhouette von Lundquist, der sich
Roscoe über die Schulter gelegt hatte. Ted bellte unten in
der Küche, und ich pfiff, und er kam die Treppe hinaufge-
trottet und sprang zu mir aufs Bett. Ich kraulte ihm den
Bauch, dessen Fell sich so eigenartig anfühlt, halb Airedale-
Terrier und halb Labrador, ein dichtbehaarter, rundlicher
Hund ohne die deutlichen Merkmale einer der beiden Ras-
sen, welcher der Form nach ein bißchen an ein Schwein
erinnert. Er verhielt sich immer ganz ruhig, wenn ich ihn
aufs Bett ließ, und bedankte sich auf diese Weise bei mir,
und ich schlief wieder ein und fühlte mich in dieser fried-
vollen ländlichen Umgebung noch beschützter als sonst.
Während ich eindöste, erinnerte ich mich an den einzigen Mord, der jemals bei uns im Ort geschehen ist, sieht
man mal von einigen Familienstreitigkeiten ab, und zwar
vor etwa siebzig Jahren, als ein Hilfsarbeiter sich mit alko-
holhaltigem Erfrischungswasser und Kokaintinktur be-
rauschte, die Frau eines Ranchers tötete und anschließend
in den Zug stieg. Der Sheriff holte den Zug auf seinem
Pferd ein, schwang sich herauf und wanderte von Waggon
zu Waggon, bevor er den Mörder schließlich mit seinem
44.er vom letzten Wagen pustete. Der Mörder selbst war
unbewaffnet, was jedoch niemanden sonderlich interessierte. Großvater erzählte diese Geschichte stets, als sei sie

eine lustige Anekdote; allerdings hatte er auch einen etwas derben Humor.

Eine Stunde später, als es schon hell war, tropfte Schneeregen gegen das Fenster, was mich offen gesagt ziemlich ankotzte, denn der vorige Tag war so schön gewesen, mehr als fünfzig Grad Fahrenheit, und ich hatte mit nassem Hintern im Hof an einem Baum gesessen und mir den Bauch von der Sonne wärmen lassen, während mein Rücken kühl blieb, und zugesehen, wie der Schnee in den Bach hinter dem jetzt kahlen Fliederhain stob, der unseren Familienfriedhof umgibt. Dort ist es selbst im Mai nicht schöner, wenn alles von den purpurfarbenen und weißen Blüten eingehüllt ist, die ihren schweren Duft verströmen, ein Geruch, der so intensiv ist, daß man an manchen warmen Abenden meint, ihn sehen zu können. Mir genügte schon der Gesang des Ziegenmelkers, um den Kloß in meiner Kehle zu spüren und diesen Druck auf den Schläfen, der bewirkt, daß man sein Kinn trotzig in die Abendluft reckt. Eine Grille fing an zu zirpen, die nächste fiel ein, und bald war es ein ganzer Chor, und wenn man den Schotterweg zum Niobrara hinunterging, quakten die Frösche in den tiefergelegenen Sumpfgebieten so laut, daß es fast unerträglich war.

Ich hörte das scharrende Geräusch, als Nelse und Lundquist unten ihre Stühle vom Frühstückstisch zurückschoben, und Friedas »Eßt mehr, draußen ist es kalt.« Im Hof stand das Gespann mit den belgischen Clydesdale-Pferden aufgezäumt vor dem Wagen. Lundquist und Nelse waren im Februar in den Westen Iowas gefahren und hatten die Tiere einem Amish-Farmer abgekauft, vorgeblich, um sie zu bestimmten Zwecken einzusetzen: um das Vieh mit Heu versorgen zu können, ohne die Weiden mit dem Traktor aufzuwühlen, und um vom Sturm gefällte Bäume wegzuschleppen. Aber letztendlich, so glaube ich, war das Gespann ein Geschenk von Nelse an Lundquist, der seit den vierziger Jahren mehrere Geschirre einsatzbereit gehalten hatte. Es war leicht, diese riesigen Wallache zu mögen, die trotz ihres Gewichts von einer Tonne und ihrer enormen Kraft so außerordentlich friedfertig waren, wenngleich man sie nicht auf denselben Weiden grasen lassen konnte wie die Quarterhorses, die ihre schwerfälligen Verwandten aus unerfindlichen Gründen nicht mochten. Ich sah zu, wie Lundquist und Nelse auf den Sitz des mit Zaunpfählen beladenen Wagens kletterten, bereit, die Geschicke der Welt in die Hand zu nehmen. Lundquist, der die Zügel hielt, wendete das Fuhrwerk, und Frieda trat aus dem Haus zu ihrem Lieferwagen, gekleidet in ihr sackartiges rotes Nebraska-Cornhusker-Kapuzen-Sweatshirt, um sich auf den Weg zum Wochenendeinkauf in den County-Supermarkt zu machen. Die Pferde spitzten die Ohren, als sie den Motor ihres Wagens aufheulen ließ und beim Verlassen des Hofes Kies zu allen Seiten wegspritzte.

Ich ging nach unten und war noch ein wenig verwirrt unter dem Eindruck eines Traums, der mich in die frühen sechziger Jahre geführt hatte. Damals war ich in den Frühjahrsferien von der Universität zurückgekehrt und hatte den ersten Morgen zu Hause damit verbracht, gemeinsam mit Naomi und der Gemeindeschwester die meisten ihrer Schüler kahlzuscheren und ihre Köpfe gegen Grind zu behandeln, der hier gerade grassierte. Es war das absolute Gegenteil von meinem dekadenten Kaffeehaus-Leben in Minneapolis, wo die Avantgarde gerade die Übergangsphase vom Existentialismus zur heimischen Beatnik-Bewegung vollzog. Wir alle waren ein wenig durch einen französischen Gastprofessor verunsichert worden, der direkt aus Paris kam und den unsere Bemühungen, inmitten des minneapolitanischen Wohlstandes die Verzweiflung der europäischen Nachkriegszeit zu imitieren, sichtlich erheiterten. Ein schwuler Freund von mir (damals nannte man Leute wie ihn noch »homosexuell«) schwärmte nichtsdestotrotz für diesen Professor, und zu dritt besuchten wir ein Steakhouse in St. Paul, wo der Professor sich vor Heiterkeit ausschüttete, bis Tränen auf sein riesiges Porterhouse-Steak tropften, und er sagte, daß er dieses Steak bis auf den letzten Bissen aufzuessen beabsichtige, obwohl es ihn bis zum Überdruß langweile. Mein beigefarbener Rock war voll von den Fettflecken seiner tastenden Hände, mit denen er mich unter dem Tisch zu befummeln versuchte. Natürlich blieb die Hose meines Freundes fettfrei. Der Professor erkannte die Situation sehr schnell und spottete den ganzen Abend, daß *partouze*, womit er sexuelle Freizügigkeit meinte, eine widerwärtige bürgerliche Erfindung sei. Als ich dies meinem Freund übersetzte, flüchtete er aus dem Restaurant, und ich mußte die Rechnung zahlen. Prinzipiell hätte ich mich eigentlich geweigert, mit dem Mann zu schlafen, aber gemäß der Sichtweise der damaligen Zeit war Neugier der stärkste moralische Impetus.

In dem Traum konnte ich meinen fünf Jahre alten Sohn, dessen Haar ich ebenfalls abrasieren wollte, auf dem Schulhof nicht finden. Ich hatte sogar in die Pferdetränke geschaut, wo mein Spiegelbild im Wasser fast wie das eines Mannes wirkte und mich eher an Duane erinnerte als an mich selbst. Ich schenkte mir Kaffee ein, dachte darüber nach und kam zu keiner Erklärung. Neben der Bratpfanne, die mit Kartoffeln, Speck und einem Schweinskotelett gefüllt war, lag eine kurze Nachricht von Frieda: *Iß das, Miss Skinny*. Eine Woche lang hatte ich leichte Magenprobleme gehabt, die meinen Appetit fast gänzlich zum Erliegen brachten, und nur das abendliche Glas Rotwein hatte ihn zeitweise wieder zum Leben erweckt. Doch zu ihrem Glück hatte Frieda trotzdem kochen müssen, für Nelse, der enorme Mengen zu sich nahm, um bei Kräften zu bleiben, und in dessen Baracke das Licht jeden Morgen unverändert um sechs Uhr anging und nie vor Mitternacht ausgeschaltet wurde. Da ich wie mein Onkel Paul an Schlaflosigkeit litt, entging mir so etwas nicht. Wenn J.M. zu Besuch kommt, schlafen sie stets in Pauls altem Zimmer am Ende des Ganges, von dem J.M. so begeistert ist, weil man ihrer Meinung nach anhand der alten Bücher, der Stein- und Pfeilspitzensammlungen, der gerahmten Zeitschriftenfotos von weit entfernten Orten wie dem Kaschmirtal, Rift Valley, Glen Canyon und merkwürdigerweise auch einem abgegriffenen Foto der Rue Marbœuf in Paris ein ganzes Leben rekonstruieren kann.

Meine rechte Hand war so steif, daß ich etwas von meinem Kaffee verschüttete und laut in der leeren Küche fluchte. Ich ballte die Hand zur Faust und streckte sie wieder; sie war noch ganz verspannt vom Vortag, an dem ich den Pferden das Winterfell ausgebürstet und ihnen dabei zugesehen hatte, wie sie vor Freude herumsprangen und -tänzelten, als sie zum erstenmal wieder ins Freie durften. Dies war meine alljährliche Frühjahrsfeier, die ich beging, seit ich ein kleines Mädchen war, und auf die ich mich auch während meiner Studienzeit, wenn ich Ende April für eine Woche nach Hause kam, stets am meisten gefreut hatte. Mit diesem Ritual bürstete ich den Winter aus, und die Pferde schienen sich genauso darüber zu freuen wie ich.

Mit einemmal fiel mir ein, was an meinem Traum so beunruhigend gewesen war. Naomis Schüler hatten alle Kleidung getragen, wie ich sie aus meiner Zeit als Sozialarbeiterin von den ärmsten Kindern kannte. Bei meinen ersten Stellen in Minneapolis und Escanaba, im oberen Teil von Michigan, hatte ich meine Vorgesetzten belogen, indem ich ihnen erzählte, ich habe einen Onkel, der Sockenfabrikant sei. Überall gibt es nämlich strenge Regeln, die den Sozialarbeitern verbieten, ihren »Klienten«, wie die Bedürftigen euphemistisch genannt werden, persönliche Geschenke zu machen. In Minneapolis, das von nordischer Strenge geprägt ist, hatte ich keinen Erfolg mit meiner Lüge, aber mein Chef in Escanaba, ein warmherziger Finne, konnte nichts Schlimmes darin sehen, daß ich Socken verteilte. Ich selbst hatte es stets gehaßt, kalte Füße zu haben, und es war für mich unerträglich, Kinder, meist Eingeborene, zu sehen, die auch im Winter nur dünne oder gar keine Socken trugen. Merkwürdigerweise war es nicht die Armut selbst, die mich am meisten deprimierte, sondern die Haltung vieler Wohlhabender, die ihren Reichtum nur genießen konnten, wenn es gleichzeitig genug andere gab, die arm waren. Das traf vor allem auf Santa Monica zu, in den Jahren der Reagan-Regierung, in denen viele dazu neigten, über meine Arbeit zu lachen oder sie sogar zu verachten. Sogar vorgebliche Christen zitierten Jesus, der gesagt hatte: »Arme habt ihr allezeit bei euch«, und verschwiegen großzügig, daß er die Menschen keineswegs dazu aufgefordert hatte, auf ihrem Hintern sitzenzubleiben und nichts an diesem Zustand zu ändern. Der Gedanke, in einem Land zu leben, wo akzeptiert wird, daß ein Viertel der Einwohner zu Sozialfällen degeneriert, legt meine Nerven blank. Mit jedem Jahr, das ich älter werde, scheint der allgemeine Mitleidsquotient ein wenig zu sinken. Es hat mir nie etwas ausgemacht, von meinen Kollegen wegen meines »weichen Herzens« verspottet zu werden; denn wenn dein Herz verhärtet, bist du tot und nur noch einer der zahllosen gierigen kleinen Scheißer auf dem Weg des Lebens.

In meinem Traum besaßen einige der Kinder keine Strümpfe und rochen nach Kerosin-Öfen. Ihre Kleidung war dünn und ausgeleiert, und man sah ihnen an, daß sie an Unterernährung litten. Ich grübelte darüber nach, während ich mein Schweinskotelett und die Kartoffeln aß, und fragte mich, wie eine geradezu kindliche Enttäuschung über das Wetter und ein beängstigender Traum es geschafft hatten, mir allen Mut zu nehmen. Als man mich schließlich Mitte März gefeuert hatte, geschah dies ohne jede Vorwarnung, und ich war so glücklich, daß ich fast durchdrehte. Es ist bemerkenswert, wie viele eingeschüchterte Leute sich auf Regierungsposten finden und wie wenige in der freien Wirtschaft. Ich räumte meinen Schreibtisch und marschierte leichten Herzens aus dem alten Verwaltungsgebäude geradewegs in einen wirbelnden Schneesturm hinein, ganz so, als ob ich die Flocken, die mir ins Gesicht stoben, freudig begrüßen wollte. Niemand kümmerte sich noch um mich, nachdem der erwartete Anruf gekommen war. Ich wurde auch nicht durch jemand Neues ersetzt, was ich ziemlich merkwürdig fand. Das gesamte Geld, das für die Beratung der Familien von vom Schicksal gebeutelter Farmer gedacht gewesen war, hatte man für Zusammenkünfte und Konferenzen zu diesem Thema in Lincoln und Washington, D.C., verbraucht. Ich ging schnurstracks zu »Lena's« hinüber und kippte ein Glas ihres billigen Brandys hinunter, den sie als Medizin für besonders schwere Fälle aufbewahrt. Es endete damit, daß ich mittags, als es voll wurde, aushalf, da sie wegen des Sturms knapp an Personal war. Ich bediente unter anderem an einem Tisch mit Verwaltungsangestellten, die noch wenige Stunden zuvor ihre Blicke demonstrativ von mir abgewandt hatten. Am späten Nachmittag kam Nelse mit seinem Truck, da er fürchtete, daß mein alter Subaru es bei dem Sturm nicht schaffen würde. Er hatte im Verwaltungsgebäude nach mir gefragt und erfahren, daß ich gefeuert worden war. Eine Stunde lang saßen wir in der Schenke und genossen es, dem Schneetreiben draußen zuzusehen. Schwerer, nasser Spätwinterschnee ist in ländlichen, bäuerlichen Gegenden stets Grund zur Freude. Er bedeutet mehr Feuchtigkeit für den Winterweizen und bereitet den

Boden besser auf die Saat vor. Auf den Weiden läßt er frisches, kräftiges Gras wachsen, und für Naomi bringt er die Aussicht auf eine üppige Wildblumenernte. Auf der Heimfahrt sprachen wir über eine mögliche gemeinsame Reise Ende Mai, wenn J. M. mit ihren Abschlußprüfungen zugange sein und keine Lust auf Störungen haben würde. Nelse war ein wenig betrübt über das Scheitern seines Planes, eine Phänologie der in unseren Bereichen angesiedelten Vögel zu erstellen. Naomi hatte ihm schließlich scheu eröffnet, daß diese Arbeit schon 1980, als Nelse gerade das Land durchwanderte, von jemandem erledigt worden sei, den Nelse »den großen Johnsgard« nennt. Er gab mir ein Exemplar, das ich mir anschauen sollte, und mir wurde einmal mehr bewußt, wie sehr ich mein Leben mit Verallgemeinerungen verschwendete, statt den Blick auf die Besonderheiten zu richten. Ich hatte Nelse um eine Definition des Begriffes »Phänologie« gebeten, da ich dessen Bedeutung immer wieder vergaß, und eines Abends entdeckte ich einen Zettel, der am Ankleidespiegel in meinem Schlafzimmer klebte: *Die periodische, zu bestimmten Zeiten eintretende Wiederkehr natürlicher Erscheinungen, wie zum Beispiel der Nestbau und der Zug in den Süden bei Vögeln, die Befruchtung und Aufzucht der Jungen bei Säugetieren, das Knospen und Grünen der Bäume, das Blühen der Pflanzen, bezogen auf das örtliche Klima und eine bestimmte Jahreszeit. Bitte nicht entfernen.*
Obwohl die Basisarbeit schon getan ist, glaubt er, die ermittelten Daten und Ergebnisse noch einmal überprüfen und durch seine eigenen Beobachtungen ergänzen und korrigieren zu können. Ich muß zugeben, daß seine Neugier mir ein Rätsel ist und daß ich stets geglaubt habe, man müsse früh damit anfangen, wenn man die Besonderheiten von Flora und Fauna ergründen wolle. »Aber man sollte doch wissen, was sich dort, wo man lebt, außerhalb der

Mauern des Hauses abspielt«, sagte er, und ich war ein wenig verlegen, obwohl ich, verglichen mit anderen Leuten, in dieser Hinsicht keineswegs eine totale Ignorantin bin. Es ist mir niemals ganz gelungen, mich zurückzulehnen und Dinge zu betrachten, ohne daß diese mich auf eine beunruhigende Weise vereinnahmen, ganz so, als ob es für jede Kreatur oder Pflanze in meinem Gehirn ein gefühlsmäßiges Äquivalent gibt, das mir nichts, dir nichts extrahiert werden kann. Ich fühle mich ein wenig überfordert, wenn ich in dem Stapel Naturführer blättere, den Nelse mir in Lincoln gekauft hat. Einige von ihnen habe ich schon früher einmal gehabt, unter anderem verschiedene Handbücher über Vögel des Westens, sogar ein Handbuch über Tierfährten, aber irgendwann habe ich sie verlegt. Wenn Naomi uns Kinder nach draußen in die Natur scheuchte, kannte Ruth stets den Namen von allem und jedem, obwohl ihr eigentliches Interesse nur der Musik galt.

Die einzige Möglichkeit, mich gegen Nelse zu wehren, wenn er wieder zum unerbittlichen Lehrer wird, ist, ein heikles Thema anzusprechen. Als er zum Beispiel beim Abendessen gerade beginnen wollte, zu erklären, was er mit dem Rest seines Lebens vorhabe, während J.M. unterrichte, warf ich das alte universitäre Schlagwort vom »Fluch der Freiheit« in den Raum, woraufhin er rote Ohren bekam und plötzlich nervös wirkte. Es gehörte zu der Phase meines College-Lebens, in der alle schwarze Rollkragenpullover trugen und die der französische Professor so erheiternd fand. Im folgenden Jahr war diese Idee durch eine zunehmende Begeisterung für laute Musik ersetzt worden, und an die Stelle billigen Weins war der Konsum von Marihuana getreten. Natürlich wurde dadurch der Fluch der Freiheit nicht erträglicher für mich. Es ging fast soweit, daß ich meine Freunde beneidete, die so verzweifelt lukrative Berufe anstrebten. Was Geld anging, war ich immer vorsichtig gewesen, obwohl mir durchaus bewußt war, daß ich nicht darauf angewiesen sein würde, meinen Lebensunterhalt selbst zu bestreiten. Ich kann nicht behaupten, daß diese Tatsache Nelse verärgert, aber er behält sie stets im Hinterkopf. Er erträgt die Geschichten kaum, die ich aus meiner sozialen Arbeit erzähle, obwohl er während seines Lebens auf der Straße selbst viel zu Gesicht bekommen hat. Man trichtert Kindern ein, sich fair zu verhalten, und einige leiden ihr Leben lang unter dieser Prägung.

Im Alter von sechsundvierzig Jahren bin ich in der glücklichen Lage, in der Küche an der Spüle stehen und in den Hof schauen und mich über den Segen freuen zu können, meinen Sohn gefunden zu haben. Mit seinen Eltern zurechtzukommen war nicht einfach für ihn, und ich glaube, auf seine Mutter trifft das immer noch zu. Ich habe ihn draußen am Bach empfangen, als ich fünfzehn Jahre alt war und ein nasses Taufkleid trug. Sein Vater, Duane Stone Horse, war damals sechzehn und ist immer noch lebendig, obwohl er schon lange nicht mehr unter uns weilt. Ich frage mich, ob sich jemandem, der das Leben auf dieser Erde mit Abstand betrachten kann, länger als eine Momentaufnahme lang ein klares Bild bietet. Obwohl wir sozusagen von einem Fleisch sind, bin ich nicht naiv genug zu glauben, daß ich im wahrhaftigsten Sinn Nelses Mutter bin, die Frau, die ihn Tag für Tag behütet und ernährt hat. Wir alle sind das, was von seinem und meinem Vater übriggeblieben ist – bis auf Ruth, die damals noch zu jung war, um sich daran erinnern zu können, und die Angst vor Duane hatte und deshalb auf Distanz blieb. Jetzt, nach sieben Monaten, habe ich das Gefühl, daß Nelse und ich wirklich gute Freunde werden und vielleicht noch etwas anderes, was ich nicht einordnen kann. Wenn ich ihn durchs Fenster draußen im verschwommenen Licht der Abend- oder Morgendämmerung sehe, denke ich, daß er genausogut mein

Vater oder Duane sein könnte. Nachdem er mich an dem Tag, als ich meinen Job verlor, nach Hause gefahren hatte, und abends dann doch noch der Zorn über die Ereignisse in mir aufkam und ich mich ganz miserabel fühlte, saßen wir zusammen vor dem Kamin, und er nahm meine Hand und hielt sie. Augenblicke wie dieser müssen mir genügen.

19. April

Das Vogelgezwitscher bei Tagesanbruch sagte mir, daß sich das Wetter geändert hatte. Ich stand auf, um mein Südfenster zu öffnen, und die Brise, welche die Vorhänge bauschte, war sanft. Der Duft der Erde überzeugte mich noch stärker als der letzte Tau. Freudig erregt zog ich mir meinen Morgenmantel über, und obwohl sich mein Magen noch immer ein wenig merkwürdig anfühlte, ging ich hinunter, um mit Nelse und Lundquist zu frühstücken. Sie waren überrascht, aber erfreut, mich zu sehen. Lundquist wirkte sehr animiert, fast schon aufgeregt über etwas, das Nelse gesagt hatte und das er jetzt wiederholte, um mich am Gespräch teilhaben zu lassen. Ein bekannter Entomologe namens Hopkins hatte postuliert, daß die »Blüte« des Frühlings, also alle Aktivitäten von Pflanzen und Tieren, sich pro Breitengrad, der ja siebzig Meilen umfaßt, mit einer Zeitdifferenz von vier Tagen fortpflanze. Ich war so perplex und aufgeregt wie Lundquist und stellte mir das Ganze wie eine gewaltige Woge vor, die sich langsam nach Norden vorarbeitete. Zur gleichen Zeit schwatzte Frieda, die am Ofen stand, über die Schwierigkeiten, die der Footballtrainer der Universität von Nebraska mit den Spielern hatte. Aber das von Nelse angesprochene Thema war zu faszinierend, um uns ablenken zu lassen. Lundquist erklärte, daß dies genau die Art von Erkenntnis war, die Gott uns wünschte, verglichen mit all dem Müll, in dem wir zu ertrinken drohen. So weit war ich in meinen Überlegungen gar nicht gekommen. Das Südfenster der Küche war einen Spalt geöffnet, und als ich mich in meinem Stuhl umdrehte, hörte ich das durchdringende Lied einer Feldlerche, sicher nicht das erste in diesem Frühling, aber das beeindruckendste. Sogar Frieda wandte sich einen Moment lang vom Herd ab. Ich erschauerte, und Nelse lachte und erklärte, daß es ihm ebenso ergangen sei, als er auf einer Wiese aufgewacht und in weniger als einem Fuß Entfernung eine Feldlerche gesehen habe. Lundquist, der wie viele Lutheraner den Katholiken zutiefst mißtraute, stellte die Frage, ob es wirklich wahr sei, daß dieser »altmodische« katholische Heilige mit Vögeln auf Kopf, Schultern und ausgestreckten Armen gewandelt sei. Er hatte ein Gemälde vom heiligen Franziskus gesehen, aber er bezweifelte die Glaubwürdigkeit dessen, was es darstellte. Nelse zog ihn damit auf, daß Vögel nicht zwischen Katholiken und Protestanten unterscheiden können, aber Lundquist erklärte, daß in seinem ganzen Leben nur fünf wild lebende Vögel auf ihm gelandet seien, und das auch nur, während er auf einer Wiese oder unter einem hölzernen Schutzstand geschlafen habe. Einmal hatte er einen ganzen Nachmittag lang mit Sonnenblumenkernen auf der Krempe seines Hutes neben einem von Naomis Vogelhäuschen gesessen, aber es hatten sich keine Abnehmer für das Futter gefunden. Er war entsetzlich enttäuscht gewesen, als Naomi ihm sagte, daß Vögel sich nur in die Nähe von Menschen trauen, wenn diese schlafen.

Nachdem Nelse und Lundquist zur Arbeit aufgebrochen waren, machte ich mit Ted einen langen Spaziergang, bei dem ich den Steinhaufen auf der ersten Wiese großzügig umschritt. Als Welpe hatte Ted ein traumatisches Erlebnis gehabt: Er war die Felsen hochgeklettert und hatte eine große Schlange aufgeschreckt, die ihm gefährlich entgegenzüngelte. Seitdem bleibt er stets in einer sicheren Distanz zu den Felsen und bellt sie aus dieser Entfernung heftig an. Teds einziger unglückseliger Nachteil ist, daß er mich an Sam erinnert, der ihn mir geschenkt hat. In meinem Alter hat man stets das irrige Gefühl, daß man seine neuen Liebhaber durchschaut, doch dann gehen die unliebsamen Überraschungen los. Bei Sam war es seine üppige Sammlung von Ressentiments, die er nicht verbergen und die ich ihm nicht austreiben konnte. Ich hatte mich so darauf gefreut, ihn in der Woche nach unserem Familienpicknick zu sehen. Wir trafen uns oben in Hardin, Montana, um zum Crow Fair, dem größten aller Pow-Wows, zu gehen und anschließend einen Freund von mir zu besuchen, einen Falkner, der eine kleine Ranch zwischen Belle Fourche und Sturgis hat. Aber wir hielten es kaum zwei Tage lang miteinander aus. Seine ortsansässigen Freunde präsentierten sich mir als boshafte Dummköpfe. Echte Cowboys tragen stets eine gewisse Selbstgefälligkeit zur Schau, weil sie eben »echte« Cowboys sind und nicht, wie die meisten, nur so tun. Natürlich haben sie ihre Eigenarten, Verhaltensweisen, die aus ihrer Arbeit resultieren, aber gleichzeitig scheint ein großer Teil ihres Benehmens aus Film und Fernsehen abgeguckt zu sein. Sicherlich kann Alkohol schlechtes Benehmen noch fördern. Jedenfalls schienen sämtliche Freunde Sams, einschließlich ihrer Frauen und Freundinnen, entsetzlich stolz darauf zu sein, daß sie niemals ein Buch »von vorn bis hinten« gelesen hatten, und legten einen herablassenden Rassismus an den Tag, als sie hörten, daß Sam und ich zu der Versammlung der Crow-Indianer weiterfahren wollten. Als Sam den Feigling spielte und erklärte, »Sie schleppt mich einfach mit«, als habe er keinen eigenen Willen, war ich so sauer, daß ich ihm am liebsten mit der Bierflasche eins übergezogen hätte.

Nach diesem ersten Abend in der Bar in Hardin war ich der festen Überzeugung, daß die in Brooklyn lebenden Sizilianer, verglichen mit den Einheimischen hier, echte Gentlemen sind. Ich begann sogar einige Ivy-League-Absolventen, die mir in New York zu langweilig gewesen waren, um mit ihnen auszugehen, im nachhinein in einem anderen Licht zu sehen. Es ist ein entsetzlicher Fehler zu glauben, daß die Großartigkeit einer Landschaft bei deren Bewohnern notwendigerweise auch zu charakterlicher Größe führt. Das Faß wurde zum Überlaufen gebracht, als Sams bester Freund an besagtem Abend seine betrunkene Freundin so fest am Arm packte, daß sie bleich wurde und in Tränen ausbrach. Ich erhob mich unvermittelt und ging hinaus, und Sam folgte mir auf den Parkplatz und erklärte lahm, daß uns dieser üble Zwischenfall schließlich nichts anginge. Möglicherweise, sagte ich, aber ich hatte nicht die geringste Lust, mir noch mehr dergleichen ansehen zu müssen.

Der richtige Streit begann erst am nächsten Vormittag, als wir bester Laune Richtung Yellowtail-Damm am Bighorn River entlang durch die schöne Landschaft fuhren. Ich sagte, wie merkwürdig ich es fände, daß so viele Leute aus dem Osten hierhin in den Schmutz und die Armut des Reservats kämen, um zu fischen. Zuvor hatten wir über meinen Sohn Nelse gesprochen und wie sehr ich mich darüber gefreut hatte, als er zu dem Picknick erschienen war. Sam hatte mir dazu gratuliert, endlich einen »Erben« für meinen Besitz gefunden zu haben. Als ich die Fischer aus dem Osten erwähnte, erklärte er, daß der sicherste Weg, einen Haufen Forellen aus dem Niobrara rauszuholen, der wäre, ein Netz in den Fluß zu werfen und weiter oben einige Knallkörper, durch deren Explosion die Fische ins Netz getrieben würden. Ich wußte, daß er mich aufzog, denn zuvor hatte ich zwei Angeln in seinem Trailer gesehen. Ich entgegnete, daß ich seine Freunde niemals wiedersehen wolle, und daß die Cowboys in Nebraska mir weitaus angenehmer seien als die in Montana. Er reagierte prompt, indem er mich fragte, ob ich mich »zu gut« für seine Freunde fühlte, und ich entgegnete: »Auf jeden Fall.« Den letzten Trumpf gegen sich selbst spielte er aus, als er sich weigerte, trotz der brütenden Hitze ein Crow-Mädchen mitzunehmen, das als Anhalterin am Straßenrand stand. Er sagte irgend etwas Übles in der Richtung, daß die Crow größtenteils von der Fürsorge lebten und daß ihnen, wenn sie schon nicht arbeiteten, ein Fußmarsch nur guttäte. Leuten wie ihm war es wichtig, für den Lebensunterhalt zu arbeiten. Diese Bemerkung hämmerte förmlich in meinen Ohren, und ich wies darauf hin, daß ich Menschen, die von der Fürsorge lebten, in meiner Zeit als Sozialarbeiterin niemals als beneidenswert empfunden hätte und daß zudem fast alle Farmer und Rancher in irgendeiner Weise durch Regierungsmittel unterstützt würden. »Ich bin nur ein einfacher Cowboy, Schätzchen«, antwortete er, und ich war mir sicher, daß er den Rest des Tages, wenn auch gut getarnt, in Selbstmitleid baden würde. Merkwürdig, wie sehr die physische Anziehungskraft einen in die Irre führen kann, wie der Körper nach jemandem verlangen kann, dessen Seele so wenig zu einem paßt wie Vermont zu Nevada.

Als ich den Fluß und den Teich erreichte, hatte ich Sam schon im Motel abgesetzt, damit er sich in der warmen Frühlingsbrise ein wenig entspanne. Ted beschäftigte sich damit, einen Regenpfeifer zu jagen, der eine Verletzung vortäuschte, um ihn von seinem Nest wegzulocken. Ich hatte den Weg zu der Crow-Agentur geradezu leichten Herzens zurückgelegt, ganz so, als ob ich all dies vorausgesehen und nur noch auf die endgültige Realisierung gewartet hätte. Ted sprang in den Teich, schwamm auf die andere Seite, wo er zitternd und bellend stehenblieb, als ob er von mir erwartete, daß ich kommen würde, um ihn zu retten. Ich ging um den Teich herum und blieb vor einer Begräbnisstätte in einem kleinen Dickicht stehen. Sowohl mein Vater als auch Nelse nahmen an, daß es sich ursprünglich um eine Stätte der Ponca gehandelt hatte. In meinem Rucksack entdeckte ich eine Thermoskanne und Van Bruggens *Wildblumen, Gräser und andere Pflanzen der nördlichen Ebenen*, das ich vor zwei Tagen dort vergessen hatte und durch die Feuchtigkeit aufgequollen war. Soviel also zu meiner Passion als Amateurbotanikerin! Ich sagte mir, daß es besser sein würde, ein neues Exemplar zu bestellen, denn dieses hier, das Nelse gehörte, war im Umfang enorm angewachsen, und zudem klebten zahlreiche Seiten zusammen. Ich spürte einen Stich im Magen und begriff erst jetzt richtig, daß ich zu dem Ort zurückgekommen war, an dem ich damals auf so ungewöhnliche Weise Nelse empfangen hatte. Die Erinnerung an eine unerfreuliche Liebesgeschichte kann so schmerzhaft sein wie eine Wurzelbehandlung oder ein schlimm verstauchter Zeh.

Ich befreite Ted aus seinem nassen Gefängnis und marschierte raschen Schrittes Richtung Norden, wobei ich an die Wiedervereinigung von Naomi und Paul dachte und mich an den ernsten, aber gleichzeitig komischen Abend im Spätmärz erinnerte, an dem sie verkündet hatte, daß er zurückkehren würde und sie wieder miteinander leben wollten. Ich konnte nicht umhin, sie mit der Frage zu necken: »Und was werden die Leute sagen?« Ich bin sicher, daß sie damit nach vierzigjähriger Lehrtätigkeit den Gesetzen und Verordnungen der Landschule trotzt, aber wer würde schon etwas dagegen sagen, daß sie jetzt mit ihrem Schwager lebt? Großvater und ich haben oft genug Nahrung für Klatsch und Tratsch geboten, und Michael hat für die Schwätzer letzten Sommer wirklich den Vogel abgeschossen. Nelse war über jeden Verdacht erhaben, weil er sich einzig dafür interessierte, die Ranch wieder ans Laufen zu kriegen. Doch natürlich ist das Tratschen nach wie vor Bürgers liebste Beschäftigung.

Naomi war ein wenig bestürzt, als ich ihr sagte, daß ich schon wenige Jahre nach dem Tod meines Vaters von ihren und Pauls Gefühlen gewußt hätte. Kinder interessieren sich für kein Wort der Erwachsenen mehr als für deren »Warum«. Sie verfolgen aufmerksam Gesten, Blicke, und sie sind empfänglich für Stimmungen. Sie benützen diese nonverbale Sprache selbst untereinander, also ist es nur natürlich, daß sie sie auch bei Erwachsenen bemerken. Ruth, die auf Paul genauso fixiert war wie ich auf Großvater, fragte stets mit nörgeliger Kinderstimme, *warum* Paul denn nicht unser Vater werden wolle. Und später, in der High School, als ich begann, die große Sammlung eingeborener Autoren in Großvaters Bibliothek zu lesen, wunderte ich mich hin und wieder darüber, warum Paul und Naomi nicht der alten Indianersitte folgten, die darin bestand, die Witwe des Bruders zu heiraten. Ich für meinen Teil hätte Ruth, die Großvater stets so sehr fürchtete, wie sie Paul liebte, gerne geholfen.

Teds Bellen riß mich aus den Gedanken, ein Bellen, das anders und irgendwie wilder klang als sonst und aus den Tiefen seiner Brust zu kommen schien, gemischt mit einem bedrohlichen Knurren. Wir gingen an einer dichten Schutzbepflanzung nordwärts, als aus den Büschen unvermittelt ein junger Zuchtbulle auftauchte, der ohne Zweifel zur Herde des Nachbarn gehörte. Ich nahm an, daß einer der Bäume aus der Schutzbepflanzung auf den Zaun gefallen und es dem Bullen so möglich gewesen war, auf unser Land überzuwechseln. Obwohl es zu einer normalerweise eher friedlichen Rasse gehörte, hielt sich dieses Exemplar wohl für so etwas wie einen spanischen Kampfstier, trat schnaubend und brüllend abwechselnd ein paar Schritte

vor und zurück und kam dabei immer näher. Teds Nacken-
fell sträubte sich, und in einem Anfall von Mut ging er auf
den Bullen los und schnappte nach ihm, woraufhin dieser
die Flucht ergriff und eine Viertelmeile Distanz zwischen
uns und sich brachte. Ich sah atemlos zu und hatte gleichzeitig Angst, daß der Bulle Ted treten oder auf die Hörner
nehmen könnte. Nachdem er den Bedroher über die Weide
in das entfernte Dickicht getrieben hatte, kam Ted, hin und
wieder noch leise vor sich hinknurrend, zurück, wobei er
sich manchmal umschaute oder tänzelnd ein paar Schritte
zur Seite machte, um sicherzugehen, daß der Bulle ihn
nicht verfolgte. Ich kniete mich nieder, um ihn zu streicheln, und versicherte ihm, daß er genau das Richtige getan
habe. Es folgte noch eine witzige Szene, als ich wenige Minuten danach auf einen langen dunklen Zweig trat und der
gerade noch so heldenhafte Ted vor Schreck vor dieser ver-
meintlichen Schlange förmlich erstarrte.

Wir erreichten den Niobrara gegen Mittag, als die April-
sonne schon ihre volle Kraft erreicht hatte und das Wasser
dort, wo es über die Felsen hinabrauschte, funkeln ließ. Ich
entdeckte einen Flecken trockenen, braunen Grases und
ließ mich, auf den Ellbogen gestützt, darauf nieder, genau
wie ich es damals in der Morgendämmerung am Little Big
Horn getan hatte, als die Sonne wie ein rötlicher Pfirsich
aufging und das unaufhörliche Trommeln des Pow-Wows
den Tag herbeirief. Nachdem ich Sam in Hardin abgesetzt
hatte, hatte ich den ganzen Nachmittag, Abend und die
Nacht über den Tänzen zugesehen und mich nur hin und
wieder für ein Schläfchen in mein Auto zurückgezogen.
Am frühen Abend hatte es einen peinlichen Vorfall gegeben, als ich einen Schluck Whiskey aus einer Flasche nahm,
die Sam auf dem Beifahrersitz liegengelassen hatte, und
unvermittelt ein Polizist, der zum Stamm der Crow
gehörte, hinter mir auftauchte. Er schalt mich und erklärte,

dies sei ein »trockenes« Reservat. Schließlich gab er mir die Flasche, die er mir zwischenzeitlich abgenommen hatte, zurück und erklärte, daß ich noch einen Schluck nehmen könnte, bevor sie entsorgte. Ich tat es, und wir beide brachen in Gelächter aus.

Nach meinem kleinen Schläfchen am Fluß hatte ich mich bald auf den Weg gemacht, denn eine Erinnerung, die ich nicht zu verdrängen vermochte, ließ mir keine Ruhe. Es war nicht Selbstmitleid, das ich empfand, für mich das verabscheuungswürdigste aller Gefühle, als mitten in der Nacht, während ich den Tänzen zusah, unvermittelt mehrere Tänzer in Phantasiekostümen den offenen Kiva betraten, von denen mich einer von seinem Körperbau her unglaublich an Duane erinnerte. Er war ebenfalls ein Oglala Lakota, und unter seinem Schulterblatt entdeckte ich die schlecht verheilte Narbe einer Gewehrkugel, die vorne unterhalb seines Brustkorbs ausgetreten war, was man an dem hellen Gewebe an dieser Stelle erkennen konnte. Ich fragte mich, ob auch Duane, wenn er länger gelebt hätte, jemals an einem Pow-Wow teilgenommen hätte, aber ich glaubte es nicht. Eine solche Vorstellung wäre bloß ein falscher Trost für mich gewesen. Es gefiel mir sehr, daß Erzfeinde wie die Lakota und die Crow miteinander tanzten und daß sogar einige Blackfoot dabei waren. Leute, die in irgendeiner Hinsicht an ihren Traditionen festhielten, würden es leichter haben, zu überleben. Die scharfe Kritik der Regierung an der Native American Church und den Peyote erschien mir mehr als unangemessen, denn sie betraf religiöse Praktiken, die sich schon mehrfach als sehr wirksames Mittel gegen den bei den Eingeborenen verbreiteten Hang zum Alkohol erwiesen hatten.

Der Aufruhr in mir hatte in jener Nacht dazu geführt, daß ich von meinem Lieblingsgeschichtsprofessor an der Universität von Minnesota träumte, einem Mann aus New

York, der uns mit seinen brillanten und geradezu boshaft lakonischen Ansichten der verabscheuungswürdigsten Ereignisse der amerikanischen Geschichte begeistert hatte. Er stammte von der Columbia Universität und hielt seine Vorlesungen freiheraus ohne Notizen, elegant formuliert und in eindringlichen Bildern. Ich war so beeindruckt von ihm, daß ich, als ich das erste Mal in New York war, die Subway Richtung Westside zur 115ten Straße nahm, um zu sehen, was das für eine Gegend war, die ein so faszinierendes Geschöpf wie ihn hervorgebracht hatte. Wenn er über die Eingeborenen Amerikas im letzten Jahrhundert sprach, betonte er stets die bewundernswerte Neigung ihrer Kultur, ihre Angehörigen vor sich selbst zu schützen. Unglücklicherweise gab es in der Geschichte der Menschheit Dutzende von Fällen, wo die »Eingeborenen« gerade nicht geschützt worden waren, man denke zum Beispiel an Thrakien, Gallien, Irland, Brasilien oder die Vereinigten Staaten. Erster Gedanke der Eroberer war es schließlich stets gewesen, die »Wilden« niederzuschlagen. Im Gegensatz zur rührseligen Art meines Freundes Michael hatte die Stimme dieses Professors bei seinen Ausführungen stets kühl und ruhig geklungen; er hatte seine Worte wie Ankerhaken in die Masse der Studenten versenkt, eine Masse, die in den meisten Fällen der Besatzung eines Narrenschiffs ähnelt.

Unglücklicherweise gerieten gerade zu dieser Zeit zum erstenmal Unterlagen unserer Familie ins Blickfeld der Öffentlichkeit. Ich hatte mehrere Seiten aus dem Tagebuch meines Urgroßvaters für diesen Professor kopiert, unter anderem eine lange Beschreibung darüber, wie Häuptling Crazy Horse drei Tage lang an der Begräbnisstätte beim Leichnam seiner Tochter gewacht hatte, sowie Notizen über Ereignisse, die schließlich zum Massaker am Wounded Knee geführt hatten. Natürlich wünschte der Professor nun die gesamten Tagebücher zu sehen, wovon mein Onkel

Paul nichts wissen wollte. Letzteres verschwieg ich dem Professor bis zum Semesterende – aus Angst, meine guten Noten zu gefährden, wenn ich ihm die Wahrheit sagte. Als ich ihm die schlechten Neuigkeiten schließlich mitteilte, gab er sich mir gegenüber nicht kühler als sonst, erklärte aber, daß meine Familie nicht das Recht habe, Informationen zurückzuhalten, die einige Mißverständnisse bezüglich einer so wichtigen Phase unserer Geschichte ausräumen konnten. Diese Reaktion ärgerte mich so, daß ich ihm sagte, er brauche nur nach Pine Ridge hinauszufahren, um zu sehen, daß es auch gegenwärtig Zustände gäbe, die dringend der Korrektur bedürften. Vermutlich bin ich selbst genau aus diesem Grund in der Sozialarbeit gelandet. Es bedeutet, direkt auf die Armut einwirken zu können, statt sich nur mit der Theorie zu beschäftigen und eine Geschichte der Armut zu schreiben. Ich hatte unglaublichen Respekt vor diesem Mann, aber ich respektierte nicht sein Urteil bezüglich der Zurückhaltung meiner Familie. Allerdings wußte ich im Gegensatz zu Paul damals noch nicht, daß wir tatsächlich ein paar Leichen im Keller hatten. Jedenfalls wurde die Existenz unserer Familienunterlagen in Fachkreisen mehr und mehr bekannt, was zu Problemen führte, einschließlich zu Michaels heftiger Reaktion, die mich gleichzeitig wütend machte und belustigte.

Ein weiteres unangenehmes Erlebnis auf dem Crow Fair bestand darin, daß ich einem Lakota-Pärchen begegnete, das ungefähr in meinem Alter war und das ich von der Universität her kannte. Er unterrichtete mittlerweile am Community College in North Dakota, und sie beide waren wie ich eher Zuschauer als aktive Teilnehmer des Pow-Wows. Die Bemerkungen, die sie zu diesem und jenem machten, waren eher abgedroschen und ironisch, und was die allmähliche Auflösung der amerikanischen Indianerbewegung betraf, schienen sie mir sogar verbittert. Als ich in den späten sechziger Jahren mal wieder von New York nach Hause gekommen war, um hier den Sommer zu verbringen, hatte ich mich ihnen und mehreren Dutzend anderen, Eingeborenen und radikalen Weißen, angeschlossen, um gegen die entsetzliche Verschmutzung des Mount Rushmore in den Black Hills zu protestieren und die Rückgabe der Black Hills an die Lakota zu fordern. Wir wurden alle gemeinsam festgenommen, nachdem wir damit gedroht hatten, mehrere Kübel blutroter Farbe über das steinerne Massiv des George-Washington-Kopfes auszuschütten. Während die anderen ins Gefängnis mußten, wurde ich dazu aufgefordert, meine Sachen zu packen und nach Hause zu fahren, wobei mich den ganzen Weg über, der aus mehreren hundert Meilen bestand, ein Zivilfahrzeug der Regierung eskortierte. Diese Vorzugsbehandlung hatte ich der Bekanntheit meines Großvaters zu verdanken, der zu diesem Zeitpunkt allerdings schon eine Weile tot war. Als ich später erneut meine radikalen Freunde sah, zu denen eben auch dieses Lakota-Pärchen gehörte, begegnete man mir sehr kühl und gab mir zu verstehen, daß Leute wie ich nie wirklich zu ihnen gehören konnten, da ich sozusagen immer noch einen Rückfahrschein in der Tasche hätte. Ich konnte ihnen nicht einmal böse sein, denn was sie sagten, war die Wahrheit. Bei dem Zusammentreffen mit dem Lakota-Paar auf dem Pow-Wow wurde mir klar, daß die mangelnde Höflichkeit der beiden Resultat ihrer ideologischen Erschöpfung war. Statt zu demonstrieren, ergingen sie sich jetzt in undramatischen legalen Manövern, unter anderem weil ihnen die Weißen mit ihrer Sturheit bewiesen hatten, daß für die amerikanische Entwicklung nur Kontinuität zählte.

So unterhielt ich mich nur ein bißchen mit den zweien, und als wir uns verabschiedeten, umarmte mich die Frau und nannte mich huldvoll »Schwester«. Wie sehr das Leben uns abnützt, dachte ich mir, während ich sie, die doch nicht älter waren als ich, mit dem gemessenen Schritt von Ruheständlern davongehen sah. Ich wich einer Gruppe weiß gekleideter Heilsarmeeschwestern aus, die – mitsamt ihren Repräsentantinnen in Film und Fernsehen – unter amerikanischen Eingeborenen Gegenstand zahlreicher Späße sind. Vielerorts existiert die irrtümliche Meinung, durch »zufällige« Berührungen etwas vom Heil dieser Leute abzubekommen, die von Geburt an tugendhaft erscheinen, und das bringt noch die zusätzliche Schwierigkeit mit sich, daß man die wirklichen Probleme übergeht. Wenn man dich auf übelste Weise hereingelegt hat und du auf eine Entschädigung wartest, durch die allein du zu überleben vermagst, verlangt es dich wohl kaum danach, von deinen Peinigern gleichzeitig zu einem Totem für den Verfall stilisiert zu werden, selbst wenn es in bester Absicht geschieht. Falls du mir wirklich helfen willst, scharwenzel nicht um mich herum, sondern geh nach Hause und tritt deinem politischen Vertreter in den Arsch! – das ist die Aufforderung, die viel häufiger laut werden sollte. Es wird dir nicht gelingen, das, was du in deinem eigenen Herzen vergeblich suchst, einfach aus einer anderen Kultur herauszusaugen. Vielleicht wirst du es in einer anderen Kultur erkennen, aber das auch nur dann, wenn eine Ahnung davon bereits in deiner eigenen Seele existiert.

Als ich die Crow-Agentur am nächsten Morgen verließ, schienen meine Augäpfel gegen die Lider zu drücken, aber mein Herz war leicht. Vermutlich weil ich einem Volk dabei zugesehen hatte, wie es sich selbst feiert, komme, was da wolle; mit Schritten, die zum Teil sicherlich über tausend Jahre alt waren; ganz so, als ob es für eine kurze Zeit die Erstickung seiner Kultur durch die unsere vollständig vergessen könne. Statt auf heftigste Weise gegen uns zu protestieren, wie es gerechtfertigt gewesen wäre, ignorierten sie uns.

Auf der langen, nahezu unbefahrenen Straße Richtung Osten durch Lame Deer und Broadus in Richtung Belle Fourche scheute ich nicht die Erinnerung an das Jahr 1972, in dem ich die Zeitungsreportagen über die Besetzung von Pine Ridge durch die AIM und die darauf folgenden Todesfälle kaum wahrgenommen hatte, weil Duane in eben diesem Jahr auf den Florida Keys Selbstmord begangen hatte. Für mich gab es schlichtweg religiöse Gründe, niemals den Namen »Mrs. Stone Horse« zu benützen, den ein Reporter des *Miami Herald* in seinem Artikel verwendet hatte. Im folgenden Jahr war ich für alles, was in der großen, weiten Welt geschah, nahezu blind. Dem wirklichen Leben näherte ich mich erst in Pauls Häuschen am Baja Beach nahe Loreto und zu Hause bei Naomi wieder an – und natürlich in New York, wo es geradezu unmöglich ist, sich ganz in sich selbst zurückzuziehen, und wohin ich meine Wanderschuhe von zu Hause mitnahm, um in den folgenden Monaten Tausende von Blocks sozusagen therapeutisch zu umrunden. Mir haben stets die auf dem Land lebenden Leute leid getan, die aus Angst oder Verachtung niemals das Mysterium einer großen Stadt begriffen haben, welche eine übersteigerte Erweiterung der Natur ist, sei sie nun gut oder schlecht. Nelse ist zu jung, um ausschließlich ein Anhänger der Natur zu sein, und ich habe ihn gezwungen zuzugeben, wie sehr er seine »Wanderungen« durch Paris und andere französische Städte genossen hat, in jenen wundervollen frühen Morgenstunden, wenn seine Mutter noch ihren Rausch ausschlief.

3. Mai

J. M. und Nelse hatten einen kleinen Streit, also verdünnisierte ich mich und ritt Rose in flottem Tempo und einem großen Bogen Richtung Norden bis zum Fluß. Die letzten

Worte, die ich gehört hatte, waren: »Du verdienst es, Junggeselle zu sein, du egozentrisches Arschloch.« Ich war nicht vollständig anderer Meinung als sie, denn sie war für bloß zwei Tage Ferien aus der Schule nach Hause gekommen, und er hatte die meiste Zeit des ersten damit verbracht, mit Lundquist irgendwo außerhalb gerade entwöhnte Kälber zu kaufen. Und am Morgen des zweiten Tages, also heute, war er ungewöhnlich reizbar, weil die Inventarlisten eines Museumskurators zu beweisen schienen, daß einige fehlende Gegenstände bei der Weitergabe durch ein paar Akademiker, die bei der Verteilung der Artefakte geholfen hatten, verschwunden waren. Ich ging von einem Fehler bei der Auflistung aus, er von Diebstahl. In der Zwischenzeit fühlte sich J.M. übergangen, was auch nicht ganz dadurch zu beheben war, daß er ihr anbot, den Rest des Tages mit ihr zu verbringen. Ich stimmte ihr gedanklich darin zu, daß sich Nelse, laut Naomi, wie mein Vater stets nur mit einer Sache beschäftigen kann, was für andere Menschen enervierend sein kann, egal wie bewundernswert die Sache an sich auch sein mag.

Viel schlimmer war es für mich, daß mein Bauchweh heftiger wurde und ich an diesem ersten wirklich warmen Tag des Jahres eine Spur von Übelkeit fühlte. Dieses Unwohlsein blieb – egal ob ich zu Fuß ging, ausritt, still dasaß oder schlief. Ich wußte genug über den menschlichen Körper, um mir in einer bestimmten Richtung Sorgen zu machen, aber ich gab mir Mühe, diese zu vergessen, da Nelse und ich schon in einer Woche unsere Reise mit dem Auto antreten würden. Natürlich war mir klar, daß ich besser vor der Fahrt als danach unten in Lincoln einen Arzt aufsuchen sollte, mit dem ich zur Schule gegangen war. In diesem Teil von Nebraska kannte ich keine anderen Ärzte mehr, und da ich nicht nach Los Angeles fliegen und dort einen Exfreund konsultieren konnte, schien mir die Idee, in Lincoln einen

Bekannten aufzusuchen, gerade richtig. Abgesehen davon war mir Diskretion wichtig – für den Fall, daß es sich um etwas Ernsteres handelte. Daß etwas nicht stimmte, hatte ich bereits kurz nach Thanksgiving bemerkt, und jetzt ärgerte ich mich über meine Dummheit, mich nicht früher untersuchen zu lassen.

Als ich den Fluß erreichte, ließ ich Rose trinken, band sie locker an einer Weide fest und gab mich dann dem zweifelhaften Vergnügen hin, Ted zum Gefallen zehnmal einen Stock ins Wasser zu werfen. Jedesmal, wenn ich werfe, sage ich die Nummer des Wurfs laut vor mich hin. Nach nur vier Trainingseinheiten hatte Ted begriffen, daß ein lautes »Zehn« das Ende des Spiels bedeutet und er mich nicht weiter belästigen darf. Er hält dann stets ein Nickerchen, und ich tue es ihm gleich, wobei ich seinen großen, feuchten Körper als Kissen benütze. Auf diesem Ritt sind mir drei verschiedene Arten von Raubvögeln aufgefallen, aber mein Vogelbuch befindet sich in meiner Satteltasche, die über der oberen Latte des Korrals hängt, und mit ihr mein Fernglas, ein Sandwich und die Wasserflasche. Ich erinnere mich, wie mein Dad mich als kleines Mädchen damit aufzog, daß ich eines Tages noch meinen Hintern vergessen würde, wenn er nicht »festgebunden« wäre. Ich erinnere mich auch daran, wie wenig ich auf diese Belehrung gehört habe und mich mehr dafür interessierte, wie ein Hintern festgebunden sein könnte. Ted knurrte, und als ich mich umwandte, entdeckte ich Naomis etwas zurückgebliebenen Freund Rex, der auf der anderen Seite des Flusses auf dem Hügel einen Zaun reparierte.

Trotz der Stiche in meinem Magen mußte ich lachen, als ich mich an die Beerdigung bei uns zu Hause im letzten Oktober erinnerte, dann blickte ich hinab auf die knospende wilde Blume, die Ted zertreten hatte. Auch mein Van-

Bruggen-Naturführer befand sich in meiner Satteltasche; also hob ich die Blume auf und steckte sie in meine Westentasche, um sie Nelse mitzunehmen. Glücklicherweise war sie blau, was ihre Bestimmung enorm erleichterte. Unten an der Grenze in Arizona hatte Paul mich stets lachend »Bartfaden« genannt, weil das die einzige Blume war, die ich wirklich bestimmen konnte, unter anderem weil ich sie einmal wild um eine steinerne Skulptur hatte wuchern sehen, die halb Mensch, halb Echse schien. Ich hatte gemeinsam mit Douglas unterhalb dieser Petroglyphe kampiert, über uns der riesige Mond, und sie hatte alles andere getan, als uns in den Schlaf zu wiegen. Als sich am nächsten Morgen die Erde zu erwärmen begann – es war Mai, und wir befanden uns im Altar Valley –, kam Bewegung in ein Grasbüschel, und wir sahen eine Klapperschlange sich langsam herausschlängeln. Sie tauchte später noch einmal auf, und wir gaben ihr den Namen »Große Mutter der Schlangen«, obwohl sie vermutlich das unfreundlichste Geschöpf war, das ich jemals aus der Nähe betrachtet habe. Douglas ermahnte mich, daß »Freund« ein auf menschliche Vorstellungen zugeschnittener Begriff sei.

Der Beerdigung ging eine ziemlich lange und nervenaufreibende Wartezeit von mehreren Wochen voraus. Infolge eines unerfreulichen Vorfalls in Lincoln konnten wir sie schließlich Mitte Oktober durchführen. Es ist unmöglich, auf der Ranch etwas zu tun, ohne daß Lundquist es mitbekommt, aber an dem Tag war Frieda zu einem Football-Spiel der Cornhuskers gefahren, einer Mannschaft aus Nebraska, und hatte nach dem üblichen Sieg im Trubel der Menge einen diensthabenden Polizisten geschubst, der sie prompt wegen Körperverletzung eines Beamten festnahm. Als der Anruf kam, zeigte sich Lundquist untröstlich über sein Versagen als Vater, und das, obwohl er Mitte Achtzig und Frieda Ende Vierzig war. Seine Frau, die ebenfalls

Frieda geheißen hatte, war ein Jahrzehnt zuvor verstorben, und er bezweifelte, diese beeindruckende, gefährlich rechthaberische Frau je richtig geführt zu haben. Am Telefon behauptete Frieda, daß der Polizist ihr an die Brust gegriffen habe, was meines Erachtens schwer zu vermeiden war, da sie mindestens Körbchengröße DD hat. Das alles trug sich an einem frühen Samstagabend zu, und während ich Lundquist zu beruhigen versuchte, gelang es Nelse, jemanden aus der Familienrechtskanzlei zu erreichen, an der wir beteiligt waren. Es gab keine Möglichkeit, Frieda vor Montag morgen freizubekommen, was Lundquist schrecklich aufregte. Er sprang auf und erklärte, daß er sich auf den Weg nach Lincoln machen wolle, um seine arme Tochter im »Knast« zu besuchen. Er weigerte sich, meinen neuen Pickup auszuleihen, da sein Hund Roscoe sich darin nicht wohlfühlen würde. Er tuckerte in seinem alten Studebaker, in dem die Fahrt mehrere Stunden länger dauern würde, vom Hof, und während ich einen Sonntag für angemessener hielt, schaute Nelse mich an und schlug mir vor, zu beginnen. Er sagte, auf diese Weise könne die obere Erdschicht wieder antrocknen, so daß Lundquist den Aushub hoffentlich gar nicht bemerken würde.

Es wurde eine feierliche, komische Nacht. Mit einer Taschenlampe und einer Laterne stiegen wir die Treppe in den Keller hinab, und obwohl sich Nelse nicht entschließen konnte, es gutzuheißen, nahm ich eine Magnumflasche aus Großvaters Weinregal, das jetzt, in Michaels Abwesenheit, nicht mehr länger hinter versperrten Türen stehen mußte. Nelse ging weiter, während ich noch einmal nach oben stieg, um einen Korkenzieher und zwei Gläser zu holen, und als ich zurückkam, bereute ich, den Weg durch den Vorratsraum und weiter hinab in den Keller allein machen zu müssen. Eigentlich nahm ich an, daß die schwarzen Schlangen bei dieser Kälte schliefen, aber dann trat ich,

Weinflasche, Gläser und die Taschenlampe jonglierend, doch auf eine, hörte ihr Zischen und spürte, wie ihr Körper gegen meinen Schuh peitschte.

Als ich den tiefen Keller erreichte, stand Nelse mit der Laterne in der äußersten Ecke. Dieser Teil des Hauses war nie mit Strom versorgt worden, weil Großvater das für reine Blasphemie gehalten hätte. Hier unten war es stets dunkel, dunkler als in schwärzester Nacht, und ich zitterte so, daß ich mir sagte, es wäre besser gewesen, die Sache am hellichten Tag zu erledigen. Im Licht der Laterne warf Nelse einen entsetzlichen Schatten, als er die drei eingehüllten Skelette der Männer – einen Lieutenant, einen Sergeant und einen Gefreiten – packte, welche meinen Urgroßvater und seine Familie auszulöschen versucht hatten. Ihre Überreste sollten in einer Grube neben dem Haufen mit Pferdemist hinter der Scheune beerdigt werden, die noch ausgehoben werden mußte. Die fünf Krieger in vollem Putz sollten in einem Loch neben dem Teich begraben werden, das Nelse schon geschaufelt hatte. Während ihrer Diaspora hatten sie darauf bestanden, daß ihre Überreste vor Grabräubern geschützt würden, damals eine übliche Vorgehensweise, die auch heute unter der Herrschaft der Archäologie noch betrieben wird. Ich fragte mich immer wieder, warum AIM nicht einfach mit Schaufeln bewaffnet in Arlington eingeritten war, um zu protestieren. Ich glaube, daß die Ruinen der Eingeborenen ein interessantes Forschungsobjekt darstellen, sofern sie alt genug sind, aber viele der Grabstellen aus den Indianerkriegen bergen die Überreste der Ahnen heute noch Lebender.

Ich sprach Nelse an, um ihm etwas Beruhigendes zu sagen, und er murmelte: »Es ist ein schöner Abend.« Ich richtete das Licht der Taschenlampe auf den langen Eichentisch, auf dem zahlreiche der Artefakte schon für das Museum in Kartons verpackt standen. Die Gegenstände waren meinem

Urgroßvater zur Aufbewahrung anvertraut worden, und er und mein Großvater hatten sich stets bemüht, sie vor Plünderern zu schützen. Nelse hatte bereits drei Medizintaschen, die eine streng religiöse Bedeutung hatten, an die Lakota, die Cheyenne und die Paiute zurückgegeben. Der Rest sollte an ein Museum gehen, denn infolge der wenigen vorhandenen Aufzeichnungen war es hoffnungslos, die Nachfahren der ursprünglichen Besitzer auffinden zu wollen. Zu den Stücken gehörten zu Borte geflochtenes Süßgras, Kragen aus Otterhaut, Pelzbänder von Berglöwen, Dachshäute (vom Clan der Northridges), Turnüren der Crow aus Adler- und Falkenfedern, ein angemalter Büffelkopf, Gelenkbänder aus Fuchsfell, Ketten aus Grizzlyklauen, Schildkrötenrasseln, bemalte Büffelhäute, ein goldener Adler, der einem heiligen Mann der Crow als Kopfschmuck gedient hatte, Hauben aus Büffelhorn, Raben, mit Otterhaut umwickelte Lanzen, mit Klapperschlangenhäuten umwickelte Zeremonienbögen, Schärpen aus dem Fell von Berglöwen, Gürtel aus Bärenfell, gegerbte Hundehäute, ein Grizzly-Kopfschmuck mit Ohren und zwei Klauen, Wolfs- und Kojotenfelle, Kopfschmuck aus Eulengefieder, Wieselfelle, ein Messer mit einem Griff aus dem Kieferknochen eines Grizzlybären, Knochenflöten, ganze Bärenhäute, mit denen die Tänzer sich geschmückt hatten, riesige Büffelkopfmasken, Kopfputz aus Wolfshäuten mit Zähnen, Rasseln in Schlangenform ...

Als Nelse die Überreste der Militärs verpackt hatte, stießen wir mit dem Wein an, während das durch die Kugel aus dem .44er verursachte Loch in der Stirn des Lieutenants im Laternenlicht geradezu leuchtete, ein todbringendes Mauseloch in einem Schädel.

»Schlechte Zahnärzte damals«, sagte Nelse und klopfte auf die drei Gebisse. »Die Nase und der Kiefer des Sergeants sind irgendwann gebrochen worden, und der Gefreite hat eine der kleinsten Schädelhöhlen, die ich jemals bei einem Erwachsenen gesehen habe.«

Während es mir die Aufzeichnungen meines Urgroßvaters leicht gemacht hatten, diese Männer zu hassen, deren Absicht es gewesen war, die Familie meiner Ahnen auszulöschen, hatten die Skelette selbst eine entwaffnende Wirkung auf mich. Ich hob mein Glas.

»Wenn es anders ausgegangen wäre, gäbe es uns nicht.«

»Solche Sprüche geben mir nichts«, sagte Nelse, stand auf und hob den Karton.

Ich führte ihn durch den Keller nach oben, wobei ich in einer Ecke ein Knäuel schwarzer Schlangen bemerkte, die sich wegen der Kälte zu einem Ball zusammengerollt hatten. Ich war drauf und dran, Nelse auf sie aufmerksam zu machen, aber seine einzige Phobie bezieht sich auf Menschen. Manchmal hat er keine Probleme damit, aber das allgemeine Gewimmel, besonders das seiner eigenen Spezies, haut ihn einfach um.

Draußen auf dem Hof galoppierten die Pferde bis ans Gatter des Korrals, um zu sehen, was wir vorhatten, kamen bei ihren Beobachtungen jedoch zu keinem Ergebnis, wie ich vermute. Wir schritten an den Pfosten und Boxen des Stalls vorbei und verließen ihn durch die Hintertür. An der gegenüberliegenden Seite des Misthaufens stellte Nelse den Karton ab, nahm mir die Laterne ab und ging davon, um eine Schaufel zu holen. Rasch und mit kindlicher Furcht zog ich die Taschenlampe aus meiner Jacke und knipste sie an. Dies war nicht der richtige Zeitpunkt, im Stockfinstern zu stehen, mit nur einer schmalen Sichel Neumond und ein paar Sternen am Himmel, und sei es auch bloß für wenige Minuten. Ich schüttelte den Karton und hörte ein gedämpftes Klackern und Rasseln, das letzte Geräusch dieser Männer, die nun schon fünfundneunzig Jahre tot waren. Ich sah Nelse mit seiner Laterne kommen und zitterte, als ich daran dachte, daß wir einander alle irgendwann auf unserem Weg verlieren. Jeder verliert jeden, Mütter, Ehemänner, Kinder, Liebhaber, egal ob gut oder schlecht.

Nelse begann mit einer Energie zu graben, die mich daran erinnerte, wie ich mich mit dreißig gefühlt hatte, als ich mit meiner Freundin Charlene, aufgeputscht durch ein paar Amphetamine und Unmengen von Kaffee, von New York City in einem Rutsch nach Nebraska durchgefahren war. Naomi war darüber verärgert gewesen, aber sie hatte sich damit begnügt zu sagen: »Schau dich mal im Spiegel an.« Zu meiner Großstadtblässe waren damals noch die knallroten Augen gekommen.

Nach etwa einer Stunde, in der ich den größten Teil der Unterhaltung bestritten hatte, war das Loch tief genug, und Nelse kippte die sterblichen Überreste aus dem Karton ohne Umschweife hinein. Es machte wohl kaum einen Unterschied, aber ich war davon ausgegangen, daß er sie im Karton begraben würde. Dann wandte er sich zu mir, nickte und lehnte sich auf die Schaufel.

»Laß uns ein Gebet sprechen.«

»Was zum Teufel soll ich sagen?« Sein Vorschlag verblüffte mich.

»Irgend etwas atemberaubend Kluges«, spottete er.

»Verweile hier, Sohn des Leids, und gedenke des Todes.« Ich konnte mich nicht daran erinnern, woher dieser Ausspruch stammte, aber er mußte genügen. Ich schenkte Wein nach, aber Nelse nippte nur an seinem Glas und schüttete den Rest über die Skelette in ihren noch immer schmucken Uniformen.

»Auf uns, die wir heute hier sind!« sagte er und begann, das Loch wieder zuzuschaufeln. »›Zuerst sind wir hier, später sind wir es nicht mehr.‹ Das hat mein Dad stets gesagt, wenn ich ihn nach dem Tod gefragt habe. Einmal habe ich unserer Katze einen halbtoten Star entwunden und versucht, ihn zu retten – vergeblich. Er starb in meinen Händen.«

Es war schon nach Mitternacht, als wir die fünf Krieger fest in eine Plane gewickelt, mit Lederriemen verschnürt und nach oben gebracht hatten, wo wir das Paket auf dem Kaffeetisch zwischen Sofa und Kamin plazierten. In der Morgendämmerung wollten wir die Plane über ein Pferd legen und damit zu unserer zweiten Beerdigung an den kleinen See reiten. Während Nelse Feuer machte, erklärte er, daß die fünf, den Aufzeichnungen und ihrer Kleidung nach zu urteilen, Oglala sein müßten. Er hätte ihre sterblichen Überreste gern einer ordentlichen Beerdigung zugeführt, aber Paul war dagegen gewesen, weil eine solche Aktion zuviel Aufmerksamkeit auf sich gezogen hätte. Ich schenkte Wein nach und war mir nicht sicher, ob ich Pauls Meinung teilte, aber ich hatte nichts gesagt. Nelse war so hungrig, daß ich ihm etwas von dem großen Filet abschnitt und zubereitete, das ich als Sonntagsbraten eingeplant hatte. Es machte Spaß, zuzusehen, wie er mit Appetit aß und jeden Bissen einen Augenblick lang betrachtete, bevor er ihn in den Mund schob.

Mittlerweile war es nach ein Uhr morgens, und statt ins Bett zu gehen, setzten wir uns auf das Ledersofa, das vermutlich genauso alt war wie das Haus selbst, unterhielten uns und dösten dabei hin und wieder ein bißchen ein. Der viele Wein hatte seine Zunge ein wenig gelöst, und er erzählte mir eine wundervolle witzige Geschichte über eine Spanierin aus der Nähe von Espanola, New Mexico, die er geliebt hatte und deren Ehemann unerwartet heimkehrte, was ihn, Nelse, dazu genötigt hatte, halbnackt einen Berghang hinabzuflüchten. Ich erzählte ihm von einer kurzen Affäre mit einem brasilianischen Diplomaten, der mir seine Ehe verschwiegen hatte, und wir stimmten darin überein, daß manche Menschen einen verzweifelten, aber verständlichen Drang haben, ihr Leben ein wenig dramatischer zu gestalten als es ist. Umständlich erklärte ich meine eigene bescheidene Theorie, daß wir immer wieder an einem Punkt anlangen, wo das Denken uns nicht weiterbringt und unsere Seelen statt dessen mit Gegenständlichem wieder »aufgeladen« werden müssen – Landschaften; Lebewesen; Reisen; Menschen, von denen wir uns nicht vorstellen können, sie hätten nie gelebt. Selbst Sam, der sich als absoluter Reinfall erwiesen hatte, war die Erfahrung wert gewesen, allein weil ich durch ihn zu dem Crow Fair gegangen war und mir wieder bildhaft vorstellen konnte – so wie ich es als Mädchen getan hatte, als ich Mari Sandoz las –, daß es eine ganze Kultur innerhalb unserer Grenzen gab, die im schlimmsten Widerspruch zu uns stand. Schließlich ging es hier nicht um Blumen oder Vögel, sondern um Menschen, die plünderten und Kriege führten wie wir, aber gleichzeitig ein Seelenleben hatten, das weder durch Gier noch durch Ballast jedweder Art vollständig auszulöschen war. Und es gab noch ein anderes Ereignis, sagte ich, damals, als ich wieder in New York war und herumirrte und mich so sehr über den Tod seines Vaters grämte, daß ich das Leben wie einen dunklen Tunnel vor mir sah, wenn auch die Ränder sich immer mehr aufzulösen begannen. Ein Freund von mir, ein schwuler Musikwissenschaftler, der im selben heruntergekommenen Haus an der Second Avenue wohnte wie ich, nahm mich mit zur Kathedrale St. Johns, wo ein halbes Dutzend schwarzer Chöre singen sollte. Wir waren früh dran und bekamen Plätze ziemlich weit vorn. Gegen Ende des Abends war ich wie vom Donner gerührt, sah aber gleichzeitig klarer, als ob die Musik mein ausgetrocknetes Hirn wieder geordnet hätte. In krassem Gegensatz zu den eintönigen Methodisten und Lutheranern meiner Jugend hatte ich endlich »einen freudvollen Lärm zu Ehren des Herrn«

vernommen, und unzählige arme reiche Weiße, es müssen Tausende gewesen sein, verließen die Kathedrale in glücklicher Benommenheit. Es war für mich noch immer ein Mysterium, daß Musik mir wieder den Glauben ans Leben zurückgegeben hatte.

Mit der letzten Geschichte hatte Nelse aus wissenschaftlicher Sicht ein paar Probleme, aber dann erzählte er mir von einem halb abgedrehten Zen-Mädchen, das er einst geliebt und das ihn zu bekehren versucht hatte (schließlich aß er damals noch ständig Hamburger), und das wiederholt ein Sprichwort zitiert hatte, welches bedeutete »denn dein ganzer Körper besteht aus Händen und Augen«. Letzteres hatte ihn ziemlich genervt, bis er sich mit einem Kulturanthropologen, der Spezialist für das alte China und gerade zu Besuch war, darüber unterhalten hatte, und dieser ihm erklärte, daß die frühesten Wurzeln der Zen-Sitzungen sich vermutlich aus einem Jäger-Sammler-Stadium entwickelt hatten. Wenn Jäger lange Zeit unbeweglich neben Wildspuren gesessen hatten, waren sie offenbar erfolgreicher gewesen. Aus dieser postpleistozänen Periode hatte sich eine Gewohnheit entwickelt, welche die Seele beruhigte und sie gleichzeitig für Phänomene öffnete, die den Menschen umgeben. Nelse schlußfolgerte daraus, daß man lerne, seine Umgebung mit dem gesamten Körper statt bloß mit den Augen wahrzunehmen, wenn man viel Zeit in menschenleeren Gegenden verbringe. Dann fragte er mich nach Smith, dem Freund meines Großvaters, über den er in den Memoiren gelesen hatte. Ich antwortete, daß ich ihm nur einmal begegnet sei, zur Zeit meiner Schwangerschaft, aber daß diese Begegnung mir unvergeßlich geblieben wäre. Es machte keinen Sinn, vorzugeben, daß wir alle im selben Boot säßen, wenn jemand wie Smith offensichtlich schon vor langer Zeit daraus ausgestiegen war. Leute wie er werden unter den Intelligenten im allgemeinen nicht

berücksichtigt, denn sie sind zu selten, um als Studien-
objekte herzuhalten, und selbst wenn sie es nicht wären,
würde sich die Frage stellen, ob sie einem Anthropologen
gegenüber ehrlich wären. Nelse erzählte mir von einem
alten Ponca, der behauptete, er habe das Hockeyspiel erfunden, und zwar auf dem zugefrorenen Missouri, und Nelse
hatte erst später begriffen, daß diese Geschichte nur dazu
gedacht war, ihn zu testen. Ich sagte, daß ich in meiner Zeit
als Sozialarbeiterin in Escanaba die Tochter eines solchen
Mannes kennengelernt hätte. Sie wirkte recht modern,
doch ihr Vater war ein den Traditionen verhafteter Medwi-
win-Anishinabe (Chippewa), der tief in den Wäldern an
der Grenze zwischen Wisconsin und Michigan lebte. Sie
nahm mich mit zu einem Besuch bei ihrem Vater, und als
wir einmal einen langen Hügel hinabgingen, an dessen Fuß
er am Ufer eines Teichs saß, sah ich, wie eine Gruppe von
Schildkröten von seinen Beinen kletterte und ins Wasser
krabbelte. Jeder weiß, wie schwierig es ist, sich an eine
Schildkröte anzuschleichen und sie zu fangen, aber die
Tochter lachte nur über mein Staunen und sagte, daß die
Schildkröten ihrem Vater vertrauten. Nelse war so verwirrt
über diese Geschichte wie ich damals überrascht war, aber
obwohl er mich drängte, weiterzureden, hatte ich nichts
hinzuzufügen.

Wir dösten für ein paar Stunden, dann stand ich auf, um
eine große Kanne Kaffee zu kochen und eine Thermoskanne damit zu füllen. Ich legte eine Mozart-Kassette ein,
um eine angenehmere Stimmung zu schaffen. Als Nelse in
die Küche kam, lächelte er über die Musik und wusch dann
sein Gesicht über der Spüle. Wortlos der Musik lauschend
tranken wir eine Tasse Kaffee; anschließend ging Nelse
zurück nach oben und schulterte die Plane mit den fünf
Kriegern. Ich vergaß nicht, die Thermoskanne mitzunehmen, dann gingen wir durch die Küchentür und den Pum-

penraum nach draußen, wo unsere Schritte auf dem gefrorenen Boden knirschten. Wir sattelten Rose und eine hübsche Stute namens Grace. Nelse befestigte die Plane hinten
an seinem Sattel, und ich goß uns noch einen Becher Kaffee
ein, bevor ich die Thermoskanne neben meinen noch fast
unbenützten Naturführern in meiner Satteltasche verstaute, die mir fast das Gefühl gaben, mich auf eine Prüfung vorbereiten zu müssen. Zitternd und auf das Morgenlicht wartend standen wir im Dunkeln da und starrten nach
Osten und spürten dabei den heißen Kaffeedampf in unseren Gesichtern, ohne ihn zu sehen. Dann tauchte plötzlich
ein zarter Lichtschimmer durch die Eichen und den Flieder, der unseren Privatfriedhof umgrenzte, und wir konnten einander sehen, wie wir neben unseren dampfenden
Pferden standen. Wir machten uns auf den drei Meilen langen Weg zu dem Teich, begleitet von Knochengeklapper
und den Lauten der ersten erwachenden Wiesenlerchen,
von denen die meisten bald Richtung Süden ziehen würden. Leder knirschte, das Atmen der Pferde war zu hören.
Für mich war es wie ein unerwartetes Geschenk, diese
Nacht mit meinem Sohn verbracht zu haben.
Die Morgendämmerung war vollständig hereingebrochen,
als wir die Grabstelle erreichten, wo uns ein steifer Wind
aus Nordwesten in den Augen brannte und die Spätokto-
bersonne uns mehr Licht als Wärme schenkte. Ich hatte
mich zuvor gefragt, wie lange die Männer, deren sterbliche
Überreste sich jetzt in der Plane befanden, schon tot gewesen sein mochten, bevor sie zum alten Northridge gebracht
worden waren. Nelse antwortete, daß drei der fünf längere
Zeit auf Beerdigungsplattformen gelegen haben mußten,
da sie besonders wettergegerbt schienen. Die anderen beiden hatten möglicherweise in Badlands-Höhlen gelegen,
da sich auf ihren Hemden aus Elchhaut eine winzige kör-
nige Substanz befand, die an Caliche erinnerte und auch in

ihren Mokassins zu finden war. Northridges lebenslanger Kampf, die Lakota landwirtschaftlich zu missionieren, hatte einen komischen Aspekt, denn diese zeigten weder das geringste Interesse noch irgendwelche kulturellen Voraussetzungen für Farmwirtschaft. Seine Art, Gutes zu tun, war und ist diesen Menschen vollkommen fremd. Der Bison war ihr Lebenselixier, und um sie zu besiegen, mußte man nur siebzig Millionen Bisons töten, was uns nicht schwerfiel, da wir für diese Tat auch noch ein paar andere Gründe hatten. Ich bin sicher, daß sie deswegen so großes Vertrauen in Northridge hatten, weil er ihre Sprache fließend beherrschte und sich als Botaniker auf eine ähnliche Weise mit den Quellen der Ernährung beschäftigte wie ihre Schamanen. Botaniker sind überall beliebt, und wenn dich ein Botaniker zur Frau erwählt, ein Kind mit dir bekommt und sich darum bemüht, dich und deine Interessen vor den Plündereien seiner eigenen Leute zu beschützen, kannst du vollkommenes Vertrauen haben, was bei einigen soweit führt, daß sie ihre Toten opfern, um sie vor dem großen Markt für Artefakte zu schützen, der immer noch existiert.

Nelse hatte einen kleinen Baum gefällt und ihn aufrecht an den Rand der Grube gelehnt, um mit seiner Hilfe wieder herauszukommen. Verglichen mit der Beerdigung der Militärs hatte Nelse hier ordentlich gearbeitet und ein erstaunlich großes Loch geschaufelt. Er stieg hinein, und ich ließ die zusammengebundene Plane hinterhergleiten. Er durchschnitt die Schnüre und legte die fünf Gestalten mit den Gesichtern nach Osten, dann kletterte er mit der Plane wieder heraus. Da wir nicht wußten, was wir an diesem Grab sagen sollten, setzten wir uns, den Wind im Rücken, auf den Aushub und tranken noch eine Tasse Kaffee. Wie ich schon sagte, man kann nichts Wahres von einem anderen Volk lernen, es sei denn, es existiert schon in deinem

Herzen und du entdeckst es dort. Kulturübergreifend spirituelle Anleihen zu tätigen ist meiner Meinung nach ziemlich sinnlos, aber natürlich bin ich keine Spezialistin auf diesem Gebiet. Ich kann Seele nur im Körper entdecken, nicht in einer anderen Seele. Irgendwann habe ich Nelse gegenüber spaßeshalber erklärt, daß ich an einer Phänologie des menschlichen Herzens mitarbeiten könne. Er blickte zur Decke, lachte und sagte, daß ich eigentlich mit John Keats verheiratet sein müßte, und wie ich mich weiterhin einem derartigen Romantizismus hingeben könne, wo es doch eine Welt von Beweisen für das Gegenteil gebe. Ich entgegnete sanft: »Scheiß auf diese Welt.«

Wir beobachteten drei Schwärme von Gänsen, die nach Süden flogen, dann begann Nelse mit der zeitraubenden Arbeit, das Loch wieder zuzuschaufeln. Er wollte damit fertig sein, bevor Naomi auf ihrem Sonntagmorgenspaziergang hereinschaute. Er fragte, ob er zum Frühstück noch etwas von dem Steak haben könne, und ich sagte, natürlich. Ich ging durch ein Dickicht zu dem Teich, und als ich ins Wasser schaute, sah ich mich verzerrt in der sich kräuselnden Oberfläche. Als ich zurückkam, schüttete er gerade die letzte Erde auf, dann sammelten wir im Dickicht Reisig, um es darüber zu legen. Danach sattelten wir die Pferde und ritten nach Hause.

13. Mai

Gestern war ich in Lincoln und habe eine Campingplane für meinen Pick-up gekauft, mit der wir unsere Ausstattung auf dem Trip trocken und sauber halten können. Die Nacht zuvor hatten wir damit verbracht, Karten zu studieren, und ich wage zu behaupten, daß Nelse genauso aufgeregt war wie ich. In Lincoln traf ich mich mit J. M. zum Mittagessen, und sie verkündete mir unglaublich glücklich, daß die Chancen, einen Job als Lehrerin in unserer Gegend zu bekommen, gut waren, vermutlich weil Naomi, die jeden im Schulausschuß kannte, sie empfohlen hatte. Ich sagte, daß es gewiß auch etwas mit ihren Studienleistungen zu tun habe, woraufhin sie errötete und nickte. Ich log sie an, als ich erklärte, daß ich hergekommen sei, um den Doktor wegen meiner im Spätfrühling häufig wiederkehrenden Migräne zu konsultieren. Aus irgendeinem Grund hatte ich das Gefühl, daß sie mir nicht glaubte, aber sie entgegnete nichts. Als wir uns verabschiedeten, wünschte sie mir eine wundervolle Reise mit Nelse und sagte, daß sie nach den Abschlußprüfungen unverzüglich zu uns heimkehren würde. Da ich noch ein bißchen Zeit bis zu meinem Arzttermin hatte, spazierten wir noch eine halbe Stunde herum und blieben lachend vor dem Strip-Club stehen, in dem sie Nelse kennengelernt hatte. »Irgendwie ist es schon merkwürdig, wenn man sieht, wie verrückt sie nach Frauen sind«, sagte sie. Ich pflichtete ihr bei und fügte hinzu, wie merkwürdig es außerdem sei, daß wir unser Verlangen nach ihnen so gut verbergen könnten. Wir entschieden, daß es einen anthropologischen Grund dafür geben müsse, aber daß wir darauf verzichten würden, Nelse danach zu fragen.

Der Arztbesuch verlief noch unerfreulicher, als ich erwartet hatte. Als vernünftiger Mensch ist man ja stets auf das Schlimmste vorbereitet, hat es vielleicht schon seit einiger Zeit geahnt, trotzdem wird man nicht wirklich damit fertig, weil man sich allein theoretisch damit auseinandergesetzt hat, was die entschieden banale Wirklichkeit einer Arztpraxis, die billige Kunst und Einrichtung und die zerlesenen Zeitschriften und alten Tapeten eines Wartezimmers ausschließt. Mein alter Freund arbeitete mittlerweile als Gynäkologe, und sein Sprechzimmer erschien mir wie eine spartanisch ausgestattete Schleuse zum Operationsraum. Als Studenten an der Universität von Minnesota hatten wir einander recht gut gekannt; er war der einzige wissenschaftliche Typ in unserer traurigen kleinen Gruppe gewesen, aber im Besitz einer unglaublichen Sammlung von Modern Jazz. Seitdem hatte er siebzig Pfund zugenommen, was für Nebraska keineswegs erstaunlich ist, aber er gab sich – oberflächlich gesehen – noch immer freundlich, wenn er auch in typischer Ärztemanier darunter ziemlich brüsk war und versuchte, sich emotional nicht zu sehr in seine Arbeit hineinziehen zu lassen. In Santa Monica hatte ich einige Ärzte gekannt, darunter zwei Onkologen, und einer davon hatte gesagt: »Ich verliere fast immer, es sei denn die Patienten ziehen fort. Wenn sie fortziehen, verliert jemand anders.«

Damals waren wir für ein Wochenende lang ein Liebespaar gewesen, und er war dreist genug, zu pfeifen, als ich mich auszog, was seine Sprechstundenhilfe ziemlich in Verlegenheit brachte. Nachdem wir kaum mit dem Gespräch und der Untersuchung begonnen hatten, gelang es ihm schon nicht mehr, seinen Ärger über mich zu verbergen. Ich gab zu, daß ich, als Resultat einiger unangenehmer körperlicher Beschwerden, meine ersten dunklen Ahnungen schon vor Weihnachten gehabt hatte. Er reagierte mit der übellaunigen Frage, wie er mich so intelligent in Erinnerung haben und ich im Umgang mit meinem Körper gleichzeitig so dumm sein könne. Natürlich war ich den Tränen nah, als ich sagte: »Keine Ahnung.« Es folgte eine Ultraschalluntersuchung meines Unterleibs, dann sagte er, daß wir uns gleich auf den Weg ins Krankenhaus machen könnten. Ich sagte nein und zog mich an, und dann sprudelte aus mir heraus, daß ich erst mit meinem Sohn zelten gehen und dann allem zustimmen würde, was mein Leben verlängern könnte.

Er erinnerte sich an die Geschichte, wie ich als Teenager mein Baby zur Adoption freigegeben hatte, und freute sich darüber, daß es meinem Sohn gelungen war, mich zu finden. Statt mich mit einer Prognose zu konfrontieren, unterhielten wir uns, und er starrte dabei aus dem Fenster. An diesem Nachmittag würde ich keiner Tomographie zustimmen, weil ich schlicht und ergreifend nach Hause wollte. Ich wies den Vorschlag zurück, nach meinem Ausflug in ein örtliches Krankenhaus oder die Mayo-Klinik in Rochester, Minnesota, zu gehen, denn ich wollte Privatsphäre, was in diesem Fall Geheimhaltung bedeutete. Er schlug mir das Johns Hopkins in Baltimore vor, und ich sagte, ich hätte gelernt, das ganze Gebiet um Washington zu verabscheuen, und dann rückte er mit dem Sloan-Kettering in New York City heraus, was mir zusagte. Unverzüglich rief er einen alten Freund und Kollegen dort an und meldete mich für den siebten Juni an. Ich dankte ihm, und er nahm mich in den Arm, wobei er mir endlich ins Gesicht sah. Er sagte, daß dies einer der Momente sei, in denen er wünschte, er wäre etwas Ordentliches geworden wie Bergsteiger oder Jazzmusiker. Auf dem Weg nach draußen gab er mir ein Sortiment von Pillen, die dafür sorgen würden, daß es mir bei unserem Campingurlaub gutginge.

Es regnete fast den ganzen Nachhauseweg über, aber es war ein warmer, sanfter Regen, ein besonderes Tonikum gegen Begriffe wie »bilaterale Salpingektomie«, einen Begriff, den der Arzt für mich aufgeschrieben hatte, nachdem mein Gehör sich geweigert hatte, ein solches Unwort zu akzeptieren. Genausogut könnte man die Prozedur »Nasturtium« nennen oder etwas ähnlich Gelehrtes. Vielleicht »Rhododendron«.

Ich hielt an, um mir die Quelle des Loup River bei Dannebrog anzusehen, machte einen frühen Abendspaziergang im Regen in der Nähe des Calamus Reservoirs, beobachtete bei Long Pine einige Vögel, die ich natürlich nicht genau bestimmen konnte, obwohl ich immerhin erkannte, daß sie zur Familie der Regenpfeifer gehörten. Nach Anbruch der Dämmerung kam ich zu Hause an, und obwohl in Nelses Baracke Licht brannte, stand sein Truck nicht auf dem Hof. Vermutlich ist er zum Abendessen zu Naomi gefahren, dachte ich. Ich mixte mir den ersten Martini seit Santa Monica und nahm eine der Pillen, die gegen allgemeines Unwohlsein helfen sollten. Innerhalb einer halben Stunde ging es mir so gut, daß ich ein bißchen zu irgendeinem blöden Lied im Radio herumtanzte und mir eine Dose in Texas produziertes scharfes Chili con Carne warm machte, auf das Nelse schwor. Er liebt gutes Essen, aber trotzdem stopft er alles in sich hinein. In der Schlafbaracke hat er ein riesiges Glas Erdnußbutter und einen Löffel, außerdem einen Sack voll Rehgeräuchertem, das Lundquist für ihn gemacht hat. Während ich das Chili aß, dachte ich über mein mögliches Todesurteil nach und versuchte mich an einen Ausspruch Victor Hugos zu erinnern, den Paul einmal zitiert hatte und der besagte, daß wir alle zum Tode verdammt sind und die Vollstreckung des Urteils nur auf unbestimmte Zeit aufgeschoben sei. Ganz schön zynisch, aber es gefällt mir. Als ich meine Großmutter Neena in Wickford das letzte Mal sah, bevor sie an Zirrhose starb, wirkte sie nicht unglücklich. Tatsächlich glaube ich mich daran zu erinnern, daß sie einen Martini trank, während Paul mit verzerrtem Gesicht neben ihr auf dem Sofa saß. Sie zog Paul ein bißchen auf, indem sie sagte, daß er schließlich belesen genug sei, um dies alles zu verstehen.

Während ich mein zweifelhaftes Chili verzehrte, zog ich Johnsgards Phänologie *Die Vögel von Nebraska und angrenzenden Flachland-Staaten* und Van Bruggens *Wildblumen* hervor, aber wie ein Kind (und viele Erwachsene) entschied ich mich wegen der farbigen Fotos für das letztere. Als

Folge meiner angeschlagenen Gesundheit verspürte ich den naiven und gleichzeitig schmerzlichen Drang, mir die Dinge auf Erden einzuprägen. Im Alter von sechsundvierzig Jahren damit anzufangen, war sehr spät, und es würde unmöglich sein, sich alle Namen einzuprägen, aber meine Augen funktionierten, und ich würde mir zumindest merken, wie die Dinge aussahen. Ich war stets unfähig gewesen, mich damit auseinanderzusetzen, was gläubige Menschen »die ewigen Fragen« nennen, dieses unergründliche Land, welches man, so es denn existiert, nach dem Tod betritt, aber immerhin konnte ich meiner Umgebung mehr Aufmerksamkeit schenken. Natürlich nahm ich nicht an, daß die Erinnerung nach dem Tod des Körpers weiterexistierte, aber wenn etwas überlebte, dann mußte es das Gedächtnis sein. Die Frage, wo das Gedächtnis weiterlebte, war so vordergründig wie die in der Luft schwimmenden Fische, die ich auf einem Brueghel-Gemälde gesehen hatte. Als wir in meiner frühen Jugend auf einer Wiese am Missouri kampierten, wanderte ich auf einer Sandbank entlang, um Wasservögel zu fangen, und ich erinnere mich an den muskulösen Nacken und das stoppelige Gesicht meines Vaters, als er mich einholte und zurück zum Zelt trug, und daran, wie ich, als ich mich zurücklehnte, seine braunen Augen, die kleine Mulde über einer Augenbraue, seinen leicht nach Whiskey und Tabak riechenden Atem und die feuchte Fasanenfeder, die wir ausgerupft und an sein Flanellhemd gesteckt hatten, sah. In meiner Hand hielt ich eine Reiherfeder fest umschlossen, die ich auf der Sandbank gefunden hatte und die ich noch heute in meinem Zimmer aufbewahre. Ist es das, was von meinem Vater geblieben ist? Ich weiß es nicht, und die Seele sagt: »Woher zum Teufel soll ich es wissen?« Wunden scheinen weit verbreitet zu sein, aber jede Heilung ist einzigartig. Paul zitiert gern Aristophanes, indem er sagt: »Der Wirbel ist

König«, aber trotzdem ist mir aufgefallen, daß er Jahre seines Lebens damit zugebracht hat, in seine Waldbrände zu starren. Er sagt auch: »Technisch gesehen sind Felsen lebendig«, aber ich will verdammt sein, wenn ich mich daran erinnern kann, wie Moleküle funktionieren. Während ich durch das regengetränkte Feld nahe dem Calamus Reservoir wanderte, begann ich zu zählen, was eine nervöse, vielleicht neurotische Angewohnheit aus meiner Kindheit ist. Sieben Bienen. Neun Vögel. Fünf Junikäfer. Meine Hündin Sonia hat nie zugelassen, daß ich ihre Zähne zählte. Es gefiel mir, meinen aktivistischen Freundinnen in Santa Monica zu erzählen, daß Frauen von Airedale-Hündinnen lernen können. Sie sind vorsichtig, mißtrauisch, intelligent, unglaublich zäh, neugierig bis zu ihrem Verderben, aber wenn sie sich entschließen, loszulassen, sind sie geradezu ungehemmt glücklich. So hätte ich auch die Tochter erzogen, die ich nie gehabt, mir aber immer gewünscht habe. Ted, der mich begleitet, ist halb Airedale, aber ihn einen Trottel zu nennen, wäre noch geschmeichelt – genau wie Pauls Hund Carlos, der ständig versucht, den Abfalleimer zu begatten. Ich fragte mich vergeblich, ob mein gegenwärtiges Problem etwas mit meiner schweren Erkrankung in Marquette zu tun hatte, damals in dem schrecklichen Winter, als ich mit Nelse schwanger war. Es wäre fast so etwas wie die Erbsünde; statt Adam ist es Duane, draußen in dem kleinen Zelt am Teich, von Pflaumenwein betrunken. Eva ist erst fünfzehn, aber kann nicht länger warten. Wenn man jung ist, sieht man alles auf dieser Welt zum erstenmal. Jedenfalls hatte ich in der Nähe des Calamus Reservoirs die – für mein Alter eher ungewöhnliche – Empfindung, dieses Meer aus Gras zum erstenmal wirklich zu sehen. Dieses Gefühl machte mich so nervös, daß ich begann, Kräuter und Gräser zu zählen, aber bei siebzehn aufhörte, als eine Krähe an mir vorüberflog, um mich aus-

594

zukundschaften. Ich prägte mir das Aussehen der Krähe ein, dann ging ich durch grasbewachsene matschige Pfützen zurück Richtung Wagen, bis ich schließlich bis zu den Knien im Wassergraben stand. Wie alt wir sind, fällt uns erst wieder ein, wenn wir uns daran erinnern. Eine halbe Stunde lang war ich wieder fünf Jahre alt, auch wenn mir meine leuchtendroten Stiefel fehlten, und die kleine Ruth trottete neben mir her und zählte vergnügt »hundert«, wenn sie auf der Reifenschaukel saß und ich sie anschubste.

Es war ein guter Tag, um die Ausrüstung für den Ausflug zu packen, obwohl ich zwei Pillen benötigte, um durchzuhalten, wobei ich zuerst eine neue Sorte probierte, durch die ich mich benommen und schwach fühlte, und später für das Abendessen mit Naomi und Paul eine der bekannten, verläßlichen.

Es wäre schön gewesen, wenn ich mit jemandem über mein Problem hätte reden können, aber Naomi und Paul schienen so glücklich wie ein jungverheiratetes Paar. Vermutlich wäre J.M. am geeignetsten gewesen, aber in den letzten zwei Wochen an der Universität wollte ich sie nicht stören. Beinahe hätte ich es Ruth am Telefon gesagt, aber dann verkündete sie, sie hätte einen neuen Freund, diesmal einen Naturalisten. Sie hat längst zugegeben, daß sie dazu neigt, sich langweilige Männer auszusuchen, und sich ein paar Wochen später darüber wundert, warum sie so langweilig sind. Mit mädchenhafter Aufregung gestand sie mir, daß sie sich nach einem Abendessen auswärts in ihrer Garage auf einem Sägebock geliebt hatten. Ich sagte, das höre sich auf jeden Fall vielversprechend an. Nach der Schilderung ihres neuen Abenteuers konnte ich schlecht mit meiner Krankheit kommen. Ihr Sohn, das gewichtige Arschloch Bradley, hatte in Tucson aus geschäftlichen Gründen einen Stop eingelegt, den Naturalisten kennengelernt und ihn einen »wirklichen Mann« genannt, meiner Meinung nach ein zweifelhaftes Kompliment.

Wer blieb, war Nelse, aber ich bezweifelte, daß ich es übers Herz bringen würde, ihm eine solche Neuigkeit mitzuteilen. Außerdem vertraute ich meinen sprachlichen Fähigkeiten nicht allzusehr. Ich hatte mich einfach nicht auf diesen Zustand vorbereiten können, sieht man einmal von den stillen Grübeleien ab, die einen beschäftigen, wenn der Körper aus dem Lot gerät. Die ersten Anzeichen erinnerten mich an die alten New Yorker Gefühle, im Aufzug steckengeblieben zu sein. Wie um Himmels willen kann so etwas geschehen, und erst recht mir? Das Ganze ist ein bißchen weniger temporeich und dramatisch, als in einem Flugzeug zu sitzen, das mechanische Probleme hat. Als wir einmal im Chrysler Building zwischen zwei Stockwerken hängenblieben, begannen drei von acht Männern ein Lied zu pfeifen. Da ist es wieder, das verflixte Zählen. Vier Frauen schlossen sich ihnen an, eine kicherte.

Nelse erklärte meinen Stapel an Ausrüstung, der in der vorderen Diele lag, für viel zu groß, da es mich zuviel Zeit und Energie kosten würde, alles zusammenzuhalten. Ich sortierte einiges aus, und er blieb neben mir stehen. Als ich einmal vor Schmerzen zusammenzuckte, sah er mich bestürzt an, und ich log und behauptete, ich hätte mir den Rücken gezerrt, als ich von Rose abgestiegen sei. Ich wollte Ted auf jeden Fall mitnehmen, aber Nelse war nicht damit einverstanden. Mit einem Hund an deiner Seite siehst du in der Natur weniger, auch wenn Hunde dich mit ihrem Geruchssinn auf Dinge aufmerksam machen, die deinen Augen entgehen. Hinzu kam, daß ich in der letzten Zeit zu nachgiebig gewesen war und Ted lange nicht so konsequent erzogen hatte wie meine vorherigen Hunde. Nachdem wir meine Ausrüstung sortiert und Nelse sich über meine fünfundzwanzig Jahre alte unbenützte North-Face-Ausstattung amüsiert hatte, fragte er mich unvermittelt, warum ich ihn nicht einfach abgetrieben hätte und ob es eine knappe Entscheidung gewesen wäre. Ich sagte, ich könne mich nicht daran erinnern, daß dieser Gedanke jemals aufgekommen sei. In den späten Fünfzigern war Abtreibung etwas sehr Dunkles und Fremdes, und obwohl ich wußte, was es war, führten angesehene Ärzte es normalerweise nicht durch. Charlene hatte von Ärzten in Omaha und Kansas City gehört, die Abtreibungen vornahmen, außerdem tuschelte man von einem Beerdigungsunternehmer in Lincoln, der es angeblich auch machte. Ich sagte, daß ich nur damals im fünften Monat in Marquette, als ich so krank gewesen sei, daran gedacht hätte. Er wirkte erleichtert, als hätte er über die Möglichkeit nachgedacht, nicht zu existieren, die schwierigste Frage von allen. Aus irgendeinem Grund erzählte ich ihm, während wir so auf dem Boden saßen, von einem Zehntausend-Dollar-Scheck, den ich nach Duanes Tod auf den Florida Keys von einer Art Militärversicherung erhalten hatte. Ich hatte mich nicht berechtigt gefühlt, ihn anzunehmen, und abgesehen davon war meine Familie wohlhabend genug, also hatte ich ihn zurückgeschickt. Sie sandten mir den Scheck erneut, mit der Mitteilung, daß ich über das Geld verfügen könne, also spendete ich die Hälfte der Summe einer Vereinigung in New York, die sich um bedürftige Familien kümmerte, und verteilte den Rest an weniger wohlhabende Freunde, die versuchten, sich mit Schreiben oder Malen über Wasser zu halten – die zwei Berufe, in denen Erfolg am schwierigsten ist. Hinterher ärgerte ich mich über meine Dummheit und bekam noch einmal die gleiche Summe aus der Stiftung meines Großvaters ausgezahlt, um sie an Duanes Mutter Rachel zu schicken.

Frieda hatte zu Mittag eine einfache Kartoffelsuppe gekocht, ein Gericht, das selbst mir gut bekam, und während

des Essens fuhr ich mit meinem bescheidenen Kunstge-
schichtsunterricht für Nelse fort, den ich die Woche zuvor
begonnen hatte. Ich hatte damals zwei Semester auf der
Universität belegt, zugegebenermaßen auch, weil ich gern
im Dunkeln saß und mir Dias anschaute, aber hauptsächlich wohl wegen meines Großvaters. Unsere Betrachtungen wurden unterbrochen, als Nelse sich wunderte, woher
ich meinen »Idealismus« habe, welcher in seiner ursprünglichen Bedeutung, wie er glaubte, in seiner Generation fast
nicht vorhanden sei. Er beschloß, daß in meinem Fall
Naomi dafür verantwortlich sei, und ich stimmte ihm darin
zu, daß sie die Basisarbeit geleistet habe, aber schließlich
war meine Generation darauf aus gewesen, die Welt in jeder Hinsicht zu retten, sowohl was Krieg und Rassismus als
auch was den Hunger anging.

Als wir schließlich zur Kunst zurückkehren wollten, hatte
uns die warme, nach Flieder duftende Brise, die vom Hof
hereinwehte, müde gemacht. Nach einem Blick auf unser
Gepäck, das sich in der Diele anhäufte, war ich schon versucht zu sagen: »Laß uns jetzt aufbrechen«, denn ich fürchtete, daß uns etwas dazwischenkommen würde.

»Was stimmt nicht mit dir?« sagte er, und seine Stimme
drang aus weiter Ferne zu mir durch.

»Nichts, mit dem nicht zurechtzukommen wäre«, antwortete ich lächelnd.

»Irgendwie wirkst du immer so, als ob du durch ein Fenster
schaust, selbst wenn kein Fenster da ist.«

»Ich versuche zu entscheiden, was ich mit dem Rest meines
Lebens anfangen soll. Ich habe immer gearbeitet, aber jetzt
schon seit drei Monaten nicht mehr. Ich habe eine Freundin, die mir helfen könnte, in New York eine Stelle in der
Sozialarbeit zu finden. Ich denke darüber nach, diese Möglichkeit zu nützen.« Diese Lüge würde mir helfen, meine
anstehende Reise nach dem Urlaub mit ihm zu erklären.

»Ich wünschte, du würdest bis zum Herbst warten«, sagte er fast jungenhaft.

Ich nickte ernst, aber freute mich wahnsinnig, daß er mich in seiner Nähe haben wollte. Dies ging mit seiner immer deutlicher zutagetretenden Absicht einher, daß er selbst hierbleiben wollte. Außerdem war ich zuversichtlich, daß Naomi J. M. einen Job verschaffen konnte. Ich wünschte mir, daß sie sofort heiraten und ein Kind bekommen würden, am besten alles innerhalb einer Woche, was eine hübsche, aber unsinnige Vorstellung war. Ich blickte zu Nelse hinüber, der unschlüssig einen kleinen Stapel Kunstbücher befingerte, aber eindeutig hinaus wollte. Ich wußte, daß er sich kaum mit dem Berenson und Gombrich beschäftigte, den ich ihm gegeben hatte, aber ich wollte ihn nicht drängen oder seine merkwürdige Idee in Frage stellen, daß ihn viele Gemälde an das erinnerten, was man aus dem Augenwinkel sieht, wenn man gleichzeitig direkt etwas anderes anschaut. Er war ein angenehmer Schüler, nicht weil er schon bestimmte Kenntnisse hatte, sondern weil sein Geist in geradezu naiver Weise für die Dinge offen war. Für ihn war die Physiologie des menschlichen Sehens ein großes Geheimnis, und was war da natürlicher, als es einzurahmen und festzuhalten. Seine Adoptivmutter hatte eine große Sammlung von Kunstbüchern besessen, aber diese während seiner Kindheit mit einigen Akten in einem verschlossenen Raum aufbewahrt. Jetzt sah er sich Gemälde an, aber weigerte sich, ein einziges Wort dazu zu lesen. Ich erinnerte ihn daran, daß wir mit Naomi und Paul zu Abend essen würden, dann machte ich mich auf den Weg zu einer Decke, die ich in der Weinlaube versteckt hatte, und schlief für ein paar Stunden. Bevor ich eindöste, wandte ich mich um und sah, wie Nelse unterhalb der niedrigen Rebenhänge Rose sattelte und Lundquist den alten Ford-Traktor startete, neben ihm Roscoe in einer Milchkiste, die er am

Kotflügel befestigt hatte. Ted sah sich um; vermutlich suchte er mich, dann folgte er Nelse aus dem Hof. Ich ließ es zu, daß ein paar Tränen hochstiegen, während ich in die Luft starrte und mir die Unterseite der Weinblätter ansah. Später erwachte ich, weil eine Biene mich gestochen hatte, aber es war nicht sehr schmerzhaft. Eigentlich war es eher ein Gnadenakt, der mich aus einem düsteren Traum riß, in dem ich gemeinsam mit den Soldaten unterhalb des Misthaufens beerdigt worden war. Ich hatte all diese Schädel gesehen, und irgendwie hatte ich gewußt, daß keiner davon zu Duane gehörte.

Das Abendessen mit Naomi und Paul war angenehm. Eine zweite Tablette und ein Glas Wein bevor wir losgingen schenkten mir die schöne Illusion, daß es mir während des Essens gutging, und wurden durch Naomis und Pauls überschwengliche Stimmung in ihrer Wirkung noch unterstützt. Sie waren ziemlich aufgekratzt, was mich einmal mehr darauf aufmerksam machte, wie sehr tatsächliches und Gemütsalter voneinander abweichen können, wobei letzteres aus Tausenden von Faktoren besteht, unter anderem den wunderbar irrationalen Aspekten der Liebe. Ich war ein wenig neidisch darauf, daß sie einander so viele Jahre hatten vorenthalten können und ihre Zuneigung jetzt trotzdem offensichtlich so lebendig war. Natürlich dachte ich dabei nicht an die wie magnetisch aufeinander reagierenden Körper junger Liebender, sondern an die subtile Art und Weise, wie Naomi und Paul all ihre Antennen aufeinander ausgerichtet hatten. Hinzu kam eine leichte Trauer darüber, daß sie so lange gewartet hatten, obwohl ich mittlerweile von ihren früheren Treffen wußte. Es ist nicht besonders komisch, wie die Zeit, mit uns im Schlepptau, rast, und es reicht eben nicht aus zu sagen: »Auf was warten wir eigentlich?«, oder: »Warum zögern wir?«, obwohl uns das später vielleicht einfallen würde. Wir sind nicht so leicht in der Lage, radikale emotionale Veränderungen vorzunehmen, wie sie stets in den auf Psychologie für den Hausgebrauch spezialisierten Zeitschriften propagiert werden, die üblichen sieben Stufen zu einem glorreichen emotionalen Leben, ganz so als ob wir uns auf ein symbolisches Turngerät oder automatisiertes Montageband zum Überholen begeben könnten.

Kein Wunder, daß Nelse, Paul und Naomi von der Natur, der Gnade des göttlich Einfachen so besessen waren. Paul und Naomi machten von hier aus Exkurse in das Unbegreifliche, das Metaphysische, Nelse weniger. Es konnte vorkommen, daß Paul vier Stunden lang spazierenging, einen botanischen Text auf bestimmte Details hin untersuchte, sich dann auf seine Couch fallen ließ und Tschechow las, sich Steinbeck oder Faulkner noch einmal vornahm oder, eine seiner jüngeren Leidenschaften, García Márquez. Naomi beobachtete Vögel und interessierte sich gleichzeitig für die Unbilden von Emily Dickinson und Peter Matthiessen (ein ungewöhnlicher Romancier, der, wie sie sagte, mehr als fünf Vögel identifizieren konnte, vielleicht Tausende, und von dem sie mir vor Jahren ein Buch über Küstenvögel geschickt hatte, außerdem einen Roman, der in Südamerika spielte und den ich nicht zu Ende lesen konnte, weil der zum Untergang verurteilte Held mit dem Namen Moon mich so sehr an Duane erinnerte).

Was ich mit dem »Einfachen« auch meine, ist, wie Paul lachte, während er zwei der Hähnchen von Lundquist zerteilte, die er mit Knoblauch, Estragon und Zitrone zubereitet hatte. Er lachte über den Wein, den Naomi gern in einem Supermarkt der Bezirkshauptstadt kaufte, und der aus Südkalifornien stammte. Das Leben war zu kurz, um schlechten Wein zu trinken, und der, den Paul aus Übersee gekauft hatte, Bandol, kostete pro Flasche nur ein paar

Dollar mehr. Sie kniff ihn liebevoll ins Ohr, während sie das Fett von der Soße abschöpfte. Nelse berichtete von einem Schwarzköpfigen Kernbeißer, den er auf dem Weg hierher gesehen und mir gezeigt hatte. Ich hatte ihn im Windschutz nicht sehen können, aber so getan als ob. Er hatte kürzlich entschieden, daß es unhöflich war, Vögel aus der Nähe direkt anzublicken, da kein Geschöpf es mag, angestarrt zu werden. Naomi war nicht sicher, ob sie dem zustimmen sollte, aber Nelse sagte, wenn ein Schwarzköpfiger Kernbeißer so groß wäre wie ein Grizzlybär, würde man ihn ja auch nicht anstarren. Paul sagte, daß dies eine Tautologie sei, aber ich hatte vergessen, was das Wort bedeutete. Ich schaute gerade eine Karte des Mittleren Westens an, die man aus einer von Naomis *National-Geographic*-Ausgaben ausklappen konnte, obwohl Nelse unsere Route schon bestimmt hatte und es keinen Sinn machte, mit einem streng Kartengläubigen zu diskutieren. Es war alles so einfach und normal, und doch hätte ich am liebsten auf die Uhr an der Wand geschossen, wieder und wieder. Ich hätte alles getan, um sie anzuhalten, oder, noch besser, sie langsam rückwärts laufen zu lassen.

Als wir nach Hause zurückkamen, reagierte Nelse leicht zynisch auf den Vorschlag, einen Karton einfachen Weins auf den Truck zu laden, aber ich sagte, daß es nicht übertrieben sei, sich während des Zeltens jeden Abend eine Flasche zu teilen, wobei ich hauptsächlich an den positiven Effekt des Weins auf meinen empfindlichen Magen dachte. Aus irgendeinem Grund erinnerte ich mich oft an eine ziemlich alte Charakterdarstellerin in Santa Monica, eine meiner Fürsorgeklientinnen. Sie war viermal verheiratet gewesen, aber hatte sich bei den Scheidungen geweigert, Geld von ihren Ehemännern anzunehmen. Sie hatte die gleiche Krankheit gehabt wie ich, aber in ihrem letzten Lebensjahr sehr glücklich gewirkt. Sie hatte ihr gegenwärtiges Unwohlsein so gesehen, als befinde sie sich in einem Zug und lasse ihre Schmerzen in der Landschaft zurück, durch die sie fuhr. Sie lebte in einer großen Ein-Zimmer-Mietwohnung fünf Blocks vom Meer entfernt. Sie war kinderlos geblieben, verbrachte jedoch ihre Zeit damit, mit jungen Freunden zu korrespondieren, die sie aus der Zeit kannte, als sie Schauspielunterricht gegeben hatte. Sie hatte viel gelesen, war sonntags in die Kirche gegangen, und gegen Ende, als es ihr sehr schlechtging und ich schrecklich beunruhigt war, hatte sie gefragt: »Wie haben Sie glauben können, daß es anders sein würde?« Darauf hatte ich keine Antwort parat. Ich hatte sie sehr oft besucht, weil ihre Gegenwart so beruhigend auf mich wirkte. Samstags hatte ihr Vermieter, ein schwergewichtiger Italiener Mitte Sechzig, ihr etwas zum Mittagessen gebracht, und dann hatten sie gemeinsam Opern im Radio angehört. Sie war fünfundsiebzig, und sie pflegten diese Gewohnheit seit mehr als zwanzig Jahren. Wenn man sich bei ihr aus dem Fenster beugte, konnte man über einen sanften Hügel zum Ozean sehen. Jetzt fragte ich mich, ob ich es damals als so beruhigend empfunden hatte, weil alles so selbstverständlich und normal gewesen war. Sie war intelligent und äußerst unsentimental, und ihre Erinnerung an die Filme, in denen sie gespielt hatte, war nicht so verwaschen gewesen wie die anderer alter Leute, die darauf beharren, die Gegenwart sei nur ein blasser Schatten der Vergangenheit. In den späten vierziger Jahren hatte sie in New York City gelebt, und diese Zeit hielt sie für »herrlich«, aber sie hatte nie gesagt, daß andere Zeiten weniger herrlich waren. Sie hatte auch für zwei Jahre in Paris gelebt, Mitte der Fünfziger mit ihrem dritten Ehemann, eine Zeit, die sie ebenso für herrlich hielt, zu der sie sich aber nicht weiter äußerte. Diese persönlichen Gesichtspunkte waren so einfach, daß sie schon wieder geheimnisvoll wirkten. Ich kann mich nicht daran erinnern, daß sie sich auch nur ein einziges Mal beklagt hätte, obwohl sie bei ihrer Arbeit in Fernsehstudios und mit kalifornischen Republikanern schlimme Erfahrungen gemacht hatte. Sie nahm üble Geschäftsgewohnheiten oder schlechtes Benehmen in der Politik einfach nicht persönlich.

Ich dachte an sie, als ich zu Bett ging, und versuchte, mich für die bevorstehende, meiner Befürchtung nach schwere Nacht zu rüsten. Doch sie wurde nicht schlimm, sieht man einmal von einem ungewöhnlichen Traum über die Sonntagsschule ab, in dem ich ein junges Mädchen mit sehr starken Überzeugungen war, die sich hauptsächlich darum drehten, meinem toten Vater einen sicheren Platz im Himmel zu bescheren. Der Koreakrieg war genauso problematisch wie später der Vietnamkrieg sein würde, aber ich war zu jung für diese Beobachtung, genauso wie für jene, daß die Leute, welche die Kriege erklären, niemals durch sie gefährdet sind. Zu dieser Zeit glaubte ich von ganzem Herzen an die Inhalte der Bibel und an Jesus als unseren Erlöser, obwohl ich das Alte Testament nicht begriff. Im Gegensatz zur Wirklichkeit sah ich uns in dem Traum an einem Sonntagmorgen im Sommer alle wunderschön und irgendwie opernhaft singen, während sich der Himmel im Westen durch einen aufkommenden Sturm gelblich schwarz färbte. Als der Traum vorbei war und ich aufstand, um auf Toilette zu gehen, bellte Ted draußen vor dem Fenster, möglicherweise weil er einen Kojoten witterte, den ich nicht hörte, und ich beruhigte ihn. Ich blickte aus dem Fenster, freute mich über den zunehmenden Mond und darüber, daß während unserer Reise Vollmond sein würde. Ich begann über meinen Traum und die Existenz von Jesus nachzugrübeln und fragte mich, warum ich niemals dem Unglauben anheimgefallen war wie so viele. Ich hatte mich einfach nie dahingehend bemüht. Vielleicht war ich zu durchschnittlich, um mir vorzustellen, daß irgendeine

Haltung meinerseits zu diesem Thema von Bedeutung sein könnte. Ich versuchte mich daran zu erinnern, wann ich das letzte Mal gebetet hatte, und kam zu dem Ergebnis, daß es am Tag nach dem Abend von Duanes Selbstmord gewesen sein mußte und ich darum gebetet hatte, nicht verrückt zu werden und zu sterben. Eine ziemlich einfache Bitte. In dieser Welt der Leiden ist es schwierig, aus sich selbst einen besonderen Fall zu machen. Wenn sie überhaupt zu etwas nütze sind, sollten Gebete uns helfen, sich an biologische Unvermeidbarkeiten zu gewöhnen, oder die Bitte enthalten, unser Bewußtsein zu erweitern, denn das ist schließlich alles, was uns letztlich bleibt.

17. Mai 1987, sechs Uhr morgens
47 Grad Fahrenheit
42.5 Grad Breite. 100.5 Grad Länge

Wir brachen kurz nach dem ersten Tageslicht auf, während Lundquist in der Einfahrt kniete und Ted festhielt, damit er uns nicht nachjagte. Frieda hatte uns eine große Schachtel Schinken- und Käse-Sandwiches aufgedrängt, weil sie darauf beharrte, daß fast das gesamte Essen, was man am Straßenrand kaufen konnte, schädlingsverseucht war. Oft konnte ich mich nur darüber wundern, wieviel Zeit sie durch das Essen, das sie zu sich nahm, auf der Toilette verbrachte. Als wir abfuhren, sagte ich das zu Nelse, und er erklärte, daß Frieda durchgehend »hyperphagisch« zu sein schien, ein Zustand, in dem Bären sich während des Herbstes befinden und in dem sie versuchen, sich genug Fett für den Winterschlaf anzufressen. Er fügte hinzu, daß bei Menschen im Norden die Neigung beobachtet worden sei, im Spätherbst etwa zwölf Pfund zuzunehmen, ein genetisches Überbleibsel aus vielleicht dem Pleistozän, nach dem wir begonnen hatten, uns in der Kälte an einem Ort zusammenzufinden und die Vorräte aufzufüllen. Wir hatten den Schotterweg zur Hauptstraße noch nicht einmal halb hinter uns, als Nelse an den Seitenstreifen fuhr und sein Fernglas packte. »Mein erster Steinschmätzer«, stieß er hervor.

»Dein erster was?« fragte ich. Obwohl ich wußte, daß es nicht so war, hatte ich den Bruchteil einer Sekunde geglaubt, daß wir anhielten, um zu reden.

»Ein gelbbrüstiger Steinschmätzer, die größte aller Grasmücken«, wiederholte er und reichte mir das Fernglas. »Bitte notier es.«

Ich starrte durch die Gläser auf die hervorbrechenden Blätter des Buschgürtels, sah nichts, nickte und sagte: »Großartig.« Das beruhigte ihn, und wir machten uns wieder auf den Weg. Er hatte eine meines Erachtens ziemlich ausgefeilte Theorie, daß auch der Einfachste von uns seine Lebensqualität verbessern konnte, indem er entschieden aufmerksamer war. Natürlich meinte er das in bezug auf die Natur und nicht auf zwischenmenschliches Verhalten. Die Woche zuvor hatte er während eines gemeinsamen Ausritts in einem kleinen Dickicht nahe dem Niobrara eine leichte Bewegung im Gras bemerkt. Eine Schlange war gerade damit beschäftigt gewesen, einen noch nicht ausgewachsenen Hasen zu verschlingen, und Nelse hatte gesagt: »Wir können uns glücklich schätzen, so etwas erleben zu dürfen.« Ich war anderer Meinung gewesen und hatte nicht von Rose absteigen wollen, die sich ebenfalls nichts aus Schlangen machte. Seine Aufforderung an mich, »es zu notieren«, womit er die Entdeckung des gelbbrüstigen Steinschmätzers meinte, resultierte aus seiner Idee, daß es meine Aufgabe war, ein Logbuch über unseren gesamten Trip zu führen, das seinen sich über zehn Jahre erstreckenden Aufzeichnungen ähnelte, die zusammen mit seinem Truck gestohlen worden waren. Ich hatte nichts dagegen, weil er – aus nervöser Gewohnheit heraus – die meiste Zeit fahren würde, aber ich hatte erklärt, daß ich so viele Beobachtungen über die Phänologie des menschlichen Herzens hinzufügen würde wie ich wollte. Er hatte mich entsetzt angesehen, um festzustellen, ob ich scherzte, aber bestätigte dann, daß meine Idee das Lesen später um so vergnüglicher gestalten würde. Außerdem erzählte er mir eine kleine Geschichte, wie er seinen Vater einmal seine Reisetagebücher hatte lesen lassen, und dieser »entschlüsselte«, bei welchen der Eintragungen es sich um kodierte sexuelle Erlebnisse handelte. Das war amüsant, aber dann fügte Nelse hinzu, daß sein Vater auch Nelses vermeintlicher Unerfahrenheit als junger Anthropologe kritisch gegenübergestanden hatte. Sein Vater hatte es sich hier wirklich leicht gemacht, ganz so, als ob man sich vollständig in eine schützende Plane hüllen und damit komplett gegen das wirkliche Leben abschotten konnte.

Das erinnerte mich an einen politisch zum rechten Flügel gehörenden Arzt in Santa Monica, mit dem ich ein paarmal ausgegangen war. Ich sagte es ihm damals nicht, aber ich erkannte bei ihm die offensichtlichen Anzeichen dafür, als Teenager Ayn Rand gelesen zu haben, worin übertriebene Lebensgier als bewundernswert dargestellt wird. Bei unserer zweiten Verabredung zum Abendessen bot mir dieser Arzt an, mein Leben zu »entmythologisieren«, um mich der sentimentalen Vorstellungen über die Armen und die Arbeiterklasse zu entledigen, des romantischen Interesses für Literatur und Kunst, welches mich daran hinderte, ein effektiver Mensch zu sein. Da er ansonsten intelligent und anziehend wirkte, glaubte ich zuerst nicht, daß er es ernst meinte, doch dann bestand er darauf, daß wir uns während eines guten Abendessens pro Person auf zwei kleine Gläser Wein beschränkten – aus Gründen, die er nicht weiter erklären wollte. Seine Ziele waren mir nicht klar, bis auf dasjenige, daß er viel Geld machen wollte. Außerdem vermutete ich, daß er einen gründlichen Blick in meinen Schreibtisch geworfen hatte, als er mich zu unserem zweiten Abendessen abholte und ich mich gerade im Badezimmer befand, denn er schien zu wissen, daß es in meiner Familie einiges Geld gab. Vielleicht hatte er auch einen Freund in Nebraska angerufen. Jedenfalls war mir bei unserer dritten Verabredung klar, was für ein Arschloch er war. Ich hatte einen ziemlich anstrengenden Nachmittag hinter mir, an dem ich einem Fürsorgeklienten geholfen hatte, eine Toilette zu reparieren, die seit drei Tagen kaputt war. Zur Familie gehörten mehrere kleine Kinder, und die Frau schämte sich schrecklich wegen des Gestanks in der Wohnung. Ich erzählte dem Arzt diese kleine Geschichte, während ich ihm einen Drink mit zuviel Wodka darin zubereitete. Was für ein Widerling er war, begriff ich erst wirklich, als er, bezogen auf das Schicksal der bedürftigen Familie, erklärte, daß er keine »Mitleids- und Tränendrüsen-Geschichten« mehr hören wolle. Ich hatte das Gefühl, in der Falle zu sitzen, und war gleichzeitig erleichtert, weil ich ihn zu einer großen Dinner-Party bei meinem Ex-Schwager Ted mitnehmen wollte, einem Musikproduzenten, der in einem kalten modernen Palast draußen am Rande von Malibu lebte, mit bewaffneten Wächtern am Tor. Ich wettete darauf, daß dieser Arzt katzbuckelnd um die prominenten Gäste – eine von Dope benebelte Rockband, die kürzlich eine enorm erfolgreiche Tournee durchs Land gemacht hatte – herumscharwenzeln würde. Und ich hatte recht. Er klebte an den schlafäugigen Musikern wie ein Heftpflaster. In der Küche wollte Ted von mir wissen, woher ich den »hübschen Dummkopf« kannte, und ich sagte, »Er gehört dir« und ließ mich von Teds Allround-Butler Andrew nach Hause fahren. Die ganze Sache hatte nur eine Woche gedauert, und ich nahm danach keine Anrufe mehr von ihm entgegen, aber ich dachte immer wieder darüber nach, was übrigbleiben würde, wenn man sein eigenes Leben entmythologisierte, der Träume und Visionen beraubte, der ästhethischen Leidenschaften, der wehmütigen Erinnerungen an Landschaften und Tiere, der Bemühungen um die Gleichstellung aller Menschen. Dieser Arzt hätte sein plattes philosophisches System genausogut durch Heroin ersetzen können und dadurch das gleiche Ziel erreicht, sah man einmal von dem Geld ab, auf das er so scharf war.

Als der Vormittag halb vorüber war, hatten wir mein Stück Lieblingsstraße in Amerika zurückgelegt, auf der Route 12 durch den oberen Teil Zentralnebraskas, bis man an Crofton vorbei Richtung Norden auf Yankton zufährt oder weiter nach Osten Richtung Sioux City. Ich hatte die erste Richtung einschlagen wollen, um noch einmal Pipestone im südwestlichen Minnesota zu sehen, aber schließlich hatten wir Lundquist versprochen, durch New Ulm zu fahren, seinen Geburtsort, obwohl dieser ziemlich weit abseits unserer Strecke lag. New Ulm war das einzige, worüber ich mich jemals mit Lundquist gestritten hatte. Präsident Lincoln hatte hier der Exekution einiger Santee Sioux zugestimmt, die Siedler getötet hatten, was für mich gleichbedeutend war mit der Exekution gegnerischer Soldaten nach der Schlacht, obwohl man zu Lincolns Verteidigung sagen muß, daß er nicht all diejenigen, die daran beteiligt gewesen waren, gehängt hatte. Lundquist behauptete, daß der Tod einer Urgroßtante von damals ihm schlechte Träume beschere, obwohl er erst fünfundsechzig Jahre nach diesem Ereignis geboren worden war. Ich zweifelte nicht an der Existenz dieser Träume, denn Lundquist war kein Schwindler, aber ich wunderte mich über die Macht von Familiengeschichten, die einem ein Leben lang schlechte Träume bescheren konnten.

Früher am Morgen hatten wir auf einem Hügel nahe der Ortschaft Niobrara eine Frühstückspause eingelegt, eine Stelle, an der schon meine Eltern und Großeltern kampiert hatten, hauptsächlich weil man von hier aus einen atemberaubenden Blick auf den Zusammenfluß von Niobrara und Missouri hat, deren sich vermischende Wasser je nach Jahreszeit sowie Regen- und Schneefall farblich variieren. Nelse war schon einige Male zuvor hiergewesen, und ich hatte auf dem Heimweg von der Universität von Minnesota hier stets eine Pause eingelegt, um Herz und Kopf von dem Durcheinander und dem Aufgewühltsein, das das College-Leben mit sich brachte, zu befreien.

Ich konnte nur ein paar Bissen von Friedas Riesensandwich essen und ging den Hügel ein Stück hinab in die Büsche, angeblich um zu pinkeln, aber in Wirklichkeit, um heimlich eine Tablette einzunehmen, während Nelse herumkroch und versuchte, den einen oder anderen Vogel zu entdecken. Ich zählte wieder und hatte in den ersten Stunden bis zu unserem Halt acht verschiedene Vogelarten entdeckt, welche ich auf dem Rand der Seiten unseres Logbuchs notiert hatte. Derjenige, der mir am besten gefiel, auch weil ich ihn so deutlich sehen konnte, war die scharlachrote Prachtmeise, ein laut Nelse in dieser Gegend seltener Vogel. Ich fragte mich anfangs, wie er diese Vögel bemerkte, während er gleichzeitig mit sechzig Meilen oder mehr über die Straße dahinraste, aber dann sagte er mir, daß er schließlich jahrelange Erfahrung habe. Dies führte zu der Frage, ob er das Leben auf der Straße sehr vermißte, und er sagte, lange nicht so sehr wie erwartet, sehe man mal von den ersten ein oder zwei Monaten ab. Er sagte, es gehöre fast zum Newtonschen Gesetz, daß ein Objekt in Bewegung bliebe, bis es einer ungleichgewichtigen Kraft begegne, und diese Kraft sei für ihn J. M. gewesen. Es ist sehr leicht, etwas weiterzuführen, wenn man es schon eine

Weile getan hat. Man hat sich in ein Schema eingefügt, wie zum Beispiel es an einem schlechten Arbeitsplatz auszuhalten, weil man sich an all die kleinen Rituale gewöhnt hat, die damit zusammenhängen und die angenehm sind – verglichen mit der Vorstellung, sich einen neuen Job zu suchen.

Als ich unten im Gebüsch versuchte, die Pille ohne Wasser zu schlucken, hatte ich plötzlich das Gefühl, daß sie mir in der Kehle steckenblieb und ich ersticken müsse. Die Tablette hing einfach fest und bewegte sich weder nach oben noch nach unten. Die Welt versank hinter einem rosafarbenen Schleier, als mir der Sauerstoff knapp wurde; trotzdem gelang es mir, auf allen vieren ein Stück den Hügel hinaufzukriechen und heftig zu stöhnen, so daß Nelse angerannt kam und mir auf den Rücken klopfte. Glücklicherweise plumpste die Pille in meinen Magen. Ich sagte, Friedas Sandwich sei schuld, aber er sah nicht aus, als ob er mir wirklich glaubte. Während wir zum Truck zurückgingen, kam mir der Gedanke, daß meine Zeit schneller verstreichen könnte, als ich es ertragen würde, und daß ich statt den Jahren besser die Monate und Tage zählen sollte. Gleichzeitig wurde mir bewußt, daß dies auch für vollkommen gesunde Menschen galt. Es war einfach so, daß die meisten von uns sich treiben ließen, fröhlich mit den Wellen hüpften, und daß es uns nicht möglich war, im voraus klar zu erkennen, wann sich der Fluß in den Ozean ergießen würde. Es gab keine einzige Metapher, die das Ende der Geschichte beschönigte, sieht man einmal von der absoluten Gemeinsamkeit dieses Erlebnisses ab, dem langsamen Spaziergang durch das Paradies, dessen Schönheiten entsprechend zu würdigen wir zu dumm sind. Ich konnte mir vorstellen, daß viele trotz großer Schmerzen weiterleben wollten, aus Angst vor dem, was nach dem Tod kommt – wenn denn etwas kommt. Als wir wieder in den

Pick-up einstiegen, mußte ich über die Banalität meiner Gedanken lachen. Ich hatte viel Erfahrung darin, über den Tod von anderen nachzudenken, den meines Vaters, den meines geliebten Duane und später den meines Großvaters, wobei letzterer, verglichen mit dem der anderen, verhältnismäßig natürlich gewesen war, denn Großvater hatte vorher Zeit gehabt, sich elegant darauf vorzubereiten.

Nachdem wir den Hügel in der Ortschaft Niobrara hinter uns gelassen hatten, machten wir »Feuer unter dem Hintern«, wie Nelse seine unerbittliche Fahrweise nannte, was bedeutete, daß wir keine Pausen einlegten und uns mehr als ein bißchen über der erlaubten Höchstgeschwindigkeit bewegten. Nelse wollte die von Menschen bebauten Gebiete hinter sich lassen, und er sprach von »Mono-Ernten-Mega-Agrikultur« und ihrer Abhängigkeit von Düngemitteln. Mag sein, daß sie für die hungrige Welt unabdingbar war, aber er dachte nicht gern darüber nach. Meine eigenen Gedanken glitten jetzt, wo die Tablette zu wirken begann, ein wenig ab und kamen zur Ruhe, und ich hörte nicht auf Nelses Schmährede, weil ich das alles schon kannte. Gott oder wem auch immer sei Dank für die Erfindung der Drogen! Während meiner Zeit in New York hatte ich einmal eine schwere Nebenhöhlenentzündung gehabt und den Arzt gefragt, was man dagegen tun könnte, wenn man keine Antibiotika nehmen wollte. Er hatte gesagt, daß die Infektion sich dann häufig auf das Gehirn ausbreite und die Patienten stürben und vor Schmerzen in den Bettvorleger bissen. Dieses Bild war mir vor Augen geblieben, und damals hatte ich mir geschworen, Hilfe anzunehmen, wenn etwas mit meinem Körper nicht stimmte, statt zu warten, bis die Sache außer Kontrolle geriet. Die Art und Weise, wie ich im frühen Winter die ersten Zeichen körperlichen Unwohlseins ignoriert hatte, entbehrte nicht einer gewissen komischen Lächerlichkeit. Das Ganze war zu offensichtlich gewesen, als daß ich es einfach so hatte hinnehmen können.

Hinter New Ulm fuhren wir direkt nördlich Richtung St. Cloud, hauptsächlich weil Nelse fürchtete, daß wir andernfalls genau in die nachmittägliche Rush-hour in Minneapolis hineingerieten. Um Los Angeles herum hatte ich oft genug im Berufsverkehr festgesteckt, und wie so viele andere hatte ich diese Situationen allein dank meines Walkmans ohne größeren seelischen Schaden überstanden. Als Studentin hatte ich im Frühling in Minneapolis oft die wundervolle Morgendämmerung und Abendstimmung erlebt, besonders zu der Zeit, als ich ein kleines Apartment auf dem Hügel hinter dem Walker Art Center bewohnte und von dort aus die Stadt in dem sanften, verschwommenen Licht sehen konnte, das blasse Grün der Rasenflächen, das nach dem entsetzlich kalten Winter im Frühling wieder leuchtender wurde. Natürlich sind Städte nicht für unsere Stimmungen verantwortlich. An einem Tag kann New York so häßlich sein wie das Wort »Metastasen«, das der Arzt in Lincoln benützt hatte, und schon tags darauf, zum Beispiel nach einem erfrischenden Regen während der Sommerhitze, kann es wieder wunderschön sein. Gleiches gilt für Los Angeles, obwohl die Stimmung hier stärker mit der Ausdehnung der Stadt zu kämpfen hat, denn ein Fremder ist nie ganz sicher, wo sich der eigentliche Kern befindet. Aber dies ist nur ein allererster Schritt, und man ist ständig überrascht, wie viele Annehmlichkeiten sich die Bewohner erlauben, sieht man einmal von den Ärmsten der Armen ab, denen alle stets nur den Rücken zukehren.

Ich muß bestimmte Teile meiner Aufgaben an Nelse weitergeben. Ich empfinde es als absurd, Längen- und Breitengrade zu notieren, wobei das Absurde nicht neu ist in meinem Leben. Längen- und Breitengrade bieten mir keinen Bezugsrahmen, da ich niemals über sie nachgedacht habe, außer zu der Zeit, als ich die Begriffe im Geographieunterricht in der Schule lernte. Außerdem gibt es noch eine schwache Erinnerung aus der Collegezeit, als ich herausfand, daß der Begriff »Roßbreiten« daher stammte, daß man von Segelschiffen, die in eine Flaute geraten waren, verdurstende Pferde über Bord in den Südpazifik stieß. Erfunden oder nicht, die Geschichte hatte mich damals sehr aufgeregt. Lieber Gott, die vor Angst fast wahnsinnigen Pferde in brütender subtropischer Hitze ins Salzwasser zu stoßen! Und die Besatzung sah von der Reling aus schweigend zu. Vielleicht haben sie es nur nachts getan, um sich den Anblick der abdriftenden Tiere im schaumigen Kielwasser zu ersparen.

Nelse ist sehr irritiert, als wir in demselben Hotel übernachten, in dem ich, als ich fünfzehn und mit Nelse schwanger war, mit Naomi auf der Fahrt nach Marquette gewohnt habe. Welche Symmetrie des Zufalls, obwohl ich das hier keinesfalls als Todestrip betrachte. Er hatte gehofft, daß wir südwestlich von hier im Fond du Lac State Forest kampieren könnten, aber als wir den von ihm bevorzugten Platz erreichten, dämmerte es schon und regnete in Strömen, und Donner grollte durch das dichte Grün des Waldes. Durch die heftig arbeitenden Scheibenwischer blickten wir gerade auf einen kleinen See vor uns, als unvermittelt ein zuckender Blitz ins Wasser einzuschlagen schien und das Fahrerhaus des Pick-up zu dröhnen begann. Ich fühlte mich sehr viel besser, als wir eineinhalb Stunden später ein mittelmäßiges Abendessen in unseren Zimmern einnahmen und Nelse zum Fenster ging und in der Dunkelheit ein Frachterdock betrachtete. Der Regen hatte aufgehört, der Sturm war nach Nordosten weitergezogen, und über dem Lake Superior, der mir immer als riesiger Frischwasser-Ozean erschienen war, blitzte es weit draußen noch immer. Nachdem der Sturm weitergezogen war, tauchten funkelnde Sterne am Himmel auf, die trotz der Lichter der Stadt deutlich zu sehen waren. Das hell erleuchtete New York hat die Sterne stets besiegt, und man vermißte sie besonders im Sommer, denn wie oft hatten wir in meiner Jugend auf Decken gelegen, in den Himmel gestarrt und die einzelnen Sternbilder zu bestimmen versucht, obwohl ich selbst lieber Sternschnuppen gezählt habe. Jetzt höre ich durch die Wand hindurch, wie der Zimmerservice Nelse sein Frühstück bringt, das ich für ihn dorthin bestellt habe. Ich möchte nicht, daß er mich dabei ertappt, nichts zu essen – abgesehen von einer Tablette, drei Salzcrackern, die ich in meiner Tasche gefunden habe, und einem Glas Wasser. Als wir einander gestern abend gute Nacht gewünscht haben, schaute Nelse auf das Logbuch und erinnerte mich daran, daß ich zwei Vögel nicht registriert hatte, ein Waldhuhnmännchen, das hinter der Highway-Abgrenzung hin und her stolzierte, und einen Laubwürger an einem Rastplatz. Da ich ein bißchen müde gewesen war, hatte ich es einfach vergessen. Er klopfte mir auf die Schulter, küßte mich auf die Stirn und sagte: »Gute Nacht, Mutter.« Ich schloß die Tür hinter ihm und lauschte, wie er die seine öffnete. Es war das erste Mal seit unserem Wiedersehen im letzten Sommer, daß er mich »Mutter« genannt hatte. Ich glaube nicht, daß er das Wort absichtlich vermeidet, aber es war wunderschön, es aus seinem Mund zu hören. Ich machte den Fehler, daß ich mich von der Tür abwandte und versuchte, mir Duane vorzustellen, ein Jahr älter als ich, wie er im Schaukelstuhl sitzt und die Wettervorhersage im Fernsehen anschaut. Der Versuch mißlang.

Früher an diesem Morgen, als ich das erste Licht über dem Hafen schimmern sah, erinnerte ich mich daran, wie derselbe Hafen vor langer Zeit eisbedeckt gewesen war. Im Moment geht es mir ziemlich gut, und ich bete zu einem mir unbekannten Gott, daß die Schwäche nicht wiederkehren wird, bis unser Campingausflug beendet ist und ich New York erreiche. Als wir letzten Abend während des Gewitters am Seeufer im Truck saßen und Nelse schmollte, weil wir unter den gegebenen Umständen nicht den zögerlichen Ruf des Seetauchers hören würden, der seines Wissens hier lebte, hörte ich in Gedanken die heruntergeleierten Worte meines ärztlichen Freundes, welche dieser geäußert hatte, während er aus dem Fenster blickte. Was er wohl sagte, war, daß, wäre ich Anfang Dezember bei den ersten Anzeichen zu ihm gekommen, die Chance, noch fünf Jahre zu leben, fünfzig bis fünfundachtzig Prozent betragen hätte. Wäre ich im Februar gekommen, hätte die Überlebenschance noch siebenunddreißig bis neunundsiebzig Prozent betragen. Anfang April waren es nur noch zwischen sieben und achtzehn Prozent, und als ich dann schließlich Mitte Mai auftauchte, betrug die Chance, fünf Jahre zu leben, bloß noch zwei bis acht Prozent, vermutlich sogar eher weniger, weil ich die sogenannte »Stufe IV« schon nahezu überschritten habe. Es waren statistische Zahlen, gegen die man nicht ankämpfen konnte, doch im Endstadium hofft man sicherlich stets auf das schier Unmögliche. Grausamerweise sind bei dieser Krankheit die ersten Symptome so diffus, daß man in fünfundsiebzig Prozent aller Fälle erst zum Arzt geht, wenn schon mehr als die Eileiter befallen sind. Während ich meine Cracker und mein Wasser zu mir nahm, wünschte ich mir, ich hätte an der Universität keine Physiologie-Vorlesung belegt, die es mir jetzt ermöglichte, so deutlich in mich hineinzusehen wie eben noch in den Spiegel. Außerdem fragte ich mich, welche Gene für meine außerordentlich hohe Schmerzschwelle verantwortlich waren, die dazu geführt hatte, daß ich Probleme ignorierte, die jeden anderen mit halbwegs gesundem Menschenverstand in die Apotheke oder zum Arzt geführt hätten. Ich fragte mich nicht, warum die Eierstöcke, der eigentliche Sitz des Lebens, dem Leben sozusagen plötzlich den Rücken zuwandten und damit den gesamten Körper zerstörten. Vor einigen Minuten hatte ich im Spiegel nicht einmal so schlecht ausgesehen, ein bißchen dünner und müde nur, eine ziemlich überzeugende Maske für das innere Drama, den verzweifelten und nahezu aussichtslosen Kampf.

In der gegenüberliegenden Ecke meines Zimmers sah ich auf dem Tisch einen Stenoblock liegen, etwas, das man normalerweise für das Notieren von Einkaufslisten und ähnlichem verwendet, und erinnerte mich dunkel daran, daß ich um drei Uhr nachts wegen einer kleinen Blutung aufgestanden war, eine Schmerztablette genommen, eine Notiz geschrieben und fünfzig Dollar herausgelegt hatte – für das Bettlaken, das durch mein Blut besudelt worden war. Außerdem fiel mir ein, daß ich mit einer Liste begonnen hatte (ich zählte also mal wieder!), was ich auf dieser Welt liebte, möglicherweise eine anmaßende Idee, aber vielleicht half sie mir, die Dinge ganz bewußt zu sehen, statt wieder in Verwirrung und Hysterie zu verfallen. Die Liste würde mit Sicherheit keine endlose Angelegenheit werden, denn ich hatte nicht vor, die Krankheit bis zum bitteren Ende auszukosten, genausowenig wie ich es für richtig gehalten hätte, wenn Duane trotz seines Zustandes in diesem Leben ausgeharrt hätte. Bevor ich mich an den Ste-

noblock begab, suchte ich erneut nach dem kleinen Lederbeutel, der Duanes Stein enthielt, welcher von einer Generation der Lakota an die nächste weitergegeben worden
war, und nach dem winzigen Samttäschchen, das den Verlobungsring meiner Großmutter Neena barg. Früher in diesem Winter hatte ich es Nelse zu geben versucht, damit er
es an J.M. weiterreichte, aber der Ring hatte ihn vollkommen nervös gemacht, und er hatte gesagt, daß er darüber
nachdenken müsse, weil seiner Meinung nach »niemand
mehr Ringe dieser Art trage«.

Es war ein dreikarätiger blauer Diamant, und ich gestand
mir selbst ein, daß er aus einer Zeit stammte, in der nicht
bei jeder Gelegenheit irgendein Vermögensberater den
Menschen geraten hatte, ihr Geld vernünftig anzulegen,
damit sie diesen zweifelhaften Besitz, von dem sie selbst
niemals etwas gehabt hatten, an ihre Kinder weitergeben
konnten. Jetzt beabsichtigte ich, Nelse den Ring aufzu-
drängen.

Da die Tablette zu wirken begonnen hatte, war die Schrift,
mit der die Liste anfing, unregelmäßig; das »Was ich an/auf
dieser Welt geliebt habe« wurde, da der Papierrand drohte,
gegen Ende hin kleiner.

1. meine Mutter
2. meinen Vater
3. meine Schwester Ruth
4. meinen Großvater
5. heute: Nelse
6. Lundquist
7. mich?

Das »mich« war zweifellos der beste Einfall gewesen. Nelse
klopfte an die Tür, und ich rief ihm zu, daß ich in zehn Minuten fertig sei, obwohl ich längst fertig war. Ich wollte

noch ein paar Punkte hinzufügen; dabei bedeutete die Reihenfolge sicherlich keine Gewichtung.

8. Pferde
9. Hunde. In der Zeit, an die ich mich erinnere, zähle ich dreizehn gute Hundefreunde, einschließlich Jack, den Hütehund meines Vaters, der bei uns lebte, als ich gerade eben laufen konnte, und der Autos so sehr haßte, daß es zu einem folgenschweren Frontalzusammenstoß in unserer Auffahrt kam. Armer Hund.
10. Vögel und Blumen sowie deren Schatten. Letztere sind mir stets aufgefallen, da ich gern frühmorgens oder spätnachmittags spazierengehe, zu einer Zeit also, wo Blumen Schatten haben. Die Schatten von Vögeln sind stets verblüffend.
11. Den Pazifischen Ozean. Egal wo. Von dem kleinen Puerto Escondido unten in Oaxaca bis zu den Queen-Charlotte-Inseln in British Columbia.
12. Meine liebe Freundin Charlene
13. New York zwischen drei und sieben Uhr morgens
14. Das gleiche gilt für Paris

Nelse klopfte wieder, als ich gerade ganz weit weg war und daran dachte, wie wütend ich einmal in Paris auf einen Herrn gewesen war, den ich nicht aus meinem Zimmer herausbugsieren konnte und dessentwegen ich folglich trotz der kühlen, stürmischen Nacht Anfang Mai von kurz nach Mitternacht bis zur Morgendämmerung spazierenging, schließlich durch den Zaun die Blumen im Jardin des Plantes betrachtete, ein Taxi anhielt und zu Hause die Concierge darum bat, den Herrn aus meinem Zimmer zu entfernen, aber er war schon gegangen, woraufhin ich wundervoll schlief, während der Regen gegen die hohen französischen Fenster prasselte.

15. Im Alter von fünf Jahren einen Hahn namens Bob,
    den ich nach einem Kindergartenfreund benannt habe,
    der im folgenden Jahr an Leukämie starb. Keiner im
    Kindergarten konnte das begreifen. Naomi erklärte
    uns, daß er in den Himmel gekommen sei, aber das
    tröstete mich nicht.

Beim Auschecken war ich ein bißchen verwirrt über die
hohe Telefonrechnung, aber dann identifizierte ich eine
kurze Verbindung zur Praxis meines befreundeten Arztes,
vermutlich war der Anrufbeantworter dran, dann ein langes Gespräch, vielleicht mit ihm zu Hause, zwei mittel-
lange Anrufe unter J.M.s Nummer in Lincoln und einen
längeren Anruf bei Naomi. Prompt trat mir der Schweiß auf
die Stirn, und ich stopfte die Rechnung in meine Brieftasche, da ich nicht wollte, daß Nelse erfuhr, daß ich von seinen Aktivitäten wußte, aber als ich mich umdrehte, sah
ich, wie er schon draußen unser Gepäck auflud. Unglücklicherweise besitze ich die Fähigkeit, mir Telefonnummern
merken zu können, auch die von jedem Ort, an dem ich jemals gelebt habe, ansonsten hätte ich die Nummer des Arztes nicht erkannt. O Gott, ich bin ertappt, dachte ich – und
beschloß, Nelse gegenüber zu verschweigen, daß etwas
nicht stimmte. Naomi hatte mir natürlich von Nelses eigener dummer Geheimnistuerei erzählt, als er zum erstenmal auf ihrer Veranda erschienen war und geglaubt hatte,
daß sie ihn nicht erkennen würde.
Nachdem ich in den Pick-up eingestiegen war, reichte ich
ihm das kleine Samtsäckchen mit Neenas Verlobungsring
und sagte, »Gib dies J.M.«, und er sagte, »Natürlich«, und
wir düsten ab Richtung Osten, wobei wir eine imposante
Brücke oberhalb des Hafens passierten und direkt in den
Sonnenaufgang hineinfuhren. Nelse zeigte alle erkennbaren Zeichen von Schlaflosigkeit.

Crystal Falls. 8 Uhr morgens. 46 Grad, 6 Minuten
nördlicher Breite. 88 Grad, 58 Minuten westlicher
Länge. (Nelse besteht auf diesen Minuten,
um was auch immer es sich dabei handeln mag.)

In einem Strauch etwa ein Dutzend Fuß vor uns sitzt eine
merkwürdig aussehende schwarzgefleckte Grasmücke. Zumindest hat Nelse mir das gesagt, bevor er losging, um
einige Bachforellen zu fangen. Er hat mir auch den Namen
des Strauchs genannt, aber eine Viertelstunde später hatte
ich ihn wieder vergessen. Die Grasmücke hat ein paar orangefarbene Federn. Im Laufe des Tages haben wir viel zu
viele Kernbeißer tot neben der Straße liegen sehen. Sie
kommen wegen des Salzes heraus, das man gegen Verei-
sung der Fahrbahn auf die Straße gestreut hat, und kolli-
dieren mit den Autos. Es war schlimm, so viele von diesen
Tieren zu sehen, die farblich einen Kontrast zum hellen
Grün der Laubbäume und dem dunklen Grün der Nadel-
hölzer bilden. An verschiedenen Seen nahe Watersmeet
und Trout Creek – die Namen finde ich sehr schön – haben
wir heute drei Seetaucher gesehen. Nelse hat sich heute so
sehr um mich gekümmert, daß ich es fast als unerträglich
empfand. Aber ich habe so getan, als ob ich es nicht bemerke.
Wir befinden uns östlich von Crystal Falls und haben unser
Lager am Fence River aufgeschlagen. Auf dem schmalen
Pfad zu unserem Zeltplatz habe ich die Spuren von Kühen
entdeckt, aber Nelse sagte, daß es sich um Elchspuren handelt. In dieser Gegend gibt es außerdem einige Wölfe, eine
Vorstellung, die ich als besonders reizvoll empfinde. Bevor
er zum Fischen gegangen ist, hat Nelse mir gesagt, daß ich,
falls ein Bär auftauche, die Nationalhymne singen solle,
was den Bären zu Tode erschrecken würde. Während ich
dem ein wenig indianisch anmutenden Gesumm der

Mücken lausche, mache ich mir weitere Notizen auf meinem Stenoblock.

16. Frösche und Kröten. Die ersten Lebewesen, die ich nach Vögeln, Hunden und Katzen kennengelernt habe. Naomi wollte keine Katzen, weil sie Vögel töten, aber in Großvaters Scheune gab es viele von ihnen, und er erlaubte mir, mich mit ihnen anzufreunden.

17. Die Körper der Männer. Ich beabsichtige nicht, sie zu zählen, da die Zahl vermutlich groß genug ausfallen würde, um mich verlegen zu machen.

18. Die Körper von Frauen? Der einzige weibliche Körper, nach dem ich jemals ein wenig Verlangen verspürt habe, ist der meiner lieben Freundin Charlene. Sie näherte sich mir, als wir Teenager waren, aber ich ging nicht auf ihren Versuch ein. Sie lebt abwechselnd in Paris und New York, war dreimal verheiratet, was ihr finanziell nicht zum Nachteil gereicht hat, und führt, wie ich vermute, ein bisexuelles Dasein. Außerdem die ungewohnten Bewegungen des Babys in meinem Leib, als ich so jung war.

19. Pferde, Pferde, Pferde. Sie riechen genausogut wie sie aussehen. Beim Zurückblättern fällt mir auf, daß ich sie schon unter Punkt acht aufgeführt habe.

20. Flüsse. Unzählige, aber besonders den Niobrara.

21. Meinen Onkel Paul. Manchmal ärgert mich seine Arroganz. Eine Weile hielt ich es für möglich, daß er Duanes Vater sein könnte, bis er mir sagte, daß er durch eine Mumpserkrankung steril sei, aber dann fand ich heraus, daß er den Mumps erst zwei Jahre nach seiner Begegnung mit Rachel bekommen hatte. Ich hatte mich oft über seine unglaubliche Enthaltsamkeit gewundert, aber dann fand ich heraus, daß er sexuell nicht enthaltsamer war als ich. Wie Nelse hat er einige anthropo-

logische Neigungen, die dahin gehen, Menschen in Momentaufnahmen zu betrachten statt in ihrer Gesamtheit.

22. New Yorks jüdische Delikatessenläden. Wenn man im Westen oder Mittleren Westen aufgewachsen ist, versteht sich das wohl von selbst.

23. Nicht zu vergessen die italienischen und chinesischen Restaurants in New York. Im Mittleren Westen war einem das fade Essen lange Zeit sozusagen vorbestimmt. Es ist wirklich elendiglich schlecht, aber es gehört zu uns, und darum lieben wir es.

24. Cabeza Prieta. Auf meinem Weg von Santa Monica nach Hause bin ich stets den großen Umweg darüber gefahren, weil es so riesig ist, so leer und verwandlungsfähig. Kakteen wie Opuntie, Orgelpfeifen- und Kandelaber-Kaktus und Kerzenstrauch sondern hier sofort Gift ab. Nur einmal habe ich die Fackeldistel in ihrer nächtlichen Blüte gesehen, aber schließlich blüht sie auch nur ein einziges Mal, bevor sie stirbt.

25. Die Scheune meines Großvaters im Winter. Während meiner Kindheit mein Schlupfwinkel und Versteck, später die Wärme der Tiere, Duanes Aufenthaltsort in der Heumahd mit dem sich drehenden Büffelschädel.

26. Den Teich in der Nähe des Sumpfes, wo Duane und ich uns nur einmal geliebt haben. Und jetzt gibt es Nelse.

Der eben mit vier Bachforellen vom Fischen zurückkam, die er briet und mit Zitrone, Brot und Salz servierte, was den Nachgeschmack unseres Essens vorhin am Straßenrand auslöschte. In der hereinbrechenden Dunkelheit suchten wir nach noch mehr Holz, denn die Temperatur würde nachts sicherlich bis nahe dem Gefrierpunkt sinken. Es gelang ihm, Stücke vom Baumstumpf einer Weißpinie abzureißen, mit welchen wir ein wirksames Feuer gegen Moskitos machten, das zudem noch gut roch. Ich warf noch eine Extrapille ein und fragte mich, ob ich genug für die Reise dabei hatte. Außerhalb des glühenden Feuerkreises sahen wir grüne Flecken von Nordlicht am Himmel schimmern, die sich hoben und senkten und die ich eigentlich zu meiner Liste hatte hinzufügen wollen. Naomi führt eine »Lebensliste« ihrer Vögel. So zumindest nennt sie das. Sie erinnerte mich stets an die Winterzählung, mit der die Eingeborenen Ereignisse verfolgen, anhand der man den Zeitenwandel festmachen kann. Wir lagen beide in unseren Schlafsäcken, und Nelse hatte sich eine Minenarbeiterlampe um den Kopf geschnallt, damit er in einem Naturführer über Bäume lesen konnte. Bevor er mich ansprach, knipste er sie aus.

»Ich weiß alles. Ich habe deine Termine vorverlegt. In ein paar Tagen können wir uns auf den Weg machen.«

»Nein, das werden wir nicht. Ich habe es damit nicht eilig. Charlene und ich werden uns in New York treffen.« Letzteres war natürlich eine Lüge.

»Verdammt noch mal, Mutter!« Das Wort in diesem Zusammenhang wiederzuhören, war nicht so erfreulich. Ohne daß ich es wollte, begann ich zu weinen, was ich sonst nie tue. Er kroch aus seinem Schlafsack und setzte sich in seiner Skiunterwäsche auf den nackten Boden neben mich, strich mir über Hals, Schultern und Haar, ohne ein weiteres Wort zu sagen. Nach einer Weile spürte ich das Zittern in seiner Stimme. Es lag an der Reinheit der Sterne über uns und an seinen Händen, daß ich zu weinen aufhörte. Ich forderte ihn auf, die Sternbilder oben am Himmel zu benennen, und seine Worte klangen wie Gesang. Der Himmel über uns und die Erde unter uns, und das Licht der Sterne erlaubte es mir auf so wundervolle Weise, mich auf der Erde tief im Wald an einem Fluß wiederzufinden, dessen Murmeln mich in einen festen Schlaf fallen ließ, noch bevor Nelse mit der Benennung der Sternbilder fertig war.

Escanaba. Mai, 5.30 morgens
45 Grad, 49 Minuten nördlicher Breite,
87 Grad, 4 Minuten westlicher Länge
Thermometer (aus dem Fenster des Hotels Luding-
ton gehalten) zeigt bloß 39 Grad Fahrenheit.

Als wir gestern nachmittag in Richtung Stadt kamen, war es im Landesinnern warm, aber als wir auf den Park am Wasser zufuhren, wurde das Wetter stürmisch, und ein großes Gewitter oder eine ganze Folge davon – um diese Jahreszeit eine Seltenheit – braute sich so über dem Lake Michigan zusammen, daß wir über den weißen Schaumkronen der Wellen sehen konnten, wie es bedrohlich näherkam. Die Luft hätte nicht besser riechen können. Nelse war trotzdem ein bißchen verärgert, denn er hatte vorgehabt, nahe Trenary nördlich von hier zu kampieren, wo es seines Wissens eine Quelle mit Bachforellen gab. Widerwillig hörte er sich den Wetterbericht im Autoradio an, der alles andere als erfreulich klang. »Shit«, sagte er, wieder und immer wieder, und dann nahmen wir uns Zimmer in einem alten, restaurierten Hotel. Seine Laune besserte sich, als wir die Straße entланggingen und in einem italienischen Restaurant ein frühes Abendessen, bestehend aus Spaghetti und Steaks, zu uns nahmen. Er hatte diese Kombination noch niemals zuvor probiert, und ich forderte ihn auf, endlich »die Welt kennenzulernen«, worüber er lachen mußte. Es ist schwer, sich einen jungen Mann vorzustellen, der sich in der Wildnis besser auskennt als in den Errungenschaften der Zivilisation. Ich bin kühn genug vorzuschlagen, daß dieses Ungleichgewicht korrigiert werden sollte, und er gibt zu, daß er J.M. zum Gefallen ein paar »Bildungsreisen« machen könnte.

Auf unserem Weg hierher haben wir gestern die unbefestigte Abzweigung passiert, die ein paar Meilen hinab zu der Hütte des Medizinmannes führt, dem Vater meiner Freundin vom Stamm der Chippewa. Ich war überrascht, daß ich mich so deutlich an die Abzweigung erinnerte, und erwähnte dies Nelse gegenüber. Er ließ mich erzählen, was ich damals gesehen hatte, und wir gingen das Ereignis genau durch, obwohl ich mich an nichts wirklich Außergewöhnliches erinnern konnte, außer daran, wie die Schildkröten über die Beine des alten Mannes gerutscht und geklettert waren, als wir den Pfad zu der Stelle neben dem winzigen Teich hinabgingen, an der er hockte. Anschließend hatten wir uns ein leichtes Abendessen aus Wildreis mit Zwiebeln und Pilzen zubereitet. Seine Hütte war sauber und dürftig mit einer großen Sammlung verschiedener Vogelfedern geschmückt, die in ordentlichen Bündeln zusammengefügt waren und an einem Sparren hingen. Die kleine Behausung entbehrte jeglicher Isolierung, und ich fragte ihn, ob es während der harten Winter nicht sehr kalt darin wäre. Eine Weile dachte er darüber nach, dann sagte er, daß er niemals im Leben gefroren habe. Seine Tochter neckte ihn damit, schließlich wüßten alle in der Gegend, daß er teils Mensch, teils Bär sei, und die beiden lachten laut darüber. Er fragte mich nach meinem Job, und ich erklärte zu ausführlich meine Arbeit mit armen Menschen bei der Fürsorge. Er sagte mir, daß ich besser auch reichen Menschen helfen sollte, und ich wußte nicht, was ich davon zu halten hatte.

Nelse war ein wenig beunruhigt über diese letzte Bemerkung, und wir grübelten, was der Mann wohl gemeint haben mochte. Wir diskutierten so intensiv darüber, daß wir an einem Rastplatz anhielten und uns am Picknicktisch niederließen. Nelse bemerkte, daß die Größe des Elends nicht notwendigerweise von der wirtschaftlichen Situation abhänge, und ich mußte aufgrund meiner Erfahrung widersprechen, obwohl der Unterschied tatsächlich nicht so groß war wie allgemeinhin angenommen. Jeder hat schon von den schlechten Erfahrungen von Lotteriegewinnern gehört, aber oft wird Armut zu Recht »drückend« genannt, denn sie kann Menschen sozusagen wörtlich niederdrücken. Typisch für Nelse, daß er glaubte, dies gelte stärker für städtische Gegenden. Ich erklärte, daß mich jedesmal ein merkwürdiges Gefühl überkomme, wenn ich an Friedhöfen vorbeigehe und die pathetische Eitelkeit der Grabinschriften reicher Leute sehe. Dann schwiegen wir, denn die Erwähnung von Grabsteinen erinnerte uns an zu Hause. Nach und nach gaben wir zu, daß das Grundlegende die einfache Tatsache war, mit welcher Gelassenheit sich die Schildkröten auf den Beinen des Mannes bewegten. Wir machten uns beide lustig über die vulgäre Plattheit des ganzes New-Age-Geredes und die Behauptung irgendwelcher Scharlatane, geheime Kräfte zu besitzen. Aber schließlich gehörte ich eher zum »alten Eisen« als zum »New Age«. Ich war Frank Fool's Crow zweimal begegnet und hätte, zu einer Aussage gezwungen, durchaus zugegeben, daß er ein Mensch mit einem außergewöhnlichen Geheimnis war. Zu behaupten, er sei wie wir, wäre unverzeihliche Eitelkeit gewesen. Nelse ging einen Schritt weiter und sagte, daß wir in der absoluten Ordnung der Dinge nur einiges wenige durchschauen. Vielleicht war dieser Mann eine Art Mozart der Natur, und wir anderen konnten seine Beziehung zu den Schildkröten gar nicht wirklich begreifen. In einer Hinsicht wünschte ich, niemals gesehen zu haben, wie sich die Schildkröten auf den Beinen des Mannes bewegten. Dieses Bild bedrohte die Weltordnung, die ich mir zurechtgelegt hatte und die durch meine Krankheit ohnehin schon bedroht war. Nelse streckte seine Hände zum Himmel und sagte, daß unser aller Köpfe voll von Unfug seien, denn man könnte sein Leben damit verbringen, Vögel zu studieren, und wüßte am Ende noch immer nicht, warum sie eigentlich Vögel seien.

Da ich Schmerzen hatte, stand ich früh auf. Durch die weißen Vorhänge meines nach Osten gehenden Fensters sah ich das erste Licht, und ich hörte die Wellen des Lake Michigan ans Ufer hämmern. Ein Windhauch hob die Vorhänge und umhüllte meinen fiebernden Körper mit einem Schwall kühler, süßer Luft. Ich hatte von meinem Freund Michael geträumt, und es war ein unerfreulicher Traum gewesen. Bevor wir zu Hause losfuhren, hatte Naomi erklärt, daß sie eine kurze Nachricht von Michaels Tochter bekommen habe, die besagte, er befinde sich in einer Art »Ashram«, um dort entgiftet zu werden. In meinem Traum war sein Körper vollkommen aus dem Leim gegangen, was der Wirklichkeit entsprach. Ich hatte keinen seiner Briefe beantwortet, die alle in der wiederholten Folge bestimmter Gedanken gipfelten. Aus irgendeinem Grund erinnerte er mich an Nelses Behauptung, daß alle viertausend Säugetierarten sieben zervikale Wirbel besitzen. Vermutlich habe ich es falsch verstanden. Außerdem sagte er, daß vor sechzehn Milliarden Jahren das gesamte Universum nur eine stecknadelkopfgroße Ausdehnung von unvorstellbarer Energie gewesen sei. Was soll ich damit anfangen, wenn mich schon die Existenz von Königsschmetterlingen vollkommen aus dem Konzept bringt?

Als ich auscheckte, bemerkte ich anhand unserer Rechnung, daß Nelse von seinem Zimmer aus erneut ein halbes Dutzend Anrufe getätigt hatte, unter anderem einen nach Paris zu Charlene, was bedeutete, daß meine Flunkerei, wir würden uns in New York treffen, aufgeflogen war. Nun gut, aber auch Ehrlichkeit hat ihre Grenzen! Während meines aus Tee und Salzcrackern bestehenden Frühstücks hatte ich mich sogar gefragt, wie ehrlich überhaupt meine Liste war, die ich im drogenumnebelten Zustand mitten in der Nacht fortgeführt hatte.

27. Die Wellen des Golfstroms unter uns, die Duane verständlicherweise den Halt nahmen
28. Lundquists Stimme, wenn er mit Tieren spricht
29. Das erste Glas Rotwein nach mehreren Tagen Abstinenz
31. Den Anblick von Blitzen, die in Bäume einfahren
32. Sich nach einem heißen Augustnachmittag nackt im Strom des Niobrara treiben zu lassen
33. Den merkwürdigen Anblick von Tieren, die Liebe machen
34. Das Vorhandensein unterirdischer Strömungen
35. Duane, der auf einem Pferd galoppiert
36. Beethoven, Bach, Mozart, Strawinsky
37. Den Dichter Lorca in Pauls Hütte am Baja
38. In der Morgen- und Abenddämmerung auszureiten und bei Mondaufgang zurückzukehren

Alles reichlich normal und nicht zu dämlich. Schließlich kann nicht jeder außergewöhnlich sein, obwohl man uns das lehrt.
Das, was ich tun konnte, habe ich auch getan.

Wir fuhren nördöstlich Richtung Grand Marais am Lake Superior nördlich von Seney, zum einen, weil ich dort während meiner Collegezeit in einem Sommer mit dem Cousin meiner Mutter an einem Neunaugen-Beobachtungs-Projekt gearbeitet hatte. Diese phänomenal häßlichen Geschöpfe heften sich an die Seeforellen und saugen ihr Blut. Man hatte schon auf alle möglichen Weisen versucht, Neunaugen zu fangen und sie zu vergiften, wenn sie in Buchten und Flüsse einfielen, um dort zu laichen. Wie die Heuschrecken hatten die Neunaugen die Großen Seen bevölkert, weil die Regierung während der Fertigstellung des St.-Lawrence-Seewegs für alles andere blind gewesen war. Ich wollte auch nach Grand Marais, weil zufällig drei Leute aus meiner Familie schon dort gewesen waren: ich selbst, Nelse auf der Suche nach Hühnerhabichten und mein Großvater auf seinem Rückweg von Chicago, wo er am Art Institute studiert hatte. Ich hielt das für ungewöhnlich, aber Nelse meinte, wenn man seine Lieblingsorte aufschreibe, würde die Liste nicht sehr lang. Das regte mich an, meinen Stenoblock herauszuholen und ein paar Punkte hinzuzufügen.

39. Gewürze wie Ingwer und Fenchel, außerdem den Geschmack von Knoblauch, scharfe Chilis
40. Jede Art mexikanischer Musik
41. Erotische Träume von Leuten, die du nicht kennst
42. Auf den Boden eines Flusses zu tauchen und ihn zu berühren
43. Den ersten Morgen nach Ende des Schuljahrs ausschlafen
44. Mit Naomi in ihrem Garten arbeiten

Unvermittelt kam mir in den Sinn, daß ich mich keineswegs unglücklich nennen konnte. Nein, das wirklich nicht. In gewisser Hinsicht hatte ich mich niemals lebendiger gefühlt, und ich fragte mich, was außer dem Schmerz mich an diesen Ort geführt hatte. Es stimmt, daß jeder von uns in der Todeszelle sitzt, aber wenn der Zeitpunkt des Abtretens schließlich bevorsteht, nimmst du deine Umgebung viel lebendiger wahr.

45. Träume von Indianern und Tieren, die aus der Land-
    schaft zu entstehen scheinen, wo ich einen großen Teil
    meines Lebens verbracht habe, aber mich überallhin
    begleiten.

Ich bemerkte Nelses Verlegenheit, also sagte ich, daß ich
von seinen Plänen für mich wußte. Daraufhin platzte er damit heraus, daß ich morgen nachmittag von Marquette ab-
fliegen und Charlene mich in New York erwarten würde,
um mir bei meinen »Verabredungen« zur Seite zu stehen.
Ich stimmte bereitwillig zu, und er war so erleichtert, daß
er den Pick-up ein Stück herumriß, als er sich auf seinem
Sitz ausstreckte. Ich war entschlossen, ihn ein wenig aufzuziehen, und fragte, was er von dem Rilke-Zitat halte, auf
das Charlene mich in einem Brief hingewiesen hatte, etwas
in der Art von: »Glaub nicht, daß Schicksal mehr ist als die
Verdichtung der Kindheit.« Er sagte laut: »Guter Gott!«, und
schwieg dann ein paar Minuten, bevor er hinzufügte, daß
dieser Ausspruch ihm genauso einen Schlag in den Magen
versetzte, wie es das Buch über die Gemälde Edward Hop-
pers in der Bibliothek meines Großvaters getan hatte. Ich
erkannte die Verbindung nicht genau, aber ich spürte sie.
Das ganze Thema nahm während des folgenden Schwei-
gens geradezu bedrohliche Züge an, gerade so, als ob unsere
einfachen Worte nicht in der Lage waren, Rilke und Hop-
per in die Welt zu folgen, in der sie ihre Werke geschaffen
hatten. Wir waren eher Zeugen als Teilnehmer. Wenn mir
in diesem Augenblick ein einziger Witz eingefallen wäre,
hätte ich ihn auf der Stelle erzählt. Der Anblick dreier Kraniche im Graben einer Seitenstraße rettete schließlich die
Situation. Nelse fuhr langsamer, aber dann entschied er, sie
nicht zu stören.
Danach schlief ich ein, und als ich wieder aufwachte, befanden wir uns auf einer Straße, die hinten herum aus Muni-

sing führte und von der ich in Erinnerung hatte, daß sie auf voller Länge durch den Wald nach Grand Marais und an einigen Stellen am Lake Superior entlangführte. Ich hatte einen kurzen erotischen Traum von Charlene gehabt, aber es war ein wenig spät, sich mit solchen Dingen zu beschäftigen. Seit dem Beginn unserer Freundschaft im frühen Teenageralter war Charlene, wie kaum eine andere Frau, immer stolz auf ihren Körper gewesen. Ich wußte, daß sie in ihren Zwanzigern in New York gleichzeitig eine Affäre mit einem einigermaßen bekannten Schauspieler und einer ziemlich bekannten Schauspielerin gehabt und geglaubt hatte, daß beide glücklich seien, wenn auch ein bißchen eifersüchtig. Während eines trägen Samstagmorgenfrühstücks bei Ratner's hatte ich ihr so dumme Fragen gestellt wie »Beide am selben Tag?« Als wir einmal zum Schwimmen draußen auf Fire Island waren, fiel mir auf, daß sogar die schwulen Männer sie aufmerksam, aber wohlwollend ansahen, vielleicht weil ihr Gesicht ein wenig androgyn wirkte. Ich lachte verlegen bei der Vorstellung, daß selbst tausend Orgasmen dich nicht das Interesse am nächsten verlieren lassen.

Ich wurde abgelenkt durch Tausende von Wachslilien, die auf einer schattigen Waldlichtung standen, und ich fragte mich, wie viele mit diesen Wildblumen bewachsenen Flecken ich durch meine sexuellen Träumereien verpaßt hatte. Nun konnte ich mich für immer davon verabschieden. Wir hielten an, und ich ging durch die Blumenfülle, deren wundervoller Duft bewirkte, daß sich die Härchen in meinem Nacken aufstellten. Zur gleichen Zeit verrenkte Nelse sich den Hals, um sich die Wolken über dem hellen Pastellgrün der Bäume anzugucken, die aufgrund ihrer Nähe zum eiskalten Lake Superior erst spät Blätter bekamen.

Weiter oben fuhren wir dann über eine Seitenstraße auf

eine Art Kap oberhalb des Lake Superior in die Grand Sable Dunes. Es war ein atemberaubender Anblick, aber ich hatte Mühe, Nelse aus seiner Sieben-Tage-Regenwetter-Stimmung zu reißen. Er hatte sich so sehr gewünscht, an einer bestimmten Stelle hier draußen zu zelten, und sagte, daß es ihm »das Herz brechen« würde, die Nacht im Motel zu verbringen. Dann entschuldigte er sich und bereitete uns auf der Ladeklappe des Pick-up ein paar unappetitliche Spam-Sandwiches zu. Impulsiv öffnete ich die erste Flasche Wein auf unserer Reise, und dann saßen wir auf einem der größten Sandhaufen der Welt und starrten hinab auf den Lake Superior. Glücklicherweise drehte sich innerhalb einer halben Stunde der Wind und kam jetzt aus Nordwesten, die Böen wurden schwächer, und wir sahen zu, wie der Himmel über dem See sich wieder blau färbte. Als ich noch eine Tablette aus meiner Jacke holte und sie mit einem großen Schluck köstlichen Weins hinunterspülte, tat er so, als ob er es nicht bemerkte. Hand in Hand warteten wir auf den nahen Moment, an dem die Sonne durch die nach Südosten ziehenden Wolken brechen würde und wir sehen konnten, wie das Licht über das Wasser förmlich auf uns zuglitt. Wir hielten den Atem an – und da war es! Ich sah hinab auf meine sonnenbeschienenen Hände, auf das Loch im Knie meiner Levi's, durch den halb mit Rotwein gefüllten Plastikbecher und hinunter auf den Lake Superior, der jetzt azurblau vor uns lag. Ich zwinkerte ein paarmal, als ob ich ein Foto machen wollte, und fragte mich, wie all dies auf einmal verschwinden konnte.

46. Hühnerhabichte!

In der Nähe unseres Zeltplatzes lebt ein weiblicher Hühnerhabicht. Als er hier vor zehn Jahren schon einmal zeltete, hatte Nelse das Nest bemerkt und war jetzt erfreut darüber, es immer noch »in Gebrauch« zu sehen, obwohl das brütende Weibchen vermutlich ein Nachkömmling der Henne war, die er damals hier beobachtet hat. Ich muß zugeben, daß ihre Stimme und ihr Verhalten auf mich sehr weiblich wirkten, wobei ihre Stimme geradezu archetypisch klang, aus der Prähistorie in unsere Zeit übertragen; und obwohl sie nur ein paar Pfund wog, wirkte sie viel größer, als sie auf uns zustürmte und mutig versuchte, uns davonzujagen.

Da wir uns kurz vor der Sonnenwende befanden, würde es noch ein paar Stunden dauern, bis es dunkel wurde. Durch die zusätzliche Tablette und den Wein fühlte ich mich gut, aber ich befürchtete, daß dies die letzte Nacht absoluter Freiheit für mich sein würde. Diese Erkenntnis resultierte weniger aus meiner Intuition als aus meinem Sinn für Realität. Wir wanderten ein bißchen durch die Gegend, und Nelse sagte, daß, wenn wir in einer Woche wiederkämen, die Hornsträucher und Pflaumenbäume schon blühen würden. Ich öffnete ein paar Knospen, um ihren kräftigen, süßen Duft einzuatmen, und erinnerte mich daran, daß mein Großvater, als er Chicago satt hatte, auf seiner Fahrt Richtung Norden hier gewesen war, während hier alles in weißer Blüte stand.

Nelse blickte über eine steile, sandige Bank in den Sucker River und überlegte, ob er sein Glück mit Angeln versuchen sollte, als ich erklärte, daß ich am liebsten gebratenes Beefsteak essen würde, und so legten wir das halbe Dutzend Meilen zum Lebensmittelgeschäft in der Ortschaft von Grand Marais zurück.

Gemessen an unseren Maßstäben in Nebraska schien das Beef nicht besonders gut, und so kaufte ich eine Flasche Steaksoße, um den Geschmack interessanter zu gestalten. Als Ruth sieben oder acht war, hatte unser Großvater ihr erzählt, daß sie ihre Finger fürs Klavierspiel stärken könne, indem sie jeden Tag einen Gummiball tausendmal zusammendrücke und zudem täglich ein Steak esse. Dieser Ratschlag brachte Naomi schier auf die Palme, denn Ruth hielt sich akribisch daran, und es war grauenvoll, das kleine Mädchen täglich sein Beef verschlingen zu sehen. Aber bald wurde der Klang ihrer Klavierübungen lauter, und die kleinen Jungen in der Schule fürchteten ihren festen Griff.

Als ich aus dem Lebensmittelgeschäft kam, hatte Nelse den Motor des Pick-up schon gestartet; offenbar hatte er es eilig, zurück zu unserem Zeltplatz zu gelangen. Ich winkte und marschierte die Straße entlang auf eine Bar namens »Dunes Saloon« zu, um dort einen Martini zu nehmen, was eine fragwürdige, aber meines Erachtens durchaus berechtigte Entscheidung war. Hinter der Theke stand ein selbst für nebraskanische Verhältnisse riesiger Barkeeper, dessen rotes Haar, obwohl ich ihn erst auf irgendwo in den Dreißigern schätzte, nur noch spärlich wuchs. Als ich einen Martini bestellte, starrte er mich an wie ein exotisches Tier und verkündete, daß dies der erste Martini dieses Jahres für ihn sei – was bedeutete, daß jetzt möglicherweise die Touristensaison beginne. Außerdem fragte er mich, was ich meiner Meinung nach dafür zahlen solle, da seit der letzten Bestellung soviel Zeit vergangen wäre, daß er den Preis vergessen habe, aber dann kam Nelse herein und sie begannen, sich über das Angeln von Bachforellen zu unterhalten. Der Mann skizzierte eilig eine Karte und erklärte, daß diese Stelle in seiner persönlichen Liste der besten Angelplätze Platz siebenundfünfzig einnehme. Nelse nahm einen Schluck von meinem Drink und verzog das Gesicht, als handele es sich um Benzin. Ich nahm ihn spontan in den Arm, und der Barkeeper warnte uns, daß es die Ehe gefährden könne, wenn ein Mann seine Frau während der Moskito- und Schwarzfliegenzeit dazu zwinge, zelten zu gehen. »Er ist mein Sohn«, sagte ich, und der Mann lachte und meinte: »Was Sie nicht sagen!«

47. Die Nacht selbst
48. Den Ruf des Ziegenmelkers

Es war schon fast dunkel, als das Feuer einigermaßen brannte, und ich plazierte die alte Wagner-Bratpfanne meines Großvaters direkt auf den Kohlen, gab Salz hinein und ließ sie aufheizen, bis sie beinah rot glühte. Nelse beobachtete mich ein wenig spöttisch, und ich erklärte, daß er sich sonst während des Campens ohne Zweifel hauptsächlich aus Dosen ernährte. Ich hatte das Fleisch mit Knoblauch eingerieben und mit schwarzem Pfeffer bestreut, und als ich es in die Pfanne gab, qualmte und zischte es und brauchte auf beiden Seiten nur ein paar Minuten. Ich aß etwa ein halbes Pfund, und Nelse bewältigte die restlichen zwei. Wir tranken eine ganze Flasche Gigondas, und ich genehmigte mir eine zusätzliche Tablette, als er aus dem Feuerschein heraustrat, um zu pinkeln.

Was für eine Nacht das war, mit einem Viertelmond, der dem klaren Licht der Sterne nichts von seiner Schönheit nahm. Für den Fall, daß das Wetter sich änderte, hatte Nelse das Zelt aufgebaut; trotzdem legten wir uns mit unseren Matten und Schlafsäcken ins Freie. Wir redeten über Liebe, weil dies in der Dunkelheit, nur vom Schein eines kleinen Feuers beleuchtet, einfacher ist. Ich erzählte ihm von jenem verrückten Sommer, damals, bevor ich aufs College ging, in dem ich als Kellnerin für die Frühstücks- und Mittagsschicht in Lena's Café arbeitete, was bedeutete, daß ich morgens bereits gegen fünf Uhr von zu Hause aufbrechen mußte. An den heißen Nachmittagen gönnte ich mir ein Schläfchen und las Liebesgeschichten, denn sein Vater war damals eben zwei Jahre tot, und ich war noch immer von ihm besessen. Von all den Büchern, die ich in jenem Sommer verschlang, hatten nur *Romeo und Julia* und *Wuthering Heights* wirkliche Bedeutung für mich. Nachdem ich so lange gelesen hatte, wie ich konnte, ging ich, mit den Hunden im Schlepptau, reiten und danach im Niobrara schwimmen, wenn der Abend noch sehr warm war, wobei mich meine Tiere beobachteten und manchmal aus ganz eigenen Gründen begleiteten. Nelses Geständnis, daß er keine dieser Liebesgeschichten gelesen hätte, zerstörte die entspannte Atmosphäre, und ich lachte und forderte ihn auf, zu versprechen, daß er es nachholen würde. Dann überlegte ich es mir anders und enthob ihn seines Versprechens, denn warum sollte ich ihn dazu drängen, mir ähnlicher zu werden?

Er gab zu, daß er sich wegen J. M.'s Sprunghaftigkeit sorgte, aber nahm an, daß sie, alles in allem, gut miteinander zurechtkommen würden. Er wünschte sich, daß sein Adoptivvater länger gelebt hätte, und nach dem, was er über Duane gehört hatte, hätte er auch ihn gern kennengelernt, aber er ging nicht soweit, das »Verschwinden dieser beiden von der Erde« zu beklagen. Diese merkwürdige Formulierung jagte mir einen Schauer über den Rücken, so daß ich nach meinem Weinglas griff und mir wünschte, es wäre voll Brandy. Er wünschte sich, daß seine Adoptivmutter nicht soviel trinken würde, aber schließlich hatte sie das getan, solange er denken konnte. Er glaubte, daß es seiner lesbischen Schwester in Kansas vermutlich bessergehe als seiner Schwester in Washington, D.C., die ihm kürzlich geschrieben hatte, ihre Ehe sei so »bedeutungslos«, daß sie ständig vor Langeweile weine. Ich erklärte ihm, er solle zurückschreiben und sie auffordern, auszukneifen. Er mochte diesen altmodischen Ausdruck. Wir entschieden, daß allein die Vorstellung, etwas zu »wünschen«, äußerst fragwürdig war.

Ich erwachte vor der Dämmerung und stellte fest, daß ich von der Matte gerutscht war, so daß mein Gesicht direkt auf dem Boden lag. Nelse kniete neben dem Feuer und legte Holz nach, wobei er mich im Dämmerlicht an ein altes Foto von einem Lakota erinnerte. Da auch in mir ein Feuer glomm, genehmigte ich mir schamlos eine weitere Tablette. Wir begannen uns wieder zu unterhalten, und er erzählte mir über seine Verlegenheit, als er während der Arbeit an einer archäologischen Stätte in der Nähe von Valentine nach Pine Ridge hinaufgefahren sei, was mir anläßlich meines Vergleichs, den ich eben bei seinem Anblick am Feuer gezogen hatte, als ungewöhnlicher Zufall erschien. Er hatte sich so sehr wie ein verzogener weißer Junge gefühlt, daß er nach der Erkenntnis, an einer Täuschung festgehalten zu haben, Tränen der Scham vergossen hatte. An irgendeinem Punkt, sagte er sich, verlor selbst Blutsverwandtschaft ihre Bedeutung. Ich stimmte ihm teilweise zu, aber erklärte, daß seine Scham, seine Wut und Verlegenheit doch offensichtlich zeigten, daß er nicht nur ein verwöhnter weißer Junge war. Ich sagte, daß ich mich daran erinnerte, wie mein Großvater, der selbst halber Lakota gewesen war, mir von der Entscheidung seines Vaters berichtet hatte, in welcher Welt er von nun an leben wolle. Ich erzählte Nelse auch, daß ich in New York einen Mulatten näher gekannt hatte (einen Monat lang waren wir ein Paar gewesen), den die Tatsache, daß er problemlos als Weißer durchging, ziemlich gequält hatte. Ich nahm an, daß dieser Gedanke Nelse verwirrte, und er scherzte, daß wohl einzig ein Navajo, der morgens aufstand und sich in die sechs Richtungen verbeugte, über Breiten- und Längengrade Bescheid wußte. Man kennt seinen Standpunkt, wenn man sich in die sechs Richtungen verbeugt.

Danach begann er zu schnarchen; ein beruhigendes Geräusch, das sich mit dem Ruf des Ziegenmelkers vermischte. Ich fragte mich, was für ein Geräusch wohl die Sterne machten, wenn man sich in ihrer Nähe befand, und diese kindliche Frage führte mich zu der Vermutung, daß wir in jeder Phase unseres Lebens in uns selbst unversehrt bleiben. Vermutlich ist das offensichtlich und keine große Erkenntnis, aber in diesem Augenblick bin ich gerade elf und fühle mich grauenvoll, denn ich bin von einem Pferd abgeworfen worden, das Großvater mir zu reiten verboten hat. Gleichzeitig bin ich achtzehn und fühle mich wie die sterbende Catherine in *Wuthering Heights*. Und ich bin sechsundvierzig und spüre jeden Augenblick, daß mir nur noch eine kurze Zukunft vergönnt ist. Wie eine Sprechblase in einem Cartoon tauchte der groteske Ausdruck »Grundlage« vor meinem geistigen Auge auf, aber warum sollte man nach dem Untergrund oder der Grundlage fragen, wenn mein Untergrund die Erde war, auf der ich lag, den Blick auf die Sterne über mir gerichtet und der festen Überzeugung, daß ich den Viertelmond am Himmel entlangziehen sah. Ich fühlte mich wie ein Säugetier, aber schließlich war ich auch eins. Nelse hat eine besondere Vorliebe für das Wort »Primat«, und hier auf dem Boden schien mir das durchaus angebracht. Mit der linken Hand verdeckte ich den Mond, um die Sterne besser sehen zu können. Ich zweifelte daran, daß ein Gebet, wenn ich denn eines vor mich hinmurmeln würde, sich höher erheben würde als der Bodennebel, den ich im ersten Licht in den Büschen herumwabern sah. Zuerst der Ruf eines Vogels, dann der von dreien, dann ein ganzer Chor unten am Fluß. Jetzt wäre eine gute Zeit zu sterben, mit dem Pillenröhrchen und dem Wasserkrug neben mir, während immer mehr Vögel ihren Morgengesang anstimmen; aber was sollte Nelse mit meinem Leichnam anfangen? Ich grübelte, ob mir etwas Besseres einfiel, aber schließlich wollte ich mich auch noch von meiner Familie verabschieden.

Mai?, Marquette, mittags

Die Längen- und Breitengrade werden mir ein wenig fehlen, aber ich fürchte, daß die Worte mich langsam im Stich lassen, oder vielmehr, ich lasse die Worte im Stich.

50. Mein erster Flug
51. Mein erstes Auto, das aquamarinfarbene Cabrio

Auf dem Flughafen von Marquette freute ich mich wie ein Kind darüber, einen Fensterplatz ergattert zu haben. Ich war fix und fertig gewesen, als Nelse mich schließlich um neun Uhr morgens weckte, während mir die Sonne warm ins Gesicht schien und ein Mückenstich auf meiner Unterlippe juckte. Ich sagte »Ich habe keine Kleidung für New York dabei«, und Nelse sah mich an, als ob ich nicht ganz bei Trost wäre. Das Zelt war abgebaut, und bis auf mich und meinen Schlafsack war alles gepackt. Er brachte mir meinen Tee und Cracker, und ich nahm sie mit zwei Tabletten zu mir. Langsam gingen mir die Pillen aus, aber Charlene war immer schon Expertin für Tabletten gewesen, und ich konnte mir nichts vorstellen, was sie nicht zu beschaffen vermochte – inklusive Männer, Frauen, Geld. Nachdem wir am Kartenschalter fertig waren, gingen wir wieder nach draußen, und ich fragte mich, ob es auf dieser Welt einen Raum geben mochte, der groß genug war, um Nelse von seiner Klaustrophobie zu befreien. Von einem sehr alten Finnen in einem leuchtendblauen Anzug mit Weste schnorrte ich eine Zigarette. Als ich vor zehn Jahren mit dem Rauchen aufgehört hatte und mich noch immer im schlimmsten Stadium des Entzugs befand, hatte ich mir geschworen, daß ich, sollte je irgendeine Art von Todesurteil über mich gesprochen werden, wieder zu rauchen anfangen würde. Unglücklicherweise schmeckte die Zigarette entsetzlich, so daß ich sie nach ein paar versuchsweisen Zügen davonschnippte. Der alte Finne starrte mich böse an, weil ich seine Zigarette verschwendet hatte, und Nelse lachte. Wir gingen wieder nach drinnen in den Boarding-Bereich, und als wir uns zum Abschied umarmten, machte Nelse ein Gesicht, als ob der Scharfrichter schon auf ihn warte. Mir fiel nichts ein, was ich hätte sagen können, um ihn aufzuheitern.

Der Flug nach Detroit verlief angenehm, aber ich verpaßte einen Teil der üppigen Landschaft von Nord-Michigan, als ich, die Stirn ans Fenster gelehnt, eindöste. Auf dem Flug von Detroit nach La Guardia lauschte ich dem Gerede eines Mannes in einem schlechtgeschnittenen Nadelstreifenanzug über seine Eheprobleme. Sozialarbeit lehrt einen immerhin, ein guter Zuhörer zu sein. Am Anfang flirtete er mit mir, vermutlich rein gewohnheitsmäßig. Als ich erklärte, daß alle meine fünf Kinder glücklich seien und ihr Leben im Griff hätten, hörte er damit auf. Vielleicht hätte ich auch mit ihm flirten sollen, aber er schaute nur noch prüfend seine Fingernägel an, was auf eine Neigung zu zwanghafter Ordnung wies. Normalerweise fliege ich nicht erster Klasse, aber diesen Flug hatte Nelse für mich gebucht. Stans Ehefrau war nicht damit einverstanden, wieviel er arbeitete; so etwas hört man ja häufig. Er lebte in einem Ort nahe Detroit namens Bloomfield Hills, und als er der Stewardeß seine Anzugjacke reichte, damit sie sie aufhängen sollte, bat er darum, sie nicht zu »zerknittern«, als ob das normalerweise üblich wäre. Er war ein solch unglaubliches Arschloch, daß er mich sogar irgendwie faszinierte. Als er mir von seinen ausgeklügelten Plänen für die Überraschungsparty zum achtzehnten Geburtstag seiner Tochter erzählte, tat mir die Tochter leid. Schließlich ging mir sein Gerede so auf die Nerven, daß ich vortäuschte, eingeschlafen zu sein, um ihm zu entkommen.

Charlenes Gesicht wirkte viel jünger, und während wir die Eingangshalle durchschritten, gab sie sofort zu, daß sie ein Gesichtslifting und eine »Unterspritzung« ihrer Lippen hinter sich habe. Wir lachten darüber, und als ich in meiner Levi's und der Lederjacke neben ihr herging, fühlte ich mich wie eine graue Maus. Dieses Gefühl steigerte sich noch in der Lobby des eleganten Hotels im teuersten Bereich der Madison, aber als ich es sagte, erklärte mir Charlene, daß ich genau das trug, was Filmstars anzogen, um sich von Yuppies zu unterscheiden. Sie hatte jede Menge Kleider dabei, die ich mir anschaute, während sie uns im Aufenthaltsraum unserer Suite einen Drink zubereitete. Als ich mit einem ihrer einfacheren Kleider aus dem Schlafzimmer trat, reichte sie mir einen Whiskey mit Wasser und brach dann in einen Weinkrampf aus. Ich nahm sie in die Arme und sah mich dabei selbst in der spiegelflügeligen Armoire, welche in die Zimmerbar überging. Um ehrlich zu sein, sah ich nicht besonders gut aus, aber wie hätte ich das auch erwarten sollen. Es dauerte eine ganze Stunde, bis sie sich soweit beruhigt hatte, daß wir wieder normal miteinander reden konnten. Das Schlimmste, was sie sagte, war, daß sie sich wünschte, an meiner Stelle krank zu sein. Wie soll man auf einen solchen Unfug reagieren, außer mit der Erkenntnis, daß es sich um wahre Freundschaft handelt. Vor dreißig Jahren hatten wir auf dem Country Fair den Polka-Wettbewerb gewonnen, für den Charlene sich als Junge verkleidet hatte, und jetzt befanden wir uns in einer Suite im achten Stock und waren von teuren Möbeln und kostbaren Audubon-Drucken umgeben.

Schließlich fragte sie mich, was ich nun tun würde, und ich sagte: »Vermutlich werde ich mich ertränken, oder?«, und lachte. Im Radio fanden wir einen Sender mit linkisch klingender Musik und machten ein paar Polkaschritte, wie jedesmal, wenn wir uns wiedersahen, aber dann sank sie weinend aufs Sofa. Ich sagte zu ihr: »Charlene, mach den Schwachsinn aus«, und sie tat es. Händchenhaltend saßen wir auf dem Sofa, und dann schlief ich für eine Weile ein. Als ich erwachte, fühlte ich mich elend und nahm eine Percodan aus dem Fläschchen, das Charlene mir gegeben hatte, bevor wir beim Zimmerservice ein Abendessen bestellten. Die Tablette machte mich benommen, in etwa der Zustand, den wir früher »high« nannten, und ich genoß meinen Salat mit Meeresfrüchten und einen Weißwein, den ich noch nicht kannte, aber der Charlenes Lieblingswein war und Meursault hieß. Ich überlegte, ob ich zum Trost einen Karton davon mit nach Hause nehmen sollte, aber als ich Charlene nach dem Ladenpreis fragte, bewirkte ihre Antwort bei mir einen Schweißausbruch. Ich sagte, daß jemand aus Nebraska sich schämen würde, derart viel Geld für Wein auszugeben, und sie sagte, »Zur Hölle mit Nebraska« und fügte hinzu, daß mein Großvater in dieser Hinsicht nicht zögerlich gewesen sei. Nach dem Abendessen putzten wir uns heraus, gingen in ein Café unten im Hotel und lauschten der Musik eines wundervollen Sängers und Pianisten. Dies war nicht das New York, das ich gekannt und geliebt hatte, aber es war schon zu spät und ich war zu müde, um jetzt noch in die Amüsiermeile loszuziehen. Keiner meiner alten Freunde wäre freiwillig in die eleganten Stadtteile gegangen – außer zu einem Museumsbesuch. In unserem Schlafzimmer gab es zwei Doppelbetten, aber wir schliefen händchenhaltend in einem. Um vier Uhr morgens mußte ich aufstehen, um eine Tablette zu nehmen, die ich mit einem Glas Brandy hinunterspülte. Ich konnte weder das eine noch das andere bei mir behalten, aber der nächste Versuch, sie mit Wasser zu schlucken, gelang.

Als ich im ersten Dämmerlicht erwachte, vernahm ich das Geräusch des Regens und ein schwaches Tuten und erlebte in Gedanken noch einmal den wundervollen Traum, in dem ich ein ganzer Schwarm Fische war, die ich allerdings nicht näher bestimmen konnte. Wie ist es möglich, mehr als eins zu sein, überlegte ich und erinnerte mich an die Art und Weise, wie die Sonnenstrahlen ihren Weg durchs klare Wasser in die Tiefe gefunden hatten.

Von acht Uhr morgens bis drei Uhr nachmittags war ich im Sloan-Kettering-Hospital. Ursprünglich hatte ich wegen weiterer Untersuchungen über Nacht bleiben sollen, um am nächsten Morgen wieder früh anfangen zu können, aber der letzte Arzt, der mich an diesem Tag untersuchte, sagte, daß dies nicht nötig sei, ich aber am nächsten Vormittag vorbeikommen solle, um mit einem Vertrauensarzt zu sprechen. Zuerst war ich verwirrt, aber dann schloß ich, daß mein Fall eben hoffnungslos sein mußte. Während ich mich anzog, kam der Arztfreund meines Doktors in Lincoln herein und blickte auf meine Akte, die er krampfhaft festzuhalten schien. Er versicherte mir, daß ich am nächsten Morgen über »alle meine Möglichkeiten« informiert werden würde, und ich antwortete, ich würde wetten, mir blieben nicht viele. Es ist immer schwierig, in solchen Fällen die Fassung zu bewahren, wenn auch nur die geringste persönliche Beziehung besteht. Er sagte, daß es tatsächlich einige Möglichkeiten gebe, und dann ging zum Glück sein Piepser los. Einige der Tests waren in der Tat invasiv, aber das Personal und die Ärzte waren gnädig, was mich so gar nicht an die rücksichtslose Behandlung erinnerte, die meine Fürsorgeklienten in Krankenhäusern erfahren hatten, wo nur Massenabfertigung stattfand. Ich habe immer

wieder erlebt, daß man dir lächelnd entgegenkommt –
wenn du es bezahlen kannst. Dies ist keine bösartige Ver-
leumdung von Einrichtungen, die zu den besten auf ihrem
Gebiet gehörten, wie etwa Sloan-Kettering oder Mayo,
sondern eine schlichte Erkenntnis über den Lauf der Welt.
Ich war überrascht, daß Charlene in der Lobby auf mich
wartete, aber dann nahm ich an, daß man sie benachrichtigt
hatte. Ich fühlte mich reichlich wackelig auf den Beinen,
aber ich wollte versuchen, den ziemlich langen Weg zum
Hotel zurück zu Fuß zu gehen. Ich war so erleichtert, nicht
mehr von Maschinen untersucht oder an sie angeschlossen
zu sein, in hohe Töne summende Metallröhren hineinge-
schoben zu werden, daß ich fast fröhlich war. Tatsächlich
ging es mir mit jedem Schritt besser, so daß wir einzig am
Frick-Museum eine Pause einlegten, wo ich ein wenig am
Wasserbecken sitzen und das Portrait des Herzogs von
Arentino ansehen wollte. Er erinnerte mich an meinen
Großvater.
Im Hotel hatte ich nicht mehr die Kraft für einen Drink
und schlief mehrere Stunden, wobei ich zwischendurch
immer wieder Charlenes Stimme im Wohnzimmer am Telefon hörte. Nachdem ich aufgestanden war und geduscht
hatte, trank ich einen Martini, der meine Innereien in
Brand zu setzen schien, aber es gelang mir, ihn bei mir zu
behalten. Während Charlene unter der Dusche stand, rief
ein Concierge namens Dwight an, um zu sagen, daß es ihm
gelungen war, zwei Karten für ein ausverkauftes B.B.-King-
Konzert zu bekommen, was mich in ungeheure Aufregung
versetzte. Anschließend wunderte ich mich über den Lauf
des Lebens, der darin besteht, daß Dinge kleiner werden
und erst am Ende größer. Außer Gott fiel mir niemand ein,
der mich an diesem Abend glücklicher machen konnte als
B.B. King. Als Charlene zurück ins Zimmer kam und die
wunderbaren Neuigkeiten hörte, hüpfte sie singend und

kreischend in ihrem Handtuch durch den Raum. Wir würden unser Bestes geben, uns nicht unserem Alter geschweige denn meinem Zustand gemäß zu verhalten.

Es klappte recht gut. Das Konzert war so großartig, daß ich zwei Stunden lang alles vergaß, etwas, das Musik stets beabsichtigen muß, wobei es mehr um das Wesentliche geht als um die Details. Charlene hatte uns für den Abend einen Wagen mit Fahrer besorgt und ging nicht auf meine Mißbilligung ein. Nach dem Konzert fuhren wir in die SoHo-Tribeca-Gegend zu dem, wie Charlene es nannte, »heißesten« französischen Restaurant der Stadt und aßen ein mittelmäßiges Dinner, das uns fünfhundert Dollar kostete (Charlene zahlte bar, was mich darüber staunen ließ, wie lukrativ die Tätigkeit eines »Producers«, denn ihr gegenwärtiger Ehemann arbeitete in diesem Bereich, offenbar sein mußte). An einem großen Tisch in einer weiter entfernten Ecke saßen einige Börsianer, die ziemlichen Lärm veranstalteten und auch diverse College-Lieder zum besten gaben, aber dann erklärte uns ein Kellner, daß sie Wein im Wert von mehreren tausend Dollar bestellt hätten. Ich sehnte mich in das New York der späten sechziger und frühen siebziger Jahre zurück, als die Stadt noch viel schäbiger und menschlicher gewesen war. Wir redeten darüber und korrigierten unsere Meinungen soweit, daß jede Generation, die in diese sagenhafte Stadt kommt, ihr eigenes New York hat und damit das der folgenden Generation nicht toleriert, und jede zurückliegende Generation wird dir stets erklären, wieviel besser es früher hier war.

Wir schlugen ziemlich über die Stränge, denn wir gönnten uns Crème Brûlée, einen Käsegang, anschließend eine Flasche Château d'Yquem, die ich bezahlte: Ich liebte diesen Wein, obwohl mit ihm die zweifelhafte Erinnerung an einen Brasilianer verbunden war, der mir einmal eine Flasche davon geschenkt hatte. All dies war viel zuviel für mich, geistig wie körperlich, und unvermittelt überkam mich die schöne, aber traurige Erinnerung an meine im fünften Stock eines Hauses ohne Aufzug liegende Wohnung in der Second Avenue, wie ich dort aus einer Schachtel von der chinesischen Imbißbude esse, Musik höre und fast bis zum Morgengrauen lese.

Wir unternahmen eine unsinnig sentimentale Fahrt durch unsere alten Viertel und kamen nach Mitternacht wieder ins Hotel zurück, wo Charlene sich noch einen Schlummertrunk gönnte und ich paßte, weil ich mich plötzlich darüber wunderte, warum ich soviel trank. Was für Möglichkeiten hatte ich in meiner Lage? Wir werden nicht gut auf das Sterben vorbereitet, aber schließlich ist es etwas Alltägliches. Dieses Wort ging mir immer wieder durch den Kopf, und mir fiel auf, daß ich es erst im letzten Jahr häufiger gebraucht hatte. Vielleicht hatte es mit dem Beginn der Menopause zu tun, die ich trotz meiner sechsundvierzig Jahre nicht erleben würde.

Und dann folgte ein unerträglicher Streit, der allerdings nur kurz war, und begann, als ich den Schlummertrunk zurückwies und Charlene zudem erklärte, ich wolle nicht, daß sie mich am nächsten Nachmittag begleite, wenn ich nach Lincoln zurückfliege, weil sie ganz bestimmt nur wieder umkehren würde, wenn ich in Omaha ins nächste Flugzeug umsteige, nach New York zurückfliegen, in einem Flughafenhotel übernachten und tags darauf die Concorde nehmen müsse (der Gedanke, schneller als mit Schallgeschwindigkeit zu fliegen, stieß mich ab). Ich bezeichnete diesen ganzen Plan als »verrückten Mist«, weil sie es niemals schaffen würde, ganz »nach Hause zurückzugehen«, wie sie es nannte. Daraufhin drehte sie völlig durch und konnte nicht aufhören zu weinen, wogegen ich nichts tun konnte, als eine Pille zu nehmen und ins Bett zu gehen. Als ich in der Nacht aufwachte, weil ich eine weitere Tablette

brauchte, lag sie in BH und Slip auf dem Sofa, und ich
deckte sie zu. Gegen Morgen kroch sie zu mir ins Bett, und
das war's dann. Als wir schließlich aufstanden, blieb mir
nur noch wenig Zeit bis zu meinem Termin, und wir erwähnten mit keinem Wort den traurigen Ausgang unseres
letzten gemeinsamen Abends.

Mein Beratungsarzt war eine ältere Frau, deren Augen-, Na-
sen- und Stirnpartie mich stark an Naomi erinnerte. Dies
war anfangs ein wenig entnervend für mich und vermittelte ihr den Eindruck, daß ich angespannt auf die Ergebnisse wartete, während ich in Wirklichkeit schon alles genau wußte. Ich befand mich mitten in »Stufe IV«, und der
Krebs in den Eierstöcken hatte sich bereits auf Leber,
Lunge, Lymphknoten, Knochen und so weiter ausgebreitet.
Meine einzige Möglichkeit war eine radikale Chemo- und
Strahlentherapie, die meine Überlebenschancen auf sechs
Monate bis ein Jahr verlängern würde, vielleicht auch mehr,
aber das war unwahrscheinlich. Ich entgegnete ruhig, daß
ich in meiner Zeit als Sozialarbeiterin drei Fürsorgeklienten kennengelernt hätte, die eine solche Therapie über sich
hatten ergehen lassen, und daß sie für mich nicht in Frage
käme. Es hatte sich für einen von ihnen gelohnt, der sich
seit langer Zeit von seiner Tochter entfremdet hatte, und
nun Zeit brauchte, die Sache wieder in Ordnung zu bringen, aber schließlich war meine Situation ganz anders. Das
alles fand innerhalb der ersten zehn Minuten statt, und anschließend hatte ich das Gefühl, daß wir beide erleichtert
aufatmeten. Sie wollte mir das Buch von Elisabeth Kübler-
Ross *Über Tod und Sterben* geben, aber ich sagte, ich hätte
es schon gelesen und die besten Sätze unterstrichen. Wir
lachten über meinen kleinen Scherz. Merkwürdigerweise
fragte sie mich dann, wo genau in Nebraska ich lebte, und
ich steigerte mich in eine euphorische Beschreibung der
Sandhills hinein. Dann weinte ich ein bißchen und sagte,

»Ich werde das alles so vermissen – oder vielleicht auch nicht.«

Charlene wartete in der Lobby und trug eine Sonnenbrille, die sie vor dem wolkenverhangenen Himmel schützte. Wir scherzten darüber auf unserem weiten Weg zum Museum of Modern Art, vor dem die Schlangen zu lang waren, um sich anzustellen. Die leichte Niedergeschlagenheit, die mit einem Kater einhergeht, vorausgesetzt, man ist nur Gelegenheitstrinker, kann einen ziemlich verwirren, wenn man gezwungen ist, mit seiner Kraft hauszuhalten, weil man eine Maschine erreichen oder ein letztes Mal mit seiner besten Freundin reden muß. Wir waren lange genug befreundet, um gemeinsam mit dem Kater oder zumindest den schlimmsten Folgen unseres Trinkens zurechtzukommen, aber als wir in die mittäglichen Menschenmassen auf dem Bürgersteig der Fifth Avenue eintauchten, lehnte sich Charlene an ein Gebäude und kreischte: »Ich begreif's nicht!« Es stellte sich heraus, daß, was sie nicht begriff, die Tatsache war, warum wir während unseres Lebens nicht mal ansatzweise erfahren, welche Bedeutung das alles hat. Ich konnte ihr nicht weiterhelfen. Wenn ich meinem Großvater eine unsinnige Frage gestellt hatte, wie zum Beispiel die, warum Kühe und Pferde nicht sechs Beine haben, hatte er wiederholt gesagt, daß Antworten stets nur Eicheln seien und die Fragen selbst die mächtigsten Eichen. Ich war immer noch ein wenig sauer, daß das Museum zu überfüllt war, um ihm einen letzten Besuch abzustatten. Allerdings befanden sich meine alten Lieblingsbilder, Picassos *Guernica* und Monets Wasserlilien-Serie, mittlerweile ohnehin woanders.

Es war wundervoll, die Fünfundneunzigste zum Central Park hin zu überqueren und die Menschenmassen hinter sich zu lassen. Seitdem die Sonne durchgebrochen war, wirkte Charlene viel lebendiger, und als ein attraktives lateinamerikanisches Pärchen aus entgegengesetzter Richtung an uns vorüberging, sagte sie, daß sie gern mit beiden von ihnen schlafen würde. Es versetzte mir einen leichten Schock, als ich begriff, daß ich niemals mehr Liebe machen würde. Einmal hatte ich auf der First Avenue in einem ungarischen Restaurant gegessen, dessen Spezialität Ente war, und als ich mit meinen Freunden mit einem Slibowitz anstieß, der aus Pflaumen hergestellt wird, überwältigte mich sein Geruch und Geschmack. Duanes Lippen hatten nach Pflaumenwein geschmeckt, als wir uns das erste und einzige Mal geliebt hatten. Nelses Zeugung war wirklich eine beachtliche Leistung, wenn man es so sieht.

Als wir das Metropolitan Museum of Art erreichten, war es ebenfalls zu überfüllt, denn aus vor ihm aufgereihten Bussen strömten Kinder, die hier Feldforschung betreiben sollten. Ich war nicht sehr enttäuscht, denn ich hatte praktisch Wochen in dem Museum verbracht und konnte mich an zahlreiche Räume erinnern. Wir überlegten, ob wir vor unserem Abschiedsmittagessen weiter die Fünfte hinauf zum Guggenheim-Museum gehen sollten, verzichteten jedoch auf beides und setzten uns statt dessen einfach auf die sonnenbeschienene Treppe und aßen zwei Frankfurter mit Sauerkraut und Senf. Wir genossen es, die jungen Paare vor sich hinträumen zu sehen, und erinnerten uns ohne große Gefühlsduselei an unsere High-School-Zeit. Als der Zeitpunkt näherrückte, bestand ich darauf, daß Charlene zuerst zum Hotel zurückging, weil ich wollte, daß wir uns hier im hellen Sonnenlicht voneinander verabschiedeten, wo Schulkinder auf den Stufen um uns herum Fangen spielten. Ich blickte auf einen Kleckser Senf auf meiner Schuhspitze, statt meiner lieben Freundin hinterherzusehen, als sie die Straße überquerte.

Der Heimflug verlief angenehm. Ich ertappte mich bei dem besorgten Gedanken, wie viele Tabletten ich wohl brauchen würde, um beweglich zu bleiben, aber ließ ihn gleich wieder fallen, um statt dessen einzuschlafen und erst wieder aufzuwachen, als die Maschine den Mississippi überflog. Sogar vom Flugzeug aus war die Dämmerung wunderschön anzusehen. Ich bedauerte, daß ich meinen Stenoblock im Gepäck verstaut hatte, anstatt ihn in die Handtasche zu stecken, denn ich wollte meiner Liste etwas hinzufügen. Als ich in Omaha in die Anschlußmaschine für das letzte, kurze Stück Weg nach Lincoln umstieg, kaufte ich mir einen neuen Block. Ich wußte nicht genau, bei welcher Nummer ich aufgehört hatte, aber was gab es Unwichtigeres?

52. streunende Katzen, wild, aber freundlich
53. Duanes Büffelschädel in seinem Versteck
54. den Grastanz bei Pow-Wows
55. Flüsse, aus der Luft betrachtet
56. meinen Vater, wie er bei meinem ersten Ritt mein Pferd führte
57. Sonia, die Airedale-Hündin meiner Kindertage
58. den roten Mond, der sich über dem staubigen Arizona erhebt
59. Edward Curtis' Foto von Judith, dem Mojave-Mädchen

Nelse und J.M. erwarteten mich am Flugsteig, wobei sie aussahen, als ob sie meine Beerdigung schon hinter sich hätten; aber schließlich ist die Beleuchtung auf Flughäfen auch entsetzlich grell. Wir umarmten einander, und ich war so fix und fertig, daß ich stolperte, was bei ihnen einen falschen Eindruck erweckte. Als wir mein Gepäck geholt hatten und zu ihrer Wohnung fuhren, versuchte ich die

Tage in New York in den schillerndsten Farben zu schildern. Nelse hatte neue Tabletten von meinem Arzt in Lincoln für mich dabei, der schon mit den Kollegen vom Sloan-Kettering-Hospital gesprochen hatte. Ich scherzte, daß mein Drogenkonsum dem von Elvis Presley in nichts nachstehe, als ich die Pillenfläschchen begutachtete, und Nelse und J. M. bemühten sich daraufhin, amüsiert dreinzublicken, aber im nächsten Moment brach Nelse in Schluchzen aus. Wir beruhigten ihn, dann wärmte J. M. eine Schale *posole* für mich auf, welche ich zusammen mit einer Tortilla und ein paar knackfrischen Radieschen aß. Mein Vater hatte Frühradieschen und grüne Frühlingszwiebeln geliebt und sie mit Butter und Salz zu Brot gegessen, wobei ich oft auf seinem Schoß gesessen und entschieden hatte, welches Radieschen er als nächstes essen sollte. Erfreut stellte ich fest, daß J. M. den Ring meiner Großmutter Neena trug, und während wir uns darüber unterhielten, saß Nelse nur da und bemühte sich, ruhig zu atmen. Unvermittelt begriff ich, daß es, nachdem das Todesurteil endgültig verhängt ist und keine Chance mehr auf Begnadigung besteht, die Aufgabe des Verurteilten ist, die Überlebenden zu trösten. Während du selbst das Urteil längst akzeptiert hast, hadern deine Lieben noch immer damit, und die grausame Erkenntnis, daß es nicht zu ändern ist, bricht immer wieder aufs neue über sie herein. Die meiste Zeit hatte Charlene sich nichts anmerken lassen, aber zwischendurch hatte sie mich dann doch von der Seite mit diesem merkwürdigen Blick angesehen, der mir verriet, was sie gerade beschäftigte. Wobei ich meinen Zustand keine Sekunde lang vergessen konnte, weil der Schmerz mich beständig daran erinnerte, und wenn nicht der Schmerz, dann die einschläfernde Wirkung der Pillen. Niemand verläßt diese Welt lebend, und es war eben mein persönliches Pech, daß ich mich vorzeitig verabschieden mußte. Wer zum Tode verdammt ist, denkt nicht mehr über eine Lebensversicherung nach, und es nützte mir absolut nichts, daß ich laut Statistik noch zweiunddreißig Jahre zu leben hatte. Unsere Körper leben ihr eigenes Leben, bei dem existentielle Dinge wie Kälte, Hunger, Hitze und Verlangen im Mittelpunkt stehen, und unsere Seelen reagieren viel langsamer als sie. Mit Nelse und J.M. hier zusammenzusitzen, führte dazu, daß ich bald mit ihnen Mitleid hatte statt mit mir selbst, und zu ihrem Trost eine gemeinsame Reise zu planen begann, die nie stattfinden würde.

Ich fühlte mich gut, als ich in Lincoln bei Anbruch der Morgendämmerung durch Vogelgezwitscher geweckt wurde, das so laut war wie daheim auf der Ranch. Nelse hatte mir gesagt, wie entsetzlich viele Vögel dadurch starben, daß sie gegen Fenster flogen – besonders drüben auf dem Universitätsgelände, wo die Gebäude von dichtem Buschwerk umgeben sind. Durch das offene Fenster kam der süßliche Geruch verwelkender Lilien herein, der sich mit dem des Straußes aus Trockenblumen und -gräsern auf meinem Nachttisch vermischte. Im kleinen Gefrierfach seines Kühlschranks in der Schlafbaracke bewahrte Nelse eine kleine Sammlung ausgestopfter Vögel auf, die er gefunden hatte, unter anderem auch meinen Lieblingsvogel, eine gelbköpfige Amsel, die wirkte, als würde sie gleich losfliegen, wenn man sie nur gründlich anwärmte. Vor langer Zeit hatte ich manchmal an die Fliegentür geklopft und Duane am nackten Tisch sitzen sehen, mit dem Rücken zu mir und nicht bereit, sich umzudrehen und auf das Klopfen zu reagieren. Er wußte vermutlich, daß er mein Halbbruder war, aber ich ahnte nichts davon.
Wir genossen den langen Rückweg nach Hause, und zum Spaß nahm ich meinen Stenoblock heraus, um zu notieren,

welche Vögel Nelse bei einer Geschwindigkeit von sechzig
Meilen pro Stunde oder mehr entdeckte.

60. das Geräusch von Pferdehufen auf dichtem Gras
61. beim Schwimmen tief im Wasser einen Fisch zu sehen
62. das Geräusch, das Pferde machen, wenn sie Hafer
    fressen, das Malmen ihrer Zähne

J.M. sagte, sie wolle deswegen unterrichten, weil fast jeder,
den sie bisher in ihrem Leben getroffen habe, dumm war.
Ein überzeugendes Motiv. Nelse sagte, daß Primaten im allgemeinen nur das lernten, was sie benötigten, um sich zu
ernähren. J.M. ärgerte sich darüber und forderte ihn auf,
von sofort an einen Monat lang auf das Wort »Primat« zu
verzichten. Ich sagte, daß einer meiner Lieblingsautoren,
Gabriel García Márquez, nichts dagegen hätte, wenn man
ihn als Primaten bezeichnete, solange man nicht vergaß,
daß er außerdem García Márquez war. »Das gleiche gilt
auch für Mozart!« stieß J.M. hervor. Zu seiner Verteidigung
erklärte Nelse, er habe niemals behauptet, daß Anthropologie, auf das menschliche Leben bezogen, »der Weisheit
letzter Schluß« sei, woraufhin J.M. flüsterte: »Unfug.« Sie
schob eine Carlos-Montoya-Cassette ein, dessen Musik zu
der Landschaft zwischen Almeria und Brewster zu passen
schien.
Als wir durch unsere Bezirksstadt fuhren, gab es einen komischen Zwischenfall. Ich war entsetzt, als ich entdeckte,
daß mein alter Subaru immer noch bei dem Händler stand,
dem ich ihn anläßlich der Anschaffung des neuen Pick-up
verkauft hatte. Hinter mehreren Reihen flotterer Modelle
wirkte mein heißgeliebtes Auto irgendwie einsam, so daß
wir anhielten und ich ihn zurückkaufte. Der niedrige Preis,
den der Händler dafür verlangte, verletzte mich, obwohl
der Tachometer einmal ganz durchgelaufen war und er

insgesamt hundertsiebzigtausend Meilen draufhatte und durch die salzhaltige Luft Santa Monicas an einigen Stellen schon rostete. Ich glaube nicht, daß mein Verhalten snobistisch war, sondern einfach die Folge starker emotionaler Verbundenheit. Ich hatte einmal gehört, wie unser High-School-Trainer mich als »reiche Ziege« bezeichnete – derselbe Mann, der sich bei anderer Gelegenheit in die Mädchenumkleide schlich, als ich gerade allein darin war, und von mir verlangte, daß ich mich ihm nackt zeigte. Noch immer überlegte ich hin und wieder, ob ich diesen Vorfall hätte melden sollen, aber schließlich hatte er eine nette Frau und nette Kinder, die vermutlich ohnehin schon genug unter diesem starrköpfigen Tyrann leiden mußten.

Ich fühlte mich um Jahre jünger, als ich mit dem alten Wagen nach Hause fuhr, ganz so, als ob ich weit genug in die Vergangenheit zurückfahren könnte, um wieder gesund zu sein, mir vielleicht einen neuen Job und einen neuen Liebhaber zu suchen, mit dem ich glücklich bis an mein Ende leben konnte. Letztere Vorstellung überforderte bald meine Phantasie, aber immerhin gelang es mir, meinen Weg bis zum letzten Sommer zurückzuverfolgen, in dem ich glücklich gewesen war. Natürlich beinhaltete dies auch die Möglichkeit, daß ich schon letzten Dezember zum Arzt gegangen wäre, als ich mich bereits irgendwie merkwürdig gefühlt, aber meine Krankheit noch nicht »Stufe I« überschritten hatte, und eine Operation meine Lebenserwartung um fünf Jahre verlängert und mir vielleicht die Chance gegeben hätte, meine ersten Enkel kennenzulernen. Vermutlich waren diese verrückten Phantasien in meiner Situation nur zu verständlich, und es fiel mir schwer, wieder in die Realität zurückzufinden, aber dann sah ich Nelse und J.M. im Rückspiegel und kehrte in die Wirklichkeit zurück, was auch nicht besser war.

Ich wußte, daß Ruth bei Naomi sein würde, was auch tatsächlich der Fall war – wie eine Bilderbuchfamilie saßen Ruth, Naomi und Paul auf der Veranda vor dem Haus. Ruth rannte sofort los, um mich zu begrüßen, wie sie es stets getan hatte, wenn ich von der Universität nach Hause kam, als sie noch zur High School ging. Sie umarmte mich so vorsichtig, als sei ich zerbrechlich, was ja auch stimmte. Ich fragte sie nach ihrem derzeitigen Freund, und sie sagte mir, sie sei gezwungen gewesen, »ihn gehen zu lassen«. Sie träumte noch immer von etwas, das sie in diesem Leben niemals finden würde. Ich schaute Richtung Veranda, wo Naomi und Paul standen und aussahen, wie meine Eltern ausgesehen hätten, wäre mein Vater noch am Leben gewesen. Dieser Anblick gab mir ein gutes Gefühl, und ich winkte.

Als wir alle im Wohnzimmer saßen, erklärte ich, daß ich keineswegs die Absicht hätte, all das hier für mehr als ein oder zwei Tage in die Länge zu ziehen, und fragte Naomi, ob sie auch Lundquist zum Abendessen einladen könne. Ich sah ihnen in die Augen, als ich das sagte, und erkannte, daß dies für sie alle der schlimmste Part sein würde. Schließlich gibt es keine Möglichkeit, die Liebe zu anderen Menschen zu reduzieren; darum wünscht man sich, bei ihnen bleiben zu können, damit ihnen kein Leid widerfährt. Um meine Nervosität zu vertreiben, bat ich Ruth, ein wenig Klavier zu spielen. Naomi brachte mir ein Glas Limonade, und als Ruth etwas von Chopin spielte, das ich besonders mochte, weinten alle. Schließlich begleitete mich Ruth nach oben auf mein altes Zimmer, wo wir uns eine Weile unterhielten und James Dean von einem Poster auf uns herabstarrte.

Nach einem unruhigen Mittagsschlaf, in dem mir im Traum alle Pferde und Hunde meines Lebens begegneten, schlich ich mich aus dem Haus, winkte Naomi, Paul und

Ruth, die draußen im Garten standen, und fuhr zum alten Hof hinüber. Der Pick-up stand vor der Baracke, und da ich Nelse und J.M. bei dem, was sie gerade taten, nicht stören mochte, ging ich ins Haus, um ein paar Dinge zu erledigen. In der Pumpen- und Vorratskammer schnitt ich ein großzügiges Stück aus einer gewebten Hängematte, was mit einer normalen Schere gar nicht so einfach war. Als ich durch die Küche ging, bemerkte ich Frieda, die am Frühstückstisch saß und die Tischdecke mit dem Rosenmuster anstarrte, welche ihr – im Gegensatz zu mir – besonders gefiel. Ihr Gesicht war vom Weinen verquollen, also streichelte ich sie und ließ mich neben ihr nieder, um eine Tasse Kaffee und ein Stück Schokoladenkuchen mit zentimeterdicker Sahnehaube zu mir zu nehmen, den sie für Nelse gebacken hatte. Sein Stoffwechsel funktionierte so, wie sie sich ihren stets gewünscht hatte. Frieda war nicht so tiefreligiös wie ihr Vater. Sie starrte mich an und sagte: »Es ist verdammt noch mal unfair.« Das war alles an Unterhaltung, sah man mal vom Ticken der Uhr ab und dem Gesang einer Feldlerche draußen hinter der Weinlaube.

Oben nahm ich einen kleinen Koffer und verstaute darin ein paar sommerliche Kleidungsstücke und einen zehn Pfund schweren, glatten Stein, den ich vom Grund des Niobrara heraufgeholt und stets als Türstopper benützt hatte. Ich öffnete meinen kleinen Safe, den Großvater im Arbeitszimmer hinter den Büchern hatte einbauen lassen, mit der raffinierten Kombination eins-zwei-drei, nahm ein dickes Bündel Bargeld heraus und betrachtete lange und eindringlich ein Foto seiner großen Liebe, Adelle, Neenas älterer Schwester. Um den anderen keine Scherereien zu machen, ließ ich den Safe offenstehen.

Als ich aus dem seitlichen Fenster in den Hof blickte, entdeckte ich dort Nelse und J.M., die sich mit Lundquist unterhielten, und ich beschloß, zu ihnen zu gehen. Auf der

Treppe blieb ich auf halber Höhe auf einem Absatz stehen, betrachtete die kleine Landschaft von Davis, die dort hing, und grübelte noch einmal darüber nach, wie dieser junge Mann von einer Klippe nahe Durango in Mexiko hatte fallen können. Über dieses Erinnerungsstück hatte ich mich fast mit Paul zerstritten, der nicht zugeben wollte, daß der Verlust von sowohl Davis als auch Adelle eine entsetzlich große Lücke in Großvaters Leben hinterlassen hatte. Als ich das erste Mal über Davis gelesen hatte, erinnerte ich mich unsinnigerweise an den Witz, der besagt, daß das Leben zwar kurz ist, aber sehr weit reichen kann. Vor der Hintertür blieb ich erneut stehen, als ich J.M. bemerkte, die in der warmen, staubigen Luft mit dem Rücken an einen Pfosten des Korrals gelehnt saß und Roscoe und Ted gleichzeitig streichelte, was Roscoe nur unter großem Knurren akzeptierte, worauf sich der viel größere Ted furchtsam duckte. Ich schien in einem halben Dutzend Welten gleichzeitig zu existieren, in einem Universum von Schmerz, gegen das die Tabletten nichts auszurichten vermochten, im Hinterkopf die Vorstellung, wie Davis seine Zahnschmerzen mit Tequila betäubt, auf einen Berg steigt und herunterfällt, und der abstrakte Gedanke, daß all die Fragen über den Sinn des Lebens, die ich mir stelle, mich einfach nichts angehen, daß Gott oder wer auch immer da oben sein mag, ein gnadenloser Faschist ist, und daß Sterbliche eben nicht das Recht haben, Fragen zu stellen, bis auf einige kleinere Gottheiten, die sich bloß mit der Maske des Menschseins tarnen. Wir anderen können unsere endlose Verwirrung nur herausbellen wie mit ein paar menschlichen Eigenschaften versehene Hunde. Da ich Hunde mochte, mißfiel mir diese Vorstellung gar nicht mal.

Nelse half mir, Rose zu satteln, während Lundquist Roscoe einen Vortrag darüber hielt, daß er netter zu Ted sein solle, aber Roscoe war eine so harte Nuß, daß nicht einmal Lundquist sie knacken konnte; er starrte den Boden an, als wolle er ihn gleich beißen. Ich spürte, daß Nelse sich fragte, ob dieser Ausritt das richtige für mich war, aber er begnügte sich mit der Bemerkung, »Bist du sicher?« Ted wollte mich nicht begleiten, was laut Lundquist darauf zurückzuführen war, daß Rose nach ihm geschnappt hatte, als er versuchte, etwas von ihrem Hafer zu fressen.

Nelses Zweifel waren berechtigt. Ich wollte beweisen, daß es richtig war, noch einmal mit Rose auszureiten, aber mitten im ersten dichten Baumgürtel durchzuckte mich unvermittelt ein heftiger, greller Schmerz. Ich ließ die Zügel los, rutschte aus dem Sattel und landete rückwärts auf dem Hintern. Rose gab sich zuerst erschrocken, aber dann begann sie zu grasen und kümmerte sich nicht weiter um den dummen Menschen, der da ins Gras geplumpst war. Dieser Vorfall bestätigte mich in meiner Absicht. Es war schlichtweg unmöglich für mich, in einer Welt zu leben, in der ich nicht mehr reiten konnte. Ich blieb liegen, bis der Schmerz soweit nachgelassen hatte, daß ich Rose zurück zum Korral und in die Scheune führen konnte. Dankbar registrierte ich, daß niemand meine Niederlage mitbekommen hatte.

Ich ging ins Haus, schluckte zwei der Megapillen und rief bei Naomi an, wo aber niemand abnahm. Als ich wieder nach draußen ging, fuhr gerade Ruth in den Hof. Da ich durch die Vordertür gegangen war und bei der Reifenschaukel stand, bemerkte sie mich nicht. Ich ging zu ihr hin, und sie zuckte erschrocken zusammen, denn da sie gerade dem Finale einer Strawinsky-Aufnahme lauschte, hatte sie mich nicht kommen hören. »Oh, du bist's«, sagte sie, und wir lachten und fuhren dann den schmalen Schotterweg zum Niobrara hinab. Dort saßen wir fast eine Stunde lang auf einer moosbewachsenen Bank. Sie hatte einen Arm um meine Schultern gelegt, und wir schwiegen, denn die Geräusche der rotflügeligen Amseln aus dem nahe gelegenen Sumpf und das Rauschen des Flusses genügten uns vollauf.

Unser Abschiedsabendessen war nahezu unerträglich, aber das hatte ich vorausgesehen. Alle gaben sich die größte Mühe, aber natürlich nützte es nichts. Sie waren alle blaß vor Anstrengung, und ich hörte die ganze Zeit mein Herz schlagen, wie man es manchmal hört, wenn man sich plötzlich im Bett umdreht, und seine Lage dann wieder verändert, weil man das klopfende Geräusch nicht erträgt. Nur daß ich meine Lage eben nicht verändern konnte, außer indem ich mir Wein nachschenkte oder die Gabel hob. Ich hatte ein paar Flaschen von Großvaters bestem Wein mitgebracht, aber die anderen rührten ihn kaum an, bis auf Lundquist, nach dessen Meinung Wein normalerweise nur etwas für Papisten war. Er saß links von mir und Naomi rechts, und als er zu zittern begann, griff ich unter dem Tisch nach seiner Hand.

Als wir mit dem Essen fertig waren – die meisten hatten kaum etwas zu sich genommen –, hielt ich eine kleine Rede, die ich nicht vorbereitet hatte, da ich es nicht mehr schaffte, mich länger auf eine Sache konzentrieren. Dies hatte ich am meisten gefürchtet: daß die Kombination aus Schmerzen, Tabletten und purer Verzweiflung mich von einem denkenden Wesen zu einem mit weit aufgerissenem Mund die Welt anheulenden Narren mutieren lassen würde. Es war Zeit zu gehen, und so berichtete ich ihnen von meinem Plan und den Gründen dafür. Warum sollte ich leiden, sagte ich, und andere bei diesem Leiden zusehen lassen. Mein Plan war eher Ergebnis logischer Überlegungen als Ausdruck von Mut. Das Urteil über mich war gefällt worden, aber ich konnte noch immer entscheiden, *wie* ich sterben wollte, wofür ich genauso dankbar war wie für ihre Anwesenheit hier und die Möglichkeit, uns zum Abschied zu umarmen. Ich bat Nelse und J.M. darum, die Nacht bei Naomi zu verbringen, weil ich fürchtete, daß ich es nicht schaffen würde, wenn ich die beiden noch einmal wiedersah. Ich endete mit der Erklärung, daß ich ihnen von dort, wo ich hinging, mein kleines Tagebuch, in dem ich alles niedergeschrieben hatte, schicken würde, oder zumindest einen Abschiedsbrief. Dann ging ich um den Tisch herum und küßte sie zum Abschied, und wir alle waren wie gelähmt.

Zum letztenmal küßte ich meine Mutter und meinen Sohn und versuchte dabei, in Erinnerung zu behalten, wie sich ihre Haut unter meinen Lippen anfühlte. Dann verließ ich sie, ohne zurückzuschauen, und fuhr mit verschleiertem Blick, aber leichterem Herzen den Schotterweg entlang nach Hause. Ich befreite Ted aus seiner Hundehütte und kuschelte mich mit ihm auf die große Ledercouch in Großvaters Arbeitszimmer. Ich fühlte mich ein wenig benommen vor Leid, was mir nicht gefiel, darum blätterte ich in einem Buch über Winslow Homer, bevor ich einschlief.

Beim ersten Licht des Tages stand ich auf, gab Ted reichlich Futter und machte mich auf den Weg. Als ich die Biegung erreichte, an der unser Schotterweg auf die Bezirksstraße führte, trat Nelse aus dem kleinen Wäldchen dort und überquerte den Bach. Durch das offene Wagenfenster küßten wir uns noch einmal zum Abschied.

St. Louis, Missouri – Mai? Das Datum kenne ich nicht. Aber ist es nicht sowieso egal?

Nach sechzehn Stunden unkonzentrierter Fahrt habe ich es bis hierher geschafft. Jetzt, um Mitternacht, kann ich nur noch darüber lachen, daß ich geglaubt habe, den ganzen Weg zu den Florida Keys durchfahren zu können. Es war

purer Starrsinn, und ich bin so fertig, daß ich eine Bedro-
hung für den Straßenverkehr darstelle, wenn ich nicht alle
zwei Stunden eine Pause einlege. Der Subaru hat nicht
mehr genug Kompression, vielleicht durch das lange Her-
umstehen, und selbst wenn ich das Gaspedal ganz durch-
trete, schafft er kaum die sechzig. Ich befinde mich in einem
schrecklichen Motel am Flughafen, eins von der Sorte, die
Nelse haßt. Es ist warm und drückend, also habe ich die
Klimaanlage angemacht. Als ich mitten in der Nacht aufgewacht bin, habe ich den Fernseher angeschaltet, um sicherzugehen, daß die Welt noch existiert, obwohl dies natürlich kein richtiger Beweis ist. Jetzt dämmert es, und es wird
Zeit, daß ich mich zum Flughafen begebe. Ich werde die
Schlüssel im Wagen lassen, in der Hoffnung, daß irgendeine unglückliche Seele versuchen wird, ihn zu klauen. Als
Belohnung werde ich ein bißchen Geld ins Handschuhfach
legen.

*Lower Sugar Loaf Key, ein namenloser Tag
in der Geschichte meines Lebens!*

Das Hotel, in dem ich untergekommen bin, gefällt mir aus-
gezeichnet. Obwohl es hier schrecklich heiß und schwül
ist, finde ich es schade, daß ich mich nicht gut genug fühle,
um länger zu bleiben. Ich kam mir ziemlich pedantisch vor,
als ich heute am späten Nachmittag eingecheckt und für
zwei Wochen im voraus bezahlt habe. Nachdem ich mich
frisch gemacht hatte, fuhr ich eine Weile herum, aber ich
konnte das kleine Lager am Gezeitenfluß des Big Pine Key
nicht finden, wo Grace und Bobby Pindar in einer Hütte
lebten und Duane in einem alten Airstream, und sich weiter hinten der winzige improvisierte Korral befand, in dem
das einzige Pferd stand. Obwohl ihm ein Huf fehlte, hatte

das Tier trotz seiner achtzehn Jahre noch gut ausgesehen. Ich war damals sehr gern in dem Bach geschwommen. Aber jetzt konnte ich die Stelle nicht mehr finden, und nachdem ich die Gegend, in der es gewesen sein mußte, und die jetzt, sah man einmal von dem Wasser ab, aussah wie ein Ortsteil von Lincoln, verlassen hatte, hielt ich an einem Lokal auf dem Highway. Dort erfuhr ich von einem alten Fischer, daß der Gezeitenfluß in einen geschlämmten Kanal für den Ortsteil umgeleitet worden war und daß Bobby und Grace Pindar schon vor langer Zeit nach Louisiana gezogen waren.

An diesem Abend ließ ich mir am Empfang einen Briefumschlag geben, in dem ich mein Tagebuch nach Hause schicken wollte. Zuvor, als ich aus Big Pine zurückgekommen war, hatte ich an einem Yachthafen in der Nähe des Hotels angehalten, aber da es schon sechs war, wollten sie gerade schließen. Ein junger, beleibter Herr von zumindest teilweise kubanischer Abstammung forderte mich auf, am nächsten Morgen wiederzukommen, nachdem ich ihm meinen Wunsch vorgetragen hatte: ein kleines, seetüchtiges Boot mit verläßlichem Motor, neu oder gebraucht, mit dem ich für ein paar Wochen herumtuckern konnte. Außerdem kaufte ich eine Navigationskarte der unmittelbaren Umgebung. Zwar hing auch in der Lobby des Hotels eine solche Karte, aber ich wollte sie genau studieren. Auf dem Rückweg bemerkte ich ein paar Boote, die unter der Autobahnbrücke nahe des Hotels kreuzten, und in meinem Zimmer stellte ich erfreut fest, daß der Bow-Channel, der zu den American Shoals, den Sandbänken auf der zum Atlantik liegenden Seite des Highways führte, ganz in der Nähe war. Dies war ein Glücksfall, denn die Ermittler und einige Zeugen hatten damals bestätigt, daß Duane auf dem Seitenstreifen der Straße von Big Pine nach Lower Sugar

Loaf hinabgeritten war, und nicht einfach bei Ebbe den Bachlauf entlang. Leute, die sich nicht mit Pferden auskennen, wissen oft nicht um deren enorme Kraft und Ausdauer.

Nachdem ich geduscht hatte, wickelte ich meinen großen Stein in den Stoff der Hängematte und verknotete ihn. Dann zog ich einen alten *Concho*-Gürtel, den Paul mir geschenkt hatte, durch das Gewebe, und band ihn mir um die Taille. Es würde funktionieren! Das sagte mir mein Test, den ich unbekleidet durchführte. Seit etwa einem Monat wagte ich es zum erstenmal, mich von oben bis unten in einem Spiegel zu betrachten, und war überrascht, wieviel dünner ich geworden war. Wenn es in dem Tempo weiterging, würde ich in ein paar Monaten nur noch ein Strich in der Landschaft sein. Alles, was ich tat, stellte eine enorme Belastung für meinen Körper dar. Ich entledigte mich meiner Suizid-Ausstattung, zog mir ein Kleid an und trat auf den Balkon, von wo aus ich den wundervollen Sonnenuntergang über den Mangroven-Keys im Osten beobachtete. Überall flatterten Vogelschwärme, und ich dachte, daß Naomi unbedingt hierherkommen müsse. Dann ging ich hinunter, und da ich nicht in dem hell erleuchteten Speiseraum sitzen wollte, bestellte ich mir an der Bar einen Hamburger. Im Fernsehen liefen gerade die Abendnachrichten und zeigten Bilder einer Welt, die meines Erachtens mehr als zweifelhaft war. Wer kannte schon die Regeln des Spiels, bei dem die Erde das Spielbrett war und jeder Zug eine blitzschnelle, unwiderrufliche Veränderung bewirkte? Obwohl der Hamburger gut schmeckte, schaffte ich nur ein paar Bissen, und da die Beleuchtung in der Bar schummrig war, konnte ich nicht in dem einzigen Buch lesen, das ich mitgenommen hatte, einer Anthologie amerikanischer Lyrik, von der ich mittlerweile nicht mehr wußte, ob sie die richtige Wahl gewesen war. Schließlich grübelte ich selbst genug, so daß ich in dieser Hinsicht gut auf fremde Anregungen verzichten konnte.

Ich stand früh auf, kaufte mir ein kleines, gepflegt wirkendes Boot mit einem Zwanzig-PS-Motor – ein Begriff, der mich schon immer gestört hat. Wie sollte diese traurige kleine Maschine die Kraft von zwanzig Pferden haben? Ich zahlte einen vermutlich viel zu hohen Preis, den jemand bei klarem Verstand niemals akzeptiert hätte, aber schließlich ging es hier nicht ums Geld. Ein angenehm wirkender junger Mann, ein Kubaner im Mechaniker-Overall, machte eine Probefahrt mit mir und erklärte mir dabei die einfache Handhabung. Er warnte mich eindringlich davor, bei mehr als zwei Fuß hohem Wellengang hinauszufahren, aber glücklicherweise war das Wasser sehr ruhig. Der Motor war ausgestellt, und wir ließen uns von der Strömung treiben, während er mir Anweisungen gab. Ich glaubte, einen großen Hai zu sehen, aber er erklärte mir, daß es ein Tarpon sei. Ich freute mich wie närrisch darüber, daß er ein wenig mit mir flirtete. Ich bot ihm hundert Dollar dafür, daß er mir den Bow Channel zeigen würde, und behauptete, daß ich dort früher geangelt hätte. Er weigerte sich, das Geld anzunehmen, und erklärte, daß es nicht weit von uns sei, aber ich beugte mich vor und stopfte den Schein in seine Tasche. Während wir uns treiben ließen, war es sehr heiß, aber als wir mit Vollgas Richtung Kanal fuhren, erfrischte mich die Brise. An der Einfahrt zum Kanal tauschten wir die Plätze, so daß er auf dem Rückweg zum Hafen mein Beifahrer war. Dort lud ich ihn ab und fuhr dann Richtung Brücke, wo ich am Dock des Hotels anlegte.
In meinem Zimmer angelangt, adressierte ich nervös den Briefumschlag mit meiner Heimatadresse, stopfte mein Geld hinten ins Tagebuch und behielt nur soviel zurück,

wie ich brauchen würde, um den Brief aufzugeben. Ich war noch immer ein wenig aufgewühlt durch die Bootsfahrt, aber fürchtete das lange Warten bis zum Abend. Doch warum eigentlich bis zum Abend warten? Duanes Zeitplan war sicher rein zufällig. Er mußte warten, bis ich schlief, und schließlich konnte er auch im Dunkeln seinen Weg finden. Der Ozean würde in der heißen Mittagshitze viel angenehmer sein. Rasch fülle ich meine Strandtasche mit dem Niobrara-Stein, dem Stück Hängematte und dem Gürtel, die ich auf meiner langen Reise abwärts mitnehmen werde. Ansonsten nichts als meinen Körper und die Tablette, die ich eben noch geschluckt habe. Ich sende einen Kuß und ein Lebewohl an diejenigen, die ich so sehr liebe. Naomi, Paul, Lundquist, Nelse und J.M. Ich hoffe, daß ich meinen Liebsten wiederfinden werde.

Die Northridge-Familie

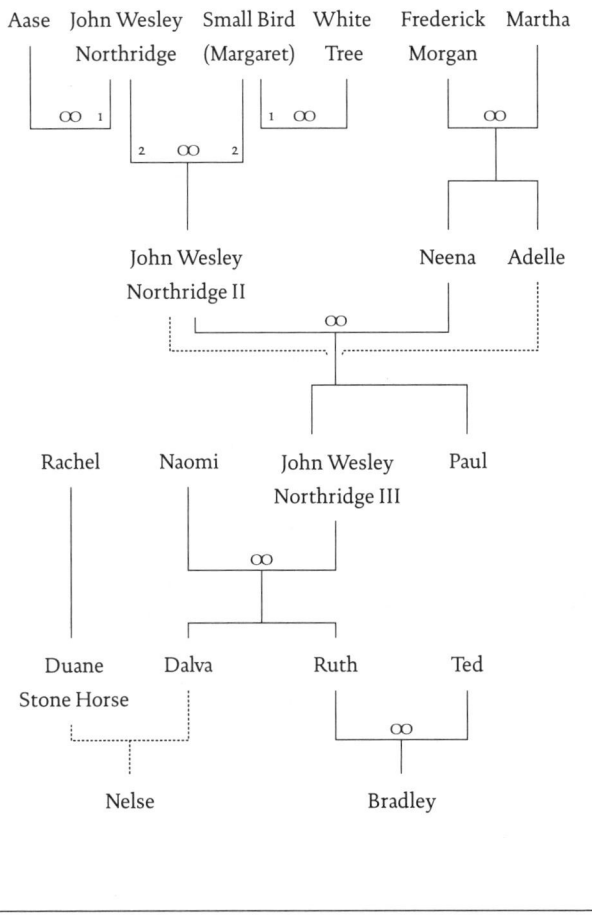

editionLübbe

Die Kunst des Erzählens

RAFAEL AROZARENA
MARARÍA / *Roman*

Aus dem Spanischen übersetzt und mit einem
Nachwort versehen von Gerta Neuroth
240 Seiten, gebunden in Leinen mit Schutzumschlag
DM 32,– / ÖS 234,– / SFR 29,50 · ISBN 3-7857-1503-x

Mararía war einst das verführerischste Mädchen der Vulkaninsel
Lanzarote – bevor Eifersucht und Gewalt, Liebe und Wahnsinn über
sie hereinbrachen.

*Ein Roman von Weltformat, in dem sich magischer Realismus
mit einer faszinierenden Fabuliergabe verbindet.*
BADISCHE NEUESTE NACHRICHTEN

Ein herrlicher Erzähler … Sehr zu empfehlen.
SCHWEIZER BIBLIOTHEKSDIENST, Bern

Ein Meisterwerk der zeitgenössischen spanischen Literatur
WOCHENKURIER HEIDELBERG

ANDREA CAMILLERI
DIE FORM DES WASSERS / *Roman*
Commissario Montalbano denkt nach

Aus dem Italienischen von Schahrzad Assemi
256 Seiten, gebunden in Leinen mit Schutzumschlag
DM 32,– / ÖS 234,– / SFR 29,50 · ISBN 3-7857-1509-9

Salvo Montalbano ist erstens Sizilianer und zweitens Commissario
des Küstenstädtchens Vigàta, wo er denn auch gleich seinen ersten Fall
zu lösen hat. Dieser beginnt mit dem mysteriösen Hinscheiden eines
prominenten Politikers in einer Art Freiluft-Bordell und endet noch
lange nicht mit dem Auftauchen einer ebenso pikanten wie verdächti-
gen schwedischen Blondine. Denn Commissario Montalbano, bewaffnet mit Charme und südlicher Nonchanlance, läßt sich Zeit ...

Die Geschichten Camilleris sind wunderbare Pastiches
aus Mafiageschichten, Familientragödien und grotesken
Dorfabenteuern.
NEUE ZÜRCHER ZEITUNG

ANDREA CAMILLERI
DER HUND AUS TERRACOTTA / *Roman*
Commissario Montalbano löst ein Rätsel

Aus dem Italienischen von Christiane von Bechtholsheim
ca. 320 Seiten, gebunden in Leinen mit Schutzumschlag
ca. DM 32,– / ÖS 234,– / SFR 29,50 · ISBN 3-7857-1510-2

Wenn sich Commissario Montalbano bisher auf etwas verlassen
konnte, dann war es die Mafia. Diese hat – durch und durch sizilia-
nisch wie er selbst – wenigstens ihre Prinzipien.
Das denkt der Commissario zumindest, bis er bei seinen Ermittlun-
gen in einer Höhle auf eine makabre, scheinbar kultartig arrangierte
Szenerie stößt: die skelettierten Leichen eines Mannes und einer
Frau in inniger Umarmung, bewacht von einem lebensgroßen Schä-
ferhund aus Terracotta ...

Andrea Camilleri ist mehr als ein Schriftsteller –
Camilleri ist eine Instanz.
DIE WELT

GIOVANNA GIORDANO
ZAUBERFLUG / *Roman*

Aus dem Italienischen von Christiane von Bechtholsheim
192 Seiten, gebunden in Leinen mit Schutzumschlag
ca. DM 29,80 / ÖS 218,– / SFR 27,50 · ISBN 3–7857–1505–6

Als der junge Pilot Giulio 1935 von der italienischen Regierung nach Afrika geschickt und dort als fliegender Postbote eingesetzt wird, eröffnet sich ihm eine ungeahnte Welt.
Ein wundervoller, fast märchenhafter Roman über den Zauber des Fliegens und die Faszination der Freiheit, über die wilde Schönheit Afrikas, über Liebe und Sehnsucht und über Freundschaft, die selbst die bitteren Zeiten des Krieges übersteht.

Ein Roman, der mit seinen magisch-märchenhaften Erzähl-elementen an Saint-Exupéry erinnert und durch die poetische und bildhafte Sprache des italienischen Südens begeistert.
L'UNITÁ

CHRISTINE DAURE-SERFATY
DIE LIEBENDEN VON GOUNDAFA / *Roman*

Aus dem Französischen von Sigrid Köppen
ca. 160 Seiten, gebunden in Leinen mit Schutzumschlag
ca. DM 29,80 / ÖS 218,– / SFR 27,50 · ISBN 3–7857–1504–8

Ein Leben ist nicht mehr als die Erinnerung an eine Kindheit.
Daher hütet Mathilde sie wie einen Schatz, die Erinnerung an ihre Kindheit in Targa bei Marrakesch, am Fuße des Atlasgebirges. Der Tod ihrer Mutter ist es, der sie nach vielen Jahren in Frankreich dazu bewegt, nach Marokko zurückzukehren. Dort fügen sich eigene und fremde Erinnerungen nach und nach zu einem Bild zusammen, das Mathilde einer rätselhaften Geschichte näherbringt …

Christine Daure-Serfaty braucht nur wenige Worte,
dabei sagt sie uns so viel.
HUMANITÉ DIMANCHE

HELEN DUNMORE
IM ERSTEN LICHT DES TAGES / *Roman*

Aus dem Englischen von Claudia Geng
288 Seiten, gebunden in Leinen mit Schutzumschlag
DM 34,– / ÖS 248,– / SFR 31,50 · ISBN 3-7857-1501-3

Nina und Isabel, zusammengeschweißt seit Kindertagen durch den plötzlichen Tod ihres kleinen Bruders. Was sie voneinander wissen, kann ihr Leben zerstören ...

Ein psychologisch ausgefeiltes Schwesternporträt, ein Drama um eine Liebe, wie es sie so grenzenlos und so widersprüchlich nur zwischen Geschwistern gibt.
KÖLNER STADTANZEIGER

Ein faszinierender Roman.
FREUNDIN

Überwältigend sinnlich. Ein Lesegenuß.
DIE WOCHE

IRINA RATUSCHINSKAJA
DIE FRAUEN VON ODESSA / *Roman*

Aus dem Russischen von Bernd Rullkötter
512 Seiten, gebunden in Leinen mit Schutzumschlag
DM 39,80 / ÖS 291,– / SFR 37,– · ISBN 3-7857-1506-4

Aus den Schicksalsfäden dreier Familien webt die russische Dichterin einen grandiosen Bilderteppich, der ein halbes Jahrhundert russischer Geschichte in ergreifenden Szenen schildert, eine Zeit, in der nur noch eines Bestand hat: die Fähigkeit des Menschen zu hoffen, zu lieben und zu verzeihen.

Ein großes Epos.
Aurea Carpenter, SUNDAY TELEGRAPH

Sensibel und überzeugend erzählt Irina Ratuschinskaja vom Leben jener Menschen, die keine Schlagzeilen machen.
Emma Guinness, LITERARY REVIEW

editionLübbe

Gesamtverzeichnis